Michael Meinert

Im Aufstand

Michael Meinert

Im Aufstand

Hochwald-Saga Band 4

Die Bibelzitate sind der Elberfelder Übersetzung
(Edition CSV Hückeswagen) entnommen.

Titelfotos:
Landschaft: © Adobe Stock, 49494611, Photocreo Bednarek
Junge Frau: © Adobe Stock, 56298296, Voyagerix
Foto Coverrückseite: © Tim Fuhrländer

Lektorat: Friedhelm von der Mark
Umschlaggestaltung und Satz:
dtp-medien.de, Andre Dietermann, Haiger
Druck und Verarbeitung: CPI books GmbH, Leck

Paperback:
ISBN 978-3-942258-08-1
Bestell-Nr. 176.808

eBook (ePub):
ISBN 978-3-942258-58-6
Bestell-Nr. 176.858

Copyright © 2017 BOAS-Verlag,
Inh. Friedhelm von der Mark, Burbach
Alle Rechte vorbehalten

www.boas-verlag.de

Für meine beiden neuen Testleserinnen:

Anne-Kathrin
Als Dank dafür, dass ich Dir immer zwischendurch afrikanische und medizinische Fragen stellen durfte und prompte Antworten erhielt, für Dein Detailwissen, das Du zum Teil höchstselbst ins Manuskript eingefügt hast, sowie für Deine nächtlichen Leseaktionen, die noch erstaunlich hilfreiche Kommentare hervorgebracht haben.

Franzi
(die nichts mit der Hauptperson dieses Buches zu tun hat)
Du weißt, warum.

Vorwort

Wissen Sie, wie hoch der höchste deutsche Berg ist? – Stimmt genau! 2 962 Meter über Normalhöhennull. Aber wenn Sie diese Antwort im Jahr 1905 gegeben hätten, wäre sie falsch gewesen. Damals war der höchste deutsche Berg 5 895 Meter hoch. Und das liegt nicht etwa daran, dass die Zugspitze in den letzten 112 Jahren um knapp 3 000 Meter geschrumpft wäre. Nein, im Jahr 1905 lag der höchste deutsche Berg in Afrika, genauer gesagt in Deutsch-Ostafrika (das ungefähr das Gebiet der heutigen Staaten Tansania, Burundi und Ruanda umfasste), und hieß Kaiser-Wilhelm-Spitze. Der Name änderte sich übrigens erst 1964, als der Gipfel des Kilimandscharo-Massivs den Suaheli-Namen Kibo („der Helle") bekam.

Bestimmt fragen Sie sich jetzt, warum ich Ihnen das erzähle. Und warum sich der Kibo auf dem Titelbild eines Bandes der Hochwald-Saga befindet.

Wölfelsgrund, das 700-Seelen-Dorf in der Grafschaft Glatz in Schlesien, und Deutsch-Ostafrika, das Schutzgebiet, wie die Deutschen ihre Kolonien nannten, liegen gar nicht so weit auseinander, wie Sie wahrscheinlich denken. Jedenfalls gibt es eine Person, die beide miteinander verbindet.

Am 12. Mai 1866 wurde auf Schloss Scharfeneck bei Obersteine in der Grafschaft Glatz, ungefähr 50 Kilometer nordwestlich von Wölfelsgrund, Graf Gustav Adolf von Götzen geboren, der 1901 zum Gouverneur des Schutzgebietes Deutsch-Ostafrika ernannt wurde. Da zudem noch eine meiner Testleserinnen Tansania gut kennt und mich für dieses Land begeistern konnte, wurde bei einem Spaziergang durch den Bochumer Stadtpark aus einer klitzekleinen Idee ruckzuck ein ganzer Roman – den Sie jetzt in Händen halten.

Bevor es losgeht, gebe ich Ihnen schnell noch ein paar Informationen an die Hand, damit Sie mir unterwegs nicht verloren gehen. Zur Orientierung finden Sie eine Karte des Schutzgebietes mit den wichtigsten Orten, die im Buch eine Rolle spielen. Und da uns einige Soldaten der kaiserlichen Armee und der deutschen Schutztruppen –

so hießen die Streitkräfte in den Schutzgebieten – begegnen werden, füge ich Ihnen auch eine Liste der Dienstgrade bei.

Beim Bezahlen müssen Sie sich ein bisschen umstellen. Im Deutschen Reich wurde mit der Mark bezahlt, in Deutsch-Ostafrika mit Rupien zu 100 Hellern. Von der Mark zur Rupie gab es einen festen Umrechnungskurs: 20 Mark = 15 Rupien. Der Gegenwert einer Mark dürfte bei etwas unter 10 Euro liegen.

Sprachlich müssen Sie sich in Deutsch-Ostafrika an Suaheli gewöhnen. Allerdings gebe ich Ihnen kein Wörterbuch mit auf die Reise, Sie sollen ja gegenüber den Figuren des Buches keinen Vorteil haben. Ganz am Ende des Buches finden Sie aber eine Übersetzung aller im Buch verwendeten Suaheli-Wörter. Und wo wir gerade bei der Sprache sind: Die Kurzform Julie für den Namen der Komtesse Julia Viola von Götzen sollten Sie deutsch aussprechen, also wie den Monatsnamen Juli.

Und damit wissen Sie schon alles, was Sie wissen müssen, und ich könnte Sie auf die Reise schicken. Doch wie kommen Sie nun nach Deutsch-Ostafrika? Von der Fliegerei würde ich Ihnen zur damaligen Zeit noch abraten, daher wählen wir lieber das übliche Reisemittel: den Reichspostdampfer.

Herzlich willkommen also an Bord eines Dampfers der Deutschen Ost-Afrika-Linie, der sich neben heutigen Kreuzfahrtschiffen beinahe wie eine bessere Yacht ausnehmen würde. Und damit Sie sich während der wochenlangen Seereise richtig wohlfühlen, stelle ich Ihnen einige Besatzungsmitglieder vor, die einen großen Anteil daran haben, dass Sie diese Reise überhaupt antreten können.

Zuerst die Obermaschinistin, die für den reibungslosen – sozusagen gut geschmierten – Betrieb sorgt: meine Frau, die mich mit ihrer Geduld unterstützt, wenn ich stundenlang am PC sitze, die Tastatur viel zu laut rattern lasse und ganze Abende mit meinem Lektor vertelefoniere.

Ach ja, mein Lektor. Der Heizer, der immer Dampf auf den Kessel gibt und so das Schiff bei jedem Wind und Wetter vorwärtstreibt.

Ich weiß, ich bin ein schwieriger Autor. Und Du bist ein beinharter Lektor. Es geht nicht ohne hitzige Diskussionen ab, aber letztlich ist es eine konstruktive Zusammenarbeit. Und dafür: Danke.

Einen ebenfalls nicht zu unterschätzenden Anteil haben die fünf Stewardessen: meine wohlwollenden Testleserinnen Anne-Kathrin, Catharina, Elisabeth, Franziska und Liliane. Vielen Dank, dass Ihr Euch bereits durch das Manuskript quält, wenn es noch auf der Buchwerft liegt. Und für die Erfrischungen, die Ihr mir immer wieder darreicht. Ihr habt mich oft aufgebaut, wenn ich das Manuskript am liebsten in die Papiertonne geschmissen hätte – und Ihr habt es vielleicht nicht einmal bemerkt.

Neben den Stewardessen gibt es noch jede Menge Matrosen, ohne die unsere Schiffsreise auch nicht funktionieren würde. Das sind Leute, an die ich Bitten um die unmöglichsten Dinge herangetragen habe: einen historischen Stadtplan von Daressalam; Pferdenamen; witzige Erlebnisse mit hohen Absätzen; einen Strick für einen Fessel-Selbstversuch (am nautischen Knoten müsst Ihr aber noch arbeiten ☺); Informationen zu Operationssälen in Afrika, Blutentnahmen und Diphtherie; Aufklärung über grammatische Feinheiten der deutschen Sprache … Ich danke herzlich für jede noch so unscheinbar wirkende Antwort und Unterstützung.

Den Kapitän habe mir bis zum Schluss aufgehoben: meinen Gott und Herrn Jesus Christus. Er soll immer das Kommando über meine Schreibarbeit haben. Und Fantasie, Schreibgefühl, Gesundheit, Energie – alles kommt nur von Ihm. Das sind Geschenke aus reiner Gnade, für die ich Ihm danke.

Und die Passagiere – natürlich erster Klasse! – sind Sie. Doch bevor Sie ungeduldig werden – rasch die Landungsbrücke rein – die Leinen los – ein dröhnendes Tuten – und auf geht's – hinein in den Aufstand.

Datteln, im Januar 2017   Michael Meinert

Infanterie der kaiserlichen Armee und deutsche Soldaten der Schutztruppe für DOA	Schwarze Soldaten der Schutztruppe für DOA	Bemerkung
Mannschaftsdienstgrade		
Grenadier, Füsilier etc.	Askari	
Gefreiter		
Obergefreiter		
Unteroffiziersdienstgrade		
Unteroffizier	Schausch	meist Führer einer Gruppe (ca. 8 – 12 Mann)
Sergeant	Betschausch	
Vizefeldwebel		
Feldwebel		
Offiziersdienstgrade		
Fähnrich		Offiziersanwärter im Rang eines Unteroffiziers
Feldwebelleutnant		
Leutnant	Effendi	meist Zugführer (bis zu 60 Mann starke Einheit) höchster Dienstgrad, den ein Schwarzer in der Schutztruppe erreichen konnte
Oberleutnant		
Hauptmann		meist Chef einer Kompanie, einer bis zu 250 Mann starken Einheit
Major		
Oberstleutnant		meist Stellvertreter des Regimentskommandeurs
Oberst		Kommandeur eines Regiments

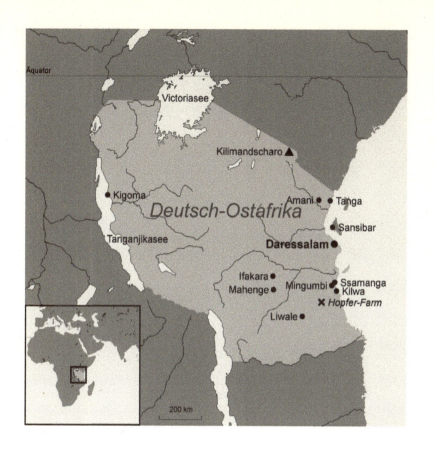

Kapitel 1

Breslau, 22. April 1905 (Ostersamstag)

Komtesse Franziska von Wedell knetete ihre Finger, als sie mit ihrer besten Freundin Julie von Götzen über die Flure des Pensionats zum Büro der Vorsteherin ging. Es war einfach zu ärgerlich, dass sie bei ihrem heimlichen Ausflug zur Parade des benachbarten Infanterieregiments erwischt worden waren. Nach dem, was sie aus Fräulein von Steinbachs Sicht in der letzten Zeit schon alles verbrochen hatten, würde es schwer werden, sie zur Milde zu stimmen.

„Es ist einfach lächerlich." Julie blieb stehen und funkelte Franzi aus ihren nachtschwarzen Augen an. „Was haben wir schon getan? Diese übertriebenen Regeln des Pensionats sind doch geradezu dazu gemacht, um gebrochen zu werden."

Franzi griff nach ihrem Zopf und legte ihn nach vorn über die Schulter. Julie hatte recht. Wenn die Regeln nicht so übermäßig streng gewesen wären, hätten sie sie bestimmt nicht ständig übertreten. Aber ... „Ich glaube kaum, dass die Steinbach sich von diesem Argument überzeugen lässt."

„Wir haben doch nur der Parade anlässlich des Kommandeurswechsels zugesehen – was bitte ist daran verwerflich? Das ist doch geradezu unsere vaterländische Pflicht!"

Trotz ihrer schwierigen Lage musste Franzi grinsen. Ihren regelwidrigen Ausflug als vaterländische Pflicht zu bezeichnen, war eine Unverfrorenheit. Das, was sie magnetisch angezogen hatte, waren die Söhne des Vaterlands, die schneidigen Soldaten in ihren prächtigen Paradeuniformen, gewesen.

„Jedenfalls sollten wir uns reumütig zeigen", brummte Franzi, „sonst macht die Steinbach ihre Drohung wahr und verweist uns des Pensionats – mein alter Herr würde mir vor Wut jedes Haar einzeln vom Kopf rupfen!"

„Das wird schon nicht passieren. Dein Vater und mein Onkel spenden viel zu viel an diese *vorbildliche* Anstalt, als dass die Steinbach es sich leisten könnte, uns hinauszuwerfen."

„Hoffentlich." Franzi reckte das Kinn. „Und jetzt komm, wir sollten wenigstens zu diesem Gespräch nicht zu spät kommen."

Julie ging zu einem Spiegel und prüfte, ob ihr tiefschwarzes Haar richtig lag. „Wenn wir pünktlich kämen, wäre die Steinbach bestimmt verblüfft."

Franzi trat neben sie und zupfte an ihren blonden Locken, die sie mit Julies Hilfe in einen Zopf gezwängt hatte. „Wir sollten es nicht darauf ankommen lassen. Komm." Sie hakte sich bei ihrer Freundin unter und zog sie mit sich fort.

Julie hatte gut reden. Ihre Eltern waren schon lange tot und ihr Erziehungsberechtigter, ihr Onkel Graf Gustav Adolf von Götzen, der Gouverneur des Schutzgebietes Deutsch-Ostafrika, erfüllte seiner Lieblingsnichte jeden Wunsch. Obwohl er Tausende von Kilometern entfernt in Daressalam residierte, liebte er sie ganz offensichtlich wie eine eigene Tochter.

Franzi wünschte, ihr Vater würde sie ebenso lieben wie Graf Götzen seine Nichte. Aber ihr Vater kannte keine Nachsicht mit ihr. Das konnte sie sich nur damit erklären, dass er ihr die Schuld an allem gab, was vor 19 Jahren bei ihrer Geburt geschehen war. Ihre sieben Jahre ältere Schwester Charlotte hatte Diphtherie gehabt, und ihre Mutter hatte sich aufreibend um sie gekümmert, trotz der Schwangerschaft. Als sie, Franzi, dann geboren wurde, ging es ihrer Schwester etwas besser, aber ihre Mutter war von der Sorge um ihre kranke Tochter so entkräftet, dass sie die Geburt nicht überlebte. Und Charlotte traf der Tod ihrer Mutter so tief, dass sich die Krankheit wieder zum Schlechteren wandte. Drei Tage später war auch Charlotte tot. Ihr Vater hatte den Tod seiner über alles geliebten Frau und seines ältesten Kindes nie verwunden. Und er gab ihr die Schuld daran. Als ob sie etwas dazu könnte.

Sie erreichten das Büro der Vorsteherin. Franzi knetete erneut ihre Finger, während Julie sie frech grinsend ansah. „Wir werden das schon schaffen, Franzi. Lass mich nur machen."

„Hoffentlich."

Julie hob die Hand und klopfte beherzt an die massive Eichentür. Von innen ertönte ein „Herein!", als wäre es auf einer Fanfare geblasen worden.

Unwillkürlich fuhr Franzi zurück und legte die Hände auf die

Ohren. Solche schrillen Töne mochte sie nicht, sie war vielmehr in die sonoren Klänge ihrer heiß geliebten Viola vernarrt.

Ihre Freundin zog ihr mit einem Grinsen die Hände von den Ohren und öffnete schwungvoll die Tür. Franzi presste eine Hand aufs Herz, dann folgte sie ihrer Freundin ins Büro. Julie machte bereits einen formvollendeten Knicks vor der Vorsteherin. Hastig schloss Franzi die Tür – dabei rutschte ihr die Klinke aus der schweißnassen Hand und die schwere Tür donnerte ins Schloss.

„Franziska!" Die Fanfarenstimme ließ sie zusammenfahren. „Die Türe hat eine Klinke, an der sie leise geschlossen zu werden vermag. Bitte öffne die Türe und schließe sie erneut – aber geräuschlos."

Franzi ballte die Faust. Diese Demütigung! Genauso hatte ihr Vater sie schon als Kind gemaßregelt, nur mit weniger geschwollenen Worten. Sie atmete tief ein und wieder aus, dann öffnete sie leise die Tür, um sie ebenso leise wieder zu schließen.

„Warum nicht gleich so?", trötete Fräulein von Steinbach.

Knirschend presste Franzi die Zähne aufeinander, damit ihr kein unbedachtes Wort entschlüpfte. Wenn sie die Vorsteherin dazu bringen wollte, sie nicht des Pensionats zu verweisen, musste sie sich zusammenreißen.

Sie drehte sich um, trat neben Julie und machte ihren besten Knicks. „Gnädiges Fräulein, Sie haben uns rufen lassen."

Fräulein von Steinbach thronte wie die böse Königin in *Schneewittchen* hinter ihrem Schreibtisch. Das streng zurückfrisierte, schon angegraute Haar und die scharfen Linien in ihrem Gesicht ließen sie wie eine vertrocknete Stockrose aussehen.

Franzi schauderte. Diese Frau hielt nun ihr Schicksal in ihren verknöcherten Händen.

Die Vorsteherin hielt ihr Lorgnon vor die meergrauen Augen und funkelte sie an. „Komtesse Franziska Elisabeth von Wedell, Komtesse Julia Viola von Götzen, möchtet ihr mir nicht mitteilen, warum ich euch zu mir rief?"

Die nächste Demütigung! Sollte die Steinbach doch einfach ihre Standpauke loslassen!

„Gnädiges Fräulein", ergriff Julie das Wort, „wenn ich Ihrem Gedächtnis auf die Sprünge helfen darf: Heute Morgen besuchten Franzi und ich die Parade des Infanterieregiments ..."

Franzi hielt erschrocken die Luft an. Mit dieser Bemerkung würden sie die Steinbach bestimmt nicht zur Milde stimmen.

„Deine Frechheit ist völlig unangebracht!", keifte Fräulein von Steinbach. „Außerdem sagte ich euch bereits wiederholt, dass ihr das Verstümmeln der Namen zu unterlassen habt, Julia. Deine Freundin heißt Franziska." Sie ließ ihr Lorgnon sinken. „Und ich vergaß selbstverständlich nicht, welches Fehltrittes ihr euch schuldig gemacht habt. Ich hoffte vielmehr, euch ein reumütiges Geständnis zu entlocken."

Franzi holte tief Luft. „Es tut uns leid, Fräulein von Steinbach …"

„So, es tut euch leid." Die Stimme der Vorsteherin schrillte in Franzis Ohren. „Darf ich dann um eine Erklärung bitten, warum ihr widerrechtlich die Anstalt verlassen habt, um der Parade beizuwohnen?"

„Wir dachten" – Julie lächelte überfreundlich –, „dass es kein Verstoß gegen die Regeln sei. Immerhin bekam das Regiment, dessen Garnison beinahe im Nachbargebäude ist, einen neuen Kommandeur."

„Eure Begeisterung für stramme Kerle mit Gardemaß in schillernden Uniformen ist hinreichend bekannt." Fräulein von Steinbach stand auf und kam um ihren wuchtigen Mahagonischreibtisch herum. „Ich erinnere euch daran, dass ihr bereits mehrfach dabei angetroffen wurdet, wie ihr am Fenster eures Zimmers standet und vermittelst eines Opernglases zum Exerzierplatze hinüberstarrtet – oftmals zu einer Zeit, zu der ihr eigentlich dem Unterrichte hättet beiwohnen sollen."

Während des Unterrichts hatten sie das nur einmal getan. Aber Franzi schluckte ihren Widerspruch schnell hinunter und räusperte sich. „Sie müssen doch zugeben, gnädiges Fräulein, dass die Nähe der Soldaten eine gewisse Faszination ausübt."

„Warum sollte ich das zugeben? Ich habe euch oftmals vor der von Männern ausgehenden Gefahr gewarnt, in Sonderheit vor Männern, die Uniform tragen. Euer heutiger Ausflug belegt leider zu deutlich, dass ihr meine Warnungen in den Wind geschlagen habt."

„Im heimatkundlichen Unterricht haben wir gelernt, dass die Soldaten ihren Dienst zu unserem Schutz versehen." Julie stützte die rechte Hand auf die Hüfte. „Wie können sie uns dann gefährlich werden?"

Franzi sah ihre Freundin von der Seite an. Julie war mutig – wahrscheinlich mutiger, als gut für sie beide war.

Fräulein von Steinbach trat vor Julie hin und tippte ihr mit dem Lorgnon gegen die Brust. „Du weißt sehr wohl, was ich meine, Julia. Unterlasse deine aufsässigen Erwiderungen. Ihr beide seid viel zu oft aufgefallen, als dass ich euch in diesem Tone mit mir zu reden erlaubte."

„Bitte, Fräulein von Steinbach" – Franzi verknotete ihre Finger ineinander –, „es gab in der Tat kleinere Verfehlungen unsererseits, aber ..."

Die Vorsteherin drehte sich zu ihr und funkelte sie an. Ihre knöchernen Finger, die das Lorgnon umfassten, bebten. „Ob eure Missetaten kleiner oder größer waren, obliegt nicht eurer Beurteilung, sondern der meinigen. Wie oft, Franziska, glaubst du, seid ihr beide allein in diesem Monate bereits zu spät zu den Mahlzeiten oder zum Unterrichte erschienen?"

Franzi zog ihren Zopf über die rechte Schulter. „Es – es kann höchstens – einige wenige Male gewesen sein."

Fräulein von Steinbach stakste zum Schreibtisch und hob ein Blatt Papier auf. Sie hielt ihr Lorgnon vor die Augen. „Franziska von Wedell und Julia von Götzen erschienen an drei Tagen zu spät zum Unterrichte sowie an vier Tagen zu spät zu einer der Mahlzeiten. Unter Berücksichtigung der Tatsache, dass heute erst der 22. Tag im April ist, sind das nicht wenige Male, auch nicht einige Male, sondern viele Male."

Franzi lag das Wort *Erbsenzählerin* auf der Zunge, aber sie schluckte es hinunter, bevor es ihr hinausrutschte. Es hatte immer gute Gründe gegeben, wenn sie zu spät gekommen waren: Entweder hatte sie ihre unzähmbaren Locken nicht gekämmt bekommen oder der Wecker hatte nicht geklingelt oder ...

„Dann erinnere ich mich dieser wilden Bestie", trötete die Steinbach weiter, „die ihr in unsere Anstalt verschleppt habt."

„Wilde Bestie!?" Franzi konnte ein Auflachen nicht unterdrücken. „Es handelte sich um ein nur wenige Tage altes Kätzchen, das von einem dieser Automobile angefahren worden war. Wir konnten es doch nicht seinem Schicksal ..."

„Die Hausordnung untersagt, Tiere mit in die Anstalt zu bringen.

Außerdem hat diese Bestie im gesamten Pensionat ihre Hinterlassenschaften verteilt! Und du wagst noch, darüber zu lachen!"

„Aber wir konnten doch das Kätzchen ...", versuchte es nun auch Julie.

„Ruhe!", trompetete Fräulein von Steinbach. „Des Weiteren habt ihr euch an drei Tagen unerlaubt vom Gelände der Anstalt entfernt; heute habt ihr euch sogar durch listige Täuschung einer Lehrkraft, indem ihr eine Magenverstimmung simuliert habt, dem gemeinsamen Osterausfluge entzogen, um einem zweifelhaften Vergnügen nachzugehen."

Franzi schielte zu Julie hinüber und bemerkte deren mühsam unterdrücktes Grinsen. Zuerst war Julie so lange neben ihr auf ihrem Bett herumgehopst und hatte damit die Matratze zum Schwanken gebracht, dass Franzi sich wie auf hoher See fühlte und ihr wirklich übel wurde – eine Erfahrung von der letzten Bootstour auf der Oder, als sie sich gleich mehrfach über der Bordwand hängend erbrechen musste. Danach hatte Julie sich eine Feder in den Hals gesteckt – und schon hatte niemand mehr von ihnen verlangt, an dem Ausflug teilzunehmen. Stattdessen hatten sie sich davongeschlichen und der Parade auf dem Breslauer Ring beigewohnt, wo es diesmal sogar einen lustigen Zwischenfall gegeben hatte: Ein kleiner Leutnant hatte den Befehl *Präsentiert das Gewehr* überhört und für reichlich Unordnung gesorgt – in dessen Haut wollte sie nicht stecken. Zu dumm nur, dass die alte Lehrerin, die zu ihrer Versorgung zurückgeblieben war, ihr Entweichen bemerkt und sie genau in diesem Augenblick aufgegriffen hatte.

„Uns ging es heute Morgen wirklich schlecht!", verteidigte Julie sich. „Sie haben es doch selbst gesehen!"

„Eure wundersam plötzliche Heilung belehrte mich eines anderen." Fräulein von Steinbach warf das Protokoll ihrer Untaten auf den Schreibtisch und drehte sich wieder zu ihnen um. „Weiterhin wurden unter euren Betten Bierflaschen gefunden. Abgesehen von der Tatsache, dass der Genuss geistiger Getränke in der Anstalt untersagt ist – schämt ihr euch nicht, als Damen der Gesellschaft, die ihr doch einmal werden wollt, wie der gemeine Proletarier Bier zu trinken?"

Franzi presste die Lippen aufeinander. Damen der Gesellschaft.

Niemals wollte sie so ein Porzellanpüppchen werden, auch wenn sie noch nie in ihrem Leben Bier getrunken hatte, genauso wenig wie Julie. Sie schielte zu ihrer Freundin hinüber und schüttelte leicht den Kopf. Nein, sie würden nicht verraten, dass das Bier für den Gärtner gewesen war, damit dieser sie heimlich durch die Gartenpforte hinaus- und wieder hereinließ – viel öfter noch, als der Steinbach aufgefallen war.

„Ihr schüttelt die Köpfe?", kreischte die Vorsteherin. „Ihr seht nicht einmal ein, wie unwürdig ein solches Verhalten ist? Und die Zigaretten, die ich in eurem Nachttische gefunden habe?"

„Wann haben Sie ...?" Franzi verschlug es die Sprache. Diese Frau hatte es wirklich gewagt, ihre abschließbaren Fächer zu durchwühlen? Hatte sie etwa Zweitschlüssel dafür, ohne dass sie davon wussten?

„Der Zeitpunkt ist unerheblich, es genügt, dass ich sie gefunden habe. Ihr solltet euch schämen."

Julie reckte die Nase in die Luft. „Ich bitte bemerken zu dürfen, dass wir weder das Bier getrunken noch die Zigaretten geraucht haben."

Franzi riss die Augen auf. In Bezug auf das Bier sagte Julie die Wahrheit, aber geraucht hatten sie sehr wohl.

„Wie kommt es dann, dass einige Zigaretten fehlten?", keifte Fräulein von Steinbach. „Macht eure Vergehen nicht noch dadurch schlimmer, dass ihr mich belügt!"

„*Ich* habe geraucht." Franzi verknotete ihre Finger so fest, dass sie schmerzten. Mit Lügen kamen sie nicht weit. Zwar hatte Julie viel öfter geraucht als sie, aber sie fand es feige, die Unwahrheit zu sagen.

„So, du also, Franziska. Dein Vater wird wenig erbaut sein, wenn ich ihm davon berichte."

Ihr Vater. Wahrscheinlich würde er sie eine Woche in ihrem Zimmer einsperren und sie dann in ein Heim für missratene Jugendliche schicken.

Franzi sah zu ihrer Freundin hinüber. Sie war es gewesen, die die Zigaretten besorgt hatte, aber sie schwieg. Julie hatte es mit der Wahrheit noch nie sonderlich genau genommen.

„Und dann dein unentwegtes Bratschenspiel, Franziska", unterbrach die Fanfare Franzis Gedanken.

Sie richtete sich hoch auf. „Haben Sie etwas daran auszusetzen? Ich dachte, eine musikalische Ausbildung ist für *höhere Töchter* unabdingbar." Außerdem sollte sie nicht immer von der *Bratsche* reden. *Viola* hörte sich viel klangvoller an.

„Nur alles im richtigen Maße. Für dich ist die Musik eine Gefahr. Ich habe dich beim Bratschenspiele beobachtet. Dein weltentrückter Blick, dein rasendes Spiel – man könnte meinen, du seiest besessen!"

Franzi blieb die Sprache weg. Hatte Fräulein von Steinbach denn gar kein Verständnis für ihre Liebe zur Musik? Die Worte hätten allerdings auch von ihrem Vater stammen können, nur noch mit einigen frommen Phrasen oder seinem unabdingbarem *Das war schon immer so!* garniert. Er hatte ihr als Kind schon die Violine weggenommen und den Unterricht beendet, nachdem er ihr eine *übermäßige Begeisterung* und *unselige Leidenschaft* konstatiert hatte. Zum Glück war sie hier im Pensionat auf Julie getroffen, die von ihrem Onkel zu Beginn der Pensionatszeit eine Viola geschenkt bekommen hatte, diese aber nur mit mäßiger Begeisterung spielte und sie deshalb an Franzi abgetreten hatte.

„Deine Besessenheit ging so weit, dass du sogar nach Beginn der Nachtruhe noch gespielt hast." Die Steinbach trat dicht vor sie hin. „Und dann auch noch diese moderne Musik! Das kann ich nicht gutheißen."

Julie klapperte lautstark mit ihren hohen Absätzen auf das Parkett. „Gnädiges Fräulein, es handelt sich um Musik von Camille Saint-Saëns!"

„Auch noch ein französischer Komponist! Du genierst dich nicht, Franziska, die Musik unseres Erbfeindes von jenseits des Rheines zu spielen?"

„Aber für die Musik ist es doch unerheblich, wer sie komponiert hat!" Franzi spürte, wie es in ihr brodelte. Wenn die Steinbach nur noch ein Wort dazu sagte, würde sie aus der Haut fahren.

„Ich sehe, dass die Musik dich vollständig verblendet hat. Die Bratsche ist eine Gefahr für dich. Ich werde das Instrument konfiszieren."

„Das können Sie nicht tun!" Die Steinbach war wirklich wie ihr Vater. Sie musste nur noch sagen: *Die Bratsche ist dein Götze.*

„Ich weiß selbst genauestens, was ich kann und was nicht. Und denke an das oberste Gebot für höhere Töchter: Bewahre die Contenance!"

„*Contenance*!" Franzi spie das Wort beinahe aus. „Sie tun doch gerade alles dafür, mich um die Contenance zu bringen!"

„Franziska! Ich meine es gut mit dir! Du genießt eine exquisite Erziehung, um dich deines Standes geziemend zu benehmen."

„Pah, ein Porzellanpüppchen wollen Sie aus mir machen! Eine Frau, die nur dazu dient, prächtige Kleider auszuführen und die Männer zu beeindrucken. Das ist doch das, was Sie mit *deines Standes geziemend* meinen, oder etwa nicht?" Franzi machte einen Schritt vor, sodass ihre Nasenspitze fast die der Vorsteherin berührte. „Es ist traurig, dass mein Vater seine bürgerliche Herkunft vergessen hat und so sehr auf seinen Grafenstand pocht. Aber ich sage Ihnen etwas: Ich pfeife auf diesen Standesdünkel! Ich will etwas Sinnvolles tun und keine leblose Modepuppe sein, die nur dazu da ist, die neueste Mode zu präsentieren. Es gibt so viel Leid in der Welt und ich werde etwas dagegen unternehmen, auch wenn Sie und mein Vater alles tun, um das zu verhindern."

„Franzi!" Julie legte den Arm um ihre Schultern und zog sie etwas von der Vorsteherin weg. „Mach doch nicht alles noch schlimmer!"

„Lass mich! Irgendwann muss es doch einmal gesagt werden! Mein Vater und Sie, Fräulein von Steinbach, wollen mich in den Käfig der besseren Gesellschaft sperren. Alles, was ich tue, ist böse oder eine Gefahr für mich, alles verbieten Sie mir. Sie begründen das mit Ihren lächerlichen gesellschaftlichen Regeln, drohen mit Strafen, wenn die Regeln gebrochen werden, mein Vater kommt obendrein noch mit seiner Bibel daher, und wenn alles nicht hilft, heißt es *Das war schon immer so!* – aber im Grunde wollen Sie beide nur das Eine: mir Ihren eigenen Willen aufzwingen!"

„Das genügt!" Die meergrauen Augen der Vorsteherin fielen beinahe aus ihren Höhlen. „Du verkennst, was ich nur zu deinem Besten getan habe."

„Gnädiges Fräulein", mischte sich Julie ein, „Franzi ist erregt ..."

„Franziska lautet ihr Name!", trompetete die Steinbach. „Julia von Götzen, du kannst gehen. Bei dir will ich Gnade vor Recht ergehen lassen, als Strafe wirst du jedoch eine Woche lang den Küchendienst übernehmen. – Franziska, du packst deine Koffer, du bist des

Institutes verwiesen. Gleich am Montag wirst du abreisen. Ich telegrafiere deinem Vater, dass er dich in Habelschwerdt am Bahnhofe abholt. – Hinaus mit euch!"

Franzi ließ den Kopf hängen, doch da nahm Julie sie in den Arm.

„Du warst brillant, Franzi", wisperte sie ihr ins Ohr. „Ich bin stolz auf dich."

Franzi fühlte sich allerdings alles andere als stolz, wenn sie an ihren Vater dachte, der sie am Bahnhof in Habelschwerdt erwarten würde.

Kapitel 2

Ein durchdringender Pfiff der Lokomotive ließ Franzi zusammenzucken. Die Schaffner warfen die Türen zu, dann ruckte der Zug an und rollte langsam aus dem Schlesischen Centralbahnhof zu Breslau.

Franzi zog ihren Zopf nach vorn über die Schulter. Ihre Freundin Julie hatte ihr heute Morgen ein letztes Mal geholfen, ihre Locken zu bändigen – ihr Vater fand es nämlich ebenso wie Fräulein von Steinbach unschicklich, wenn sie ihre Haare offen oder auch nur als offenen Zopf trug. Und das, obwohl auch ihre Mutter meistens offenes Haar getragen hatte. Wahrscheinlich passte es ihrem Vater nicht, dass sie, die missratene Tochter, ihn an seine innig geliebte Gattin erinnerte. Einen sinnvollen Grund hatte er jedoch noch nie angegeben – *das war eben schon immer so*. Aber da sie ihren Vater unbedingt günstig stimmen musste, hatte sie sich heute dieser unsinnigen Regel unterworfen – er tobte bestimmt schon genug. Und ganz bestimmt hatte er sich schon einen Plan zurechtgelegt, wie er weiter mit ihr verfahren wollte – einen Plan, der schlimmer war als das Pensionat in Breslau. Denn Strafe musste schließlich sein.

„Psst!"

Sie fuhr zur Abteiltür herum. Sah sie Gespenster? „Julie, du?" Sie hatte nicht einmal gehört, dass die Tür geöffnet worden war.

Ihre Freundin setzte ein breites Grinsen auf, ihre schwarzen Augen funkelten. „Glaubst du, ich bleibe allein im Pensionat? Ohne dich werde ich dort so verstimmt wie die Bratsche in einem kalten Keller!" Sie wies auf den Instrumentenkoffer in ihrer Hand.

Franzi betrachtete ihn sehnsüchtig. Der Abschied von der Viola war ihr fast genauso schwer gefallen wie der von Julie. Aber das Instrument gehörte nun einmal ihrer Freundin.

„Ich kann es kaum glauben!" Franzi schob ihren Koffer beiseite, damit Julie Platz fand. „Du hast einfach das Pensionat verlassen, obwohl du nicht fortgeschickt wurdest?"

Julie ließ sich in die Polster plumpsen, dass die Federn krachten. „Ich habe genug von diesem Gefängnis. Die Steinbach spielt sich ja auf wie ein preußischer Wachsoldat."

„Aber was wird dein Onkel sagen?"

„Mein Onkel!" Julie winkte lachend ab. „Bis die Nachricht von meiner Flucht aus dem Pensionat ihn in Daressalam erreicht und er darauf antwortet, bin ich schon längst auf einem Schiff nach Deutsch-Ostafrika."

Franzi riss die Augen auf. „Du willst nach Deutsch-Ostafrika?" Im Geist sah sie hohe Palmen vor sich, deren Wedel sich im warmen Wind wiegten. In den Geografiestunden, in denen sie die deutschen Schutzgebiete durchgenommen hatten, hatte sie ausnahmsweise zugehört. Seitdem träumte sie davon, den afrikanischen Kontinent einmal zu betreten.

„Wohin soll ich sonst? Mein Onkel ist doch der einzige Mensch auf der Welt, den ich noch habe – jedenfalls der einzige Mensch, der mich lieb hat. Meine Großmutter auf Schloss Scharfeneck ist ja ein zweibeiniger Eisblock."

„Und du bist dir sicher, dass dein Onkel dich aufnehmen wird?"

„Aber selbstverständlich." Julie klimperte mit ihren Wimpern und schmunzelte. „Er wird sich so darüber freuen, mich zu sehen, dass er ganz vergessen wird, nach dem Grund dafür zu fragen."

Franzi schaute auf ihre Hände hinab. Ob ihre beiden Tanten Stefanie und Lisa sie auch so verhätschelt hätten, wenn sie nicht schon gestorben wären, bevor ihre Eltern geheiratet hatten? „Wie kommt es eigentlich, dass dein Onkel dich so verwöhnt?"

„Ich habe mich das auch oft gefragt." Julies sonst so fröhliches Gesicht wurde plötzlich ungewöhnlich ernst. „Vielleicht hat er nur Mitleid mit seiner Nichte, die so früh Waise wurde? Oder aber es hat etwas mit dem Geheimnis um den Tod meiner Eltern zu tun. Es muss sich dabei wirklich um irgendetwas von außergewöhnlicher Tragweite handeln, warum sonst will niemand mit mir darüber sprechen? Meine Großmutter lehnt es ja bis heute rundweg ab, den Namen meiner Mutter überhaupt in den Mund zu nehmen, und meinen Vater erwähnt sie auch nicht mehr."

Franzi starrte Julie an. Solche Geheimnisse faszinierten sie. „Und was ist mit deinem Onkel in Daressalam? Wenn er dich so mag, warum hat nicht wenigstens er dir etwas über deine Eltern erzählt?"

„Ich bin überzeugt, dass er weiß, wer meine Mutter war und weshalb meine Eltern so früh starben. Aber warum er ebenfalls nicht darüber redet, obwohl er sonst ganz anders zu mir ist als meine Großmutter und die übrigen Verwandten, verstehe ich auch nicht."

„Und du hast es tatsächlich nicht geschafft, das Geheimnis zu ergründen?"

„Ich habe es bestimmt schon tausendmal versucht. Aber wenn ich nur meine Eltern erwähne, bekommt meine Großmutter jedes Mal einen Tobsuchtsanfall. Ihre Bediensteten trauen sich aus Angst vor ihr nicht, mir etwas zu sagen. Und mein Onkel ist zu weit weg, als dass ich ihn zum Reden bringen könnte."

Franzi schüttelte den Kopf und sah aus dem Fenster, wo die flache Landschaft um Breslau von den Hügeln der Grafschaft Glatz abgelöst wurde. „Und was willst du jetzt tun? Dieser Zug fährt nicht nach Hamburg, wo die Dampfer der Deutschen Ostafrika-Linie ablegen."

„Ich will zuerst nach Schloss Scharfeneck. Ich muss mich ja für die Reise in die Tropen ausrüsten. Für meine Großmutter werde ich schon eine Geschichte erfinden, damit sie mich nicht postwendend und in Ketten ins Pensionat zurückschickt."

„Ich weiß, wie du deiner bärbeißigen Großmutter aus dem Weg gehen kannst." Franzi richtete sich auf. „Komm mit mir nach Wölfelsgrund."

„Um mir stattdessen die Standpauke deines Vaters anzuhören?" Julie lachte auf. „Niemals. Er hat dich doch schon in so vielen Briefen vor mir gewarnt, weil er in mir den Grund für dein missfälliges Verhalten ausgemacht hat."

Das war leider nur zu wahr. Seit ihr Vater mit der Steinbach über ihre *Untaten* und ihr *exzessives Bratschenspiel* gesprochen hatte, war Julie von Götzen für ihren Vater ein *böser Verkehr*, der ihre *guten Sitten* verdarb. Trotzdem wäre es ihr eine große Beruhigung, ihre Freundin bei sich zu haben. „Bitte komm mit mir, Julie. Ich fürchte mich davor, meinem Vater allein gegenüberzutreten."

„Meine Begleitung wird dir wenig nutzen."

„Jedenfalls könntest du mich unterstützen. Und mein Vater wird es gewiss nicht wagen, mir vor Fremden eine Strafpredigt zu halten."

Doch Julie schüttelte den Kopf. „Nein, Franzi, den Gefallen kann ich dir nicht tun. Aber komm du doch mit mir nach Scharfeneck – und von dort aus mit nach Deutsch-Ostafrika."

„Nach …?" Franzi verschluckte sich beinahe. „Du meinst, ich sollte – durchbrennen?"

Ihre Freundin zuckte mit den Schultern. „Nenne es, wie es dir beliebt. Es war doch schon immer dein Traum, nach Afrika zu reisen. Und du willst armen Menschen etwas Gutes tun. Wo sonst hättest du so viel Gelegenheit dazu wie in Afrika?"

Franzi starrte auf ihre Schuhspitzen. Aber vor ihren Augen sah sie das Bild der sich wiegenden Palmen, auf ihrer Haut spürte sie den warmen Wüstenwind und in der Nase hatte sie schon den Duft von Orchideen und Oleander. Das Schaukeln des Zuges verwandelte sich in das Schwanken eines Kamels – was sie auch daran erinnerte, dass die Reise nach Afrika eine wochenlange Schifffahrt bedeutete. Bei ihrer Seekrankheit würde das vermutlich kein Vergnügen.

„Wie gerne würde ich dich begleiten. Aber wenn ich das tun will, muss ich doch zuerst eine medizinische Ausbildung haben." Eine Ausbildung, die ihr Vater ihr immer verweigert hatte, weil es sich für ein Mädchen, noch dazu ihres Standes, nicht geziemte.

Julies schwarze Augen funkelten. „Es gibt so viele Krankenstationen im Schutzgebiet, wo helfende Hände dringend gebraucht werden. Dort würdest du mit Handkuss willkommen geheißen und alles Notwendige blitzschnell lernen. Und Robert Koch ist doch ebenfalls in Deutsch-Ostafrika. Vielleicht kannst du im biologisch-landwirtschaftlichen Institut in Amani sogar persönlich von ihm etwas lernen."

Robert Koch! Der Name elektrisierte sie. Sie hatte jeden Zeitungsartikel über den berühmten Mediziner verschlungen. Es war viel zu verlockend, ihn zu treffen und ihm vielleicht sogar bei seinen Forschungen helfen zu können, als dass Franzi das Angebot ihrer Freundin einfach so ausschlagen könnte.

Zwar würde sie am liebsten Medizin studieren, um selbst nach Heilmethoden für lebensbedrohliche Krankheiten forschen zu können. Denn wenn die medizinische Forschung nur wenige Jahre schneller gewesen wäre, würde ihre Schwester Charlotte heute wahrscheinlich noch leben, und ihre Mutter ebenfalls – und es galt, noch viele andere Krankheiten, die ähnlich schrecklich waren wie Diphtherie, zu bekämpfen. Doch ein Studium würde ihr Vater ihr erst recht nicht erlauben. Warum sollte sie dann nicht mit Julie nach

Afrika gehen und dort etwas Sinnvolles aus ihrem Leben machen? Aber andererseits – sollte sie einfach so verschwinden? Ohne noch einmal mit ihrem Vater gesprochen zu haben? Es kam ihr feige vor, ihm nicht wenigstens den Grund zu nennen, der sie von zu Hause forttrieb.

„Nein." Sie sah Julie fest in die Augen und warf ihren Zopf über die Schulter. „Ich werde nach Hause fahren. Ich muss sehen, wie mein Vater mich aufnimmt. Ob er wirklich so streng ist, wie ich befürchte. Und sollte es so sein, werde ich erhobenen Hauptes gehen."

Julie lächelte. „Die stolze Franzi. Aber ich hatte es mir schon gedacht."

„Ich werde mich nicht heimlich davonschleichen. Wenn ich aus einer festen Überzeugung heraus gehe, werde ich diese Entscheidung auch vor meinem Vater vertreten."

Der Zug hielt in Strehlen und Franzi beobachtete durchs Fenster einige Offiziere, die lärmend zustiegen. Als ein breitschultriger Hauptmann, dessen Schnurrbartspitzen wie Hellebarden in die Höhe standen, ihr ungeniert zulächelte, wandte sie den Blick schnell ab.

„Und dann ist da noch meine Großmama", fuhr Franzi leise fort. „Sie ist für mich wie eine Mutter. Ich kann sie nicht ohne Abschied zurücklassen, vor allem, weil ich nicht weiß, ob ich sie dann jemals wiedersehen würde. Sie ist schon 77 Jahre alt."

„Ich werde einige Tage auf Schloss Scharfeneck bleiben, bevor ich nach Hamburg fahre. Wenn du es zu Hause nicht aushältst und doch noch mitkommen willst, weißt du, wo du mich findest. Der Weg ist ja nicht weit."

Franzi nickte, obwohl sie nicht sicher war, dass sie wirklich von zu Hause weggehen würde. Wenn sie an den freundlich rauschenden Hochwald und die friedlich plätschernde Wölfel dachte, konnte sie sich kaum vorstellen, fortzugehen, um nie wiederzukommen. Und auch an dem Forsthaus, das ihr Vater nach und nach zu einem Forstschloss ausgebaut hatte, hing sie, obwohl es für ihren Geschmack zu protzig geraten war. Ursprünglich war es wohl bescheidener gewesen, aber nach dem Tod ihrer Mutter hatte ihr Vater mit einigen kleinen Reparaturen angefangen, die dann immer weiter ausgeufert waren – ihre Großmama hatte es einmal *seine Art der Trauerbewältigung* genannt. Herausgekommen war schließlich der heutige

Prunkbau, mit dem ihr Vater seine Standesgenossen zu beeindrucken versuchte.

Julie legte ihr eine Hand auf die Schulter. „Ich hoffe, dass du mit mir kommen wirst. Wir haben schon so viele Abenteuer zusammen durchgemacht." Sie stand auf und griff nach ihren Taschen. „Die nächste Station ist schon Glatz, wo ich dich verlassen muss."

„Du willst mich also wirklich allein lassen?"

„Ich mache dir ein Abschiedsgeschenk." Ihre Freundin setzte sich wieder neben sie und nahm ihren Bratschenkoffer auf den Schoß. „Du liebst dieses Instrument viel mehr als ich. Und du spielst es auch viel besser. Nimm es mit nach Wölfelsgrund – für immer."

Fassungslos starrte Franzi ihre Freundin an. „Du – du willst mir deine Viola *schenken*?" Über die Ferien ausgeliehen hatte sie sie ja schon öfter. Aber nun sollte sie die Viola für den Rest ihres Lebens behalten? „Sie ist doch ein Familienerbstück, oder nicht?"

„Ja, sie ist das Einzige, das mir von meinen Eltern geblieben ist. Aber mein Onkel hat mir, als er sie mir zu Beginn meiner Pensionatszeit geschenkt hat, gesagt, dass ich sie nicht mit nach Scharfeneck nehmen soll. Denn Großmutter solle nie erfahren, dass ich das Instrument besitze, weil sie es mir wahrscheinlich wegnehmen würde. Deshalb gebe ich es dir." Sie reichte ihr die Viola herüber.

Zart strich Franzi mit dem Fingerrücken über den Koffer. „Ich habe mich schon gefragt, wie ich es ohne Viola aushalten soll. Aber bist du dir ganz sicher, dass du sie mir geben willst?"

„Was habe ich von einem Familienerbstück, dessen Geschichte ich nicht kenne? Ich weiß nicht einmal, wer diese Bratsche gespielt hat. War es meine namenlose Mutter? Oder vielleicht mein Vater?" Julie nahm sie in den Arm. „Nein, nimm du sie, Franzi. Und solltest du doch noch mit mir nach Deutsch-Ostafrika reisen, bringst du sie einfach wieder mit."

Franzi musste lächeln und blinzelte gleichzeitig ihre Tränen weg. „Danke, Julie!"

Die Lokomotive stieß einen Pfiff aus und Julie sprang wieder auf. „Gleich sind wir in Glatz."

Sie schnappte sich ihre Taschen und stürmte auf den Gang hinaus – tränenreiche Abschiedsszenen waren noch nie nach Julies Geschmack gewesen. Ein Offizier, der mit einigen Kameraden im Gang stand, eilte herbei und nahm ihr die Taschen ab.

Als der Zug mit kreischenden Bremsen im Bahnhof von Glatz hielt, riss Franzi das Fenster auf. Da verließ ihre Freundin den Zug – die Freundin, mit der sie Jahre im Pensionat verbracht hatte.

Julie winkte ihr noch einmal zu und wies dann den Offizier an, ihre Taschen einem Gepäckträger zu übergeben.

Rasch schloss Franzi das Fenster wieder, damit Julie ihre Tränen nicht sah, wandte sich um – und fuhr erschrocken zusammen. Da stand der breitschultrige Hauptmann mit dem Hellebarden-Schnauzbart in der Tür und grinste sie an.

„Gnä... Gnädiges Fräulein gestatten, dass ich Sie über den traurigen Abschied hinwegtröste."

Der Hauptmann machte einen stattlichen Eindruck, und im ersten Augenblick war Franzi versucht, seine Gesellschaft anzunehmen. Doch das Glitzern in seinen Augen gefiel ihr nicht. Und dann roch sie seinen Atem. Alkohol. Für die Steinbach wäre er bestimmt der lebende Beweis, dass Männer gefährlich waren.

„Entschuldigen Sie." Seine Zunge schaffte es nicht mehr, die Worte sicher zu formen. „Ich vergaß, mich vorzustellen. Emil Schröder, Hauptmann im Granedier... Grienedar... Gre-nie-dir-Rigiment *König Friedrich III.*" Er plumpste auf den Sitz, auf dem Julie eben noch gesessen hatte, und starrte sie an. „Hat Ihnen schon einmal jemand gesagt, dass Sie fanta... fanstatisch blaue Augen haben?"

Um ihre Augenfarbe hatte Julie sie schon immer beneidet, aber von diesem alkoholisierten Hauptmann wollte sie keine Komplimente hören. „Bitte verlassen Sie sofort mein Coupé."

„Warum so unfreundlich, mein schönes Kind? Was haben Sie gegen einen aufrechten Soldaten unseres Kösers und Kainigs – Kai... Kaisers und Königs?"

„Gegen aufrechte Soldaten habe ich nichts." Sie versuchte, so viel Festigkeit wie möglich in ihre Stimme zu legen. „Sie aber, Herr Hauptmann, sind nicht mehr aufrecht, sondern sturzbetrunken."

„Aber das ist aus... ausgeschlossen." Er hickste. „Ich bin so nüchtern wie der Pfarrer am Sonntagmorgen."

Mit erstaunlicher Behändigkeit haschte er nach ihrer Hand und zog sie neben sich auf den Sitz. Im gleichen Augenblick wurden die Türen zugeworfen und der Zug ruckte an.

Franzi stieß einen spitzen Schrei aus. „Lassen Sie mich sofort los, sonst rufe ich um Hilfe!"

Er lachte und hüllte sie damit in eine Wolke aus Alkoholdunst. „Nicht so zimperlich, mein schönes Kind." Er versuchte, einen Arm um sie zu legen.

„Ich bin nicht Ihr schönes Kind. Und jetzt verlassen Sie augenblicklich das Coupé, sonst sorge ich dafür, dass Sie ein Disziplinarverfahren wegen ungebührlichen Verhaltens einer Dame gegenüber erhalten."

„Oh nein, mein schönes Kind." Er stand auf und stocherte mit dem Zeigefinger in der Luft herum. „So herzlos können Sie doch nicht sein. Ich muss für eine Woche ins Mö... Me... Manevör, da können Sie mich doch nicht so rüde zurückweisen."

Sie stieß ihn mit beiden Fäusten vor die Brust, dass er auf den gegenüberliegenden Sitz taumelte und mit dem Kopf gegen die Wand des Abteils donnerte.

„Aber mein schönes Kind..." Er rülpste. „Wiss... Wissen Sie überhaupt, was ein Ma... Menöver ist? Wir ziehen so... suzosagen in den Krieg, sim... similieren Kriegsum... ...umstände..."

„Natürlich weiß ich, was ein Manöver ist! Und jetzt hinaus mit Ihnen!"

„Was geht hier vor?"

Beim Klang der barschen Stimme fuhr Franzi vom Sitz auf. In der Abteiltür stand ein weiterer Offizier, doch der kleine, schmächtige Leutnant würde bestimmt keine große Hilfe sein.

„Schröder, was fällt Ihnen ein, die Dame zu belästigen?" Die volltönende Stimme passte so gar nicht zu der schmächtigen Figur des Leutnants.

„Aber Schenck", stotterte der Hauptmann. „Dieses schöne Kind hat mich hereingebeten..."

„Lügner!" Franzi ballte die Faust. „Wenn Sie mich schon belästigen, dann stehen Sie auch wenigstens dazu und versuchen sich nicht mit einer Lüge feige herauszureden."

„Feige?" Schröder rollte mit den Augen. „Sie nnn... nennen mich fff... feige?"

Mit einem Schritt war der kleine Leutnant bei dem Hauptmann und riss so heftig an seinem Arm, dass er mit einem Schwung auf seinen Füßen stand. Dann schob er ihn kurzerhand auf den Gang hinaus, wo Schröder gegen ein Fenster taumelte. Als der Zug über eine Weiche fuhr, wurde Schröder gegen die andere Wand des Ganges geschleudert und konnte sich nur mühsam auf den Beinen halten.

Der Leutnant drehte sich wieder zu Franzi um und rückte seine Schirmmütze zurecht. „Bitte verzeihen Sie, gnädiges Fräulein. Ich werde dafür sorgen, dass der Herr Hauptmann Sie nicht wieder belästigt."

Bewundernd starrte Franzi den schmalen Offizier an und knickste. „Ich danke Ihnen, Herr Leutnant." Männer waren also doch nicht alle gefährlich.

Er schlug die Hacken zusammen. „Leutnant Moritz von Schenck, zu Ihren Diensten, gnädiges Fräulein."

Dieser Mann war erstaunlich. Seine Figur sah alles andere als kraftvoll aus, aber das schien er durch große Energie wettzumachen. Und seine Augen! Wenn der Hauptmann gerade ihre eigenen Augen bewundert hatte – die des kleinen Leutnants waren mindestens ebenso auffallend blau. Und irgendwie kam er ihr bekannt vor. War das nicht der Leutnant, der bei der Parade in Breslau den Befehl verpasst hatte? Jedenfalls war der auch klein gewachsen gewesen.

Leutnant von Schenck nickte ihr mit der Andeutung eines Lächelns noch einmal zu, dann schloss er die Abteiltür.

Franzi sank auf den Sitz, doch da pfiff die Lokomotive schon wieder – das musste Habelschwerdt sein. Sie schloss für einen Augenblick die Augen, um sich auf den Empfang, der sie erwartete, vorzubereiten. Dann stand sie auf, nahm ihr Gepäck und die Viola und trat auf den Gang hinaus.

Dort stand der kleine Leutnant wie der Wachposten vorm Breslauer Stadtschloss und schien darauf zu achten, dass sich niemand ihrem Abteil näherte. Mit einer eleganten Verbeugung nahm er ihr den Koffer ab.

Schnaufend und fauchend fuhr der Zug in den kleinen Bahnhof von Habelschwerdt ein. Schenck öffnete die Tür, sprang auf den Perron und nahm ihr Gepäck entgegen. Doch als sie ihm die Viola hinausreichen wollte, wurde der Leutnant plötzlich von einem Herrn im eleganten Gehrock beiseitegeschoben.

„Ich mache das schon. Gehen Sie nur."
Ihr Vater.

*   *   *

Schnaufend und fauchend fuhr der Zug in den Bahnhof von Habelschwerdt ein.

Graf Ferdinand Grüning von Wedell faltete die Hände und richtete seinen Blick zum Himmel. „Herr Jesus, bitte hilf mir, richtig mit Franziska umzugehen."

Es war schon viel zu oft zum Streit mit seiner Tochter gekommen, und wahrscheinlich war er selbst nicht immer unschuldig daran gewesen. Aber irgendwie musste seine Tochter doch begreifen, dass es mit ihren Eskapaden so nicht weitergehen konnte. Der Verweis vom Pensionat war der beste Beweis dafür.

Endlich hielt der Zug und die Türen flogen auf. Als Erstes sah Ferdinand einige Offiziere, die auf den Perron sprangen. Richtig, der Bürgermeister hatte ihn ja informiert, dass im Hochwald ein Manöver stattfinden sollte. Ausgerechnet zu der Zeit, in der Franziska zu Hause sein würde, die viel zu sehr von Offizieren fasziniert war. Er würde gut auf sie achtgeben müssen.

Da erschien Franziskas blonder Kopf, der ihn an ein Weizenfeld im August erinnerte. Ein kleiner Offizier stand vor ihr auf dem Perron und nahm ihr den Koffer ab. Sie schenkte ihm ein Lächeln, das für seinen Geschmack viel zu freundlich, wenn nicht gar anhimmelnd war. Das fing ja gut an! Kaum stieg Franziska aus dem Zug, poussierte sie schon mit einem Offizier!

Mit wenigen Schritten bahnte Ferdinand sich einen Weg durch die Menge auf dem Perron und schob den Offizier beiseite. „Ich mache das schon. Gehen Sie nur."

Franziska verdrehte die Augen, doch Ferdinand drehte sich demonstrativ zu dem Leutnant um und richtete sich hoch auf.

„Ich bin der Vater dieser Dame."

Der Soldat rückte an seiner Schirmmütze. „Diese Rolle werde ich Ihnen nicht streitig machen."

„Sie! Was wollen Sie damit sagen?"

„Dass ich nicht die Absicht habe, Ihre Tochter zu adoptieren."

Der Leutnant wandte sich an Franziska und verbeugte sich formvollendet. „Gehaben Sie sich wohl, gnädiges Fräulein."

Als Franziska dem Soldaten die Hand zum Kuss reichte, hätte Ferdinand sie am liebsten weggeschlagen. Endlich entfernte sich der Offizier, und Franziska sprang mit einem zweiten, unförmigen Koffer auf den Perron.

„Möchtest du mir nicht erklären, wie du an die Begleitung dieses windigen Offiziers kommst?"

„Möchtest du mich nicht begrüßen, Vater?"

Ferdinand ließ den Kopf hängen. „Du hast recht, entschuldige, Franziska." Er breitete die Arme aus.

Doch sie wich seiner Umarmung aus und ergriff nur seine Hand. „Leutnant von Schenck stand mir in einer misslichen ..."

„Du kennst bereits seinen Namen?" Ferdinand spürte, wie die Angst nach ihm packte. Es war ja hinreichend bekannt, dass Offiziere sich in Friedenszeiten darauf verlegten, unschuldige Frauen zu erobern.

„Wie ich zu sagen versuchte, stand er mir in einer misslichen Lage bei und nannte mir dabei seinen Namen."

„Die missliche Lage ging wohl eher von dem Offizier selbst aus." Seine Tochter war für die Reize von Offizieren in glänzenden Uniformen viel zu empfänglich. Und wohin solch unselige Neigungen führen konnten, hatte er am eigenen Leib erfahren, als er den Reizen eines schillernden Fräuleins erlegen war. Er würde mit allen Mitteln verhindern müssen, dass Franziska denselben Fehler machte.

„Können wir nicht zum Wagen gehen?" Sie legte ihren Zopf nach vorn über die Schulter – immerhin trug sie ihr Haar nicht offen.

Er winkte seinen Kutscher herbei, der das Gepäck aufnahm. „Was bitte ist das für ein Koffer?" Ferdinand wies auf das unförmige Gepäckstück, das Franziska nicht aus der Hand gab. Sollte sie etwa wieder dieses Götzen-Instrument mitgebracht haben?

Sie fuhr mit dem Zeigefinger über den Koffer. „Das ist die Viola meiner Freundin. Sie hat sie mir anvertraut, weil ich sie so gerne spiele."

„Julia von Götzen?" Er hatte seine Tochter hin und wieder im Pensionat besucht – meistens, weil die Vorsteherin ihn wegen Schwierigkeiten mit Franziska herbeigerufen hatte – und hatte dabei auch das schwarzhaarige Mädchen kennengelernt, das Fräulein von Steinbach als Ursache allen Übels dargestellt hatte.

„Ja, es ist Julies Viola." Franziska drückte den Koffer an sich, während sie zum Wagen gingen.

„Du weißt, dass ich dein übertriebenes Spiel nicht dulde. Ich habe dir damals nicht umsonst die Geige weggenommen. Und es ändert auch nichts, dass es sich bei diesem Instrument um eine Bratsche handelt." Also wieder die Bratsche dieser Julia von Götzen. Vielleicht sollte er froh sein, dass seine Tochter aus dem Pensionat heraus und damit dem schlechten Einfluss dieses Mädchens entzogen war. Allerdings stand sie nun ohne Abschluss da.

„Die Viola wirst du mir nicht wegnehmen!" Franziska funkelte ihn an und umschlang das Instrument so fest, dass der Koffer zu krachen begann.

„Unter der Bedingung, dass du nur eine halbe Stunde am Tag spielst – keine Minute länger."

„Vater!" Sie krampfte die Finger um den Griff des Bratschenkoffers, dass die Knöchel weiß wurden.

„Keine Widerrede." Wenn er nicht mit harter Hand durchgriff, würde seine Tochter ihm noch vollends entgleiten.

Sie bestiegen den Wagen, der Kutscher sprang auf den Bock, und dann fuhren sie mit klappernden Hufen durch die Gassen von Habelschwerdt.

Aus dem Augenwinkel beobachtete Ferdinand seine Tochter. Franziska starrte stur geradeaus, die Bratsche wie ein Kleinkind im Arm haltend. Sie biss die Zähne zusammen, dass die Kieferknochen hervortraten. – Er sollte es mit Freundlichkeit versuchen.

Ferdinand wandte sich seiner Tochter zu und sah ihr in die kornblumenblauen Augen. „Bitte verzeih mir, Franziska, dass ich dich am Bahnhof direkt mit meinen Sorgen überfiel. Du musst verstehen, dass mir dein Verweis vom Pensionat einen Schrecken versetzt hat."

„Es ist doch lächerlich, dass die Steinbach mich wegen einer solchen Lappalie hinausgeworfen hat."

„Das, was sie mir depeschiert hat, war durchaus keine Lappalie."

„Natürlich hat sie alles viel schlimmer dargestellt, als es wirklich war." Franziska knetete ihre Finger im Schoß. „Ich habe nur mit Julie einer Parade beigewohnt, mehr nicht."

Mit Julia also. Bestimmt war dieses schwarzhaarige Mädchen wieder die Anstifterin gewesen. Er würde jeden Kontakt zu dieser Komtesse Götzen unterbinden. „Wie ich hörte, war es aber nicht nur die Parade. Ihr habt eine Krankheit simuliert ..."

Über Franziskas Gesicht huschte ein schelmisches Grinsen, das sie schnell hinter einer Hand verbarg. „Das war der einzige Weg, dem langweiligen Ausflug zu entgehen."

Unwillkürlich musste auch Ferdinand schmunzeln. Rasch sah er zur Seite. Seine Tochter durfte nicht merken, wie sehr ihn diese Vorstellung amüsierte – vor allem, weil sie ihm so ähnlich war. Wenn er daran dachte, welche Schauspielereien er in seiner Jugendzeit ausgeheckt hatte ... Dagegen war Franziskas Vergehen wirklich beinahe harmlos. „Und was ist mit dem Bier unter euren Betten?"

„Das haben wir gar nicht selbst getrunken."

„So, nicht selbst getrunken. Und warum stand es dann unter euren Betten?"

Franziska presste die Lippen aufeinander, dass sie weiß wurden.

„Nun? Fällt dir keine plausible Ausrede ein?"

„Ich brauche keine Ausrede."

„Dann lass mich die Wahrheit hören."

„Ich habe sie dir bereits gesagt: Wir haben das Bier nicht selbst getrunken."

„Was habt ihr dann damit getan? Ihr hattet es doch nicht umsonst unter euren Betten stehen."

„Das kann ich nicht sagen."

Ferdinand schüttelte den Kopf. Der Gedanke, dass seine Tochter heimlich Alkohol trinken könnte, war für ihn unerträglich. „Wenn du mir keinen guten Grund angeben kannst oder willst, muss ich doch glauben, du habest es selbst getrunken."

„Vater!" Ihre blauen Augen funkelten ihn an. „Willst du mir unterstellen, ich würde nicht die Wahrheit sagen? Glaubst du wirklich, ich würde mit Julie zusammen heimlich Bier trinken?"

„Was soll ich denn sonst glauben, wenn unter deinem Bett Bier gefunden wird? Und du keine andere plausible Begründung vorbringst?"

Sie ließ den Kopf hängen. „Du glaubst mir also nicht", flüsterte sie.

Er atmete tief durch. Sie hatten die Kreisstadt Habelschwerdt inzwischen hinter sich und der harzige Duft der Wälder gab ihm ein wenig Ruhe. „Franziska, lass uns doch vernünftig miteinander reden. Fräulein von Steinbach hat dich ihrer Anstalt verwiesen – also liegen ausreichend Gründe dafür vor."

„Du bist genauso wie sie", fauchte sie. „Warum habe ich eigentlich noch gehofft, du könntest Verständnis für mich haben?"

Wie sehr wünschte er sich in solchen Situationen, seine Frau würde noch leben. Lena hätte bestimmt die richtigen Worte gefunden, um das Herz ihrer Tochter zu erreichen. „Du musst doch begreifen, dass ich dein Verhalten nicht gutheißen kann. Ich will dir zugutehalten, dass du unter dem schlechten Einfluss von Julia von Götzen standest, aber das ist keine Entschuldigung für den Verweis vom Pensionat."

„Es ist nicht ihr Einfluss." Sie reckte die Nase in die Luft und schob das Kinn vor. „Julie wurde nicht einmal hinausgeworfen, sondern nur ich."

„Und dann behauptest du, deine Vergehen seien Lappalien gewesen?"

„Ach Vater, du glaubst mir ja doch kein Wort."

Er seufzte tief auf. Was hatte er nun wieder falsch gemacht, dass Franziska sich so vor ihm verschloss? Warum mussten alle Gespräche mit ihr so enden? Und es war ja nicht nur Franziska, auch mit seinen Söhnen Claus Ferdinand und Friedrich Wilhelm gab es immer wieder ähnliche Diskussionen. „Ich verstehe deine Uneinsichtigkeit nicht. Begreifst du denn nicht, dass du etwas falsch gemacht hast und nun die Folgen trägst?"

„Ich habe die Regeln des Pensionats gebrochen, ja. Aber selbst wenn nach deinen Prinzipien jeder Regelverstoß eine Strafe nach sich ziehen muss, rechtfertigt das nicht eine solch drakonische Strafe. Du magst reden, solange du willst, Vater, das werde ich niemals einsehen. Fräulein von Steinbach und du, ihr seid doch alle nur scheinheilige Menschen, die die Fehler anderer ausposaunen, um die eigene Unvollkommenheit zu vertuschen."

„Franziska!" Ferdinand wäre beinahe aufgesprungen. „Du weißt doch genau, dass dieser Vorwurf nicht stimmt!"

„Und ob er stimmt! Ihr Christen wollt doch immer vollkommen

sein, und da euch das nicht gelingt, müsst ihr die Fehler anderer herausstellen."

Ihr Christen. Ferdinand vergrub das Gesicht in den Händen. Das war das Schlimmste: Franziska lehnte den Glauben an Jesus Christus, der ihm Lebensinhalt war, vehement ab.

Der Wagen bog nach Wölfelsgrund ab. Doch Ferdinand konnte sich nicht an der Schönheit seiner Heimat erfreuen. Wie Bleigewichte hing die Sorge um Franziska an seinem Herzen. Er griff nach ihrer Hand, doch sie zog sie rasch weg und sah geflissentlich zur Seite.

„Ich meine es doch nur gut mit dir", versuchte er es erneut. „Ich möchte, dass du ein rechtschaffenes Mädchen wirst und ..."

„Hör auf!" Sie hielt sich die Ohren zu. „Ich kann dieses Gefasel nicht mehr hören! Mein Leben soll nicht nur aus schönen Kleidern, züchtigen Plaudereien und gehorsamem Ehefrauendasein bestehen. Ich möchte etwas aus meinem Leben machen! Bitte Vater" – jetzt sah sie ihn wieder an –, „lass mich Ärztin werden."

Ferdinand stockte der Atem. „Lass doch diese abstruse Idee. Das ist für eine Frau völlig unangemessen. Und außerdem werde ich dich kaum an eine Universität schicken, wo du gerade des Pensionats verwiesen wurdest!"

Ihre Stimme wurde immer leiser. „Vater, ich bitte dich darum."

Er konnte sich denken, wie schwer Franziska diese Worte fielen. Doch er konnte ihr diesen Wunsch unmöglich erfüllen. In der Gesellschaft würde es einen Aufschrei geben, wenn er seiner Tochter ein Studium erlauben würde. Das konnte er sich einfach nicht leisten! Er war erst vor knapp dreißig Jahren nobilitiert worden und bei seinen Standesgenossen immer noch nicht voll akzeptiert. Eine Tochter, die aus dem Rahmen fiel, würde seinem Ansehen nur schaden. Und seine Glaubensgeschwister würden ihn erst recht schief anschauen, wenn er seine Tochter studieren ließ. Das wäre ein Skandal! „Es geht nicht, Franziska."

„Und warum erfüllst du meinen Brüdern jeden Wunsch?" Alle Sanftheit wich aus Franziskas Stimme. „Claudinand möchte Offizier werden – du erlaubst es. Fritz möchte sogar bei der Garde in Berlin dienen – du erlaubst es. Sie machen das Töten zu ihrem Beruf – du erlaubst es. Aber wenn ich anderen Gutes tun will, schmetterst du es mit einem Nein ab."

Ferdinand sah zu den Villen hinüber, die die Straße in Wölfelsgrund säumten. „Für einen jungen Mann von Adel ist es eben normal, in der Armee zu dienen. Aber als Mädchen zu studieren ..."

„Ich kann dir den wahren Grund sagen." Franziska sah ihn an, ihre Augen sprühten Blitze. „Du hast mir nie verziehen, dass es *meine* Geburt war, bei der Mama starb. Und kurz darauf deine älteste Tochter, die bestimmt ein Ausbund an Frömmigkeit und Wohlerzogenheit geworden wäre."

„Franziska! Du weißt genau, dass das nicht wahr ist!"

„Jetzt glaube *ich* dir kein Wort. Schließlich kann ich mir dein Verhalten nicht anders erklären." Sie senkte den Kopf, ihre Stimme klang erstickt. „Und dabei wünsche ich mir nichts sehnlicher als eine Mutter, die mich wahrhaft liebt. Und eine große Schwester, die mich versteht."

„Franzi – Töchterchen!" Er streckte den Arm aus, um ihn ihr um die Schultern zu legen, doch sie schüttelte ihn ab.

„Fass mich nicht an! Am liebsten würde ich direkt wieder umkehren und zu Julie reisen, anstatt in dieses lieblose Forstschloss zu kommen." Ihre Faust schloss sich um das Ende ihres Zopfes und sie zog so heftig daran, dass es ihm schon beim Zuschauen wehtat.

Er legte die Hände über die Augen und schwieg. Jedes weitere Wort würde alles nur noch schlimmer machen, als es ohnehin schon war. Hoffentlich gelang es seiner Mutter, mäßigend auf Franziska einzuwirken. Und zum Glück kam auch Claus Ferdinand in einigen Tagen auf Urlaub nach Hause. Sein besonnener Ältester hatte immer einen guten Einfluss auf Franziska ausgeübt, vielleicht schaffte er es, die Wogen zu glätten.

Kapitel 3

Julies Herz machte fünf Schläge pro Sekunde, als die Droschke durch den Torbogen von Schloss Scharfeneck rumpelte und dann im Schlosshof hielt. Der Kutscher öffnete den Schlag und sie sprang hinaus.

„Bitte bringen Sie meinen Koffer in die Eingangshalle."

Julie raffte ihren Rock und stieg die Stufen der Freitreppe hinauf. Als sie die große Halle betrat, fröstelte sie. Das ganze Schloss strahlte eine Atmosphäre der Kälte aus, obwohl im Kamin ein Feuer brannte.

Der alte Diener, der hier gleichsam zum Inventar gehörte, stelzte auf sie zu, als wäre sein Rückgrat eine Eisenstange. Nur ein winziges Zucken seiner Augenbrauen verriet seine Überraschung. Er verbeugte sich, ohne dabei den Oberkörper zu krümmen.

„Bitte melden Sie mich meiner Großmutter."

Wieder eine steife Verbeugung, dann entschwand der Diener lautlos die Treppe hinauf.

Julie trat vor den Kamin und rieb sich die Hände, doch die Kälte wollte sich nicht vertreiben lassen.

Auf diesem Schloss würde sie es nicht lange aushalten. Der Empfang durch ihre Großmutter würde mindestens genauso kalt ausfallen wie der durch den Diener. Selbst die Überraschung über das plötzliche Auftauchen ihrer Enkelin würde ihre Großmutter nicht aus ihrer Starre reißen.

Kurze Zeit später kam der Diener gemessenen Schrittes wieder die Treppe hinab, blieb in gebotenem Abstand vor Julie stehen und knickte wieder den Oberkörper in der Hüfte nach vorne. „Die gnädige Frau Gräfin lassen bitten", näselte er.

Dann stieg er vor ihr die Treppe hinauf, so langsam, als würde er das Erreichen jeder einzelnen Stufe genießen. Vor einer zweiflügeligen Tür blieb er stehen und ließ seine Fingerknöchel dezent gegen das massive Holz pochen.

„Ich lasse bitten", tönte es von innen.

Der Diener öffnete beide Flügel und brachte seine unvermeidliche

Verbeugung erneut in Anwendung. „Die gnädige Frau Gräfin lassen bitten."

„Das sagten Sie bereits", brummte Julie, als sie an ihm vorbei in den Salon ihrer Großmutter trat. Hinter ihr schlossen sich lautlos die Türflügel.

Gräfin Helena Wilhelmina Katharina von Götzen thronte auf einem hochlehnigen Sessel und verbarg ihr Gesicht hinter einer ausladenden Zeitung. Als Julie sich räusperte, ließ sie die Zeitung sinken und faltete sie raschelnd zusammen. „Julia, was wünschest du?"

Das Gesicht ihrer Großmutter war wie aus Marmor gemeißelt. Nicht der Hauch eines Lächelns erwärmte ihre Züge, kein Funken von Freude zeigte sich in ihren Augen, die grau waren wie der Himmel im November. Ebenso grau war das streng zurückgekämmte Haar. Kein einziges Härchen lag an der falschen Stelle.

Julie knickste. „Ich musste das Pensionat verlassen, Großmutter." Das stimmte zwar nicht, aber wenn sie zugab, das Pensionat freiwillig verlassen zu haben, würde ihre Großmutter sie wahrscheinlich sofort wieder dorthin zurückschicken.

„Aus welchem Grunde?" Ihre Großmutter ließ auch kein Anzeichen von Ärger sehen.

„Fräulein von Steinbach beschuldigte meine Freundin und mich, einige Regeln übertreten zu haben."

„Sicherlich zu Recht. – Und du glaubst, nun einfach wieder hier auf Scharfeneck einziehen zu können?"

„Erlauben Sie, Großmutter, ich hoffte, hier sei noch meine Heimat."

„Du weißt, Julia, dass du nach meinem Dafürhalten kein Recht hast, auf Scharfeneck zu wohnen." Die Stimme ihrer Großmutter war eisig. „Du hast es allein deinem Onkel zu verdanken, dass du hier aufwachsen und eine Erziehung im erstklassigen Pensionat genießen durftest. Durch den Verweis vom Pensionat hast du endgültig jedes Recht verwirkt, hier zu wohnen."

„Ich habe nicht die Absicht, lange bei Ihnen zu bleiben." Bei dieser eiskalten Großmutter wäre sie innerhalb kürzester Zeit erfroren wie eine Rose, die Frost abbekommt. Sie musste nur ein wenig Zeit gewinnen, um alles für ihre Reise nach Deutsch-Ostafrika vorzubereiten.

„Was gedenkst du denn sonst zu tun? Außer deinem Onkel in Daressalam und Tante Ottilie in Kattowitz hast du doch niemanden auf der Welt."

Tante Ottilie in Kattowitz! Damit lieferte ihre Großmutter ihr das Stichwort, das ihr die Möglichkeit geben würde, ihre Spur zu verwischen, sozusagen auf dem Silbertablett. Nach Daressalam würde sie sie keinesfalls allein reisen lassen, aber wenn sie vorgab, zu Tante Ottilie zu wollen ... „Tante Ottilie führt doch ein großes Haus in Kattowitz. Ich möchte zu ihr gehen. Sicherlich kann ich einiges von ihr lernen."

„Sie wird wenig Begeisterung zeigen, den Bastard bei sich aufzunehmen."

„Ich bin kein Bastard!" Julie stemmte die rechte Hand in die Hüfte. „Ich weiß zwar nicht viel von meinen Eltern, aber so viel weiß ich doch: Sie waren ordnungsgemäß verheiratet!"

„Hast du im Pensionat nicht gelernt, dass du Respekt zu zeigen und nicht zu widersprechen hast?" Selbst bei diesem Verweis zeigte ihre Großmutter keinerlei Gefühle.

Julie presste die Zähne aufeinander. Sie musste an sich halten, um nicht eine patzige Antwort zu geben, aber dann würde ihre Großmutter sie wahrscheinlich sofort auf die Straße setzen. „Bitte, Großmutter, gestatten Sie mir, hier zu wohnen, bis ich Tante Ottilie gefragt habe, ob sie mich aufzunehmen gewillt ist." Oder besser gesagt: Bis sie die Schiffsfahrkarte nach Daressalam bestellt und alle Formalitäten für ihre Ausreise erledigt hatte.

Ihre Großmutter sah sie durchdringend an. „Du kannst deine bisherigen Zimmer beziehen. Aber du wirst die Mahlzeiten allein einnehmen. Und nur zu mir kommen, wenn ich dich rufen lasse. Ich gebe dir zwei Monate Zeit. Bis dahin hast du ein eigenes Unterkommen gefunden, meinetwegen als Gesellschafterin oder Gouvernante – dass Tante Ottilie dich dauerhaft aufnehmen wird, glaube ich nicht."

Zwei Monate – das war mehr als genug Zeit, um alles für Deutsch-Ostafrika vorzubereiten und vielleicht sogar Franzi noch zu überreden, sie zu begleiten. Sie würde sofort einen Brief an ihre Freundin schreiben und sie nach Scharfeneck einladen, auch wenn das ihre Großmutter verdrießen würde.

Mit einer majestätischen Handbewegung gab die Königin von Scharfeneck ihr zu verstehen, dass sie entlassen war.

Julie sparte sich den Knicks und verließ den Salon. Als sie auf dem Korridor stand, schlang sie die Arme um ihren Leib, um die Kälte zu vertreiben. Wenn Franzi nicht käme, würde sie bis zu ihrer Abreise ganz allein in diesem riesigen Schloss sein – denn dieser Eisklotz auf der anderen Seite der Salontür wollte ja nichts mit ihr zu tun haben.

Kapitel 4

Leutnant Moritz von Schenck betrat das Schulhaus von Habelschwerdt, das der Regimentskommandeur Oberst von Grumbkow zu seinem Gefechtsstand erkoren hatte. Warum hatte der Kommandeur ihn zu sich bestellt? Hatte er sich gar eine Gemeinheit für ihn ausgedacht? Denn gleich bei der Parade auf dem Breslauer Ring anlässlich Grumbkows Amtseinführung hatte Schenck sich einen Fauxpas erlaubt, weshalb der Oberst nicht gut auf ihn zu sprechen war.

Schenck schmunzelte vor sich hin. Noch nie hatte ihn etwas so sehr abgelenkt, dass er sogar den Befehl *Präsentiert das Gewehr!* überhört hatte; aber der blonde Lockenkopf, den er zwischen all den Zuschauern entdeckt hatte, hatte das Unmögliche fertiggebracht. Zu seiner Überraschung war ihm dieser Lockenkopf bereits am Montag während der Zugfahrt erneut über den Weg gelaufen, obwohl er gar nicht damit gerechnet hatte, die junge Dame überhaupt jemals wiederzusehen.

Er rückte seine Schirmmütze gerade und klopfte an die Tür des Direktorats, das Grumbkow für sich requiriert hatte. Auf das „Herein!" betrat er den Raum und marschierte bis zum Schreibpult, wo er Haltung annahm.

„Herr Oberst, Leutnant von Schenck, ich melde mich wie befohlen zur Stelle."

Grumbkow stand auf und richtete sich zu seiner vollen Höhe auf. Schenck hatte den Eindruck, als hätte er einen der Söhne Enaks vor sich, aber wahrscheinlich täuschte das nur, weil er selbst eher Zachäus glich.

„Gut, Leutnant. Rühren." Die Stimme des Obersts klang nach jahrzehntelangem Zigarrenrauchen. Und tatsächlich quoll der Aschenbecher schon über. „Ich habe Sie rufen lassen, Schenck, weil ich einen Spezialauftrag für Sie habe."

Das konnte immerhin auch etwas Gutes bedeuten. Es war an der Zeit, dass er sich vor seinen Vorgesetzten auszeichnete. Durch seine schmächtige Figur und seine Größe – oder vielmehr seine nicht vorhandene Größe – hatte er einen schweren Stand, obwohl er bestimmt kein schlechterer Soldat war als die Herren mit Gardemaß und breitem Kreuz.

„Sie übernehmen die zwote Kompanie."

Schenck riss die Augen auf. „Aber Hauptmann Schröder ..." Schröder war eigentlich Chef der zweiten Kompanie und würde sich das Kommando niemals freiwillig entreißen lassen.

„Schröder musste ich wegen der Ereignisse im Zug suspendieren. Alkohol im Dienst und Belästigung einer Dame – immerhin einer Komtesse – machen ihn für das Manöver untragbar. Sie nehmen ihn unter Arrest."

„Ich?" Damit würde er sich unweigerlich den Zorn, wenn nicht sogar die Rache des Hauptmanns zuziehen – obwohl er die Vorfälle nicht einmal selbst gemeldet hatte. Vermutlich hatte einer der anderen Offiziere, die mit im Zug waren, geplaudert, um das Kommando zu bekommen.

„Sie haben recht gehört. Sie werden ihn unter Arrest nehmen. Als Teil der Übung führen Sie ihn als Gefangenen mit." Grumbkow fingerte eine Zigarre aus seiner Kiste und schnitt sie an.

Schenck fragte sich unwillkürlich, wo er die Asche und den Stummel noch unterbringen wollte.

„Des Weiteren" – Grumbkow riss ein Streichholz an und entzündete die Zigarre – „marschieren Sie noch heute mit Ihrer Kompanie aus Habelschwerdt ab. – Zigarre?"

„Danke, ich rauche nicht."

Grumbkow verzog angewidert das Gesicht. „Ein Offizier, der nicht raucht, ist mir noch nie untergekommen." Er nahm einen tiefen Zug und gab den Qualm mit brodelndem Husten wieder von sich. „Also: Noch heute Abmarsch nach Wölfelsgrund, 15 Kilometer südöstlich von hier."

„Ich kenne das Dorf. Es ist ein bekannter Kurort."

„Richtig. In Grenznähe. Und wer kommt von der Grenze? Der Feind. Dessen Rolle werden Sie mit der Zwoten übernehmen."

Schenck konnte nur mühsam einen Ausruf der Enttäuschung unterdrücken. „Herr Oberst, wenn ich bitten darf ..."

„Sie haben einen Einwand?"

„Ich meine, ist es nicht eine wirkungsvollere Strafe für Hauptmann Schröder, wenn er mit dieser unheilvollen Aufgabe betraut wird?"

„Sie nennen diese Aufgabe unheilvoll?" Grumbkow klopfte die Asche von seiner Zigarre in den Aschenbecher – jedenfalls versuchte er es; sie purzelte den Ascheberg hinab, plumpste auf den Schreibtisch und zerfiel in tausend Staubpartikel. „Ich biete Ihnen die Möglichkeit, mir Ihre Fähigkeiten als Offizier unter Beweis zu stellen, und Sie nennen es eine unheilvolle Aufgabe?"

Selbstverständlich war es das. Machte er seine Sache gut, machte er sich beim ganzen Offizierskorps und beim Kommandeur unbeliebt, die dann ja bei der „Verteidigung" versagt hatten. Ließ er es jedoch auf eine Niederlage ankommen, stand *er* als Versager da. „Herr Oberst ..."

„Das ist ein Befehl!" Grumbkows Stimme klang, als wollten seine Bronchien aus dem Schlund herauskommen. „Haben Sie das verstanden?"

Schenck riss die Knochen zusammen. „Zu Befehl, Herr Oberst."

„Einquartierung ist untersagt."

Schenck starrte auf Grumbkows nikotingelben Schnurrbart. „Ich verstehe nicht ..."

„Habe ich mich nicht klar genug ausgedrückt? Sie werden *nicht* in Wölfelsgrund Quartier nehmen, sondern im Schneeberger Forst oberhalb des Dorfes biwakieren."

Sollte das Schikane sein? „Herr Oberst, haben Sie einen Grund für diesen Befehl?"

„Meinen Sie etwa, ich gäbe meine Befehle grundlos?" Der Kommandeur sog an seiner Zigarre und stieß eine mächtige Rauchwolke aus. „Ich will ausnahmsweise so freundlich sein und Ihnen den Grund angeben: In Wölfelsgrund sind viele Sommerfrischler, die nicht in ihrer Ruhe gestört werden dürfen. Bedenken Sie auch das Sanatorium. Einquartierung würde die Bewohner nur beunruhigen."

Das war alles? Keine militärische Begründung? Die Armee war doch sonst nicht so rücksichtsvoll! „Herr Oberst, ich bitte mein Erstaunen zur Kenntnis zu nehmen. Sie requirieren hier in Habelschwerdt sogar eine Schule, sodass der Unterricht ausfallen muss, die Kompanien haben sich in nahezu jedem Haus einquartiert, ohne auf die Bewohner Rücksicht zu nehmen, aber in Wölfelsgrund dürfen die Bewohner nicht gestört werden?"

„Ich wiederhole: Wölfelsgrund ist ein Höhenluftkurort. Einquartierung ist Ihnen schlichtweg untersagt – ist das so schwer zu verstehen?"

„Ja." Schenck schob seine Schirmmütze weiter in den Nacken. „Halten Sie es für gerecht, dass die anderen Kompanien in warmen Häusern und weichen Betten nächtigen dürfen, während die zwote Kompanie unter freiem Himmel biwakieren muss?"

„Machen Sie sich nicht lächerlich, Schenck. Wir sind im Manöver, stellen also Kriegsumstände nach. Glauben Sie, im Krieg ginge es gerecht zu?"

Schenck schüttelte den Kopf. Irgendetwas war hier merkwürdig. Wenn Grumbkow wenigstens eine militärische Begründung anführen würde, aber diese fadenscheinigen Erklärungen waren doch alles andere als glaubwürdig. „Ich erlaube mir, Sie darauf aufmerksam zu machen, dass es böses Blut unter den Soldaten geben könnte, wenn die einen bevorzugt behandelt, die anderen aber benachteiligt werden."

„Bomben und Granaten!" Der Oberst schlug mit der Faust auf den Tisch, dass Aschenbecher und Asche tanzten. „Wollen Sie mir erklären, wie ich das Regiment zu führen habe? Sie meinen wohl, weil ich den Posten erst seit einer Woche innehabe, könnten Sie mir gute Ratschläge geben? Für wen halten Sie sich eigentlich, Sie trauriger Ausgang einer Liebesgeschichte zwischen einem Zwerg und einer Liliputanerin? Sie werden im Schneeberger Forst biwakieren, verstanden? Ich diskutiere schon viel zu lange mit Ihnen!"

Schenck biss die Zähne zusammen. Am liebsten hätte er mit ein paar passenden Worten geantwortet, doch er erinnerte sich an seinen Herrn, der gescholten nicht wiederschalt. *Herr, hilf mir, Dir ähnlich zu sein.* „Es liegt mir fern, Ihnen Vorschriften machen zu wollen, Herr Oberst, auch zweifle ich nicht im Entferntesten an Ihren Fähigkeiten. Aber es hätte ja sein können, dass Sie nicht bedacht haben ..."

„Unsere Unterredung ist beendet. Führen Sie meine Befehle augenblicklich aus, sonst lasse ich Sie ebenso unter Arrest nehmen wie Hauptmann Schröder."

Schenck zögerte nur noch einen Augenblick. Dann schlug er die Hacken zusammen. „Zu Befehl, Herr Oberst. Ich melde mich ab."

* * *

Franzi griff nach dem Brief, der auf ihrem Schreibtisch lag. Die Schrift erkannte sie sofort: ihre Freundin Julie von Götzen. Sie schob den kleinen Finger unter die Lasche des Umschlags – und stockte. Der Brief war bereits geöffnet.

Hatte Julie den Brief etwa nicht richtig verschlossen? Oder sollte ihre Zofe von Neugier geplagt ihre private Post gelesen haben? Oder hatte etwa ihr Vater ...?

„Wundern würde es mich nicht", zischte sie zwischen den Zähnen hervor. Fräulein von Steinbach hatte schließlich auch die gesamte Post ihrer Zöglinge gelesen.

Sie ballte die Faust. Wenn es wirklich ihr Vater war, der Julies Brief gelesen hatte, war das Tischtuch zwischen ihnen endgültig zerschnitten. Und sie würde herausfinden, ob es so war.

Doch zunächst würde sie lesen, was ihre Freundin schrieb. Sie zog zwei eng beschriebene Bögen aus dem Umschlag und faltete sie auseinander.

Julie war also wirklich entschlossen, nach Deutsch-Ostafrika zu ihrem Onkel zu reisen. Am 16. Juni würde ihr Schiff in Hamburg ablegen, und vorher lud sie sie nach Schloss Scharfeneck ein, um sich gebührend zu verabschieden – falls Franzi sie nicht begleiten wollte.

Franzi ließ den Brief sinken und sah aus den hohen Fenstern zum Hochwald hinaus. Statt der Eichen und Fichten sah sie wieder die Palmen und Mangroven vor sich, deren Wedel im warmen Wind schaukelten. Sollte sie wirklich mit Julie nach Deutsch-Ostafrika gehen? Auf den Kontinent ihrer Träume? Wo sie vielleicht sogar dem großen Robert Koch begegnen könnte? Doch fort aus dem Hochwald, aus dem Forstschloss, von ihrem Vater, von ihrer Großmutter?

Sie öffnete das Fenster und atmete die würzige Hochwaldluft tief ein. Sie würde ihre Heimat vermissen. Aber weiter unter der Knute ihres Vaters bleiben? Der vielleicht sogar ihre Post las? Und wahrscheinlich schon Pläne schmiedete, wie er sie für ihren Verweis vom Pensionat angemessen bestrafen könnte?

Doch zuerst würde sie herausfinden, ob wirklich er es gewesen war, der den Umschlag geöffnet hatte. Und dann wollte sie auch sehen, wie er reagierte, wenn sie ihm sagte, dass sie Julie besuchen würde.

Franzi schob die Briefbogen wieder in den Umschlag und huschte über die Galerie, die das weit ausladende Treppenhaus umgab, hinüber zu den Räumen ihres Vaters. Sie fand ihn in seinem Arbeitszimmer über die Rechnungsbücher gebeugt.

Als sie eintrat, sah er auf und legte den Bleistift beiseite. „Franziska, ich freue mich, dass du kommst."

„Wirklich?" Mit ein paar Schritten durchmaß sie das geräumige Zimmer und trat bis hart vor seinen Schreibtisch. „Hast du etwa schon auf mich gewartet, um mir zu erklären, warum ich diesen Brief von meiner Freundin Julie *geöffnet* auf meinem Schreibtisch fand?" Sie hielt ihm den Brief direkt unter die Nase.

Ihr Vater stand auf und richtete sich zu seiner beeindruckenden Größe auf.

Franzi ärgerte sich immer wieder darüber, dass sie so klein gewachsen war. Selbst mit ihren hohen Absätzen, die sie mit Vorliebe trug, reichte sie ihrem Vater kaum bis zur Schulter.

„Franziska ..." Er schob die Hände in die Hosentaschen. War in seinen dunklen Augen tatsächlich eine Spur Unsicherheit zu lesen?

„Du warst es also wirklich?" Franzi spürte, wie die Wut in ihrem Innern überkochte. Sie schüttelte ihr offenes Haar in den Nacken. „Du wagst es, die Briefe, die ich von meiner Freundin erhalte, zu öffnen und zu lesen?"

„Bitte rege dich nicht auf. Als Vater muss ich doch wissen, was in meinem Haus vorgeht."

Sie starrte ihn an und konnte kaum glauben, was sie da hörte. „Ich fasse es nicht."

„Nachdem ich den Inhalt des Briefes kenne", fügte er mit ruhiger Stimme hinzu, „bin ich umso mehr überzeugt, dass Julia von Götzen kein geeigneter Umgang für dich ist, sondern dass sie diejenige ist, die dich zum Bösen angestiftet hat."

„Das ist nicht wahr!", keifte Franzi. „Julie und ich sind beste Freundinnen und keine von uns beiden hat die andere zu irgendetwas angestiftet. Was fällt dir überhaupt ein, solche Anschuldigungen vorzubringen?"

„Der Brief spricht eine deutliche Sprache. Und Fräulein von Steinbach ist derselben Meinung ..."

„Natürlich, die Steinbach. Wenn du immer mit ihr einer Meinung bist, warum hast du sie nicht längst geheiratet?"

„Franziska!" Ihr Vater sah aus, als käme er jeden Augenblick über den Schreibtisch gesprungen. „So etwas will ich nie wieder hören! Du weißt genau, dass ich deine Mutter nicht vergessen kann."

„Was ich Tag für Tag spüre." Sie fasste ihr Haar im Nacken zusammen und legte es nach vorn über die Schulter. „Immer werde ich an ihr gemessen, an der frommen und heiligen Helena von Hohenau, und auch an eurer einzigartigen Tochter Charlotte, deren beider Abbild ich so gar nicht bin und deren Tod ich auch noch verschuldet habe."

„Du bist in der Tat ganz anders als deine Mutter. Und auch anders als deine Schwester Charlotte, die das Ebenbild eurer Mutter war."

Ihr lag auf der Zunge, dass sie auch das Tag für Tag spürte, doch sie schluckte die Bemerkung hinunter.

„Du gleichst eher deiner Tante Stefanie. Und das ist es, was mir Sorgen bereitet." Ihr Vater kam um den Schreibtisch herum und stellte sich neben sie. „Stefanie war ein leichtsinniges Mädchen, das jedem halbwegs gut aussehenden Mann schöne Augen machte. Ich möchte nicht, dass du so endest wie sie."

„Dieses Lied kenne ich bereits." Ihre Tante Stefanie war schon mit 18 Jahren bei einem Unfall gestorben, als sie sich heimlich mit ihrem Vater, der damals noch Ferdinand Grüning hieß, getroffen hatte. „Immer bekomme ich zu hören: *Du bist wie Tante Stefanie. Und wie sie geendet ist, weißt du.*"

„Dann musst du doch begreifen, warum ich in Sorge um dich bin."

„Ich weiß sehr wohl, was ich tue. Im Gegensatz zu dir." Sie schleuderte ihr Haar nach hinten. „Ich weiß, dass du nicht über deine Rolle bei Tante Stefanies Unfall sprechen willst; aber völlig unschuldig scheinst du nicht daran gewesen zu sein."

Ihr Vater ließ den Kopf hängen. „Ich habe in meiner Jugend viele Fehler gemacht, Franziska. Und darin bist du mir offenbar ziemlich ähnlich. Auch das ist ein Grund, warum ich mich um dich sorge."

„Vater." Franzi verschränkte die Arme vor der Brust. „Ich stehe weder unter schlechtem Einfluss, noch befinde ich mich auf gefährlichen Wegen. Du musst dich nicht um mich sorgen."

„Und warum bist du dann aus dem Pensionat geworfen worden?"

„Ich habe dir doch erklärt, dass es eine Lappalie war."

„Unsere Ansichten über Lappalien scheinen weit auseinanderzuliegen."

Am liebsten hätte sie ihren Vater geschüttelt. Hielt er sie etwa für eine Verbrecherin? „Ich bin bestimmt nicht so schlimm, dass du meine Post kontrollieren musst!"

„Der Brief von Julia von Götzen beweist doch zur Genüge, dass ich mit meinen Befürchtungen recht habe. Sie will dich schließlich überreden, aus deinem Elternhaus fortzugehen!"

„Sie will mich überhaupt nicht überreden. Aber wenn du weiterhin versuchst, mich zu kontrollieren, sollte ich wirklich darüber nachdenken, Julies Vorschlag anzunehmen."

„Siehst du? Genau das ist der Einfluss, den ich fürchte." Ihr Vater griff nach dem Bleistift, seine Finger krampften sich darum. „Ich werde dir in Kürze mitteilen, wie es mit dir weitergehen wird."

„Wie? Du willst mich nicht nur überwachen, sondern sogar über mein Leben bestimmen?"

„Du vergisst, dass ich immer noch dein Vater bin und du minderjährig bist. Durch deinen Leichtsinn musstest du ein erstklassiges Pensionat verlassen. Was denkst du dir denn? Dass du nun hier zu Hause sitzen kannst, ohne deine Schulbildung fortzusetzen?"

Franzi verknotete ihre Finger und bog sie, bis es schmerzte. „Du weißt genau, wie gerne ich lernen will – wenn du mich nur lassen würdest. Gib mir die Möglichkeit, eine medizinische Ausbildung zu machen – von einem Studium will ich gar nicht mehr sprechen –, und ich werde alles tun, was du sagst."

„Das ist doch nichts für dich."

„Und warum nicht?" Franzi drehte sich um und marschierte zum Fenster. Im Westen braute sich eine schwarze Wolkenwand zusammen – genauso, wie sich die tyrannische Faust ihres Vaters drohend über ihrem Leben zusammenballte.

„Du weißt genau, dass es in unseren Kreisen nicht üblich ist. Das hat es noch nie gegeben." Da war es wieder, dieses jede vernünftige Erwägung schlagende Argument.

Franzi ballte die Fäuste und drückte sie auf die Brust, um nicht wie ein Vulkan auszubrechen. „Du hast doch bloß Angst um dein Ansehen. Bei deinen Standes- und bei deinen Glaubensgenossen."

„Das ist nicht ..." Plötzlich senkte er den Kopf. Wurde ihm bewusst, dass sie recht hatte?

Sie atmete tief durch. „Welche Zukunftspläne hast du nun also für mich in petto?"

„Ich werde noch eine Nacht darüber schlafen und beten und es dir dann kundtun."

Franzi fuhr herum. „Beten!" Sie spie das Wort aus.

Er kam zu ihr und sah ihr tief in die Augen. „Das ist meine größte Sorge, Franziska. Dass du den Glauben an den Herrn Jesus ablehnst."

„Du tust nichts dafür, ihn mir schmackhaft zu machen. Wenn dein Glaube nur aus Regeln und Verboten und dem Streben nach Ansehen bei deinen Glaubensgeschwistern besteht, will ich ihn nicht haben."

Knack. Der Bleistift brach durch. Ihr Vater warf die beiden Hälften auf den Schreibtisch. „Du weißt nicht, was du sprichst, Franziska."

Du offenbar erst recht nicht, Vater. Sie ging zur Tür und legte die Hand auf die Klinke.

„Dir ist hoffentlich klar, dass du auch nicht besuchsweise nach Scharfeneck zu Julia von Götzen reisen wirst."

Wie konnte es anders sein. „Ich sagte ja, dass dein Glaube nur aus Verboten besteht. Die du mit nichts anderem als einem lächerlichen *Das war schon immer so!* begründen kannst."

„Nun ist es genug. Ich verbitte mir, dass meine Tochter in diesem Ton mit mir redet!"

„Das nächste Verbot", sagte sie lakonisch und drückte die Klinke hinunter.

„Hast du nie gelesen, dass du Vater und Mutter ehren sollst?"

„Ah, immerhin eine Begründung aus der Bibel. Steht auch irgendwo, dass *höhere Töchter*" – bei dieser Bezeichnung verspürte sie so etwas wie einen Brechreiz – „keine medizinische Ausbildung machen dürfen?"

Ehe ihr Vater eine Antwort geben konnte, wurde die Tür von außen geöffnet – ihre Großmutter stand im Rahmen. „Was gibt es hier für hitzige Wortgefechte, die ich sogar bis in mein Altenteil höre? Und das gerade heute, wo Claus Ferdinand jeden Augenblick eintreffen kann?"

Ihre Großmutter bewohnte das ehemalige Forsthaus, konnte jedoch durch einen Anbau direkt ins Schloss hinübergehen. Aber eigentlich kam sie nie ohne Ankündigung herüber.

„Nur eine kleine Meinungsverschiedenheit, Mutter", antwortete ihr Vater und schob die Hände in die Hosentaschen. „Nichts von Bedeutung."

„Nichts von Bedeutung?", keifte Franzi. „Meine Ansichten sind also völlig unbedeutend?"

Ihre Großmutter legte ihr von hinten beide Arme um die Taille und zog sie an sich. „So hat es dein Vater sicherlich nicht gemeint."

Franzi spürte eine Welle der Wärme. Wenigstens ein Mensch, der sie liebte.

„Wenn du wüsstest" – der warme Atem ihrer Großmutter strich an ihrem Ohr vorüber –, „wie ähnlich du ihm gerade bist."

Hastig machte Franzi sich aus der Umarmung los und floh aus dem Zimmer. Sie wollte alles, aber nicht ihrem Vater ähnlich sein. Sie würde Julie sofort auf ihren Brief antworten – und zwar mit einer Zusage. Mindestens für den Besuch in Scharfeneck. Ob sie auch mit ihr ins Schutzgebiet Deutsch-Ostafrika gehen würde, konnte sie sich bis dahin noch überlegen.

Kapitel 5

Der Gewitterguss ging in strömenden Landregen über, als Moritz von Schenck mit der zweiten Kompanie in Wölfelsgrund einrückte. Dicke Wolken hingen über dem Tal und ließen den Eindruck entstehen, es sei schon spätabends, obwohl es erst fünf Uhr am Nachmittag war.

Im Zentrum des winzigen Dorfes, neben der Wölfelbrücke, ließ Schenck die Kompanie Aufstellung nehmen. Dann winkte er den Kompaniefeldwebel zu sich.

„Feldwebel Reinders, wir können die Männer unmöglich bei diesem Wetter unter freiem Himmel biwakieren lassen."

Der Spieß wiegte den Kopf. „Hatten Sie mir nicht mitgeteilt, der Oberst habe ausdrücklich befohlen, *nicht* in Wölfelsgrund Quartier zu nehmen?"

„Oberst von Grumbkow war zum Zeitpunkt der Befehlsgabe aber noch nicht bekannt, dass wir drei Stunden durch strömenden Regen marschieren müssen. Und der Himmel schaut aus, als wollte es bis zum Jahresende durchregnen." Schenck blickte die Soldaten an, die in ihren völlig durchnässten Uniformen aussahen, als wären sie den Wölfelsfall hinaufgeklettert. Das Wasser lief in kleinen Bächen von ihren Pickelhauben über ihre Gesichter. „Bei einem Freilager würde morgen die Hälfte der Kompanie mit Fieber und Schüttelfrost ausfallen."

„Das mag ja alles stimmen, Herr Leutnant." Der Spieß hielt sich ein Nasenloch zu und schnäuzte sich auf die Erde. „Trotzdem halte ich es für gewagt, einen ausdrücklichen Befehl zu übertreten."

„Und die Pflicht zur Gesunderhaltung der Truppe? Die Pflicht, menschen- und materialschonend vorzugehen?" Er wischte die Regentropfen vom Rand seiner Pickelhaube.

„Ich kenne den Herrn Oberst zwar noch nicht lange, aber er scheint mir ein Offizier zu sein, der auf unbedingten Gehorsam wert legt."

So hatte Schenck ihn allerdings auch schon erlebt. Trotzdem widerstrebte es ihm, seine Männer im triefend nassen Hochwald in ein

Freilager zu schicken. Sie waren nach dem stundenlangen Marsch durch den Regen ohnehin schon missgelaunt. Und ihren beliebten Kompaniechef Hauptmann Schröder als Gefangenen mitzuführen, hob ihre Laune erst recht nicht.

„Was glauben Sie", wandte Schenck sich wieder an Feldwebel Reinders, „wie die Männer fluchen werden, insbesondere bei dem Gedanken daran, dass ihre Kameraden in Habelschwerdt in warmen Betten liegen! Wo bleibt da die Gerechtigkeit?"

„Als Mensch gebe ich Ihnen recht, Herr Leutnant. Als Soldat nicht."

Ärgerlich drehte Schenck dem Spieß den Rücken zu. Mit solchen Männern war nicht zu arbeiten. Hatte denn niemand die Courage, selbstständig zu denken und sich über einen offensichtlich unsinnigen, ja vielleicht sogar schädlichen Befehl hinwegzusetzen?

Mit wenigen Schritten trat Schenck vor die Front der Kompanie und rückte an seiner Pickelhaube. „Männer, wir werden hier im Dorf Quartier nehmen. Gefreiter, Sie besetzen mit drei Mann das Spritzenhaus und internieren dort Hauptmann Schröder. Der Rest der Kompanie wartet hier, während Feldwebel Reinders und ich zum Bürgermeister gehen und Quartiere besorgen."

Es erhob sich ein Gemurmel, das Schenck weder als Zustimmung noch als Ablehnung verstehen konnte. Wahrscheinlich waren die meisten froh, nicht im Hochwald übernachten zu müssen, während die anderen murrten, weil sie ihren Hauptmann ins Spritzenhaus sperren mussten.

Schröder warf ihm einen vernichtenden Blick zu – wahrscheinlich wurmte es ihn, dass trotz des Regens immer mehr Dorfbewohner zusammenliefen und seinen schmählichen Abgang verfolgten.

Schenck beobachtete, wie die anderen Soldaten unter den Dachüberständen der Häuser ein wenig Schutz vor dem Regen suchten, dann trat er wieder zum Kompaniefeldwebel. „Kommen Sie, Reinders, wir werden dem Bürgermeister dieser Metropole einen Besuch abstatten."

„Ich habe weiterhin ein unbehagliches Gefühl dabei", grunzte der Spieß.

„Lassen Sie Ihre Gefühle beiseite und erfragen Sie lieber den Amtssitz des Bürgermeisters."

„Zu Befehl, Herr Leutnant." Reinders salutierte und steuerte auf ein altes Mütterchen am Straßenrand zu, das mit seiner Regenhaube und einem Radmantel aus der Gründerzeit aussah, als sei sie aus einem Geschichtsbuch gestiegen. Sie deutete mit ihrem Knotenstock wild in alle vier Himmelsrichtungen und es dauerte eine Weile, bis der Spieß verstanden zu haben schien, wo der Bürgermeister zu finden war.

Er huschte über die Straße zu Schenck zurück. „Wenn ich die ehrenwerte Bürgerin richtig verstanden habe, hat der Herr Bürgermeister seine Amtsstube bereits verlassen und weilt am Stammtisch im *Gelben Dragoner*. Das ist die Absteige dort vorne." Reinders wies Richtung Ortseingang.

„Kommen Sie."

Als sie die *Absteige* betraten, erwies sie sich als ein nobles Hotel – im Foyer standen mit Samt bezogene Sessel aus Mahagoniholz und vier Streicher im Frack stimmten gerade ihre Instrumente, um zur Abendtafel aufzuspielen.

„Kann ich den Herren dienen?" Eine hübsche Kellnerin knickste vor ihnen. „Wünschen die Herren Zimmer?"

Schenck sah sich nach dem Stammtisch um, konnte ihn jedoch nirgends entdecken. Wahrscheinlich hielt man die grölenden Bürger von Wölfelsgrund von den stinkreichen Kurgästen fern. „Mir wurde zugetragen, der Herr Bürgermeister sei hier am Stammtisch zu finden."

Sie knickste erneut. „Wenn Sie mir bitte folgen wollen."

Abseits des großen Speisesaales befand sich ein Nebenzimmer, in dem Schenck vor lauter Tabaksqualm kaum etwas erkennen konnte. Die Kellnerin schien damit keinerlei Mühe zu haben; sie eilte zu einem älteren Herrn mit silbernem Backenbart hinüber und raunte ihm ein paar Worte ins Ohr, worauf dieser sich erhob und zu Schenck und dem Feldwebel trat.

„Pauline sagte, Sie wünschen mich zu sprechen?" Er verbeugte sich. „Spillmann. Ich bin der Bürgermeister von Wölfelsgrund."

Schenck legte die Hand an den Helm. „Leutnant von Schenck, Grenadier-Regiment *König Friedrich III.* aus Breslau. Ich bin soeben mit der zwoten Kompanie des Regiments in Wölfelsgrund eingerückt und benötige Quartier."

„Ich – ich wurde über das Manöver bereits vorab unterrichtet." Der Bürgermeister fuhr sich über den kahlen Scheitel. „A... aber es hieß, die einrückende Einheit werde im Hochwald ein Freilager aufschlagen."

„Der Plan musste aufgrund der Wetterlage geändert werden. Ich muss Sie bitten, uns Quartier für 80 Mann bereitzustellen."

„80 Mann!" Der Bürgermeister griff sich ans Herz. „Wir sind ein Dorf mit nur 600 Einwohnern! Wo bitte soll ich 80 Mann unterbringen?"

Schenck nahm den Helm ab und schlackerte die Tropfen zu Boden. „Sie mögen nur 600 Einwohner haben, aber sehen Sie doch dieses riesige Hotel! Darin findet ja beinahe Ihre gesamte Einwohnerschaft Platz! Außerdem gibt es einen Sommersitz neben dem anderen, von denen wohl kaum alle belegt sein dürften."

„Aber bedenken Sie die Unruhe, die dadurch für die Kurgäste entsteht! Ich hatte es mir bei Oberst von Grumbkow ausdrücklich ausgebeten, dass der Kurbetrieb in keinster Weise gestört werden darf."

Schenck stutzte. Sollte sich Grumbkow wirklich mit dem Bürgermeister dieses Kaffs abgeben? Sogar soweit, dass Spillmann sich etwas *ausbitten* konnte? Wahrscheinlich schnitt er nur auf und kannte den Namen des Kommandeurs allenfalls aus der Zeitung, als über die Parade anlässlich der Amtseinführung berichtet worden war.

Er richtete sich so hoch wie möglich auf – und war trotzdem noch einen halben Kopf kleiner als der Bürgermeister. „Sie sollten bedenken, Herr Spillmann, dass wir das Recht auf Einquartierung haben. Die betroffenen Bürger werden sogar vom Staat dafür entschädigt."

„Herr Leutnant!" Feldwebel Reinders stieß ihn an. „Sollten wir nicht doch lieber ..."

„Nein, wir werden hier Quartier nehmen."

„Ich protestiere!" Der Backenbart des Bürgermeisters bebte. „Oberst von Grumbkow ..."

„Es tut mir leid, wenn Oberst von Grumbkow Ihnen Versprechungen gemacht hat, die nun ob der Wetterlage nicht einzuhalten sind. Wir können keine Rücksicht auf persönliche Befindlichkeiten nehmen. Bitte stellen Sie unverzüglich Quartierzettel aus, Ihre wohlhabenden Kurgäste werden nicht daran sterben, wenn sie ein paar Nächte die Soldaten des Kaisers beherbergen." Schenck setzte die Pickelhaube wieder auf und ging zur Tür. Nur weil die viel zu reichen Sommerfrischler nicht auf ihre Bequemlichkeit verzichten wollten, würden seine einfachen Soldaten nicht im strömenden Regen übernachten.

„Ich werde mich beschweren!", rief der Bürgermeister ihm nach. „Ich kenne Benno von Grumbkow sehr gut und wage ihn sogar meinen Freund zu nennen."

Schnitt Spillmann doch nicht auf? Aber was er sagte, war einfach zu unwahrscheinlich. Falls er den Oberst allerdings wirklich so gut kannte, wie er behauptete, war Schenck geliefert. Doch nun konnte er nicht mehr zurück. „Ich kann Sie nicht daran hindern. Aber jetzt teilen Sie mir und meinem Kompaniefeldwebel erst einmal eine der gerade nicht genutzten Villen zu, verstanden?"

„Dann nehmen Sie die Präsidentenvilla. Hausnummer 12."

Kapitel 6

Franzis Schuhe waren durchnässt und ihre Absätze versanken im Matsch des aufgeweichten Weges, der vom Forstschloss nach Wölfelsgrund hinunterführte. Auch der Saum ihres Kleides saugte sich voll Wasser und wurde immer schwerer.

Als sie den Abzweig zur Altenburg erreichte, erfasste ein Windstoß ihren Schirm und klappte ihn um. Kein Wunder, handelte es sich doch um ihren zierlichen, mit Rüschen verzierten Sonnenschirm, weil sie lieber nicht nach einem Regenschirm gesucht oder gar gefragt hatte, um beim Verlassen des Hauses nicht aufzufallen.

Sie hielt den Schirm gegen den Wind, um ihn wieder in seine alte Form zu bringen, doch die Streben brachen – und sie stand ganz ohne Regenschutz da.

Franzi schüttelte über sich selbst den Kopf. Früher war sie bei jedem Wetter barfuß und im kurzen Kleid durch den Hochwald gestromert. Was hatte das Pensionat bloß aus ihr gemacht! Jetzt fühlte sie sich schon versucht umzukehren, nur weil ihr Schirm zerstört und ihre Schuhe durchnässt waren! Wenn da nicht der Brief an Julie wäre, weswegen sie das Haus bei dem Bindfadenregen überhaupt verlassen hatte. Hoffentlich war er noch einigermaßen trocken, wenn sie unten im Dorf beim Postamt ankam!

Sie barg den Brief mit ihren Herzensergüssen in den Tiefen ihres Kleides, zog kurz entschlossen ihre hochhackigen Schuhe von den Füßen und lief barfuß weiter. Zwar stachen ihr kleine Steine und abgerissene Äste in die Fußsohlen, aber ihre Füße würden sich schon wieder daran gewöhnen. Es war an der Zeit, dass sie sich wie früher über die Regeln der Mode und der Schicklichkeit hinwegsetzte.

Als sie in Wölfelsgrund ankam, war sie fast bis auf die Haut durchnässt, ihre Haare klebten an den Schläfen und im Nacken. Wenn jemand sie so sähe und ihrem Vater davon berichtete, würde er bestimmt wieder eine seiner Moralpredigten halten, weil sie sich ungeziemend verhielt. Doch bei dem Wetter waren hoffentlich nicht so viele Leute unterwegs. Nun, wenigstens ihre Schuhe sollte sie wieder anziehen.

Rasch schlüpfte sie hinein, eilte über das glitschige Pflaster zum Postamt hinüber und warf den Brief in den Kasten.

Als sie auf dem Rückweg am *Gelben Dragoner* vorüberhuschte, schwang die Doppeltür auf und zwei Herren in blauen Uniformröcken traten heraus. Unwillkürlich verlangsamte Franzi den Schritt und wischte sich das Wasser aus den Augen. Es waren ein Feldwebel und ein Leutnant. Letzterer war auffällig klein und fast schmächtig gebaut – der Leutnant, der sie im Zug vor dem zudringlichen Hauptmann beschützt hatte!

Sie sah an sich hinunter. Da kam einmal ein Offizier – wenn auch nicht gerade die Heldengestalt ihrer Träume – nach Wölfelsgrund und sie sah aus wie aus der Jauchegrube gestiegen. Was würde er bloß von ihr denken! Das hellrote Kleid war fast bis zu den Knien von Schlammspritzern bedeckt, klebte an ihren Beinen und ihr offener Zopf triefte vor Nässe. Was die Dorfbewohner über sie dachten – falls sie sie nach ihrer jahrelangen Abwesenheit überhaupt noch kannten –, war ihr einigermaßen gleichgültig, aber der Leutnant, der ein wenig Abwechslung in das einsame Dorf und vielleicht sogar in das trostlose Forstschloss bringen könnte ...

Eilig wandte sie den Kopf ab und beschleunigte ihre Schritte wieder.

„Gnädiges Fräulein ..."

Seine volltönende Stimme erkannte sie sofort. Wie schon im Zug war sie fasziniert von ihr, weil sie für seine Körpergröße erstaunlich tief war.

Die Knobelbecher[1] polterten auf dem Pflaster, dann war er schon neben ihr und hielt sie am Arm fest. „Gnädiges Fräulein, wie sehen Sie aus!"

Franzi warf den Kopf zurück. „Wie man eben aussieht, wenn man durch den Regen läuft."

Er lächelte – ein warmes Lächeln. „Mit Verlaub, für eine Dame Ihres Standes erscheint es mir ungewöhnlich, dass Sie zu Fuß unterwegs sind."

Er hatte sie also trotz ihres ramponierten Äußeren wiedererkannt. „Ich musste nur dringend zum Postamt. Leider verließ mich unterwegs der Schutz meines Schirmes, sodass ich um Entschuldigung bitten muss, Ihnen so unter die Augen getreten zu sein."

---

1 Soldatenjargon für Militärstiefel

Wieder sein warmes Lächeln – dabei bemerkte sie erst, wie sehr sie fröstelte. Er wandte sich an den Feldwebel. „Reinders, requirieren Sie sofort einen geschlossenen Wagen. – Und Sie, gnädiges Fräulein, treten Sie doch bitte unterdessen hier hinein." Er führte sie in das Foyer des Hotels.

Seine Fürsorge rührte sie. Wann war sie zuletzt so zuvorkommend behandelt worden? Abgesehen von demselben Leutnant vor ein paar Tagen im Zug. Sonst hackten alle nur auf ihr herum. „Sind Sie hier im Dorf einquartiert?"

Er nickte. „Wir sind einige Tage im Manöver und nehmen gerade Quartier."

Sie sah in sein markantes, bartloses Gesicht. Wenn sie seine schmächtige Figur außer Acht ließ, war er richtig ansehnlich. Vor allem seine leuchtend blauen Augen standen in merkwürdigem Kontrast zu seinem dunklen Haar und dem leicht gebräunten Gesicht. – Ein Offizier im verschlafenen Wölfelsgrund. Unwillkürlich musste sie lächeln, wenn sie sich daran erinnerte, wie oft sie gemeinsam mit Julie mit einem Opernglas bewaffnet am Fenster des Pensionats gestanden und die Soldaten auf dem Exerzierplatz gegenüber beobachtet hatte.

„Gehe ich recht in der Annahme, dass Sie hier aus Wölfelsgrund oder zumindest aus der Nähe stammen?" Er senkte seine Stimme. „Da wir hier ein wenig Krieg spielen müssen – können Sie mir jemanden nennen, der die Gegend, besonders Richtung Grenze hinauf, gut kennt?"

Sie zwinkerte ihm verschwörerisch zu. „Sie meinen jemanden, der Ihnen als Informant dienen kann?"

Der Leutnant nahm seine Pickelhaube ab und strich sich das Haar glatt. „Sie begreifen rasch."

Das war die Gelegenheit. Hatte sie nicht gerade noch auf etwas Abwechslung in Wölfelsgrund und im Forstschloss gehofft? Wenn sie also nicht nur heimlich die Soldaten beim Manöver beobachten würde, sondern den Offizier gleich ins Forstschloss einlud ... Denn wer kannte den Hochwald besser als ihr Vater? Und sie selbst natürlich.

„Ich könnte Ihnen meinen Vater empfehlen. – Bitte verzeihen Sie, ich habe mich noch gar nicht vorgestellt." Sie knickste, wie sie es im

Pensionat gelernt hatte, und kam sich in ihrem durchnässten Kleid gleichzeitig lächerlich vor. „Komtesse Franziska Elisabeth von Wedell."

Er verneigte sich. „Angenehm."

„Haben Sie hier im Dorf bereits Quartier genommen? Oder darf ich Sie zu uns ins Forstschloss einladen?"

Wieder eine tadellose Verbeugung. „Ich danke herzlich für Ihr Anerbieten. Aber ich vermute, dass Sie nicht im Dorf wohnen?"

„Unser Anwesen befindet sich oben im Hochwald. Es ist herrlich gelegen und wird Ihnen sicher gefallen. Dort sind Sie auch gleich an Ort und Stelle und mein Vater kann Ihnen die Gegebenheiten zeigen." Oder sie selbst – wenn ihr Vater es denn zuliess.

„Leider kann ich mich nicht so weit entfernt von meinen Soldaten einquartieren. Es wäre ungerecht, wenn ich die Annehmlichkeiten Ihres Schlosses für mich in Anspruch nähme, während meine Männer sich mit den Unterkünften im Dorf begnügen müssten. Wenn Sie gestatten, werde ich morgen in der Frühe bei Ihrem Vater vorsprechen."

Der Mann schien Format zu haben. Umso mehr reizte es sie, ihn ins Forstschloss zu bringen. Sein Besuch würde die Stimmung dort bestimmt ein wenig aufhellen. Zumindest ihre Stimmung.

Ihr Vater dagegen wäre wahrscheinlich alles andere als begeistert. Zwar waren seine eigenen beiden Söhne Offiziere, aber er versuchte mit allen Mitteln, seine Tochter von Offizieren fernzuhalten, weil er sie allesamt für gefährlich hielt. Auch so eine merkwürdige Regel ihres Vaters, die er mit der Steinbach teilte.

Sie lächelte den Leutnant an. „Aber wenn Sie mich schon zum Forstschloss hinauffahren, können Sie auch gleich heute Abend mit meinem Vater sprechen. Ich darf Sie gewiss zum Diner einladen?"

„Bedauere, Komtesse, aber im Dienst kann ich eine Einladung zum Diner leider nicht annehmen. Doch wenn Ihr Vater heute Abend Zeit für ein kurzes Gespräch hätte …"

Sie zog ihr Haarband heraus, wickelte es sich ums Handgelenk und schüttelte ihr feuchtes Haar über den Rücken. „Immer der korrekte Offizier?"

„So habe ich es geschworen." Er schob den Helm wieder auf den Kopf.

„Aber ist es denn nicht möglich, dieses Abendessen als dienstliche Notwendigkeit anzusehen?" Sie schenkte ihm ein verführerisches Lächeln. „Mein Vater ist der Besitzer des hiesigen Forstes und wird Ihnen fraglos manch wertvollen Hinweis zu geben vermögen – am besten natürlich in der gemütlichen Atmosphäre eines Abendessens."

Er grinste zurück. „Das lässt Ihre Einladung allerdings in anderem Licht erscheinen. Und Sie sind sicher, dass ich Ihrem Vater willkommen sein werde?"

Nein, eher im Gegenteil. „Gastfreundschaft ist für meinen Vater eine wichtige Tugend."

„Dann nehme ich gerne an. Wenn ich mich nicht täusche, fährt auch soeben unser Wagen vor." Er führte sie zur Tür hinaus. Dort hielt eine Berline und Feldwebel Reinders sprang vom Bock.

Rasch öffnete Schenck den Schlag und ließ Franzi einsteigen. „Reinders, fahren Sie uns zum Forstschloss hinauf. Dann kehren Sie samt Wagen sofort nach Wölfelsgrund zurück und sorgen dafür, dass die Männer Quartier beziehen. Ich komme später zu Fuß zurück." Er sprang in den Wagen und zog den Schlag zu.

Aufatmend lehnte Franzi sich zurück und presste beide Hände auf ihr wild klopfendes Herz. Sie saß mit einem zwar kleinen, aber trotzdem hübschen Offizier in einer Kutsche. Wenn Julie das wüsste, würde sie vor Neid ganz grün im Gesicht werden. Allerdings würde der Neid schnell verfliegen, wenn Julie wüsste, in welch desaströsem Zustand sich ihr Kleid und ihre Frisur befanden. Und noch viel weniger würde sie sie beneiden, wenn sie die Reaktion ihres Vaters erleben würde. Männer waren gefährlich. Soldaten gefährlicher. Offiziere die Gefahr in Person.

Schenck nahm wieder die Pickelhaube ab und fuhr sich mit der Hand über das feuchte Haar. „Sie haben eine wunderbare Heimat, Komtesse, sogar im Regen."

„Und stellen Sie sich vor, wie schön es hier erst ist, wenn die Sonne scheint!"

„Ich hoffe, das in den nächsten Tagen noch zu erleben."

Franzi senkte den Kopf. Ein formvollendeter Kavalier war er also auch nicht, sonst hätte er ihre Aussage zu einem gedrechselten Kompliment genutzt. Zum Beispiel, dass er bei ihrem Anblick gedacht habe, die Sonne würde durch die Wolken brechen. Aber wahrscheinlich passten solch gedrechselte Komplimente nicht zu dem korrekten Offizier.

Obwohl die weitere Fahrt fast schweigsam verlief, endete sie für Franzi viel zu schnell. Die Kutsche rumpelte vor die Freitreppe und der Feldwebel öffnete den Schlag.

Franzi atmete tief durch. In wenigen Augenblicken würde sie vor ihrem Vater stehen, Kleid und Haar derangiert und einen Offizier an der Seite. Letzteres war eindeutig das Schlimmere für ihren Vater.

Als sie die Eingangshalle betraten, kam er schon die breite Treppe hinab. Wahrscheinlich hatte er den Wagen kommen hören. Auf der vorletzten Treppenstufe blieb er wie eingefroren stehen. Ehe er ein Wort sagen konnte, eilte sie auf ihn zu.

„Vater, darf ich dir Herrn Leutnant von Schenck vorstellen? Er ist zum Manöver in Wölfelsgrund und ich habe mir erlaubt, ihn zum Abendessen einzuladen. Claudinand wird ja sicherlich auch bald eintreffen. Er wird sich freuen, einen Kameraden zu Gast zu haben."

Sein Blick wanderte von ihrem Kleid hin zu dem Offizier.

Schenck nahm Haltung an. „Bitte verzeihen Sie mein Eindringen, Herr Graf. Aber Ihre Tochter war so freundlich, mich einzuladen."

Ihr Vater warf ihr einen Blick zu, der seine ganze Wut ausdrückte. Er liebte es gar nicht, vor vollendete Tatsachen gestellt zu werden. „Was fällt dir ein, ihn ohne meine Erlaubnis einzuladen?", zischte er.

„Willst du unseren Gast nicht begrüßen?"

„Kleide dich bitte um. Und trockne dein Haar und binde es zusammen." Dann setzte er ein Lächeln auf und ging auf den Leutnant zu.

* * *

Der Geruch von Harz und frischen Waldblumen empfing Claus Ferdinand von Wedell schon, als sein Wagen nach Wölfelsgrund hineinfuhr. So wie hier roch es nirgendwo anders auf der Welt, in seiner Garnisonsstadt Glatz war die Luft im Gegensatz dazu regelrecht von den Abgasen der Automobile und dem Gestank der Pferdeäpfel geschwängert. Und nach dem Gewitterguss war die Luft hier sogar noch reiner als sonst – so schmeckte sie nur in Wölfelsgrund, in diesem winzigen Dorf am Fuße des Hochwaldes, wo er aufgewachsen war, wo er sogar zur Schule gegangen war, bis sein Vater nach dem Tod seiner Mutter einen Hauslehrer angestellt hatte.

„Fahren Sie im Schritt, Eugen", rief er seinem Kutscher zu. Nach Monaten anstrengenden Dienstes im Füsilier-Regiment *Generalfeldmarschall Graf Moltke* musste er die Heimkehr nach Wölfelsgrund genießen.

Nur noch vereinzelt klopften Regentropfen auf das Verdeck. Claus Ferdinand ließ das Seitenfenster herunter und sah auf die im Regendunst vor ihm liegenden Häuser. Dort vorn auf der linken Seite befand sich das Hotel *Zum Gelben Dragoner*, danach kam die Linkskurve, hinter der es über die Wölfelbrücke und dann nach rechts weiter durch den Dorfkern ging.

Beinahe sehnsüchtig schaute er nach dem vornehmen Hotel aus. Seit die Tochter des Verwalters seines Vaters dort als Kellnerin arbeitete, zog es ihn immer mit Gewalt in den *Gelben Dragoner*, sobald er nach Wölfelsgrund kam. Obwohl das überhaupt nicht gut für ihn war.

Er kannte Pauline Behrendt noch aus ihrer gemeinsamen Schulzeit. Trotz des Standesunterschieds zwischen der Verwaltertochter und dem Grafensohn hatten sie sich immer außergewöhnlich gut verstanden. Und auch als sein Vater ihn dann von der Schule genommen und im Forstschloss hatte unterrichten lassen, hatte das ihrem guten Verhältnis keinen Abbruch getan. Immer, wenn sie sich getroffen hatten, hatten sie sich unterhalten – gut unterhalten. Allein schon deshalb war er ein häufiger Gast im *Gelben Dragoner*, wenn er auf Urlaub in Wölfelsgrund weilte. Und in Glatz dachte er dann viel zu oft an Pauline.

Endlich kam der *Gelbe Dragoner* in Sicht. Die Terrasse war wie leergefegt – natürlich, nach dem Regenguss saß niemand draußen. Und deshalb war draußen auch keine Bedienung zu sehen. Vielleicht war das besser so. Trotzdem bedauerte er es.

„Eugen, halten Sie an." Claus Ferdinand öffnete den Schlag, noch bevor der Wagen stand. „Fahren Sie voraus zum Forstschloss, ich folge später zu Fuß." Er sprang aus dem Wagen.

Der Kutscher tippte an den Hut, dann ratterte die gräfliche Kutsche davon.

Sein Vater würde sich nicht wundern, wenn er zu Fuß kam. Das tat er oft. Er würde diesmal nur etwas mehr Zeit benötigen, wenn er vorher noch ein Bier trank.

Er stieß die große Schwingtür auf. Tabaksqualm und Bierdunst trafen ihn wie eine Faust an den Kopf. Ein Streichquartett spielte für die Kurgäste zum Diner. Einen Strauß-Walzer.

Die Streicher erinnerten ihn an seine Schwester Franziska, die am liebsten den ganzen Tag auf ihrer Bratsche spielte. Schade, dass Franzi in Breslau war. Wenn sie nicht im Forsthaus war, war es dort furchtbar langweilig, fast wie tot.

Er steuerte auf einen Tisch in einem ruhigen Winkel zu – und da kam sie auch schon. Pauline Behrendt. Jedes Mal, wenn er sie sah, war sie schöner geworden. Ihr langes, braunes Haar, das sie kunstvoll aufgesteckt hatte, glänzte im Licht der Gaslampen und ihre dunkelbraunen Augen strahlten ihn an. „Herr Graf, Sie sind wieder daheim!"

Er streckte ihr die Hand entgegen. „Pauline, lass doch den Grafen beiseite. Als wir noch gemeinsam die Schule hier in Wölfelsgrund besucht haben, hast du mich anders genannt."

„Aber da waren wir ja noch Kinder. Ich kann den Herrn Grafen doch nicht mehr ..." Sie senkte errötend den Kopf.

„Nun? Wie meinst du, mich nicht mehr nennen zu können?"

Sie sah zu ihm auf, ein verschmitztes Lächeln legte sich um ihre Lippen. „Claudinand passt doch nicht mehr zu Ihnen."

Dieses Lächeln stand ihr ausgesprochen gut. Er konnte den Blick gar nicht von ihrem Gesicht abwenden. So stellte er sich das Gesicht eines Engels vor. „Siehst du, Pauline, es geht doch immer noch. Und meine Geschwister nennen mich auch bis heute nicht anders als Claudinand." Er nahm an dem Tisch Platz. „Und nun bringe mir bitte ein gutes Schweidnitzer Bier."

Sie knickste und huschte davon.

Claudinand sah ihr nach, bis ihre schmale Gestalt im Dunst verschwamm. Dieses Mädchen wickelte ihn immer wieder um den Finger. Warum war er bloß hierhergekommen? Der Standesunterschied machte ihm überhaupt nichts aus, aber der Glaubensunterschied war entscheidend. Es war wirklich schade, dass ausgerechnet die Frau, mit der er sich so gut verstand, nicht an Jesus Christus glaubte.

Da kam Pauline und stellte ein schäumendes Bier vor ihm auf den Tisch. „Bitte sehr, Herr Graf."

„Schon wieder der Graf?"

Sie stützte die Hände auf den Tisch und sah ihm verschwörerisch lächelnd in die Augen. „Aber ich kann Sie doch nicht in aller Öffentlichkeit ..."

„Ich habe mich in einer ruhigen Ecke niedergelassen, Pauline. Und von dem Besitzer des Hotels musst du doch keinen Ärger gewärtigen, schließlich ist er dein Onkel."

„Das stimmt zwar, aber ..."

„Gezz kommse ma mitte Rechnung ran, Frollein!", rief ein rotgesichtiger Herr herüber.

„Verzeihen Sie bitte, Herr Graf." Pauline berührte – zufällig? – mit der Hand seinen Oberarm. „Den Industriebaron aus Dortmund darf ich nicht warten lassen."

Claudinand nippte an seinem Bier und wischte sich den Schaum aus dem Henriquatre[2]. Pauline. Er wusste einfach nicht, woran er bei ihr war. Einerseits auf Distanz bedacht, andererseits zutraulich und anschmiegsam.

Noch viel weniger wusste er jedoch, woran er bei sich selbst war. Für eine bloße Spielerei war ihm Pauline – und waren ihm Frauen überhaupt – zu schade. Aber etwas Ernstes konnte sich doch niemals daraus entwickeln! Also blieb nur eins: Er durfte Pauline nicht wiedersehen.

Er kramte einige Münzen aus der Tasche und legte sie auf den Tisch. Noch einen letzten Schluck des Bieres – da stand Pauline schon wieder am Tisch und stellte ein Körbchen mit einigen Scheiben Brot vor ihm ab. „Ein Gruß des Hauses."

Claudinand schob das Glas zurück. „Pauline, ich werde jetzt ins Forstschloss hinauf..."

„Sie wollen schon gehen?" Die Bestürzung in ihrem Gesicht war echt. „Mein Onkel war so stolz, als ich ihm sagte, der Herr Graf sei bei uns eingekehrt."

Natürlich. Für die Bürger von Wölfelsgrund war es immer noch etwas Besonderes, dass sie jetzt eine Grafenfamilie im ehemaligen Forsthaus wohnen hatten. Und der Hotelier August Behrendt fühlte

---

2 Rund-um-den-Mund-Bart, benannt nach Heinrich IV. von Frankreich

sich stets überaus geschmeichelt, wenn jemand der hohen Herren seinen *Gelben Dragoner* beehrte.

Claudinand zog sein Bierglas wieder heran und griff nach einer Scheibe Brot. „Was gibt es denn für Neuigkeiten in unserem verschlafenen Dorf?"

Sie lehnte sich gegen seinen Tisch. „Einquartierung bekommen wir. Gerade erst ist eine Abteilung Soldaten aus Breslau eingerückt. Der Bürgermeister ist ärgerlich, weil er an seinem Stammtisch gestört wurde und sich jetzt um die Quartierzettel kümmern muss."

Er grinste. „Welch hartes Schicksal für den alten Spillmann."

„Vor allem, weil er den Kurgästen versprochen hatte, dass sie nicht durch das Manöver – wie nannte er es? – inkommodiert würden. Er hatte angeblich etwas mit dem Kommandeur ausgehandelt – aber der Leutnant hat sich nicht darum geschert."

„Fräulein, noch eine Runde Bier!", grölte jemand aus einer Gruppe junger Stutzer.

„Entschuldigen Sie." Sie stieß sich vom Tisch ab und knickste – und wieder stieß ihre Hand wie unbeabsichtigt gegen seinen Arm.

Er nahm einen großen Schluck aus dem Bierglas. Es war unbestreitbar, sie sprach gern mit ihm. Aber ihre Gespräche waren vollkommen belanglos. Es konnte eigentlich gar keine Gefahr dabei sein, wenn er sich noch etwas mit ihr unterhielt. Da waren zwar ihre unabsichtlich wirkenden Gesten – aber vielleicht waren sie wirklich unbeabsichtigt. Er wurde schon wie sein Vater, der hinter jeder Kleinigkeit eine Gefahr witterte.

Pauline kam, beide Fäuste voll mit Humpen, vom Tresen zurück und stellte sie scheppernd bei den jungen Herren auf den Tisch. „Wohl bekomms."

Sie grölten, ein kecker Kerl kniff ihr ins Hinterteil – blitzschnell schlug sie auf seine Hand und lief mit einem Lachen davon.

Aufatmend blieb sie an Claudinands Tisch stehen. „So sind sie, die Männer. Gut, dass Sie anders sind. Bei Ihnen kann man gefahrlos stehen bleiben."

„Bist du dir ganz sicher?" Er holte mit dem Arm aus, um ihn ihr um die Taille zu legen, doch sie wich ihm mit einer flinken Bewegung aus.

Drohend hob sie den Zeigefinger. „Herr Gra... Claudinand! So kenne ich Sie gar nicht! Sie waren doch immer der wohlerzogene Grafensohn!"

„Vielleicht habe ich meine gute Erziehung bei den Preußen[3] verloren?" Er grinste sie frech an.

„Nein, das kann Ihnen niemals passieren." Sie lehnte sich wieder gegen den Tisch und schlug die Füße übereinander. „Dazu sind Sie viel zu sehr Kavalier. Außerdem hat sich das schwarze Schaf in Ihrer Familie ja bereits gefunden."

„Das schwarze Schaf?" Er brach ein Stück von einer Scheibe Brot ab. War sein Bruder Fritz wieder einmal über die Stränge geschlagen? Es wäre schließlich nicht das erste Mal.

„Verzeihen Sie, es war nicht böse gemeint." Pauline legte den Kopf schief. „Ich meinte das nur, weil am Montag Ihre Schwester unversehens hier eintraf. Die Leute munkeln, sie sei von ihrer Schule geworfen worden."

Franzi. Das sah ihr ähnlich. Seine kleine Schwester hatte sich noch nie an Regeln halten können. Die Arme. Ihr Vater würde ganz bestimmt drakonische Maßnahmen ergreifen.

Pauline band die Schleife ihrer Schürze neu. „Ich muss wieder ..."

Da ging die Tür auf und Paulines Vater Carl Gustav Behrendt, ein vierschrötiger Mann mit hohen Reitstiefeln und einem langen Zigarillo im Mundwinkel, trat ein. Als er Pauline und ihn entdeckte, kam er direkt auf sie zu.

„Das ist aber schön, Herr Graf", nuschelte er, ohne das Zigarillo aus dem Mund zu nehmen, und streckte ihm die Hand entgegen. „Schön, dass Sie wieder in Wölfelsgrund sind."

Claudinand ergriff die dargebotene Hand. „Guten Abend, Herr Verwalter."

„Ich freue mich, dass Sie gleich wieder die alte Bekanntschaft mit Pauline auffrischen." Behrendt warf seiner Tochter einen vielsagenden Blick zu, unter dem sie erglühte wie die untergehende Sonne.

„Wir plauderten nur ein wenig über die Neuigkeiten in Wölfelsgrund", beeilte sich Claudinand zu erklären. „Die Einquartierung ..."

„... und die Ankunft der Komtesse Franziska", half Pauline aus.

---

[3] Stehende Wendung für das Militär. Wie man in neuerer Zeit sagte, dass man „zum Bund geht", ging man früher „zu den Preußen".

„Ja, ja, Belanglosigkeiten." Behrendt warf sein Zigarillo vom rechten in den linken Mundwinkel. „Dann lassen Sie sich nur nicht beim Austausch von Belanglosigkeiten stören." Er klopfte seiner Tochter auf die Schulter und zwinkerte ihr zu.

Claudinand stürzte den Rest seines Bieres hinunter und schob Pauline die Münzen zu. „Danke."

Kapitel 7

Schenck ließ sich von Graf Wedell in den Speisesaal führen, wo bereits eine ältere Dame an der Tafel saß. Der Graf ging auf sie zu. „Darf ich Sie miteinander bekannt machen? Herr Leutnant, dies ist meine Mutter, Rahel Grüning. – Mutter, Herr Leutnant von Schenck. Er weilt anlässlich eines Manövers in Wölfelsgrund."

Rahel Grüning? Merkwürdig, dass die Mutter des Grafen von Wedell keine Gräfin von Wedell war. Er verneigte sich. „Es ist mir eine Ehre, Ihre Bekanntschaft zu machen."

Sie lächelte ihn an und aus ihren blauen Augen leuchtete eine Herzlichkeit, die er bei dem Grafen vergeblich gesucht hatte. Und er wusste auch sofort, wo er diese blauen Augen heute schon einmal gesehen hatte: bei ihrer Enkelin Komtesse Franziska.

„Seien Sie mir willkommen, Herr Leutnant. Nehmen Sie bei uns im Forsthaus Quartier?"

Schenck warf einen Blick zu dem Grafen hinüber, der die Augenbrauen zusammenzog. Warum war Wedell so kühl? Das konnte doch unmöglich an ihrem kurzen Zusammenstoß auf dem Bahnhof von Habelschwerdt liegen. „Ich wohne im Dorf bei meinen Männern. Ihr Fräulein Enkelin war jedoch so freundlich, mich zum Abendessen einzuladen."

„Und jetzt kommt sie natürlich wieder zu spät – wie immer." Rahel Grüning sprach diese Worte so freundlich, dass sie unmöglich ein Tadel sein konnten.

„Die gnädige Komtesse wurde bei einem Gang durch den Regen vollkommen durchnässt", erklärte Schenck. „Damit dürfte ihr Zuspätkommen entschuldigt sein."

„Unvernünftiges Wesen, bei diesem Wetter ins Dorf zu gehen", knurrte der Graf. „Ich möchte zu gerne wissen, was sie dort wollte."

„Lasse Franzi doch ein wenig Freiheit. Du bist als Junge auch bei jedem Wetter durch den Wald gestromert."

Graf Wedell verzog das Gesicht. „Eben weil sie mir so ähnlich ist. Und weil es so leicht zu – gewissen – Begegnungen kommen kann. Dieser Tage nicht nur auf Bahnfahrten, sondern sogar in unserem beschaulichen Dorf."

Schenck erstarrte. „Herr Graf, wenn meine Gegenwart Ihnen unliebsam ist, mache ich mich augenblicklich auf den Rückweg nach Wölfelsgrund."

„Aber Unsinn, mein lieber Leutnant." Die alte Dame ergriff seinen Arm und zog ihn mit erstaunlicher Energie auf einen Stuhl. „Mein Sohn ist manchmal in Bezug auf Offiziere übervorsichtig."

„Ich verstehe nicht ... Haben Sie schlechte Erfahrungen mit meinen Kameraden gemacht?"

Der Graf warf seiner Mutter einen Blick zu, der unzweifelhaft erkennen ließ, wie unangenehm ihm dieses Thema war. Dann wandte er sich wieder an Schenck. „Meine beiden Söhne sind Offiziere, ich habe also keine Vorbehalte gegen diesen Beruf. Und da meine Tochter Sie eingeladen hat, sind Sie mir selbstverständlich willkommen. – Und nun, Mutter, bitte ich, das Thema fallen zu lassen."

In diesem Augenblick trat Komtesse Franziska ein, und unwillkürlich sprang Schenck von seinem Stuhl auf. Das Mädchen sah einfach umwerfend aus. Ihre Locken waren noch dunkel von der Feuchtigkeit und wurden nur von einem kornblumenblauen Band gehalten, das genau die Farbe ihrer Augen hatte. Das Kleid war von gleicher Farbe und aus weich fließendem Stoff mit hoher Taille – ein Kleid, wie es die verehrte Königin Luise auf jedem Gemälde trug.

Sie lächelte ihn an. „Behalten Sie nur Platz, Herr Leutnant."

Von dem Grafen flog ein Blick zu seiner Tochter hinüber, der einem vergifteten Pfeil glich. Irgendetwas war hier mehr als merkwürdig. Sollte die Komtesse etwa schon öfter unliebsame Bekanntschaft mit Offizieren gemacht haben? Sicherlich hatte sie von Hauptmann Schröders Übergriff erzählt – hatte ihr Vater nach diesem neuerlichen Ereignis nun bei jedem Offizier Angst um seine Tochter?

Schenck beugte sich zu dem Grafen hinüber. Er sollte versuchen, die Situation zu entspannen. Und das wäre vielleicht möglich, wenn er auf den Hauptzweck seines Besuchs zu sprechen kam – Hinweise zu bekommen, wie er seine Gegner im Manöver am besten überrumpeln konnte. „Herr Graf, Ihre Tochter deutete an, dass Sie mich mit den hiesigen Gegebenheiten bekannt machen könnten. Meine Kameraden liegen in Habelschwerdt, mit ihrem *Angriff* ist morgen zu rechnen."

Die Augen des Grafen begannen zu funkeln, es lag etwas wie Abenteuerlust darin. „Ich vermute, dass das Dorf Wölfelsgrund von dem Manöver ausgenommen ist, um die Kurgäste nicht zu belästigen?"

„Kampfübungen sollen dort selbstverständlich nicht stattfinden. Ich werde meine Männer gleich morgen früh in den Hochwald verlegen. Können Sie mir einen Ort nennen, wo die Gefahr, überrumpelt zu werden, möglichst gering ist? Und wo wir in Ihrem Forst gleichzeitig wenig Schaden anrichten?"

Graf Wedell legte den Zeigefinger an die Nasenspitze. Offenbar war er beruhigt, dass sein Gast nur militärische Informationen wollte und sich nicht für seine Tochter interessierte. Obwohl Schenck nicht verhindern konnte, dass sein Blick immer wieder zu Komtesse Franziska hinüberwanderte.

„Wenn Ihre *Feinde* von Habelschwerdt aus anrücken und Wölfelsgrund umgehen müssen, werden sie über Kieslingswalde zum Zechenberg marschieren und dann von Norden her in den Schneeberger Forst absteigen."

Schenck zog eine Karte aus der Brusttasche, entfaltete sie und verfolgte den Weg, den der Graf ihm nannte, mit dem Finger. „Habelschwerdt – Kieslingswalde – Zechenberg. Das ergibt Sinn."

Plötzlich legte Franziska den Zeigefinger auf das Kartenblatt. „Dann sollten Sie morgen früh dort am Osterfelder Kopf Stellung beziehen. Wo du, Vater, die Hochzeitsallee angelegt hast. Wer vom Zechenberg in den Hochwald will, muss am Osterfelder Kopf vorbei."

„Bitte, Franziska." Der Graf warf seiner Tochter einen missbilligenden Blick zu. Dann deutete er ebenfalls auf Schencks Plan. „Herr Leutnant, der Osterfelder Kopf ist ideal, Ihren Gegner zu empfangen. Wenn Sie sich geschickt anstellen, locken Sie dessen Truppen in einen Hinterhalt und können so sogar einer großen Übermacht gegenübertreten."

„Ich danke Ihnen." Schenck warf Franziska ein Lächeln zu. Sie sollte auf jeden Fall merken, dass er auch ihre Ausführung schätzte. Schließlich hatte ihr Vater genau das bestätigt, was sie gesagt hatte. Warum er bloß so hart mit ihr umging? Das Verhältnis zwischen Vater und Tochter schien nicht unbedingt herzlich zu sein.

Hatte der Graf das Lächeln bemerkt? Jedenfalls zogen sich seine Augenbrauen zu einer dicken, schwarzen Linie zusammen. Rasch lehnte er sich zurück und zog an einer Klingelschnur.

„Tragen Sie das Abendessen auf", befahl er dem eintretenden Diener.

Als Schenck erneut in Franziskas Richtung sah, bemerkte er, dass ihr Blick auf ihn gerichtet war. Sie neigte den Kopf leicht zu ihrem Vater hin und verdrehte die Augen.

Schenck zuckte mit den Schultern. Er wurde aus dem Verhalten von Vater und Tochter einfach nicht schlau.

Da traten zwei Diener ein, die Platten mit Fleisch und Gemüse trugen.

Während sie servierten, fasste Schenck sich ein Herz. „Herr Graf, wenn Sie gestatten – als Christ ist es meine Gewohnheit, vor dem Essen meinem Gott für die Speisen zu danken."

Urplötzlich veränderte sich der Gesichtsausdruck des Grafen. Es schien, als ginge die Sonne auf. „Sie sind Christ, Herr Leutnant?", stammelte er.

Schenck lächelte, aber als er Franziska ansah, gefror sein Lächeln. Ihre Züge drückten beinahe so etwas wie Entsetzen aus.

„Sie sind Christ?", keuchte sie.

Der Graf streckte ihm über den Tisch die Hand entgegen. „Es freut mich außerordentlich, Sie als Glaubensbruder zu begrüßen. Seien Sie noch einmal willkommen in meinem Hause."

Auch Rahel Grüning strahlte ihn an, nur Franziska verschränkte die Arme vor der Brust, senkte den Kopf und sagte kein Wort. – Irgendetwas lief hier gewaltig schief.

* * *

Am liebsten hätte Franzi sich geohrfeigt. Da kam einmal ein Offizier nach Wölfelsgrund, der – wenn auch von kleiner Gestalt – recht ansehnlich war, und dann entpuppte er sich als genauso ein Frömmling wie ihr Vater! Und ausgerechnet sie hatte den Mann eingeladen! Als ob sie hier nicht ohnehin schon von viel zu vielen Christen umgeben wäre!

„Herr Leutnant", ergriff ihr Vater wieder das Wort, während er sich von dem Diener Fleisch nachlegen ließ, „nachdem Sie sich nun einmal zu uns herauf in den Hochwald bemüht haben, wollen Sie nicht auch die Nacht hier verbringen? Ich stelle Ihnen mein Haus gern als Quartier zur Verfügung. Mein Sohn, der als Leutnant in Glatz dient, müsste auch in Kürze eintreffen."

Das fehlte ihr noch, dass dieser fromme Leutnant hier Quartier nahm. „Auch ich bot dem Herrn Leutnant bereits ein Nachtlager an." Franzi blitzte den Soldaten an. „Er lehnte jedoch leider ab, weil er die Nähe zu seinen Männern vorzieht."

„So ist es." Schenck warf ihr ein Lächeln zu, doch sie schaute schnell wieder auf ihren Teller. „Ich werde nach dem Abendessen sofort zu meinen Männern nach Wölfelsgrund hinabgehen. Mir wurde dort bereits ein Quartier zugewiesen."

Gut so. Schenck sollte bloß nicht auf den Gedanken kommen, seine Absichten zu ändern. Franzi griff nach einem leeren Weinglas und stellte es neben ihren Teller.

„Ich bedaure das außerordentlich", sagte ihre Großmutter. „Es würde etwas Leben in unser stilles Haus bringen. Und Claudinand würde sich freuen."

„Und ich könnte Ihnen morgen in aller Frühe den Osterfelder Kopf zeigen." Ihr Vater war immer noch Feuer und Flamme.

Schenck sah sie an. Mit einem Blick, der ihr zu sagen schien: *Wenn du mich auch noch einmal bittest hierzubleiben, werde ich zustimmen.*

Ihre Großmutter hatte recht. Etwas Leben im stillen Forstschloss war wünschenswert. Und ein Gast würde über die düstere Stimmung hinweghelfen. Aber wie sie ihren Vater kannte, würde er Schenck sofort auf seine Seite ziehen. Und die Christen hielten ja immer zusammen, wenn es gegen solche ging, die ihren Glauben nicht teilen wollten. Das konnte sie Sonntag für Sonntag im Gottesdienst erleben, wo ihr Vater sie immer noch hinschleppte: Jedes Mal musste sie sich dann von der Kanzel herab anhören, dass sie sich bekehren sollte. Dabei hatte sie fast das Gefühl, um nicht zu sagen die Befürchtung, dass Leutnant von Schenck mit seiner freundlichen Art viel eher etwas bei ihr erreichen könnte als ihr gesetzlicher Vater. Und das durfte sie nicht zulassen. Sie würde nicht klein beigeben.

Kaum merklich schüttelte Franzi den Kopf und sah dann, als sie den Schein von Enttäuschung auf Schencks Gesicht bemerkte, rasch zur Seite.

„Es ist besser, wenn ich hinunter zu meinen Männern gehe", sagte der Leutnant bedächtig, beinahe, als sei sie schuld daran.

Franzi winkte dem Diener. „Bitte geben Sie mir ein Glas Wein."

„Für meine Tochter nicht." Ihr Vater scheuchte den Diener mit einer Handbewegung weg. „Franziska, du weißt, dass ich dir keinen Wein gestatte."

Franzi ballte die Fäuste unter dem Tisch. Musste ihr Vater sie vor dem Gast gängeln? „Ich bin mittlerweile 19 Jahre alt!"

„Eben, du bist noch minderjährig. Und für Minderjährige gibt es in diesem Haus keine geistigen Getränke, erst recht nicht nach dem, was im Pensionat vorgefallen ist."

Franzi spürte, wie ihre Großmutter unter dem Tisch nach ihrer Hand griff. Offenbar empfand sie, dass sie sich durch die Worte ihres Vaters gedemütigt fühlte.

„Ich bitte Sie nun, mich zu entschuldigen." Schenck tupfte sich mit der Serviette den Mund und stand auf. „Es ist an der Zeit, dass ich nach Wölfelsgrund zurückkehre. Es dunkelt bereits."

Als auch ihr Vater und ihre Großmutter sich erhoben, schob Franzi vorsichtig ihren Stuhl zurück. Es war am besten, wenn sie entkam, ohne sich von Schenck zu verabschieden. Leise stand sie auf, huschte zum Büfett hinüber, wo sie sich einen Apfel nahm, und ging in Richtung des Dienstbotenausgangs.

„Komtesse, auf ein Wort."

Oh nein. Das dumpfe Poltern der Stiefel auf dem Parkett verriet ihr, dass Schenck rasch zu ihr herüberkam – oder musste er wegen seiner kurzen Beine so viele Schritte machen?

Schon stand er neben ihr.

Hilfe suchend sah Franzi sich um. Doch ihre Großmutter hielt ihren Vater, der dem Offizier offenbar folgen wollte, am Arm zurück.

„Gnädige Komtesse, bitte erlauben Sie mir eine Frage."

Sie krampfte ihre Finger um den Apfel und wagte nicht, ihn anzublicken. Seine hellblauen Augen waren viel zu verführerisch.

„Habe ich etwas getan, was Ihr Missfallen erregt hat?"

Natürlich hatte er das. Er gehörte auch zu diesen Frommen. Aber das konnte sie ihm unmöglich sagen. „Ich bin ..." Beinahe hätte sie gesagt, dass sie müde sei. Aber das stimmte nicht. Sie würde nicht aus Höflichkeit lügen. Und schon gar nicht aus Feigheit. „Ich möchte mich zurückziehen."

„Darf ich den Grund erfahren, weshalb Sie plötzlich so abweisend sind?" Seine sonore Stimme klang besorgt.

„Nein."

„Franziska!", rief ihr Vater.

„Ich habe lediglich die Frage des Herrn Leutnants ehrlich beantwortet." Sie warf den Kopf nach hinten, dass ihre Locken flogen. „Gestatten Sie nun, dass ich mich entferne?"

„Ich habe Ihnen nichts zu verwehren, Komtesse. Aber ich möchte Sie darauf aufmerksam machen, dass es ungerecht ist, jemandem sein Missfallen zu zeigen und auch auf Nachfrage den Grund nicht zu nennen."

Da fing er schon an, sie zu maßregeln. Genau wie ihr Vater. Genau wie der Dorfschulmeister, der sich einmal in der Woche mit ihrem Vater zum Bibelstudium im Forstschloss traf und jedes Mal, wenn es ihr nicht gelang, ihm aus dem Weg zu gehen, eine *Belehrung* für sie hatte. Und genau wie die Leute im Gottesdienst, die schon als Kind ständig an ihr herumgenörgelt hatten, wenn sie trotz der Ermahnungen ihres Vaters herumgezappelt hatte oder ihr das Gesangbuch aus der Hand gefallen war. Und später waren dann ihre Fingernägel zu lang, ihre Absätze zu hoch und ihr Lächeln zu unzüchtig gewesen. So waren die Frommen alle. Jedenfalls hatte sie noch keine positive Ausnahme kennengelernt. „Ich danke Ihnen für Ihre Belehrung." Sie raffte ihr Kleid und rauschte aus dem Speisesaal.

Franzi setzte schon den Fuß auf die unterste Stufe der Treppe, als sie die Stimme ihres Vaters hörte. „Bitte verzeihen Sie meiner Tochter. Sie ist derzeit allen Ermahnungen gegenüber verschlossen. Wir sind in großer Sorge um sie, da sie leider unseren Glauben ablehnt."

„Oh nein, das tut mir außerordentlich leid", antwortete der Leutnant.

„Danke, Vater", knirschte sie zwischen den Zähnen hervor, dann rannte sie die Treppe hinauf.

Musste er unbedingt vor dem fremden Leutnant ihre vermeintlich negativen Eigenschaften ausbreiten? Wenn er ein guter Vater wäre, hätte er sie stattdessen in Schutz genommen. Aber das hatte er bei seiner missratenen Tochter noch nie getan.

Sie stürmte in ihr Zimmer und griff nach dem einzigen Trost, der ihr geblieben war: Julies Viola. Wahrscheinlich würde ihr Vater gleich wieder schimpfend angelaufen kommen, weil sie so gräuliche Musik machte, aber in ihrem Zustand der Wut konnte sie nichts anderes spielen als wilde Zigeunerweisen.

Kapitel 8

Schencks Knobelbecher patschten auf dem aufgeweichten Weg, der nach Wölfelsgrund hinunterführte. Endlich hatte es aufgehört zu regnen, aber von den Bäumen fielen immer noch dicke Tropfen, besonders wenn ein Windstoß hindurchfuhr. Als ihm ein Tropfen trotz des Helms in den Nacken fiel, wischte Schenck ihn ärgerlich mit der Hand weg.

Was war nur heute Abend mit ihm passiert? Nein, nicht erst heute Abend, sondern schon bei der Begegnung mit ihr im Zug. Genau genommen sogar schon bei der Parade. Er war doch eigentlich kein Mensch, der so schnell den Kopf verlor. Entscheidungen waren bei ihm immer gut durchdacht und vor allem ausgiebig im Gebet mit Gott besprochen. Und plötzlich geisterte ihm ständig dieses hübsche Gesicht mit den kornblumenblauen Augen, umrahmt von weizenblonden Locken, im Kopf herum.

Unwillkürlich war Hoffnung in ihm aufgekeimt, als er erfuhr, dass Graf Wedell und Rahel Grüning seinen Glauben an Jesus Christus teilten – konnte es da anders sein, als dass auch die Tochter des Hauses gläubig war? Doch wie der eiskalte Regenguss heute Nachmittag hatte ihn die Offenbarung des Grafen getroffen: *Meine Tochter lehnt unseren Glauben ab.*

„Franziska", murmelte er vor sich hin. Warum hatte Gott sie ihm in den Weg geführt? Er hatte doch die Begegnung nicht gesucht, weder bei der Parade, noch im Zug, noch heute in Wölfelsgrund. Oder hätte er die Einladung ins Forstschloss ausschlagen müssen?

Auf dem Weg vor ihm erklangen patschende Schritte, dann erkannte er eine hohe, schlanke Gestalt in Uniform. Das war wahrscheinlich der Sohn des Grafen. Merkwürdig, dass er zu Fuß kam. Grüßend ging er an Schenck vorüber.

Schenck sah zum Himmel hinauf. „Mein Gott, ich weiß nicht, was ich denken soll. Ist die Komtesse eine Gefahr, die ich fliehen soll? Oder hast Du sie mir als Aufgabe in den Weg gestellt, damit ich sie zu Dir führe?"

Sollte es das sein? Wollte Gott ihn als Werkzeug benutzen, damit die Komtesse sich zum Herrn Jesus bekehrte? Aber war das nicht viel zu gefährlich für ihn? Er dachte schon jetzt mehr als gut für seine Herzensruhe war an dieses Mädchen. Und Gott sagte klar genug in seinem Wort, dass Er ein ungleiches Joch mit einer Ungläubigen missbilligte.

Aber war das Grund genug, die Komtesse einfach ihren unguten Weg gehen zu lassen? Sie ihrem grausamen Schicksal zu überlassen, das sie ereilen würde, wenn sie sich nicht bekehrte? Nur weil er ein Mann war und sie eine Frau? Und weil sie ihm gefiel?

Allerdings fürchtete er sich wirklich vor sich selbst. Er hatte die Komtesse erst dreimal gesehen und doch schlug sein Herz schon beim bloßen Gedanken an sie Purzelbäume. Wie würde es dann erst sein, wenn er sie öfter sähe, vielleicht länger in ihrer bezaubernden Gegenwart wäre? Er hielt sich nicht für so stark, ihren Reizen dauerhaft widerstehen zu können.

„Mein Gott, willst Du nicht jemand anderen als Werkzeug benutzen? Jemanden, der geeigneter dafür ist als ich?"

Eine solche Mission könnte auch seinen Lebensweg, der doch klar vor ihm gelegen hatte, durcheinanderwirbeln. Denn da das Abenteuerblut seiner Familie nicht in ihm zu fließen schien, hatte er den gewöhnlichen Weg für einen jungen Mann aus adeligem Haus gewählt und war Soldat geworden. Das war etwas Beständigeres als bei seinem Vater, der im diplomatischen Dienst gewesen und alle paar Jahre mit seiner Familie in ein anderes Land gezogen war.

Dementsprechend las sich ihre Familiengeschichte: Während der Zeit in Brasilien war seine Mutter an einem Fieber gestorben. Vor fünf Jahren hatte man seinen Vater zu Beginn des Boxeraufstands in China umgebracht. Daraufhin war sein älterer Bruder nach Kiautschou gegangen, das das Deutsche Reich kurz vorher für 99 Jahre von China gepachtet hatte. Er selbst hatte keine Lust mehr auf unberechenbare Abenteuer im Ausland gehabt, sondern war nach Deutschland zurückgekehrt und in die Armee eingetreten. Wenn er etwas Glück hatte, würde er es vielleicht noch bis zum General bringen – so jedenfalls sah sein Plan aus.

Oder hatte Gott nun doch etwas ganz anderes mit ihm vor? Sollte er sich wirklich auf das Abenteuer, das Franziska von Wedell hieß, einlassen?

Durch die Zweige schimmerten die ersten Lichter von Wölfelsgrund. Schenck blieb stehen und nahm die Pickelhaube ab. Tief atmete er die feuchte Waldluft ein, die wie frisches Wasser aus einem Bergquell schmeckte. Er musste Komtesse Franziska meiden. Zu seiner eigenen Sicherheit. Und darauf vertrauen, dass Jesus Christus sie trotzdem zu sich ziehen würde. Dafür würde er von nun an jeden Tag beten.

Entschlossen stieg er die letzten Meter nach Wölfelsgrund hinab. Zur Rechten der Straße standen die ersten Villen. Viele waren dunkel, einige noch hell erleuchtet.

Als er fast die Dorfmitte erreicht hatte und schon den Lärm seiner Soldaten aus der Wirtschaft *Grafschaft Glatz* hörte, sah er rechts die Hausnummer 12. Er bog zu der unbeleuchteten *Präsidentenvilla* ab und drückte auf den Klingelknopf. Wahrscheinlich musste er Feldwebel Reinders erst aus dem Schlaf klingeln; der Spieß hatte schließlich die Gewohnheit, schon bei Einbruch der Dämmerung zu Bett zu gehen.

Endlich wurde die Tür geöffnet. Reinders, noch in voller Uniform, stand vor ihm. „Herr – Herr L... Lllleutnant, end... endlich kommen Sie."

Schenck trat ein und schloss die Tür hinter sich. Penetranter Gestank nach Zigarrenqualm empfing ihn. Frischer Zigarrenqualm. Seit wann rauchte der Feldwebel? Und seit wann stotterte er? „Was ist los, Reinders? Haben Sie sich etwa betrunken?"

„Nnnnnein, Herr Lllleutnant ..."

„Man könnte eher denken, Sie seien betrunken", klang es plötzlich aus der Dunkelheit hinter Reinders.

Diese Stimme! Der brodelnde Bass, der nach Tausenden gerauchten Zigarren klang!

Da schob sich die massige Gestalt von Oberst von Grumbkow in den Flur. „Mit mir haben Sie wohl nicht gerechnet, wie?"

Schenck riss die Knochen zusammen. „Herr Oberst!"

In einer Wolke aus Tabaksqualm näherte sich der Oberst. „Sagen Sie, Schenck, was fällt Ihnen überhaupt ein? Sie besetzen gegen meinen Befehl das Dorf und requirieren ausgerechnet *meine* Villa für sich?"

„Ihre ...?" Schenck schluckte. „Herr Oberst, mir war nicht bewusst, dass es sich um Ihre Villa handelt. Der Bürgermeister hat doch ..."

„Aber dass Sie im Hochwald biwakieren sollen, dürfte Ihnen doch noch bewusst sein, oder?"

„Herr Oberst, bitte bedenken Sie ..."

„Ich werde heute Abend gar nichts mehr bedenken." Grumbkow zog an seiner Zigarre und blies Schenck den Rauch ins Gesicht. „Sie verlassen augenblicklich meine Villa. Und morgen um sieben Uhr erwarte ich Sie in Habelschwerdt zum Rapport."

„Bitte, Herr Oberst, lassen Sie sich doch erklären ..."

„Sind Sie taub, Kanaille? Morgen können Sie mir so viel erklären, wie Sie wollen. Heute verlassen Sie nur noch mein Haus!"

Schenck nahm Haltung an. „Zu Befehl, Herr Oberst. – Reinders, mitkommen."

Als er mit dem Feldwebel auf der Straße stand, wusste er, dass das heutige Gewitter nichts gegen das Unwetter war, auf das er nun zumarschierte. Obwohl Oberst von Grumbkow erst seit fünf Tagen Kommandeur des Regiments war, hatte er es bereits geschafft, sich ihn zu einem unerbittlichen Feind zu machen.

* * *

Pauline sah dem letzten Gast nach, der soeben den *Gelben Dragoner* verließ. Hinter ihm schloss ihr Onkel die Türen. Nur ihr Vater saß noch an seinem Tisch, das unvermeidliche Zigarillo im Mundwinkel und ein Glas Bier vor sich.

Sie holte sich einen Lappen und begann die Tische abzuwischen. Wein- und Bierpfützen, Zigarrenstummel, Asche und Speisereste – es gab noch viel aufzuräumen. Nur der Tisch, wo der Grafensohn gesessen hatte, war noch beinahe sauber – Claudinand hinterließ einfach keinen Dreck.

Ihr Vater setzte mit lautem *Plock* seinen Humpen auf den Tisch. „Pauline, komm doch bitte einmal zu mir."

Sie ließ den Lappen liegen und setzte sich ihrem Vater gegenüber. Währenddessen klapperte ihr Onkel hinter dem Tresen überlaut mit seinen Humpen.

„Was gibt es, Vater?"

Die Spitze seines Zigarillos glühte auf, dann quoll eine Rauchwolke aus seiner Nase. „Nun ist er also da."

Natürlich wusste sie, dass er von dem Grafensohn sprach, aber das ließ sie sich nicht anmerken. Sie nestelte eine Zigarettenschachtel aus ihrer Schürzentasche und fragte beiläufig: „Von wem sprichst du? Es kommen jeden Tag neue Kurgäste an."

„Das weißt du sehr gut", nuschelte er. Von seinem Zigarillo stäubte Asche auf den Tisch – gut, dass sie hier noch nicht gewischt hatte. „Ich sah dich doch bei dem Grafen von Wedell stehen. Noch bevor er ins Forstschloss ging, kehrte er bei dir ein. Und er hat sich offenbar gut mit dir unterhalten."

Sie klopfte eine Zigarette aus der Schachtel und nahm sie zwischen die Finger. „Er kam nur auf ein Glas Bier herein. Und wir haben uns schon immer gut unterhalten. Du solltest dir keine Hoffnung machen, Vater. Es waren wirklich nur Belanglosigkeiten."

Er beugte sich so weit vor, dass ihr der Qualm in die Nase stieg. Mit verführerischem Vanillearoma. „Ich bin sicher, dass der junge Herr Graf eine besondere Vorliebe für dich hat. Und du wärst wirklich dumm zu nennen, wenn du das nicht ausnutzen würdest."

Sie lehnte sich zurück und zündete die Zigarette an. „Du meinst also, ich sollte Claudinand ein wenig – bezirzen?"

„Nenne es, wie du magst. Aber das ist eine Gelegenheit, wie sie sich nur einmal im Leben bietet – und nur ganz wenigen Menschen."

Sonderbar. Ihr Vater war sonst immer sehr besorgt um sie. Es war ihm auch nie recht gewesen, dass sie im Hotel seines Bruders kellnerte, aus Angst, sie könnte an einem reichen Kurgast hängen bleiben. „Wie soll ich das verstehen, Vater? Du hast mich immer vor den Reichen gewarnt, die nichts als ihr Vergnügen suchen. *Sie meinen es nie ehrlich* – das waren exakt deine Worte."

„Ja, das gilt für alle, die nach Wölfelsgrund kommen. Auch der andere Grafensohn, Friedrich Wilhelm – ja, vor ihm solltest du gewarnt sein. Aber doch nicht Claus Ferdinand." Wieder stäubte Asche auf den Tisch.

Sie zog an ihrer Zigarette und spürte, wie das Nikotin ihre müden Glieder belebte. Claudinand war wirklich anders. Das war ja auch der Grund, warum sie immer gern mit ihm plauderte. Und ihr Vater hatte wahrscheinlich recht: Wenn sie sich um ihn bemühte, könnte es ihr in der Tat gelingen, den Grafensohn zu erobern. „Früher hast du Claudinand nie aus deinem Urteil über die Reichen ausgenommen. Schon damals, als ich noch mit ihm zur Schule ging, missfiel dir unser gutes Verhältnis. Woher diese plötzliche Wandlung?"

Er legte ihr seine Hand auf den Unterarm. „Pauli, mein Töchterchen, ich bin doch nicht blind. Sobald der junge Graf auf Urlaub in Wölfelsgrund ist, lebst du auf. Wenn er wieder geht, bläst du sieben Tage Trübsal. Mir machst du nichts vor: Du liebst Graf Claus Ferdinand von Wedell."

Rasch hüllte sie sich in eine Wolke aus Zigarettenqualm, damit ihr Vater nicht bemerkte, wie sie errötete. Er hatte den Nagel auf den Kopf getroffen. Zwar hatte sie es sich selbst nie eingestanden, aber jetzt, da er es ihr auf den Kopf zusagte, konnte sie nicht widersprechen. Der schneidige Graf, der so groß war, dass er sich bücken musste, wenn er durch eine Tür ging, war viel zu sehr in ihrem Herzen, als dass sie es hätte leugnen können.

„Dein Schweigen sagt mir alles." Ihr Vater nahm das Zigarillo aus dem Mund und drückte es in den Aschenbecher. „Und auch *sein* Verhalten sagt mir alles."

„Ich kann für ihn doch allenfalls ein Spielzeug sein. Bedenke doch: Er ist ein Graf! Der Erbe des Schneeberger Forstes und des Forstschlosses! Der reichste Mann hier in der Gegend! Du glaubst doch nicht, dass er mich, die Kellnerin, die Tochter seines Verwalters, heiraten wird!"

Ihr Vater steckte sich ein neues Zigarillo an. „Traust du dir so wenig zu, Pauli? Du bist ausgesprochen hübsch, du weißt, wie man mit Männern umgeht, um sie gefügig zu machen – warum sollte es dir bei Wedell nicht gelingen?"

„Und was geschieht dann?" Sie zog den Qualm so heftig in die Lungen, dass sie husten musste. „Irgendwann wird er standesgemäß verheiratet. Und ich bleibe allein. Vielleicht sogar mit einem Kind."

„Ich sagte doch: Graf Claus Ferdinand ist anders."

„Woher glaubst du das zu wissen?" Es wäre einfach zu schön, um wahr zu sein. „Warum drängst du mich so zu einer Verbindung mit dem Grafensohn? Gerade du, der du doch bisher immer anders gesprochen hast?"

„Es geht mir um dein Glück, Pauli." Sein Zigarillo wippte auf und ab.

Sie konnte es einfach nicht glauben. Nicht nur, dass er bisher immer so ganz anders gesprochen hatte, auch die liebevolle Seite, dass er sich um ihr Glück sorgte, war neu an ihm. Sonst war er nur der harte Geschäftsmann. Sie klopfte die Asche in den Becher und sah ihm in die Augen. „Was willst du genau, Vater? Du musst doch einen Vorteil für dich in der Verbindung mit dem Grafen von Wedell sehen, sonst würdest du nicht so reden."

Er sah zur Seite. „Das liegt doch auf der Hand. Du die Frau des reichen Erben – ist das nicht ein großes Glück? Und wenn ihr euch auch noch liebt!"

Irgendetwas verbarg er vor ihr. „Du hast doch viel weitreichendere Pläne, von denen du nichts sagen willst. Irgendeinen anderen Grund musst du noch haben, Vater."

„Aber Pauli. Es kann doch nur mein Bestreben sein, dich glücklich zu machen."

„Ja, insofern das auch deinem Vorteil dient." Sie sah dem Rauch nach, der sich von der Spitze der beinahe abgebrannten Zigarette aus an ihren Fingern hinaufschlängelte. „Spielen wir doch mit offenen Karten. Was hast du vor, Vater?"

Er seufzte theatralisch. „Pauli, hast du denn gar kein Vertrauen zu mir?"

„Ich kenne dich, Vater." Sie zog noch einmal an der Zigarette und drückte sie dann in den Aschenbecher. „Du gibst mir gerade noch einen Grund mehr, mich *nicht* um den Grafensohn zu bemühen."

Sein Zigarillo glomm wieder auf, diesmal noch länger als sonst. „Welcher Grund sollte das sein?"

„Soll ich wirklich deine Pläne, die ich nicht einmal kenne, unterstützen? Die, so wie ich dich kenne, sicher nicht ganz sauber sind? – Nein, danke. Darauf lasse ich mich nicht ein. Nicht bei Claudinand." Auch wenn das bedeutete, dass sie ihre ohnehin aussichtslose Liebe gleich auf der Stelle begraben musste und nicht wenigstens noch ein bisschen davon träumen durfte.

Kapitel 9

Als Ferdinand die Wohnstube seiner Mutter betrat, hob sie den Kopf von ihrer Bibel und nahm die Brille ab. „Ferdi, ich dachte mir, dass du heute Morgen zu mir kommen würdest. Sieh, ich habe schon Kaffee für uns gekocht."

Er grinste sie an. „Du kennst mich durch und durch, nicht wahr?"

Sie zog ihn neben sich aufs Sofa und goss ihm eine Tasse Kaffee ein. „Wie sollte ich nicht? Ich kenne dich seit 52 Jahren! Und ich weiß auch schon, worüber du mit mir sprechen willst. Du denkst schon seit Tagen darüber nach, wie es mit Franzis schulischer Ausbildung weitergehen soll. Und wahrscheinlich willst du obendrein auch noch ihr ungebührliches Verhalten von gestern Abend bestrafen."

„Das hat sie mehr als verdient! Leutnant von Schenck hat ihr abweisendes Verhalten bemerkt und sie höflich gefragt, ob er ihr etwas zuleide getan habe, und sie hat ihn angefahren! Dieses aufrührerische Wesen kann ich nicht länger dulden!"

„Darf ich dich daran erinnern, mein Sohn, dass du zu Anfang auch nicht überaus freundlich zu Herrn von Schenck warst?"

Ferdinand nahm einen Schluck des herrlich bitteren Kaffees. Seine Mutter kochte ihn immer noch so stark wie zu Lebzeiten seines Vaters. „Da wusste ich auch noch nicht, wen Franziska mitgebracht hatte. Du weißt genau, wie schnell sich ein leichtsinniges Mädchen von einem feschen Offizier verführen lässt."

„Ferdi, du musst nicht hinter allem gleich eine drohende Gefahr sehen. Selbstverständlich ist es gut, vorsichtig zu sein. Aber am gestrigen Beispiel siehst du doch, wie schnell du jemandem Unrecht tust: Der ach so gefährliche Offizier entpuppte sich in Wahrheit als aufrichtiger Christ." Sie legte eine Hand auf seine Schulter und schüttelte ihn leicht. „Ich weiß, warum du so ängstlich geworden bist. Du denkst an dich selbst, als du in ihrem Alter warst."

Er starrte auf das Pianoforte im gegenüberliegenden Winkel der Stube, auf dem seine Schwester Lisa so oft gespielt hatte. „Du weißt am besten, wie viel Unfug ich getrieben habe. Lisa ist deswegen gestorben." Und er hatte ihren Tod nie verwunden. „Und meine Schwägerin Stefanie musste ebenfalls sterben." Er schloss die Augen, als er an die Schwester seiner Frau dachte. Das Schlimmste war, dass Stefanie wahrscheinlich nicht an Jesus Christus geglaubt hatte – so wie Franziska. „Diese Schuld, dass meinetwegen zwei junge Menschenleben enden mussten, trage ich nun seit 28 Jahren mit mir herum. Ich habe am eigenen Leib erfahren, wie schmerzhaft es ist, wenn Gott hart durchgreift."

„Dann sage deiner Tochter doch genau das. Vielleicht hat Gott dich diese Erfahrungen machen lassen, damit du sie an Franzi weitergibst."

„Wie bitte? Wie stehe ich denn dann vor ihr da? Sie wird doch jeden Respekt vor mir verlieren." Franziska war ohnehin schon viel zu respektlos.

„Glaubst du, du müsstest perfekt erscheinen, damit sie Respekt vor dir hat? Hätte sie den nicht viel mehr, wenn du bereit wärest, deine eigenen Fehler zu offenbaren und ihr damit zu helfen?"

Nein, das war völlig unmöglich. Niemand von seinen Kindern durfte je in allen Einzelheiten erfahren, was damals vorgefallen war. Manchmal war er sich nicht einmal sicher, ob Gott ihm überhaupt diese schwere Sünde vergeben hatte, obwohl die Bibel ihm das eigentlich zusicherte. Wie konnte er dann mit Franziska darüber sprechen? „Niemals, Mutter. Ich will weder, dass sie es erfährt, noch sonst jemand." Er sah sie ernst an. „Auch nicht von dir."

„Obwohl ich es für falsch halte – von mir wird sie es nicht erfahren. Deine Erfahrungen musst du ihr schon selbst erzählen."

„Du weißt, was damals geschehen ist, Mutter. Deshalb musst du doch begreifen, dass ich nicht will, dass meiner Tochter Gleiches widerfährt. Und dabei geht es mir nicht nur um ihr missfälliges Verhalten gestern Abend. Diese aufrührerische Art prägt doch ihr ganzes Leben."

Seine Mutter streichelte seinen Arm. „Ich verstehe dich, Ferdi. Es ist gut, dass du Franzi vor schlimmen Erfahrungen bewahren willst. Aber du wirst es nicht bis zum Letzten schaffen. Du kannst deine Tochter nicht zu Gott bekehren. Diese Entscheidung muss sie ganz allein treffen."

„Das weiß ich, Mutter. Aber ich möchte mir nicht irgendwann den

Vorwurf machen müssen, ich hätte sie nicht gewarnt oder nicht alles versucht, sie auf den rechten Weg zu bringen." Er nahm einen weiteren Schluck Kaffee und stellte die Tasse auf seiner Handfläche ab.

„Und wenn diese deine Versuche sie nur noch mehr von dir und vor allen Dingen von Gott entfernen?" Die Stimme seine Mutter war sanft, aber auf ihrer Stirn zeigten sich unzählige Falten. „Meinst du nicht, dass du dir vielleicht irgendwann Vorwürfe machst, weil du zu streng – zu hart gewesen bist? Und sie deshalb Gottes gute Botschaft nicht mehr an sich herangelassen hat?"

Ferdinand setzte sich kerzengerade hin, dass der Kaffee fast überschwappte. Hastig trank er ihn aus und stellte die Tasse ab. „Was meinst du damit, Mutter? Soll ich sie einfach sich selbst überlassen?" Das konnte doch nicht ihr Ernst sein!

Sie lächelte – dieses gewinnende Lächeln, das sie unglaublich jung aussehen ließ. „Nicht sich selbst, Ferdi. Sondern deinem Gott und Vater, der selbst sagt: *Meine Kinder und das Werk meiner Hände lasst mir anbefohlen sein.*"

„Aber was soll ich denn tun? Einfach die Hände in den Schoß legen und zusehen, wie Franziska in ihr Unglück rennt? Nein, Mutter, das kann ich nicht."

„Immer noch der ungestüme Ferdi." In ihren blauen Augen stand ihre ganze Liebe zu ihm. „Vor allem sollst du für sie beten. Und jetzt nichts Übereiltes tun."

Er hatte fast die ganze Nacht im Gebet zugebracht. „Mutter, sie ist des Pensionats verwiesen worden. Und in den fünf Tagen, seit sie zu Hause ist, war sie widerspenstiger denn je. Soll ich sie vielleicht dafür loben? Und sie ohne Schulabschluss hier leben lassen?"

„Nein. Aber ich bin überzeugt, dass du mit Milde mehr bei ihr ausrichtest als mit Strenge. Es sind doch gerade deine Regeln, die ihren Widerspruch hervorrufen."

Er sprang auf und ging einige Schritte in der Stube auf und ab. „Milde! Hat dieses Mädchen Milde verdient?"

„Es geht doch nicht um das, was sie verdient hat. Du willst doch ihr Herz gewinnen, nicht wahr?"

„Natürlich will ich das." Aber Franziska war doch nicht mit lascher Hand zu gewinnen. Sie brauchte Strenge. Und klare Konsequenzen, wenn sie etwas Falsches tat.

Seine Mutter schenkte ihm eine weitere Tasse Kaffee ein. „Ich weiß doch genau, was du vorhast, Ferdi. Franzi soll in ein strenges, christliches Internat ..."

„Woher ...?"

„Ich kenne dich, schon vergessen? Dein Vater hätte genauso reagiert."

„Mutter, bitte!" Sein Vater war dermaßen streng gewesen, dass er fast seine Familie zerstört hätte.

„Was also hast du mit deiner Tochter vor?"

„Ich dachte allerdings an ein besonderes Internat. In Gleiwitz, wo sich die Erzieher vorwiegend um Kinder von Missionaren kümmern."

„Und dorthin, 200 Kilometer entfernt, willst du Franzi ..."

„Hier also seid ihr."

Ferdinand ließ vor Schreck seine Kaffeetasse fallen, sie ging klirrend zu Bruch und der Kaffee ergoss sich über den Boden. Im Türrahmen stand Franziska, ihre Augen sprühten Blitze.

„Da sitzt ihr in aller Seelenruhe, trinkt Kaffee und haltet Kriegsrat über mein Schicksal."

Ferdinand sammelte die Scherben auf. „Franziska, ich hole mir einen Rat ..."

„Von dir hatte ich nichts anderes erwartet, Vater. Aber dass auch du, Großmama, mit ihm zusammen über meinen Kopf hinweg an meinem Schicksal bastelst – das hätte ich nicht erwartet." In ihren Augen schimmerten Tränen – rasch schlug sie die Hände vors Gesicht und sah zur Seite.

„Bitte, mein Kind", versuchte seine Mutter Franziska zu beruhigen.

„Ich bin nicht dein Kind!", fauchte sie. „Ich hatte gehofft, wenigstens du würdest zu mir halten, aber in diesem Haus sind wohl alle gegen mich."

„Ferdi, bitte lass uns allein." Seine Mutter wies mit dem Kopf zur Tür. „Ich möchte mit Franzi allein reden."

Schweren Herzens ging Ferdinand zur Tür und betete dabei, dass seine Mutter mit ihrer Milde Franziskas Herz erreichen würde. Falls nicht, würde sie seine ganze Strenge zu fühlen bekommen.

* * *

„Herr Oberst, ich melde mich wie befohlen zur Stelle." Während Schenck sein Männchen baute[4], sandte er ein Stoßgebet zum Himmel, dass Gott ihm bei dem Gespräch mit seinem Kommandeur helfen möge.

Grumbkow legte seine Zigarre in den selbst am frühen Morgen schon halb vollen Aschenbecher, erhob sich und richtete sich zu seiner vollen Größe auf. „Befehlsverweigerung." Er knallte das gewichtige Wort wie einen Pistolenschuss in den Raum. „Was haben Sie dazu zu sagen?"

„Die Lage hatte sich, seitdem Sie Ihren Befehl gegeben hatten, geändert. Ich habe meine Entscheidungen der neuen Lage angepasst."

„Was bitte soll sich an der Lage geändert haben?" Grumbkows Stimme klang wie das Grummeln ferner Artillerie.

„Der Zustand der Soldaten, die mir anzuvertrauen Sie die Güte hatten."

„Reden Sie nicht so gedrechselt daher. Ich habe befohlen, ein Freilager im Schneeberger Forst zu beziehen, Sie jedoch haben Wölfelsgrund okkupiert. Dafür gibt es keine Entschuldigung."

„Doch." Schenck drehte seine Schirmmütze in den Händen. „Infolge der Regengüsse waren die Soldaten bis auf die Haut durchnässt. Ein Nachtlager im Freien, noch dazu im triefenden Hochwald, hätte zum krankheitsbedingten Ausfall vieler Männer geführt und somit die Kampfkraft der mir anvertrauten Kompanie gravierend geschwächt."

Grumbkow riss seine Zigarre aus dem Aschenbecher, dass ein Stummel über den Tisch kullerte. „Meinen Sie nicht auch, dass diese Ausrede an den Haaren herbeigezogen ist?"

„Durchaus nicht, Herr Oberst." Dass dem Kommandeur außer Anschuldigungen keinerlei zwingende Argumente einfielen, gab Schenck Mut. „Ich bin der Pflicht zur Gesunderhaltung der Männer nachgekommen. Daraus werden Sie mir sicherlich keinen Vorwurf machen."

„Machen Sie sich nicht lächerlich, Schenck." Der Oberst bleckte die tabakgelben Zähne. „Wegen ein paar Regentropfen wird kein preußischer Soldat krank."

„Der Gewitterguss, in den wir während des Marsches geraten

---
4 Soldatenjargon für: Haltung annehmen

sind, ging in Dauerregen über. Die Gesundheit und die Moral der Einheit, und damit auch die Wehrkraft, waren gefährdet."

„Es ging Ihnen doch nur um Ihre eigene Bequemlichkeit."

„Mitnichten. Wäre dem so, hätte ich meinen Männern befohlen, zu biwakieren, und mich selbst in ihrer Nähe, zum Beispiel im Forstschloss des Grafen Wedell, einquartiert."

„Bei dem Sie, wie mir Ihr Kompaniefeldwebel berichtete, gemütlich diniert haben."

„Um auf diesem Wege taktische Hinweise zu erhalten."

Der Oberst stellte eine gewaltige Tabakswolke in den Raum. „Sie sind um Ausreden offenbar nie verlegen."

Der Tabakrauch legte sich beengend auf Schencks Lungen. Er räusperte sich. „Ich lege Wert darauf, dass es sich nicht um Ausreden, sondern um militärische Erwägungen handelt."

„Werden Sie nicht aufmüpfig, Leutnant. *Militärische Erwägungen* – grotesk. *Taktische Hinweise* – absurd. *Pflicht zur Gesunderhaltung* – burlesk."

„Auch die Erhaltung der Kampfmoral spielte eine Rolle, wie ich bereits erwähnte." Schenck hüstelte. „Die Männer waren wenig erfreut über die Absetzung ihres Kompaniechefs Hauptmann Schröder. Ein nasses Nachtlager in bereits nassem Zustand hätte ihre Moral noch weiter untergraben."

„Sehr schön. Wahrlich unwiderlegbar." Der Oberst verzog den Mund zu einem spöttischen Lächeln. „Haben Sie vielleicht auch noch einen triftigen Grund, warum Sie ausgerechnet mein Haus zu Ihrem Quartier erkoren haben?"

„Wie Sie wissen, stellt der Bürgermeister die Quartierzettel aus." Inzwischen war Schenck auch klar, warum der ihn dorthin gewiesen hatte. Es war Spillmanns ganz persönliche Rache gewesen, ihm ausgerechnet Grumbkows Sommerhaus zuzuweisen.

„Ach, daran ist nun der gute Bürgermeister schuld." Grumbkow lachte, wobei seine Lunge bedenklich rasselte. „Ihre Kreativität ist beeindruckend." Urplötzlich hörte er auf zu lachen und schlug mit der Faust auf den Tisch. „Noch beeindruckender ist jedoch Ihre Insubordination! Sie haben einen eindeutigen Befehl nicht befolgt! Und das aus Gründen, die bestenfalls sozialrevolutionär sind! Befehl – Gehorsam: Das ist das Prinzip des Militärs. Wenn jeder nach eigenem Gutdünken die Befehle seines Vorgesetzten ins Gegenteil verkehren würde, wo kämen wir da hin?"

„Wir Offiziere werden stets zu selbstständigem Denken und Handeln angehalten!" Er klopfte mit seiner Schirmmütze gegen den Oberschenkel.

Grumbkow trat dicht vor ihn hin und pustete ihm eine Lunge voll Tabaksqualm ins Gesicht. „Ich will Ihnen etwas sagen, Schenck: Mit Ihrer abstrusen Einstellung zur Pflichterfüllung sind Sie in des Königs Armee fehl am Platze. Sie sollten darüber nachdenken, sich einen anderen Beruf zu suchen. Meinetwegen treten Sie in die SPD ein und gründen nebenbei noch eine Krankenkasse. Aber in meinem Regiment herrschen Zucht und Ordnung. Verstanden?"

Schenck starrte dem Oberst in die Augen. Er legte ihm also nahe, seinen Abschied aus der Armee zu nehmen? Das war doch völlig übertrieben! Und was sollte er dann machen? Etwa zu seinem Bruder nach Kiautschou gehen? Das Pachtgebiet stand unter der Verwaltung des Reichsmarineamtes – als Offizier der Infanterie würde man dort kaum Verwendung für ihn haben. Und zu solch einem Abenteuer war er nicht bereit – jedenfalls noch nicht. „Ich glaube kaum, dass das, was Sie Insubordination nennen, für eine unehrenhafte Entlassung ausreicht. Ich werde meinen Dienstpflichten somit weiterhin nachkommen."

„Frechheit!" Grumbkow schnappte nach Luft. „Ich gab Ihnen einen wohlmeinenden Rat, um Sie vor weiteren Schwierigkeiten zu bewahren. Wenn Sie es aber darauf anlegen, sich mit mir zu messen – bitte sehr."

Schenck zuckte mit den Achseln. Der Kommandeur konnte ihm zwar das Leben schwer machen, aber er hatte keine Handhabe gegen ihn. Bisher zumindest nicht.

Der Oberst stampfte zum Tisch zurück und trommelte mit seinen dicken Fingern einen Marsch auf die Tischplatte. „Sie kehren auf der Stelle nach Wölfelsgrund zurück. Dort übernehmen Sie wieder die zwote Kompanie, die Übung wird heute wie geplant durchgeführt. Aber ich warne Sie, Schenck." Grumbkow beendete den Trommelwirbel mit einem dumpfen Paukenschlag seiner Faust. „Wenn Sie sich noch ein einziges Mal etwas zuschulden kommen lassen, werde ich mich höchstselbst um Ihre Entlassung bemühen. – Wegtreten!"

Schenck salutierte und verließ das Direktorat.

Kapitel 10

Franzi sah ihrem Vater nach, der ungewöhnlich schleppend die Wohnstube ihrer Großmutter verließ. Wahrscheinlich passte es ihm nicht, dass seine Mutter ihn hinausgeschickt hatte, um allein mit ihr zu reden.

Aufseufzend ließ Franzi sich auf das Sofa fallen und warf ihren offenen Zopf über die Schulter nach hinten. „Also, was hat das hohe Gericht über mich beschlossen?"

Statt eine Antwort zu geben, stand ihre Großmutter auf und verschwand in der Küche. Schon kurze Zeit später kam sie zurück – mit einem Stück Apfel-Streusel-Kuchen. „Ich habe ihn gestern extra für dich gebacken, Franzi."

„Ach Großmama." Franzi nahm ihr den Teller aus der Hand und sog den verführerischen Duft ein. „Du hast nicht vergessen, wie sehr ich deinen Apfelkuchen liebe."

Ihre Großmutter setzte sich neben sie aufs Sofa und tätschelte ihre Hand. „Dazu müsste ich vergessen, wie sehr ich dich liebe."

Franzi nahm eine Gabel des Kuchens, hielt jedoch inne, ehe sie sie in den Mund steckte. „Der Kuchen täuscht mich aber nicht darüber hinweg, dass du gerade mit meinem Vater über mein weiteres Schicksal beraten hast."

„Dein Vater fragte mich um Rat, den ich ihm natürlich nicht verweigert habe."

„Mein Vater fragt um Rat?" Franzi steckte die Gabel in den Mund. Herrlich, die Streusel waren leicht knusprig, genauso wie sie es mochte. „Er weiß doch sonst immer alles am besten. Hat er etwa für den Fall *ungeratene Tochter* keinen Paragrafen in seinem heiligen Gesetzbuch?"

„Du tust ihm Unrecht, Franzi. Er ..."

„Aber wie viel Unrecht er mir getan hat, danach fragst du gar nicht?"

„Nicht aufregen, Kind ..."

„Aber wenn es doch wahr ist! Er glaubt mir ja nicht einmal, wenn ich die Wahrheit sage! Er ist doch felsenfest davon überzeugt, dass

Julie und ich das Bier, das die Steinbach unter unserem Bett gefunden hat, selbst getrunken haben, obwohl ich ihm beteuert habe, dass es nicht so war." Franzi atmete tief durch. „Wir haben das Bier – bitte erzähle es Vater nicht, sonst petzt er bei der Steinbach – wir haben es doch nur für den Gärtner gebraucht, damit er uns durch die Gartenpforte aus dem Pensionat hinaus- und später wieder hereinließ."

Ihre Großmutter warf ihr ein verschmitztes Grinsen zu. „Als ob es so viel besser wäre, den Gärtner zu bestechen, als das Bier selbst zu trinken."

Franzi lachte auf, wurde aber sofort wieder ernst. „Verstehst du denn nicht, Großmama? Er unterstellt mir eine Lüge!"

„Ich glaube, dass es dir wehtut. Aber jetzt denke es dir umgekehrt: Genauso weh tut es ihm, wenn er Dinge von dir hört, die ihm nicht gefallen."

„Gibt es überhaupt etwas, das ihm gefallen würde?" Franzi stellte den Kuchenteller auf den Tisch. Langsam verging ihr der Appetit.

„Du weißt doch genau, meine Liebe, womit du deinem Vater Freude machen würdest."

Franzi lachte bitter auf. „Natürlich. Immer nur Bach-Choräle auf meiner Bratsche spielen, aber nicht mehr als eine halbe Stunde am Tag, damit es kein Götze wird. Immer brav einen Zopf oder noch besser einen biederen Knoten tragen. Zu Fräulein von Steinbach gehen und mich für meine Todsünden entschuldigen. Um jeden Mann, der am Horizont auftaucht, einen Bogen mit einem Radius von wenigstens fünfzig Metern machen; sollte es sich um einen Soldaten handeln, ist der Radius zu verdoppeln, bei einem Offizier mindestens zu verdreifachen. Nur noch Schuhe ohne Absätze tragen, damit ich aussehe wie eine Zwergin. Statt spannender Romane nichts anderes als die Bibel lesen – möchtest du noch mehr Kostproben davon, was ihm Freude macht?"

„Ich weiß, dass er dazu neigt, es mit seinen Grundsätzen und Regeln zu übertreiben. Doch er tut es aus Angst um dich – schließlich hast du ihm Anlass genug dazu geboten."

„Das ist nicht wahr! Großmama, willst du etwa genauso werden wie er?"

„Bitte, Kind." Sie legte einen Arm um Franzis Schultern. „Natürlich hast du ihm Anlass gegeben, und wenn du ehrlich zu dir selbst bist, wirst du das zugeben müssen. Jeder Vater sorgt sich um sein Kind, das von der Schule verwiesen wird."

„Er hat doch nur Angst um seinen Ruf. Wenn in Wölfelsgrund bekannt wird, dass seine Tochter des Pensionats verwiesen wurde, wie steht er denn dann vor dem Dorfschulmeister und seinen anderen Glaubensgenossen da? Die dann sagen werden: *Das war ja vorauszusehen, dass es mit deiner Tochter kein gutes Ende nehmen wird.* Und wie wird sich bloß die ganze adelige Gesellschaft das Maul über die missratene Tochter des Grafen von Wedell zerreißen!" Franzi schlug theatralisch die Hände zusammen.

„Ich weiß, dass er manchmal etwas zu sehr auf sein Ansehen bedacht ist." In den Augen ihrer Großmutter glitzerte ein Lächeln. „Dein Vater war schon als junger Mann von der Welt des Adels fasziniert. Jetzt ist er selbst ein Adeliger – da möchte er auch wirklich dazugehören und nicht aus dem Rahmen fallen. Deshalb wurmt es ihn so, dass du das Pensionat verlassen musstest. Und deshalb wagt er auch nicht, dir eine Ausbildung oder gar ein Studium zu erlauben."

„Hat er denn gar kein Rückgrat? Kann er sich nur von unsinnigen Gesetzen leiten lassen? Gesetzen, die angeblich in seiner verstaubten Bibel stehen – wenn er und seine frommen Freunde sie sich nicht sogar selbst ausgedacht haben! – oder die die feine Gesellschaft vorgibt? Hat er nicht einmal den Mut, sich darüber hinwegzusetzen?"

„Die ungestüme Jugend." Ihre Großmutter lächelte sie an. „Genauso war dein Vater, als er ungefähr so alt war wie du. Jetzt fällt er in das andere Extrem – ja. Das ist nicht gut – ja, auch damit hast du recht. Aber du musst auch versuchen, ihn zu verstehen. Er hat Angst um dich. Er möchte nicht, dass du so schlimme Erfahrungen machen musst wie er."

Franzi entwand sich der Umarmung ihrer Großmutter. „Nun sage mir doch bitte einmal, was diese schlimmen Erfahrungen gewesen sein sollen. Ihr macht immer solche Andeutungen, als sei mein Vater zum Mörder geworden! Aber er hat mir nie die ganze Geschichte von Anfang an erzählt."

„Er will es nicht, obwohl ich ihn schon oft gebeten habe, es dir zu erzählen. Ich bin sicher, dass du ihn dann verstehen würdest."

„Dann erzähle du es mir doch!" Franzi zog ihr Haarband heraus und wickelte es sich ums Handgelenk.

„Das kann ich nicht." Ihre Großmutter sah traurig aus. „Nicht gegen seinen Willen. Aber bitte vertraue mir, dass es nach seinen Erlebnissen sehr verständlich ist, dass er so handelt."

„Vertrauen." Franzi schüttelte den Kopf, dass ihre Locken ihrer Großmutter ins Gesicht flogen. „Entschuldige bitte. – Wie soll ich noch Vertrauen haben, wenn du hinter meinem Rücken mit meinem despotischen Vater gemeinsame Sache machst? Indem du ihn berätst, wie er seine ungeratene Tochter am besten wieder unter seine Knute bekommt?"

„Franzi, nun tust du mir unrecht. Du weißt genau, dass ich deinem Vater gegenüber immer zur Milde plädiere."

„So? Und doch steckst du mit ihm unter einer Decke. Sonst würdest du mir doch seine Untaten aus seiner Jugendzeit erzählen."

„Nun willst du mich nicht verstehen. Oder ist es so schwer zu begreifen, dass ich seine Jugenderlebnisse nicht erzählen darf, wenn er es ausdrücklich nicht will?"

Seufzend lehnte Franzi den Kopf an die Lehne des Sofas. „Du hast also auch nicht den Mut, dich über sein unsinniges Verbot hinwegzusetzen. Dann erwarte aber auch kein Verständnis von mir. – Und was hat die Inquisition nun über die abgewichene Ketzerin beschlossen?"

Ihre Großmutter nahm ihre beiden Hände. „Nun sieh mir bitte einmal gerade in die Augen, Kind."

Am liebsten hätte Franzi ihre Hände zurückgezogen, doch der Blick ihrer Großmutter ließ ihr Herz dahinschmelzen. Sie sah ihr in die Augen, die so blau waren wie die Vergissmeinnicht am Ufer der Wölfel.

„Glaubst du, dass ich dich lieb habe, Franzi?"

„Ich habe es immer geglaubt."

„Dann glaube mir bitte auch jetzt. Ich habe deinem Vater zur Milde geraten, aber ich weiß noch nicht, wie er sich entscheiden wird."

„Was hat er mit mir vor?" Franzis Herz klopfte so wild wie ein Regimentstrommler bei einem Trommelwirbel.

„Das wird er dir selbst sagen wollen. Ich werde ihm nicht vorgreifen."

Schon wieder. Ihre Großmutter stand immer loyal zu ihrem Vater. Franzi entzog ihr ihre Hände und stand auf. „Ich bin enttäuscht von dir, Großmama."

„Leider trifft das auf mich auch zu." In den Augen ihrer Großmutter standen Tränen. „Bitte, Franzi, lass ab von deinem Zorn, auch wenn dein Vater nicht immer alles richtig macht. Geh in dich, lies in der Bibel und bete zu Gott, dass Er dir die Augen über dich selbst öffnet. Dann wird sich bestimmt auch ein guter, gläubiger Mann ..."

„Das kann nicht dein Ernst sein. Das ist also das, was du meinem Vater vorgeschlagen hast? *Verkupple sie an einen gläubigen Mann?* Und das zufällig, nachdem gestern Abend ein frommer Offizier im Hause war?"

„Mir würde es niemals einfallen, dich verkuppeln zu wollen, geschweige denn an einen gläubigen Mann, solange du den Glauben noch ablehnst. Aber ich bin sicher, dass Gott meine Gebete in Bezug auf dich erhören wird ..."

„Da solltest du dir keineswegs sicher sein. Wenn dieser Glaube Menschen so werden lässt wie meinen Vater, will ich ihn nicht. Und auch keinen frommen Mann, der mich dann anstelle meines Vaters herumkommandieren kann. Niemals!"

Ihre Großmutter erhob sich mühsam vom Sofa und kam auf Franzi zu, doch sie wich zurück.

„Nein, Großmama, kein weiteres Wort mehr." Rasch wandte sie sich ab, denn sie mochte die Tränen nicht sehen, die ihrer Großmutter die faltigen Wangen herunterliefen. Dann stürmte sie aus der Wohnstube hinaus und ins Forstschloss hinüber. In ihrem Ankleidezimmer warf sie sich in für den Wald passende Kleidung und rannte blind vor Tränen aus dem Haus.

* * *

Ferdinand lief die breite Treppe zur Eingangshalle hinunter und sprach währenddessen noch ein Stoßgebet für seine Mutter, dass sie Franziskas Herz erreichte. Er musste unbedingt mit Claus Ferdinand über Franziska sprechen, sein besonnener Sohn würde ihn vielleicht etwas beruhigen. Denn die widersetzliche Franziska war wirklich nahe daran, ihn um den Verstand zu bringen.

Doch im Forstschloss war Claus Ferdinand nirgends zu finden. Bestimmt war er in den Wald hinausgegangen, zur Altenburg oder zum Osterfelder Kopf, wo er sich gerne aufhielt.

Als Ferdinand gerade durch die Eingangstür ging, prallte er beinahe mit seinem Sohn zusammen. „Holla, Claus Ferdinand, bekomme ich dich heute doch noch zu Gesicht."

Sein Sohn zog den Kopf ein, um durch die Tür hereinzukommen. „Verzeih, Vater, ich musste einen Augenblick allein sein. Aber ich bin froh, dich jetzt zu treffen. Hast du einen Augenblick Zeit für mich?"

„Ich wollte ebenfalls mit dir sprechen. Aber gestern bist du erst mitten in der Nacht angekommen, beim Frühstück warst du heute Morgen nicht zugegen ..." Ferdinand sah zu seinem Sohn auf, der ihn um Haupteslänge überragte, obwohl er selbst keineswegs klein gewachsen war. Claus Ferdinand sah ernst, nachdenklich aus. Irgendetwas schien ihn zu drücken. „Wollen wir ein Stück durch den Wald gehen?"

„Ich habe zwar den ganzen Vormittag nichts anderes getan, aber wenn es dir Freude macht ..." Er bückte sich wieder unter dem Türrahmen hindurch und verließ das Schloss.

Ferdinand folgte ihm. „Es tut mir leid, mein Sohn, dass gerade solch trübe Stimmung bei uns herrscht. Du musst verstehen, es nimmt mich arg mit, dass Franziska des Pensionats verwiesen wurde."

Sein Sohn nickte still vor sich hin.

„Franziska ist meine einzige Tochter." Sie gingen an den Fenstern seiner Mutter vorüber, hinter denen sie gerade mit seiner Tochter kämpfte. „Aber Franziska hat so ganz andere Vorstellungen von ihrem Leben als ich. Denke dir nur: Sie will Medizin studieren!"

Wieder nickte sein Sohn schweigend vor sich hin.

„Aber das ist doch unmöglich! Die Tochter des Grafen von Wedell an der Universität – das wäre ein Schlag in das Gesicht der Traditionen des Adels!" Ferdinand packte seinen Sohn am Arm.

Claus Ferdinand blieb stehen. „Sind denn die Traditionen so wichtig?"

„Aber ich bitte dich! Gerade in unseren Kreisen ..."

Sein Sohn lachte auf. „In unseren Kreisen! Hast du denn vergessen, dass es noch nicht einmal dreißig Jahre sind, seit du zu diesen Kreisen gehörst?"

„Eben deshalb!" Ferdinand zog seinen Sohn mit sich auf den Hauptweg, der nach Wölfelsgrund hinunterführte. „Für die feine Gesellschaft bin ich immer noch der Neue. Wenn ich eine Tochter habe, die den Regeln des Adels zum Trotz an die Universität geht, werden sie mich und auch euch niemals akzeptieren."

„Und du glaubst, davon würde die Welt untergehen?" Sein Sohn schüttelte den Kopf. „Vater, es gibt doch viel wichtigere Dinge als die Akzeptanz deiner Standesgenossen. Das Glück deiner Tochter – deiner Kinder …"

„Das kann doch kein Glück sein! Geächtet von der Gesellschaft, ganz abgesehen von unseren Glaubensgeschwistern …"

„Vater!"

„Ich verstehe dich nicht! Es kann dir doch nicht gleichgültig sein, wie man über dich denkt!"

Claus Ferdinand sprach tief und ruhig. „Nein, Vater, das ist mir nicht gleichgültig. Aber das Entscheidende ist, *wer* etwas über mich denkt."

Was faselte Claus Ferdinand sich denn da zurecht?

„Es kommt doch darauf an, wie Gott über mich denkt."

„Eben!" Ferdinand hob seine Stimme. „Gott war es, der vor knapp dreißig Jahren dafür gesorgt hat, dass ich in den Adelsstand erhoben wurde. Also muss es auch Gottes Wille sein, dass wir nun diesem Stande gemäß leben."

Sein Sohn senkte den Kopf. „Auch auf Kosten des Glückes deiner Kinder?"

„Es kann doch kein Glück sein, sich über alle Regeln hinwegzusetzen!"

„Würdest du das auch sagen, Vater, wenn ich ein Mädchen lieben würde, das nicht meines Standes ist?"

Er blieb stehen. „Claus Ferdinand! Was soll das bedeuten?"

„Ich habe den ganzen Morgen darüber nachgedacht. Was denkst du über Pauline Behrendt?"

Ferdinand glaubte, die Bäume um ihn herum begännen zu tanzen. „Pauline? Die Kellnerin aus dem *Gelben Dragoner*? Die Tochter meines Verwalters?"

„Eben dieselbe."

„Aber das ist doch keine Frau für dich!" Was war bloß in seinen Sohn gefahren?

„Vater, ich weiß, dass ich niemals eine Frau heiraten kann, die nicht an den Herrn Jesus glaubt. Aber nehmen wir nur einmal an, Pauline würde ..."

„Tut sie aber nicht!", rief Ferdinand dazwischen.

„So etwas kann sich ändern, Vater. Aber was denkst du von ihr und ihrem Vater? Ich kenne Carl Gustav Behrendt nur wenig."

„Komm, wir gehen weiter." Ferdinand bog in den Weg ein, der zu den Ruinen der Altenburg führte. „Pauline kenne ich kaum. Ich bin nur selten im *Gelben Dragoner*. Aber es wäre schon ein großes Wunder, wenn sie zum Glauben fände."

„Nun, Wunder sind für Gott ja keine Schwierigkeit."

„Ich sehe sie nur hin und wieder, wenn sie Gäste draußen auf der Terrasse des *Gelben Dragoners* bedient. Sie ist hübsch, ja. Aber das weiß sie auch. Und sie weiß es einzusetzen."

„Wie willst du das beurteilen?"

Ferdinand holte tief Luft. „Die Art, wie sie ihre Gäste bedient. Immer freundlich. Zu freundlich. Auch zu solchen, die nur ihretwegen in den *Dragoner* kommen."

„Gibt es solche?", fuhr sein Sohn auf.

„Natürlich. Genug. Und sie lässt sich die Aufmerksamkeit gern gefallen. Wie sie mit den Gästen umgeht – ich halte sie für eine gute Schauspielerin."

„Du willst damit sagen: Wenn sie sich zu Jesus Christus bekehren sollte, wird es nur Theater sein, nicht wahr?"

Ferdinand nickte. „So schätze ich Pauline Behrendt ein."

„Aber beweisen kannst du es nicht?"

„Selbstverständlich nicht!" Erwartete sein Sohn etwa ein psychologisches Gutachten von ihm?

„Und ihr Vater? Ich muss gestehen, dass ich Herrn Behrendt nie besonders mochte, aber ich möchte ihn nicht nur wegen eines bloßen Gefühls ablehnen."

Das Rauschen der Wölfel wurde lauter – sie näherten sich der Altenburg. „Carl Gustav Behrendt hat sich nie etwas zuschulden kommen lassen. Jedenfalls nie so, dass ich es bemerkt hätte. Trotzdem fällt es mir schwer, ihm bedingungslos zu vertrauen. Ich habe begonnen, noch einmal die Bücher zu revidieren – es ist schon Jahre her, dass ich es zuletzt getan habe."

„Du hast also lediglich Verdächtigungen gegen Pauline. Und dem Verwalter vertraust du nicht bedingungslos, aber doch genug, um ihn jahrelang nicht zu kontrollieren? Sonst hast du keine Fakten?"

„Was für Fakten erwartest du? Du wolltest eine Einschätzung von mir, und die lautet: Traue Pauline nicht!"

„Aber solange ich keine Beweise habe" – Claus Ferdinand bückte sich, um einem überhängenden Ast auszuweichen –, „gehe ich vom Guten aus."

Ferdinand blieb stehen. Vor ihnen lag die Lichtung mit der Ruine der Altenburg im Sonnenglanz. „Sei nicht blauäugig, mein Sohn."

„Nein, aber auch nicht so misstrauisch wie du."

„Jedes Mädchen tut alles, wenn es die Möglichkeit hat, sich einen Grafensohn zu angeln. Dafür würde Pauline wahrscheinlich sogar deinen Glauben annehmen – jedenfalls zum Schein."

„Und wenn sie es aufrichtig meint? Glaubst du nicht, dass Gott an ihrem Herzen wirken könnte?"

„Das könnte er sicherlich …"

„Dann ist deine Ablehnung also wieder einmal deinem Standesdünkel zuzuschreiben. Dir passt es nicht, dass dein Sohn und Erbe sich mit einer Kellnerin verbinden könnte. Das ist es doch, nicht wahr?"

Ferdinand sah über die Lichtung, die von Tausenden Frühlingsblumen übersät war. „Auch das könnte ich nicht gutheißen. Aber das ist zweitrangig. Wichtiger ist ihr Unglaube."

Sein Sohn ging zu einem der Mauerreste hinüber. „Bitte lass mich jetzt allein, Vater. Ich muss weiter nachdenken und beten."

Ferdinand starrte seinen Sohn an. Claus Ferdinand schickte ihn einfach so fort. Er holte schon Luft, um ihn doch noch davon zu überzeugen, dass Pauline Behrendt nicht die Richtige für ihn war, doch dann wandte er sich ab. Wenn sein Sohn betete, würde Gott ihn hoffentlich überzeugen.

Während Ferdinand wieder zum Forstschloss hinaufstieg, betete er seinerseits für seine Kinder. Warum mussten sie ihm alle drei Sorgen machen? Friedrich Wilhelm kam kaum noch nach Hause, weil er, wie er sagte, das lustige Leben in Berlin der Enge im Forstschloss vorzog. Claus Ferdinand kam auch nur selten zu Besuch und gab sich mit einer ungläubigen Kellnerin ab. Und Franziska flog vom Pensionat. Was sollte noch alles über ihn hereinbrechen? War es nicht schon schlimm genug, dass seine geliebte Frau Lena nach nur knapp neun Jahren Ehe und seine Tochter Charlotte mit gerade einmal sieben Jahren gestorben waren?

Als er das Forstschloss erreichte, kam seine Mutter ihm schon in der Eingangshalle entgegen. Ihr Gesichtsausdruck sagte ihm bereits alles, trotzdem fragte er: „Hast du etwas erreicht?"

Sie schüttelte den Kopf, in ihren Augen standen Tränen. „Ich möchte dich trotzdem bitten, milde mit ihr zu verfahren."

„Nein!" Seine Stimme klang viel härter, als er gewollt hatte. „Mit Milde ist ihr offensichtlich nicht beizukommen. Franziska geht nach Gleiwitz, und das werde ich ihr noch heute sagen."

Kapitel 11

Schenck warf noch einmal einen Blick auf seine Karte, dann betrat er die Lichtung auf dem Osterfelder Kopf. Jedenfalls war es ein Ort, der der Beschreibung des Grafen Wedell und seiner Tochter entsprach. Und eine Hochzeitsallee gab es auch: eine Allee aus Apfel- und Kirschbäumen, an denen jeweils eine Tafel von einem Brautpaar angebracht war. Auf der ersten Tafel stand *Ferdinand Grüning Graf von Wedell und Baronesse Helena von Hohenau, 15. Mai 1878*. Offenbar hatte der Graf die Allee zu seiner eigenen Hochzeit gestiftet.

Mit schmerzlichem Lächeln sah Schenck die lange Reihe der in schönstem Blütenschmuck dastehenden Obstbäume an. Ob ihm auch einmal solch ein Baum gepflanzt würde? Vielleicht mit der Aufschrift *Moritz von Schenck und Komtesse Franziska Elisabeth von Wedell*? Aber nein, das war ja unmöglich. Nicht nur wegen ihres Unglaubens, sondern sie hatte ihm zuletzt ja auch ihre Abneigung deutlich gezeigt.

Vom Weg zum Osterfelder Kopf herauf erklang dumpfes Stiefelgetrampel und das leise Klappern von Gewehren, Kochgeschirren und Klappspaten. Feldwebel Reinders führte die Kompanie aus dem Dorf heran und ließ die Männer auf der Wiese des Osterfelder Kopfes antreten.

„Herr Leutnant, ich melde: Zwote Kompanie mit 78 Mann vollständig angetreten. Zwei Mann zur Bewachung des Gefangenen in Wölfelsgrund verblieben."

„Danke. Lassen Sie rühren."

Schenck ließ den Blick noch einmal über die Lichtung schweifen. Der Platz, den der Graf und die Komtesse ihm genannt hatten, war wirklich bestens geeignet, den Gegner in eine Falle zu locken. Seine Kameraden würden ihr blaues Wunder erleben.

Lächelnd trat er vor die Front seiner Männer. „Von dort" – er wies auf den Weg, der über den Zechenberg nach Kieslingswalde führte – „wird der Feind kommen. Er wird diesen Weg wählen, um befehlsgemäß Wölfelsgrund nicht zu beunruhigen. Wir legen hier einen Hinterhalt und berauben den Feind seines Trosses – Munition,

Verpflegung, Sanitätsmaterial, kurz: alles, was zum Überleben nötig ist. Damit wird er das gesteckte Ziel, nämlich die Grenze nach Österreich, nicht erreichen. – Feldwebel Reinders, zu mir."

Der Feldwebel kam herbeigerannt.

„Geben Sie acht, Feldwebel. Sie werden die Männer genau nach meinen Vorgaben verteilen. Die erste Gruppe von Unteroffizier ..."

Was tauchte da plötzlich zwischen den Obstbäumen der Hochzeitsallee auf? Äffte ihn ein Spuk? Doch nein! Ihr himmelblaues Kleid leuchtete zwischen den Blüten, und sie schritt über die heruntergefallenen Blütenblätter wie über einen Teppich aus Schnee. „Komtesse ... Pardon, Feldwebel. Warten Sie einen Augenblick."

Irgendetwas stimmte mit Franziska nicht. Sie ging langsam, mit gesenktem Kopf, wischte sich dazu immer wieder mit einem Schnupftuch die Augen – sie weinte!

Rasch eilte Schenck auf das Mädchen zu. Zwar gebot ihm seine Pflicht als Offizier, sich erst um seine Männer zu kümmern, aber er war auch Kavalier und konnte ein weinendes Mädchen nicht dem Kummer überlassen. In diesem Fall ging der Kavalier vor.

Er betrat die Hochzeitsallee. Die Komtesse lief mit gesenktem Kopf weiter und wäre beinahe in ihn hineingelaufen, wenn er sie nicht angeredet hätte. „Gnädige Komtesse!"

Ihr Kopf ruckte hoch, ihre Augen wurden groß. Sie sah aus, als wollte sie sich umdrehen und weglaufen, doch dann schien sie sich zu besinnen. Sie schob das Kinn vor und wischte sich mit einer hastigen Bewegung die Tränen weg. „Entschuldigen Sie, dass ich Sie bei Ihrem Manöver störe. Ich vergaß, dass ich selbst Ihnen den Rat gab, hier Ihre Stellung einzurichten."

Wenn sie das vergessen hatte, musste ihr wirklich Schlimmes begegnet sein. „Komtesse, lassen Sie mich Ihnen behilflich sein. Allein das Fortwischen beseitigt nicht die Ursache der Tränen."

„Ich helfe mir allein." Sie schüttelte ihr offenes Haar nach hinten, dass es wie flüssiges Gold im Sonnenlicht glänzte. „Bitte lassen Sie sich durch mich nicht von Ihren Dienstobliegenheiten abhalten."

Schenck legte die Hacken zusammen. „Komtesse, wie kann ich meinen Dienstobliegenheiten nachkommen, wenn ich Sie in Not weiß? Verfügen Sie über mich, ich stehe zu Ihren Diensten."

Um ihre Mundwinkel zuckte ein bitteres Lächeln, das so gar

nicht zu ihrem jungen Gesicht passte – als habe sie schon viele bittere Erfahrungen machen müssen. „Ausgerechnet Sie, Herr Leutnant? Nein."

„Aber was habe ich Ihnen getan, dass Sie mich so abweisen? Schon gestern Abend und heute erneut?" Natürlich lag es an seinem Glauben, denn ihr Verhalten hatte sich schlagartig gewandelt, als er sich als Christ zu erkennen gegeben hatte. Aber sie sollte wenigstens den Mut haben, es offen auszusprechen.

„Getan? Gar nichts." Ihr Lachen klang so bitter wie Rosenkohl, der keinen Frost abbekommen hatte. „Es genügt mir, was Sie sind."

„Ihre Abneigung gegen Offiziere ist mir neu."

Sie schlang die Finger ineinander und sah ihn mit ihren kornblumenblauen Augen direkt in die Augen, sagte aber kein Wort.

„Sie haben mir bereits einmal die Antwort auf meine Frage, womit ich Ihr Missfallen erregt habe, verweigert. Wollen Sie mich auch weiterhin im Dunkeln lassen?" Er hatte sie für mutig genug gehalten, ihm klar zu sagen, was ihr nicht gefiel.

„Liegt Ihnen so viel an der Wahrheit?"

„Es ist immer besser, ehrlich zu sein."

Urplötzlich ballte sie die Faust. „Haben Sie mich einmal unehrlich erlebt, Herr Leutnant? Habe ich Ihnen einmal etwas anderes als die Wahrheit gesagt?"

Erstaunt sah Schenck sie an. „Warum diese heftige Reaktion, Komtesse?"

„Sie scheinen es zu lieben, mich zu belehren. Gestern Abend über Gerechtigkeit, heute über Ehrlichkeit. Welches Thema werden Sie morgen wählen?"

„Komtesse!" Was war bloß in das Mädchen gefahren?

„Aber wenn Ihnen so viel an der Wahrheit liegt, hier ist sie: Ich will diesen Glauben meines Vaters nicht. Jedenfalls nicht zu seinen Bedingungen. Und da Sie seinen Glauben offenbar teilen ... Muss ich noch deutlicher werden?"

Schenck schnippte ein Blütenblatt von seinem Ärmel. „Darf ich die Bedingungen Ihres Vaters erfahren?"

„Sie haben es doch gestern selbst erlebt. Gesetze, Gesetze, Gesetze!"

Er hatte sich allerdings über die Strenge des Grafen mit seiner

Tochter gewundert, aber er wusste natürlich nicht, warum der Graf so war.

„Verstehen Sie denn nicht, Herr Leutnant?" Sie sah ihm geradewegs in die Augen. „Ich fühle mich wie eingemauert! Gehe ich einen Schritt nach rechts, stoße ich gegen eine Regel, gehe ich einen Schritt nach links, stoße ich gegen eine andere. Gehe ich nach vorn, wirft mein Vater mich zurück, gehe ich zurück, zieht er mich nach vorn. Ich darf nichts – nichts – nichts!" Ihre Stimme überschlug sich.

Schenck presste die Lippen aufeinander. Am besten unterließ er es erst einmal, darauf zu antworten. Sollte sie ihre ganze Wut nur herauslassen. War das nicht ein – wenn auch winzig kleiner – Vertrauensbeweis?

Die Komtesse schluckte. „Sie sind doch auch jung, Herr Leutnant", fuhr sie deutlich ruhiger fort. „Müssten Sie nicht verstehen, dass ich diese Enge nicht ertrage?"

War der Graf wirklich so schlimm, wie sie sagte? Oder übertrieb sie nicht ein wenig? „Sie glauben also, alle Christen wären so, wie Ihr Vater zu sein scheint? Halten Sie es für gerecht, sein Verhalten gleich auch auf mich zu übertragen?"

Sie verdrehte die Augen – und sofort merkte er, dass ihm das Wort *gerecht* besser nicht herausgerutscht wäre. Ihr Gesichtsausdruck wurde eisig, und Schenck meinte, das Geräusch von zuschlagenden Fensterläden zu hören.

„Ach, hatten Sie Ihre Belehrungen über Gerechtigkeit gestern Abend noch nicht beendet?" Ihre Stimme klang wie sprödes Eis. „Bitte entschuldigen Sie mich."

Sie wandte sich um, doch er hielt sie auf. „Komtesse, bitte erlauben Sie." Er pflückte ein weißes Blütenblättchen aus ihren Locken. „Sehen Sie, wir benötigen immer wieder die Hilfe anderer, weil wir nicht alles selbst sehen oder überblicken. Wie viel mehr sind wir von Gott abhängig."

„Sie belehren mich ja schon wieder." Sie lachte spöttisch auf. „Leben Sie wohl, Herr Leutnant."

„Herr Leutnant!", schallte plötzlich die Stimme des Feldwebels über die Lichtung. „Herr Leutnant!"

Schenck fuhr herum.

Wild mit den Armen rudernd rannte Reinders auf ihn zu. „Herr Leutnant! Sehen Sie! Dort!"

Schenck schaute in die angegebene Richtung – und erstarrte. Aus dem Unterholz rund um den Osterfelder Kopf traten Soldaten mit angelegten Gewehren – die Kameraden der anderen Kompanien. Der Feind.

„Ergeben Sie sich, Sie sind umzingelt!", rief einer der Offiziere.

Und hinter den Soldaten erschien Oberst von Grumbkow hoch zu Ross. Auch das noch.

Franziska trat neben ihn. „Mir scheint, dass *Sie* nun Hilfe nötig haben, Herr Leutnant."

Das hämische Grinsen der Komtesse stach ihm ins Herz.

* * *

Franzi beobachtete, wie Schenck sich seinen Kameraden ergab. Diese Niederlage geschah ihm ganz recht. Beinahe hätte sie noch Vertrauen zu ihm gefasst, aber seine belehrende Art war einfach unerträglich.

Als die Soldaten ihn wegbrachten, lief sie durch die Hochzeitsallee zurück zum Forstschloss. Irgendwo musste es doch einen Ort geben, wo sie ihrer Wut und ihren Tränen freien Lauf lassen konnte, ohne gestört zu werden. Selbst im Hochwald, der bisher immer ihre Zuflucht gewesen war, wenn sie mit ihrem Vater zusammengerasselt war, lief ihr nun dieser fromme Leutnant über den Weg – möglicherweise lief er ihr sogar hinterher. Wer wusste schon, was ihr Vater und ihre Großmutter dem Offizier gestern Abend noch alles erzählt hatten, ja, vielleicht hatten sie ihm sogar Hoffnung auf eine Verbindung mit ihr gemacht, falls er sie zum Christentum bekehrte. Daraus würde aber keinesfalls etwas werden. Sie würde diesen Glauben niemals annehmen und auch niemals einen Frömmling heiraten.

Wenn ihr schon der Wald als Rückzugsort verwehrt war, würde sie sich eben in ihrem Zimmer einschließen. Dort hatte sie wenigstens ihre Viola. Einer von Dvořáks slawischen Tänzen, die wild und klagend zugleich waren, würde sie hoffentlich beruhigen.

Als das Forstschloss in Sicht kam, blieb sie stehen und presste beide Hände auf ihr wild wummerndes Herz. Am liebsten würde sie sich noch heute in den Zug setzen und zu ihrer Freundin Julie nach Scharfeneck fahren. Aber sollte sie wirklich davonlaufen? War das nicht feige? Sollte sie sich nicht vielmehr dem Kampf gegen ihren Vater stellen? Und außerdem liebte sie doch ihren Hochwald, das verträumte Schloss mitten im Schneeberger Forst, ihre Großmama ...

Franzi schüttelte ihre Locken nach hinten und legte die letzten Schritte zum Forstschloss zurück. Erst ein wenig Viola spielen. Dann würde sie entscheiden, wie es weitergehen sollte. Wobei *ein wenig Viola spielen* bestimmt wieder über eine Stunde dauern würde.

Sie raffte ihre Röcke und erstieg die Stufen zur Eingangstür. In der Halle blieb sie stehen und schaute die geschwungene Treppe hinauf. Glücklicherweise war im Treppenhaus niemand zu sehen. Gerade ihrem Vater wollte sie jetzt als Letztes begegnen. Am besten wäre, er liefe wie so oft durch seinen Wald, dann würde er sich nicht von ihrem Violaspiel provoziert fühlen.

Sie stieg die breiten Stufen zum zweiten Stockwerk hinauf, wo sich ihre Räume befanden. Als sie die Galerie betrat, öffnete sich eine Tür – die zum Arbeitszimmer ihres Vaters.

„Habe ich dich doch richtig am Schritt erkannt. Komm bitte zu mir, Franziska."

Sie erstarrte und schloss die Augen. *Nicht jetzt!*, wollte sie schreien, doch sie brachte keinen Ton heraus.

„Franziska? Ich möchte mit dir reden." Ihr Vater klang streng, aber schwang da nicht auch etwas Nervosität mit?

Sie öffnete die Augen und drehte sich langsam zu ihm um. „Gib mir bitte eine halbe Stunde Zeit, Vater."

Er nickte knapp und verschwand wieder in seinem Arbeitszimmer.

Aufatmend ging Franzi in ihr eigenes Zimmer hinüber. Ihren Überwurf legte sie achtlos auf einen Stuhl und schlüpfte aus den Schuhen; dann öffnete sie den Instrumentenkoffer und stimmte die Viola.

Allein schon der Bogen in ihrer Hand, die Viola am Kinn und die ersten sonoren Töne aus dem Instrument beruhigten ihr aufgewühltes Gemüt. Liebevoll fuhr sie mit dem Fingerrücken über das glänzende Holz, dann stellte sie den 2. Slawischen Tanz von Antonín

Dvořák auf ihren Notenständer. Eine schwermütige Dumka[5] – genau das Richtige für ihre Stimmung.

Franzi jagte den Bogen über die Saiten. Wie sie Dvořáks Musik liebte! Beschwingt, feurig, rasant – und doch gefühlvoll, manchmal sogar melancholisch. Fräulein von Steinbach hatte sie auch wegen Dvořáks Musik ausgeschimpft. Zigeunermusik hatte sie das genannt. So ein Unsinn, nur weil Antonín Dvořák Böhme gewesen war.

Sie schloss die Augen. Diesen Tanz hatte sie schon so oft gespielt, dass sie ihn bis auf wenige Passagen auswendig konnte. Und obwohl er ihr ihr ganzes Können abverlangte, genoss sie jeden Ton.

„Franziska!"

Sie zuckte zusammen, ließ die Viola sinken und wandte sich um. Da stand ihr Vater in der Tür. Hatte sie ihn nicht um eine halbe Stunde gebeten? Sie vergaß beim Violaspiel zwar oft die Zeit, aber so viel Zeit konnte noch nicht vergangen sein.

Die schwarzen Augenbrauen ihres Vaters bildeten einen einzigen Strich. „Die Musik ist dir also wichtiger als das Gespräch mit mir."

„Die halbe Stunde ist doch noch nicht um."

„Nein, aber ich möchte mit dir reden." Er schob eine Hand in die Hosentasche.

„Aber du hast mir eine halbe Stunde Zeit gewährt!"

„Weil ich dachte, dass du dich umziehen wolltest. Aber doch nicht, damit du dich mit deiner Bratsche vergnügst!"

Machte das einen Unterschied? Für ihn offenbar schon. Sie legte die Viola zurück in den Kasten. „Dann bitte. Was gibt es?"

„Deine Großmutter hat doch heute Morgen noch mit dir gesprochen."

„Es ist zwecklos, Vater. Ich werde mich nicht deinen Gesetzen beugen, auch wenn Großmama alles versucht hat, mich dazu zu überreden."

Ihr Vater setzte sich in einen Korbsessel, der unter seinem Gewicht bedenklich knarzte. „Ich hatte gehofft, dass sie dein Herz erreichen würde." Er seufzte. „Wahrscheinlich kann das niemand mehr außer Gott selbst. Also wirst du jetzt meine Entscheidung hören, was ich für dich beschlossen habe."

---

5 Introvertierte, in sich versunkene Kompositionen der slawischen Meister des 19. Jahrhunderts.

„So, du hast also entschieden. Und ich habe kein Wort mitzureden?"

„Wie stellst du dir denn deine Zukunft vor?"

Erstaunt sah sie ihren Vater an. Sollte er ihr doch die Möglichkeit geben, ihr Leben selbst zu planen? Sie setzte sich in den zweiten Korbsessel und band ihre Haare zu einem Knoten zusammen. „Vater, du weißt doch, wie gerne ich etwas Gutes für die Menschen tun möchte. Ich möchte nicht mein Leben damit vergeuden, Jours fixes bei ältlichen Damen zu verbringen, Bälle zu besuchen und mich ansonsten von meiner Dienerschaft verwöhnen zu lassen."

„Du bist eine Frau, Franziska."

„Ja, ich bin eine Frau. Aber darf ich nicht trotzdem etwas Sinnvolles aus meinem Leben machen? Selbstverständlich habe ich als Frau eine andere Rolle in dieser Welt. Aber warum sollte es mir verboten sein, Gutes für die Menschen zu tun?"

Ihr Vater legte die Fingerspitzen aneinander und beugte sich vor. „Und wie bitte soll das etwas werden, wenn du dich bereits im Pensionat so aufführst, dass du der Anstalt verwiesen wirst?"

„Das lag doch nur an diesem antiquierten Fräulein von Steinbach. Wenn du mich zu einer modern geführten Schule schicken würdest ..."

„Modern." Ihr Vater spuckte das Wort beinahe aus. „Ich werde dich niemals an eine Schule schicken, die von Suffragetten geführt wird."

Natürlich, das widersprach wieder den strengen Grundsätzen ihres Vaters. „Aber du wärst damit einverstanden, dass ich einen Beruf ergreife? Du weißt, wie gerne ich Ärztin würde ..." Um dieses Ziel zu erreichen, würde sie vielleicht sogar noch einmal ein strenges Pensionat ertragen.

„Dazu wäre ein Studium vonnöten."

„Das weiß ich. Aber es passt vermutlich nicht in dein christlich-antiquiertes Weltbild, dass eine Frau studiert, nicht wahr?" Immer diese verstaubten Ansichten!

Er fuhr sich mit beiden Händen durchs Haar. „Begreife doch, Franziska. An den deutschen Universitäten gibt es kaum Frauen. In diesem Jahr haben sich reichsweit gerade einmal 120 Frauen immatrikuliert! Und du gehörst immerhin zum Adel. Wie willst du jemals einen Mann aus unseren Kreisen finden, wenn du die Regeln unseres Standes missachtest?"

Wieder dieses Standesdenken! Als ob eine Heirat ihr einziges Ziel im Leben wäre! Wenn sie einen konservativen Mann aus ihren Kreisen heiratete, würde sie sich ein Leben lang wie im Gefängnis vorkommen! Aber das würde ihr Vater nie begreifen. „Wenn du mich schon nicht studieren lässt, dann lass mich doch bitte zur Krankenschwester ausbilden. So kann ich in Krankenhäusern helfen ..."

„Es ist in unseren Kreisen nicht üblich, eine solche Ausbildung zu machen. Du solltest im Pensionat lernen, wie eine höhere Tochter sich verhält ..."

„Tanzen, Handarbeiten, Haushaltsführung – ich kenne das." Sie schüttelte so heftig den Kopf, dass sich ihr Haarknoten wieder löste und ihre Locken über den Rücken hinunterfielen. „Darf ich nur tun, was *üblich* ist? Willst du mich wirklich in dieses armselige Leben pressen?"

Ihr Vater stand auf. „Ich werde nicht mit dir darüber diskutieren. Du hast die Möglichkeit gehabt, deine Vorstellungen zu äußern, die allerdings dermaßen abwegig sind, dass ich ihnen nicht zustimmen kann."

Es brachte also nicht einmal etwas, wenn sie ihrem Vater entgegenkam und auf den Wunsch, Medizin zu studieren, verzichtete. Mit ihm war einfach nicht zu reden.

„Ich habe ein neues Pensionat für dich ausgesucht. Im Hans-Meyer-Heim werden die Kinder von Missionaren erzogen, deren Eltern in die deutschen Schutzgebiete gegangen sind."

Hans Meyer? Sollte es sich um den Erstbesteiger der Kaiser-Wilhelm-Spitze in Deutsch-Ostafrika handeln? „Und wo ist dieses Heim?"

„In Gleiwitz."

Franzi starrte ihren Vater an. „Das ist nicht dein Ernst, Vater. Willst du mich in die Verbannung schicken? Gleiwitz ist Hunderte Kilometer entfernt!"

„Nur rund 200 Kilometer. Es ist das beste Heim, das ich für dich finden konnte. Es hat eine streng christliche Ausrichtung, die für dich wichtiger als alles andere ist."

Das glich ja einer Heilanstalt für widersetzliche Kinder. „Und dein Entschluss ist unwiderruflich, mich dorthin zu schicken?"

Er ging einige Schritte im Zimmer auf und ab. „Unwiderruflich. Du bist bereits angemeldet. Am 1. Mai wirst du abreisen."

„Am 1. Mai! Das ist schon am Montag!"

„Richtig. Wir haben keine Zeit zu verlieren, dein Leben endlich in geordnete Bahnen zu lenken."

Franzi lehnte sich zurück und schloss die Augen. Hatte sie gerade einen Albtraum? Ihr Vater wollte sie ins hunderte Kilometer entfernte Gleiwitz verbannen, um sie einer christlichen Gehirnwäsche zu unterziehen! Und alle ihre Wünsche? Ihre Träume von einem Leben im Dienst für andere? Zerstört, vernichtet von der eisernen Faust ihres Vaters.

Sie öffnete die Augen wieder und sah ihn an. „Und wenn ich dich herzlich bitte, Vater, diesen Entschluss nicht in die Tat umzusetzen? Sondern mir doch eine Ausbildung zur Krankenschwester zu erlauben? Ich möchte doch nur anderen Menschen helfen – fordert das nicht auch die christliche Nächstenliebe?"

„Christliche Nächstenliebe nützt nichts, solange die Motivation dafür nicht die Liebe zu Christus ist. Deshalb wirst du nach Gleiwitz gehen."

„Und es gibt keine Möglichkeit, deinen Entschluss zu ändern?"

„Nein, Franziska. Es bleibt dabei. Du hast es dir selbst zuzuschreiben. Hättest du ein ordentliches Leben geführt, müsste ich jetzt nicht zu solch drastischen Maßnahmen greifen."

„Hättest du mich nicht in dieses Gefängnis in Breslau gesperrt – ach, es bringt ja doch nichts." Und sie würde bestimmt nicht vor ihrem Vater auf die Knie fallen und um Gnade winseln. Niemals.

Sie sprang aus dem Sessel auf und richtete sich vor ihrem Vater auf. Dummerweise hatte sie ihre Schuhe mit den Absätzen ausgezogen, sodass er sie noch mehr als sonst überragte. „Du magst deinen Entschluss nicht ändern wollen. Aber ich werde nicht gehen. Ich bin nicht deine Gefangene."

„Du bist noch nicht großjährig, Franziska."

Da hatte er leider recht. Trotzdem würde sie nun ernsthaft erwägen, mit Julie nach Afrika zu reisen, um diesem grausamen Schicksal zu entgehen. „Wenn du meinst, mir auf diese Weise deinen Glauben aufzwingen zu können, irrst du dich. Zu diesem Glauben werde ich mich niemals bekehren, hörst du? Niemals, und wenn du mich jahrzehntelang in dieses Heim einsperrst!"

Ihr Vater presste die Zähne zusammen, dass die Kiefermuskeln unter seiner Haut hervortraten. „Am Montag reist du ab. Das ist mein letztes Wort."

Er drehte sich auf dem Absatz um und verließ ihr Zimmer. Krachend fiel die Tür ins Schloss.

Franzi sank wieder in den Sessel und schlug die Hände vors Gesicht. Diesem despotischen Plan hatte ihre Großmutter also zugestimmt!

* * *

„Leutnant von Schenck, zu mir." Grumbkows Stimme grollte über den Osterfelder Kopf.

Zwei seiner *feindlichen* Kameraden nahmen Schenck zwischen sich und führten ihn zum Oberst, der sich gerade mit einer Hand eine Zigarre zwischen die Zähne klemmte, während er mit der anderen in der Tasche seines Uniformrocks kramte. Mit triumphierendem Lächeln zog er eine Schachtel Zündhölzer hervor.

„Schenck. Da sind Sie also."

Schenck legte die Hand an die Schläfe. „Herr Oberst."

Grumbkow riss ein Zündholz an, das im Wind sofort wieder erlosch. Mit einem Grunzen warf er es weg. Er nahm die Zigarre aus dem Mund und bedeutete den beiden Soldaten, die Schenck festhielten, dass sie sich entfernen sollten. „Was haben Sie zu Ihrer Entschuldigung vorzubringen?"

Schenck sah die Hochzeitsallee entlang, wo die Komtesse von Wedell soeben verschwunden war. Am liebsten wäre er ihr auf der Stelle gefolgt. Irgendetwas stimmte mit diesem Mädchen nicht. Zwar hatte sie ihn schroff abgelehnt, doch hinter ihren harten Worten schien sich ein Herz zu verbergen, das nach Verständnis schrie. Aber war er der Richtige, ihr dieses Verständnis entgegenzubringen? Sie lehnte doch mit dem christlichen Glauben auch alle ab, denen dieser Glaube Lebensinhalt war.

„Herr Leutnant, wollen Sie vielleicht geruhen, meine Frage zu beantworten?" Grumbkow klemmte die Zigarre wieder zwischen die Zähne und riss ein neues Zündholz an.

Schenck rückte an seiner Pickelhaube. „Ich bitte Sie, mein Versehen zu entschuldigen. Es handelte sich um ein Missgeschick."

Wieder wurde die kleine Flamme am Kopf des dünnen Hölzchens ausgepustet. „So, ein Missgeschick." Erneut riss Grumbkow ein Zündholz an, und endlich gelang es ihm, die Zigarre in Brand zu stecken.

Schenck hoffte, dass der Tabak die Wut des Kommandeurs besänftigte.

Grumbkow saugte sekundenlang an der Zigarre, um dann den Rauch beim Sprechen wieder von sich zu geben. „Sie hatten den klaren Auftrag, zu verhindern, dass der Feind die Grenze erreicht. Statt diesen Auftrag zu erfüllen, ist Ihre komplette Kompanie bei der ersten Feindberührung ohne jegliche Gegenwehr in Gefangenschaft geraten. Und warum das? Wegen eines Missgeschicks? Dass ich nicht lache! Sie haben sich von einem Weiberrock den Kopf verdrehen lassen!"

Erneut sah Schenck die Hochzeitsallee entlang. Hoffentlich ließ ihn der Kommandeur bald gehen! „Die junge Dame – übrigens die Komtesse von Wedell! – scheint sich in einer misslichen Lage zu befinden ..."

„Darf ich erfahren, was für eine Lage das ist?" Grumbkow hustete mit brodelnden Bronchien.

Schenck schob den Zeigefinger unter den Kinnriemen seines Helms und lockerte ihn. „Leider konnte ich ihre Schwierigkeiten noch nicht ergründen. Aber Sie werden zugeben, Herr Oberst, dass ich es nicht mit meiner Ehre als preußischer Offizier vereinbaren konnte, die Komtesse weinend stehen zu lassen."

Der Oberst trat nahe vor ihn hin, dass Schenck der nach Qualm stinkende Atem umwehte. „Leutnant von Schenck, wir befinden uns im Manöver. Ihnen scheint nicht mehr erinnerlich zu sein, dass im Manöver kriegsähnliche Situationen zu Übungszwecken nachgestellt werden. Wie sollen wir Krieg führen, wenn die Offiziere jedem Mädchen hinterherlaufen und darüber ihre Pflichten vergessen? Disziplin, Schenck, Disziplin ist das Lebenselixier der preußischen Armee."

Schenck trat einen Schritt zurück. „Und warum wird dann so großer Wert darauf gelegt, dass jeder Offizier ein vorbildlicher Kavalier zu sein hat?"

„Haben Sie denn jede Grundlage vergessen, Schenck? Zu allererst die Pflicht dem Landesherrn gegenüber, danach mögen Sie so chevaleresk sein, wie Sie wollen. Mit solchen Gründen werden Sie sich nicht herausreden können."

Schenck sah dem Kommandeur fest in die Augen. Natürlich hatte er in gewisser Weise recht. „Aber ich bitte zu bedenken, Herr Oberst, dass es sich lediglich um ein Manöver handelt und nicht um den Ernstfall."

„Aber wir üben hier den Ernstfall, zum Donnerwetter!", schnauzte Grumbkow so laut, dass er husten musste. Hastig zog er an seiner Zigarre. „Ein Soldat, der sich durch ein Frauenzimmer von seiner Pflicht ablenken lässt, ist jedenfalls nicht als Kompaniechef brauchbar."

„Herr Oberst ..."

„Kein Wort mehr! Sie sind Ihres Kommandos als Chef der zwoten Kompanie enthoben, weil Sie wegen amouröser Ablenkungen Ihre Pflicht vernachlässigt haben. Bis zum Ende des Manövers bleiben Sie in Wölfelsgrund in Arrest."

Schenck riss die Augen auf. „Das ist sicherlich nicht Ihr Ernst, Herr Oberst."

„Mein völliger Ernst. Sie haben bereits einen klaren Befehl missachtet und sich in Wölfelsgrund einquartiert. Und ich habe Sie gewarnt, dass ich Maßnahmen ergreifen werde, wenn Sie sich erneut etwas zuschulden kommen lassen. Dieser Fall ist nun eingetreten, und ich mache keine leeren Drohungen."

„Aber Herr Oberst, diese Maßnahme ist doch etwas drastisch für dieses kleine Missgeschick!" Schenck hob seine Pickelhaube etwas an, um Luft an seinen schweißnassen Kopf zu lassen.

„Sie wollen mir widersprechen? Ich diskutiere schon viel zu lange mit Ihnen!" Grumbkow stellte eine riesige Rauchwolke zwischen sie und winkte die beiden Soldaten wieder heran. „Führen Sie den Leutnant nach Wölfelsgrund hinunter und nehmen Sie ihn dort bei dem anderen Gefangenen unter Arrest."

„Jawohl, Herr Oberst." Die beiden Soldaten ergriffen seine Arme.

Schenck fühlte sich wie in einem schlechten Traum. Der Oberst konnte ihn doch nicht wegen dieser Kleinigkeit in Arrest nehmen! „Ich werde mich wegen dieser Ungerechtigkeit beschweren, Herr Oberst! Oder soll das Ihre Revanche sein, weil ich Ihr Sommerhaus ...?"

„Unverschämtheit!" Grumbkow hustete rasselnd. „Abführen!"
Die Soldaten rissen Schenck herum. Er warf noch einen Blick auf die Hochzeitsallee. Nun würde er so schnell keine Möglichkeit mehr bekommen, Franziska von Wedell noch einmal zu treffen und ihr in ihren Schwierigkeiten beizustehen.

Kapitel 12

Mit weit ausgreifenden Schritten eilte Claudinand nach Wölfelsgrund hinunter. Seit dem gestrigen Gespräch mit seinem Vater hatte er der Versuchung widerstanden, Pauline aufzusuchen, aber nachdem Franzi ihm gerade ihr Leid über ihren despotischen Vater geklagt hatte, musste er hinunter.

Es war wirklich haarsträubend, wie ihr Vater mit Franzi umging. Natürlich war seine Schwester kein Engel und er konnte seinen Vater auch verstehen, dass er wütend war und gleichzeitig Angst um sie hatte. Aber ihr jeden Wunsch rundweg abzuschlagen und sie in ein noch strengeres und obendrein weit entferntes Pensionat zu sperren, war der freiheitsliebenden Franzi erst recht nicht dienlich. Dazu sein ständiges Gerede von einem Verhalten ihrem Stande gemäß – hatte er denn ganz vergessen, dass er selbst bis zu seinem 24. Lebensjahr ein Bürgerlicher gewesen war?

Claudinand wischte eine Tannennadel von seinem Rock. Wenn doch ihre Mutter noch lebte! Er war zwar erst sechs Jahre alt gewesen, als sie bei Franzis Geburt gestorben war, konnte sich aber noch gut an ihre Sanftmut erinnern. Wahrscheinlich würde auch Fritz häufiger nach Hause kommen, wenn sie noch da wäre, aber den hatte die Strenge ihres Vaters ja schon längst vertrieben. Nun fürchtete Claudinand, dass Franzi irgendeinen Unsinn vorhatte.

Und nach dem, was er gerade von Franzi über seinen Vater gehört hatte, würde er in Bezug auf Pauline nicht auf dessen Rat hören. Mochte er über das Mädchen denken, was er wollte – er würde seine eigenen Entscheidungen treffen. Sein Vater lehnte Pauline ja offensichtlich nur deshalb ab, weil sie nicht seinen Standesvorstellungen entsprach. Die Bedenken hinsichtlich ihres Charakters waren doch nur Vorwände. Noch heute würde er sich ein eigenes Bild davon machen, zu was für einer Person sich seine ehemalige Schulkameradin entwickelt hatte, seit sie sich nur noch selten sahen.

Am liebsten würde er sie einige Tage beobachten, um sie dadurch besser kennenzulernen. Aber dazu fehlte ihm die Zeit, denn er musste morgen schon wieder zurück nach Glatz. Und es war auch nicht die feine Art – zumindest nicht *seine* Art –, jemandem hinterherzuschnüffeln. Er würde ihr offen sagen, warum er gekommen war; das war besser als alle Heimlichkeiten.

Samstagvormittags war im *Gelben Dragoner* wenig los. Heute saßen nur ein paar Offiziere, die wegen des Manövers hier waren, an einem Tisch und beugten sich über eine Generalstabskarte.

Pauline stand hinterm Tresen und wienerte Bierhumpen. Als sie ihn erblickte, drückte sie rasch eine Zigarette in den Aschenbecher und lächelte ihm verschmitzt entgegen. „Schon am Vormittag Durst auf ein Bier?"

Er schob sich auf einen Hocker und stützte die Unterarme auf den Tresen. „Ich möchte kein Bier, Pauline."

„Schnaps schenken wir so früh am Tag noch nicht aus." Sie grinste.

„Du weißt, dass ich keinen Schnaps trinke." Er starrte an die Decke. Den ganzen Weg hier herunter hatte er gegrübelt, doch er wusste immer noch nicht, wie er anfangen sollte. Er wollte Pauline doch nicht vor den Kopf stoßen, indem er sie examinierte!

Sie tauchte einen weiteren Humpen ins Spülwasser und holte ihn schaumbedeckt wieder hervor. „Sie wirken so ernst – ist etwas vorgefallen?"

„Dein Vater, Pauline … Als er uns vorgestern zusammen sah …"

„Ach, diese dumme Bemerkung. Sie sollten sie sich nicht zu Herzen nehmen." Sie fuhr mit dem Trockentuch in den Humpen.

„Ich habe nachgedacht. Wir kennen uns schon so lange. Und doch so wenig."

Sie hielt in ihrer Arbeit inne und sah ihn an. „Was – was wollen Sie damit sagen?"

Er faltete die Hände auf dem Tresen. „Denke bitte nicht, dass ich meine, eine Bürgerliche passe nicht in eine adelige Familie, selbst wenn sie eine Kellnerin wäre …"

Der Humpen fiel mit lautem *Klatsch* ins Spülwasser. „Claudinand!", entfuhr es ihr so laut, dass sich die Offiziere nach ihnen umsahen.

„Es ist nur – ich glaube, dass Jesus, der Sohn Gottes, auf Golgatha für mich starb. Dort hat er meine Sünden getragen, in Ihm habe ich Vergebung. Und das hat mein ganzes Leben verändert."

Pauline senkte den Kopf, eine Strähne ihres braunen Haares fiel ihr ins Gesicht. Claudinand fühlte sich versucht, sie ihr hinters Ohr zu streichen, aber er hielt die Hände fest gefaltet.

„Ich weiß nicht, ob du mich verstehst, Pauline. Aber wenn jemand diesen Glauben nicht hat, dann ist das ein größerer Hinderungsgrund als der Standesunterschied."

Sie nahm den Humpen wieder aus dem Wasser und wischte ihn trocken. „Aber wenn – wenn jemand den gleichen Glauben hat wie Sie, dann wäre der Standesunterschied unerheblich?"

„Er würde sicherlich für einige Schwierigkeiten sorgen, aber mir wäre er gleichgültig."

Pauline rieb immer noch an demselben Humpen, obwohl er längst trocken war. „Und Sie – Sie meinen, dass ich diesen Glauben nicht habe?"

Er musterte sie aufmerksam. Was gab ihm eigentlich das Recht, einfach davon auszugehen, sie glaube nicht an den Herrn Jesus?

„Sehen Sie, ich bin doch auch christlich erzogen worden. Ich wurde getauft, konfirmiert …"

„Aber echter Glaube ist mehr als ein Eintrag ins Kirchenregister. Oder glaubst du, Gott gäbe sich damit zufrieden? Es geht doch darum, dass wir unsere Sünden vor Ihm bekennen und daran glauben, dass Jesus Christus an unserer Stelle gestorben ist. Und dass wir Ihn dann Herr über unser Leben sein lassen. Das ist viel mehr als ein bürokratischer Akt."

„Und Sie sind sicher, dass das bei mir nicht der Fall ist?"

War das genau das, wovor sein Vater ihn gewarnt hatte? Wollte sie den Anschein erwecken, eine echte Christin zu sein, weil sie merkte, welch großen Wert er darauf legte? Oder war er zu misstrauisch? Saß er auf einem so hohen Ross, dass er ihr gar nicht zutraute, gläubig zu sein?

Pauline stellte den Humpen beiseite und sah ihm fest in die Augen. „Früher glaubte ich wirklich, meiner Christenpflicht genüge getan zu haben, wenn ich zu Weihnachten und hin und wieder auch zu Ostern zum Gottesdienst ging – das war tatsächlich mein ganzes Christenleben. Bis vor zwei Jahren meine Mutter plötzlich starb. Da ließ mich die Frage nicht mehr los, was wohl nach dem Tod mit ihr geschehen ist. Also habe ich begonnen, in der Bibel zu lesen."

„Und – und weiter?" Claudinand hielt den Atem an.

„Es ist alles noch so neu für mich. Mein Vater lacht darüber, aber mir ist klar geworden, dass Gott nicht damit zufrieden sein kann, wie ich bisher gelebt habe. Da habe ich gebetet und es Ihm gesagt ..."

Pauline las in der Bibel und beschäftigte sich mit dem Glauben. Und sie hatte offenbar sogar bekannt, eine Sünderin zu sein. Damit änderte sich die Sachlage schlagartig – wenn es denn stimmte. „Pauline, ich ... Es fällt mir schwer, das zu glauben. Es gibt so manches, was nicht recht dazu passen will." Er deutete auf den Aschenbecher. „Das zum Beispiel ist nicht gerade typisch für eine Christin."

Sie schob den Aschenbecher zur Seite, sodass er ihn nicht mehr sehen konnte. „In meinem Beruf gehört es beinahe dazu. Aber wenn du meinst, es wäre nicht recht, dann kann ich es gerne lassen."

„Es geht nicht um mich, Pauline. Es geht auch nicht darum, ein Gesetz aufzustellen. Sondern darum, was Gott Freude macht. – Merkwürdigerweise hat mir mein Vater auch nie erzählt, dass du die Gottesdienste besuchst."

„Leider komme ich sonntagmorgens nicht dazu. Gerade am Sonntagmorgen frühstücken die Sommerfrischler gerne besonders ausgiebig, und nach dem Gottesdienst kommen immer etliche Gäste zum Frühschoppen, daher bin ich nicht abkömmlich."

Das war natürlich ein Grund. Trotzdem kam es ihm merkwürdig vor, dass Pauline, sobald er von seinem Glauben sprach, behauptete, sich damit zu beschäftigen und Gott ihre Sünden bekannt zu haben. Die Worte seines Vaters, sie sei eine gute Schauspielerin, klangen ihm noch in den Ohren.

„Du glaubst mir nicht, nicht wahr?" Sie klang niedergeschlagen.

„Ich gebe zu, dass es mir schwerfällt. Es ist so ..." Es war einfach so unwahrscheinlich. Aber das konnte er ihr doch nicht sagen!

„Du musst verstehen, dass ich noch nicht in allem dem entspreche, was man von jemandem, der an Jesus glaubt, erwarten kann. Ich befasse mich erst seit kurzer Zeit damit und habe niemanden, der mich anleitet ..."

Natürlich konnte er das verstehen. Und sein Herz schrie laut, dass er ihr glauben sollte. Doch sein Kopf schrie das Gegenteil.

Sie stieß sich vom Tresen ab. „Aber ich sehe, dass du mir nicht glaubst. Seid ihr, die ihr den Glauben schon mit der Muttermilch aufgesogen habt, immer so misstrauisch?"

Claudinand schloss für einen Moment die Augen. War dieser Vorwurf berechtigt? Aber andererseits: konnte er Pauline einfach so trauen? Er wollte doch auch nicht blauäugig sein, nur weil er sie mochte!

Sie warf sich das Trockentuch über die Schulter. Für einen kurzen Augenblick sah sie ihn an – und er glaubte, Tränen in ihren Augen schimmern zu sehen. Doch sie drehte sich rasch um und verschwand in die Küche.

Claudinand starrte auf die schwingende Tür. Genau das hatte er nicht gewollt. Er wollte zwar nicht so misstrauisch sein wie sein Vater, aber er musste andererseits auch Gewissheit haben. Wie konnte er bloß herausfinden, ob das, was Pauline gesagt hatte, wirklich wahr war? Jedenfalls nicht so, wie er es heute angefangen hatte.

Kapitel 13

Franzi stand am offenen Fenster ihres Zimmers und atmete die würzige Waldluft tief ein. Von Wölfelsgrund erklang gedämpft das Sonntagmorgengeläut herauf.

Heute hörte sie es zum letzten Mal.

Sie spürte Tränen in ihren Augen. Aber sie würde ihren Entschluss nicht mehr rückgängig machen. Ihr Vater hatte den Bogen überspannt. Sie würde sich nicht nach Gleiwitz schicken lassen. Sie würde überhaupt nicht mehr tun, was ihr Vater wollte. Sie würde gehen. Für immer. Zuerst nach Schloss Scharfeneck zu Julie von Götzen und dann zusammen mit ihrer Freundin nach Deutsch-Ostafrika. Trotz der langen Schiffsreise und der zu erwartenden Seekrankheit.

Im Schutzgebiet gab es genug Krankenstationen, wo man sie sicherlich mit Handkuss nehmen würde, auch ohne medizinische Ausbildung. Wenn es ihr nicht sogar gelang, in Robert Kochs Forschungszentrum zu gelangen und dort mitzuarbeiten. Sie würde ihrem Vater beweisen, dass sie bestens ohne ihn zurechtkam. Und ohne seinen strengen Gott, der nur überwachte, ob sie alle Regeln einhielt. Sie würde frei sein, endlich frei.

Aber sie würde nicht heimlich gehen. Sie würde ihrem Vater ins Gesicht sagen, was sie von ihm, seinem Standesdünkel und seinem Glauben hielt. Und dann würde sie erhobenen Hauptes das Schloss verlassen.

An ihrer Tür klopfte es. „Franziska, kommst du bitte zum Frühstück? Sonst kommen wir zu spät zum Gottesdienst."

„Gleich, Vater." Franzi nahm noch einen tiefen Atemzug, dann schloss sie das Fenster. Sie löste ihren Haarknoten und schüttelte die Locken den Rücken hinunter. Von diesen Zwängen war sie ab heute befreit.

Sie wartete, bis die Schritte ihres Vaters sich entfernt hatten, dann öffnete sie die Tür und trat auf die Galerie hinaus. Aus dem Speisezimmer eine Etage tiefer waren Stimmen zu hören – die ihres Vaters und ihrer Großmutter. Nur Claudinands Stimme hörte sie nicht. Stimmt, er hatte ihr gestern Abend gesagt, dass er nicht zum

Frühstück erscheinen, sondern zu Fuß nach Wölfelsgrund zum Gottesdienst gehen würde. Solch eine Missstimmung, wie sie gerade in der Luft lag, konnte er nicht ausstehen und floh lieber in den Wald hinaus.

Franzi drückte beide Hände auf ihr galoppierendes Herz. Der Abschied von ihrer Großmutter war das Schwerste. Sie war wie eine Mutter für sie gewesen und die Einzige, die sie so, wie sie war, liebte – im Gegensatz zu ihrem Vater. Aber im entscheidenden Augenblick hatte sich ihre Großmutter doch auf die Seite des Tyrannen geschlagen.

Stufe für Stufe schritt Franzi die Treppe zum Speisesaal hinab. Mit jeder Stufe wurden die Stimmen lauter und sie war sicher, ihren Namen gehört zu haben. Abrupt blieb sie stehen.

„Ferdi, du darfst sie nicht zu etwas zwingen. Willst du denn euer Verhältnis vollständig zerrütten?" Das war ihre Großmutter.

„Ich bin ihr Vater!", grollte er. „Sie wird tun, was ich sage! Es ist schließlich das Beste für sie!"

„Nein, mein Sohn. Wenn du sie in dieses Internat prügelst, wird sie die erste Gelegenheit nutzen und weglaufen."

„Das wagt sie nicht!"

Franzi musste grinsen. Sie würde noch viel mehr wagen.

„Deine Tochter ist dir so ähnlich, Ferdi. Du wirst ihrem Willen niemals Zügel anlegen können, so wenig, wie ich es vor fast dreißig Jahren bei dir geschafft habe."

„Du meinst, ich soll ihr ihren Willen lassen? Vor ihr die Waffen strecken, weil ich es nicht schaffe, sie zur Raison zu bringen?"

„Du sollst sie Gott überlassen." Die Stimme ihrer Großmutter war unendlich sanft. „*Meine Kinder und das Werk meiner Hände lasst mir anbefohlen sein* – hast du das schon wieder vergessen? Du hast getan, was du konntest. Aber wenn sie nicht will, wende bitte keine Gewalt an."

Franzi hörte, wie ihr Vater mit der Faust auf den Tisch schlug, dass das Geschirr klirrte. „Ich möchte wissen, was in dich gefahren ist, Mutter. Ich kann meine Tochter doch nicht sehenden Auges ins Unglück laufen lassen!"

„Ins Unglück? Glaubst du wirklich, es sei ein Unglück, wenn sie in Gottes Hand ist? Wir haben sie eindringlich gewarnt. Wenn sie nicht hören will, bin ich überzeugt, dass Gott Wege finden wird, zu ihrem Herzen zu reden. Und das ist allemal wirkungsvoller, als ihr mit Gewalt deinen Willen aufzuzwingen."

Franzi schlang die Finger ineinander. Was würde ihr Vater antworten? Er würde doch niemals akzeptieren, dass sie ihren eigenen Weg ging! Aber es war schon erstaunlich, dass ihre Großmutter heute so mit ihm sprach. Als Franzi vor ein paar Tagen mit ihr gesprochen hatte, war sie ganz anders gewesen. Doch gleichgültig, was die beiden dort im Speisesaal glaubten, sie würde ihnen beweisen, dass sie ohne diesen Gott auskam.

Der erwartete Wutausbruch ihres Vaters blieb aus. Stattdessen blieb es lange still im Speisezimmer. Endlich würgte ihr Vater hervor: „Du musst unendliches Vertrauen zu Gott haben, Mutter."

„Er ist allmächtig und Er liebt meine Enkelin." Franzi hörte das Lächeln in der Stimme ihrer Großmutter. „Ist das nicht Grund genug für Vertrauen?"

Ein tiefer Seufzer, dann wieder endloses Schweigen.

Es wurde Zeit, dass sie hineinging. Franzi raschelte betont laut mit ihrem Kleid, während sie die letzten Schritte zum Speisezimmer zurücklegte.

Ihr Vater saß stocksteif auf seinem Stuhl und hielt die Arme vor der Brust gekreuzt. Ihre Großmutter dagegen hatte die Hände gefaltet – offenbar betete sie. Auch wenn Franzi nicht an die Wirksamkeit von Gebeten glaubte – jedenfalls hatte sie noch nie erlebt, dass Gott auch nur ein einziges Gebet erhört hatte –, ein eigentümliches Gefühl war es doch, dass ihre Großmutter für sie betete. Und sogar fest daran glaubte, dass es etwas bewirkte.

Als Franzi eintrat, sahen beide zu ihr auf, als seien sie bei einer Untat ertappt worden. Franzi lächelte und ging zu ihrem Platz. Ihr Vater starrte sie dabei kopfschüttelnd an – wahrscheinlich passte ihm nicht, dass sie ihr Haar offen trug, noch dazu an einem Sonntag. Aber immerhin hielt er den Mund.

Das Schweigen hing wie eine schwere Regenwolke über ihnen. Endlich sprach ihr Vater das Tischgebet, zu dem Franzi das Amen verweigerte, dann schenkte ein Diener den Kaffee ein.

Ahnten ihr Vater und ihre Großmutter, dass heute der entscheidende Tag war? Immerhin sollte sie morgen in diese Indoktrinationsanstalt verbracht werden. Und sie gingen sicherlich nicht davon aus, dass sie sich kampflos ihrem Schicksal ergab.

Franzi griff nach ihrer Kaffeetasse und ärgerte sich darüber, dass ihre Finger dabei so zitterten. Hastig führte sie sie zum Mund und nahm einen Schluck. Das Koffein schoss in ihre Adern. Entschlossen stellte sie die Tasse ab. Es brachte nichts, wenn sie die Entscheidung hinauszögerte.

Sie richtete sich auf und sah ihren Vater an. „Ich werde heute nicht mit zum Gottesdienst kommen."

Wurde er um einen Schein bleicher? Fast wirkte es so. Er öffnete den Mund, wie um etwas zu sagen, doch dann klappte er ihn wieder zu und warf nur einen kurzen Seitenblick zu ihrer Großmutter hinüber.

Die ersten Worte hatte sie herausgebracht, das gab Franzi Mut. „Ich werde morgen auch nicht nach Gleiwitz reisen. Sondern heute gleich nach dem Frühstück nach Scharfeneck zu meiner Freundin Julie. Mein Koffer ist schon beinahe fertig gepackt."

Im Gesicht ihres Vaters spiegelte sich der Kampf wider, der in ihm tobte. Er wäre wohl am liebsten aufgesprungen und hätte sie in ihr Zimmer gesperrt. Doch die Worte ihrer Großmutter hatten offenbar etwas bewirkt. „Was genau hast du vor?", fragte er mit gebrochener Stimme. „Du kannst doch nicht für immer bei Julia von Götzen wohnen."

„Julie geht zu ihrem Onkel nach Deutsch-Ostafrika. Ich werde sie begleiten."

„Niemals, Franziska." Ihr Vater sprang auf. „Das kannst du unmöglich tun!"

„Warum sollte ich das nicht tun können? Ich habe gesagt, dass ich etwas Sinnvolles aus meinem Leben machen will. Und genau das werde ich nun tun."

„Aber doch nicht in Afrika!", krächzte ihre Großmutter.

Franzi sah sie lieber nicht an, sie mochte ihre Tränen nicht sehen.

„Ich zweifle wirklich an deinem Verstand!" Ihr Vater tupfte mit dem Taschentuch über seine Stirn. „Wie kommst du bloß auf diesen übergeschnappten Gedanken, nach Afrika zu gehen?"

„Dort gibt es viel Elend und Krankheit, so viel, dass auf den Krankenstationen sicherlich auch unausgebildete Pflegekräfte angestellt werden. Oder ich kann sogar bei medizinischen Forschungen mithelfen. In Afrika gibt es unzählige Möglichkeiten. Und da du mir ja eine medizinische Ausbildung verweigerst ..."

„Ich möchte nicht, dass meine Tochter etwas tut, das gegen die Norm ist."

Franzi merkte, wie diese Worte sie in Rage brachten, aber sie bezwang sich. „Ich dagegen will nicht mein Leben lang in dieser Gefängniszelle aus Regeln hinvegetieren, die du selbst aufgestellt hast oder die du deinem Gott zuschreibst."

„Damit hast du endlich dein wahres Motiv auf den Tisch gelegt." Die dunklen Augen ihres Vaters funkelten sie an. „Es ist dein Eigenwille, der dich auf diesen Weg treibt. Darauf kann niemals Gottes Segen liegen, und damit auch nicht der meinige."

Ihre Großmutter atmete scharf ein, doch ehe sie etwas sagen konnte, entgegnete Franzi: „Ich brauche weder den Segen Gottes noch den deinigen. Ich werde dir beweisen, dass ich mein Leben selbst meistern kann. Ohne dich, ohne deinen Gott – und damit endlich auch ohne deine Normen, Regeln und Gesetze."

„Franzi!", keuchte ihre Großmutter und presste eine Hand aufs Herz.

„Siehst du" – die Stimme ihres Vaters klang erstaunlich ruhig –, „genau deshalb will ich, dass du das christliche Pensionat besuchst. Es ist keine Schikane, wie du anscheinend denkst, auch keine Strafe, sondern allein meine Sorge, dass dein aufrührerisches Denken dir zum Leid gereichen wird."

Natürlich. Alles nur zu ihrem Schutz. Franzi hätte beinahe aufgelacht. „Ich benötige deinen Schutz nicht. Ich werde gut allein zurechtkommen."

„Das bezweifle ich!", grollte ihr Vater.

„Ferdinand." Ihre Großmutter hob die Hand und sah Franzi an. „Ich verstehe, dass dein Vater dir hart erscheint, aber ich bin überzeugt, dass er es wirklich nur gut mit dir meint."

Franzi senkte den Kopf. Der Abschied wäre ihr leichter gefallen, wenn ihre Großmutter nicht zugegen gewesen wäre und nicht versucht hätte, ihren Vater zu besänftigen.

„Du stößt den einzigen Halt im Leben, den allmächtigen Gott, von dir", fuhr sie mit gepresster Stimme fort. „Aber Gott wird dich niemals laufen lassen. Er wird alles dafür tun, damit du zu Ihm zurückkehrst. Und je mehr du Ihn von dir stößt, desto mehr wird Er dich lieben – aber umso härter wird Er dich auch anfassen müssen. Das möchten wir dir gerne ersparen."

Aus den Worten ihrer Großmutter hörte Franzi ihre ganze Liebe zu ihr heraus. Schon früher, wenn sie mit ihrem Vater gestritten hatte, war es ihrer Großmutter meistens gelungen, Frieden stiftend dazwischenzugehen.

Franzi zog die Schultern zurück. Heute nicht. Sie stand an dem entscheidenden Wendepunkt ihres Lebens. Wenn sie sich heute dem Willen ihres Vaters unterwarf, würde sie es nie mehr schaffen, sich von seiner Herrschaft zu befreien. Nein, sie musste standhaft bleiben, so schwer es ihr nach den Worten ihrer Großmutter auch fiel. „Ich werde auf mich selbst achtgeben."

„Und wenn ich dich nicht gehen lasse?" Die Augen ihres Vaters blitzten.

Franzi zog eine Augenbraue in die Höhe. „Du kannst es versuchen, Vater. Aber irgendwann werde ich dir entwischen. Wenn nicht heute, dann ein anderes Mal. Vielleicht auf dem Weg nach Gleiwitz. Oder aus dem Internat in Gleiwitz. Mein Entschluss steht so fest wie die Eichen im Hochwald. Du wirst mich nicht aufhalten können."

Ihr Vater faltete die Hände und senkte den Kopf. Minutenlang blieb es still.

Franzi nippte an ihrem Kaffee – er war nur noch lauwarm. Angewidert verzog sie das Gesicht.

Auch ihre Großmutter schloss die Augen und schwieg. Wahrscheinlich beteten sie beide. Sollten sie doch. Selbst das würde ihren Entschluss nicht mehr ändern, auch wenn Gott sich noch so viel Mühe gäbe. Nie wieder würde sie unter die Knuten dieses Gebote-Gottes und dieses Regeln-Vaters zurückkehren.

Fast gleichzeitig hoben ihr Vater und ihre Großmutter die Köpfe und sahen sich an. Ein beiderseitiges Nicken, dann atmete ihr Vater tief durch. „Dann geh, Franziska."

Franzi starrte ihn an. Hatte er das wirklich gesagt? Er wollte sie widerstandslos gehen lassen? Das konnte doch nicht sein Ernst sein! „Vater?"

„Du hast richtig gehört. Du kannst gehen." Er wischte sich einen

Schweißtropfen von der Stirn. „Das bedeutet nicht, dass ich deinen Weg gutheiße. Aber deine Großmutter hat mich eben überzeugt, dass es besser ist, dich den Händen des allmächtigen Gottes zu überlassen, als dir mit Gewalt meinen Willen aufzuzwingen. Ich vertraue darauf, dass Gott dich zurückbringen wird – zu sich und, wenn es Sein Wille ist, auch zu uns."

Irgendwie wurde ihr mulmig zumute. Ihr Vater und ihre Großmutter vertrauten so fest auf diesen Gott – war er wirklich so mächtig, dass er ihr Vorhaben zunichtemachen könnte? Aber diese Zweifel würde sie niemals zugeben.

„Du wirst ohne Gott nicht zurechtkommen", fuhr ihr Vater fort. „Und deshalb bin ich sicher, dass du zurückkehren wirst."

„Niemals!" Sie sollte zurückkommen und ihrem Vater gestehen, dass sie gescheitert war? Diese Prophezeiung durfte keinesfalls wahr werden!

„Doch, Franziska. Und dann werden dir mein Haus und meine Arme immer noch offenstehen." Seine Stimme wurde brüchig. „Denn auch wenn du es nicht glaubst: Ich liebe dich – meine Tochter."

Im tiefsten Herzen glaubte sie es, aber sie schwieg.

„Auch ich werde auf dich warten", sagte ihre Großmutter. „Aber ich weiß nicht, ob meine Arme dir noch offenstehen werden, wenn du zurückkehrst. Aber sei gewiss, dass meine Gebete dich umgeben werden, solange noch ein Atemzug in meiner Brust ist."

Franzi stand auf. Wenn sie so weiterredeten, würde sie doch noch schwach werden. Diese Sicherheit, dass sie zu Kreuze kriechen würde, war ihr beinahe unheimlich. „Ich werde abreisen, während ihr im Gottesdienst seid."

Kapitel 14

Schenck hatte das Gefühl, die Wände des Spritzenhauses würden immer enger zusammenrücken, je länger er hier saß. Und die Anwesenheit von Hauptmann Schröder machte den Aufenthalt auch nicht gerade angenehmer. Er schien ein ganzes Nadelkissen voll mit Stichelen parat zu haben.

Tief durchatmend faltete Schenck die Hände. *Mein Gott, was hast Du mit mir vor? Warum komme ich in letzter Zeit immer wieder in Probleme? Ist der Soldatenberuf doch nicht das, was Du von mir willst?*

Und was hatte das Ganze mit Franziska von Wedell zu tun? Warum hatte Gott sie aufeinandertreffen lassen? Schon damals bei der Parade in Breslau, später im Zug nach Habelschwerdt und dann hier in Wölfelsgrund? Das konnten doch alles keine Zufälle sein!

Mühsam nestelte er seine Taschenbibel aus dem Uniformrock. Ob er in Gottes Wort eine Antwort auf seine Fragen fand?

„Schon wieder das heilige Buch? Wollen Sie sich zum Militärpfarrer ausbilden?", brummte Schröder.

Schenck schüttelte wortlos den Kopf. Es war am besten, Schröders Angriffe ins Leere laufen zu lassen.

Der Hauptmann zuckte mit den Schultern und lehnte sich mit dem Rücken an die Wand.

Unterdessen schlug Schenck die Apostelgeschichte auf, wo er gestern Abend mit seiner Lesung geendet hatte. Wie passend, dass gerade heute am Sonntag ein Abschnitt an der Reihe war, der vom ersten Wochentag handelte. *Am ersten Tag der Woche aber, als wir versammelt waren, um Brot zu brechen, unterredete sich Paulus mit ihnen ... Ein gewisser Jüngling aber, mit Namen Eutychus, saß im Fenster und wurde von tiefem Schlaf überwältigt, während Paulus noch weiterredete; und vom Schlaf überwältigt, fiel er vom dritten Stock hinunter und wurde tot aufgehoben.*

Schenck ließ die Bibel sinken. Er wäre jetzt so gerne an einem Ort, wo Gottes Wort gepredigt wurde. Wie auf Kommando begannen draußen die Glocken zu läuten.

Er sah zu Schröder hinüber, der auf seiner Pritsche hockte und vor sich auf den Boden starrte. „Was ist, Schröder, möchten Sie auch hier hinaus?"

Der Hauptmann grunzte. „Was soll die dumme Frage? Ich sitze schon einen Tag länger in diesem Loch als Sie."

„Ich wüsste eine Möglichkeit." Schenck schob seine Bibel wieder in die Uniformtasche. „Hören Sie die Glocken? Einen Besuch im Gottesdienst wird man uns vielleicht gestatten."

„Gottesdienst? Sind Sie übergeschnappt?"

„So kommen wir wenigstens für kurze Zeit an die frische Luft." Und sein Kamerad kam einmal in einen Gottesdienst, den er wahrscheinlich schon seit Jahren nicht mehr besucht hatte – so er denn überhaupt schon einmal ein Kirchengebäude von innen gesehen hatte.

Schröder grunzte erneut. „Als ob wir mit so einem Anliegen überhaupt eine Chance hätten. Schon gar nicht ohne Grumbkows Zustimmung."

„Es ist immerhin einen Versuch wert." Schenck ging zur Tür und klopfte, ehe Schröder widersprechen konnte.

„Was ist los?", rief einer der Wachsoldaten von außen.

„Herr Hauptmann Schröder und ich haben den Wunsch, den Gottesdienst zu besuchen!"

„Bitte was?" Schenck hörte das Lachen in der Stimme des Wachsoldaten. „Das ist doch nur ein Vorwand, um hier herauszukommen!"

„Hören Sie, es ist Sonntag und es ist guter Brauch, am Tag des Herrn ins Haus des Herrn zu gehen, auch für uns Soldaten. Haben Sie etwa schon vergessen, was auf Ihrem Koppelschloss steht?"

Schenck konnte sich lebhaft vorstellen, wie der Soldat versuchte, die Schrift rund um den Preußenadler zu entziffern. „Ja, Sie lesen recht: *Gott mit uns*. Ein Soldat, der sich auf Gott beruft, sollte wohl auch den Gottesdienst besuchen."

„Sie reden ja wie ein Feldgeistlicher", kicherte Schröder.

Feldgeistlicher – das war ein gutes Stichwort. „Rufen Sie meinetwegen im Hauptquartier an und lassen Sie sich vom Militärpfarrer die Erlaubnis geben."

Von draußen hörte er etwas, das wie „Verrückter Kerl" klang, dann entfernten sich Schritte.

Schenck lehnte sich gegen die Wand und sah zu Schröder hinüber. „Sie sollten Ihren Uniformrock anziehen, Kamerad. Ich bin sicher, dass wir in wenigen Minuten den Weg zum Gottesdienst antreten werden."

Schröder erwiderte nichts, sondern schlüpfte nur mit saurer Miene in seinen Rock. Vermutlich wusste er nicht, ob er sich über den möglichen Freigang freuen oder über den Gottesdienstbesuch ärgern sollte.

Wenig später wurde die Tür aufgeschlossen und die beiden Soldaten traten ein.

Schenck grinste. So mussten immerhin auch sie mit, um Gottes Wort zu hören.

„Wir sollen Sie zum Gottesdienst bringen", brummte einer der beiden Gefreiten, „wenn Sie uns Ihr Ehrenwort als Offizier geben, keinen Fluchtversuch zu unternehmen."

Als Schenck und Schröder ihr Ehrenwort gegeben hatten, nahmen die beiden Gefreiten sie in die Mitte und führten sie durchs Dorf.

„Verrückte Idee", schimpfte Schröder. „Uns allen Kirchgängern dieses Kaffs als Gefangene zu präsentieren."

Schenck zuckte mit den Schultern. „Seien Sie doch froh, nicht mehr die engen Wände um sich zu haben. Und außerdem wissen die Leute alle, dass es sich nur um eine Übung handelt, wir also keine echten Gefangenen sind."

„Man hätte uns aber kaum eingesperrt, wenn unser Vorgesetzter uns für fähige Offiziere hielte."

Schenck winkte ab. Es brachte nichts, sich mit dem mürrischen Schröder auf eine Diskussion einzulassen.

Stattdessen atmete Schenck die frische Luft tief ein. Auch wenn sie ein wenig nach Holzkohle roch, schmeckte er doch die Würze des Hochwaldes – ein Geschmack, der ihn an Franziska von Wedell erinnerte. Ob die Komtesse wohl ebenfalls den Gottesdienst besuchte? Oder ging ihre Ablehnung des christlichen Glaubens so weit, dass sie nicht mit ihrer Familie ging?

Die Kirche war noch ein paar hundert Meter entfernt, da bemerkte Schenck auf der Straße, die vom Hochwald herunterführte, eine herrschaftliche Kutsche, die in zügiger Fahrt heranrasselte. Schencks Herz schlug schneller – das musste die Kutsche der Wedells sein!

Unwillkürlich zupfte er die letzten Falten aus seiner Uniform und rückte seine Schirmmütze zurecht. Da war die Equipage auch schon heran, aber durch die Fenster konnte Schenck nicht erkennen, wer im Wagen saß.

Doch plötzlich rief jemand: „Anhalten!", das Gefährt kam zum Stehen, der Schlag wurde geöffnet und Graf Ferdinand von Wedell sprang heraus.

Mit wenigen Schritten eilte Schenck zum Wagen, um einen Blick hineinzuwerfen, doch einer seiner Bewacher eilte ihm nach und packte ihn am Arm.

„Was fällt Ihnen ein! Sie gaben mir Ihr Ehrenwort!"

„Ist ja gut!" Schenck verbeugte sich vor dem Grafen. „Bitte verzeihen Sie, Herr Graf, ich werde für die Übung gegenwärtig als *Kriegsgefangener* behandelt, und dieser Kamerad nimmt seine Rolle als mein Bewacher sehr ernst."

Der Graf schien diese Erklärung gar nicht zu hören. „Ich muss Sie einen Augenblick sprechen, Herr Leutnant."

„He, ich muss doch sehr bitten!", zeterte der Gefreite. „Ich habe die Verantwortung dafür, dass der Herr Leutnant nicht entkommt!"

„Übertreiben Sie es nicht mit Ihrer Übung", sagte der Graf mit schneidender Stimme. „Ich habe in dringender Angelegenheit mit dem Herrn Leutnant zu sprechen."

„Darf ich bitte erfahren, wer Sie sind, mein Herr?"

„Sie sprechen mit dem Grafen von Wedell." Der Graf machte eine herablassende Handbewegung, die den Gefreiten wohl zum Fortgehen bewegen sollte.

„Es handelt sich um den Besitzer des Schneeberger Forstes", erklärte Schenck. „Und jetzt geben Sie endlich Ruhe. Lassen Sie Ihren Kameraden mit Hauptmann Schröder vorangehen und bewachen Sie mich meinetwegen, wenn es Ihnen Spaß macht, aber gefälligst außer Hörweite."

Der Gefreite guckte den Grafen mit großen Augen an, dann zog er den Kopf ein und trat zur Seite, während sein Kamerad mit dem Hauptmann weiterging.

Endlich gelang es Schenck, einen Blick in die Kutsche zu werfen – dort saß nur die Mutter des Grafen. Artig verneigte er sich vor der alten Dame, die an den Schlag rückte und ihm die Hand zum Kuss darbot. Doch von der Komtesse war nichts zu sehen. Er spürte einen seltsamen Stich in der Herzgegend.

Der Graf lehnte sich gegen den Wagen. „Herr Leutnant, wir haben die ganze Fahrt vom Forstschloss bis hier herunter nach Wölfelsgrund gebetet. Als ich Sie erblickte, glaubte ich plötzlich, dass Sie die Antwort auf unsere Gebete sind."

Schenck starrte den Grafen an. „Die Antwort auf Ihre Gebete?" Wenn Wedell wüsste, wie dringend er selbst auf eine Beantwortung seiner Gebete wartete!

„Ja, Herr Leutnant." Der Graf warf einen Blick zurück zu seiner Mutter, die ihm zunickte. Dann wandte er sich wieder an Schenck. „Sie haben selbst erlebt, wie ablehnend meine Tochter dem Glauben gegenübersteht."

Schenck nickte. „Fährt sie deshalb nicht mit Ihnen zum Gottesdienst?"

Wedell und seine Mutter seufzten synchron. „Der Grund ist viel schlimmer." Der Graf legte eine Hand über die Augen. „Franziska hat uns heute Morgen verkündet, dass sie sich meinen Plänen für sie, ein christliches Internat zu besuchen, nicht beugen wird, sondern stattdessen nach Afrika gehen will."

„Nach ..." Schenck blieb die Stimme weg.

„Sie haben leider richtig gehört. Nach Deutsch-Ostafrika. Mit ihrer Pensionatsfreundin, die ich vielmehr ihren Dämon nennen möchte; sie ist die Nichte des dortigen Gouverneurs."

„Des Grafen Götzen? Der hier aus Scharfeneck bei Obersteine stammt?" Schenck nahm seine Schirmmütze ab und wischte sich den Schweiß von der Stirn.

„So ist es. Sie können sich unsere Verzweiflung vorstellen!" Der Graf hämmerte mit der Faust auf das Kutschrad.

„Aber kann man denn gar nichts dagegen tun? Dieser Wahnsinn muss doch verhindert werden!" Schenck wurde direkt übel bei dem Gedanken daran, dass zwei Mädchen ohne jegliche Begleitung nach Afrika reisten.

„Wir haben alles versucht", sagte nun Rahel Grüning. „Franziska war nicht davon abzubringen. Ich trage die Verantwortung dafür, dass wir sie gehen ließen und sie nicht mit Gewalt ins Internat brachten."

Schenck sah in das zerfurchte Gesicht der alten Dame. Doch es waren keine Sorgenfurchen. „Gnädige Frau, ich nehme an, Sie hoffen auf Gott? Dass *Er* Ihre Enkelin zurückbringen wird?"

Sie nickte. „Wir konnten nichts mehr tun. Aber unser Gott bleibt immer mächtig."

„Und ich bin überzeugt" – der Graf richtete sich auf und trat einen Schritt auf Schenck zu –, „dass Gott mir Sie in den Weg geführt hat. Sie sind überzeugter Christ, aber Sie sind im Gegensatz zu uns noch jung, voller Ideen und Tatendrang, dazu ein aufmerksamer Zuhörer. Ich hege daher trotz der abweisenden Reaktion meiner Tochter während Ihres Besuchs im Forstschloss die Hoffnung, dass sie auf Sie hören wird."

„Wie bitte?" Schenck traute seinen Ohren nicht. „Was wollen Sie damit sagen?"

„Ich möchte Sie bitten, ins Forstschloss hinaufzugehen und mit meiner Tochter zu reden. Sie zu überreden hierzubleiben. Dass eine Tochter nicht auf ihren Vater hört, ist wahrscheinlich normal. Ich bin für sie ein Vertreter der alten Generation, Sie aber gehören der gleichen Jugend an wie sie selbst."

Schenck setzte seine Schirmmütze wieder auf. War das die Antwort auf sein Gebet? War das die Aufgabe, die Gott für ihn hatte? Die Komtesse zurückzureißen, damit sie nicht zu Fall kam?

Fall? Zurückreißen? Unwillkürlich kam ihm die Geschichte wieder in den Sinn, die er eben noch in der Heiligen Schrift gelesen hatte. Der junge Mann, der im Fenster gesessen hatte. Halb drinnen, wo das Wort Gottes geredet wurde, und halb draußen, wo die Verführungen der Welt lockten. Eutychus war gefallen. Bemerkenswerterweise nicht nach innen, sondern nach außen – in die dunkle Nacht. Hatte denn niemand im Saal vorher bemerkt, dass Eutychus eingeschlafen war? Dass er langsam aber sicher nach außen kippte? Warum war keiner da gewesen, der ihn zurückgerissen hatte?

Dort oben im Forstschloss war ein Mädchen nahe daran, zu fallen. Nach außen zu fallen. Konnte er es verhindern? Konnte er sie zurückreißen, ehe sie fiel?

Aber war er wirklich dazu in der Lage? War er der Richtige für diese Aufgabe? Er, der mit seinen Gedanken viel zu viel bei der Komtesse Wedell weilte? Würden ihn nicht seine Gefühle übermannen und ihn zu Handlungen verleiten, die er nicht tun durfte? Und würde er sich nicht wieder eine deutliche Abfuhr einfangen? Obwohl er vorgestern am Osterfelder Kopf den Eindruck hatte, dass sie tatsächlich bereit gewesen wäre, ihm weiter zuzuhören – wenn er nicht unvorsichtigerweise das Wort *gerecht* hätte fallen lassen. *Oh Gott, was soll ich tun?*

Der gleichmäßige Takt von Schritten riss ihn aus seinen Gedanken. Eine Gruppe der zweiten Kompanie marschierte die Dorfstraße herauf.

„Verzeihen Sie, Herr Graf, ich kann jetzt nicht ins Forstschloss gehen. Wie Sie sehen, stehe ich unter Arrest und kann nicht frei über mich verfügen. Ich kann Ihnen nur versprechen, für Ihre Tochter zu beten." Er merkte selbst, wie dünn sich seine Stimme anhörte. Und er fühlte sich schrecklich bei diesen Worten. „Aber ich danke Ihnen für das Vertrauen, dass Sie mir entgegenbringen."

Der Graf senkte den Kopf. „Verzeihen Sie meine unverschämte Bitte, Herr Leutnant."

„Ich danke Ihnen, dass Sie für meine Enkelin beten", setzte Rahel Grüning hinzu. „Ich hatte gehofft, dass Sie sie in sanfter Art wieder auf den Weg hätten bringen können. Härte weckt nur ihren Widerstand."

Ehe Schenck etwas antworten konnte, war die Gruppe Soldaten heran. Der Unteroffizier baute sich vor dem Gefreiten auf. „Was geht hier vor? Warum ist der Gefangene nicht im Spritzenhaus?"

Der Gefreite riss die Knochen zusammen. „Die Gefangenen baten darum, den Gottesdienst besuchen zu dürfen, Herr Unteroffizier."

„Und warum ist der Leutnant dann nicht im Gottesdienst? Los, holen Sie Ihren Kameraden und Hauptmann Schröder, wir haben Befehl, nach Breslau zurückzukehren. Das Manöver ist beendet." Der Unteroffizier trat zu Schenck. „Auf ausdrücklichen Befehl des Obersts sollen wir Sie als Gefangenen nach Habelschwerdt bringen. Mitkommen."

Schenck warf noch einen Blick auf den Grafen und seine Mutter. Die alte Dame lächelte ihm zu. „Ich glaube, auch Sie haben unsere Gebete nötig", sagte sie.

Der Graf nickte ihm ebenfalls mit einem traurigen Lächeln zu, dann stieg er in den Wagen und warf den Schlag zu, die Kutsche ruckte an.

Beinahe zum Greifen sah Schenck den fallenden Eutychus vor sich – nur dass er kein junger Mann war, sondern ein junges Mädchen mit weizenblonden Locken und kornblumenblauen Augen.

Kapitel 15

Franzi sah sich in ihrem Zimmer um. Ihr Koffer war schon zum Bersten voll, aber immer wieder fiel ihr ein Erinnerungsstück in die Hände, das sie mit nach Afrika nehmen wollte. Sie wusste ja nicht, ob sie jemals wieder ins Forstschloss zurückkehren würde.

Sie griff nach dem Bild ihrer Mutter auf dem Nachttisch. „Mama", flüsterte sie und strich mit dem Zeigefinger über die Ambrotypie[6]. „Warum musstest du so früh sterben? Hätte Gott, wenn er wirklich so mächtig ist, wie Vater und Großmama behaupten, das nicht verhindern können?"

Bestimmt wäre ihr Leben ganz anders verlaufen, wenn ihre Mutter noch lebte. Der sanfte Gesichtsausdruck auf dem Bild sprach Bände über ihren Charakter.

Aber dieser Gott, der sie angeblich liebte, hatte ihre Mutter ja sterben lassen. Und ihre Schwester gleich dazu. Sie hatte sie beide nicht einmal kennenlernen dürfen.

Behutsam schob sie das Bild in den Koffer zwischen die Kleider, dann öffnete sie das Schubfach ihres Nachttisches. Dort lagen die Erinnerungsstücke an ihre Pensionatszeit: eine pechschwarze Haarsträhne von Julie von Götzen, die Abschiedskarten ihrer Freundinnen und eine Zigarette, die Julie ihr geschenkt hatte, bevor sie gegangen war. Franzi musste schmunzeln. Das war typisch Julie. Sie schenkte ihr etwas zum Abschied, obwohl sie genau wusste, dass sie sie wenig später im Zug wiedersehen würde.

Franzi nahm die Zigarette zwischen die Finger. Tausend Erinnerungen an ihre Pensionatszeit überfielen sie. Trotz des strengen Reglements war es eine schöne Zeit gewesen – dank Julie. Wie oft hatten sie heimlich im Garten gestanden und eine Zigarette geraucht – auch wenn es ihr nie geschmeckt hatte, hatte sie es doch genossen. Ihr Vater würde das wohl *den Reiz des Verbotenen* nennen.

Sie kramte weiter in der Schublade, bis sie ein Feuerzeug fand. Die Zigarette brauchte sie nicht mehr als Erinnerungsstück. Noch

---

6 Ein Vorläufer der Fotografie, zwischen 1852 und 1890 gebräuchlich.

heute würde sie Julie wiedersehen und schon in ein paar Wochen mit ihr nach Deutsch-Ostafrika aufbrechen.

Franzi zündete die Zigarette an. Zwar schmeckte sie immer noch nicht, aber es erfüllte sie mit Genugtuung, in dem Haus, in dem ihr Vater wie ein Despot herrschte, zu rauchen. Bestimmt würde er gleich, wenn er vom Gottesdienst zurückkam, als Erstes ihr Zimmer betreten und den Rauch riechen. Das war ihr Abschiedsgruß an ihn.

Das aber erinnerte sie daran, dass sie fort sein sollte, ehe ihr Vater und ihre Großmutter zurückkehrten. Sie wollte ihnen nicht noch einmal begegnen, dann würde es nur einen neuerlichen Disput geben.

Sie rief ihre Zofe.

„Gnädiges Fräul…" Das Mädchen starrte mit großen Augen auf die Zigarette zwischen ihren Fingern.

Franzi lachte und nahm einen tiefen Zug. „Bitte lassen Sie den leichten Jagdwagen meines Vaters anspannen. Hans soll mich nach Habelschwerdt zum Bahnhof bringen."

Die Augen der Zofe wurden noch größer. „Sie reisen heute schon ab, gnädiges Fräulein? Hatte Ihr Herr Vater nicht bestimmt, dass Sie erst morgen fortgehen?"

Natürlich, das ganze Personal wusste schon über die Pläne ihres Vaters Bescheid. „Wann und wohin ich reise, bestimme ich selbst. Und jetzt sagen Sie Hans gefälligst Bescheid. Und dann kommen Sie wieder und schließen meinen Koffer."

Das Mädchen knickste. „Sehr wohl, gnädiges Fräulein." Dann huschte sie hinaus.

Franzi sank in einen Korbstuhl und zog an ihrer Zigarette. Ihre letzten Minuten im Forstschloss. Auch wenn sie es niemandem eingestanden hätte: Der Abschied fiel ihr schwer. Zumal es wahrscheinlich ein Abschied für immer war. Das Rauschen des Hochwaldes und das Plätschern der Wölfel würde sie jedenfalls vermissen. Und auch ihre Großmutter würde ihr fehlen. Der Schmerz in ihren Augen tat Franzi weh, aber sie konnte darauf keine Rücksicht nehmen, wenn sie nicht ihr ganzes Leben unter der Knute ihres Vaters verbringen wollte.

Die Zofe kam wieder herein und zog ächzend an den Schnallen des braunen Lederkoffers.

Franzi sah auf ihre Uhr. „Bitte beeilen Sie sich!" Sie stand auf und warf die Zigarette in die Waschschüssel.

Endlich hatte die Zofe den Koffer geschlossen und wuchtete ihn vom Bett.

Franzi griff nach dem Bratschenkoffer und trat auf die Galerie hinaus. Es war seltsam still im Schloss. Ein Großteil der Dienerschaft besuchte ebenfalls den Gottesdienst in Wölfelsgrund – ihr Vater legte großen Wert darauf.

Langsam stieg Franzi die Treppe hinab – die Zofe keuchte mit dem Koffer hinter ihr her –, ging durch die Eingangshalle und trat auf die Freitreppe. Gerade fuhr Hans mit dem einspännigen Jagdwagen vor, sprang vom Bock und half der Zofe, den Koffer in den Wagen zu wuchten.

Franzi stieg ein. „Nach Habelschwerdt zum Bahnhof bitte."

Als der Wagen anruckte, schaute sie sich noch einmal um, umschloss das Forstschloss mit einem letzten Blick. Dann wandte sie sich wieder ab. Sie musste den Blick nach vorn richten, nach Afrika, zu dem Kontinent ihrer Träume. Sie hatte es endlich geschafft. Sie war frei.

Im Trab ging es durch den Hochwald nach Wölfelsgrund hinunter. Der Wagen ratterte durchs Dorf. Zum Glück war sie früh genug, sodass der Gottesdienst noch nicht zu Ende war.

Auf der Landstraße nach Habelschwerdt sah sie vor sich eine kleine Kolonne in blauen Uniformen marschieren. Die Soldaten traten zur Seite und Hans lenkte den Wagen im Schritt an ihnen vorbei.

Da erkannte sie Leutnant von Schenck, den zwei Gefreite in die Mitte genommen hatten. Offenbar stand er nach wie vor unter Arrest.

Schmunzelnd rief sie: „Sind Sie immer noch Gefangener, Herr Leutnant?"

Sein Gesicht war todernst, seine stahlblauen Augen durchbohrten sie fast. „Trotzdem bin ich freier als Sie."

Sie wollte ihn auslachen, doch es gelang ihr nicht. Was wollte er mit diesen Worten sagen? Sie war doch gerade erst in die Freiheit entkommen.

Als sie schon längst an den Soldaten vorüber war, verfolgten sie immer noch der durchdringende Blick und die Worte des Leutnants, so sehr sie sie auch abzuschütteln versuchte.

* * *

In Wölfelsgrund läuteten die Glocken.

Pauline setzte sich an einen Tisch auf der Terrasse des *Gelben Dragoners* und schlug die Beine übereinander. Eigentlich musste sie noch die Tische abwischen und eindecken, denn gleich nach dem Gottesdienst würden die ersten Gäste zum Frühschoppen kommen. Aber ihre Gedanken waren ganz woanders.

Sie klopfte eine Zigarette aus ihrer Schachtel und klemmte sie zwischen die Lippen. Claudinand war ja noch im Gottesdienst, da konnte sie solange getrost rauchen. Trotzdem hatte sie ein schlechtes Gewissen. Sie hatte ihm gestern Vormittag etwas erzählt, etwas vorgespielt, das überhaupt nicht stimmte.

Schwungvoll riss sie ein Streichholz an und setzte die Zigarette in Brand. Seit Claudinand nach Wölfelsgrund gekommen war, war alles anders geworden. Sie hatten sich immer gut verstanden, sie hatte ihn auch immer gemocht, vielleicht war sie sogar heimlich in ihn verliebt gewesen. Aber gestern hatte er angedeutet, dass er ernsthaft eine Verbindung mit ihr in Betracht ziehen würde – wenn nicht der Glaube wäre. Graf Claus Ferdinand von Wedell machte ihr, der unscheinbaren Kellnerin, den Hof – wie konnte sie das ablehnen?

Zumal ihr Vater diese Verbindung ebenfalls gerne sehen würde, allerdings aus ganz anderen Gründen. Er hatte gestern Abend noch einmal auf sie eingeredet und dabei davon gesprochen, dass Graf Ferdinand die Rechnungsbücher prüfe. Er hatte das nur nebenbei erwähnt, aber Pauline ahnte, dass genau das der Grund war, warum sie sich den jungen Grafen angeln sollte. Wahrscheinlich hatte ihr Vater irgendwelche unsauberen Geschäfte betrieben und hoffte nun, dass der Graf, sollte er das entdecken, dies nicht ahndete, wenn sein Sohn mit der Tochter seines Verwalters verlobt wäre.

Pauline zog den Rauch tief in ihre Lungen ein, aber das Nikotin wollte ihre aufgewühlten Gedanken einfach nicht beruhigen. Alles in ihr wehrte sich dagegen, Claudinand zu hintergehen. Ihn für sich zu gewinnen, indem sie ihm falsche Tatsachen vorspiegelte – obwohl sie genau das gestern bereits getan hatte.

Noch hatte sie die Möglichkeit, ihm alles ehrlich zu sagen – aber dann würde er wahrscheinlich nie wieder etwas mit ihr zu tun haben wollen. Wenn es nur um sie und ihr Glück ginge, würde sie seinen Glauben vielleicht sogar noch annehmen. So schlimm konnte das ja nicht sein, sonntags in den Gottesdienst zu gehen, nicht mehr zu rauchen und auch sonst so zu leben, wie die Christen es taten. Aber es widerstrebte ihr, damit die Fehler ihres Vaters zu unterstützen. Das war einfach nicht richtig!

Sie drückte die Zigarette in den Aschenbecher und stand auf. Es wurde Zeit, dass sie weiterarbeitete.

Da sah sie einen Mann raschen Schrittes auf den *Gelben Dragoner* zukommen. Er trug die Uniform des Füsilier-Regiments, das in Glatz stationiert war – Oberleutnant Graf Claus Ferdinand von Wedell.

Paulines Herzschlag beschleunigte sich. Rasch prüfte sie, dass die Zigarettenschachtel tief genug in der Schürzentasche steckte, sodass er sie nicht sehen konnte. Dann war er auch schon heran und streckte ihr die Hand entgegen.

„Pauline, ich bin froh, dass ich dich allein antreffe."

Sie nahm seine Hand und genoss seinen festen Händedruck.

„Ich hatte gehofft, dich heute im Gottesdienst zu sehen."

„Es ging leider nicht. Ich musste die halbe Nacht arbeiten. Und jetzt gibt es auch schon wieder zu tun, damit die Herrschaften gleich nach dem Gottesdienst zu ihrem Frühschoppen reinliche Tische vorfinden."

Er nickte, dann wies er auf einen Tisch. „Kannst du trotzdem einige Minuten für mich erübrigen?"

„Eigentlich nicht. Mein Onkel wird schimpfen, wenn ich nicht rechtzeitig mit den Tischen fertig bin."

Er schob einen Stuhl zurück. „Ich muss noch heute zurück nach Glatz und werde nicht so bald wiederkommen können."

„Das war aber ein sehr kurzer Urlaub. Sind Sie nicht erst am Donnerstag angekommen?" Sie hockte sich auf die Stuhlkante und sah zu ihm auf.

„Leider wurden mir nur wenige Tage Urlaub genehmigt." Er setzte sich ihr gegenüber. „Pauline, es tut mir leid, dass es so scheint, als würde ich dir nicht vertrauen."

Jetzt war der Augenblick gekommen. Jetzt sollte sie ihm die Wahrheit sagen. Dass er nämlich jedes Recht dazu hatte, ihr nicht zu vertrauen.

Aber dann sah sie in sein Gesicht. Dieses gut aussehende Gesicht. Seine dunklen Augen, der markante Rundbart. Das dunkle Haar mit dem wie mit einem Lineal gezogenen Scheitel. Die dunkelblaue Uniform, die seine hohe, schlanke Gestalt noch betonte.

Dieser Mann interessierte sich für sie. Konnte sie es wirklich riskieren, ihn zu verlieren? Und sie war ja auch wirklich Christin. Vielleicht nicht so intensiv wie er, aber das machte doch keinen großen Unterschied.

Sie faltete die Hände im Schoß. „Es tut mir weh, dass Sie mir nicht glauben wollen. Es ist schon schwer genug, sich allein in der Bibel zurechtzufinden. Aber wenn mir dann die, die die Bibel so viel besser kennen, mit Misstrauen begegnen ..."

Er sah zum Himmel hinauf, sein Gesicht war nachdenklich. „Es ist für mich nicht leicht, die Wahrheit herauszufinden."

„Und Sie können mir nicht einfach glauben?"

„Ich würde es so gern."

Aber er spürte vermutlich, dass etwas an ihr nicht echt war. Wie konnte sie ihn bloß überzeugen? Wahrscheinlich nur, indem sie sich wie eine vorbildliche Christin verhielt. Auch während er in Glatz war. Sein Vater würde ihm schon davon berichten.

„Pauline, ich möchte nicht, dass du nur meinetwegen Dinge tust, die nicht in deinem Herzen sind."

In ihrem Herzen war nur Liebe zu ihm. Aber was würde er sagen, wenn er erfuhr, dass ihr Vater aus unlauteren Gründen diese Verbindung wünschte? Würde er sich nicht in seinem Misstrauen bestätigt fühlen? Was sollte sie bloß tun? „Sie fürchten, dass ich das nur tue, um Ihre Gunst zu gewinnen, weil Sie der Sohn des Grafen von Wedell sind? Ist das die Angst aller hohen Herrschaften, dass Menschen niederen Standes nur ihre Gunst erlangen wollen, um einen Vorteil davon zu haben?"

Er nickte vor sich hin. „Es ist doch sicherlich erstrebenswert für dich, den Grafen zu erobern, nicht wahr?"

„Und Sie zweifeln daran, dass auch ein einfaches Mädchen echte Gefühle hegen kann? Auch über Standesgrenzen hinweg?"

Er stützte den Kopf in die Hände. „Ich bin sicher, dass es so etwas gibt. Aber woran soll ich erkennen, dass es echte Gefühle sind und nicht nur die Jagd nach Reichtum, Glanz und Rang?"

Pauline beugte sich vor und sah ihm in die Augen. „Fühlst du es nicht?"

Der Graf sprang auf, dass sein Stuhl hintenüberfiel. „Wenn ich nur nach meinen Gefühlen ginge ..." Er blieb mit gesenktem Kopf vor ihr stehen. „Pauline, es tut mir leid. Aber ... Ich muss zurück nach Glatz."

„Wann werden Sie wiederkommen?"

„Ich weiß es noch nicht."

So beendete er also ihre Beziehung, noch ehe sie überhaupt begonnen hatte. Konnte sie ihn einfach so gehen lassen? „Claudinand, wollen Sie mir nicht wenigstens schreiben? Hin und wieder? Damit ich Sie von der Echtheit meiner Gefühle und meines Glaubens überzeugen kann?"

Er sah sie an. Lange, durchdringend. Dann schüttelte er den Kopf. „Es ist besser, wenn ich es nicht tue."

Sie presste die Zähne aufeinander, dass sie knirschten. „Sie geben mir also keine Möglichkeit, Sie zu überzeugen?"

Wortlos wandte er sich von ihr ab und verließ langsamen Schrittes die Terrasse. Auf der Straße blieb er noch einmal stehen und drehte sich zu ihr um. Fast hatte sie das Gefühl, als wollte er zu ihr zurückkehren – sie in den Arm nehmen, ihr sagen, dass er ihr vertraue. Doch dann schüttelte er kaum merklich den Kopf und ging langsam, mit schleppenden Schritten die Dorfstraße zum Hochwald hinauf.

Pauline sah ihm nach, bis seine hohe Gestalt hinter einer Hausecke verschwand. Nun war er fort. Er hatte sich zwar für sein Misstrauen entschuldigt, ihr aber nicht gesagt, dass er ihr glaubte. Sollte das wirklich ein Abschied für immer sein? Oder würde er vielleicht doch irgendwann noch einmal wiederkommen? Aber selbst wenn er das wollte – würde die drohende Auseinandersetzung zwischen ihren Vätern jede Hoffnung auf eine gemeinsame Zukunft zerstören?

Sie würgte die Tränen hinunter und zog die Zigarettenschachtel aus der Schürze. Sie war schon von anderen Männern enttäuscht worden. Doch bei ihm tat es weh.

Pauline zündete sich eine Zigarette an und begann die Tische zu wienern, als seien sie seit Jahren nicht mehr geputzt worden.

Kapitel 16

Als Schenck ins Direktorat des Schulgebäudes von Habelschwerdt gebracht wurde, winkte Oberst Grumbkow die Gefreiten gleich wieder hinaus. Dann zündete er sich eine Zigarre an.

„Leutnant von Schenck, da sind Sie also wieder einmal bei mir."

Schenck nahm Haltung an. „Herr Oberst, ich protestiere gegen meinen Arrest. Hauptmann Schröder wurde bereits in Wölfelsgrund zum Ende des Manövers freigelassen, obwohl sein Vergehen – ein Vergehen gegenüber einer Dame, noch dazu einer Komtesse! – deutlich schwerer wiegt als meine Versehen."

„Versehen? Machen Sie sich nicht lächerlich." Grumbkow rauchte wie eine Dampfmaschine. „Ich bin erst seit knapp zwei Wochen Kommandeur dieses Regiments, und Sie haben mir bereits viermal Anlass gegeben, an Ihrer Befähigung für den Soldatenberuf zu zweifeln."

„Viermal?" Schenck musste schlucken. „Darf ich um Einzelheiten bitten, Herr Oberst?"

„Sehr gerne." Grumbkow baute sich vor ihm auf und hüllte ihn in eine Rauchwolke. „Erster Fall: Bei der Parade in Breslau zu meiner Amtseinführung verpassen Sie einen Befehl, weil Sie sich durch irgendetwas, wahrscheinlich kokette Weibsbilder, ablenken lassen. Sogar Seine Exzellenz der Herr General waren erbost!"

„Aber ..." Das war doch noch lange kein Grund, ihm die Eignung für den Soldatenberuf abzusprechen.

„Ruhe, ich rede. Zweiter Fall: Entgegen meinem ausdrücklichen Befehl rücken Sie in Wölfelsgrund ein und nehmen dort Quartier, anstatt im Hochwald zu biwakieren. Das ist Befehlsverweigerung!"

Schenck lüftete seine Schirmmütze. Darüber musste er mit dem Oberst nicht noch einmal diskutieren. Stattdessen faltete er die Hände und betete. Warum diese Schwierigkeiten mit seinem neuen Kommandeur? Hatte er vielleicht sogar den falschen Beruf gewählt? Wollte Gott ihn nicht mehr in der Armee haben? Aber wo wollte Er ihn dann haben?

Grumbkow saugte an seiner Zigarre. „Dritter Fall: Auf dem

Osterfelder Kopf beschäftigen Sie sich so intensiv mit einem Weibsbild, dass Sie Ihren Auftrag völlig vergessen. Ihretwegen kam das Manöver in keinster Weise einem militärischen Ernstfall gleich."

„Ich bitte bemerken zu dürfen, dass ich dieses Missgeschick bereits durch den Arrest im Spritzenhaus abgebüßt habe. Es entspricht sicherlich nicht der Gerechtigkeit, dafür nun ein zweites Mal zur Rechenschaft gezogen zu werden."

„Ob dieses Vergehen durch die paar Stunden Arrest abgebüßt ist, überlassen Sie meiner Beurteilung." Grumbkow hustete rasselnd. „Vierter Fall: Sie stacheln Ihren Mitgefangenen an, dem Arrest zu entkommen, lassen hinter meinem Rücken beim Militärpfarrer anfragen – und schließlich stellt sich heraus, dass der Besuch des Gottesdienstes nur ein Vorwand war!"

„Das ist nicht wahr!", platzte es aus Schenck heraus. „Ich bin gewohnt, jeden Sonntag ..."

„Fallen Sie mir nicht ins Wort!", schnauzte der Oberst. „Sie haben doch klar ersichtlich gezeigt, dass Ihr Ansinnen nur ein Vorwand war: Anstatt in der Kirche zu sitzen, wurden Sie mit dem Grafen von Wedell angetroffen – zufällig der Vater jenes Mädchens, das Sie auf dem Osterfelder Kopf abgelenkt hat."

Franziska. Ja, sie hatte ihn allerdings abgelenkt. Viel mehr, als gut für ihn war. Sein sorgfältig geplantes Leben geriet durch sie immer mehr aus den Fugen. Wahrscheinlich wäre es das Beste, er würde sie einfach vergessen – wenn ihm das nur möglich wäre.

Aber warum kam ihm da wieder die Geschichte von Eutychus in den Sinn? Franziska war von zu Hause fortgegangen, er hatte es mit eigenen Augen gesehen. Der Sturz aus dem Fenster war geschehen. War denn nirgendwo ein Paulus, der sie retten konnte? Oder sollte er, Moritz von Schenck ...? Aber das war ja undenkbar!

„Herr Leutnant?" Grumbkow räusperte sich, doch das Räuspern ging in einen Hustenanfall über, den er mit einem Zug aus der Zigarre bekämpfte. „Was haben Sie dazu zu sagen?"

Schenck rückte an seiner Schirmmütze. „Die Begegnung mit dem Grafen von Wedell war ein Zufall." *Zufall? Oder Gottes Führung?*

„Zufall." Der Oberst lachte mit brodelnden Bronchien. Dann tippte er ihm mit dem Zeigefinger auf die Brust. „Ich werde ein Disziplinarverfahren gegen Sie einleiten. Und ich garantiere Ihnen, dass es mit Ihrer Entfernung aus dem Dienst enden wird. Einen Mann wie Sie können wir in unserem Regiment, das den Namen unseres ruhmreichen Kaisers Friedrich III. trägt, nicht gebrauchen."

Schenck biss sich auf die Unterlippe. Eine unehrenhafte Entlassung. Das Schlimmste, das ihm passieren konnte. So wie er Grumbkow bisher kennengelernt hatte, war ihm zuzutrauen, dass er das erfolgreich durchzog. „Herr Oberst, ich möchte Sie bitten ..."

„Nein. Es gibt keine Gnade mehr, Schenck. Es gibt nur noch einen Ausweg für Sie." Grumbkow gab eine riesige Rauchwolke von sich.

Schenck hüstelte. „Sie meinen, ich solle meinen Abschied nehmen?"

„Das ist mein äußerstes Entgegenkommen. Reichen Sie freiwillig Ihren Abschied ein, will ich von einem Disziplinarverfahren Abstand nehmen."

Mein Gott, was möchtest Du mir damit sagen? Meine Karriere in der Armee ist beendet. Selbst wenn ich im Disziplinarverfahren mit einer geringen Strafe davonkommen sollte, wäre mein Ruf ein für alle Mal geschädigt.

Unwillkürlich tastete er nach seiner Bibel in der Rocktasche. Es kam ihm zwar seltsam vor, spontan nach einer Antwort zu suchen, aber dieses Buch hatte schon so viele Wunder bewirkt, dass auch das sicherlich möglich war.

Er zog die Bibel hervor – mochte der Oberst denken, was er wollte, er hatte ja nichts mehr zu verlieren – und schlug sie wieder in der Apostelgeschichte auf. Was hatte Paulus noch getan, als Eutychus aus dem Fenster gefallen war? *Paulus aber ging hinab und fiel auf ihn, umfasste ihn ...*

„Was blättern Sie denn da?", raunzte der Oberst. „Was ist das überhaupt für ein Buch? Die preußische Felddienstordnung jedenfalls nicht."

Schenck sah auf. „Bitte geben Sie mir eine Minute Zeit, mich zu entscheiden."

Schenck schaute wieder in die Bibel. Paulus war auf die Straße gegangen, hatte sich auf die Erde gelegt, den gefallenen Jungen umfasst. Er hatte sich mit ihm eins gemacht ... Sollte er etwa das Gleiche tun? Die Umstände aufsuchen, in die sich die Komtesse in ihrem Leichtsinn hineinwarf?

Der Gedanke war einfach ungeheuerlich! Das hieße für ihn, nach Deutsch-Ostafrika zu gehen, sein gut geplantes Leben aufzugeben und ein wildes Land aufzusuchen, das eigentlich nur für Abenteurer geschaffen war. Doch sein Leben wurde ohnehin gerade völlig durcheinandergewirbelt.

„Was ist nun, Schenck? Ich habe nicht ewig Zeit. Wenn Sie wenigstens in der Felddienstordnung nachgeschlagen hätten, wüssten Sie inzwischen, dass ich recht habe. Aber Sie scheinen ja noch nicht mal zu wissen, wo Sie das nachlesen können."

Schenck musste lächeln. „Dies ist Gottes Ordnung, Herr Oberst. Die Bibel."

„Und darin wollen Sie die Antwort auf mein großzügiges Angebot finden?" Grumbkow lachte und hustete gleichzeitig. „Das soll wohl ein Witz sein?"

„Nein." Sein Entschluss stand fest. *Mit Deiner Hilfe, Herr Jesus, will ich den Auftrag ausführen, den Du mir vor die Füße geworfen hast.* „Ich bitte Sie um meine Versetzung in die Schutztruppe von Deutsch-Ostafrika."

Funken stiebend fiel die Zigarre zu Boden. „Sind Sie von Sinnen, Schenck?"

„Nein, ich war noch nie so klar bei Verstand wie jetzt. Die Schutztruppe gehört nicht zur preußischen Armee. Ich reiche also wie gewünscht meinen Abschied ein – wenn Sie dafür sorgen, dass ich nach Deutsch-Ostafrika komme."

„Es sollte keine Schwierigkeit sein, Sie dorthin zu versetzen. In der Schutztruppe ist man um jeden Mann froh, auch wenn er noch so unfähig ist. Aber – sind Sie sicher, dass Sie das wirklich wollen?"

Natürlich war er sich *nicht* sicher. Dieser Schritt war viel zu ungewöhnlich, noch dazu so kurz entschlossen. Insbesondere für ihn, der im Gegensatz zum Rest seiner Familie nicht der geborene Abenteurer war. Doch jetzt konnte er nicht mehr zurück. „Jawohl, Herr Oberst."

„Mir soll es recht sein, solange ich Sie los bin." Grumbkow hob die Zigarre auf und warf sie in den Aschenbecher. „Sie fahren mit nach Breslau zurück. Bis zur Erstellung Ihrer Marschpapiere sind Sie vom Dienst suspendiert. Haben Sie einen Wunsch, wo Sie in Deutsch-Ostafrika eingesetzt werden möchten?"

Was hatte Wedell gesagt? Die Komtesse ging mit ihrer Freundin, der Nichte des dortigen Gouverneurs, nach Deutsch-Ostafrika. Also würden die Mädchen zweifelsohne in Daressalam ankommen und auch dort bleiben. „Ich möchte nach Daressalam."

„Ich werde sehen, was ich tun kann. Wegtreten."

Als Schenck das Direktorat verließ, hatte er das Gefühl, als würde sein ganzes Leben plötzlich auf dem Kopf stehen.

Kapitel 17

Ein steifer Nordwestwind blies von der Nordsee her in den Hamburger Hafen. Franzi wickelte sich enger in ihren Mantel und hielt krampfhaft ihren Hut fest, damit er ihr nicht vom Kopf geweht wurde. Fast waagerecht peitschte der Sturm ihr die Regentropfen ins Gesicht, dass sie sich wie feine Nadelstiche anfühlten. Sie strich eine tropfnasse Haarsträhne, die an ihrer Wange klebte, nach hinten und wandte sich ihrer Freundin Julie zu.

„Wie sollen wir in diesem Wald aus Kränen, Masten und Schornsteinen bloß unser Schiff finden?"

Julie wischte sich das Regenwasser aus den Augen und wies mit der Hand zu einem Anleger, wo mehrere Dampfer lagen. „Da vorne muss der Afrika-Kai sein, wo die Reichspostdampfer ablegen. Dort werden wir die *Präsident* schon finden."

Franzi klemmte sich die Viola unter den Arm, hob ihren Koffer auf und ließ sich von Julie durch das Gedränge ziehen, obwohl sie im Grau des Regens kaum einen Dampfer von einem Segler unterscheiden konnte. Aber Julie war schließlich schon einmal zu ihrem Onkel nach Deutsch-Ostafrika gereist, sie musste ja wissen, wo der Afrika-Kai war.

Während sie sich vorankämpften, blieb Franzis Blick plötzlich an dem Gesicht eines der durch den Hafen hastenden Menschen hängen. Sie hielt inne und fuhr sich mit der Hand über die Augen.

„Was soll das?" Julie zog an ihrem Arm. „Komm schon, unser Dampfer legt in einer halben Stunde ab!"

Franzi starrte zu dem klein gewachsenen Mann in der hellen Uniform der Schutztruppen hinüber, der in Begleitung eines Gepäckträgers dem Afrika-Kai zustrebte. Rasch zog sie ihre Freundin hinter einige aufgestapelte Kisten. „Wir werden verfolgt!"

„Was?", keuchte Julie und lugte über die Kisten.

„Dort vorne, siehst du den kleinen Schutztruppenoffizier? Mit dem riesigen Gepäckträger, der Arme hat wie eine Krake? Ich wette, dass mein Vater ihn mir auf den Hals gehetzt hat."

In diesem Moment blieb der Soldat stehen und sah sich um, als ob er etwas suche.

„Tiefer in die Hocke!", keuchte Franzi und duckte sich so tief wie möglich hinter die Kisten. „Er sieht genau in unsere Richtung!"

Julie tat, wie ihr geheißen. „Woher willst du denn wissen, dass er dich verfolgt?"

„Ich habe den Kerl bereits in Wölfelsgrund kennengelernt." Franzi spürte ihr Herz bis zum Hals herauf schlagen. „Er ist genauso ein Frömmling wie mein Vater, und die beiden haben sich herzlich angefreundet. In Wölfelsgrund war er noch Grenadieroffizier, aber es ist unbestreitbar der kleine Leutnant von Schenck."

„Ist das nicht der, den wir schon in Breslau bei der Parade gesehen haben?"

Franzi nickte und zog ihren Hut so weit wie möglich ins Gesicht. „Dass er plötzlich hier auftaucht, noch dazu in der Uniform der Schutztruppen, haben wir zweifellos meinem Vater zu verdanken." Sie richtete sich vorsichtig ein wenig auf. „Ich sehe ihn nicht mehr." Wahrscheinlich war er irgendwo in der wogenden Menschenmasse untergetaucht.

„Wir müssen zum Schiff", mahnte Julie. „Es ist höchste Zeit!"

„Aber wenn wir ihm in die Arme laufen, wird er dafür sorgen, dass wir das Schiff erst recht verpassen!" Franzi spürte Panik in sich aufsteigen. Dass ihr Vater den Leutnant bis nach Hamburg geschickt hatte, um sie aufzuhalten, war wirklich ungeheuerlich. Und die Uniform des kleinen Offiziers zeugte davon, dass er sogar noch weitergehende Vorkehrungen getroffen hatte, sollte es ihm nicht gelingen, sie abzufangen.

* * *

Der Regen drang durch die leichte Schutztruppenuniform und durchnässte ihn bis auf die Haut. Aber wahrscheinlich war das heute für Monate der letzte Regen, den er zu fühlen bekam.

Schenck wurde von allen Seiten gestoßen, weil jeder zuerst ins Trockene kommen wollte. Und besonders viele Leute strebten dem Afrika-Kai zu, weil heute zwei Dampfer auf verschiedenen Routen abgingen.

Trotz des Gedränges fielen ihm zwei junge Damen auf, die ebenfalls dem Afrika-Kai zustrebten. Sie trugen jede in der einen Hand einen Koffer, eine hatte sogar noch einen Instrumentenkoffer unter dem Arm, und mit der anderen Hand hielten sie ihre Hüte fest.

Er blieb stehen und sah genauer zu ihnen hin. Sonderbar. Ihre Kleider, obwohl vom Regen verunstaltet, deuteten unbestreitbar auf zwei Damen vornehmen Standes hin. Trotzdem trugen sie ihre Koffer selbst, dabei hatte sogar er sich einen Kofferträger gegönnt, obwohl sein Leutnantsgehalt mehr als schmal war. Könnte das Franziska von Wedell mit ihrer Freundin sein?

Langsam ging er weiter. Ein bulliger Herr mit Monokel rempelte ihn an, dass er beinahe gestürzt wäre, doch er ließ den Blick nicht von den Mädchen. Wenn er sie einmal aus den Augen verlor, würde er sie in der Menge der Reisenden nicht wiederentdecken. Die eine der beiden war dunkelhaarig, die andere hatte helleres Haar.

Rasch trat er hinter einige Gepäckstücke. Er hatte durchaus damit gerechnet, hier auf die Komtesse zu stoßen, schließlich fuhr nur alle paar Wochen ein Dampfer nach Deutsch-Ostafrika ab. Trotzdem war es besser, wenn die Mädchen ihn nicht entdeckten, sonst waren sie imstande, ihre Reisepläne zu ändern. Und das durfte keinesfalls geschehen, denn dann würde er sie wahrscheinlich nie wiedersehen. Sein Plan sah vielmehr vor, dass er sie erst auf dem Schiff traf, weil sie es sich dort nicht mehr anders überlegen konnten. Und während der sechswöchigen Schifffahrt war dann genug Zeit, sich mit ihnen zu beschäftigen. Vielleicht schaffte er es unterwegs, wenn sein Herr ihm half, ihre Herzen zu gewinnen und sie auf den rechten Weg zu bringen. An diesem verregneten und menschenüberlaufenen Hafen würde ihm das dagegen niemals gelingen.

Er lugte hinter den Gepäckstücken hervor, während sein Gepäckträger sich seelenruhig weiter durchs Gewühl schob. Der wusste ja, auf welches Schiff und in welche Kabine die Koffer gehörten. Wahrscheinlich war es für ihn nichts Ungewöhnliches, seinen Auftraggeber am Hafen aus den Augen zu verlieren.

Doch von den Mädchen war plötzlich nichts mehr zu sehen. Sonderbar. Wenn sie auf die *Präsident* wollten, mussten sie doch denselben Weg nehmen wie sein Gepäckträger. Oder sollten sie den anderen Dampfer nehmen, der westlich an Afrika vorbei um das Kap der Guten Hoffnung herum nach Deutsch-Ostafrika fuhr? Aber das wäre ja völlig unsinnig, diese Route dauerte doch viel länger.

Vermutlich waren sie trotz ihrer engen und durchnässten Kleider und der schweren Koffer an ihm vorbeigehuscht und irgendwie in der Masse untergetaucht.

Von der *Präsident* schallte ein lang anhaltendes, durchdringendes Hupen herüber und erinnerte Schenck daran, dass er sich beeilen sollte. Er richtete sich auf und sah sich noch einmal um – von den Mädchen war keine Spur zu sehen. Also verließ er sein Versteck und ließ sich von der Menschenmenge zur Landungsbrücke der *Präsident* treiben.

Dort fragte er den Matrosen, der seine Fahrkarte kontrollierte: „Können Sie mir sagen, ob vor wenigen Augenblicken zwei junge Damen an Bord gegangen sind?"

Der Matrose zog die Augenbrauen hoch. „Ich kann mir unmöglich alle Passagiere merken, die in den letzten Minuten an Bord gegangen sind, Herr Leutnant."

„Ich dachte nur" – Schenck grinste –, „zwei junge Damen wären Ihnen vielleicht aufgefallen."

„Bedauere. Ich bin ja kein Offizier."

Schlagartig verging Schenck das Grinsen. Er hätte damit rechnen müssen, dass seine Frage falsch verstanden würde, gerade bei dem Ruf der Offiziere. „Bitte verzeihen Sie."

Schenck schritt die Landungsbrücke hinauf – und wusste immer noch nicht, ob die Mädchen wirklich an Bord dieses Schiffes waren oder nicht. Es blieb ihm nur, sich der Führung seines Herrn anzuvertrauen.

* * *

Das Dröhnen einer Dampferhupe hallte über den Hafen.

„Das muss unser Schiff sein", rief Julie und richtete sich auf.

Doch Franzi zog sie sofort wieder hinter die Kisten. „Warte! Wenn ich diesem Offizier begegne, wird er mich ganz gewiss zurück zu meinem Vater bringen."

„Aber wie will er das denn machen? Es würde doch einen Volksauflauf geben, wenn ein Offizier dich bedrängen würde!"

„Er muss dazu lediglich zum Hafenmeister gehen. Du vergisst, dass wir beide noch minderjährig sind."

Julie verdrehte die Augen. „Nur weil dieser Offizier am Hafen auftaucht, muss er dich doch nicht gleich nach Hause entführen wollen. Wahrscheinlich ist dieses Zusammentreffen ein einziger Zufall."

„Zufall? Da kennst du meinen Vater schlecht!"

„Wenn wir hier noch ein paar Minuten hinter den Kisten hocken, werden wir unser Schiff verpassen, und das wird deinem Vater noch viel mehr in die Karten spielen. Unsere Reisekasse ist nämlich nicht so üppig bestückt, dass wir uns einen ausgedehnten Aufenthalt in Hamburg sowie eine zweite Schiffspassage leisten könnten."

Wie zur Bestätigung tutete der Dampfer erneut.

Julie schielte an den Kisten vorbei. „Es ist nirgendwo ein Offizier zu sehen. Es ist überhaupt kaum noch jemand zu sehen!"

Vorsichtig richtete Franzi sich auf. Tatsächlich war der Platz inzwischen beinahe leer gefegt. Nur noch einige Nachzügler hetzten zum Afrika-Kai hinüber. Und von einem Schutztruppen-Offizier war wirklich nichts mehr zu sehen.

„Los!" Julie schnappte sich ihren Koffer.

Franzi warf noch einen Blick um sich, dann nahm auch sie ihr Gepäck auf. Wenn ihr Koffer nur nicht so schwer wäre! Dazu noch der Regen, den der Wind ihr wieder mit unverminderter Gewalt ins Gesicht peitschte! Sie presste die Viola an sich – hoffentlich nahm sie bei diesem Wetter keinen Schaden!

Hastig stolperte sie hinter Julie her, der Koffer glitt aus ihrer nassen Hand, polterte auf das Pflaster – glücklicherweise hielten die Schnallen. Franzi raffte ihn wieder auf und folgte ihrer Freundin, die in dem grauen Regenschleier nur noch schemenhaft zu erkennen war.

Ein erneutes Tuten des Dampfers trieb Franzi zu noch mehr Eile an. „Julie, so warte doch!", keuchte sie.

Plötzlich blieb sie mit ihrem Absatz zwischen den Pflastersteinen hängen und knickte mit dem Fuß um. So gerade eben konnte sie das Gleichgewicht wahren, indem sie sich auf ihren Koffer stützte. Doch ein dumpfes Knacken ließ sie zusammenzucken. Ihr Absatz!

Sie raffte ihren vom Regen schweren Rock. Das hatte ihr gerade noch gefehlt. Mit diesem Schuh würde sie es in der Eile nicht bis aufs Schiff schaffen!

Da kehrte Julie zu ihr zurück. „Was ist denn mit dir? Willst du hier im Regen stehen bleiben, bis du Moos ansetzt?"

Franzi kämpfte mit den Tränen. Ihre Reise nach Afrika fing ja blendend an. „Mein Absatz – er ist abgebrochen!"

„Solange du nicht dein Bein gebrochen hast." Julie legte ihr den Arm um die Schultern. „Komm schon, die paar Meter bis zum Dampfer schaffst du auch ohne Absatz. Lass den Rock nur herunter, dann sieht es auch niemand. Wenn wir in unserer Kabine sind, kannst du die Schuhe wechseln – du hast doch bestimmt den halben Koffer voller Schuhe!?"

Franzi musste lächeln. Wenn Julie wüsste, wie recht sie hatte! Sie griff wieder nach ihrem Koffer und klemmte sich die Viola fest unter den Arm. Mit dem freien Arm stützte sie sich auf ihre Freundin und hinkte zum Anleger hinüber.

„Dort vorn, das muss die *Präsident* sein." Julie wies mit dem Kopf auf einen Dampfer. Glücklicherweise war die Landungsbrücke noch angelegt.

Franzi konnte den Namen des Schiffes wegen des Regenschleiers zwar nicht genau erkennen, aber der Schriftzug am Bug konnte schon so etwas wie *Präsident* bedeuten.

Julie ging voran, die Landungsbrücke hinauf, Franzi folgte ihr humpelnd. Ständig drohte sie auszugleiten, doch sie schaffte es bis aufs Deck.

„Warum ist denn hier niemand?" Julie stand an der Reling und sah sich um. „Das Schiff ist ja wie ausgestorben!"

Keuchend stellte Franzi ihren Koffer ab. „Wahrscheinlich sind alle Passagiere in ihren Kabinen. Wer bleibt bei diesem Wetter schon draußen?"

„Aber es müsste doch jemand hier stehen und unsere Fahrkarten kontrollieren!"

Da schlurfte vom Bug her ein Matrose herbei. Franzi wunderte sich, dass ihm seine Mütze nicht vom Kopf geweht wurde, aber irgendwie krallte sie sich an seinem struppigen, roten Haar fest. Er tippte mit dem Zeigefinger an die Mütze. „Womit kann ich Ihnen dienen, meine Damen?", fragte er in norddeutschem Tonfall.

Julie nestelte die Fahrkarten aus ihrer Tasche. „Bitte, wir haben um Kabinen gekabelt."

Der Matrose studierte die Fahrkarten. „Die sind aber für die *Präsident*."

Franzi starrte in sein sommersprossiges Gesicht. „Das hier ist doch die *Präsident*, der Reichspostdampfer im Rund-um-Afrika-Dienst[7]."

Der Matrose grinste. „Irrtum, meine Gnädigste." Beim Sprechen der Zischlaute verteilte sich ein feiner Sprühregen aus seinem Mund. „Sie befinden sich zwar auf einem Reichspostdampfer im Rund-um-Afrika-Dienst, allerdings nicht auf der *Präsident*, sondern auf der *Prinzregent*."

„Das ist doch sicherlich nicht Ihr Ernst!" Franzi gönnte ihm einen wütenden Blick. „Bitte erlauben Sie sich keine Scherze, sondern zeigen Sie uns gefälligst unsere Kabinen!"

„Bedaure, das ist kein Witz." Er wies auf einen Rettungsring, der an der Reling hing. „Sehen Sie? *Prinzregent*."

Fassungslos starrte Franzi auf den Ring. Das durfte doch nicht wahr sein! Da hatten sie in ihrer Eile das falsche Schiff erwischt! Kein Wunder bei den ähnlichen Namen.

Julie griff schon nach ihrem Koffer. „Bitte sagen Sie uns schnell, wo die *Präsident* liegt. Wir müssen den Dampfer unbedingt noch erreichen!"

„Sie liegt genau gegenüber. Das Schiff dort, an dem gerade die Landungsbrücke eingezogen wird."

„Schnell!" Auch Franzi schnappte sich ihren Koffer. „Vielleicht lässt man uns noch an Bord!"

„Zu spät, meine Damen." Der Matrose grinste erneut und offenbarte dabei einen fehlenden Schneidezahn. „Man holt schon die Leinen ein."

Die *Präsident* tutete dröhnend, aus dem Schornstein quoll eine gewaltige schwarze Wolke, dann entfernte sich das Schiff langsam vom Kai.

Franzi ließ den Koffer sinken. Dieses Schiff würden sie nicht mehr erreichen. Hatte sich denn heute alles gegen sie verschworen? Oder sollten das etwa die Gebete ihres Vaters und ihrer Großmutter bewirkt haben? Nein, das durfte einfach nicht wahr sein.

---

[7] Im Rund-um-Afrika-Dienst fuhren die Reichspostdampfer von Hamburg aus an der Westküste Afrikas entlang, um das Kap der Guten Hoffnung herum und durch den Suez-Kanal und das Mittelmeer wieder zurück nach Hamburg (westliche Route) oder umgekehrt (östliche Route). Der Verkehr ging parallel in beide Richtungen.

Kapitel 18

Fassungslos starrte Franzi der *Präsident* hinterher, die mit mächtiger Rauchfahne aus dem Hafen dampfte. Da fuhr ihre Zukunft auf dem Kontinent ihrer Träume dahin. Und wer war schuld daran, dass sie schon in Hamburg gestrandet waren? Niemand anders als dieser Leutnant von Schenck!

Julie schien ebenso betroffen zu sein. Ihre Hände krampften sich um die Reling und sie presste die Lippen fest aufeinander.

Doch was hatte der Matrose eben gesagt? War die *Prinzregent* nicht auch ein Reichspostdampfer im Rund-um-Afrika-Dienst? Sie wandte sich dem Mann wieder zu, der entschuldigend die Schultern hob.

„Tut mir leid, meine Damen."

„Sagen Sie" – Franzi trat einen Schritt zurück, damit sie bei seiner Antwort nicht einem erneuten Sprühregen ausgesetzt wurde –, „dieses Schiff fährt wohl auch nach Afrika?"

„Ja, wir legen heute Abend ab."

Franzi stieß Julie an. „Dann nehmen wir eben dieses Schiff!"

Der Matrose stemmte die Hände in die Hüften. „Wohin wollen Sie denn überhaupt?"

„Nach Daressalam."

„Dann hätten Sie allerdings die *Präsident* nehmen sollen, die übers Mittelmeer und den Suez-Kanal fährt." Der Matrose zog einen Ring Kautabak aus der Tasche und biss eine riesige Portion davon ab. „Wir fahren die Westküste 'runter."

Julie warf Franzi einen Blick zu und lächelte dann den Matrosen überfreundlich an. „Aber wenn Ihr Schiff sich im Rund-um-Afrika-Dienst befindet, steuern doch auch Sie Daressalam an?"

„Allerdings." Der Matrose spitzte die Lippen und schoss einen gewaltigen Strahl Tabaksaft auf den Kai. „Wir brauchen aber acht Wochen, während Sie mit der *Präsident*" – er nickte zu dem Schiff hinüber, das immer kleiner wurde – „bereits in fünf Wochen dort wären."

„Aber das Schiff ist nun einmal fort und wir können unmöglich so lange in Hamburg bleiben, bis das nächste die Route durch den Suezkanal fährt!", rief Franzi.

„Das wäre in vier Wochen." Der Matrose schob seinen Priem in die andere Backe, und Franzi zuckte zur Seite, weil sie einen neuen Strahl befürchtete.

„Leider reicht unsere Reisekasse nicht aus, um vier Wochen in Hamburg zu warten." Franzi knetete ihre Finger.

„Sicherlich können Sie uns hier auf Ihrem Schiff unterbringen." Julie setzte wieder ihr schönstes Lächeln auf, dem kaum ein Mann widerstehen konnte.

„Bedaure. Wir sind ausgebucht."

Franzi atmete tief durch. Es musste doch eine Möglichkeit geben, mit diesem Schiff nach Daressalam zu kommen! Sonst könnten sie gleich wieder nach Hause zurückkehren – und diese Möglichkeit kam für sie überhaupt nicht infrage. „Lieber Herr ..." Sie zog die Augenbrauen hoch und sah in fragend an.

„Larsson. Thorge Larsson."

„Lieber Herr Larsson." Franzi versuchte es ebenfalls mit einem verführerischen Lächeln. „Sie werden doch bestimmt noch eine Kabine für uns finden. Sie können doch nicht zwei Damen schutzlos im Regen stehen lassen – buchstäblich!"

„Eine kleine Kajüte bei den Mannschaftsunterkünften gibt es wohl noch, weil die Mannschaft wegen Sparmaßnahmen reduziert wurde. Aber es geht trotzdem nicht." Wieder spützte er einen strammen Strahl über die Reling. „Ihre Fahrkarten gelten nicht für dieses Schiff und es ist auch gar nicht erlaubt, Passagiere in den Mannschaftsunterkünften unterzubringen."

Julie trat einen Schritt vor und legte ihm eine Hand auf den Arm. „Aber wir müssen dringend nach Daressalam ..."

In Larssons wasserblaue Augen trat ein Ausdruck des Misstrauens. „Warum wollen Sie denn so dringend nach Afrika? Überhaupt, zwei junge Damen, die allein reisen ... Ich sollte Sie eigentlich sofort dem Hafenmeister übergeben."

Nur das nicht! Es war schon schwierig genug gewesen, die zweite Fahrkarte zu bekommen, aber eine Depesche von der Nichte des Gouverneurs hatte letztlich Wunder gewirkt. Doch wenn Larsson sie nun dem Hafenmeister übergab, würde festgestellt, dass sie minderjährig waren und allein gar nicht auf Reisen gehen durften. Und folglich würden sie postwendend nach Hause zurückgeschickt werden.

„So lassen Sie es sich doch in Ruhe erklären." Julie näherte sich dem Matrosen noch mehr. „Unsere Eltern leben in Deutsch-Ostafrika und unsere Mutter ist plötzlich erkrankt. Wir müssen so schnell wie möglich zu ihr, da wir nicht wissen, ob sie sich noch einmal erholt. Umso ärgerlicher ist es schon, dass wir unser Schiff verpasst haben."

Franzi warf Julie einen bösen Blick zu. Immer wieder diese Lügen! Aber ihre Freundin zwinkerte nur zurück; ihr schien jedes Mittel recht zu sein, fort aus dem Bannkreis ihrer gefühlskalten Großmutter hin zu ihrem heiß geliebten Onkel zu kommen.

Larsson sah Julie an, aus seinem Blick verschwand das Misstrauen – und machte Begehren Platz.

Franzi hielt den Atem an. Natürlich war es ihrer beider Absicht, den Matrosen zu bezirzen, aber wenn er sie wirklich auf das Schiff ließ, würden sie sich dann nicht in große Gefahr begeben?

Julie schien das nicht zu bemerken. Sie ließ es sogar zu, dass Larsson einen Arm um ihre Hüften legte. „Falls ich Sie wirklich mitnehmen würde – ich sage: *Falls* ..." Er spuckte seinen Tabaksaft in hohem Bogen über Julies Kopf hinweg.

„Ja, falls ...?" Julie sah zu ihm auf, schenkte ihm sogar wieder ein Lächeln.

Franzi schlang ihre Finger ineinander. So fest, dass sie ihr wehtaten. Was würde Larsson fordern?

„Es darf natürlich niemand von den Passagieren oder Schiffsoffizieren erfahren, dass ich Sie an Bord gelassen habe. Wenn Sie entdeckt werden, setzt der Kapitän Sie am nächsten Hafen an Land – und mich gleich mit."

„Aber es gibt doch sicherlich Möglichkeiten, dass es niemand erfährt." Julie ließ nicht locker.

„Gibt es schon." Er grinste schief. „Schließlich verbergen wir nicht zum ersten Mal hübsche Mädchen an Bord. Sie dürften die Kajüte nur unter keinen Umständen verlassen."

„Julie, meinst du nicht ..."? Franzi zog am Arm ihrer Freundin. Sie mussten hier weg. Die Andeutungen des Matrosen waren doch wohl eindeutig genug!

„Willst du nun zu unserer Mutter nach Deutsch-Ostafrika oder nicht?" Julie funkelte sie an.

„Selbstverständlich, aber ..."

„Alles hat seinen Preis", nuschelte Larsson kauend. „Ich will auf der langen Fahrt auch ein bisschen Abwechslung haben."

Ehe Franzi noch etwas sagen konnte, antwortete Julie: „Also los, zeigen Sie uns die Kabine."

„Na, dann kommen Sie mit. Die Mannschaft hat noch Landgang. Lassen Sie sich von ihnen am besten nicht sehen, sonst wird der Preis höher." Er kicherte und ging voran.

„Julie, was fällt dir ein!" Franzi hielt ihre Freundin am Arm fest. „Du hast doch genau verstanden, was er von uns will!"

„Selbstverständlich habe ich ihn verstanden. Aber wir werden Mittel und Wege finden, den Preis nicht zu zahlen."

Franzi schüttelte den Kopf, während sie Larsson zum Bug des Schiffes folgten. Eigentlich hatten sie keine andere Wahl, aber sie zweifelte mittlerweile trotzdem daran, dass die Reise auf diesem Schiff eine gute Idee war.

Sie stiegen eine steile, enge Treppe hinab, unten legte Julie den Arm um Franzis Schultern. „Mache dir keine Sorgen. Dieser Larsson ist doch völlig harmlos."

„Das ist Ihr Logis." Der Matrose stieß eine Tür auf. „Hier unten haben nur wir Matrosen unsere Kajüten, die Schiffsoffiziere residieren in einem anderen Teil des Schiffs und kommen kaum einmal herunter."

Franzi sah in die winzige Kajüte. „Aber die reicht doch niemals für zwei Personen!"

Larsson zuckte mit den Schultern. „Erste Klasse kann ich Ihnen nicht bieten. Wenn Sie etwas zusammenrücken, wird es schon gehen, schaffen wir Matrosen schließlich auch. Ich werde Sie zweimal am Tag mit Essen versorgen."

Auch Julie schaute plötzlich ängstlich drein. „Habe ich dir jemals gesagt", wisperte sie Franzi ins Ohr, „dass ich unter Platzangst leide?"

Kapitel 19

Graf Ferdinand von Wedell lehnte im Türrahmen der Zimmer seiner Tochter und starrte in die verlassenen Räume. Seit fast zwei Monaten war Franziska nun fort. Zwei lange Monate, in denen er nichts von ihr gehört hatte. Anfangs hatte er immer noch gehofft, sie würde ihren Schritt nach kurzer Zeit bereuen und zurückkehren. Oder sie würde wenigstens ein Lebenszeichen von sich geben. Aber er wusste nichts von ihr. Gar nichts.

In Franziskas Zimmern war alles so, wie sie es verlassen hatte. Es sah so aus, als würde sie jeden Augenblick von einem Spaziergang nach Wölfelsgrund zurückkehren. Doch sie kam nicht. Vielleicht nie wieder.

Er wandte sich ab und schloss leise die Tür. Irgendetwas musste er doch tun können, um Franziska zurückzubringen. Vielleicht hatte seine Mutter einen Rat.

Rasch ging er hinüber ins Forsthaus, wo ihn schon Kaffeeduft empfing. Seine Mutter hatte anscheinend wieder einmal erahnt, dass er kommen würde.

Sie lächelte ihm entgegen und schenkte ihm eine Tasse ein. „Ich sah deine Unruhe schon heute Morgen beim Frühstück. Gottvertrauen ist nicht deine Stärke, nicht wahr?"

Er ließ sich aufs Sofa fallen und schlürfte an dem Kaffee. Das starke Aroma schmeichelte seiner Zunge. „Fast zwei Monate kein Wort von ihr. Ich habe schon bei Claus Ferdinand und Friedrich Wilhelm nachgefragt, ob sie etwas von ihr gehört haben."

Seine Mutter setzte sich ihm gegenüber. „Ebenfalls nichts?"

Ferdinand schüttelte den Kopf. „Claus Ferdinand hat wenigstens freundlich geantwortet. Friedrich Wilhelm dagegen schrieb nur zwei Zeilen mit dem Hinweis, dass es ihn nicht wundere, wenn ich nichts von Franziska höre."

Sie seufzte tief auf. „Ach Ferdi. Es tut mir so leid. Aber ich fürchte, wir müssen wirklich abwarten. Und deine Kinder unserem großen Gott überlassen."

„Und ich soll einfach die Hände in den Schoß legen? Das kann ich nicht!"

„Was willst du denn tun? Etwa selbst nach Afrika reisen? Bis du dort angekommen bist, ist Franzi wahrscheinlich längst zurückgekehrt. Es sei denn, du würdest eines dieser modernen Luftfahrzeuge nehmen, aber die tragen dich leider nur wenige Meter weit."

Unwillkürlich musste Ferdinand grinsen. Trotz ihrer 77 Jahre wusste seine Mutter über alle technischen Neuerungen Bescheid. Besonders seit Gustav Weißkopf vor sechs Jahren einen ersten Motorflug durchgeführt hatte, war sie davon überzeugt, dass bald wie bei Schiffen und Automobilen Passagiere in diese Luftfahrzeuge steigen und sich bis auf die andere Seite der Erde fliegen lassen würden. Er konnte über diese utopischen Vorstellungen nur lächeln. Es war schon schlimm genug, dass auf den Straßen diese knatternden Stinkkästen überhandnahmen.

„Die Abenteuer in den Lüften überlasse ich lieber anderen." Ferdinand trank einen weiteren Schluck Kaffee. „Aber ich werde im Hamburger Hafenamt anrufen. Wenn die beiden Mädchen wirklich nach Afrika gereist sind, müssen sie ja auf den Passagierlisten stehen."

„Wenn es dich beruhigt, dann tu es." Sie goss sich selbst auch eine Tasse Kaffee ein. „Und falls sie tatsächlich einen Reichspostdampfer nach Afrika genommen haben, können wir gezielt um ihre Bewahrung in dieser wilden Umgebung beten."

„Oder an die Gouvernementsverwaltung kabeln, dass die Mädchen, wenn das Schiff in Daressalam landet, sofort zurückgeschickt werden."

„Doch wieder mit Gewalt, Ferdi?" Sie blies in ihren Kaffee. „Dann wird sie spätestens in Hamburg erneut ausreißen und es vielleicht in Deutsch-Südwestafrika, Togo oder Kamerun versuchen. Wenn es sie nicht sogar bis nach Deutsch-Neuguinea oder Tsingtau treibt. Kolonien hat das Reich inzwischen genug."

Also sollte er wirklich einfach abwarten, bis Franziska aus eigenem Antrieb zurückkehrte? Vielleicht kehrte sie dann nie zurück. Allerdings traute er seiner willensstarken Tochter durchaus zu, bei der nächsten Gelegenheit erneut auszureißen. Er hätte es vor dreißig Jahren nicht anders gemacht.

„Schau doch", fuhr seine Mutter fort, „als der jüngere Sohn in der Geschichte vom verlorenen Sohn sein Erbe von seinem Vater forderte, zahlte er es ihm aus, obwohl er genau wusste, was sein Sohn damit vorhatte. Er hat ihm auch keine Heerscharen an Knechten hinterhergesandt, um ihn gewaltsam einzufangen und zurückzuschleppen. Sondern er hat sich ans Fenster gesetzt und auf seinen Sohn gewartet. Tag um Tag. Und ich bin überzeugt, dass er gebetet hat, auch wenn der Herr Jesus das in der Geschichte nicht erwähnt."

„Glaubst du denn nicht, der Vater habe den jüngeren Sohn gewarnt? Habe nicht versucht, ihn zurückzuhalten?"

„Auch wenn die Bibel das nicht sagt, glaube ich das schon. Denn der Vater hat ja auch später seinem älteren Sohn, dem eigentlich *verlorenen Sohn*, ins Gewissen geredet. Aber zwischen Warnen und Zwingen besteht doch noch ein Unterschied. Und gewarnt haben wir beide sie ja deutlich genug, denke ich."

Tief durchatmend stellte Ferdinand die Kaffeetasse ab. Seine Mutter hatte wieder einmal recht – wie so oft. „Wenn ich Franziska schon nicht mehr erreichen kann, dann bin ich froh, dass ich jetzt wenigstens Informationen in der Hand habe, die genügen sollten, Claus Ferdinand davon abzuhalten, wieder zu Pauline Behrendt zurückzukehren."

„Welche Informationen meinst du?"

Ferdinand lehnte sich zurück und schlug die Beine übereinander. „Ich habe dir bis jetzt noch nichts von meinem unguten Gefühl bezüglich des Verwalters berichtet, weil ich dich nicht beunruhigen wollte. Aber es lässt sich nicht länger verheimlichen. Ich habe die Bücher geprüft. Carl Gustav Behrendt hat einige tausend Mark in seine eigene Tasche gewirtschaftet, vielleicht auch noch mehr. Unberechtigte Kassenentnahmen, gefälschte Rechnungen ... Er ist ein Betrüger."

Seine Mutter faltete die Hände und senkte den Kopf. „Das tut mir leid. Dann willst du ihn wohl entlassen?"

„Selbstverständlich, was bleibt mir denn anderes übrig? Aber ich will es in Claus Ferdinands Gegenwart tun. Er soll es hautnah erleben, wie der Mann des Betrugs überführt wird. Und da Claus Ferdinand ohnehin einmal den Forst übernehmen wird, kann er gleich lernen, wie man mit solchem Gelichter umgeht. Das wird ihn sicherlich auch endgültig von seiner unseligen Neigung zu Behrendts Tochter kurieren."

Aufmerksam sah seine Mutter ihn an. „Was hat denn Pauline damit zu tun?"

„Mutter? Was soll die Frage? Es ist doch mehr als offensichtlich, dass sie sich Claus Ferdinand nur genähert hat, um ihren Vater abzusichern, in der Hoffnung, ich würde nichts gegen den Schwiegervater meines Sohnes unternehmen."

„Das ist durchaus möglich – aber ist es auch wirklich so?" Die blauen Augen seiner Mutter funkelten. „Du machst es dir sehr einfach, Ferdi. Ist es denn ausgeschlossen, dass Pauline Claudinand wirklich liebt? Vielleicht sogar schon liebte, ehe ihr Vater den Betrug beging? Oder dass sie Claudinand liebt, ohne von den Machenschaften ihres Vaters zu wissen?"

Ferdinand schüttelte den Kopf. „Mutter, du gehst in deiner Gutgläubigkeit einfach zu weit."

„Denke doch an dich selbst, Ferdi. Als du, damals noch als der Forststudent Ferdinand Grüning, deine Frau, die Baronesse Hohenau, kennenlerntest, glaubte auch jedermann, du begehrtest sie nur wegen ihres Adelstitels und ihres Reichtums. An wahre Liebe glaubte doch niemand. Könnte es bei Pauline nicht ebenso sein?"

„Aber Pauline intensivierte ihre Bemühungen um Claus Ferdinand doch erst bei seinem letzten Besuch in Wölfelsgrund. Nur wenig vorher hatte ich dem Verwalter gegenüber erwähnt, die Bücher prüfen zu wollen. Es wäre doch geradezu lächerlich, nicht an einen Zusammenhang zu glauben."

„Und wann intensiviertest du seinerzeit deine Bemühungen um die Baronesse von Hohenau? Als du kurz davor standst, wegen Hochstapelei vor Gericht zu kommen. Was hättest du damals gesagt, wenn ich da an einen Zusammenhang geglaubt hätte?"

„Aber das ist doch etwas ganz anderes!"

„Nur weil es jetzt jemand anderen betrifft?" Seine Mutter strich sich eine silberne Haarsträhne hinters Ohr. „Ferdi, ich behaupte ja nicht, dass Pauline unschuldig ist. Aber du solltest die Möglichkeit in Betracht ziehen. Es ist leicht, sie einfach zu verurteilen. Aber Beweise hast du nicht. Und solange es diese nicht gibt, gilt der Angeschuldigte bekanntermaßen als unschuldig."

„Ich verstehe nicht, warum du so Partei für sie ergreifst. Es kann doch ohnehin keine Verbindung zwischen Claus Ferdinand und ihr geben, ob sie nun etwas mit dem Betrug zu tun hat oder nicht."

„Und warum sollte diese Verbindung ausgeschlossen sein?"

Wurde seine Mutter senil? Oder wollte sie ihn nur provozieren? „Wir müssen davon ausgehen, dass Pauline nicht an unseren Herrn Jesus glaubt. Und die Bibel verbietet das ungleiche Joch mit einem Ungläubigen."

Sie lächelte ihn an. „Das ist eine Begründung, die ich akzeptiere. Davor kannst und sollst du Claudinand warnen. Aber wenn du Pauline ohne irgendeinen Beleg beschuldigst, wirst du nur das Gegenteil erreichen."

Das hatte er allerdings schon erlebt. „Trotzdem muss er doch einsehen, dass er nicht die Tochter eines Betrügers heiraten kann."

„So, muss er das? Und wen hat Baronesse Helena von Hohenau geheiratet?" Seine Mutter zwinkerte ihm zu. „Einen Schwindler, nicht wahr? Und wen hat unser Gott durch den Tod Seines Sohnes am Kreuz von Golgatha zu seinen Kindern gemacht? Unmengen von Sündern, einer schlimmer als der andere. Oder hat Gott auf edle Herkunft geachtet? *Es sind nicht viele Weise nach dem Fleisch, nicht viele Mächtige, nicht viele Edle; das Unedle der Welt und das Verachtete hat Gott auswählt und das, was nicht ist, damit er das, was ist, zunichte mache, damit sich vor Gott kein Fleisch rühme.* Wer bist du denn, dass dir die Tochter eines Betrügers zu gering ist, um deine Schwiegertochter zu werden?"

Seine Mutter war viel zu milde! Er konnte sich doch nicht von Carl Gustav Behrendt betrügen lassen und gleichzeitig einer Verbindung seines Sohnes mit dessen Tochter zustimmen! Zumal diese Kellnerin garantiert mit im Komplott war, das stand für ihn außer Frage. „Lassen wir das, Mutter, wir wollen nicht streiten. Wir haben schon viel zu viel Streit in der Familie. Ich habe mehrere Gründe, warum ich Claus Ferdinand eine Ehe mit Pauline Behrendt untersagen muss, dazu gehört auch ihr fehlender Glaube. Also brauchen wir über Weiteres gar nicht zu debattieren. Aber Claus Ferdinand wird sich das Mädchen am leichtesten aus dem Kopf schlagen, wenn er miterlebt, wie ich ihren Vater überführe. Gleich heute werde ich ihm schreiben, dass er so bald wie möglich auf einige Tage nach Hause kommen soll."

„Wenn du meinst, es wäre richtig so ..." Seine Mutter stapelte die leeren Kaffeetassen. „Ich werde in der Zwischenzeit dafür beten, dass Pauline Behrendt den Heiland kennenlernt."

* * *

In seinem Arbeitszimmer ließ Ferdinand sich von dem Fräulein vom Amt mit der Hafenmeisterei Hamburg verbinden. Endlich meldete sich ein Mann mit norddeutschem Dialekt. „Hafenmeisterei, Lambertus."

Ferdinand schilderte sein Anliegen, im Hintergrund hörte er den Mann in Papieren blättern.

„Zwei Damen im Mai oder Juni ... Wenn Sie die Namen wiederholen könnten?"

„Franziska Elisabeth von Wedell und Julia Viola von Götzen."

„Lassen Sie mich schauen." Lambertus murmelte etwas vor sich hin. „Wedell ... Götzen ... Hier haben wir etwas. Die beiden Damen haben telegrafisch Karten für die *Präsident* bestellt, die am 16. Juni ausgelaufen ist. Die Karten wurden auch abgeholt, aber auf der Passagierliste der *Präsident* tauchen sie nicht auf."

Das war sonderbar. „Dann sind die Mädchen also in Hamburg angekommen, aber nicht an Bord gegangen?"

„Es scheint so. Lassen Sie mich schauen." Das erneute Geraschel von Blättern übertönte das Knacken in der Leitung. „Vielleicht haben sie kurz entschlossen ein anderes Schiff genommen? Am gleichen Tag ist noch die *Prinzregent* nach Afrika abgegangen, aber auch dort stehen sie nicht auf der Passagierliste. Ich kann ihre Namen auf keiner Liste finden. – Es tut mir leid."

„Trotzdem danke ich Ihnen für Ihre Mühe." Ferdinand hängte ein.

Irgendetwas stimmte da nicht. Hatten die beiden etwa mit raffinierten Kniffen gearbeitet, um ihre Spur zu verwischen? Oder war etwas schiefgegangen? Oder war ihnen vielleicht sogar etwas zugestoßen?

Kapitel 20

„Franzi, ich muss hier raus!"

Franzi packte ihre Freundin an beiden Händen. So ging es nun schon die ganzen zwei Wochen, seit sie in Hamburg abgelegt hatten. „Beruhige dich, Julie ..."

„Ich halte es nicht mehr aus!", keuchte Julie.

Im trüben Licht der Kajütenlampe sah Franzi die Schweißperlen auf Julies Stirn.

„Bitte, Franzi, lass mich an Deck!"

Sie zog ihre Freundin in die Arme. „Du weißt doch, was Larsson gesagt hat. Wir dürfen nur dann an Deck, wenn er uns aus unserer Kajüte lässt."

„Aber diese Enge! Die fürchterliche Luft! Die Dunkelheit! Ich werde verrückt!" Julie stieß sie von sich und griff nach der Klinke der Kajütentür.

Franzi hielt sie am Morgenmantel fest. „Julie! Nicht! Wenn wir entdeckt werden! Der Kapitän wird uns doch am nächsten Hafen von Bord jagen!"

Sie hatten zwar vorgestern erst in Las Palmas abgelegt und würden bis zum nächsten Hafen in Swakopmund noch knapp zwei Wochen unterwegs sein, aber selbst wenn Swakopmund in Deutsch-Südwestafrika lag – was sollten sie dort, wo sie niemanden kannten?

Julie war käseweiß im Gesicht, sie zitterte am ganzen Körper. Doch immerhin hatte Julies Platzangst dazu beigetragen, dass Larsson sie bisher nicht belästigt hatte.

„Wenn ich nicht endlich an Deck komme, werde ich wahnsinnig!" Julies Stimme glich einem Kreischen. Sie riss sich von Franzi los, mit einem lauten *Ratsch* ging die Naht ihres Morgenmantels entzwei. Mit bebenden Händen stieß sie die Kajütentür auf und stürzte hinaus.

Eilig schlüpfte Franzi in ihre Schuhe und warf sich ebenfalls einen Morgenmantel über. Dann stürmte sie Julie nach. Sie durfte ihre Freundin in diesem Zustand keinesfalls allein lassen. Wenn sie geahnt hätte, dass Julies Platzangst so stark ausgeprägt war, wäre sie in Hamburg gleich wieder von Bord gegangen.

Franzi huschte durch die schmalen Gänge. Hinter den Türen rechts und links erklang heftiges Schnarchen – die meisten Matrosen schliefen wohl gerade den Schlaf der Gerechten. Ein Glück, dass Julies Anfälle meist nachts kamen, wenn die Passagiere alle in ihren Betten und der größte Teil der Mannschaft in ihren Kojen lagen.

Rasch sprang sie die steile Treppe hinauf und trat auf das Deck hinaus. Dieser Teil des Schiffes war nur für die Besatzung zugänglich, sodass sie hoffentlich nicht entdeckt würden – falls nicht gerade der Kapitän oder einer der Offiziere einen Ausflug zum Bug machte.

Julie lehnte mit gefalteten Händen an der Reling. Sie hatte den Kopf in den Nacken gelegt und sah zum Sternenhimmel hinauf, der Franzi an einen mit Diamanten bestickten schwarzen Samtmantel erinnerte.

Franzi trat neben ihre Freundin und atmete die warme Luft tief ein. Seit sie in südlichen Gewässern waren, bekamen sie einen Vorgeschmack auf die Wärme, die sie in Deutsch-Ostafrika erwartete. „Geht es dir besser, Julie?"

Auch ihre Freundin atmete tief durch. „Ja, sobald ich aus dieser Enge im Schiffsbauch heraus bin und den freien Himmel über mir habe, geht es mir gut."

„Aber wir können doch nicht jede Nacht an Deck gehen!"

„Warum nicht? Seitdem wir den letzten europäischen Hafen verlassen haben, habe ich keine Sorge mehr. Der Kapitän wird doch zwei schutzlose Damen nicht einfach irgendwo in Afrika an Land setzen. Er ist doch auch Kavalier."

„Darauf möchte ich mich ungern verlassen." Franzi stützte ihre Ellbogen auf die Reling und lauschte auf das Stampfen der Maschinen und das Rauschen des Wassers am Bug.

Wie gut, dass die See beinahe so glatt war wie die polierte Schreibtischplatte von Fräulein von Steinbach. Gleich zu Anfang ihrer Reise, als sie Hamburg kaum verlassen hatten, hatte Franzi bereits mit der Seekrankheit zu tun gehabt, denn in der engen, stickigen Kajüte schlug ihr jede Schiffsbewegung sofort auf den Magen. Doch bei so ruhiger See wie heute war wenigstens das kein Problem.

Plötzlich hörte sie schwere Schritte hinter sich. Gleichzeitig mit Julie fuhr sie herum – Thorge Larsson stand vor ihnen.

„Wie kommen Sie denn an Deck?"

„Meiner Freundin ging es nicht gut." Franzi lächelte ihn an, obwohl ihr der ewig tabakkauende Mann zuwider war. „Sie wissen doch: Platzangst. Sie musste unbedingt an Deck."

„Seien Sie froh, dass niemand Sie bemerkt hat." Larsson stellte sich neben Julie – viel zu dicht für Franzis Geschmack. „Ich hoffe, es geht Ihnen wieder besser?"

Julie rückte ein Stück zur Seite. „Ja, zum Glück."

Larsson schoss einen strammen Strahl Tabaksaft über Bord. „Sie haben Glück, dass nur ich Sie getroffen habe." Jetzt rückte er zu Franzi heran und legte seine Pranke auf ihre Schulter.

Franzi war sich nicht sicher, ob sie nicht lieber jemand anders getroffen hätte. Sie machte einen Schritt zur Seite, um dem Radius seiner Hände und seiner feuchten Aussprache zu entkommen, doch blitzschnell legte er seinen Arm um ihre Taille.

„Aber, aber, mein Fräulein, nicht so spröde. Haben Sie schon vergessen, was wir in Hamburg ausgemacht haben? Wir sind fast zwei Wochen unterwegs und Sie haben immer noch nichts für Ihre Fahrt bezahlt."

„Bitte, Herr Larsson ..." Irgendwann musste es ja passieren. Bisher hatten sie sich mit ihrer anfänglichen Seekrankheit und mit Julies Platzangst herausreden können, aber gerade im Moment ging es ihnen beiden einigermaßen gut – und das merkte auch der Matrose.

„Sie haben mich schon viel zu lange hingehalten." Er schlang seinen Arm enger um sie und zog sie zu sich heran, bis sie gegen ihn prallte. „Ihr könnt euch überlegen, wer zuerst bezahlt."

Franzi warf einen Blick zu Julie hinüber, die rasch neben sie trat. „Lassen Sie Franzi sofort los, Herr Larsson, sonst rufe ich um Hilfe!"

Der Matrose lachte meckernd. „Ihr seid blinde Passagiere, schon vergessen? Wollt ihr etwa in Swakopmund an Land gesetzt werden? Soll zwar ein herrliches Fleckchen Erde sein, dieses Deutsch-Südwest, aber wegen der Aufstände der Herero und Nama rate ich euch dennoch davon ab."

„Ich bin sicher, dass der Kapitän uns nicht von Bord schicken wird." Julie zog an Larssons Arm. „Und jetzt lassen Sie meine Freundin los!"

„Das könnte euch so passen! Erst meine Hilfe ausnutzen, um an

Bord zu kommen, und wenn ich meinen verdienten Lohn haben will, wollt ihr kneifen. Nein, so haben wir nicht gewettet."

Franzi wand sich in seinem Arm, doch er hielt sie wie ein Schraubstock umfasst. Der ständige Sprühregen aus seinem Mund widerte sie an.

„Los, Franzi, komm mit." Larsson zog sie von der Reling weg. „Deine Freundin mag sich für heute noch von ihrem Anfall erholen."

Obwohl Julie sich an seinen Arm krallte und Franzi sich mit aller Kraft wehrte, schleifte er sie doch mit sich fort. Sie stemmte sich mit den Füßen auf den Planken fest, aber gegen die Bärenkräfte des Matrosen war sie machtlos. Mit dumpfem Laut polterten ihre Schuhe aufs Deck.

Sollte sie schreien? Was machte man mit blinden Passagieren, wenn sie entdeckt wurden? Würden sie in ein finsteres Loch gesteckt, bis man sie tatsächlich irgendwo an Land setzte? Würde Julie das bei ihrer Platzangst überstehen? Aber war das alles nicht dennoch die bessere Alternative?

Plötzlich erklangen feste Schritte auf den Planken.

Larsson wandte sich halb in die Richtung, aus der sie zu hören waren, ließ Franzi aber nicht los. „Wer da?"

Eine riesige Gestalt, die den Matrosen um Haupteslänge überragte, baute sich vor ihnen auf. „Doktor Theodor Langenburg." Eine mächtige Bassstimme durchschnitt die Stille der Nacht. „Der Schiffsarzt, wie Ihnen quasi bekannt sein dürfte."

„Ach, Doktor Langenburg." Larsson lachte. „Ich habe Sie in der Dunkelheit nicht gleich erkannt, aber Ihr *quasi* ist unverkennbar."

„Darf ich erfahren, was Sie hier tun, Larsson? Mir scheint, diese junge Dame möchte nicht freiwillig mit Ihnen gehen."

„Das geht Sie einen Dreck an!", fauchte der Matrose und spuckte aus. „Nur weil Sie auf einer Universität studiert haben, bin ich Ihnen keine Rechenschaft schuldig."

„Wenn eine Dame belästigt wird, geht es mich quasi sehr wohl etwas an." Langenburgs Stimme war tief und ruhig, aber Franzi meinte, einen gefährlichen Unterton herauszuhören. Und als Larsson sich nicht rührte, herrschte der Doktor den Matrosen plötzlich an: „Lassen Sie die Dame sofort los!"

Der Griff um ihre Taille lockerte sich. Mit einem Satz befreite sie sich und brachte einige Schritte zwischen sich und den Matrosen.

Larsson lachte wieder. „Man merkt, wie unerfahren Sie sind, Doktor. Wissen Sie, um wen es sich bei den beiden hier handelt? Diese Damen, wie Sie sie nennen, dürften gar nicht an Bord sein." Er senkte seine Stimme und raunte: „Blinde Passagiere."

„Sie sollten hier verschwinden, Larsson, und zwar sofort. Sonst erfährt der Kapitän noch in dieser Stunde, dass Sie sich quasi über wehrlose Damen hermachen."

Franzi starrte den Arzt an, den sie trotz des stattlichen Barts für höchstens 30 Jahre alt hielt. Hatte Langenburg nicht verstanden, wer sie waren?

„Dann erfährt der Kapitän aber auch, dass diese *Damen* blinde Passagiere sind!", drohte der Matrose.

„Sie sollen verschwinden!", donnerte Langenburg und wies mit ausgestrecktem Arm auf die Tür, hinter der sich die Treppe befand, die zu den Mannschaftskajüten führte. „Selbst wenn sie blinde Passagiere sein sollten, gibt Ihnen das kein Recht, sie quasi zu belästigen!"

Larsson spritzte seinen Tabaksaft über Julies Kopf hinweg in den Ozean, dann setzte er sich langsam in Bewegung. Kurz bevor er in der Türöffnung verschwand, rief er ihnen zu: „Wir sprechen uns noch, Mädels – denn bis Swakopmund sind Sie ja allemal an Bord."

Als er endlich verschwunden war, wandte Langenburg sich wieder um. „Nun zu Ihnen, meine Damen."

Franzi schlüpfte in ihre Schuhe und lief zu Julie hinüber. „Bitte verraten Sie uns nicht, Herr Doktor!"

„Unsere Eltern warten in Daressalam ..."

„Nein", fuhr Franzi dazwischen. Nicht schon wieder eine Lüge. „Wir sind wirklich blinde Passagiere, aber nur, weil wir in Hamburg die *Prinzregent* mit der *Präsident* verwechselt haben. Der Matrose Larsson versteckte uns an Bord – offenbar erhoffte er sich eine Gegenleistung." Franzi senkte den Kopf, weil sie spürte, wie das Blut in ihre Wangen schoss.

„Verstehe." Langenburg strich sich mit der Hand den mächtigen Vollbart glatt. „Es ist gut, dass ich dazwischenkam. Und haben Sie keine Angst: Ich werde quasi schon zu verhindern wissen, dass Sie kielgeholt werden."

„Vielen Dank, Herr Doktor, das ist äußerst beruhigend." Julie lächelte ihn an – und Franzi sah sofort, dass es diesmal ein echtes Lächeln war.

„Aber nun sagen Sie mir die Wahrheit: Was wollen Sie wirklich in Daressalam, wenn dort nicht Ihre Eltern warten?"

Ehe Julie zu einer neuen Lüge ansetzen konnte, sagte Franzi: „Meine Freundin hat tatsächlich Verwandte in Daressalam, zu denen wir reisen."

Er sah sie mit gefurchter Stirn an. „Und dann reisen Sie allein? Als blinde Passagiere?"

Julie wickelte sich enger in ihren Morgenmantel – ihr schien ihr derangierter Aufzug bewusst zu werden. „Ich habe keine Eltern mehr. Und besondere Umstände haben uns gezwungen, ohne Begleitung zu reisen."

„Da trifft es sich außerordentlich gut, dass ich quasi ebenfalls nach Daressalam reise. So werde ich während der Fahrt ein Auge auf Sie haben können und Sie in Daressalam an Ihre Verwandten übergeben können."

„Sie wollen auch nach Deutsch-Ostafrika?", fragte Julie. „Ich dachte, Sie gehörten zur Mannschaft."

Er lachte. „Beides ist richtig. Ich habe mich nur als Schiffsarzt verdingt, um die Kosten für die Überfahrt nach Daressalam zu sparen."

Bewundernd sah Franzi den stattlichen Mann mit dem wohlgepflegten Bart an. Ob er die Lösung für ihren Lebenswunsch war? Er war Arzt und reiste nach Deutsch-Ostafrika – bestimmt wollte er dort medizinisch tätig werden. Vielleicht wollte er sogar zu Robert Koch? Aber wieso war er so arm, dass er das Fährgeld nicht bezahlen konnte? Ärzte waren doch eigentlich gut situierte Menschen.

Langenburg schien zu ahnen, dass diese Frage in der Luft lag. „Ich werde quasi all mein Erspartes benötigen, um in Deutsch-Ostafrika Fuß zu fassen."

Das war nachvollziehbar. „Herr Doktor ..." Franzi verknotete ihre Finger. Wie brachte sie ihr Anliegen am besten vor? „Herr Doktor, es war – es ist mein größter Wunsch, den Menschen in Afrika Gutes zu tun. Ich wollte schon immer Ärztin werden, aber Sie wissen – ich als Frau ..."

„Ich weiß. Wahrscheinlich wurden Ihnen nicht nur Steine, sondern gleich ein ganzer Kilimandscharo in den Weg gelegt."

Der Wind frischte plötzlich auf und wehte Franzi eine Haarsträhne ins Gesicht. Hoffentlich würde es nicht erneut so schlimm werden, dass das Schiff zu schwanken begann. Sie strich die Haare wieder nach hinten. „Eine Frau an der Universität wäre ja ein Skandal, noch dazu eine Frau meines Standes. Verzeihen Sie, Herr Doktor, wir haben Ihnen noch gar nicht unsere Namen genannt. Komtesse Franziska von Wedell – meine Freundin Komtesse Julie von Götzen."

„Götzen?" Langenburg sah zu Julie hinüber. „Der Name ist in Verbindung mit Deutsch-Ostafrika quasi bekannt."

Julie warf Franzi einen strafenden Blick zu. „Bitte behalten Sie meinen Namen für sich, Herr Doktor. Mein Onkel ist der Gouverneur von Deutsch-Ostafrika, aber er weiß nicht, dass wir kommen. Wenn der Kapitän erfährt, dass ich die Nichte des Grafen Götzen bin, wird er bestimmt gleich vom nächsten Hafen aus nach Daressalam kabeln – und die Überraschung ist dahin."

„Meine Damen, Sie stecken ja voller Geheimnisse!" Langenburg lachte. „Ich bin mir gar nicht sicher, ob ich es quasi mit meinem Gewissen vereinbaren kann, darüber zu schweigen."

Franzi zog die Augenbrauen in die Höhe. Wenn sie schon das Wort *Gewissen* hörte, fühlte sie eine unbändige Wut in sich, aber sie brauchte die Unterstützung dieses Mannes. Sie fasste ihr fliegendes Haar im Nacken zusammen und wickelte es um ihr Handgelenk. „Herr Doktor, können Sie nicht etwas für mich tun? Ich habe zwar keine medizinische Ausbildung genossen, aber ich bin bereit, alles zu lernen. Vielleicht können wir auf dem Schiff schon damit beginnen, sodass ich Sie in Deutsch-Ostafrika gleich unterstützen kann."

Julie fischte ihre Zigaretten aus der Tasche ihres Morgenmantels und ging zur Reling hinüber. Dort zündete sie sich eine Zigarette an und drehte ihnen den Rücken zu. Sie hatte Franzis Begeisterung für die Medizin noch nie geteilt.

Langenburg schloss für einen Augenblick die Augen, dann sah er Franzi wieder an. „Ich glaube kaum, dass das möglich ist, Komtesse."

Was hatte er denn nun für Vorbehalte? „Trauen Sie einer Dame, noch dazu einer Komtesse, nicht zu, Krankenpflegerin zu werden?"

„Das ist es nicht. Aber eine so enge Zusammenarbeit zwischen einem unverheirateten Mann und einer ebenfalls unverheirateten jungen Dame – ich halte es quasi für unschicklich."

Franzi ballte die Fäuste. Was war dieser Doktor denn für ein Moralapostel? Nur weil er ihr etwas über die Krankenpflege beibrachte und sie ihm dann in seinem Beruf half, verstieß man doch nicht gegen die gesellschaftlichen Regeln! Überhaupt – wer hatte diese widersinnigen Regeln bloß aufgestellt?

Langenburg sah ihr in die Augen, im Sternenschimmer konnte sie seinen besorgten Gesichtsausdruck erkennen. „Komtesse, bitte nehmen Sie mir meine Absage nicht übel. Ich bin Christ – mehr als nur dem Namen nach. Für mich sind die Grundsätze der Bibel maßgebend. Eine Zusammenarbeit käme auch nur mit jemandem infrage, der ebenfalls an Jesus Christus glaubt. Denn ich habe vor, nicht nur medizinisch tätig zu werden, sondern am Tanganjikasee eine Missionsstation aufzubauen. Wie stehen Sie zum christlichen Glauben?"

Sie ließ ihre Haare los, dass sie im Wind flatterten. Wieder so ein Frommer. Warum lief sie ständig solchen Menschen in die Hände? „Ich danke Ihnen für das Gespräch. Dann ist eine Zusammenarbeit allerdings ausgeschlossen." Sie wandte sich ab und trat neben Julie an die Reling.

Ihre Freundin grinste sie an. „Du hast offenbar ein Talent dafür, immer auf Frömmlinge zu treffen."

Franzi legte ihre Hände fest um die Reling. „Ich fühle mich schon fast verfolgt."

Eine Weile blieb es still hinter ihnen, dann sagte Langenburg: „Ich werde versuchen, eine andere Kajüte für Sie zu finden, wo Sie nicht den Angriffen des Matrosen ausgeliefert sind."

„Nein!" Franzi fuhr herum. „Wir brauchen Ihre Hilfe nicht. Das schaffen wir schon selbst."

„Aber ich kann Sie doch nicht ..."

„Sie können. Und Sie werden." Franzi kehrte ihm wieder den Rücken zu und stieß Julie an. „Bitte gib mir auch eine Zigarette."

Julie grinste sie an. „Obwohl du den Geschmack nicht magst?"

„Gib schon her." Franzi zündete die Zigarette an. Der Rauch schmeckte zwar grauenvoll, aber es gefiel ihr allein schon deshalb, weil es gegen die Regeln verstieß.

Hinter ihnen ertönte ein Seufzer, dann entfernten sich Schritte.

Franzi atmete tief durch. „Er ist fort."

„Das schon." Julie klopfte Zigarettenasche ins Meer. „Aber der Wind wird immer stärker. Ich fürchte, nachdem ich Erleichterung von meiner Platzangst erfahren habe, darfst du dich wieder auf deine Seekrankheit einstellen."

„Bitte nicht. Ich werde nie vergessen, wie schrecklich ich mich auf der Nordsee gefühlt habe." Sie zog an ihrer Zigarette, und als sie den Qualm ausatmete, riss der Wind ihn ihr förmlich aus dem Mund.

„Die See wird schon unruhig. Willst du nicht schlafen gehen, bevor es schlimmer wird?"

„Und was geschieht mit dir? Du kannst doch nicht die ganze Nacht hier oben bleiben."

Julie schnippte ihre Zigarette über Bord. Der Wind erfasste sie, ließ die Glut aufleuchten und wirbelte sie ein paar Mal herum, ehe sie im Meer erlosch. „Ich würde gern noch etwas hierbleiben, aber wir sollten besser zusammenbleiben, falls Larsson wieder auftaucht. Meine Nerven haben sich hoffentlich etwas beruhigt, sodass ich den Rest der Nacht in der Kajüte aushalten werde."

„Falls wir dort bleiben dürfen." Franzi nahm noch einen Zug und warf ihre Zigarette dann ebenfalls in den Ozean. „Wenn dieser Doktor Quasi uns verrät, werden wir wahrscheinlich noch heute Nacht im Kielraum eingeschlossen."

„Du hättest ihn nicht so schroff abfertigen sollen. Aber vielleicht kommt uns zugute, dass er Christ ist: Für die ist Vergebung doch das Wichtigste." Julie legte den Arm um sie und zog sie über das Deck zur Treppe.

„Das Schiff beginnt bereits zu schwanken." Franzi drückte eine Hand auf ihren Magen. „Es geht schon los!"

„Schnell, geh in die Kajüte und leg dich hin." Julie schob sie vor sich her. „Ich suche jemanden, der dir vielleicht etwas Erleichterung bringen kann."

In der Kajüte kletterte Franzi rasch in ihre Koje. Das Schlingern des Schiffes machte sie wahnsinnig. Ihr Magen krampfte sich zusammen – oder lag das auch noch an der Zigarette?

Wenig später betrat Julie die Kajüte. „Ich habe Doktor Langenburg gefunden. Er kommt sofort und bringt dir ein Medikament zur Erleichterung mit."

„Doktor Langenburg?", stammelte Franzi. Auch das noch.

Schon wenige Augenblicke später klopfte es, Julie öffnete und der Arzt trat ein.

„Es ist unmöglich, eine bessere Unterbringung für Sie zu finden, ohne dass die Entdeckungsgefahr quasi erheblich steigt." Er drückte ihrer Freundin einen Schlüssel in die Hand. „Für Ihre Kajütentür. Damit Sie wenigstens einigermaßen vor dem zudringlichen Matrosen geschützt sind."

„Danke, Herr Doktor." Julie strahlte ihn an.

Dann trat Langenburg an Franzis Koje und reichte ihr ein Glas. „Nehmen Sie das, Komtesse. Es hat mir selbst auch bei der Seekrankheit geholfen."

Sie murmelte ein „Danke". Jetzt musste sie sich doch von diesem Frommen helfen lassen.

„Bitte erlauben Sie, Komtesse, dass ich quasi für Sie bete. Ich pflege meine Patienten stets der Fürsorge des großen Arztes im Himmel anzubefehlen."

Franzi seufzte ergeben. Sie fühlte sich zu schlecht, um dagegen zu protestieren.

* * *

Als die Maschinen aufhörten zu stampfen, trat Schenck an die Reling am Heck des Schiffes. Das Rauschen der Bugwelle wurde immer leiser, und schließlich rasselte die Ankerkette. Die Dampfer, die im Konvoi folgten, ließen ebenfalls die Anker hinab.

Hier im Großen Bittersee mussten sie warten, bis der entgegenkommende Konvoi, der den Sueskanal von Süden nach Norden durchfuhr, sie passiert hatte. Dann erst konnten sie das südliche Teilstück des Kanals bis Port Taufiq befahren.

Nur winzig kleine Wellen kräuselten das tintenblaue Wasser des Großen Bittersees, das Sonnenlicht spiegelte sich tausendfach wider. Vom Ufer grüßten die weißen Villen von Fayed herüber, überragt vom Minarett einer Moschee.

Schenck wünschte sich, seine Seele wäre so ruhig wie der Große Bittersee. Doch sie glich eher der aufgewühlten Nordsee, wie er sie nach seiner Abfahrt aus Hamburg erlebt hatte.

Die Frage, was mit Franziska von Wedell und ihrer Freundin geschehen war, liess ihn nicht los. Er hatte sie in Hamburg deutlich gesehen, und wenn sie nach Deutsch-Ostafrika wollten, mussten sie doch auch auf der *Präsident* sein. Mit welchem Schiff sollten sie sonst fahren? Aber sie waren nicht an Bord. Zwar hatte einige Stunden später auch die *Prinzregent* abgelegt, die ebenfalls im Rund-um-Afrika-Dienst eingesetzt wurde, aber es war doch ein bedeutender Umweg, um das Kap der Guten Hoffnung herum nach Daressalam zu reisen – und ob der deutlich längeren Reise auch bedeutend teurer.

Oder hatten sie ihre Reisepläne geändert? Hatten vielleicht sogar von vorneherein ein falsches Ziel angegeben? Und fuhren statt nach Deutsch-Ostafrika in eine andere Kolonie? Nach Togo, Kamerun oder Deutsch-Südwest? Aber passte das zu Franziska? Sie hatte ihrem Vater doch anscheinend unverblümt die Wahrheit gesagt: dass sie das Elternhaus verlassen würde, warum sie es tat und wohin sie gehen würde. Das zeugte von unbedingter Aufrichtigkeit – und genauso hatte er Franziska ebenfalls kennengelernt. Nein, sie sagte nicht: „Ich reise nach Deutsch-Ostafrika" und reiste dann nach Togo.

Also musste in Hamburg irgendetwas schiefgegangen sein. Oder sie hatten ihn entdeckt und daraufhin, um ihm aus dem Weg zu gehen, ihre Reisepläne geändert. Sollte dann seine Versetzung nach Daressalam vollkommen nutzlos sein? Er hatte doch den Eindruck, dass Gott ihn um der beiden Mädchen willen dort haben wollte. Was, wenn die Mädchen gar nicht dorthin kamen?

Er faltete die Hände auf der Reling und beobachtete einen Schwarm Möwen, der mit schrillem Lachen die ankernden Schiffe umkreiste. *Mein Gott, was hast Du mit mir vor? Wenn Du mich nach Deutsch-Ostafrika schickst, um an den beiden Mädchen zu wirken, dann müssen doch die beiden Mädchen auch dort ankommen.* Gott liess ihn diese Reise doch nicht vergebens machen.

Auf der Brücke erschien der Kapitän mit einem Sprachrohr. „Verehrte Reisende, soeben erhielt ich Mitteilung, dass sich unser Aufenthalt verlängert. Aufgrund eines havarierten Frachters im entgegenkommenden Konvoi werden wir unsere Weiterfahrt erst einen Tag später als geplant fortsetzen können. Ich bitte um Ihr Verständnis."

Da die beiden Mädchen auf anderem Weg unmöglich vor ihm in Daressalam eintreffen konnten, hatte diese Verzögerung für ihn keine größere Bedeutung. Und der verspätete Dienstantritt bei der Schutztruppe war damit ja auch leicht zu erklären.

Schenck schlenderte zu einem Liegestuhl, zog ein Buch über Deutsch-Ostafrika aus der Rocktasche und vertiefte sich in die Lektüre. Er war erschrocken, wie herabsetzend die Eingeborenen beschrieben wurden.

Es stellt sich die Frage, ob der schwarzen afrikanischen Rasse überhaupt die Fähigkeit innewohnt, jemals einen Kulturstand zu erreichen ähnlich dem der weißen Rasse, oder ob nicht ihrem Entwicklungsgang auch für immer engere Grenzen gezogen sind. Ich persönlich gehöre zu denen, die an eine der unsrigen gleiche Entwicklungsmöglichkeit der Schwarzen nicht zu glauben vermögen, denn den Negern scheint jede Fähigkeit zu schöpferischem Denken und Handeln zu fehlen. Jede Äußerung eines kulturellen Fortschritts dürfte bei ihnen auf Beeinflussung durch unsere Rasse, auf Nachahmungstrieb oder auf äußeren Zwang zurückzuführen sein, und, sich selbst überlassen, pflegen sie nicht nur in ihrer Kulturentwicklung haltzumachen, sondern sogar von der erreichten Stufe auf eine tiefer liegende hinabzusteigen.[8]

Wirklich schlimm, wie die Kolonialherren über die Einwohner ihrer Kolonien dachten. Und mit welchem Hochmut sie sich selbst betrachteten. So etwas konnte doch auf die Dauer nicht gut gehen. Die Schwarzen waren doch ebenfalls Menschen, von Gott geschaffen wie jeder andere auch. Es war unerhört, nur wegen der Rasse einen Unterschied zu machen. Das widersprach doch ganz und gar dem Wort Gottes. Schon der Apostel Paulus sagte zu den stolzen Griechen in Athen: *Und er hat aus einem Blut jede Nation der Menschen gemacht, damit sie auf dem ganzen Erdboden wohnen.*

Wenn er in Deutsch-Ostafrika war, würde er sich nicht nur um die beiden von zu Hause ausgerissenen Mädchen kümmern, sondern auch versuchen, mehr Gerechtigkeit für die Eingeborenen zu erreichen.

---

8 Zitiert nach: Graf Gustav Adolf von Götzen, Deutsch-Ostafrika im Aufstand 1905/06, Berlin, 1909

Kapitel 21

Als Julie in ihre winzige Koje kroch, merkte sie schon wieder, dass die Platzangst nach ihr griff. Immer abends, wenn hinter dem winzigen Bullauge das Tageslicht erlosch, stieg die Panik in ihr hoch. Da half auch die mickrige Lampe nicht, die an der Decke baumelte – die Nächte waren furchtbar.

Doch wenigstens ging es Franzi erträglich. Die letzten Tage waren ohne großen Wellengang vergangen, aber seit heute Nachmittag begann das Schiff schon wieder seine wiegenden Bewegungen. Hoffentlich wurde es nicht schlimmer.

Es klopfte leise an ihrer Kajütentür.

Julie richtete sich auf und stieß dabei mit dem Kopf an die über ihr liegende Koje. Mit der flachen Hand rieb sie ihre schmerzende Stirn. „Wer mag das sein?"

Von der oberen Koje kam eine ganze Flut blonder Locken herab, dann folgte Franzis Gesicht. „Bestimmt hat dieser Doktor Quasi uns doch noch verraten", zischte sie. „Diese Frommen können doch kein Unrecht ertragen."

„Dann hätte er das sofort getan. Außerdem würde man bestimmt nicht so dezent klopfen, wenn man uns zum Kapitän schleppen wollte."

„Dann ist es mal wieder der Doktor selbst, der uns seinen Glauben aufzwingen will – wie so oft in den letzten Tagen. Oder ..." In Franzis Augen trat ein Ausdruck der Angst. „Es könnte auch Larsson sein."

„Der würde wohl kaum klopfen." Julie sprang aus der Koje. „Trotzdem verschwinde vorsichtshalber unter deiner Decke und stelle dich krank. Wenn er es ist, komme ich schon mit ihm klar." Sie warf sich ihren Morgenmantel über, dessen aufgerissene Naht sie mühsam wieder genäht hatte, und huschte zur Tür. „Wer ist da?"

„Ich möchte mich nur nach Ihrem Wohlergehen erkundigen." Beim Klang der tiefen Stimme durchfuhr Julie ein Strom der Erleichterung. Doktor Quasi!

„Nicht aufmachen!", wisperte Franzi, die schon wieder den Kopf unter der Decke hervorstreckte. „Er hat mich in den letzten Tagen viel zu oft genervt!"

Doch Julie öffnete bereits die Tür einen Spalt weit. „Verzeihen Sie, Herr Doktor, wir legten uns bereits zum Schlafen nieder."

Er trat einen Schritt zur Seite. „Das tut mir leid. Ich wusste quasi nicht, dass Sie so früh zu Bett gehen."

„Können Sie nachsehen, ob ich an Deck gehen kann? Die Weite des Meeres unter dem Sternenhimmel ist die beste Medizin für mich."

„Und Ihre Freundin? Der Wind hat quasi aufgefrischt ..."

„Ich bleibe hier", kam die prompte Antwort aus der oberen Koje. Natürlich, Franzi würde niemals zu bewegen sein, mit dem Doktor an Deck zu gehen, mochte es ihr noch so schlecht gehen.

Langenburg zwinkerte ihr zu. „Ich werde nachsehen, ob das Deck frei ist." Mit einer Verbeugung verschwand er Richtung Treppe.

Julie zog die Tür wieder zu und tastete nach den Zigaretten in ihrer Rocktasche. Sie hatte nur noch eine einzige und die Reise bis Daressalam war noch weit.

Da klopfte es erneut. Sie schlüpfte in ihre Schuhe und öffnete.

„Sie können kommen", ertönte Langenburgs Kontrabass.

Sie huschte aus der Tür und folgte ihm an Deck. Das Rauschen der Bugwelle wirkte beruhigend. Tief atmete sie die salzige Luft ein, trat an die Reling und folgte mit ihrem Körper dem sanften Wiegen des Schiffes.

Er stellte sich neben sie und sah zum Sternenhimmel hinauf. Sie erwartete schon, dass er von der Schöpferkraft seines Gottes schwärmen würde, doch er blieb stumm. So schlimm, wie Franzi immer behauptete, war er gar nicht.

Julie nestelte ihre letzte Zigarette aus der Rocktasche. Er machte keine Anstalten, ihr Feuer zu reichen – wahrscheinlich gefiel es ihm nicht, dass sie rauchte. Aber das Nikotin würde ihre aufgeregten Nerven beruhigen. Sie drehte sich mit dem Rücken gegen den Wind und zündete die Zigarette an.

„Herr Doktor, warum tun Sie das für uns?"

Er sah sie groß an. „Es ist doch mein Beruf, dass ich mich um Kranke kümmere."

„Das meine ich nicht. Wir sind blinde Passagiere. Und Sie sind strenggläubiger Christ. Nach Ihren Prinzipien müssten Sie uns doch verraten, oder nicht?"

In seinem wohlgepflegten Vollbart breitete sich ein Lächeln aus. „Sie meinen, Christentum bestehe quasi aus *Aktion – Reaktion*? Fehltritt und Strafe?"

„Ist es denn nicht so?" Sie klopfte mit dem Zeigefinger auf die Zigarette, dass die Funken stoben. „Warum wollen die strengen Christen denn sonst so fromm sein?"

„Sicherlich nicht, um mit guten Taten Gott gnädig zu stimmen." Er fuhr sich mit der Hand über den Bart. „Natürlich kann Gott Böses nicht sehen, weil Er heilig ist. Aber Gott ist auch Liebe."

„Und Sie haben uns nicht verraten, weil Sie sich zufällig gerade an die Liebe Gottes erinnert haben?"

„Ich habe meinen Gott tatsächlich gefragt, was ich tun soll."

Sie zog an der Zigarette. „Und wir haben Glück gehabt, dass Ihr Gott geruhte, gnädig zu sein?"

„Ich möchte einfach nicht dafür verantwortlich sein, dass Sie im nächsten Hafen an Land gesetzt werden. Und ich habe quasi auch nicht den Eindruck, dass Gott das möchte."

Sie sah ihn mit schief gelegtem Kopf an. „Weil Sie uns noch weiter predigen sollen?"

Langenburg grinste. „Vielleicht." Doch sofort wurde er wieder ernst. „Es ist an der Zeit, dass Sie etwas über Gnade lernen. Gnade, die Gott uns in Jesus Christus anbietet. Natürlich ist es nicht richtig, dass Sie als blinde Passagiere an Bord sind. Aber würden Sie es nicht auf meinen Glauben zurückführen, wenn ich Sie dem Kapitän übergäbe? Und denken, mein Gott wäre ebenso hart und unerbittlich?"

Natürlich würde sie das denken – und Franzi mit ihrer Christentum-Phobie erst recht. Er wollte ihnen also eine Lektion erteilen.

„Allerdings hat mein Schweigen auch einen entscheidenden Nachteil: Ich hätte Ihnen gern eine größere Kabine verschafft, denn das würde Ihnen und wahrscheinlich auch Ihrer Freundin Erleichterung verschaffen. Aber das ist leider nicht möglich, ohne Sie zu verraten. Und Ihre Krankheiten sind noch nicht so schlimm, sodass ich sie für das kleinere Übel halte."

Sie nahm noch einen Zug aus der Zigarette und schnippte sie über die Reling. Eine Bö erfasste sie und wirbelte sie hoch auf.

„Dann haben wir also doch eine gewisse Strafe erhalten: Weil wir als blinde Passagiere reisen, müssen wir an Seekrankheit und Platzangst leiden."

„Auch wenn Gott gnädig ist – für die Folgen unseres Tuns sind wir schon selbst verantwortlich. Aber Gott ist kein harter, rächender Gott. Er möchte vielmehr eine Beziehung zu Ihnen haben. Dafür gab Er Seinen Sohn Jesus Christus."

Sie wickelte sich enger in ihren Morgenmantel. Es wurde Zeit, dass sie das Gespräch beendete, bevor er sich in eine Predigt hineinsteigerte. „Herr Doktor, ich werde zurück in unsere Kajüte gehen. Der Wind frischt auf, das Schiff beginnt deutlich mehr zu schwanken – ich fürchte um meine Freundin."

Er griff in seine Arzttasche und reichte ihr ein Fläschchen. „Geben Sie ihr davon zehn Tropfen, das wird ihr guttun."

„Danke."

Als sie zur Treppe zurückging, rollten die Wellen des Ozeans bereits in unregelmäßigen Abständen klatschend gegen die Bordwand, sodass die *Prinzregent* kräftig zu schlingern begann. Julie musste sich fest ans Geländer klammern, während sie die schmale Treppe hinunterstieg.

Und kaum öffnete sie die Kajütentür, hörte sie auch schon die unverwechselbaren Geräusche von Franzis Seekrankheit.

Kapitel 22

Bevor Schenck das Gebäude betrat, wo der Kommandeur der in Daressalam stationierten Schutztruppen residierte, nahm er seinen Schutztruppenhut ab und wischte sich den Schweiß von der Stirn. Es war zwar erst sieben Uhr, aber die Schwüle machte ihm schon zu dieser frühen Stunde zu schaffen. Fast sehnsüchtig dachte er an den Regen in Hamburg zurück. Eine solche Erfrischung würde ihm jetzt guttun. Aber selbst wenn hier die Regenzeit beginnen würde, brächte dieser Regen auch keine Abkühlung.

Er trat auf den schwarzen Wachtposten zu, der neben der Eingangstür stand. Hoffentlich verstand der Soldat Deutsch. „Wo finde ich das Büro von Hauptmann Schwarzkopf?"

Der Askari riss die Knochen zusammen. „Erstes Obergeschoss, im Flur rechts, Herr Leutnant." Das Deutsch war perfekt.

„Danke." Rasch betrat er das Gebäude. Aber seine Hoffnung, im Inneren etwas Kühle zu finden, erfüllte sich nicht. Die schwüle, abgestandene Luft glich einer Wand.

Schenck stieg die Stufen hinauf. Als er oben ankam, lief ihm schon wieder der Schweiß die Schläfen hinunter. Rasch wischte er ihn fort, ehe er das Büro seines neuen Vorgesetzten betrat.

„Herr Hauptmann, Leutnant von Schenck, ich melde mich wie befohlen zur Stelle."

Das Büro war erstaunlich klein und der Schreibtisch des Hauptmanns nicht im Entferntesten mit den Mahagonifestungen seiner Vorgesetzten in Breslau zu vergleichen. Offenbar ging es bei der Schutztruppe etwas einfacher zu. Nur das Bildnis Seiner Majestät des Kaisers durfte nicht fehlen – selbstverständlich im Goldrahmen.

Schwarzkopf schob schabend seinen Stuhl zurück und stand auf. „Herr Leutnant von Schenck geruhen also doch noch einzutreffen." Der Uniformrock wurde nur von einem Knopf über dem feisten Bauch zusammengehalten und das kreisrunde Gesicht war von Schweiß überronnen.

Als Schenck den Hauptmann betrachtete, musste er unwillkürlich schmunzeln. Schwarzkopf sah aus, als sei er an Kinn und

Nase auseinandergezogen worden – das sprichwörtliche Schweinsgesicht.

„Nehmen Sie das Grinsen aus dem Gesicht!", fauchte Schwarzkopf. „Erklären Sie mir gefälligst, warum Sie sich erst heute zum Dienst melden, obwohl mir Ihre Ankunft bereits für letzte Woche avisiert wurde."

Schenck legte mit leisem Klacken die Hacken zusammen. „Leider lief mein Schiff nicht pünktlich ein. Die Weiterfahrt hat sich im Sueskanal verzögert."

„Mir ist bekannt, dass die *Präsident* im Großen Bittersee Aufenthalt hatte. Uns ist durchaus bewusst, dass solcherlei Verzögerungen an der Tagesordnung sind. Aber …" Schwarzkopf fuhr sich mit der flachen Hand über den kahlen, schweißglänzenden Schädel. „Aber uns ist auch bekannt, dass die *Präsident* bereits am Samstagabend, also vorgestern, auf der Reede vor Daressalam vor Anker gegangen ist."

Dieser Hauptmann war wirklich bestens informiert. „Bis ich am Samstagabend ausgebootet war, war so viel Zeit vergangen …"

„Auch das ist mir bewusst. Aber zwischen Samstagabend und Montagmorgen gibt es meines Wissens noch einen weiteren Tag – oder sollte der Sonntag mittlerweile im Reich abgeschafft worden sein?"

„Herr Hauptmann, es war mir ein Anliegen, am Tag des Herrn das Haus des Herrn aufzusuchen." Und es hatte sich gelohnt – nicht nur der Predigt wegen. Helmut Janzik, ein Kautschukhändler hier in Daressalam, hatte ihn gleich zu sich nach Hause eingeladen, und die Gemeinschaft mit einem Glaubensbruder hatte ihm gutgetan.

„So, es war Ihnen ein Anliegen, in die Kirche zu gehen." Schwarzkopf pellte sich aus seinem Uniformrock und sank schnaufend auf seinen Stuhl. „Sie hatten sich nach Ihrer Ankunft unmittelbar bei mir zu melden, alle anderen Ausflüge sind unerlaubte Entfernungen von der Truppe."

Das fing ja schon wieder gut an. „Herr Hauptmann …"

„Es ist ja nicht das erste Mal, dass Sie es mit der Ausführung von Befehlen nicht so genau nehmen." Schwarzkopf glättete ein Papier auf seinem Schreibtisch. „Ich habe schon vor Tagen Ihr Dienstzeugnis von Ihrem alten Regiment in Breslau erhalten."

Das also war Grumbkows Rache. So machte er ihm den Einstieg noch schwerer.

Schenck war froh, als es an der Tür klopfte und ein Feldwebel das Gespräch unterbrach.

«Herr Hauptmann, hier ist ein eiliges Dokument vom Gouverneur, das Sie bitte mitzeichnen mögen.» Der Feldwebel schob Schwarzkopf eine Unterschriftenmappe auf den Schreibtisch.

«Danke, Hunebeck.» Der Hauptmann griff zur Feder. «Wieder ein Todesurteil? Kinjikitile Ngwale – ist das nicht der Neger, der mit seinem heiligen Wasser die Stämme im Süden rebellisch gemacht hat?»

«Sehr wohl, Herr Hauptmann. Er wurde gestern in Mohoro festgenommen. Der Gouverneur verfügt hiermit seine Hinrichtung.»

«Gut so.» Schwarzkopf tauchte die Feder ins Tintenfass. «Mit diesen renitenten Negern muss gründlich aufgeräumt werden.»

«Herr Hauptmann, bitte erlauben Sie, dass ich mich dazu äußere.» Schenck trat einen Schritt näher an den Schreibtisch. «Ist es nicht ein klein wenig übereilt, am Tag nach der Festnahme bereits ein Todesurteil auszufertigen?»

Schwarzkopf sah ihn an, als habe er den Verstand verloren.

«Der Mann mag getan haben, was er will, aber ihm steht doch ein ordentlicher Prozess zu!» Deutsch-Ostafrika war schließlich *Schutzgebiet*, was bedeutete, Zivilisation in die Wildnis Afrikas zu bringen.

«Nun hören Sie sich diesen Neuling an, Hunebeck!» Schwarzkopf brach in schallendes Gelächter aus und der Feldwebel stimmte mit ein. «Wenn wir diesem Gelichter jedes Mal einen ordentlichen Prozess machen wollten, hätten wir nichts anderes mehr zu tun. In diesen Breitengraden muss mit aller Härte durchgegriffen werden, sonst sind Ruhe und Ordnung schneller dahin, als Sie das Wort *Neger* aussprechen können.»

Schenck verschlug es die Sprache. In was für Verhältnisse war er hier geraten! Das war ja noch schlimmer, als es in den Büchern über Deutsch-Ostafrika, die er während der Schiffspassage gelesen hatte, beschrieben wurde.

«Ihre humanitäre Einstellung in Ehren, mein lieber Leutnant, aber die hätten Sie besser in Deutschland lassen sollen.» Schwungvoll setzte der Hauptmann seinen Namen neben den des Gouverneurs Graf Götzen.

„Und mit diesem Federstrich besiegeln Sie das Ende eines Menschenlebens." Schenck schüttelte den Kopf. „Bedenken Sie doch, was hinter diesem unaussprechlichen Namen steckt: ein Mann, der wahrscheinlich eine Frau hat, und Kinder ..."

„Feldwebel Hunebeck, klären Sie bitte den Herrn Leutnant auf, wer Kinjikitile Ngwale ist." Schwarzkopf drückte die Löschwiege auf seine Unterschrift.

Der Feldwebel lächelte beinahe mitleidig. „Kinjikitile Ngwale ist erst im letzten Jahr als Heiler in Erscheinung getreten. Bis dahin hatte er sich und seine Familie – er hat übrigens mehrere Frauen! – durch Ackerbau ernährt. Im letzten Jahr jedoch soll ein Geist von ihm Besitz ergriffen haben. Er fiel auf den Bauch, streckte die Arme von sich und kroch in einen nahe gelegenen Teich, wo er die Nacht verbrachte. Am nächsten Tag soll er in trockener Kleidung dem Teich entstiegen sein und einen Krieg prophezeit haben, in dem das Joch der Kolonialisten abgeschüttelt werde."

Schwarzkopf lachte wieder schallend und fuhr sich mit der Hand über die Glatze. „Stellen Sie sich das vor! So ein besessener Neger will uns aus dem Land jagen! Angeblich besitzt er ein Wunderwasser, die Maji-Maji-Medizin[9], die unsere Waffen unschädlich machen soll. Und so einem Verrückten wollen Sie einen Prozess machen?"

„Trotzdem ist er ein Mensch, dem eine gerechte Behandlung zusteht", sagte Schenck bestimmt.

„Träumer." Der Hauptmann klappte die Unterschriftenmappe zu und reichte sie Feldwebel Hunebeck. „Danke, Sie können gehen."

„Herr Hauptmann ...", versuchte Schenck es noch einmal.

„Augenblick." Schwarzkopf wartete, bis der Feldwebel den Raum verlassen und die Tür geschlossen hatte. „Und jetzt zu Ihnen, Leutnant. Was fällt Ihnen eigentlich ein, sich in die Sachen der Kolonialführung einzumischen? Wenn der Gouverneur beschließt, einen aufständischen Neger zu hängen, haben Sie seine Anweisung nicht infrage zu stellen, verstanden? Schon gar nicht an Ihrem zweiten Tag im Schutzgebiet!"

Schenck presste die Lippen zusammen und schwieg.

„Leutnant? Wie lautet die Antwort auf den Befehl eines Vorgesetzten?"

---

9 Maji (Aussprache: Madschi) ist das Suaheli-Wort für Wasser.

„Jawohl, Herr Hauptmann."

„Gut, Sie haben ja doch etwas von Ihrer Ausbildung behalten." Schwarzkopf griff wieder nach Schencks Dienstzeugnis. „Ich kenne Sie kaum einige Minuten und muss Oberst von Grumbkow bereits zustimmen. Sie sind ein Querulant. Was stelle ich bloß mit Ihnen an? Hätten Sie nicht in Deutschland bleiben können? Oder warum sind Sie nicht nach Deutsch-Südwest gegangen? Dort tobt gerade ein Aufstand."

„Wenn ich mir einen Vorschlag erlauben darf, Herr Hauptmann ..." Schenck nahm den Schutztruppenhut ab.

„Ah, Sie haben bereits feste Vorstellungen von Ihrer Verwendung? Wollen Sie vielleicht Advokat für Neger werden?"

„Ich bitte darum, beim Stab des Gouverneurs Dienst tun zu dürfen." Dann wäre er wenigstens in Franziskas Nähe – so sie denn noch hierher kommen würde. Und davon war er weiterhin überzeugt, so falsch konnte er Gott kaum verstanden haben.

Im Stillen betete er, dass Gott seinen Wunsch erfüllen möge. Und wenn er schon nicht beim Gouverneur selbst eingesetzt wurde, würde Schwarzkopf hoffentlich in Daressalam Verwendung für ihn finden – schließlich hatte sich Grumbkow dafür einsetzen wollen.

„Schenck, Sie machen mir Spaß." Schwarzkopf tupfte sich das Schweinsgesicht mit einem Schnupftuch ab. „Unbescheiden sind Sie wirklich nicht. Darf ich erfahren, warum Sie ausgerechnet beim Gouverneur dienen wollen?"

Wenn er antwortete, dass er wegen zweier Damen im Gouverneurspalast eingesetzt werden wollte, würde Schwarzkopf ihm diesen Wunsch garantiert nicht erfüllen. „Es handelt sich um ein persönliches Anliegen."

„So, und worin besteht dieses persönliche Anliegen?" Schwarzkopf lachte wiehernd. „Wollen Sie beim Grafen Götzen mit Ihren humanen Ansichten missionieren?"

„Nein, Herr Hauptmann."

„Was ist es dann? Sie müssen mir schon einen Grund nennen, wenn ich Ihren Wunsch erfüllen soll."

Schenck drehte den Hut in den Händen. „Es handelt sich um zwei – Personen, derer ich mich annehmen möchte – annehmen sollte."

„Und darf ich bitte auch erfahren, wer diese zwei *Personen* sein sollen?"

Schenck richtete sich so hoch wie möglich auf. „Das ist nun wirklich meine Privatangelegenheit."

„So. Dann will ich Ihnen etwas sagen." Schwarzkopf erhob sich pustend von seinem Stuhl und baute sich vor Schenck auf. „Diese *Privatangelegenheit* ist doch nichts anderes als eine Weibergeschichte, habe ich recht?"

Schenck wich dem Blick des Hauptmanns nicht aus, gab aber keine Antwort.

„Und dann auch noch gleich zwei Mädchen. Schämen Sie sich." Schwarzkopf ging zum Schreibtisch und klatschte mit der flachen Hand darauf. „Schlagen Sie sich das aus dem Kopf. Ihre amourösen Geschichten können Sie vergessen. Ich weiß etwas Besseres für Sie. Sie übernehmen die Gefängniswache."

„Gefängniswache?", fragte Schenck gedehnt. Was war das bloß wieder für eine Schikane?

„Ja, Sie haben recht gehört. Sie übernehmen die Gruppe, die das Gefängnis bewacht, wo unsere schwarzen Freunde auf ihr Urteil warten."

„Aber Herr Hauptmann ..."

„Kein *Aber*, Schenck. Das ist ein Befehl. Melden Sie sich bei Feldwebel Hunebeck, er wird Sie Ihren Männern vorstellen."

Schenck wollte noch etwas einwenden, doch mit einer unwirschen Handbewegung schnitt Schwarzkopf ihm das Wort ab.

„Keine Diskussion, Schenck. Befehl – Gehorsam. Das gilt in Deutschland, das gilt hier erst recht. Abtreten."

Schenck stülpte den Hut über das schweißnasse Haar. Es war anscheinend aussichtslos, auf irgendein Entgegenkommen des Hauptmanns zu hoffen. Aber immerhin durfte er in Daressalam bleiben und wurde nicht in einen abgelegenen Winkel des riesigen Schutzgebietes geschickt, wo er keine Möglichkeit haben würde, die Komtesse wiederzusehen.

Er schlug die Hacken zusammen und legte die Hand an die hochgeklappte Krempe des Schutztruppenhuts. „Zu Befehl, Herr Hauptmann."

Dann wandte er sich um und ging zur Tür. Er hatte schon die Klinke in der Hand ...

„Ach, Leutnant von Schenck, beinahe hätte ich vergessen, es Ihnen zu sagen: Als Führer der Gefängnisgruppe sind Sie natürlich auch für die Exekutionen zuständig. Gewöhnen Sie sich an den Gedanken. – Sie können gehen."

Kapitel 23

Schon seit Tagen schlingerte die *Prinzregent*, als wäre der Kapitän betrunken. Und genauso lange lag Franzi in ihrer Kajüte und übergab sich in regelmäßigen Abständen. Sie konnte es nicht mehr erwarten, endlich in Daressalam zu landen und von diesem schaukelnden Dampfer herunterzukommen. Doch wenn alles nach Fahrplan lief, musste sie noch zwei Wochen durchhalten.

Da trat Julie an ihre Koje. „Ich werde Doktor Quasi holen. Das ist ja nicht mehr mit anzusehen."

„Nein!" Bloß nicht wieder dieser fromme Arzt. Er hatte sie viel zu oft aufgesucht und unter dem Vorwand, ihr Medizin bringen zu wollen, ständig von seinem Glauben geschwatzt. Zum Glück hatte er Julie vor knapp drei Wochen den Kajütenschlüssel zum Schutz gegen den Matrosen Larsson gegeben – aber er hatte sich auch als wirksamer Schutz gegen den frommen Arzt selbst erwiesen. „Diesen aufdringlichen Kerl will ich nie wieder in unserer Kajüte sehen!"

„Ich weiß gar nicht, was du gegen ihn hast." Julie stützte sich auf den Rand der Koje. „Er ist doch sehr höflich, immer hilfsbereit und mit seinem *Quasi* auch noch lustig. Ganz anders als dieser spuckende Matrose Larsson."

„Trotzdem will ich ihn nicht sehen. Ich will von seinem Glauben nichts mehr hören!"

„Ach Franzi, lass ihn doch glauben, was er will. Mir ist das völlig gleichgültig."

„Du hast ja auch nicht erlebt, was ich erlebt habe. Mein Vater …" Wenn sie an ihn dachte, wurde ihr schon wieder schlecht. „Mein Vater hat mir diesen Gott aufzwingen wollen – sei froh, dass man dich damit in Ruhe gelassen hat."

„Lassen wir also auch dem Doktor seinen Glauben. Ich werde ihn jetzt holen. Denn wenn du noch ein paar Tage seekrank bist, wirst du völlig abgemagert sein, bis wir in Daressalam ankommen."

„Bitte nicht, Julie!" Allein schon die Gegenwart dieses Frömmlings bedrückte sie.

Doch Julie stieß sich von der Koje ab und ging zur Tür. „Er wird dir nur ein Mittel verabreichen und dann sofort wieder verschwinden. Falls er trotzdem anfängt zu beten, hältst du dir einfach die Ohren zu." Damit verließ sie die Kajüte.

Natürlich würde er wieder beten, wie bisher jedes Mal, wenn er sie behandelt hatte. Warum begriff dieser Mann einfach nicht, dass sie ihr Leben ohne Gott leben wollte?

Franzi krabbelte mühsam aus ihrer Koje und tastete mit den Füßen nach ihren Schuhen. Etwas frische Luft würde ihr mehr helfen als Doktor Quasis Medizin. Und vor allem als seine Gebete.

Als sie den Kopf hob, drehte sich die Kajüte um sie herum. Rasch hielt sie sich am Rand der oberen Koje fest, bis sie nur noch das Schwanken des Schiffes wahrnahm. Dann warf sie sich den Morgenmantel über, öffnete die Tür und schaute in den Gang. Niemand zu sehen. Also schnell hinaus.

Sie huschte den Gang entlang, kletterte die Treppe hinauf und atmete tief ein. Die frische Brise tat ihr gut. Schon seit Tagen hatte sie keine reine Seeluft mehr geatmet und so ließ sie sie tief in ihre Lungen strömen.

„He, wer sind denn Sie?"

Franzi war noch so geblendet von der gleißenden Sonne, die tausendfach auf den Wellen glitzerte, dass sie den Mann, der mit festem Seemannsgang auf sie zukam, kaum erkennen konnte. Eigentlich hätte sie damit rechnen müssen, dass sie tagsüber nicht allein an Deck sein würde, aber die Furcht vor dem frommen Doktor und die Sehnsucht nach frischer Luft hatten sie die Gefahr vergessen lassen.

„Was suchen Sie hier? Hier ist doch kein Zutritt für Passagiere!"

Langsam gewöhnten sich ihre Augen an die Helligkeit und sie erkannte an der Uniform, dass es sich wohl um einen Schiffsoffizier handelte. Sofort war die Übelkeit wieder da. „Verzeihen Sie ..."

„Haben Sie sich verlaufen, junge Dame?" Er sah sie kritisch an. „Aber ich habe Sie doch noch nie bei den Passagieren gesehen. Sind Sie erst kürzlich zugestiegen?"

Die Versuchung war groß, ihm einfach recht zu geben. „Ich – ich musste wegen meiner – meiner Seekrankheit die meiste Zeit liegen."

„Trotzdem wundere ich mich, dass ich ausgerechnet *Sie* nicht wahrgenommen habe." Er grinste. „Außerdem habe ich Sie doch dort die Treppe heraufkommen sehen – aus der Abteilung, wo sich die Mannschaftsunterkünfte befinden."

Franzi sah zu Boden. Manchmal ärgerte sie sich selbst darüber, dass sie eine so große Abneigung dagegen hatte, eine klare Lüge auszusprechen. Aber sie käme sich dann furchtbar feige vor.

„Sollte etwa wieder einmal einer der Matrosen …? Aber ich kann mir kaum vorstellen, dass gerade Sie …? Sie sind doch kein Mädchen, das so etwas macht."

Ehe Franzi antworten konnte, tauchte plötzlich Julies Kopf im Treppeneingang auf. Sie trat aufs Deck heraus, dann kam auch Doktor Langenburg die Treppe herauf. – Nun war alles verraten.

Der Offizier trat zu dem Doktor. „Ich traf soeben diese junge Dame hier an, und nun muss ich feststellen, dass es sogar noch eine zweite gibt. Da Sie aus der gleichen Richtung kommen, hoffe ich, dass Sie mir Aufklärung geben können. Ist dort unten etwa ein Nest?"

Langenburg sah aufseufzend von Franzi zu Julie und wieder zurück. „Sie hätten quasi nicht an Deck gehen dürfen, gnädige Komtesse. Schon gar nicht bei Tage."

Franzi rümpfte die Nase. „Sie brauchen mir nicht zu sagen, was ich tun darf." Dann wandte sie sich an den Offizier. „Bevor Ihnen dieser fromme Herr Doktor die Wahrheit sagt, tue ich es lieber selbst: Wir sind schon seit Hamburg an Bord – heimlich. Wir hausen dort unten in einer der Kajüten für die Mannschaft."

Der Offizier schüttelte den Kopf. „Sie – als blinde Passagiere? Und der Doktor nennt Sie *Komtesse*?"

„Sehr wohl." Franzi reckte das Kinn. „Wir haben lediglich in Hamburg das falsche Schiff erwischt. Fahrkarten haben wir für die *Präsident*."

„Das rechtfertigt doch nicht, dass Sie sich an Bord eines anderen Schiffs schleichen. Bitte haben Sie Verständnis dafür, dass ich Sie dem Kapitän melden muss."

„Bitte nicht." Doktor Langenburg trat dem Offizier in den Weg. „In zwei Wochen legen wir in Daressalam an, dort werden die beiden Damen das Schiff verlassen. Wollen Sie wirklich riskieren, dass der Kapitän sie vorher schon quasi an Land setzt?"

Franzi war fast ein wenig erstaunt, dass der Doktor sich so für sie einsetzte, obwohl sie ihn gerade noch angegiftet hatte. Und sie verstand auch immer noch nicht, wieso er als Christ nicht sogar darauf drängte, dass sie ihre verdiente Strafe bekamen. Ihr Vater hätte jedenfalls darauf bestanden, dass sie von Bord geschickt würden, schließlich hatten sie das Gebot *Du sollst nicht als blinder Passagier reisen* gebrochen.

Der Offizier zuckte mit den Schultern. „Diese Entscheidung sollten wir dem Kapitän überlassen. Meine Pflicht ist es leider, die Damen zur Meldung zu bringen." Er schlug militärisch die Hacken zusammen und marschierte davon.

Franzi trat an die Reling und ließ den Kopf hängen. Nun war es also passiert. Wahrscheinlich würden sie übermorgen in der Delagoabai an Land gesetzt und damit hätte ihre Reise in der portugiesischen Kolonie Mosambik ein Ende. Das einzig Gute wäre, dass damit auch ihre Seekrankheit ein Ende hätte.

Julie legte ihr den Arm um die Taille. „Wir werden es schon irgendwie bis Daressalam schaffen, Franzi."

„Ich werde für Sie beten." Langenburg war unbemerkt neben sie getreten und faltete seine Hände auf der Reling. „Gott wird Sie dahin führen, wo *Er* Sie haben möchte."

Franzi krampfte ihre Finger um die Reling, um nicht wieder eine patzige Antwort zu geben.

Stattdessen ergriff Julie das Wort. „Wenn Sie glauben, dass es hilft, tun Sie das, Doktor."

„Was soll das schon helfen." Dazu konnte Franzi nicht mehr schweigen. „Ein paar Worte vor sich hin sprechen, die der Wind mitnimmt und über die Weiten des Ozeans entführt – als ob irgendein Gott so etwas hören würde! Lächerlich!"

„Lassen Sie uns dieses lächerliche Mittel doch einmal ausprobieren." Langenburg faltete die Hände.

„Und falls der Kapitän uns aus irgendeinem Grund tatsächlich bis nach Daressalam mitnehmen sollte, hätte das dann Ihr Gebet bewirkt? Mich werden Sie mit solchen Zufällen nicht überzeugen!"

„Es ist allerdings erstaunlich, wie sich gerade nach Gebeten solche *Zufälle* quasi häufen."

Wieso steckte sie bloß schon wieder mitten in einer theologischen Diskussion? Zog sie diese Frömmlinge etwa magisch an? Als Langenburg unvermittelt zu beten begann, ging sie rasch einige Schritte zur Seite und drehte den Kopf so, dass der Wind in ihren Ohren pfiff.

Da näherte sich der Offizier wieder, begleitet von einem zweiten Mann. Franzi hatte sich den Kapitän gar nicht so jung vorgestellt. Er sah aus, als sei er noch keine vierzig. Oder hatte ihn die Seeluft so jung erhalten?

Als die beiden Männer sie erreicht hatten, legte der Kapitän die Hand an die Mütze. „Heinrich Hartmann, Kapitän der *Prinzregent*. Meinen Ersten Offizier Heinz Tjebben kennen Sie ja bereits."

„Herr Kapitän ...", begann Langenburg.

„Wir können für uns selbst sprechen", unterbrach Franzi.

Der Kapitän grinste den Doktor an. „Lassen wir den Damen doch den Vortritt. – Tjebben hat mich bereits darüber unterrichtet, dass Sie in Hamburg eigentlich die *Präsident* nach Daressalam nehmen wollten, aber versehentlich auf die *Prinzregent* geraten sind."

„Der Hamburger Regen war schuld", warf Julie ein.

„Und die ähnlichen Namen der beiden Schiffe", ergänzte Franzi.

„Trotzdem möchte ich erfahren, wie es Ihnen gelungen ist, an Bord zu kommen." Die stahlblauen Augen des Kapitäns musterten sie durchdringend.

Julie trat von einem Bein auf das andere. „Uns wurde freundlicherweise eine leere Kajüte bei den Mannschaften zur Verfügung gestellt."

Franzi gab ihrer Freundin einen heimlichen Rippenstoß, damit diese nicht den Namen des Matrosen verriet. Er mochte sein, wie er wollte – immerhin hatte er dafür gesorgt, dass sie einen Platz auf dem Schiff bekamen.

„Darf ich erfahren, wer der freundliche Mensch war, der Ihnen diese Kajüte zur Verfügung stellte? Etwa unser Quasi-Doktor?"

Der Arzt wich erschrocken zurück. „Herr Kapitän, mir würde quasi niemals einfallen ..."

„Ich weiß, ich weiß", lachte der Kapitän. „Als guter Christ würden Sie niemals blinde Passagiere aufnehmen. Aber offenbar bereitet es Ihnen keinerlei Gewissensbisse, Sie zu decken."

„Aber bedenken Sie doch: Zwei junge Damen ... Ich brachte es nicht fertig, sie zu verraten."

„Ganz der Kavalier. – Nun denn, meine Damen: Wer war derjenige, der Sie an Bord ließ?"

Franzi fasste ihr fliegendes Haar zusammen und sah Julie an. Die zwinkerte ihr zu. Sie hatte den Rippenstoß anscheinend verstanden.

Die Stille wurde drückend, nur der Ozean und der Wind rauschten und die Maschinen stampften eintönig.

„Sie wollen Ihren edlen Kavalier also nicht verraten. Sehr nobel von Ihnen, meine Damen, aber es wird weder ihm noch Ihnen etwas nützen. Ich weiß schließlich, wer in Hamburg Bordwache hatte." Hartmann rückte an seiner Kapitänsmütze. „Übermorgen legen wir in der Delagoabai an. Ich werde Sie dem portugiesischen Befehlshaber des dortigen Forts übergeben."

Dieser Kapitän war also definitiv kein Kavalier. Und Langenburgs Gebet hatte nachweislich auch nichts gebracht.

„Sind Sie sicher, dass Sie das wirklich tun wollen?", fragte Julie.

Die Frage schien den Kapitän zu verwirren. „Warum sollte ich es nicht tun? Sie sind blinde Passagiere!"

„Aber nicht nur das. Vielleicht beliebt es Ihnen, Herr Kapitän, unsere Personalien festzustellen."

„Das ändert nichts an der Tatsache, dass Sie sich widerrechtlich an Bord befinden."

„Es könnte für Sie jedoch zu unangenehmen Verwicklungen führen." Julie warf dem Kapitän einen triumphierenden Blick zu. „Meine Freundin ist die Komtesse Franziska Elisabeth von Wedell ..."

„Sagt mir nichts." Hartmann wandte sich ab.

„Aber mein Name wird Ihnen etwas sagen. Komtesse Julia Viola von Götzen."

Wie elektrisiert fuhr der Kapitän wieder herum. „Götzen? Und Sie wollen nach Daressalam? Sind Sie etwa mit dem dortigen Gouverneur verwandt?"

„Ich bin seine Nichte. Wenn Sie eine Legitimation wünschen – unsere Fahrkarten für die *Präsident* sind genau auf diese beiden Namen ausgestellt."

Doch der Kapitän schien sich für eine Legitimation gar nicht mehr zu interessieren. „Eine Komtesse Götzen an Bord! Und sie wird in eine winzige Mannschaftskajüte gesteckt! Was für ein Skandal!"

„Ja." Julie lachte. „Und das, obwohl ich an Platzangst leide, wie Herr Doktor Qua... – Pardon! – Langenburg bestätigen kann."

Der Arzt nickte heftig.

„Und denken Sie sich nur den Skandal", fügte Franzi hinzu, deren Übelkeit plötzlich wie weggeblasen war, „wenn es publik wird, dass Sie, Kapitän Heinrich Hartmann, die Nichte des Gouverneurs von Deutsch-Ostafrika in der Delagoabai einem Portugiesen übergeben haben!"

„Davon kann doch keine Rede sein!" Hartmann wandte sich an seinen Ersten Offizier. „Tjebben, Sie räumen sofort Ihre Kabine und ziehen zu dem Zweiten Offizier. – Meine Damen, Ihnen steht ab sofort die Kabine meines Ersten Offiziers zur Verfügung."

Tjebben warf ihnen einen säuerlichen Blick zu, sagte aber nichts.

„Noch etwas, Herr Kapitän." Julie lächelte den Kapitän an. „Bitte informieren Sie meinen Onkel nicht darüber, dass wir an Bord sind. Unsere Reise zu ihm ist eine Überraschung, die Sie sicherlich nicht verderben wollen."

Hartmann verbeugte sich. „Sehr wohl, Komtesse. Bitte verzeihen Sie mein hartes Vorgehen. Sie wissen, die Pflicht ..."

Franzi atmete erleichtert durch. Wenn sie nun offiziell an Bord waren, durften sie auch jederzeit an Deck gehen, was ihr sehr gegen die Seekrankheit helfen würde. Und Julies Platzangst hatte damit hoffentlich auch ein Ende.

„Ach, meine Damen." Der Kapitän verbeugte sich vor ihnen. „Ihre neue Kabine hat einen entscheidenden Vorteil: Bei jedem Unwohlsein haben Sie den Doktor gleich bei der Hand. Er wohnt nämlich neben Ihnen."

Nein. Franzi hätte beinahe laut aufgeschrien.

„Herr Doktor", fuhr Hartmann fort, „bitte nehmen Sie sich der beiden Damen ein wenig an. Mir scheint, dass dies eine angenehme Pflicht für Sie ist."

„Sehr gern, Herr Kapitän." Langenburg verbeugte sich.

Kapitel 24

Vor dem *Gelben Dragoner* ließ Claudinand den Wagen halten und sprang auf die Straße. Zwei Monate lang war er nicht mehr in Wölfelsgrund gewesen und genauso lange hatte er nichts von Pauline gehört, aber täglich an sie gedacht. Ihr damaliger Abschied war so unbefriedigend gewesen, er musste einfach versuchen, sein schroffes Verhalten wiedergutzumachen.

Claudinand eilte in die Gaststube, die wie an Freitagabenden üblich gut besucht war. Auch im Nebenraum mit dem Stammtisch ging es bereits munter zu. Rasch ging er zum Tresen, wo Pauline soeben Bier zapfte.

Als sie ihn erkannte, ließ sie den Krug sinken, sodass das Bier aus dem Fass auf den Tresen strömte. Schnell schloss sie den Zapfhahn. „He... Herr – Herr Graf!"

Er schwang sich auf einen Hocker. „Da sind wir also leider wieder bei dem Grafen."

Sie trug ihr Haar ordentlich aufgesteckt und sogar ein hochgeschlossenes Kleid. Nur ein übervoller Aschenbecher mit einer qualmenden Zigarette stand wieder einmal auf dem Tresen – aber die musste ja nicht von ihr sein.

„Nach unserem letzten – Gespräch glaubte ich ..." Sie wandte den Blick ab und füllte den Krug.

„Es tut mir leid, Pauline." Er legte seine Hand auf die ihre, die den Zapfhahn umschloss. „Ich habe in der letzten Zeit viel nachgedacht. Es steht mir nicht zu, dir zu misstrauen."

Sie zog ihre Hand weg und stellte fünf volle Krüge auf ein Tablett. „Ich ... Es ... Warten Sie, ich bin gleich wieder da." Sie hob das Tablett auf die Handfläche und eilte davon.

Claudinand sah ihr nach, wie sie sich geschmeidig zwischen Tischen, Stühlen und Gästen hindurchwand. In ihrer weniger aufreizenden Aufmachung gefiel sie ihm noch besser. Den anderen Herren im Raum allerdings auch. Fast an jedem Tisch, an dem sie vorbeikam, rief ihr jemand eine anzügliche Bemerkung zu, besonders kecke Gäste gaben ihr sogar einen Klaps auf den Allerwertesten.

Pauline hatte für alle ein freundliches Lächeln, ließ sich aber nicht aufhalten, bis sie den Tisch erreichte, für den die schäumenden Biere bestimmt waren. Sie stellte sie ab und füllte ihr Tablett mit leeren Krügen, dann kehrte sie zurück – und lächelte ihm schon von Weitem zu. Als sie wieder hinter der Theke stand, tauchte sie die leeren Krüge ins Spülwasser.

„Geht das jeden Tag so?", fragte er.

„Es ist nicht jeden Tag so voll, der Freitag ist am schlimmsten."

„Ich meine die Männer."

Sie sah ihn an und zog die Stirn in Falten. „Die Männer glauben, dass es bei einer Kellnerin erlaubt sei. Aber ich finde schon Wege, ihnen zu entkommen."

Es stimmte also nicht, dass sie die Aufmerksamkeit genoss, wie sein Vater behauptet hatte.

Aus der Küche kam eine andere Kellnerin mit einem Tablett voll beladen mit Tellern, auf denen dampfende Rouladen lagen.

Pauline wandte sich ihr zu. „Kira, kannst du mich für fünf Minuten vertreten?" Sie wies mit dem Kopf auf Claudinand.

Das Mädchen nickte und eilte mit den Rouladen davon.

„Ich muss Ihnen etwas sagen, Herr Graf." Pauline kam hinter dem Tresen hervor. „Wollen wir an einen Tisch in einem ruhigen Winkel gehen?" Sie wies auf einen Tisch mit Reserviert-Schild. „Die Gäste kommen erst in einer Viertelstunde."

Er nickte, folgte ihr zu dem Tisch und nahm Platz.

Sie blieb hinter einem Stuhl stehen und stützte sich mit beiden Händen auf die Lehne. „Wahrscheinlich kommt es ohnehin bald ans Tageslicht. Oder wissen Sie es vielleicht schon?"

„Wissen? Was soll ich wissen?"

„Nein, Sie wissen es noch nicht. Sonst wären Sie ja gar nicht zu mir gekommen. Vielleicht wurde es auch noch gar nicht entdeckt. Trotzdem will ich es Ihnen sagen." Pauline seufzte. „Sie haben sehr wohl das Recht, mir zu misstrauen."

„Pauline? Was ist geschehen?"

„Mein Vater ist ein Betrüger." Sie stieß den Satz so schnell hervor, als hätte sie Angst, den Mut zu verlieren, ehe sie ihn ausgesprochen hatte.

„Ihr Vater ist ...?" Hatte sein Vater mit seiner Ahnung also doch recht gehabt.

„Er hat seinen Posten als Verwalter ausgenutzt, um den Herrn Grafen, Ihren Vater, um einige Tausend Mark zu betrügen. Und bevor Sie fragen: Ja, er wollte, dass ich Sie erobere, weil er glaubte, dass Ihr Vater, falls er irgendwann den Betrug entdeckt, den Schwiegervater seines Sohnes verschonen würde."

Claudinand ließ den Kopf hängen. Es war also alles nur Theater gewesen. Ihre angebliche Liebe zu ihm, ihre Bekehrung – alles. „Dann kann ich wohl gehen." Er stand auf und wandte sich der Tür zu.

„Sie wissen noch nicht alles." Sie eilte ihm nach und legte eine Hand auf seinen Arm. „Das Ansinnen meines Vaters war der größte Hinderungsgrund für mich, Ihnen meine wahren Gefühle zu zeigen. Wahrscheinlich werden Sie mir nicht glauben, aber ich liebe Sie wirklich. Mein Vater wusste das und hat darauf seinen Plan gebaut. Aber ich wollte Sie nicht betrügen."

Er lehnte sich gegen die Wand und sah ihr in die Augen. Darin glitzerten Tränen. War das alles Theater? Konnte sie sich so gut verstellen? „Pauline, ich weiß nicht mehr, was ich noch glauben soll."

Sie wischte sich mit dem Handrücken eine Träne aus dem Augenwinkel. „Wahrscheinlich können Sie mir nicht mehr glauben. Aber ich sage die Wahrheit. Ich wollte meinem Vater wirklich keinen Vorteil durch eine Beziehung zu Ihnen verschaffen."

„Und trotzdem haben Sie mir bei meinem letzten Besuch in Wölfelsgrund nicht gesagt, dass Ihr Vater ein Betrüger ist."

„Ich brachte es einfach nicht fertig. Sie hatten mir gesagt, dass Ihnen der Standesunterschied gleichgültig und nur der Glaube für Sie wichtig sei. Ich wollte die Chance, wirklich Ihre Frau zu werden, nicht aufs Spiel setzen."

Ja, das hatte er wirklich gesagt. Es war nur zu verständlich, dass er damit Paulines Hoffnung erst richtig angestachelt hatte.

„Auch wenn es Ihnen schwerfällt", sagte sie mit zitternder Stimme, „wollen Sie nicht wenigstens versuchen, mir zu glauben?"

Warum sagte sie das? War das wirklich ihre Liebe zu ihm? Oder ging es um ihre Existenz? Sein Vater würde den betrügerischen Verwalter hinauswerfen, und damit stand auch Pauline vor dem Nichts. Wollte sie sich durch ihn eine sichere Zukunft verschaffen?

„Ich weiß, was Sie denken." Sie senkte den Blick. „Nein, Sie sollen meinen Vater nicht verschonen. Er ist ein Betrüger und hat verdient, dass er entlassen wird. Aber ich möchte nicht, dass Sie von mir glauben, ich sei ebenfalls eine Betrügerin."

Es fiel ihm so schwer, das zu glauben. Aber war es ausgeschlossen, dass Pauline die Wahrheit sagte? Dass sie wirklich echte Gefühle für ihn hegte? Dass es ihr nur um ihre Liebe ging und nicht um den Grafensohn, die Rettung ihres Vaters oder eine gesicherte Existenz?

Es steht mir nicht zu, dir zu misstrauen. Exakt diese Worte hatte er vor wenigen Minuten noch zu ihr gesagt. Das hatte sich durch ihr offenes Bekenntnis nicht geändert. Gerade dieses Bekenntnis sollte ihm doch Vertrauen einflößen.

Er griff nach ihren Händen. „Und dein Glaube, Pauline?"

„Gerade deshalb sage ich Ihnen das alles. Weil ich Sie nicht belügen will. Und darauf vertraue, dass Sie mich als einer, der auch an Gott glaubt, nicht zurückstoßen."

Er sah in ihr hübsches Gesicht. Ihre braunen Augen – konnten sie lügen? Ihre Finger klammerten sich an den seinen fest. Alles in ihm zog ihn zu diesem Mädchen hin. Sollte er es wagen? Alle Bedenken, alles Misstrauen beiseitelassen?

Woher kam denn überhaupt sein Misstrauen? Es war ihm doch nur von seinem Vater eingeimpft worden. Und sein Vater sah hinter allem etwas Böses. Trug Franzi ihre Haare offen, hieß es, sie mache das nur, um mit den Männern zu kokettieren. Ging er in Glatz zu einem Ball, hieß es, er wolle doch nur die schönen Frauen bewundern. Und als Fritz nach Berlin zur Garde hatte gehen wollen, hatte sein Vater auch größte Schwierigkeiten gemacht, weil Fritz dadurch angeblich seine Karriere zu seinem Götzen machte.

Misstrauen, Misstrauen, Misstrauen, wohin er sah. – Nein, er wollte nicht werden wie sein Vater.

Er beugte sich zu ihr hinunter. „Pauline, ich vertraue dir."

„Claudinand!" Eine Träne kullerte über ihre Wange und hinterließ eine schwarze Spur von Wimperntusche.

Mit dem Daumen wischte er die Träne weg. „Pauline!" Er beugte sich weiter vor, bis sich ihre Lippen berührten. Sie schmeckten nach Tabakrauch.

Wie eine Lawine brach das Misstrauen wieder über ihn herein. Was, wenn doch alles nur eine Komödie war?

Kapitel 25

Sanft schaukelnd lag die *Prinzregent* auf der Reede vor Daressalam. Während Julie noch ihre Effekten packte, stand Franzi an der Reling und sah zu der Stadt hinüber, die im hellen Sonnenschein um den halbrunden Strand drapiert dalag.

Daressalam – Haus des Friedens. Was für ein passender Name! Auf dem tintenblauen Wasser des Indischen Ozeans tummelten sich Dhauen, deren weiße, trapezförmige Segel sich vom Wasser abhoben, und leise rauschten die Wellen an den sanft geschwungenen Strand. Vom Lärm, der in der kleinen Stadt sicherlich herrschte, war auf dem Schiff nichts zu hören. Von Palmen umrahmt lagen niedrige, weiße Gebäude verlockend vor ihr, die von zwei hohen Kirchengebäuden überragt wurden, die ebenso in Glatz hätten stehen können.

Als Schritte neben ihr auf den Planken erklangen, riss sie den Blick von Daressalam los. Heinz Tjebben, der Erste Offizier, kam auf sie zu.

„Gnädiges Fräulein, bitte holen Sie Ihre Freundin und kommen Sie zum Ausbooten wieder hierher an Deck."

Franzis Herz schlug höher. Es war so weit. Sie würde endlich ihren Fuß auf den Kontinent ihrer Träume setzen. Nur vor der Überfahrt in dem kleinen Boot graute ihr.

„Haben Sie nicht gehört?" Die Stimme des Schiffsoffiziers klang eiskalt. „Auch wenn Sie eine Komtesse sind, wird der Dampfer für Sie nicht am Landungssteg anlegen. Da hätten Sie schon vorher dem Gouverneur kabeln müssen, dass er den Hafen ausbaggern lässt."

Franzi war an den rauen Ton des Seemanns schon gewöhnt. Er hatte ihnen offenbar immer noch nicht verziehen, dass er ihnen seine Kabine hatte abtreten müssen. Und dass sie überhaupt bis Daressalam an Bord geblieben waren, widersprach wohl ebenfalls seinen Prinzipien. Leider war Kapitän Hartmann, der sie sicherlich respektvoller verabschiedet hätte, schon von Bord gegangen, um die Formalitäten mit der Hafenbehörde zu regeln. Und er hatte Doktor Langenburg gleich mit an Land genommen – so musste sie wenigstens die Gegenwart des Frömmlings nicht mehr länger ertragen.

Sie wandte sich um, um in ihre Kabine zu gehen, als Julie mit ihrem Koffer an Deck erschien. „Dein Gepäck musst du schon selbst holen, Franzi. Aber" – sie lächelte Tjebben vielsagend an – „vielleicht ist ja auch der Erste Offizier so liebenswürdig ..."

„Keine Zeit. Muss das Boot klarmachen", blaffte Tjebben. „Hier gibt es keine Bedienung für blinde Passagiere." Er drehte sich um und verschwand zum Bug.

Franzi huschte in ihre Kabine und schleppte ihren Koffer und die Viola an Deck. Am liebsten hätte sie sie vor Freude, in Afrika zu sein, aus dem Kasten genommen und eine ungarische Rhapsodie gespielt, aber da kam Tjebben schon wieder.

„Kommen Sie. Ich werde Sie an Land und dann zum Gouverneur bringen."

„Sie wollen uns begleiten?" Julie starrte ihn an. „Wir können gut allein hingehen, ich war bereits einmal bei meinem Onkel und finde den Gouverneurspalast auch ohne Ihre Hilfe."

„Hätte nichts dagegen. Habe aber ausdrückliche Weisung von Kapitän Hartmann, Sie persönlich beim Gouverneur abzuliefern. Also kommen Sie schon."

Er ging mit ihnen zur Steuerbordseite, wo eine Treppe an der Bordwand zu einem winzigen Boot, das auf den Wellen tanzte, hinunterführte. In dem Boot standen zwei Matrosen. Und natürlich war auch ihr rothaariger, ewig tabakkauender *Freund* Thorge Larsson dabei. Der zweite Mann hätte ebenso gut einer der Söhne Enaks sein können. Bestimmt hieß er Goliath. – Unwillkürlich ärgerte sie sich, dass ihr immer noch biblische Vergleiche einfielen.

„Wie sollen wir bloß in das Boot kommen?", raunte Franzi ihrer Freundin zu.

„Das werden die Matrosen schon machen, die dort unten auf uns warten." Julie stieg die Treppe hinunter, reichte den beiden Seeleuten ihre Koffer und wurde von ihnen mit einem Ruck ins Boot gehievt.

Franzi trat nun ebenfalls auf die Treppe. Schritt für Schritt stieg sie die Treppe hinunter und sah schaudernd auf das Boot. Befand es sich in einem Wellental, war es bestimmt einen Meter unter ihr, aber alle paar Sekunden wurde es von einer Welle hochgehoben, dass es mit dem Ende der Treppe gleichauf war.

„Los, geben Sie Ihre Koffer ab!", drängte der Offizier hinter ihr.

Franzi brauchte zwei Versuche, bis sie es endlich schaffte, den Matrosen ihren Koffer und den Bratschenkasten zu übergeben. Hoffentlich wurde das kostbare Instrument nicht nass!

Da wurde sie plötzlich von dem Goliath-Matrosen gepackt, und ehe sie sich versah, saß sie im Boot. Kurz darauf sprang auch der Offizier hinterher und stieß das Boot vom Dampfer ab. Nun ging es endgültig nach Afrika.

Kaum hatten sie wenige Meter zurückgelegt, merkte Franzi, wie ihr Magen zu rebellieren begann. Nicht schon wieder! Es war doch nur eine kurze Strecke bis zum Ufer, konnte sie denn nicht wenigstens bis dorthin durchhalten?

„Kotzen Sie uns nicht ins Boot", grunzte Larsson und spuckte seinen Tabaksaft über Bord, als wollte er ihr vormachen, wohin sie ihren Mageninhalt ergießen sollte.

Doch glücklicherweise erreichten sie das Ufer, ehe sich ihr Magen auf links krempelte. Der Goliath-Matrose machte das Boot am Landungssteg fest, während Larsson hinaussprang und zuerst Julie und danach Franzi an Land half.

„Schade, dass wir so wenig Zeit miteinander verbringen konnten", raunte er ihr zu und grinste sie vielsagend an, wobei er seine Zahnlücke entblößte. „Aber wir liegen noch bis morgen Mittag hier vor Anker, und ich werde bestimmt bis morgen früh Landgang bekommen."

Angewidert wandte Franzi sich ab und nahm ihren Koffer und den Bratschenkasten von Goliath entgegen. Hier lungerten zwar zuhauf schwarze Gepäckträger herum, aber ihre Reisekasse war zu schmal, um sich solche Hilfe leisten zu können.

Julie schien der gleichen Auffassung zu sein. Sie warf zuerst Tjebben einen auffordernden Blick zu, doch als dieser weder Anstalten machte, ihren Koffer zu nehmen noch einen Gepäckträger zu rufen, ergriff sie ihren Koffer selbst und marschierte los. „Komm schon, Franzi, es ist gar nicht weit."

Franzi folgte ihrer Freundin. Ihr war immer noch flau im Magen, der Steg schien unter ihr zu schwanken. Tief sog sie die warme Luft, die nach Salz und Fisch schmeckte, in die Lungen.

Als der feste Boden unter ihren Füßen und die frische Luft endlich ihre Wirkung taten, sah Franzi sich um. Im Hafen wimmelte es von schwarzen Trägern, die Postsäcke und Kisten transportierten. Fischer boten in allen erdenklichen Sprachen ihren Fang an, der in der Sonnenhitze schon einen üblen Geruch entwickelte. Rasch verließen sie das Hafengelände, bevor ihr wieder schlecht wurde.

Auf dem Weg durch Daressalam schaute sich Franzi staunend um. Sie hatte sich die Stadt ganz anders vorgestellt. Zwar hatte Julie ihr immer von der *Perle am Indischen Ozean* vorgeschwärmt, aber niemals hätte sie eine so saubere Stadt erwartet. Die Straßen waren breit und gepflegt, die weiß getünchten Gebäude rechts und links wirkten mit ihren offenen Veranden spielerisch leicht.

Sie musste sich zusammenreißen, um nicht jedem Schwarzen nachzustarren. Viele von ihnen trugen Körbe mit frischem Obst auf dem Kopf. Zwar hatte sie schon Bilder von Schwarzen gesehen und auch in Breslau einer Völkerschau beigewohnt, bei der Afrikaner vorgeführt worden waren, aber es war doch etwas anderes, diesen Menschen in deren Heimat zu begegnen.

„Was sind das für sonderbare Früchte?" Franzi wies auf einen Handkarren. „Die gebogenen gelben sind wohl Bananen – davon haben wir im Geografie- oder Naturkundeunterricht etwas gehört."

„Das stimmt – sie schmecken herrlich süß! Die großen, etwas stacheligen sind Ananas, und die kleinen, die ein wenig an Äpfel erinnern, sind Mangos."

Franzi war froh, dass Julie schon einmal in Daressalam gewesen war und ihr alles erklären konnte.

Lachend wies Julie auf eine Gruppe halbwüchsiger Jungen, die sich einen Spaß daraus machten, so viele Räder wie möglich hintereinander zu schlagen.

Franzi schüttelte den Kopf. „Mir würde spätestens nach dem zweiten Rad schwindelig. – Aber wer ist denn dieser Herr mit dem kunstvoll gebundenen Turban, der so gravitätisch die Straße hinunterschreitet, als gehöre ihm das Schutzgebiet?"

„Das muss ein Inder sein. Wir müssen bei Gelegenheit unbedingt das indische Viertel besuchen. Dort kannst du alles kaufen, was du nicht benötigst."

„Und diese Gerüche?" Franzi sog die Luft ein. „Es kitzelt ja geradezu in der Nase, als würden hier alle Gewürze der Welt verkauft."

„Es ist auch beinahe so. Unmittelbar vor Daressalam liegt Sansibar – erinnerst du dich an den Geschichtsunterricht? Sansibar wurde ..."

„... vor 15 Jahren gegen Helgoland getauscht, ich weiß."

„Du hast ja tatsächlich etwas im Pensionat gelernt." Julie grinste sie an. „Sansibar ist *die* Gewürzinsel, deswegen wird hier alles verkauft, was du dir vorstellen kannst: Curry, Ingwer, Kardamom, Muskatnuss, Vanille, Zimt ..."

Was Julie weiter aufzählte, ging im klingenden Spiel einer Kompanie schwarzer Soldaten unter, die in khakigelben Uniformen vorbeizogen, geführt von einem Fähnrich in der weißen Schutztruppenuniform. „Ein merkwürdiger Anblick, diese schwarzen Gestalten unter der schwarz-weiß-roten Fahne. Ich wusste gar nicht, dass in der Schutztruppe so viele Schwarze dienen."

„Oh, es gibt viel mehr schwarze Soldaten als weiße. Man nennt sie Askaris und sie sind uns Deutschen ausgesprochen ergeben." Julie wies mit dem Arm nach vorn. „Und unser alter Kaiser ist auch schon eingetroffen."

Unter einer Palmengruppe stand ein Denkmal Kaiser Wilhelms I.

„Und das Gebäude dahinter?", fragte Franzi. „Das mit den grazilen Säulen und den vielen Veranden?"

„Das" – Julie blieb stehen – „ist der Palast des Gouverneurs Major Graf Gustav Adolf von Götzen."

„Fantastisch." Franzi stellte ihren Koffer ab und merkte erst jetzt, wie sehr ihr Arm bereits schmerzte. „In diesem Haus wie aus 1001 Nacht werden wir also vorerst wohnen?"

Julie zog die Stirn in Falten. „Ich hoffe es. Wenn Onkel Götzen sich über die Überraschung freut ..."

„Was soll er denn sonst tun, als uns aufzunehmen? Er kann uns doch nicht einfach auf die Straße setzen! Und vielleicht bleiben wir auch gar nicht lange, falls es wirklich eine Möglichkeit gibt, nach Amani zu Robert Koch zu kommen."

Julie verdrehte die Augen.

„Kommen Sie endlich!" Tjebben winkte ungeduldig. „Eine Stadtbesichtigung können Sie später noch machen."

Sie nahmen ihre Koffer wieder auf, folgten Tjebben und stiegen die Treppe, die von zwei Askaris unter Gewehr flankiert wurde, zur unteren Veranda empor. Durch eine Doppeltür betraten sie das hohe Vestibül.

„Wie schön kühl es hier ist!" Franzi wurde erst jetzt bewusst, wie heiß ihr bei dem Gang vom Hafen zum Palast geworden war. Sie stellte ihre Koffer ab und band sich ihr Haar rasch zu einem lockeren Knoten zusammen.

Ein riesiger Schwarzer kam auf sie zu und verbeugte sich. „Womit kann ich Ihnen dienen?" Das perfekte Deutsch hörte sich aus seinem Mund merkwürdig an.

Sofort ergriff der Schiffsoffizier das Wort. „Bringe diese Damen zum Herrn Gouverneur. Sofort."

Franzi verzog das Gesicht. Was erlaubte sich Tjebben für einen Ton? Mit einem *Bitte* und einem *Sie* hätte sein Befehl ganz anders gewirkt.

„Der Herr Gouverneur ist nicht daheim. Darf ich Sie der gnädigen Frau melden?"

„Sag der gnädigen Frau, ihre Nichte sei eingetroffen. Los, worauf wartest du noch?" Mit einer Handbewegung scheuchte Tjebben den Diener die Treppe hinauf.

„Ist es ein gutes Zeichen, dass wir zuerst mit deiner Tante sprechen?", flüsterte Franzi ihrer Freundin zu.

Julie wiegte den Kopf. „Ich fürchte nicht. Tante May ist nicht eben entschlussfreudig."

Da rauschte schon eine Dame die Treppe hinab, gefolgt von dem schwarzen Diener. Auf der letzten Stufe blieb sie stehen und schlug die Hände zusammen. „Julie! Wie kommst du hierher?", rief sie mit deutlich amerikanischem Akzent.

Julie breitete die Arme aus und lief auf ihre Tante zu. „Tante May! Ich bin so froh, dich zu sehen!"

„Ich bin völlig fassungslos!" Frau von Götzen ließ sich Julies Umarmung gefallen, dann trat sie zur Seite. „Und wer bitte ist diese junge Dame? Und der Herr dort?"

Ehe Julie antworten konnte, trat Tjebben vor und verneigte sich. „Heinz Tjebben, Erster Offizier der *Prinzregent*, soeben in der Bucht von Daressalam vor Anker gegangen. Ich habe diese beiden Damen auf Befehl von Kapitän Hartmann bei Ihnen abzuliefern."

„Lass dir in Ruhe erklären, Tante." Julie wies auf Franzi. „Das ist meine Freundin Franziska von Wedell. Sie hat schon immer davon geträumt, nach Afrika zu kommen, und da ich es bei meiner Großmutter auf Schloss Scharfeneck nicht mehr ausgehalten habe ..."

Franzi verknotete ihre Finger. Das entsprach auch nicht ganz der Wahrheit. Eigentlich sollte Julie noch im Pensionat und gar nicht bei ihrer Großmutter sein.

„Bitte, liebe Tante." Julie griff nach Frau von Götzens Hand. „Wir dürfen doch hierbleiben, nicht wahr?"

„Aber was wollt ihr denn in Deutsch-Ostafrika?" Gräfin Götzen schüttelte den Kopf. „Was sagt denn deine Großmutter überhaupt dazu, dass du hierhergereist bist?"

Julie lächelte sie verschmitzt an. „Großmutter ist alt. Was soll sie schon sagen?"

Schon wieder eine Unwahrheit. Julie hatte ihrer Großmutter nichts von Daressalam erzählt, sondern behauptet, sie würde ihre Tante in Kattowitz besuchen, damit ihre Großmutter den Gouverneur nicht telegrafisch vorwarnte.

Frau von Götzen seufzte. „Was soll ich nur mit euch machen? Wir müssen warten, bis dein Onkel zurückkommt, Julie. Dann wird er entscheiden."

Julie sah Franzi an und raunte ihr zu: „Ich habe ja gesagt, dass sie nicht entschlussfreudig ist. Aber meinen Onkel werde ich hoffentlich herumbekommen."

„Hoffentlich", wisperte Franzi.

„Ich kann aber nicht ewig hier warten", schaltete Tjebben sich ein. „Ich muss zurück aufs Schiff ..."

„Sicherlich wird mein Mann Ihren Bericht hören wollen. Es kann nicht mehr lange dauern." Sie hob horchend den Kopf. „Da ist er vermutlich schon."

Von draußen war das Rollen eines Wagens zu hören, dann ertönten rasche, feste Schritte auf der Treppe. Franzi schlang ihre Finger noch fester ineinander und atmete tief durch.

Der schwarze Diener eilte zur Tür, riss sie auf und Graf Götzen trat ein.

„Was ist denn ...?" Er schob seinen Klemmer auf die Nase. „Julie?"

Ihre Freundin breitete die Arme aus und flog auf ihren Onkel zu. „Onkel Götzen! Wie bin ich froh, bei dir zu sein!"

„Aber was ist denn los? Wie kommst du denn nach Daressalam?" Er drückte sie fest an sich und hielt sie dann auf Armeslänge von sich entfernt fest.

„Ich hatte solche Sehnsucht nach dir, Onkel, und bei Großmutter habe ich es einfach nicht mehr ausgehalten."

„Bei Großmutter?" Götzen räusperte sich. „Aber du solltest doch in Breslau im Pensionat sein?"

„Dort habe ich es auch nicht mehr ausgehalten. Fräulein von Steinbach war ungerecht ..."

Während Julie ihre wenig wahrheitsgetreue Version der Geschichte erzählte, betrachtete Franzi den Onkel ihrer Freundin. Er sah viel älter aus als 39 Jahre; sein Gesicht war von Falten durchzogen, seine Gestalt hager und etwas gebeugt. Wahrscheinlich hatten seine Entdeckungsreisen quer durch Afrika und die Jahre im Schutzgebiet an seiner Gesundheit gezehrt.

„... und deshalb ist meine Freundin Franzi mit mir gekommen", schloss Julie ihren Bericht.

Götzen trat vor Franzi hin. Erfreut stellte sie fest, dass er gar nicht so viel größer war als sie. „Und Sie, mein Fräulein? Wünschen etwa auch Sie Aufnahme bei mir?"

„Herr Graf ... Exzellenz ..."

Ehe Götzen ein Verhör mit ihr anstellen konnte, trat der Schiffsoffizier zu ihnen. „Exzellenz, Heinz Tjebben, Erster Offizier der *Prinzregent*, heute in Daressalam angekommen. Hatte Befehl vom Kapitän, Ihnen die beiden Damen zu übergeben. Bitte mich nun entfernen zu dürfen."

Götzen sah den Seemann scharf an, dann wandte er sich an den Diener. „Jumatatu, bringe die Damen in den Salon und setze Ihnen etwas zu trinken vor."

Franzi atmete auf. Das bedeutete doch sicherlich, dass sie bleiben durften.

„Herr Tjebben", fuhr Götzen fort, „Sie folgen mir bitte in mein Arbeitszimmer und erstatten mir Bericht über die Reise der beiden Damen."

Nein, es bedeutete nicht, dass sie würden bleiben dürfen. Tjebben würde alles, was an Bord passiert war, haarklein erzählen, vielleicht sogar noch etwas ausgeschmückt, schließlich hatte er seine Offizierskabine für sie räumen müssen.

Kapitel 26

Mit zitternden Fingern stellte Franzi ihr Limonadenglas auf dem filigranen Ebenholztisch ab. Frisch gepresste Orange – doch sie konnte sie kaum genießen. Sie half noch nicht einmal gegen die Wärme. Denn trotz des Baustils des Gouverneurspalastes, der die größte Hitze aussperrte, war ihr furchtbar heiß. „Was wird er bloß mit uns machen? Wenn ihm Tjebben erzählt, dass wir als blinde Passagiere gereist sind, wird er sicher wütend auf uns sein."

Julie schlug die Beine übereinander. „Dieser Schiffsoffizier war einfach nicht eingeplant. Ohne ihn hätte Onkel Götzen nie erfahren, dass wir als blinde Passagiere gereist sind."

„Und dass ausgerechnet er, der wegen uns seine Kabine räumen musste, abgestellt wurde, uns hierher zu begleiten …" Franzi griff erneut nach dem Limonadenglas.

Da ging die Tür auf und Götzen trat ein. „Schöne Dinge erfährt man über euch." Er setzte sich in einen Sessel ihnen gegenüber und schüttelte den Kopf. „Die Nichte des Gouverneurs von Deutsch-Ostafrika und eine Komtesse von Wedell kommen als blinde Passagiere nach Deutsch-Ostafrika – könnt ihr mir sagen, was ich davon halten soll?"

Julie bohrte den Absatz in den Teppich. „Aber Onkel, wir haben doch nur das falsche Schiff erwischt. Eigentlich wären wir ja als reguläre Passagiere mit der *Präsident* nach Daressalam gereist."

„Ihr habt sogar dem Matrosen zweideutige Versprechungen gemacht, um an Bord zu gelangen!" Götzen räusperte sich. „Wenn das bekannt wird, gibt es einen Skandal!"

„Aber es muss ja nicht bekannt werden", wagte Franzi einzuwerfen.

„Komtesse, von Ihnen möchte ich vor allen Dingen wissen, was Ihre Eltern zu Ihrer Reise sagen. Was haben Sie ihnen erzählt, dass sie Ihnen das erlaubt haben?"

Julie warf ihr einen beschwörenden Blick zu. Natürlich sollte sie nicht sagen, dass sie von zu Hause ausgerissen war. „Ich habe meinem Vater nichts anderes als die Wahrheit gesagt."

„Und er hat Ihnen die Reise erlaubt?"
„Nun, erlaubt ..."
Julie gab Franzi einen Rippenstoß.
„Nun reden Sie schon!" Götzens Blick war durchdringend. „Ihr Vater weiß wohl gar nicht, dass Sie hier sind?"
„Doch. Ich bin ja nicht heimlich von zu Hause weggegangen."
„Aber gegen den Willen Ihrer Eltern?"
Wieder ein Rippenstoß. Trotzdem würde sie nicht lügen. „Er hat mich gehen lassen, auch wenn er es nicht gutgeheißen hat."
„Also sind Sie gegen den Willen Ihres Vaters hierher gereist – wie alt sind Sie überhaupt? Doch sicherlich noch nicht großjährig?"
Franzi starrte auf den Teppich. „19."
„So." Götzen schlug mit der Faust auf das Tischchen, dass die Limonade überschwappte. „Wissen Sie, was Sie jetzt tun werden? Sie gehen sofort wieder auf die *Prinzregent* und fahren zurück nach Deutschland, verstanden?"
„Aber Exzellenz, bitte!" Franzi rang die Hände.
„Onkel, das kannst du nicht tun!", rief Julie. „Franzi träumt schon lange davon, nach Afrika zu kommen. Sie möchte hier als Krankenschwester arbeiten oder vielleicht sogar zu Robert Koch nach Amani ..."
„Und du, junge Dame" – Götzen beugte sich vor und sah Julie an, als habe er ihre Worte nicht gehört –, „willst du mich etwa glauben machen, deine Großmutter sei mit deiner Reise hierher einverstanden gewesen?"
„Onkel ..."
Götzen ergriff Julies Hand, ein beinahe liebevolles Lächeln erschien unter seinem Schnurrbart. „Du solltest mir die Wahrheit sagen, kleine Nichte. Ich kenne meine Mutter gut genug. Und du kannst mir nicht erzählen, sie habe dir erlaubt, zu mir zu reisen, obwohl du doch eigentlich ins Pensionat gehörst."
Julie klimperte mit ihren Wimpern. „Onkel, ich weiß doch, wie sehr du mich magst ..."
„Zur Sache, mein Fräulein. Fangen wir vorne an. Warum bist du nicht im Pensionat?"
„Ich ... Fräulein von Steinbach ...", stammelte Julie.
„Sie ist aus Freundschaft zu mir gegangen." Franzi griff nach

ihrem auseinanderfallenden Knoten. Es half doch nichts, mit Ausflüchten zu kommen. „Ich wurde der Anstalt verwiesen, und da ist Julie aus dem Pensionat ausgerückt."

„Franzi!" Julies schwarze Augen funkelten sie an.

Götzen lächelte. „Deine Freundin ist wenigstens ehrlich; das immerhin könntest du von ihr lernen. – Und was ist dann auf Scharfeneck geschehen? Irgendwie musst du ja an die Schiffsfahrkarten gekommen sein."

„Die habe ich telegrafisch bestellt – der Name Götzen wirkt Wunder, wenn es um Afrika geht." Julie grinste.

„Und deine Großmutter? Sie hat dich ganz bestimmt nicht mir nichts, dir nichts ziehen lassen."

„Doch. Zu Tante Ottilie nach Kattowitz."

„Ach, zu Tante Ottilie nach Kattowitz." Götzen legte die Hand vor den Mund und hüstelte. Fast sah es aus, als ob er ein Grinsen verbergen wollte. „Diese Tante Ottilie bin also ich, und Kattowitz liegt plötzlich an der Ostküste Afrikas – hat man in eurem Pensionat keinen Wert auf Geografie gelegt?"

„Dieses Pensionat", wiederholte Julie verächtlich und verdrehte die Augen.

„Es war mehr ein Gefängnis", warf Franzi ein.

„Genau dorthin sollte ich euch bringen lassen – ins Gefängnis!" Götzens Miene war plötzlich wieder streng. „Ihr glaubt doch wohl nicht, dass ich euch zwei Ausreißer hier aufnehmen oder in den Urwald der Usambaraberge gehen lassen werde, selbst wenn Fürst Hohenlohe[10] persönlich dort wäre! Ganz abgesehen davon, dass Deutsch-Ostafrika kein Land für junge Mädchen ist."

„Aber Onkel! Ich war doch schon einmal bei dir ..."

„Ja, für ein paar Wochen zu Besuch. Aber ich glaube kaum, dass dir das dieses Mal reichen wird."

„Ich möchte gern hierbleiben." Franzi sah den Gouverneur an und suchte nach der Freundlichkeit unter seiner strengen Maske – oder war vorhin die Freundlichkeit Julie gegenüber die Maske gewesen? „Bitte, Exzellenz, ermöglichen Sie mir eine medizinische Ausbildung ..."

---

10 Fürst Ernst II. zu Hohenlohe-Langenburg, seit 1905 Direktor der Kolonialabteilung des Auswärtigen Amtes (ab 1907 Reichskolonialamt).

Lachend schlug sich der Gouverneur auf den Schenkel. „Haben Sie sonst noch Wünsche, Komtesse?"

Julie stand auf, trat neben ihn, legte ihm eine Hand auf die Schulter und beugte sich zu ihm hinab, dass ihr dunkles Haar ihn umringelte. „Onkelchen, tu doch nicht so streng. So bist du doch gar nicht ..."

„Und ob ich so bin." Er schüttelte sie ab, sprang auf und öffnete die Salontür. „Jumatatu! Ein Askari zur Kommandantur: sofort ein Offizier zu mir!"

„Jawohl, Exzellenz!"

„Glücklicherweise liegt die *Prinzregent* noch in der Bucht von Daressalam vor Anker. Der Offizier wird euch an Bord bringen – und ihr werdet umgehend nach Deutschland zurückkehren."

„Onkel ..."

„Exzellenz ..."

„Kein weiteres Wort mehr! Geht hinunter ins Vestibül und erwartet dort den Offizier." Mit stampfenden Schritten verließ Götzen den Salon.

* * *

Schenck legte das Schreiben, das Feldwebel Hunebeck ihm gerade übergeben hatte, auf seinen Schreibtisch und lehnte den Kopf gegen die Stuhllehne. Unterschrieben von Gouverneur Graf Götzen und Hauptmann Schwarzkopf, gestempelt mit dem Siegel des Schutzgebietes Deutsch-Ostafrika – was konnte er dagegen tun? Sein Auftrag war klar: den Delinquenten aufhängen – ohne ordentlichen Prozess. Nur weil er ein Schwarzer war. „Das kann ich unmöglich tun!"

„Bitte, Herr Leutnant?"

Er hatte die Anwesenheit von Feldwebel Hunebeck ganz vergessen. „Einer der Gefangenen aus Zelle Nummer fünf soll heute gehängt werden. Ohne dass er vor einem ordentlichen Gericht gestanden hat."

Der Feldwebel lächelte. „Aber Herr Leutnant. Der Mann ist ein Aufrührer. Er hat mit diesem Kinjikitile Ngwale ..."

„Dieser Heiler, der in einen Teich gekrochen ist? Und schon vor einiger Zeit in Mohoro gehängt wurde?"

„Genau den meine ich." Hunebeck grinste. „Jedenfalls hat der Neger aus Nummer fünf mit diesem Kinjikitile Ngwale gemeinsame Sache gemacht. Aufruhr gegen die Schutzmacht! Wenn Sie mich fragen, wird das nun einmal mit dem Tode bestraft."

„Selbst wenn dieser Mann den Tod verdient hat – was ich für mein Teil allerdings bezweifle, Hunebeck! –, dann aber doch nicht, ohne vor einem ordentlichen Gericht gestanden und die Möglichkeit bekommen zu haben, sich zu verteidigen!" Schenck starrte auf das Schreiben mit dem Todesurteil. Schwarzkopfs Unterschrift grinste ihn boshaft an.

„Wir können doch nicht jeden Neger vor Gericht stellen! Wie viele Staatsanwälte wollen Sie denn dafür einstellen? Wir haben schon genug mit den weißen Abenteurern zu tun."

„Dabei ist es doch sonderbar, dass die Weißen einen Prozess bekommen, die Schwarzen jedoch nicht. Ganz abgesehen davon: Ist es diesem Kinjikitile Ngwale und seinen Anhängern zu verdenken, dass sie gegen unsere Herrschaft opponieren?"

„Herr Leutnant!" Hunebeck machte ein entsetztes Gesicht. „Wenn Sie mich fragen, wir bringen dem Schutzgebiet doch nur Gutes! Zivilisation, Kultur, wirtschaftlichen Fortschritt ..."

„... und den Tod." Schenck fuhr mit dem Zeigefinger unter seinen Hemdkragen. An die Hitze hatte er sich noch nicht gewöhnt.

„Nur denjenigen, die ihn verdienen", wandte Hunebeck ein.

„Und wer gab uns das Recht dazu, hier zu entscheiden, wer den Tod verdient? Gehört dieses Land etwa uns? Nicht vielmehr den Afrikanern? Wir sind hier eingedrungen, schwingen uns zu Herren auf ..."

„Wir *sind* die Herren." Der Feldwebel warf sich in die Brust. „Oder sollte Ihnen nicht bekannt sein, dass die schwarze Rasse niemals an uns heranreichen kann?"

„Ist das nicht eine gewagte Theorie?" Schenck stand auf.

„Sie ist gemeinhin anerkannt. Und wenn Sie mich fragen: Die Erfahrung lehrt tagtäglich, dass wir die Herrenrasse sind – von Gott zum Herrschen bestimmt."

„Selbst wenn das so wäre – verleiht uns das das Recht, in andere Länder einzudringen und die Eingeborenen hinzurichten, die sich gegen unsere Herrschaft auflehnen? Eine merkwürdige Ansicht, Hunebeck."

„Wenn Sie mich fragen, Herr Leutnant, Sie grübeln zu viel." Der Feldwebel lächelte mitleidig. „Dieses Todesurteil ist vom Gouverneur und von Hauptmann Schweinskopf – verzeihen Sie, Hauptmann Schwarzkopf – unterzeichnet. Diese Männer tragen die Verantwortung, wir führen nur Befehle aus."

„Hinter dieser Begründung verstecken sich alle. Vielleicht haben Sie sogar recht und ich mache mir zu viele Gedanken. Aber es widerstrebt meinem Gewissen." Er sah durch das kleine Fenster auf den Gefängnishof hinaus. Dort hinten war der Galgen, an dem vermutlich schon Hunderte Schwarze den Tod gefunden hatten. „Mein Gott, was soll ich tun?", murmelte er.

„Soll ich die Hinrichtung vorbereiten?", bot Hunebeck an.

Schenck nickte langsam. „Aber bitte erst heute Abend." Dann blieben ihm noch ein paar Stunden, um zu beten und beim Gouverneur zu intervenieren.

Plötzlich brüllte Feldwebel Hunebeck „Achtung!" und nahm Haltung an.

Schenck fuhr herum, dann riss er ebenfalls die Knochen zusammen.

Hauptmann Schwarzkopf wuchtete seinen feisten Bauch auf dünnen Beinen ins Büro. „Was quatschen Sie hier ewig rum, Schenck? Wollen Sie mit Ihren humanitären Ansichten etwa die ganze Schutztruppe zersetzen?"

„Herr Hauptmann ..."

„Ja ja, ich habe alles gehört. Jedenfalls genug. Es war ein vortrefflicher Gedanke, meinen neuen Leutnant zu kontrollieren." Schwarzkopf nahm den Schutztruppenhut ab und tupfte sich die Glatze mit einem riesigen Taschentuch ab. „Wenn ich noch einmal erlebe, dass Sie Befehle vom Gouverneur anzweifeln, werde ich ein Disziplinarverfahren gegen Sie einleiten, verstanden?"

„Herr Hauptmann, in Deutschland sind wir Offiziere zum Mitdenken angehalten worden", entgegnete Schenck. Dieser dicke Hauptmann sollte sich nicht so aufplustern.

Schwarzkopf trat ganz nahe vor ihn hin, dass ihm der beißende Schweißgeruch in die Nase stieg. „Sie werden Befehle ausführen, Schenck, ohne sie zu hinterfragen. Und noch etwas, Schenck: Wenn ich in Ihrer Gegenwart noch einmal *Schweinskopf* genannt werde, und Sie erteilen dem Soldaten keine Rüge, werde ich *Ihnen* eine Rüge erteilen, die Sie so schnell nicht vergessen werden."

Schenck drehte den Kopf ein wenig zur Seite, um etwas Luft ohne Schweißgeruch einatmen zu können. „Jawohl, Herr Hauptmann."

„Gut. Und jetzt ..." Er grinste und seine kleinen Schweinsäuglein glitzerten boshaft. „Ich komme nicht nur, um Sie zu kontrollieren. Ich habe auch einen Auftrag für Sie. Gehen Sie sofort hinüber zum Gouverneurspalast und melden sich bei Seiner Exzellenz."

Das Grinsen des Hauptmanns, dem sich der Feldwebel anschloss, weckte ein ungutes Gefühl in Schenck. „Können Sie mir sagen, Herr Hauptmann, zu welchem Zweck ich zum Gouverneur soll?"

Schwarzkopf zuckte mit den Schultern. „Das erfahren wir vorher nie. Ich wünsche Ihnen jedenfalls viel Vergnügen." Wieder dieses Grinsen, dann drehte er sich um und wuchtete sich aus dem Büro.

Hunebeck trat zu ihm. „Ich wünsche Ihnen viel Glück, Herr Leutnant."

„Was wollen Sie damit sagen, Feldwebel?" Er musste den Kopf in den Nacken legen, um Hunebeck ansehen zu können. Rasch trat er einen Schritt zurück.

„Wenn Sie mich fragen: Die Spezialaufträge des Gouverneurs sind meistens schwierig. Die Chance, sich zu blamieren, ist größer als die, sich hervorzutun. Schwarzkopf sucht dazu immer die Soldaten aus, die er am wenigsten leiden kann."

Großartig. Er stand also bereits jetzt ganz oben auf der Liste der unbeliebtesten Schutztruppensoldaten von Deutsch-Ostafrika. Aber vielleicht bekam er so ja Gelegenheit, sich beim Gouverneur für den Gefangenen aus Zelle Nummer fünf einzusetzen.

„Und wenn Sie mich fragen, Herr Leutnant: Behalten Sie Ihre Ansichten zukünftig lieber für sich. Denken darf man hier alles, aber nicht sagen."

Am liebsten hätte Schenck dem Feldwebel das Wort *Feigling* ins Gesicht geschleudert, aber er sollte sich besser nicht noch mehr Feinde machen.

Er schloss seinen Uniformrock, setzte den Schutztruppenhut auf und machte sich auf den Weg zum Gouverneurspalast.

* * *

„Komm, Julie, wir müssen sofort hier weg!" Franzi ergriff ihren Bratschenkoffer. „Schnell, bevor der Offizier kommt und uns zurück aufs Schiff bringt!"

Julie setzte sich in einen der Korbsessel, die in einem Winkel des Vestibüls standen. „Das ergibt doch keinen Sinn, Franzi."

Sie starrte ihre Freundin an. „Willst du etwa aufgeben? Willst du dich einfach zurück aufs Schiff schleppen lassen? Und nach Deutschland zurückkehren?" So kannte sie ihre Freundin gar nicht. Bisher hatte Julie immer ihren Willen durchgesetzt.

„So nimm doch Vernunft an."

„Nein, ich werde mich nicht nach Deutschland zurückbringen lassen. Niemals!" Wie würde sie dann vor ihrem Vater dastehen – als gescheiterte Ausreißerin! „Wenn du nicht mitkommst, dann gehe ich allein!"

„Lass doch den Unsinn. Wie willst du denn ungesehen aus dem Palast entkommen? Mein Onkel hat den Wachen zweifellos Anweisung gegeben, uns nicht hinauszulassen. Und selbst wenn wir es hinausschaffen ... Onkel Götzen würde uns binnen weniger Minuten Heerscharen von Askaris hinterherjagen."

Das war vermutlich wahr. „Aber bevor ich mich widerstandslos auf dieses Schiff schleppen lasse, versuche ich das Unmögliche!" Franzi griff auch nach ihrem Koffer.

„Den Askaris wirst du nicht entkommen. Aber vielleicht dem Offizier."

Franzi lachte. „Du glaubst doch nicht im Ernst, dass du einem Offizier leichter entkommen kannst als den Soldaten!"

„Wenn wir erst mit dem Offizier im Gewühl der Stadt und des Hafens unterwegs sind, ist es viel leichter, unterzutauchen."

„Aber der Offizier! Er wird uns nicht einfach so entkommen lassen! Du weißt doch selbst, wie gut ausgebildet deutsche Offiziere sind! – Julie, komm endlich! Dieser Offizier wird jeden Augenblick eintreffen!" Sie stellte den Koffer und die Viola wieder ab und zog Julie an beiden Armen hoch. „Wir müssen doch nur untertauchen, bis die *Prinzregent* ausgelaufen ist. Dafür wird unsere Reisekasse noch ausreichen."

„Natürlich. Zwar nicht für das Hotel *Kaiserhof*, doch für eine billige Absteige wird es schon reichen. Aber ich werde nicht versuchen, aus dem Palast zu entkommen. Wenn dieser Fluchtversuch scheitert, wird uns der Offizier an Armen und Beinen gefesselt mit einer ganzen Kompanie als Eskorte auf den Dampfer schleppen."

„Dann warte du meinetwegen auf den Offizier. Ich werde mich ganz bestimmt nicht von ihm abführen lassen." Sie raffte Koffer und Bratschenkasten auf. „Falls es dir gelingen sollte, ihm zu entkommen, wirst du mich in der Nähe des Hafens finden."

Franzi lief, so schnell das lange Kleid und der schwere Koffer es zuließen, zur Tür – da wurde diese von außen geöffnet und sie prallte gegen eine hell gekleidete Gestalt. Ihr Koffer polterte zu Boden, die Bratsche konnte sie so eben noch festhalten. Rasch trat sie einen Schritt zurück.

„Verzeihung." Der Ankömmling verbeugte sich – dann hielt er inne.

Mit offenem Mund starrte Franzi den Offizier der Schutztruppe an, der nur unwesentlich größer war als sie selbst. „Leutnant – von – Schenck!"

Jetzt war alles aus! Wenn Schenck der erwartete Offizier war, würde er sie notfalls in einen Sack stecken, um sie aufs Schiff zu bringen. Und dort anketten, bis sie in Hamburg ankämen.

Kapitel 27

Franzi presste den Bratschenkoffer an sich und eilte zu Julie zurück. „Das ist der Offizier, der uns schon bis nach Hamburg gefolgt ist!", raunte sie ihr zu. „Jetzt ist alles vorbei."

Julie warf den Kopf zurück. „Dann müssen wir ihn eben auf unsere Seite ziehen. Und das, bevor er mit meinem Onkel gesprochen hat. Wenn er uns vorher seine Unterstützung zusagt, kann er sein Wort als Offizier hinterher nicht mehr zurücknehmen."

Der Leutnant trat vor sie hin und schlug die Hacken zusammen. „Meine Damen, erlauben Sie mir, überrascht zu sein, Ihnen heute zu begegnen."

Am liebsten hätte Franzi ihm entgegengeschleudert, dass er doch nur nach Deutsch-Ostafrika gekommen war, um sie zurückzuholen. Aber sie zügelte ihre Zunge. Wenn Julie Schenck für sie beide gewinnen wollte, musste sie freundlich zu ihm sein – auch wenn sie nicht an den Erfolg glaubte.

Julie machte einen formvollendeten Knicks. „Endlich ein deutscher Offizier. Herr Leutnant, Sie müssen uns helfen!"

„Wie sind Sie eigentlich nach Daressalam gekommen? Ich sah Sie in Hamburg, aber auf dem Schiff nach Daressalam waren Sie nicht."

„Bitte, Herr Leutnant" – Franzi nahm all ihre Freundlichkeit zusammen –, „lassen Sie es sich später erklären. Wir benötigen dringend Ihre Hilfe!" Schenck ahnte sicherlich nicht, wie schwer es ihr fiel, gerade ihn um Hilfe zu bitten!

„Es tut mir leid, aber ich bin zum Gouverneur befohlen. Ich habe mich unverzüglich bei ihm zu melden. Bitte warten Sie hier, ich werde mich danach um Sie kümmern."

Nur das nicht. Wenn er erst den offiziellen Auftrag erhalten hatte, sie auf den Dampfer zu bringen, konnte er ihnen nicht mehr helfen.

Offenbar hatte Julie den gleichen Gedanken. „Bitte warten Sie, Herr Leutnant. Versprechen Sie uns wenigstens, uns zu helfen."

„Aber was ist denn überhaupt geschehen?" Er nahm den Schutztruppenhut ab und strich sich das schweißnasse Haar glatt. „Sie sind doch offenbar wohlbehalten angekommen, sind hier bei Ihrem Onkel ..."

„Wir können leider nicht bei meinem Onkel bleiben. Bitte helfen Sie uns, anderswo unterzukommen!"

Schenck lächelte. „Meine Damen, wenn Sie nicht bei Seiner Exzellenz dem Herrn Gouverneur bleiben können, ist es wohl das Beste, Sie kehren nach Deutschland zurück. Die *Prinzregent* liegt ja gerade vor Daressalam ..."

„Jetzt sind wir schon so weit gekommen!" Julie rang theatralisch die Hände. „Wenn Sie wüssten, welche Mühen es uns gekostet hat, nach Daressalam zu kommen – da können wir doch nicht einfach nach Hause zurückkehren!"

„Das sollten Sie aber. Deutsch-Ostafrika ist nichts für junge Damen." Schenck trat nahe vor Franzi hin und sah ihr in die Augen. „Gnädiges Fräulein, merken Sie denn nicht, dass Ihr Weg Sie ins Unglück führt? Ich verstehe, dass Ihr Stolz dagegen rebelliert, aufzugeben, aber Ihr Vater ..."

„Sprechen Sie nicht von meinem Vater!"

Selbst wenn sie mit Gewalt wieder nach Deutschland gebracht würde, sie würde nicht zu ihrem Vater zurückkehren. Niemals. Sein schadenfrohes *Ich habe es dir doch vorhergesagt* wollte sie niemals hören.

Franzi atmete tief durch und senkte die Stimme. „Herr Leutnant, wir sind mit der *Prinzregent* hergekommen und können nicht auf dieses Schiff zurückkehren. Dort ist ein Matrose, der ... Nun, Sie können es sich vielleicht denken ..."

Schenck wurde krebsrot im Gesicht. „Ist er Ihnen zu nahe getreten?"

„Er – er hat es versucht." Franzi spürte, wie auch ihr die Röte ins Gesicht stieg.

„Herr Leutnant, versprechen Sie uns, uns zu helfen, dass wir nicht wieder auf dieses Schiff müssen", flehte Julie. „Sie können es doch als Ehrenmann nicht verantworten, uns einer solchen Gefahr auszusetzen ..."

„Ich kann Ihnen im Moment unmöglich etwas versprechen. Ich muss zuerst einmal zum Gouverneur, sonst wird er mich zu einem Strafdienst einteilen, sodass ich dann überhaupt keine Gelegenheit mehr finden werde, mich um Sie zu kümmern." Er wandte sich der Treppe zu – und nahm plötzlich Haltung an. „Exzellenz."

Franzi riss den Kopf herum. Auf dem Treppenabsatz stand Graf Götzen.

„Vorzüglich, Herr Leutnant." Der Gouverneur räusperte sich. „Lassen Sie sich von den beiden Mädchen nicht beschwatzen."

Franzi sah Julie an, deren Lippen lautlos ein Schimpfwort formten. Jetzt würde Götzen erst recht keine Gnade mehr kennen. Und Leutnant von Schenck würde den Befehl des Gouverneurs mit penibler Genauigkeit ausführen.

* * *

Schenck stand immer noch stramm, während der Gouverneur die letzten Stufen ins Vestibül hinunterstieg. „Exzellenz, Leutnant von Schenck, ich melde mich wie befohlen zur Stelle", rasselte er herunter.

Götzen legte zackig die Fingerspitzen an die Schläfe. „Hauptmann Schweinskopf – Pardon! Schwarzkopf – hat Sie geschickt?"

Schenck unterdrückte ein Grinsen. „Jawohl, Exzellenz."

„Bitte kommen Sie mit in mein Arbeitszimmer." Götzen wandte sich den Mädchen zu. „Und ihr solltet nicht noch einmal versuchen, mich zu hintergehen. Das würde euch schlecht bekommen."

Franziska sank mit aufeinandergepressten Lippen in einen Sessel, während Julie von Götzen ruhelos auf- und abging.

Als Schenck neben Götzen die Treppen hinaufstieg, fragte der Gouverneur: „Sie sind wohl neu in der Schutztruppe? Ihr Name ist mir unbekannt."

Schenck sah zurück zu den beiden Mädchen, die ihm flehende Blicke nachsandten. Hatte der Befehl, zu Götzen zu kommen, etwas mit ihnen zu tun? „Ich bin am 15. Juli in Daressalam angekommen."

Götzen räusperte sich und öffnete eine Tür. „Bitte kommen Sie herein und nehmen Sie Platz."

Langsam betrat Schenck das große Arbeitszimmer. Seine Stiefel versanken beinahe in dem dicken Teppich. Trotz der großen Hitze draußen herrschte fast angenehme Kühle in dem hohen Raum, denn durch die raumhohen Bogenfenster, die auf eine Veranda hinausführten, wehte die Seeluft herein. Er wartete, bis sich der Gouverneur in einen Sessel setzte, dann nahm er ihm gegenüber Platz.

Götzen räusperte sich erneut. „Also mit frischer Energie aus dem Reich eingetroffen. Dann gebe ich Ihnen sogleich die Möglichkeit, sich zu bewähren."

Schenck verzog das Gesicht. Eigentlich sollte er froh sein, solch eine Gelegenheit zu bekommen, denn das könnte ihm die Möglichkeit eröffnen, schnell wieder vom Gefängnistrupp wegzukommen. Doch meistens handelte es sich bei Bewährungsmöglichkeiten um denkbar unangenehme Aufgaben – und wie er von Schwarzkopf und Hunebeck gehört hatte, schien das bei Götzen besonders ausgeprägt zu sein.

„Diese beiden Damen, die unten im Vestibül warten, sind von zu Hause ausgerissen und müssen sofort wieder nach Deutschland zurück. Auf der Reede liegt noch die *Prinzregent*, die morgen nach Hamburg abgeht."

Schenck sah den Gouverneur aufmerksam an. Er ahnte nichts Gutes.

„Leutnant von Schenck, Sie verbringen die beiden Damen sofort auf das Schiff."

Schenck sah noch die flehenden Blicke der beiden Mädchen vor sich. Und Franziskas Großmutter Rahel Grüning hatte ihm zum Abschied in Wölfelsgrund gesagt, dass sie gehofft habe, er könnte ihre Enkelin auf sanfte Art wieder auf den Weg bringen. *Härte weckt nur ihren Widerstand.*

Nein, so ging es nicht. Wenn Götzen sie mit Gewalt aufs Schiff bringen ließ, würde sie sich fühlen wie unter der Knute ihres Vaters. Eine Umkehr des Herzens würde dadurch keinesfalls erreicht. Aber ob es klug war, den Gouverneur darauf hinzuweisen?

„Exzellenz, wenn ich mir eine Bemerkung erlauben darf ..."

Götzen zog die Stirn in Falten. „Was gibt es da zu bemerken? War mein Befehl nicht eindeutig genug?"

„Doch, Exzellenz. Jedoch ..." Wie sagte er es nur, damit Götzen nicht gleich einen Wutanfall bekam? Er nahm seinen Schutztruppenhut ab und legte ihn auf seine Knie. „Ich habe Komtesse von Wedell in ihrem Heimatort kennengelernt, kurz bevor sie Deutschland verließ. Ihr Vater war sehr streng mit ihr, was sie letztlich von zu Hause fort und nach Deutsch-Ostafrika getrieben hat."

„Was wollen Sie damit sagen? Junge Damen haben hier nichts zu suchen."

„Ich gebe Ihnen durchaus recht. Aber ich halte es aufgrund meines Zusammentreffens mit Komtesse von Wedell und ihrem Vater in der Heimat für klüger, die Damen mit Güte zu dieser Einsicht zu führen, sodass sie schließlich freiwillig nach Deutschland zurückkehren. Mit Gewalt werden Sie das meiner Einschätzung nach nicht erreichen."

„So, Sie scheinen sich ja für außerordentlich klug zu halten." Götzens Augen funkelten hinter den Gläsern seines Klemmers. „Und wie bitte stellen Sie sich vor, diese Einsicht mit Güte bei den Mädchen zu erreichen?"

„Bitte geben Sie mir etwas Zeit, dann werde ich versuchen, sie zu überzeugen."

Götzen lachte spöttisch. „Wie lange, sagten Sie, sind Sie schon im Schutzgebiet? Gerade einmal zwei Wochen? Und Sie wollen mir weise Ratschläge erteilen?"

„Das liegt mir ganz fern", beeilte sich Schenck zu widersprechen. „Aber ich halte es für Erfolg versprechender, die Damen zu überzeugen, als sie gegen ihren Willen …"

„Genug!" Götzen hustete. „Ich habe Ihnen einen klaren Befehl gegeben: Sie bringen die beiden Komtessen sofort auf die *Prinzregent* zurück. Verstanden?"

Schenck fühlte sich gedrängt, es noch einmal zu versuchen. Mit der gewaltsamen Methode war bereits Graf von Wedell bei seiner Tochter gescheitert. Doch das Glitzern in Götzens Augen sagte ihm, dass jeder weitere Versuch alles nur noch schlimmer machen würde. Also stand er auf, legte die Hacken zusammen und schnarrte: „Jawohl, Exzellenz."

„Na also", knurrte der Gouverneur. „Und Sie, Leutnant, haften mir mit Ihrem Kopf dafür, dass die Komtessen auf der *Prinzregent* wieder nach Deutschland reisen."

Schenck seufzte lautlos. „Jawohl, Exzellenz."

„Und richten Sie dem Kapitän aus, dass er die Damen für die Überfahrt arbeiten lassen soll. In der Küche ist bestimmt Bedarf."

„Aber …"

„Wollen Sie mir schon wieder widersprechen? Führen Sie gefälligst meine Befehle aus!", schnauzte Götzen.

Schenck salutierte, verließ das Büro und ging die Treppe hinab ins Vestibül. Erst unten bemerkte er, dass Götzen ihm folgte und zu seiner Nichte trat – wahrscheinlich wollte er sich von ihr verabschieden.

Franziska stand mit verschränkten Fingern da und sah ihm flehend entgegen.

Schenck nahm ihren Koffer. „Bitte folgen Sie mir, Komtesse. Ich habe Befehl, Sie auf die *Prinzregent* zurückzubringen."

Sie starrte ihn an, als habe er ihr erzählt, er solle sie auf den Mond bringen. „Das ist nicht Ihr Ernst."

„Doch, Komtesse. Sie müssen doch selbst einsehen, dass Deutsch-Ostafrika nichts für junge Damen Ihres Standes ist."

„Das sehe ich überhaupt nicht ein." Ihre kornblumenblauen Augen funkelten ihn an. „Und damit Sie es wissen: Ich werde nicht mit Ihnen kommen."

Sie sah in ihrem Zorn wunderschön aus. Ihre Augen wirkten noch blauer als in Wölfelsgrund – das lag vermutlich daran, dass ihr Gesicht während der Seereise von Wind und Sonne gebräunt worden war. Im Gegensatz dazu war ihr Haar, dessen Knoten sich langsam auflöste und in tausend Locken über ihren Rücken wallte, von der Sonne noch heller geworden. Doch leider richtete sich ihr Zorn gegen ihn.

„Es war ja zu erwarten, dass Sie mich zurück nach Deutschland bringen würden", giftete sie. „Genau dafür hat mein Vater Sie doch engagiert, nicht wahr?"

„Nein, Komtesse. Ich habe Befehl vom Gouverneur, nichts weiter."

„Soll ich etwa an einen Zufall glauben, dass Sie plötzlich ebenfalls in Deutsch-Ostafrika sind? Es muss Ihnen doch eine innere Genugtuung sein, mich dahin zurückzuschicken, wo ich herkomme."

„Natürlich bin ich nicht ohne Grund nach Deutsch-Ostafrika gekommen." Mit einem Seitenblick auf Götzen, der gerade seine Nichte umarmte, senkte er seine Stimme. „Aber ich gestehe Ihnen, dass mir der Befehl, Sie auf das Schiff zu bringen, überhaupt keine Freude macht."

„Ich glaube Ihnen kein Wort."

Da trat Götzen zurück. „Und nun Schluss mit dem Gerede. Los, Schenck, bringen Sie die Komtessen fort."

Schenck atmete tief durch und schickte ein Stoßgebet zum Himmel, dass Franziska von Wedell sich nicht weiter weigern würde.

Kapitel 28

Franzi verschränkte die Arme vor der Brust und sah den Leutnant wütend an. Sie wartete, bis Götzen wieder die Treppen hinaufgegangen war, dann fauchte sie: „Ich lasse mich nicht aufs Schiff bringen."

Schenck stellte ihren Koffer wieder ab. „Komtesse, Sie haben selbst gehört, dass ich Befehl habe, Sie auf das Schiff zu bringen."

Seine auffallend blauen Augen verwirrten sie. Überhaupt musste sie sich eingestehen, dass er blendend aussah. Und immerhin war er ein Mann, der nicht zwei Köpfe größer war als sie – was durchaus eine Seltenheit war. Aber sie würde sich nicht von seinem Aussehen blenden lassen. „Dann sehen Sie zu, wie Sie den Befehl ausführen."

„Ich bitte Sie, mir freiwillig zu folgen." In seinem Gesichtsausdruck lag etwas wie Bedauern. „Ich sehe mich sonst genötigt, Sie mit Gewalt fortzubringen."

Als ob er das wirklich tun würde. „Sie werden es nicht wagen, Hand an mich zu legen. Sie, ein Offizier, einer Dame gegenüber!"

Da trat Julie zu ihr. Sie trug ihren Koffer schon in der Hand. „Komm, Franzi. Es hat doch keinen Sinn, sich zu widersetzen." Dabei zwinkerte sie ihr verschwörerisch zu.

Wahrscheinlich wollte Julie immer noch unterwegs entkommen. Aber Leutnant von Scheck würde sie bestimmt nicht mit Gewalt aus dem Gouverneurspalast zerren. „Herr Leutnant, lassen Sie mich einfach gehen. Ich werde meinen Weg schon finden."

„Nein, Komtesse. Ich habe einen Befehl, der mir zwar nicht gefällt, den ich aber trotzdem ausführen werde. Kommen Sie also gutwillig mit, ansonsten habe ich Mittel, Sie zu zwingen."

„Die Mittel möchte ich kennenlernen", zischte sie.

Er seufzte. „Nein, das möchten Sie nicht."

„Woher wollen Sie wissen, was ich möchte und was nicht?" Franzi lachte auf. „Nun los, bringen Sie Ihre *Mittel* endlich zur Anwendung."

„Sie wollen es also wirklich nicht anders." Er ging zur Eingangstür und sprach mit einem der Wachsoldaten.

„Was soll das, Franzi?" Julie funkelte sie an. „Du verbaust uns damit die letzte und beste Fluchtgelegenheit!"

Sie schüttelte den Kopf. „Ach, was. Er wird es nicht wagen ..."

Da kehrte Schenck schon wieder zurück, ihm folgten vier Askaris.

„Nehmen Sie die Koffer der Damen und je eine der Damen zwischen sich", befahl Schenck. „Dann folgen Sie mir zum Hafen."

Franzi ballte die Fäuste. Dieser Leutnant machte wirklich Ernst.

„Das haben wir jetzt davon", raunte Julie ihr zu. „Jetzt werden wir auch unterwegs nicht mehr entkommen können."

Je ein Askari trat rechts und links neben sie. Als einer von ihnen ihr den Bratschenkoffer abnehmen wollte, hielt sie das Instrument mit beiden Händen fest. „Die trage ich selbst."

„Lassen Sie ihr das Instrument", befahl Schenck. „Abmarsch."

Die beiden schwarzen Soldaten schoben sie hinter Schenck her aus dem Palast. Franzi spürte Tränen der Wut in ihren Augen. Sollte ihr Abenteuer Afrika tatsächlich so schnell und so schmählich enden?

Als sie das Gebäude verließen, traf sie die Hitze wie ein Schlag. Sie sah zum tiefblauen Himmel hinauf und spürte den warmen Wind auf ihrem Gesicht. Auch wenn sie erst wenige Stunden in Deutsch-Ostafrika war, hatte sie doch schon begonnen, dieses Land zu lieben. Die Palmen, die ihre Wedel zum Himmel streckten, der Duft exotischer Blumen, die überall in den Gärten wuchsen – diesen paradiesischen Ort sollte sie schon wieder verlassen? Niemals! Ganz zu schweigen von ihrem Vater, dem sie keinesfalls den Triumph gönnte, sie als Gescheiterte vor sich zu sehen.

Schenck schritt gravitätisch vor ihnen her, während die Askaris in ihrer Sprache leise miteinander redeten. Außer ihnen war niemand unterwegs, die Straßen waren menschenleer, die Leute scheuten wohl die Hitze.

Franzi warf einen Blick zu Julie hinüber und zwinkerte ihr zu – hoffentlich verstand ihre Freundin den Wink.

Sie wartete, bis ihre beiden Askaris durch ihr Gespräch ein wenig abgelenkt waren. Dann wandte sie sich urplötzlich dem rechten zu und trat ihm mit der Schuhspitze mit voller Wucht gegen das Schienbein. Während der Mann ein Wehgeschrei anhob, schleuderte sie ihren Bratschenkoffer so fest wie möglich gegen den anderen Soldaten – hoffentlich ging dabei ihre Bratsche nicht zu Bruch!

Franzi hatte keine Zeit, ihre Aufmerksamkeit auf Julie zu richten, doch auch bei ihr hörte sie den kehligen Aufschrei eines Schwarzen. Offenbar versuchte auch ihre Freundin, der Gefangenschaft zu entkommen.

Rasch presste Franzi ihren Bratschenkoffer an sich und rannte los. Für den Tritt war ihr spitzer Absatzschuh ja hervorragend gewesen, beim Laufen hingegen war er höchst hinderlich. Hinter sich hörte sie in schnellem Rhythmus das harte Auftreten von Militärstiefeln. Sie beschleunigte ihre Schritte, wäre jedoch beinahe gestürzt, weil sich ihr Absatz in ihrem langen Kleid verfing.

Da packte sie jemand am Arm und riss sie herum. Polternd fiel der Bratschenkasten auf das Pflaster. Schencks blaue Augen funkelten sie an. „Glauben Sie im Ernst, mir so entkommen zu können?"

„Lassen Sie mich los!", fauchte sie.

„Jetzt nicht mehr." Er winkte ihre beiden Askaris heran. Einer näherte sich hinkend – offenbar hatte sie ihn gut getroffen.

„Nehmen Sie die Dame zwischen sich und halten Sie ihre Arme fest." Schenck ließ sie erst los, als beide Askaris ihre Arme ergriffen hatten. „Und wenn sie noch einmal Anstalten macht, davonzulaufen, legen Sie ihr Fesseln an."

Franzi wandte sich zu Julie um. Ihr war es anscheinend gar nicht erst gelungen, den beiden schwarzen Soldaten zu entkommen. Sie wurde von ihnen festgehalten und starrte mit zusammengebissenen Lippen zu ihr herüber.

„Meine Viola!" Franzi wollte sich nach ihrem Instrument bücken, aber die Askaris hielten sie gnadenlos fest.

„Ich werde sie tragen." Schenck hob den Koffer auf.

„Bitte schauen Sie nach, ob sie noch unbeschadet ist. Es handelt sich um ein wertvolles Instrument."

Der Leutnant warf ihr einen kritischen Blick zu. Wahrscheinlich vermutete er einen neuen Kniff ihrerseits hinter dieser Aufforderung.

Sie senkte den Blick und fügte leise hinzu: „Bitte, Herr Leutnant."

Die Kofferschnallen klickten, dann hielt Schenck ihr den geöffneten Koffer entgegen. Die Viola hatte äußerlich jedenfalls keinen Schaden genommen.

„Danke", murmelte sie.

Er warf ihr ein schwaches Lächeln zu. „Kommen Sie."

Leutnant von Schenck ging mit der Viola voran, die Askaris zerrten sie mit sich fort. Es wäre gar nicht nötig gewesen, sie so festzuhalten, denn ohne ihre Viola würde sie ohnehin nicht fliehen.

Als sie den Landungssteg erreichten, war sie nass geschwitzt. Auf den ersten Blick sah sie, dass die See sich beruhigt hatte – dann würde sie wenigstens nicht gleich wieder seekrank werden, wenn sie zu dem Reichspostdampfer hinübergerudert wurden.

Schenck ging zu einer Dhau. „Zur *Prinzregent* bitte."

Die Askaris hievten sie und Julie ins Boot, dann stieg der Leutnant hinterher. Schon nach wenigen Minuten erreichten sie den Dampfer.

* * *

Ferdinand tupfte sich mit der Serviette die Lippen, faltete sie anschließend säuberlich zusammen und legte sie neben seinen Teller. „Claus Ferdinand, heute müssen wir endlich miteinander reden. Es hat doch keinen Sinn, es noch länger hinauszuschieben."

Laut klappernd legte sein Sohn das Besteck auf den Teller. Er sah aus, als wollte er fluchtartig den Speisesaal verlassen. Doch dann nickte er. „Das ist ja wohl auch der Grund, weshalb du mich hast nach Hause kommen lassen."

Seine Mutter stand auf und legte ihm die Hand auf die Schulter. „Ich lasse euch allein, Ferdi. Und" – sie senkte ihre Stimme zu einem Flüstern – „sei besonnen."

Ferdinand unterdrückte ein Stöhnen. Er würde sich schon bemühen, die richtigen Worte zu finden, um seinen Sohn von der unseligen Leidenschaft für Pauline Behrendt zu kurieren. Dazu genügte ja hoffentlich schon die Tatsache, dass ihr Vater ein Betrüger war.

Als sich die Tür hinter seiner Mutter schloss, schob er seinen Teller beiseite und stützte die Unterarme auf den Tisch. „Du bist schon seit Freitag hier, und doch habe ich dich kaum zu Gesicht bekommen."

„Wir haben doch gerade erst Montag und ich bin noch die ganze Woche hier."

„Ich möchte wirklich wissen, wo du dich am Samstag und gestern nach dem Gottesdienst herumgetrieben hast." Ferdinand sah seinem Sohn in die Augen.

Claus Ferdinand setzte sich kerzengerade hin. „Vater, ich bin 25 Jahre alt und brauche keine Aufsicht mehr. Wenn du mich nur hast kommen lassen, um mich zu gängeln, kann ich auch gleich heute wieder abreisen."

Was war bloß mit seinem Ältesten los? So kannte er den sonst so ruhigen Claus Ferdinand gar nicht. Sollte er etwas zu verbergen haben? „Ich will dich nicht gängeln, sondern dich in die Verwaltung des Forstes einbeziehen. Und deshalb müssen wir über Carl Gustav Behrendt sprechen."

„Mir machst du nichts vor, Vater." Claus Ferdinand zupfte eine Fluse von seinem Ärmel. „Es geht dir gar nicht so sehr darum, mich in die Verwaltung des Forstes einzubeziehen, sondern dein vorrangiges Ziel ist, mir Pauline Behrendt madigzumachen."

Er hätte sich denken können, dass sein Sohn ihn durchschaute. „Leider ist es so, wie ich es vermutet habe: Behrendt hat 9 604 Mark und 21 Pfennige veruntreut."

Claus Ferdinand lehnte sich zurück. „Das ist mir bekannt. Nicht die genaue Summe, aber die Tatsache."

„Du weißt bereits ...?" Hatte seine Mutter womöglich schon etwas erzählt?

„Pauline selbst hat es mir mitgeteilt."

Ferdinand griff nach seiner Serviette und wickelte sie um den Zeigefinger. Das Gespräch verlief so gar nicht nach seiner Vorstellung. „Dann dürfte dir hoffentlich endgültig klar sein, dass es keine Verbindung zwischen dir und dieser Betrügerin geben kann."

„Ich bedauere, dass ich deine Hoffnung zerschlagen muss. Gerade die Tatsache, dass sie es mir selbst gesagt hat, beweist mir, dass sie eben keine Betrügerin ist."

„Wann hat sie es dir denn überhaupt gesagt?"

„Schon am Freitag, als ich angekommen bin."

Also war er doch wieder bei ihr gewesen. „Und vermutlich hat sie dir eingeredet, sie habe nichts von dem Betrug ihres Vaters gewusst?"

„Doch, sie hat es gewusst."

„Und dann behauptest du, sie sei keine Betrügerin? Es ist doch offensichtlich, dass sie dich nur angeln wollte, um ihren Vater zu decken!"

„Du siehst immer nur das Negative, Vater." Claus Ferdinand legte die Fingerspitzen aneinander. „Natürlich hat sie es mir nicht sofort gesagt, nachdem sie davon erfuhr. Aber welche Tochter stellt sich ohne jedes Bedenken gegen ihren Vater?"

Seine Tochter Franziska hatte damit keine Schwierigkeit gehabt, dabei hatte er im Gegensatz zu Behrendt nicht einmal etwas verbrochen. „Das ist doch alles nur Berechnung. Sie konnte sich ja denken, dass ich dir von dem Betrug ihres Vaters erzählen würde, sobald ich ihn bei der angekündigten Buchprüfung entdeckte. Womit konnte sie sich also noch deine Zuneigung retten? Nur damit, dass sie dir ein Geständnis ablegte, bevor du es von jemand anderem erfährst."

Claus Ferdinand beugte sich vor. Trotz seiner Erregung, die in seinen Augen flackerte, klang seine Stimme erstaunlich ruhig. „Meinst du, ich durchschaue dich nicht, Vater? Die Tochter deines betrügerischen Verwalters, die kleine Kellnerin aus Wölfelsgrund, genügt dir nicht als Ehefrau für deinen Sohn und Erben. Das ist der wahre Grund, warum du nur Schlechtes über sie sagst. Aber ich teile deinen Standesdünkel nicht. Und ich kann mich erinnern, obwohl ich noch ein kleiner Junge war, dass auch du früher anders warst." Seine Stimme wurde brüchig. „Als Mutter noch lebte."

„Habe ich ein einziges Wort davon gesagt, dass Pauline nicht standesgemäß sei?" Ferdinand hob den Zeigefinger. „Es geht darum, dass sie eine Betrügerin ist!"

„Das kannst du nicht beweisen!"

„Das liegt doch auf der Hand! Außerdem, selbst wenn sie wirklich nichts mit dem Betrug zu tun haben sollte, macht sie das noch lange nicht zu einer gläubigen Christin."

„Sie beteuert, dass sie es ist. Noch nicht lange – was manchen unbestritten vorhandenen Mangel in ihrem Leben erklärt."

„Sie wäre nicht die Erste, die das vorgibt, um einen gläubigen Mann zu bekommen. Und ich habe sie beobachtet." Ferdinand faltete die Serviette wieder zusammen und legte sie auf den Tisch. „Sie poussiert mit jedem halbwegs gut aussehenden und betuchten Kurgast ..."

„Sie laufen ihr nach!"

„... sie ist bei jeder Feier dabei, die in Wölfelsgrund gegeben wird, einmal sah ich sie sogar mehr als angeheitert durch die Straßen torkeln – willst du noch mehr wissen?"

Claus Ferdinand starrte auf seinen leeren Teller.

Ferdinand atmete tief, aber möglichst lautlos durch und schickte ein Stoßgebet zum Himmel. Sollte es ihm endlich gelungen sein, seinen Sohn zu überzeugen?

„Vater", sagte Claus Ferdinand langsam, „ich erlebe bei dir nie etwas anderes als Misstrauen. Damit hast du schon Franzi aus dem Haus getrieben, Fritz ist auch kaum einmal hier, und ich komme ebenfalls selten nach Hause. Und was ist der Grund dafür? Weil du hinter allem, was deine Kinder tun, stets etwas Böses vermutest."

War Claus Ferdinand denn blind? Hatte ihm diese gerissene Pauline schon dermaßen den Kopf verdreht? „Denk doch einmal ruhig nach, mein Sohn. Es ist nicht Misstrauen, sondern Besorgnis."

Sein Sohn schob den Stuhl zurück und stand auf. „Was ist denn deine *Besorgnis*, dass deine Kinder ununterbrochen etwas Falsches tun, anderes als Misstrauen? Und Pauline – gib ihr doch Zeit zu beweisen, dass sie nichts mit dem Betrug ihres Vaters zu tun hat und dass sie Jesus tatsächlich als ihren Heiland kennt. Aber dein vorschnelles Urteil will ich gar nicht hören."

„Du willst dich also gegen meinen väterlichen Willen auflehnen?" Hatte er denn nur Rebellen großgezogen?

Claus Ferdinand winkte ab. „Mit dir ist doch nicht zu reden, Vater. Ich kann Franzi bestens verstehen. Wohnte ich noch hier, täte ich das Gleiche." Er wandte sich um und verließ mit raschen Schritten den Speisesaal.

Ferdinand stützte den Kopf in die Hände. Verlor er nun auch noch sein letztes Kind? Nur wegen dieser koketten Kellnerin? Noch heute würde er dem Verwalter kündigen, auch ohne seinen Sohn. Dann würde Behrendt mit seiner Tochter sicherlich schnellstens das Weite suchen, ehe er ihm die Polizei auf den Hals hetzte.

Kapitel 29

Schenck war mit den beiden Komtessen und den vier Askaris gerade erst an Bord gekommen, da trat ihnen bereits der Kapitän entgegen.

„Was hat das zu bedeuten?" Das Erstaunen stand ihm ins Gesicht geschrieben.

Rasch bedeutete Schenck den Askaris, die Mädchen ja nicht loszulassen, dann salutierte er vor dem Kapitän. „Leutnant von Schenck. Ich habe Ihnen diese beiden Damen zu übergeben."

„Das ist hoffentlich nicht Ihr Ernst!" Der Kapitän legte die Hand ebenfalls an die Mütze. „Verzeihen Sie. Heinrich Hartmann, Kapitän der *Prinzregent*."

„Leider handelt es sich nicht um einen Scherz." Schenck schob seinen Hut in den Nacken. „Ich habe Befehl vom Gouverneur, Komtesse Götzen und Komtesse Wedell auf Ihr Schiff zu verbringen und Sie zu beauftragen, sie sicher nach Deutschland zurückzubringen."

„Ich verstehe Sie nicht." Hartmanns Blick wanderte von Schenck zu den Mädchen und wieder zurück. „Die Damen haben hier an Bord bevorzugte Behandlung genossen, weil es sich um die Nichte des Gouverneurs handelt. Angeblich wollten sie Seine Exzellenz den Gouverneur überraschen. Und nun schickt er sie wieder zurück?"

„Wir wollen auch gar nicht zurück nach Deutschland." Komtesse Götzen versuchte sich von ihren Bewachern zu befreien, doch die beiden Soldaten hielten sie unerbittlich fest. „Es handelt sich um ein Missverständnis!"

„Die beiden Damen haben den Gouverneur wirklich überrascht", erklärte Schenck. „Allerdings war er von dieser Überraschung wenig angetan."

„Geben Sie uns doch Zeit, ihn zu überzeugen!" Komtesse Götzen wand sich unter dem festen Griff der Askaris. „Bitte, Herr Leutnant, bringen Sie uns wieder an Land!"

„Das ist ausgeschlossen. Sie haben doch den Befehl Ihres Onkels gehört."

„Natürlich." Die schwarzen Augen der Komtesse blitzten ihn verschwörerisch an. „Und Sie haben den Befehl wortgetreu ausgeführt, indem Sie uns auf das Schiff gebracht haben. Mein Onkel hat Ihnen nicht befohlen, uns auch hier zu lassen."

Schenck musste wider Willen lachen. „Sie wissen genau, Komtesse, dass ich den Befehl Ihres Onkels so nicht auslegen darf. Außerdem ging sein Befehl noch viel weiter: Ich hafte mit meinem Kopf dafür, dass Sie nach Deutschland zurückkehren." Er rückte den Hut wieder in die Stirn. „Herr Kapitän, ich muss Sie leider ersuchen, gut auf die beiden Damen achtzugeben. Sie sind gegen den Willen der elterlichen Gewalt von zu Hause fortgegangen, und vorhin auf dem Weg zum Hafen haben sie bereits versucht, zu entspringen."

„Wunderbar." Hartmann rümpfte die Nase. „Ich werde sie also gut bewachen lassen."

„Ich glaube kaum, dass Kapitän Hartmann uns mitnehmen wird." Jetzt mischte sich auch noch Franziska von Wedell ein. „Wir haben nämlich kein Geld, um die Überfahrt zu bezahlen."

Schenck seufzte und warf Franziska einen entschuldigenden Blick zu. „Auch diesbezüglich hat Seine Exzellenz mich instruiert. – Herr Kapitän, die beiden Damen sollen die Unkosten für die Fahrkarte abarbeiten." Er wies auf Franziskas Bratschenkoffer. „Wie wäre es zum Beispiel mit einem Einsatz in Ihrer Bordkapelle?"

Hartmann lachte auf. „Das wird ja immer schöner. Aber ich werde schon dafür sorgen ... Tjebben!" Er hielt einen vorübereilenden Offizier an.

Der Offizier blieb stehen und starrte die beiden Mädchen mit offenem Mund an.

„Die Matrosen Larsson und Kleinschmidt sofort zu mir", befahl Hartmann.

Ein Ausdruck panischer Angst trat in Franziskas Gesicht. „Ni... nicht Larsson! Herr Leutnant, schützen Sie uns vor diesem Larsson! Das ist der Matrose, von dem ich Ihnen im Palast des Gouverneurs sagte ..."

Schenck trat nahe vor sie hin. Wenn er nur wüsste, ob Franziska die Wahrheit sprach, oder ob sie ihm nur ein Theater vorspielte, um ihn doch noch irgendwie zu überreden.

Da schaltete sich der Kapitän ein. „Haben Sie keine Angst vor Larsson. Kleinschmidt wird schon dafür sorgen, dass er Ihnen nicht zu nahe tritt."

In diesem Augenblick erklangen harte Schritte, und zwei Matrosen näherten sich ihnen eilig. Der eine hatte rotes Haar, an dem sich eine Mütze festkrallte, und kaute wie eine wiederkäuende Kuh auf einem Priem herum. Doch Schencks Aufmerksamkeit wurde sofort von dem zweiten gefesselt. Was für ein Schrank!

„Welcher von beiden ist es?", raunte er Franziska zu.

Sie schlang die Finger so fest ineinander, dass die Knöchel weiß hervortraten. „Der Rote", las er von ihren Lippen.

Dann brauchte er keine Sorge zu haben. Wenn der andere, dieser Bär von einem Menschen, auf die Mädchen aufpasste, würde ihnen nichts passieren.

„Unsere blinden Passagiere sind wieder da", rief Hartmann den Matrosen zu. „Sorgen Sie dafür, dass sie nicht entkommen. Außerdem sollen die Damen als Arbeitskräfte an Bord eingesetzt werden. Ich überlasse es Ihrem Ermessen, welche Arbeiten Sie ihnen übertragen."

Die beiden Matrosen grinsten sich an. „Das Deck muss unbedingt mal wieder geschrubbt werden", meinte der Rote.

„Und die Mannschaftskajüten haben ebenfalls eine gründliche Reinigung nötig", schlug der Riese vor.

„Herr Kapitän", wandte Schenck ein, „bitte tragen Sie Sorge dafür, dass die Damen nicht über Gebühr beansprucht werden. Bedenken Sie, dass es sich um *Damen* handelt."

„Ja, um junge, übermütige Damen, die von zu Hause entsprungen und als blinde Passagiere nach Deutsch-Ostafrika gereist sind. Die mich belogen haben, die selbst ihr Onkel nicht bei sich behalten will und die Ihnen soeben auch noch entspringen wollten – glauben Sie mir: Wenn die beiden in Hamburg ankommen, werden sie von ihrer Abenteuerlust kuriert sein!"

„Das haben Sie wunderbar gemacht", zischte Franziska ihm zu.

„Verzeihen Sie, Komtesse, das habe ich wirklich nicht gewollt. Jede Anwendung von Gewalt ist mir zuwider!"

„So, ist es das? Wieso sind Sie dann Soldat geworden? Und lassen uns auch noch von vier Askaris aufs Schiff schleppen? Da zeigen Sie doch Ihr wahres Gesicht, Sie – Sie Frömmling!" Mit einer raschen Bewegung warf sie ihr Haar zurück.

„Ruhe!", donnerte Hartmann und gab den beiden Matrosen einen Wink. „Bringen Sie sie weg – in die Kajüte, die sie während ihrer Hinreise bereits bewohnt haben. *Bevor* sie umquartiert wurden."

Der Bär packte Franziska am Arm, während der rothaarige Tabakkauer sich Julie von Götzen schnappte. „Na los. Mitkommen."

Schenck schloss die Augen. Er mochte gar nicht mit ansehen, wie die beiden rauen Männer mit den zarten Mädchen umgingen. So hatte er sich das nicht vorgestellt. Zwar hatte er dafür sorgen wollen, dass die Mädchen wieder nach Hause zurückkehrten, aber auf diese Art sollte es auf keinen Fall geschehen.

Er dachte an Paulus, wie er sich um Eutychus gekümmert hatte. Er war auf den gestürzten Jüngling *gefallen* – Hilfe durfte eben nicht in selbstgerechter Weise gebracht werden. Und Paulus hatte Eutychus *umfasst*, ihn in die Arme genommen; er hatte ihn nicht einfach hochgezerrt, geschüttelt und wegen seiner Dummheit ausgeschimpft. Nein, er war liebevoll und behutsam vorgegangen.

Als Schenck wieder in die Dhau stieg, die ihn ans Ufer zurückbringen sollte, hörte er von irgendwoher immer noch gedämpft Franziskas Schimpftiraden. Im Stillen betete er für sie und ihre Freundin.

* * *

Der Griff des Goliath-Matrosen an ihrem Oberarm tat weh, aber Franzi war zu stolz, ihren Schmerz zu zeigen. Den Weg, den Larsson und Kleinschmidt – was für ein unmöglicher Name für diesen Riesen! – einschlugen, kannte sie gut: Es ging unter Deck zu den Mannschaftsunterkünften. Und genau dazu gehörten sie ja nun auch, wenn sie den Preis für die Überfahrt abarbeiten mussten.

Franzi ballte die Faust. Ihr Traum von einer medizinischen Ausbildung oder gar einer Arbeit bei Robert Koch war endgültig ausgeträumt. Es war wirklich alles schiefgegangen, was nur hatte schiefgehen können. Es war schon schlimm genug, dass Graf Götzen so streng mit ihnen war, aber dass dieser Leutnant von Schenck den Befehl auch wirklich bis ins Kleinste ausgeführt hatte, war nun wirklich nicht nötig gewesen. Zumindest hätte er dafür sorgen können, dass sie an Bord nicht arbeiten mussten und eine ordentliche Kabine bekamen. Aber für ihn war ja nur wichtig gewesen, seinen Befehl auszuführen, damit sie schnell wieder nach Hause kamen. Dafür überließ er sie sogar Larssons Obhut, obwohl er genau wusste, dass der Matrose sich ihnen schon einmal ungebührlich genähert hatte.

Larsson stieß die Tür zu der wohlbekannten Kajüte auf und schubste Julie hinein. „Hier wohnt ihr – wenn ihr nicht gerade das Deck oder die anderen Kajüten zu schrubben habt."

Kleinschmidt schob Larsson zur Seite und stieß auch Franzi hinein. „Wir werden gut auf Sie aufpassen." Der Riese grinste.

Da nahte Kapitän Hartmann mit schnellen Schritten. „Larsson und Kleinschmidt, Sie bleiben als Bordwache hier."

„Schon wieder ich?", knurrte Larsson.

„Sie wissen genau warum. Hätten Sie die Damen in Hamburg nicht an Bord gelassen, hätten wir die ganzen Scherereien nicht."

„Dafür haben Sie mich auch schon zwei Wochen zum Kohlenschaufeln verdonnert." Larsson kaute wütend auf seinem Priem herum.

„Trotzdem werden Sie wieder die Bordwache übernehmen", befahl der Kapitän. „Denn Sie wollen mir doch sicherlich beweisen, dass Sie diese Aufgabe auch mit Gewissenhaftigkeit wahrnehmen können. Ich gehe jetzt noch einmal mit Tjebben an Land, und wir werden erst morgen früh zurückkehren. – Sie, Larsson, lassen derweilen die Finger von den Damen. – Kleinschmidt, haben Sie bitte ein Auge auf ihn."

Der Goliath grinste. „Selbstverständlich." Dann schloss er die Kajütentür. Franzi hörte, wie der Schlüssel herumgedreht wurde.

Julie sank in ihre Koje und schlug die Hände vors Gesicht. „Das darf nicht wahr sein. Ich halte es nicht noch einmal wochenlang in dieser engen Kajüte aus!"

„Wir müssen unbedingt vom Schiff herunter, ehe es ablegt." Franzi setzte sich neben ihre Freundin. „Irgendetwas muss uns einfallen!"

Julies Schultern zuckten vor Schluchzen. „Diese Enge macht mich jetzt schon wahnsinnig. Ich kann hier nicht bleiben!"

„Beruhige dich, Julie, wir werden einen Weg finden, wie wir vom Schiff kommen. Wir müssen nur gemeinsam überlegen."

Zwischen Julies Fingern hindurch quollen Tränen. „Franzi, tu irgendetwas, damit ich hier herauskomme! Bitte!"

„Aber was soll ich denn tun? Wir sind eingesperrt!" Franzi spürte Panik in sich aufsteigen. Wenn es ihrer Freundin schon jetzt so schlecht ging, wie sollte es dann erst während der Reise werden?

„Eingesperrt", stammelte Julie. „Ich halte das nicht aus!"

Das war wahrscheinlich das Schlimmste für Julie: dass sie keine Möglichkeit hatte, aus der engen Kajüte zu entkommen.

Franzi stand auf und hämmerte mit beiden Fäusten gegen die Kajütentür. „Machen Sie gefälligst auf! Meine Freundin verliert sonst den Verstand!"

Sie legte das Ohr an die Tür, aber draußen war alles still. Nur hinter sich hörte sie Julies unaufhörliches Schluchzen.

„Aufmachen!" Wieder wummerte sie mit beiden Fäusten gegen die Tür.

Endlich erklangen Schritte auf dem Gang, der Schlüssel wurde umgedreht und Kleinschmidt beugte sich in den Türrahmen. „Hört auf, so einen Lärm zu machen, sonst werde ich euch fesseln und knebeln!"

Franzi wies auf ihre Freundin. „Sie hat Platzangst. Bitte lassen Sie uns an Deck."

Kleinschmidt entblößte seine gelben Zähne. „Glaubt ihr etwa, ich falle auf dieses plumpe Theater herein? Ihr kommt erst wieder an Deck, wenn wir abgelegt haben."

„Es geht ihr wirklich schlecht! Sie hatte schon während der Hinreise Platzangst."

„Macht euch nicht lächerlich. Die Heulsuse bleibt hier drin." Der Matrose packte sie am Arm. „Aber dich brauchen wir ohnehin gerade. Larsson und ich haben Hunger." Er zerrte sie aus der Kajüte.

Ehe Franzi noch etwas zu Julie sagen konnte, warf er die Kajütentür ins Schloss, drehte den Schlüssel um und führte sie zur Kombüse. Die beiden Matrosen würden sich bei den *Kochkünsten*, die man ihr im Pensionat beizubringen versucht hatte, vermutlich den Magen verderben!

Kapitel 30

„Exzellenz, ich melde: beide Komtessen wie befohlen an Bord der *Prinzregent* verbracht." Schenck schlug die Hacken zusammen, wobei das sonst unvermeidliche *Klack* von dem dicken Teppich gedämpft wurde.

Götzen sah von seinem Schreibtisch auf. „Gut, Leutnant. Ich hoffe, die beiden Damen haben keinen weiteren Ärger gemacht."

Ganz friedlich war der Transport zum Hafen nicht gewesen, aber das musste er dem Gouverneur ja nicht auf die Nase binden. „Es ist nicht der Rede wert."

„Hervorragend." Götzen räusperte sich. „Dann können Sie zu Ihrer Einheit zurückkehren."

Schenck nahm erneut Haltung an. „Exzellenz ..." Wie brachte er sein Anliegen bloß vor, ohne den Zorn des Gouverneurs erneut zu erregen? „Gestatten Sie mir eine Anmerkung."

„Was gibt es denn noch?" Götzen sah ihn durch die Gläser seines Klemmers an. „Ist doch nicht alles reibungslos verlaufen?"

„Es geht um eine andere Angelegenheit." Schenck sandte ein Stoßgebet zum Himmel, dass Gott ihm die richtigen Worte geben möge. „Hauptmann Schwarzkopf hat mich zum Führer des Gefängnistrupps ernannt. Heute Morgen wurde mir ein Hinrichtungsbefehl überbracht."

„Das ist hier leider an der Tagesordnung. Die Neger begreifen nicht, wie gut unsere Herrschaft für sie ist."

„Ich möchte bemerken, dass das Todesurteil ausgefertigt wurde, ohne dass der Delinquent vor ein ordentliches Gericht gestellt wurde."

„Sprechen Sie von einem weißen Delinquenten?"

Schenck schüttelte den Kopf. „Macht das einen Unterschied?"

„Selbstverständlich. Jedem Europäer steht ein ordentliches Verfahren zu."

„Sollte das nicht ..." Schenck rückte an seinem Hut. „Meinen Sie nicht, es sollte gleiches Recht für Europäer und Eingeborene gelten?"

Götzen ließ ein beinahe mitleidiges Lächeln sehen. „Man merkt, dass Sie erst seit Kurzem im Schutzgebiet sind. Sie haben noch hehre Ideale, die zweifellos auch bei Ihnen schnell von der Realität verdrängt werden."

Das hoffte er nicht. „Ich bitte Sie, die Vollstreckung des Todesurteils auszusetzen und den Mann vor ein ordentliches Gericht zu stellen."

Götzen nahm den Klemmer von der Nase, legte ihn auf den Tisch und stand auf. „Das ist unmöglich. Wenn wir das Gesetz nicht mit aller Härte in Anwendung bringen, werden wir alle Autorität bei den Negern verspielen. Sie brauchen eine harte Hand."

„Exzellenz." Schenck schob den Hut in den Nacken. „Mein Gewissen ..."

„Vergessen Sie es. *Ich* habe das Urteil unterzeichnet, nicht Sie."

Schenck spürte, dass er aufhören sollte, mit dem Gouverneur zu verhandeln; die Zeichen standen auf Sturm. Trotzdem wagte er noch einen Versuch. „Es obliegt aber meiner Verantwortung, es zu vollstrecken. Und ich möchte niemanden hängen lassen, der ohne Gerichtsverfahren zum Tode verurteilt wurde."

Götzen baute sich vor Schenck auf. „Leutnant, das Gericht in Deutsch-Ostafrika bin ich. Merken Sie sich das! Und noch etwas: Ich habe Sie nicht um Ihren Rat gefragt. Sie sind hier, um Befehle auszuführen, nicht um sie zu hinterfragen. Verstanden?"

Schenck atmete tief durch. Durfte er dazu sein *Jawohl, Exzellenz* sagen?

„Nun? Sollten Sie, der neunmalkluge, frisch aus der Heimat eingetroffene Leutnant, der so wertvolle Ratschläge für den Gouverneur von Deutsch-Ostafrika hat, vergessen haben, wie die richtige Antwort lautet?"

Da flog plötzlich die Tür des Arbeitszimmers auf und eine Ordonnanz stürmte herein.

„Exzellenz, diese Depesche ist soeben eingetroffen!" Der Gefreite blieb keuchend vor dem Gouverneur stehen und hielt ihm einen Fetzen Papier hin.

„Was soll denn so eilig sein?" Götzen riss der Ordonnanz die Depesche aus der Hand, fischte seinen Klemmer vom Schreibtisch und las.

Schenck konnte sehen, wie der Gouverneur blass wurde. Reglos stand er da, nur sein schwerer Atem und das leise Ticken der Schwarzwälder Standuhr waren zu hören. Endlich ließ Götzen die Depesche sinken.

„Leutnant von Schenck: Sofort zu Hauptmann Schwarzkopf. Im Süden ist ein Aufstand ausgebrochen. Schwarzkopf soll die 5. Kompanie marschbereit machen. Gefechtsmäßige Ausrüstung. Morgen 11 Uhr Überführung der Kompanie von Daressalam nach Ssamanga mit dem Gouvernementsdampfer Rufiji."

Schenck knallte die Hacken zusammen. „Jawohl, Exzellenz."

„Hauptmann Schwarzkopf wird die Kompanie führen. Sie werden die Kompanie ebenfalls begleiten – ein Kampfeinsatz gegen aufständische Neger ist das sicherste Mittel gegen das Räsonieren."

Schenck murmelte ein „Jawohl". Immerhin war er vorerst dem Exekutionsbefehl entkommen. Aber ob der neue Befehl besser war? Der lief schließlich auch darauf hinaus, dass Eingeborene getötet würden.

Kapitel 31

„Unerhört!" Matrose Kleinschmidt schleuderte den Inhalt der Pfanne in hohem Bogen über Bord. „Das sind keine Bratkartoffeln, sondern Kohlen, wie sie auf Zeche Auguste Victoria in Marl abgebaut werden!"

Franzi konnte nur mühsam ein Kichern unterdrücken. „Ich habe Sie doch gewarnt, dass es mit meinen Kochkünsten nicht zum Besten steht."

Larsson packte sie am Oberarm. „Das war doch pure Absicht!" Ein Sprühregen aus seinem Mund traf sie und von seiner Alkoholfahne wurde ihr fast übel. Sie bog sich so weit wie möglich zurück.

„Lass das, Larsson." Kleinschmidts Stimme, die für seine Bärengestalt viel zu hell klang, hörte sich für Franzi wie Engelsmusik an. „Du hast gehört, was der Kapitän gesagt hat: Du sollst die Finger von den Mädchen lassen."

Knurrend ließ Larsson sie los. „Du scheinst deinen Auftrag, mich zu kontrollieren, sehr ernst zu nehmen."

„Natürlich. Meinst du, ich will wie du in Zukunft jeden Landgang gestrichen bekommen und dazu noch wochenlang Kohlen schippen? Los, bringen wir das Mädchen zurück in die Kajüte."

Franzi leistete keinen Widerstand. Es wurde Zeit, dass sie zu Julie zurückkehrte. Hoffentlich ging es ihrer Freundin inzwischen etwas besser, damit sie sich endlich einen Plan ausdenken konnten, wie sie von Bord kämen, ehe das Schiff Richtung Hamburg dampfte.

Larsson schloss die Kajütentür auf und öffnete sie langsam. Franzi schielte an ihm vorbei – ihre Freundin lag wimmernd in ihrer Koje. Als sie den Matrosen sah, richtete sie sich etwas auf.

„Lassen Sie mich raus – lassen Sie mich raus!", jammerte sie.

„Hör mit dem Theater auf", grunzte Larsson und schob Franzi hinein. „Von euch lass ich mich nicht mehr aufs Glatteis führen."

Franzi wandte sich an den Goliath. Vielleicht war er zugänglicher, wenn er schon so bedacht darauf war, dass Larsson sie in Ruhe ließ. „Sie sehen doch, wie schlecht es meiner Freundin geht. Wie soll das die ganze Fahrt über gehen?"

„Ihr habt doch auch den Hinweg überlebt", brummte Kleinschmidt.

„Aber in einer geräumigeren Kabine." Franzi sah zu Julie hinüber. Sie war sich selbst nicht sicher, ob es Julie wirklich so schlecht ging oder ob sie ein gutes Schauspiel aufzog.

„Die ersten Wochen wart ihr ebenfalls in dieser Kajüte. Also werdet ihr es auch wieder schaffen." Kleinschmidt, offenbar ein westfälischer Sturkopf, war einfach unerbittlich.

Plötzlich schnellte Julie aus der Koje hoch. Mit voller Wucht rannte sie gegen Larsson. Der Matrose war auf diesen Anprall nicht gefasst und wahrscheinlich tat der Alkohol sein Übriges – er torkelte gegen Kleinschmidt. Der Riese wurde durch den Stoß ebenfalls aus dem Gleichgewicht gebracht und gegen die Wand geschleudert, konnte seinen Kameraden dabei aber gerade so noch festhalten, sodass dieser nicht zu Boden stürzte.

Diesen Augenblick nutzte Julie und huschte an den beiden Matrosen vorbei und aus der Kajüte hinaus.

„Ah!" Kleinschmidt rieb sich stöhnend den rechten Arm. „Was soll das!"

Ehe die beiden Matrosen sich berappeln konnten, eilte Franzi ihrer Freundin nach. So schnell sie konnte, rannte sie den schmalen Gang entlang und die Treppe zum Deck hinauf. Hinter sich hörte sie die polternden Schritte der beiden Matrosen.

Mit klackernden Absätzen jagte sie über das Deck – das Stampfen und Schnaufen hinter ihr kam näher. In der Dämmerung sah sie Julies Silhouette an der Reling.

„Ich werde springen!", keuchte sie. „Bringen Sie mich an Land oder ich springe!"

Franzi rannte zu ihr. „Julie!"

Ihre Freundin sah sie an und zwinkerte ihr zu, dann machte sie Anstalten, die Reling zu erklimmen, wobei sie immerfort rief: „Ich werde springen! Ich springe!"

Franzi unterdrückte ein Grinsen. Julie war einfach eine grandiose Schauspielerin, obwohl auch das nichts anderes als eine Lüge war. „Bitte, Julie, tu es nicht!" Sie erfasste den Arm ihrer Freundin und tat so, als würde sie daran ziehen.

Schwer atmend kamen die Matrosen angerannt.

„Was soll denn das? Seid ihr verrückt geworden?" Larsson streckte die Arme nach Julie aus, doch sie kletterte rasch zwei Sprossen der Reling hinauf.

„Kommen Sie keinen Schritt näher, sonst springe ich!"

„Bitte nicht, Julie!", jammerte Franzi. Händeringend wandte sie sich den Matrosen zu. „Meine Freundin kann nicht schwimmen!" Sie wusste zwar nicht, ob das stimmte, aber immerhin konnte es wahr sein. Eine richtige Lüge war es also nicht. Trotzdem ärgerte sie sich, dass sie nun auch schon anfing, es mit der Wahrheit nicht mehr so genau zu nehmen. Nicht einmal das Ziel, in Deutsch-Ostafrika zu bleiben, sollte ihr eine Lüge wert sein.

Julie versuchte, ein Bein über die Reling zu schwingen, verhedderte sich dabei in ihrem Rock und wäre beinahe über Bord gestürzt – jedenfalls sah es so aus. „Ich tu es wirklich!", kreischte sie.

Die beiden Matrosen sahen sich unsicher an, Larsson nahm seine Mütze ab und fuhr sich mit der Hand durch die wirren roten Haare.

„Bitte helfen Sie uns!" Franzi schlug theatralisch die Hände zusammen. „Sie muss dringend in ärztliche Behandlung, sonst tut sie sich etwas an!"

„Aber wie kann das denn ..." Kleinschmidt hielt sich den Arm. „Es war doch auf der Hinfahrt nicht so schlimm!"

„Doch, war es! Deshalb mussten wir ja ständig an Deck, wobei wir schließlich entdeckt wurden." Franzi wandte sich wieder an Julie. „Tu es nicht! Was sollen wir dann nur deinem Onkel, dem Gouverneur, sagen!"

Larsson stülpte sich die Mütze wieder über den Kopf. „Wir sollten sie wirklich nach Daressalam ins Hospital bringen, ehe sie sich etwas antut." Er beschleunigte seine Kaubewegungen. „Der Gouverneur wird uns öffentlich enthaupten, wenn seine Nichte sich unter unserer Aufsicht etwas antut."

„Sicherlich wird der Kapitän auch Verständnis dafür haben", warf Franzi ein. „Wahrscheinlich würde er Sie sogar kielholen lassen, wenn der Komtesse Julia Viola von Götzen etwas geschähe."

„Gut." Kleinschmidt richtete sich zu seiner ganzen imposanten Höhe auf, die ihn wahrscheinlich für die Arbeit in den westfälischen Bergwerken untauglich gemacht hatte. „Da ich meinen Arm geprellt habe, kann ich die Komtesse nicht an Land rudern. Das musst du machen, Larsson, aber halte deine Finger bei dir! Du aber" – er wies mit seiner riesigen Pranke auf Franzi – „bleibst an Bord."

„Nein! Sie sehen doch, dass ich meine Freundin in dieser Situation unmöglich allein lassen kann!"

Julie machte schon wieder Anstalten, die Reling zu überklettern. Klatschend fiel einer ihrer Schuhe ins Wasser. „Wenn meine Freundin nicht mitkommen darf, springe ich erst recht!"

Franzi huschte zu Larsson und lächelte ihn so freundlich wie möglich an. „Bitte sorgen Sie dafür, dass ich mit ihr an Land komme", raunte sie ihm zu. Dann spitzte sie verführerisch die Lippen. „Sie sollen nicht enttäuscht werden."

Er fraß sie mit seinen Augen beinahe auf. „Du willst wirklich ...?"

„Ja, ja, Sie werden mit mir zufrieden sein." Dem angeheiterten Matrosen würde sie an Land hoffentlich unbeschadet entkommen. „Wenn Sie mich jedoch bis Hamburg hier an Bord festhalten, werden Sie keine Möglichkeit mehr dazu haben – Kleinschmidt passt ja auf Sie auf wie ein Schießhund."

Larsson entblößte seine Zahnlücke. „Gut, ich nehme dich mit. – Und jetzt komm gefälligst von der Reling runter!"

„Ich steige hier nicht eher hinunter, bis das Boot klar ist und meine Freundin darin sitzt!"

Seufzend verschwanden die beiden Matrosen und Franzi ging zu Julie hinüber. „Weißt du, dass ich auch beinahe auf dein Schauspiel hereingefallen wäre?"

Julie kicherte. „Es war ja nicht alles nur Theater, es ging mir wirklich schlecht. Aber nicht so schlecht, als dass ich es nicht hätte ausnutzen können."

„Wir haben es wirklich geschafft, Julie!" Am liebsten hätte Franzi laut gejubelt oder einen Ländler auf ihrer Viola gespielt.

„Wir müssen an Land eine Unterkunft für die Nacht finden, aber für ein billiges Hotel wird unsere Reisekasse hoffentlich noch ausreichen."

„Ich bin auf das Gesicht deines Onkels gespannt, wenn wir wieder vor ihm stehen, nachdem das Schiff abgefahren ist."

„Er wird toben, aber das hilft ihm dann auch nicht mehr. Und auf die Straße wird er uns garantiert nicht setzen. Ich mache mir nur Sorgen um dich, Franzi. Du hast Larsson etwas versprochen ..."

„Du hast mir doch vorgeführt, wie leicht er in seinem Zustand von den Beinen zu holen ist." Franzi lachte leise. „Und er wird bestimmt, ehe er uns hinüberrudert, noch einen Schluck aus seiner Rumflasche nehmen. Vor Kleinschmidt hätte ich größere Angst gehabt."

„Wer hätte das gedacht, dass ich diesen Riesen so einfach außer Gefecht setzen könnte!"

Franzi drehte sich um und sah zur Stadt hinüber, deren Lichter geheimnisvoll glitzerten. „Ich fürchte, dass nun ich diejenige sein werde, der es schlecht ergehen wird. Der Wind hat wieder aufgefrischt und in dem kleinen Boot werde ich jede noch so kleine Welle spüren."

Da rief Larsson von der Leiter an der Bordwand: „Das Boot ist klar, kommt runter!"

„Geh du allein vor", sagte Julie. „Nicht, dass es eine Falle ist und sie uns mit Gewalt wieder in die Kajüte stecken. Wenn die Luft rein ist und du sicher im Boot sitzt, rufst du mich."

Franzi nickte, dann eilte sie zu der Kajüte hinab, holte ihr Gepäck, kam wieder an Deck und trat an die Leiter, an deren Fuß das Boot auf den Wellen schaukelte. Von Kleinschmidt war nichts zu sehen.

Breitbeinig stand Larsson im Boot. „Wo ist deine Freundin?"

„Sie kommt, wenn ich sicher im Boot bin." Sie stieg die Treppe hinunter und reichte ihm ihren Koffer und die Viola. Dann ließ sie sich von ihm ins Boot hieven.

Er tätschelte ihre Wange und grinste sie an. Schon von dem Alkoholdunst, den er verbreitete, wurde ihr schlecht.

„Julie, du kannst kommen!", rief sie.

Wenig später erschien ihre Freundin mit ihrem Koffer und ließ sich ebenfalls von Larsson ins Boot helfen, dann stieß es von der *Prinzregent* ab. Hoffentlich verließen sie den Dampfer jetzt wirklich zum allerletzten Mal!

Franzi lehnte sich an den Rand des Bootes und starrte zu den Lichtern der Stadt hinüber. Sie merkte schon wieder, wie ihr Magen zu rebellieren begann. Hoffentlich waren sie schnell genug an Land, bevor es so schlimm wurde, dass sie sich übergeben musste. Dann hätte sie bestimmt nicht mehr die Kraft, sich gegen Larssons Zudringlichkeit zu wehren.

„Wir haben ablandigen Wind und durch die Ebbe ablaufendes Wasser", erklärte der Matrose. „Wird diesmal etwas länger dauern, weil die Strömung gegen uns ist."

Sie atmete tief durch und schielte zu Julie hinüber. Ihre Freundin feilte in Seelenruhe ihre Fingernägel – wie konnte sie bei diesem Wellengang nur so fidel sein? Sie selbst war bestimmt schon wieder ganz grün im Gesicht, ständig musste sie den Würgereiz unterdrücken.

Endlich machte Larsson das Boot am Steg fest. „So, meine Damen." Er spuckte seinen Priem über Bord, sprang an Land und zog zuerst Julie und dann Franzi auf den Anleger.

Franzi hatte das Gefühl, als würde der Steg unter ihr schwanken.

Doch da riss Larsson sie schon in die Arme. Seine Zahnlücke grinste sie boshaft an. „Nun ist es an der Zeit, dein Versprechen einzulösen."

Seine Alkoholfahne hüllte sie ein und machte sie noch elender, als sie sich ohnehin schon fühlte. Ihr Magen schien sich umstülpen zu wollen. Doch Larssons Gesicht näherte sich ihr noch mehr, bis ihre Nasenspitzen sich berührten.

Aus dem Augenwinkel sah sie, wie Julie den Fuß hob, um dem Matrosen vors Schienbein zu treten – doch da konnte Franzi dem Brechreiz nicht länger widerstehen. Ehe Larsson sich den ersehnten Kuss rauben konnte, gab es in ihr eine gewaltige Eruption und ihr Mageninhalt ergoss sich geradewegs in sein über der Brust weit offenstehendes Hemd.

„Iiih!", schrie er und sprang zurück – für den schmalen Steg einen Schritt zu weit. Ein lautes *Platsch* – und das Wasser schlug über dem Matrosen zusammen.

Julie stand da und krümmte sich vor Lachen, während Franzi keuchend in die Hocke ging und darauf wartete, dass es endlich besser würde.

Plötzlich erstarb Julies Lachen. Sie zog Franzi am Kleid. „Schnell, dort kommt jemand – ich glaube, es ist Kapitän Hartmann!"

„Kann doch gar nicht sein!", ächzte Franzi. „Der wollte doch über Nacht an Land bleiben."

„Er ist es aber wirklich! Komm, schnell!"

* * *

Julie rannte, so schnell es mit Koffer und nur einem Schuh möglich war, vom Steg und zog ihre taumelnde Freundin hinter sich her.

„Halt, stehen blieben!", brüllte Hartmann und lief ihnen entgegen.

Sie huschten vom Anleger auf das Hafengelände, ehe der Kapitän den Steg erreichte. Sofort änderte er seine Laufrichtung und setzte ihnen auf dem kürzesten Weg nach.

„Schneller, Franzi!", schrie Julie und schleuderte ihren verbliebenen Schuh vom Fuß in Richtung des Kapitäns. Er traf ihn an der Schulter.

„He!"

Den kurzen Augenblick, den er zögerte, nutzte Julie und rammte ihm im Vorbeilaufen ihren Koffer gegen den Leib – doch er packte ihren Arm, dass sie das Gefühl hatte, er würde ihr aus dem Gelenk gekugelt. Der Koffer polterte auf die Erde.

„Ich schreie die ganze Stadt zusammen!" Julie biss den Kapitän in die Hand. „Sie wissen, was es für einen Eindruck erweckt, wenn ein Seemann ein unschuldiges Mädchen festhält und bedrängt!"

„Unschuldig! Dass ich nicht ..."

Plötzlich tauchte am Ende des Anlegers Larsson prustend und schnaufend aus dem Wasser auf und zog sich auf den Steg.

Der Kapitän fuhr herum. „Was ist das für ein Ungetüm?"

Sofort biss Julie noch einmal zu, diesmal in den Arm, und rammte gleichzeitig ihr Knie in Hartmanns Mitte. Er stöhnte, sein Griff lockerte sich – ein Ruck, und sie war frei. Blitzschnell riss sie den Koffer hoch, haschte nach dem Arm ihrer immer noch benommen wirkenden Freundin und rannte wieder los.

„Los, schnell!", keuchte Julie. Hinter ihnen erklangen stampfende Schritte.

Sie mussten sich irgendwo verstecken – mit ihrem Gepäck und Franzis Absätzen hatten sie keine Chance, dem Kapitän zu entkommen. Und wahrscheinlich trieb sich Tjebben auch noch irgendwo in der Nähe herum.

„Hier hinein!", rief Julie und zog Franzi weg von der breiten Straße, wo sie von Weitem zu sehen waren, hinein in eine winzige Gasse. „Und sofort wieder abbiegen."

Dieses Viertel war so verwinkelt, dass sie Hartmann hoffentlich abhängen konnten. Und irgendwo hier gab es bestimmt auch eine Unterkunft, wo sie niemand vermuten würde.

Erneut bog Julie ab, Franzi keuchte hinter ihr her. Zum Glück war die Straße hier nicht mehr gepflastert, sodass das Klappern von Franzis Absätzen kaum noch zu vernehmen war. Hinter ihnen waren auch keine Schritte mehr zu hören – hatten sie Hartmann wirklich abgehängt? Oder war er ihnen noch auf den Fersen, ohne dass sie ihn bemerkten?

Noch eine Nebengasse und dann rasch in einen Hinterhof. Julie blieb stehen, ließ den Koffer fallen und presste beide Hände auf ihr wild wummerndes Herz.

Franzi trat schwer atmend neben sie. „Und jetzt?"

„In diesem Viertel gibt es vermutlich günstige Absteigen, die für unsere Reisekasse genau passend sind." Julie nahm ihren Koffer und schlich zum Ausgang des Hinterhofs. Die Straße war leer, nur ein paar Hühner pickten im Staub. „Komm."

Franzi huschte herbei – sie hatte ihre Schuhe ausgezogen und trug sie an den Riemen.

Ein paar Gassen weiter blieb Julie vor einem windschiefen Haus stehen. „Das könnte ein passendes Quartier sein."

Franzi starrte sie entgeistert an. „In dieser heruntergekommenen Hütte willst du bleiben? Ich fürchte, das Haus wird während der Nacht über unseren Köpfen zusammenbrechen."

„Wir haben keine andere Wahl. Oder willst du noch weiter durch Daressalam spazieren? Der Kapitän hat uns doch bestimmt schon die ganze Polizei auf den Hals gehetzt, und Tjebben muss ja auch noch irgendwo sein."

„Es ist überhaupt merkwürdig, dass Hartmann plötzlich auftauchte. Er wollte doch erst morgen früh zurückkommen." Franzi wischte sich mit dem Handrücken über die schweißnasse Stirn. „Aber ich bin sicher, dass er froh ist, uns los zu sein. Er muss doch niemandem verraten, dass wir entwischt sind, sondern kann in Seelenruhe nach Deutschland dampfen."

„Jedenfalls sollten wir kein Risiko eingehen." Julie öffnete die Eingangstür, schloss sie aber sofort wieder mit einem leisen Fluch. „Die Gaststube ist voller Seeleute. Ich meine, ich hätte sogar Matrosen der *Prinzregent* erkannt."

Franzi grinste. „Dann müssen wir uns wohl ein anderes Quartier suchen."

„Das kommt gar nicht infrage. Wir müssen so schnell wie möglich von der Straße verschwinden – wir fallen hier doch jedem auf. Und die anderen Absteigen sind vermutlich noch schlimmer als diese." Julie ging seitlich am Haus entlang. „Es gibt doch bestimmt einen Hintereingang."

Da war auch schon eine offene Tür. Julie steckte den Kopf hinein – die Küche. Ein bulliger Schwarzer hantierte mit Töpfen über der offenen Feuerstelle.

Julie stellte ihren Koffer ab und huschte hin. „Psst."

Der Schwarze fuhr herum und antwortete mit unverständlichen Lauten.

„Wir brauchen ein Zimmer." Julie legte die Handflächen aneinander und die Hände an die Schläfe. „Bett."

„Wollen wohnen? Hier? Warum kommen nicht von vorn?" Er sprach Deutsch! Zwar etwas undeutlich, aber er hatte sie verstanden.

„Die Matrosen." Julie wies Richtung Gaststube. „Sie wissen doch, wie Matrosen sind, wenn sie Landgang haben. Wir möchten uns lieber nicht von ihnen sehen lassen."

In dem schwarzen Gesicht blitzte Verstehen auf. „Angst? Matrosen ..." Er machte die Geste des Umarmens.

„Genau. Können Sie uns ein Zimmer geben und uns dorthin bringen, ohne dass wir durch die Gaststube müssen?"

„Ja." Er wies mit dem Daumen zur Seite. „Da – Hütte. Allein?"

Julie hob zwei Finger. „Zwei Damen. Wie teuer?" Sie rieb den Daumen am Zeigefinger.

„3 Rupien 80 Heller."

Sie nickte. Das würde ihre Reisekasse verkraften. Sie mussten ja nicht lange hierbleiben, nur bis die *Prinzregent* ausgelaufen war.

Julie huschte hinaus und trat zu Franzi. „Komm mit, wir erhalten hier ein günstiges Zimmer. Der Wirt wird uns in ein Nebengebäude führen." Das Wort *Hütte* nahm sie Franzi gegenüber lieber nicht in den Mund.

Der Schwarze ergriff ihre beiden Koffer, während Franzi die Bratsche umklammert hielt. Dann führte er sie über einen Hof in eine lehmbeworfene Hütte und in ein Gästezimmer, das kaum diesen Namen verdiente. Der Fußboden bestand aus festgetretenem Sand. An einer Wand, von der der Lehm schon herunterbröckelte, standen zwei Holzpritschen mit Kissen und dünnen Decken, daneben ein winziger Tisch und ein Stuhl, der aussah, als wollte er zusammenbrechen, sobald er nur angeblickt würde. An den Wänden huschten Geckos auf und ab und das hohe Fiepen der Mücken ging ihr jetzt schon auf die Nerven.

Als Julie endlich unter dem schützenden Moskitonetz auf ihrer Pritsche lag, merkte sie sofort, dass es eine unruhige Nacht würde. Von nebenan aus dem Schankraum drang fast ungedämpft das Grölen der Gäste herüber und ihr Lager war so hart, dass sie schon nach wenigen Minuten alle Knochen spürte.

Kapitel 32

Am nächsten Tag fühlte Franzi sich wie zerschlagen. Aber immerhin waren sie noch in Daressalam. Und wenn heute Mittag die *Prinzregent* ohne sie Richtung Heimat dampfte, hatten sie gewonnen.

Julie trat an das winzige Fenster und streckte sich. „Willkommen in Afrika." Sie lachte. „Eine Waschgelegenheit gibt es im Hof."

„Wir sollten uns erst überzeugen, dass von den Seeleuten niemand mehr da ist. Nicht dass wir einem von ihnen über den Weg laufen."

„Du hast recht."

Franzi schlüpfte in ihre hochhackigen Schuhe und stelzte hinter ihrer Freundin her über den Hof. Ihre Absätze versanken in dem Sandboden – sie sollte sich unbedingt andere Schuhe besorgen. Obwohl sie flache Schuhe gar nicht mochte, weil sie dann so erschreckend klein war, wären sie hier in Afrika sicherlich sinnvoller.

Vorsichtig lugten sie in die Schankstube. Dort sah es chaotisch aus, Tische und Stühle waren durcheinandergeschoben und teilweise umgeworfen. Auf einigen Tischen standen noch Gläser und Flaschen zwischen Lachen aus Wein und Bier. In dem Durcheinander lief der schwarze Wirt mit einem Besen umher und fegte Scherben und Speisereste zusammen. Sonst war der Gastraum leer.

Franzi trat vollends in den Raum. „Hallo Sie! Ist außer uns niemand mehr hier?"

Der Schwarze fuhr herum, starrte sie einen Moment lang an und stützte sich dann auf seinen Besen. „Alle weg. Schnell weg. Alle Angst."

„Angst?" Franzi sah Julie an, die zuckte mit den Schultern. „Wer hat Angst?"

„Schiffe alle weg. Ganz plötzlich."

„Jetzt schon?" Franzi verstand gar nichts mehr. „Die *Prinzregent* sollte doch erst heute Mittag abfahren. Wovor haben sie denn Angst?"

„Wegen Aufstand. Gestern kam Nachricht. Stämme in Süden machen Aufstand."

„Aufstand?" Julie packte den Schwarzen am Arm. „Aufstand sagst du? Es gibt einen Aufstand im Schutzgebiet?"

„Ich nichts weiß Genaues. Heute Nacht alle wurden auf Schiffe gerufen. Offizier kam. Früher abfahren weil Aufstand. Irgendwo in Süden."

„Das ist ungeheuerlich!" Julie fuhr sich mit beiden Händen durch ihr noch ungekämmtes Haar. „Es gab vor rund 15 Jahren schon einmal einen Aufstand, der zum Zusammenbruch der Deutsch-Ostafrikanischen Gesellschaft führte[11]. Erst mit militärischer Hilfe aus dem Reich konnte der Verlust des Schutzgebietes verhindert werden."

„Dann ist es kein Wunder, dass die Schiffe fluchtartig abgefahren sind." Franzi strich ihre Locken aus dem Gesicht. „Allerdings spielt es uns in die Karten – es wird nun vermutlich für lange Zeit kein Schiff mehr nach Deutschland fahren."

„Obwohl es sicherlich kein Vergnügen ist, in einer aufständischen Kolonie zu bleiben."

„Ich bin überzeugt, dass dein Onkel uns jetzt aufnehmen wird, um uns seinen Schutz zu gewähren. Und bis sich die Lage beruhigt hat, haben wir ihn sicher überzeugt, dass wir hier bleiben dürfen. Vielleicht brauchen sie wegen des Aufstands auch noch mehr Krankenschwestern, sodass ich …" Franzi wandte sich um. „Komm, wir sollten gleich zu ihm gehen."

„Das wird das Beste sein, obwohl Onkel Götzen wahrscheinlich ziemlich wütend sein wird. Nicht nur, weil wir vom Schiff geflohen sind, sondern auch weil er jetzt ganz andere Dinge im Kopf hat, als sich um uns zu kümmern." Julie kramte einige Münzen hervor und gab sie dem Wirt. „Für diese Nacht."

Rasch ließ der Schwarze die Münzen in seiner Hosentasche verschwinden. Während er wieder anfing zu fegen, ging Julie voran über den Hof zu ihrem Zimmer hinüber.

„Komm, Franzi. Wir müssen so schnell wie möglich zu meinem Onkel, damit wir ihn noch antreffen. Wie ich ihn kenne, wird er sich sofort zum Kriegsschauplatz begeben."

„Meinst du nicht, er wird die Verteidigung von Daressalam aus leiten?"

„Keineswegs. Mein Onkel ist immer persönlich dort, wo es brennt. Er wird nicht in seinem schönen Palast sitzen bleiben und

---

[11] Der Aufstand der ostafrikanischen Küstenbevölkerung, bei den Deutschen als Araberaufstand bekannt, 1888–1890.

einfach nur seine Soldaten an die Front schicken. Also mach schnell, waschen wir uns, packen unsere Bagage und dann schnell zu Onkel Götzen!"

Schon wenig später verließen sie die Absteige und hasteten durch die Straßen von Daressalam. Offenbar war die Nachricht vom Aufstand im Süden wie eine Bombe in das *Haus des Friedens* geplatzt. Überall standen Menschen jeder Hautfarbe – Araber, Inder, Afrikaner, Deutsche – und diskutierten in einem babylonischen Sprachengewirr. Ständig marschierten kleinere und größere militärische Einheiten vorbei – eine Kavallerieeinheit rasselte vorüber, eine Askarikompanie näherte sich mit den Klängen eines Marsches.

Franzi musste unwillkürlich grinsen. *Preußens Gloria* unterm afrikanischen Himmel hörte sich sonderbar an, noch dazu, wenn die Soldaten, die es spielten, schwarze Gesichter hatten.

Doch mit ihren Koffern kamen sie in dem Gedränge kaum voran.

„Man könnte glauben, das ganze Schutzgebiet sei nach Daressalam geflohen", rief Franzi ihrer Freundin zu.

„Der Araberaufstand steckt den Leuten noch in den Knochen. Und jedermann weiß, dass die Schutztruppe nur rund zweieinhalbtausend Mann stark ist."

Das war bei den vielen Millionen der schwarzen Bevölkerung allerdings bedrohlich wenig.

Erneut näherte sich eine militärische Kolonne. Vorneweg ein Musikkorps, das dieses Mal den *Hohenfriedberger Marsch* spielte, dann folgten einige Reiter.

Abrupt blieb Julie stehen und hielt Franzi fest. „Schau dort! Siehst du den Reiter in der Mitte?"

Franzi wischte sich den Schweiß aus den Augenbrauen, dann sah sie genauer hin. „Das ist dein Onkel!"

„Ich wusste doch, dass er sich selbst auf den Weg in den Süden machen würde." Julie ließ ihren Koffer fallen und stürmte vor. „Onkel!"

Ihr Ruf ging in dem Lärm der Straße und des Marsches unter.

„Onkel!" Julie wedelte mit den Armen, doch der Gouverneur unterhielt sich so eifrig mit dem Reiter neben ihm, dass er sie nicht wahrnahm.

Franzi verknotete ihre Finger. Götzen musste Julie doch hören!

Aus dem Barbiersalon, vor dem sie stand, trat ein Mann mit weißer Schürze, in der Hand hielt er einen Rasierpinsel, von dem der Schaum in großen Flocken herabfiel.

„Ah, sehen Sie, Fräulein." Er fuchtelte mit dem Rasierpinsel vor ihrem Gesicht herum, dass der Schaum durch die Luft flog. „Das ist ein Gouverneur. An der Spitze seiner Schutztruppe zieht er in den Krieg. Da werden die Neger laufen wie die Hasen."

Sie wischte sich einen Spritzer des Rasierschaums aus dem Gesicht. Also begab Götzen sich tatsächlich ins Aufstandsgebiet. Wenn es Julie nicht gelang, ihn auf sich aufmerksam zu machen, würde es für sie ungleich schwieriger, eine sichere und kostenlose Unterkunft zu finden.

Ihre Freundin versuchte immer noch, sich zu ihrem Onkel durchzuschlagen, doch da wurde sie von zwei Askaris aufgehalten. Mit Händen und Füßen redete sie auf die schwarzen Soldaten ein, während der lebhafte Barbier immer noch über den Heldenmut des Gouverneurs schwadronierte und dabei seinen Pinsel schwang, als seife er einen imaginären Kunden ein.

Julie gelang es offenbar nicht, die beiden Askaris von der Dringlichkeit ihrer Mission zu überzeugen. Sie schoben sie zurück, und da war der Gouverneur auch schon an ihnen vorbei. Franzi hörte zwar inmitten des Lärms immer noch die verzweifelten Rufe ihrer Freundin, doch es war zwecklos. Graf Götzen verließ Daressalam – und sie befanden sich schutzlos in dem von einem Aufstand erschütterten Schutzgebiet.

* * *

„Was tun wir jetzt?" Keuchend blieb Julie vor Franzi stehen, während der Barbier wieder in seinem Laden verschwand. „Wir könnten zu meiner Tante gehen, aber ..."

Franzi zog ihre Freundin in den Schatten einer Veranda, denn die Gluthitze der Sonne war unerträglich, obwohl es noch nicht einmal 10 Uhr war. „Wer weiß, was deine Tante dann mit uns macht. Die *Prinzregent* ist zwar abgefahren, aber wird sie uns nicht auf das nächstbeste Schiff schaffen lassen, egal wo es hinfährt, um uns so schnell wie möglich loszuwerden? Insbesondere, wenn dein Onkel nun nicht mehr da ist?"

Julie presste die Lippen aufeinander und nickte. „Das fürchte ich auch. Das Beste wäre wahrscheinlich, meinem Onkel sofort zu folgen."

„Mitten ins Aufstandsgebiet hinein?" Franzi fasste ihre Haare zusammen und band sie zu einem offenen Zopf. „Dagegen ist es hier in Daressalam doch zehnmal sicherer."

„Du vergisst, dass wahrscheinlich fast die gesamten Truppen ins Aufstandsgebiet geschickt werden – bei der geringen Stärke der Schutztruppen bleibt meinem Onkel keine andere Wahl. Das heißt aber, dass Daressalam von Truppen entblößt sein wird."

„Glaubst du wirklich, dass die Schwarzen es wagen werden, die Hauptstadt des Schutzgebietes anzugreifen?"

Julie tupfte sich mit ihrem seidenen Schnupftuch die Schweißperlen von der Stirn. „Beim Araberaufstand haben sie sogar Emil von Zelewski, den Vertreter der Deutsch-Ostafrikanischen Gesellschaft, in seinem Haus eingeschlossen und die wichtigen Hafenstädte Tanga und Kilwa in ihre Gewalt gebracht."

Sollten sie sogar in Daressalam in Gefahr sein? „Ich hatte gedacht, es sei eine Kleinigkeit, die schlecht bewaffneten Schwarzen niederzuschlagen."

„Jedenfalls ist es dort am sichersten, wo die Hauptmacht der Schutztruppe steht – und das ist vermutlich dort, wo mein Onkel ist."

Franzi trat von einem Fuß auf den anderen. Ihr gefiel es überhaupt nicht, aufs Geratewohl irgendwelchen militärischen Verbänden zu folgen. „Wenn es in der Nähe deines Onkels so sicher ist, hätte er dann nicht seine Frau mitgenommen? Ich meine, wir sollten versuchen, hier in Daressalam eine Unterkunft zu finden."

„Also doch bei meiner Tante?" Julie verzog das Gesicht. „Zu ihr hatte ich noch nie ein inniges Verhältnis, im Gegensatz zu meinem Onkel. Obwohl er diesmal sehr streng war. Aber wahrscheinlich ahnte er schon etwas von dem Aufstand und wollte uns deshalb so schnell wie möglich aus Deutsch-Ostafrika wegbringen."

„Ich meinte nicht, dass wir bei deiner Tante um eine Unterkunft bitten sollten." Es war an der Zeit, dass sie ihr Schicksal selbst bestimmten, statt sich der Gnade der Gräfin Götzen zu übergeben. Zwar war es in diesen unsicheren Zeiten wahrscheinlich keine gute

Idee, sich allein nach Amani zu Robert Koch durchzuschlagen, aber es gab ja auch in Daressalam Möglichkeiten. „Wir könnten es im Lazarett versuchen. Wenn wir unsere Mitarbeit anbieten, wird man uns vielleicht Unterschlupf gewähren."

Julie verdrehte die Augen. „Ich hätte wissen müssen, dass so etwas von dir kommen würde. Deine Gedanken drehen sich doch nur um deine medizinische Ausbildung."

„Aber du musst doch zugeben, dass wir nur so eine realistische Chance haben, hierzubleiben. Irgendwovon müssen wir schließlich leben. Und gerade in Kriegszeiten werden Krankenschwestern händeringend gesucht."

„Ja, Krankenschwestern. Wir aber sind Damen der Gesellschaft, auferzogen unter der Fuchtel von Fräulein von Steinbach. Das heißt, wir können nähen, musizieren und in drei verschiedenen Sprachen parlieren. Aber nicht einmal eine kleine Schnittwunde versorgen."

„Unsere Nähkünste könnten wir als Krankenschwestern wahrscheinlich sogar brauchen." Franzi lachte. „Außerdem: Bis die ersten Verwundeten eintreffen, wird es noch eine Weile dauern. Man hat also Zeit genug, uns wenigstens rudimentär anzulernen."

„Dabei vergisst du, dass ich überhaupt keine Lust dazu verspüre, zerschossene oder verstümmelte Soldaten zusammenzuflicken." Julie schüttelte sich. „Ich habe nicht diesen Medizin-Fimmel wie du."

Julie sollte sich nicht so anstellen. „Es gibt ja auch leichte Fälle. Stelle dir vor, einen gut aussehenden Offizier, der im heldenhaften Kampf eine Verwundung erlitten hat, zu pflegen – das dürfte dir doch gefallen."

Ihre Freundin grinste sie an. „Du weißt schon ziemlich gut, wie du mir deine fixen Ideen schmackhaft machen kannst."

„Wir waren schließlich lange genug zusammen im Pensionat." Sie nahm Koffer und Bratsche auf. „Komm, das Neue Lazarett ist nicht weit entfernt, ich habe es gestern ganz in der Nähe des Gouverneurspalasts gesehen. Lass es uns versuchen. Wenn man uns nicht aufnehmen will, können wir immer noch deinem Plan folgen und uns zu deinem Onkel durchschlagen."

Julie atmete tief durch, dann griff sie nach ihrem Koffer. „Also gut. Versuchen wir es. Solange ich keine Schwerverwundeten zusammenflicken muss ..."

„Die schweren Fälle wird man wohl kaum uns Neulingen anvertrauen", erwiderte Franzi und schob sich mit ihrer Freundin durch das Gedränge.

Mit Schrecken gewahrte sie die vielen Menschen, die mit Kisten und Karren zum Hafen strebten – offenbar glaubten diese Leute so wie Julie an eine akute Gefahr für die Hauptstadt und wussten noch nicht, dass bereits alle Schiffe die Reede verlassen hatten. Hoffentlich war ihre Entscheidung, zunächst in Daressalam zu bleiben, kein Fehler.

* * *

Der kleine Gouvernementsdampfer Rufiji war bis in den letzten Winkel vollgestopft mit Soldaten, Gewehren und Munitionskisten. Schenck stand am Bug und hatte den Eindruck, als läge das Schiff so tief im Wasser, dass die Maschinen es kaum noch vorwärts brächten. Doch wenn er zum Ufer hinüberschaute, konnte er erkennen, dass sie langsam aber stetig gen Süden dampften.

Der Gouverneur selbst hatte ihre Einschiffung in Daressalam überwacht und Hauptmann Schwarzkopf letzte Befehle erteilt. Auf dem Landweg sollten später weitere Kompanien der Schutztruppe folgen.

Schenck war seinem Gott dankbar, dass er der Exekution entronnen war. Aber Götzens Befehle für den Umgang mit den Aufständischen kamen Exekutionen nahe. *Mein Gott, bitte hilf mir, dass ich nichts tun muss, was Dir missfällt.*

Er sah zu einigen Soldaten hinüber, die in seiner Nähe auf dem Deck standen. Ein baumlanger Gefreiter pflanzte gerade sein Bajonett aufs Gewehr und hielt die Waffe hoch, dass das Messer im Sonnenlicht blitzte.

„Was meint ihr, wie viele Neger ich damit gleichzeitig aufspießen kann?"

„Dazu wirst du gar nicht kommen", grölte ein sommersprossiger Obergefreiter. „Sobald die Neger den Klang unserer Stiefel hören, werden sie laufen wie die Karnickel!"

„Dann kannst du nur noch die Alten und Schwachen mit deinem Bajonett abschlachten."

Schenck stieß sich von der Reling ab und ging mit festen Schritten zu den Soldaten hinüber. „Gefreiter, wer hat Ihnen befohlen, das Bajonett aufzupflanzen?"

Der Gefreite ließ die Waffe sinken und knallte die Hacken zusammen. „Niemand, Herr Leutnant."

„Also nehmen Sie das Ding gefälligst ab. Und lassen Sie Ihre großspurigen Reden." Er musste den Kopf in den Nacken legen, um dem viel zu großen Kerl in die Augen sehen zu können. „Jeder Feind ist mit Respekt zu behandeln, gleichgültig, welcher Hautfarbe er ist."

„Aber es wurde uns doch befohlen, kein Pardon zu geben", wandte der sommersprossige Obergefreite ein.

„Wir sind keine Henker, sondern Soldaten der kaiserlichen Schutztruppe, merken Sie sich das. Übergriffe auf die Bevölkerung sowie auf Gefangene werde ich nicht dulden."

Zwei der Männer sahen sich grinsend an.

Schenck rückte an seinem Tropenhelm. „Geben Sie acht, dass Ihnen das Grinsen nicht bald vergeht." Schenck nutzte seine tiefste Stimmlage. „Übermut und Selbstüberschätzung sind schon vielen Armeen zum Verhängnis geworden."

„Selbstüberschätzung?" Der Gefreite reckte seine riesige Gestalt. „Uns wurde doch beigebracht, dass Deutschland die modernste und stärkste Armee der Welt hat. Wer soll uns etwas anhaben können? Diese lausigen Neger etwa?"

„Ich frage mich, welche Ausbildung Sie genossen haben, wenn Sie nicht gelernt haben, dass auch die modernste und stärkste Armee keine Garantie für den Sieg ist. Unsere Gegner haben bereits vor mehr als 15 Jahren im Araberaufstand bewiesen, dass sie ebenfalls findige Menschen sind, die alle ihnen zu Gebote stehenden Mittel für den Sieg einsetzen."

„Findige Menschen? Dumme Neger sind das!", rief einer mit sächsischem Dialekt.

„Hören Sie auf, mir zu erzählen, die Schwarzen seien minderbemittelt oder sogar keine Menschen. Wenn wir uns selbst für die edelste Rasse halten und andere herabstufen, wird das noch unser Untergang sein – wie vor 14 Jahren bei Emil von Zelewski."

„Was reden Sie denn da, Schenck?" Durch die Soldaten, die sich auf dem Deck tummelten, schob sich die feiste Gestalt des Hauptmanns Schwarzkopf. „Reden Sie den Männern bloß keine Angst ein!"

Schenck salutierte. „Herr Hauptmann, ich sprach von Respekt, nicht von Angst."

„Lassen Sie die Wortklauberei." Das Schweinsgesicht des Hauptmanns lief rot an. „Die paar Wilden sind doch keine ernst zu nehmende Gefahr."

„Offenbar doch. Sonst hätte der Gouverneur uns wohl nicht sofort in den Süden geschickt und auch die übrigen Truppen nicht für den Marsch in den Süden mobilisiert."

Schwarzkopf trat nahe vor ihn hin, dass Schenck der beißende Schweißgeruch seines Vorgesetzten in die Nase stieg. „Leutnant, was fällt Ihnen ein! Sie untergraben die Kampfkraft der Soldaten!"

„Im Gegenteil, Herr Hauptmann, ich stärke sie, indem ich sie vor Übermut und Leichtsinn warne."

„Nur eine Truppe, die sich ihrer Kraft bewusst ist, kämpft mit dem erforderlichen Mut."

„Aber eine Überschätzung der eigenen Kraft und Unterschätzung des Gegners ..."

„Leutnant Schenck!" Von Schwarzkopfs Schweinsgesicht tröpfelte der Schweiß. „Ich habe Sie nicht um Ihre Einschätzung der Lage gebeten. Und auch nicht darum, die Soldaten zu belehren. – Wegtreten!"

Schenck sah die Männer an. Sie konnten kaum noch das Lachen unterdrücken. Fantastisch. Diese Soldaten würden ihn nie mehr ernst nehmen.

Kapitel 33

Franzi und Julie ließen den Gouverneurspalast mit dem Kaiser-Wilhelm-Denkmal links liegen und erreichten gegenüber der Weißen Säule das Neue Lazarett. Franzi eilte die wenigen Stufen zur überdachten Galerie hinauf und stellte Koffer und Viola ab.

Julie folgte ihr und wischte sich eine schweißnasse Haarsträhne aus dem Gesicht. „Geh du allein hinein, ich werde hier auf unsere Effekten achtgeben. Wenn wir gleich zu zweit auftauchen, wird man uns womöglich sofort wieder hinauswerfen."

„Bitte binde mir schnell das Haar zusammen." Franzi drehte sich mit dem Rücken zu ihrer Freundin und schüttelte ihre Locken in den Nacken. „Als angehende Krankenschwester sollte ich möglichst bieder aussehen."

Mit wenigen Handgriffen zwängte Julie ihre Locken in einen Knoten und gab ihr dann einen sanften Stoß. „Viel Glück, Frau Doktor von Wedell."

„Ich wäre schon froh, wenn ich es zur Schwester Franziska bringen würde." Sie streckte ihrer Freundin grinsend die Zunge heraus. Dann öffnete sie schwungvoll die Tür zum Lazarett.

Die große Halle war angenehm kühl – jedenfalls empfand sie es nach der Hitze auf den Straßen so. Wahrscheinlich war es hier auch noch über 30 Grad warm.

Hinter einem Tisch, der mit Kladden und Karteikästen überfüllt war, stand eine junge Krankenschwester auf. „Sie wünschen?"

Diese Stimme, schrill und hoch zugleich, erinnerte sie an Fräulein von Steinbach im Pensionat zu Breslau.

Franzi knickste. „Ich möchte gerne hier im Lazarett arbeiten."

„Arbeiten?" Über das runde Gesicht der Schwester breitete sich ein Lächeln aus. „Gut ausgebildetes Pflegepersonal ist hier immer willkommen. Bitte zeigen Sie mir Ihre Zeugnisse."

Franzi verknotete ihre Finger. „Zeugnisse ... Ich ..." Julie hätte vielleicht geantwortet, dass sie verloren gegangen seien. Aber eine Lüge kam für sie nicht infrage und würde ohnehin viel zu schnell auffallen. „Ich habe kein Zeugnis. Ich habe noch nie als Krankenschwester gearbeitet, möchte es aber erlernen."

Das Lächeln im Gesicht der Schwester erlosch. „Sie haben keine medizinische Ausbildung?"

Franzi schüttelte den Kopf. „Aber ich möchte diesen Beruf unbedingt erlernen. Und sicherlich haben Sie auch für ungelernte Kräfte Beschäftigung."

Die Krankenschwester lachte schrill. „Sie haben sonnige Vorstellungen. Wir haben vor lauter Arbeit kaum Zeit zum Atmen. Wie sollten wir da jemanden anlernen?" Sie stand auf und schnappte sich eine Kladde. „Und jetzt muss ich schleunigst …"

Eine Tür, die von der Halle in einen Korridor führte, schwang auf und ein großer, schlanker Mann mit wohlgepflegtem Vollbart rauschte herein. „Schwester Susanne, wo bleiben Sie denn? Es ist quasi höchste Zeit!"

Franzi erstarrte. Verfolgte Doktor Langenburg sie denn ebenso wie Leutnant von Schenck?

Auch der Arzt blieb abrupt stehen und starrte sie an. „Komtesse, was tun Sie hier?"

„Ich hoffte, hier Arbeit als medizinische Hilfskraft sowie eine Unterkunft zu finden, aber leider will man keine ungelernte Kraft einstellen." Sie überwand ihre Abneigung gegen den frommen Mann und lächelte ihn so freundlich wie möglich an. „Können Sie nicht etwas für mich tun? Sie wissen doch, wie gerne ich kranken Menschen helfen möchte, und sicherlich werden Sie hier noch mehr Arbeit bekommen, wenn erst die Verwundeten aus dem Aufstandsgebiet eintreffen."

Doktor Langenburg sah sie scharf an. „Sie sind doch bestimmt nicht allein gekommen."

„Nein." Sie wich seinem Blick aus. „Meine Freundin wartet vor der Tür."

„Ach, Sie sind sogar zu zweit? Wir sind doch keine Anlaufstelle für Obdachlose!", giftete Schwester Susanne.

„Mäßigen Sie sich, Schwester." Langenburgs tiefe Stimme füllte die ganze Halle. „Komtesse, wollten Sie nicht beim Gouverneur unterkommen? Wie kommt es, dass Sie nun quasi hier sind?"

„Leider hat der Gouverneur wegen des Aufstands Daressalam

verlassen." Dass er sie vorher schon hinausgeworfen hatte, musste sie dem Arzt ja nicht auf die Nase binden, sonst würde er zweifellos dafür sorgen, dass sie so schnell wie möglich nach Deutschland zurückkehrten. „Aber wollten Sie nicht in den Westen des Schutzgebietes, um eine Missionsstation oder so etwas aufzubauen?"

„Es war von Anfang an meine Absicht, zunächst einige Tage hier in Daressalam zu bleiben, um mich an das Klima zu gewöhnen. Aber ich fürchte, den Plan mit der Missionsstation muss ich quasi noch etwas aufschieben. Denn mir scheint, Gott möchte mich vorher gebrauchen, den Verwundeten im Aufstandsgebiet zu helfen."

Konnte er nicht einen Satz sprechen, ohne Gott zu erwähnen? „Sie wollen ins Aufstandsgebiet?"

„Ich bete noch darüber, ob das Gottes Wille für mich ist. Und bis es so weit ist, könnte ich möglicherweise wirklich etwas für Sie tun."

Franzi warf der Krankenschwester einen triumphierenden Blick zu. „Ich bin gern bereit, alles zu lernen, was man als Krankenschwester wissen und können muss."

„Die Schwestern sind allerdings schon stark eingespannt. Ich werde mich daher persönlich um Sie kümmern."

Beinahe wäre Franzi ein Stöhnen entschlüpft. Die Nähe dieses frommen Schwätzers würde sie kaum länger als eine Stunde ertragen. „Hatten Sie nicht gesagt, Sie hielten eine enge Zusammenarbeit mit einer jungen Dame für unschicklich?"

„Auf einer abgelegenen Missionsstation, wo man oft allein ist, ja. Hier im Krankenhaus sehe ich diese Gefahr quasi nicht. – Schwester Susanne, wenn Sie bitte eine Kammer für die beiden Damen herrichten." Langenburg ging zur Eingangstür. „Komtesse Götzen, bitte kommen Sie herein."

* * *

Graf Gustav Adolf von Götzen setzte seinen Klemmer auf die Nase und versuchte, das Durcheinander auf seinem Schreibtisch zu durchdringen. Den ganzen gestrigen Tag und die halbe Nacht war er unterwegs gewesen, hatte die Einschiffung der 5. Kompanie unter Hauptmann Schwarzkopf persönlich überwacht und in den Kasernen die Truppen inspiziert. In seinen Palast war er gar nicht mehr zurückgekehrt, sondern hatte sich sofort in seine Diensträume in der Gouvernementverwaltung begeben.

Am liebsten wäre er an der Spitze der Schutztruppen selbst zum Aufstandsgebiet gezogen, aber das war leider unmöglich. Denn in Daressalam liefen alle Telegrafenleitungen zusammen, und er konnte sich nicht erlauben, sich von den ununterbrochen aus allen Teilen des Schutzgebietes eingehenden Nachrichten abzuschneiden. Wenn er den Berg an Depeschen auf seinem Schreibtisch betrachtete, waren schon die 24 Stunden, seit er gestern Morgen sein Büro verlassen hatte, zu lang gewesen.

Er griff gerade nach der obersten Depesche – sie war aus Kilwa –, als an seine Tür geklopft wurde. Auf sein „Herein" trat der Schausch ein, der die Palastwache befehligte.

„Exzellenz, hier ist Brief. Wurde schon gestern in Palast abgegeben."

„Gestern schon? Und warum erhalte ich ihn erst heute?" Götzen riss dem schwarzen Soldaten das Blatt aus der Hand.

„Wir hatten erwartet, Exzellenz würden in Palast zurückkehren."

„Sie konnten sich doch denken, dass ich den ganzen Tag über beschäftigt sein würde. Als ob ich mich, wenn das Schutzgebiet im Aufstand ist, gemütlich im Palast zu Bett begeben würde!" Er faltete das zerknitterte Papier auseinander.

„Gräfin meinte, Exzellenz würden gestern Abend noch ..."

„Das darf doch nicht wahr sein!" Götzen starrte auf die krakeligen Buchstaben, die vor seinen Augen einen lustigen Tanz aufzuführen schienen. „Unerhört, dass ich das erst jetzt erfahre!"

„... wenigstens noch in Nacht ..."

„Wer hat das abgegeben?" Er fuchtelte mit dem Blatt vor dem Gesicht des schwarzen Unteroffiziers herum.

„Matrose von *Prinzregent*."

Er las die Nachricht noch einmal. In zwei knappen Sätzen wurde ihm vom Kapitän der *Prinzregent* mitgeteilt, dass Komtesse Götzen und Komtesse Wedell das Schiff heimlich verlassen hatten. Eine Suche habe nicht eingeleitet werden können, da der Dampfer aufgrund der Unruhen früher ablegen müsse. „Sind die Komtessen im Palast?"

„Exzellenz meinen blondes und dunkles Mädchen? Nein, sind nicht zurückgekommen."

Götzen schleuderte den Brief auf seinen Schreibtisch. „Wo sind die Komtessen dann?", herrschte er den Schausch an. „Irgendwo müssen sie doch sein!"

In unerschütterlicher Ruhe hob der Schwarze die Schultern. „Ich nicht weiß."

Mit dem Zeigefinger schob Götzen seinen Klemmer höher auf die Nase. Dass sie sich irgendwo versteckt hatten, bis das Schiff ausgelaufen war, leuchtete ihm ein, aber danach hätten sie doch sicher unverzüglich den Palast aufgesucht. Zwei junge Damen allein in Daressalam, noch dazu in Zeiten eines Aufstands – das war unfassbar! Oder sollte ihnen, seitdem sie das Schiff verlassen hatten, bereits etwas zugestoßen sein? Sie waren doch so unerfahren mit den Verhältnissen in Daressalam und im Schutzgebiet!

Wieso hatte dieser Leutnant von Schenck keine ausreichenden Vorkehrungen getroffen? Der konnte etwas erleben, wenn er nach Daressalam zurückkehrte, schließlich haftete er ihm mit seinem Kopf dafür, dass die Mädchen nach Deutschland zurückfuhren.

Schreckensbilder stiegen vor seinen Augen auf – von lüsternen Schwarzen, die sie irgendwohin verschleppten, von raffgierigen Arabern, die sie in die Sklaverei verkauften … Schnaufend stand er auf und trat auf die Veranda hinaus. Ein leichter Wind fächelte seine schweißnasse Stirn.

Wenn Julie etwas zugestoßen war – ausgerechnet seiner Nichte Julie! Und er hatte sie fortgeschickt, obwohl sie ihn so sehr gebeten hatte, bei ihm bleiben zu dürfen. Er konnte schon verstehen, dass sie vor ihrer Großmutter aus Schloss Scharfeneck geflohen war – die verknöcherte Aristokratin hatte ihre Enkelin, die aus einer unstandesgemäßen Beziehung seines Bruders Friedrich Wilhelm stammte, nie geliebt.

„Julie", murmelte er und deckte eine Hand über die Augen. „Wenn ich dich auch noch verlieren sollte …"

„Exzellenz!" Sein schweißüberströmter Adjutant hechtete durch das Büro und auf die Veranda hinaus. „Eine Depesche! Sie scheint von Wichtigkeit zu sein." Plötzlich nahm er Haltung an. „Verzeihen Sie, Exzellenz."

„Lassen Sie die Förmlichkeiten, Kaspereit." Götzen riss dem Leutnant die Depesche aus der Hand und überflog die wenigen Worte. „Liwale bedroht? Von Tausenden Aufständischen?"

Trotz der Hitze lief ihm ein Schauer über den Rücken. Sollten die Schwarzen wirklich wagen, eine befestigte Boma[12] anzugreifen? In Liwale standen gerade einmal ein paar Hände voll Männer! Und wenn es den Aufständischen gelingen sollte, die Boma zu erobern, würde das eine Signalwirkung für das ganze Schutzgebiet, vielleicht sogar für ganz Afrika haben!

„Leutnant Kaspereit, lassen Sie ein Pferd für mich satteln, ich muss sofort zur Kaserne." Er stürmte zurück in sein Büro. „Schausch, sorgen Sie dafür, dass die Komtessen in Daressalam gesucht werden. Und schicken Sie eine Depesche an alle deutschen Stützpunkte: Meldung an mich, falls die Komtessen auftauchen."

Mit fliegenden Fingern band er seinen Degen um und stürmte aus dem Büro.

---

[12] Stützpunkt der Deutschen im Schutzgebiet

Kapitel 34

„Aufwachen! Sofort aufwachen!"

Nur langsam drang Schwarzkopfs scharfe Stimme in Schencks Bewusstsein.

„He! Wird's bald? Wir sind doch nicht auf einer Erholungsreise!"

Mühsam öffnete Schenck die Augen. Über sich sah er nur den schwarzen Himmel, übersät mit unzähligen Lichtfunken. Und dort, auf halber Höhe am Horizont, ein Sternbild, das wie ein Kreuz aussah – das Kreuz des Südens.

Endlich kam ihm auch die Erinnerung wieder. Gestern waren sie an der Küste gelandet und hatten sich dann sofort in einem stundenlangen Marsch durch überflutete Mangrovensümpfe nach Ssamanga durchgekämpft. In dem kleinen Städtchen schien alles ruhig zu sein, und so hatte die 5. Kompanie ihr Lager aufgeschlagen und war sofort in tiefen Schlaf gefallen.

Während Schenck sich aus seiner Decke schälte, ging Schwarzkopf weiter durch die Reihen der Schläfer. „Hoch, ihr Schlafmützen!" Hier und da trat er einem der Soldaten, der nicht schnell genug aufsprang, in die Seite. „Vorm Haus des Akiden[13] antreten – in fünf Minuten!"

„Was ist denn los?" Schenck richtete seine Uniform. „Gestern Abend haben Sie noch gesagt, dass heute ein Ruhetag sei."

„Nicht fragen – antreten!", bellte Schwarzkopf. „Los, los, los, ihr trägen Murmeltiere! Oder wollen Sie, dass ich Ihnen Beine mache?"

Endlich stand die Kompanie vor der Hütte des Akiden.

Schenck sah zum Kreuz des Südens hinauf, das in der Morgendämmerung langsam verblasste. *Bitte, Herr, hilf mir durch diesen Tag.*

„Männer." Schwarzkopf wanderte vor der Front der angetretenen Soldaten auf und ab. „Soeben habe ich Nachricht erhalten, dass der Siedler Friedrich Hopfer mit seiner Familie von den Aufständischen bedroht wird. Sein Anwesen befindet sich in den südlichen

---

13 Deutsch-Ostafrika war in 24 Bezirke unterteilt, die wiederum in Akidate unterteilt waren. Vorsteher eines Akidats war der Akide.

Matumbi-Bergen, etwa zwei Tagereisen von hier entfernt. Zwar wurde er von dem Akiden in Kibata gewarnt, konnte sich aber nicht entschließen, sein Anwesen, das er in jahrelanger Arbeit aufgebaut hat, zu verlassen." Schwarzkopf blieb vor Schenck stehen. „Da Sie ja gestern den Männern so gut erklärt haben, wie man mit den Aufständischen zu verfahren hat, Leutnant von Schenck, übernehmen Sie das Detachement[14], das Hopfer und seine Familie retten wird. Feldwebel Hunebeck, Obergefreiter Schmidt, Gefreiter Feldkamp und 30 Askaris werden Sie begleiten. Abmarsch sofort. – Der Rest: Wegtreten! – Schenck, Ihnen stehen für den Auftrag zwei Reit- und zwei Packpferde zur Verfügung." Der Hauptmann wandte sich ab und stapfte davon.

Schenck sah in die Gesichter der drei weißen Soldaten, die ihm zugeteilt worden waren. Feldwebel Hunebeck, der in Daressalam für die Hinrichtung des Gefangenen aus Zelle Nummer fünf hatte sorgen wollen. Gefreiter Feldkamp, der baumlange Kerl, der alle Schwarzen auf einmal mit seinem Bajonett abstechen wollte. Und Obergefreiter Schmidt, der sommersprossige Soldat, der glaubte, die Schwarzen allein durch seine Stiefelschritte zum Laufen bringen zu können.

Als Schenck wieder zu dem davonschreitenden Schwarzkopf hinüberschaute, drehte dieser sich noch einmal um und seine Schweinsäuglein glitzerten schadenfroh. „Viel Glück, Leutnant."

---

14 Eine kleinere Truppenabteilung, die aus dem Verband eines größeren Heerkörpers zur Lösung einer selbstständigen Kriegsausgabe abgezweigt wird. (Quelle: Wikipedia)

Kapitel 35

Die Pfade in den Matumbi-Bergen waren so schmal, dass Schenck seine Männer einzeln hintereinander gehen lassen musste. Vorweg gingen einige Askaris mit Buschmessern, um die von mannshohem, vertrocknetem Steppengras überwucherten Pfade für das Detachement freizumachen. Dann folgte die lange Schlange der Askaris, dahinter die beiden deutschen Gefreiten und den Schluss bildete er selbst auf dem feurigen Hengst Aristo zusammen mit Feldwebel Hunebeck, ebenfalls zu Pferde.

„Los, Männer, weiter!", rief Schenck seinen Soldaten zu und reckte sich im Sattel. „Wenn wir Hopfer rechtzeitig erreichen, können wir ausruhen, solange wir wollen."

„Das ist doch Wahnsinn!" Feldwebel Hunebeck hielt sein Pferd an und wischte sich den Schweiß aus dem Gesicht. „Nur weil dieser Hopfer sein Anwesen nicht verlassen will, müssen wir uns tagelang durch dieses unwegsame Gelände schlagen, wo aus dem Gestrüpp jederzeit ein Angriff erfolgen kann. Von Löwen, Leoparden und Schlangen ganz zu schweigen."

„Vorwärts, Hunebeck!" Schenck winkte den Feldwebel heran. „Ich bin überzeugt, dass Frau Hopfer uns als Entschädigung für die Strapazen ein gutes deutsches Essen kochen wird."

„Glauben Sie etwa, wir bekommen in dieser Wildnis Königsberger Klopse vorgesetzt?" Der sommersprossige Schmidt lachte auf. „Frau Hopfer wird sich bedanken, 34 Soldaten bewirten zu müssen."

Endlich setzte der Feldwebel sein Pferd wieder in Bewegung. „Wenn Sie mich fragen, Leutnant, werden wir ohnehin zu spät kommen. Bei unserer Geschwindigkeit brauchen wir mindestens drei Tage – bis dahin haben die Neger diesen Hopfer längst abgeschlachtet."

„Und da wollen Sie mich hindern, diese wilden Kerle mit meinem Bajonett aufzuspießen!" Feldkamp fuchtelte mit seinem Seitengewehr herum. „*Man muss dem Feind Respekt entgegenbringen*, so war es doch, oder? – Das ist kein Feind, das sind feige Neger, die wehrlose deutsche Siedler abschlachten!"

„Schluss mit den Diskussionen! Gefreiter Feldkamp, Obergefreiter Schmidt, Sie begeben sich an die Spitze des Zuges und sorgen dafür, dass die Pfade schneller freigemacht werden, damit wir zügiger vorankommen. Und Sie, Hunebeck, halten hier keine Reden, die die Wehrkraft zersetzen!"

Der Pfad ging nun wieder steil bergauf, sodass alle Gespräche von selbst verstummten. Nur das Keuchen der Männer war zu hören, und von der Spitze des Zuges her das Sausen der Buschmesser und das Knacken des Grases.

Schenck bewunderte die Askaris, die unbeirrt, gleichgültig, wie steil oder eng der Pfad war und wie heiß die Sonne brannte, vorwärts strebten. Von ihnen war kein Wort des Murrens zu hören, obwohl sie die gleichen Strapazen hinter sich hatten wie ihre deutschen Kameraden.

Deutsche Kameraden? Schenck schnaubte. Wenn seine drei weißen Soldaten diesen Gedanken mitbekommen hätten, hätten sie wahrscheinlich trotz der Anstrengung lautstark protestiert.

Endlich erreichten sie die Bergkuppe. In vielen Windungen schlängelte sich der Pfad ins nächste Tal hinab, wo ein winziges Dorf mit einem Dutzend ärmlicher Hütten lag.

Schenck winkte einen der Askaris, der die Gegend kannte, zu sich und zog die Karte der südlichen Matumbi-Berge aus seiner Brusttasche. „Welches Dorf ist das?"

Der Askari starrte auf das zerknitterte Kartenblatt, dann zuckte er mit den Schultern. „Sijui."

„Was sagen Sie?"

„Er sagt, er weiß es nicht." Feldwebel Hunebeck schob den Schwarzen zur Seite und zeigte mit dem Finger auf die Karte. „Es muss die letzte Siedlung vor Mingumbi sein. Wenn wir das Dorf passiert und den Hügel dahinter erklommen haben, werden wir Mingumbi sehen können."

Das war gerade einmal die halbe Strecke bis zu Hopfers Anwesen. „Weiter!", rief Schenck seinen Männern zu. „Ein bisschen mehr Tempo bitte!"

„Wenn Sie mich fragen, Herr Leutnant: Mir gefällt die ganze Geschichte nicht." Hunebeck starrte durch sein Fernrohr auf das Dorf. „Es ist kein Mensch zu sehen. Normalerweise wimmelt es in den

Negerdörfern wenigstens von Kindern."

Schenck zog die Augenbrauen hoch. „Wir sind schon an sechs solcher leeren Dörfer vorbeigekommen."

„Es stinkt hier geradezu nach Gefahr. Die Angehörigen des Watumbistammes sind trotzig und jeglicher Kultur abgeneigt, dazu rauflustig und trunksüchtig. Aus militärischer Sicht wäre es wirklich dumm, uns nicht auf dem Marsch anzugreifen, gerade hier in diesem unübersichtlichen Gelände, wo der Bodenbewuchs besten Schutz bietet und die Neger ihre Ortskenntnis zu ihrem Vorteil ausnutzen könnten ... Wenn Sie mich fragen, Herr Leutnant, können wir nur auf ihre angeborene Dummheit hoffen."

„Darauf möchte ich mich nicht verlassen. Ich weigere mich, aus der Hautfarbe Rückschlüsse auf die Intelligenz zu ziehen."

„Legt man unseren Marsch als Maßstab zugrunde, zweifle ich allerdings auch an der überlegenen Intelligenz unserer weißen Rasse." Der Feldwebel starrte Schenck in die Augen. „Wenn Sie mich fragen: Sie hätten mindestens zehn Mann mehr mitnehmen müssen. Für die Mission sind wir viel zu schwach!"

Schenck zog die Schultern zurück. „Wie kommen Sie zu dieser Einschätzung?"

„Sie sehen doch, wie anstrengend dieser Marsch ist. Bergauf, bergab, in brütender Hitze, die Askaris schleppen sich mit Maschinengewehren, Munitionskisten, Wasser- und Nahrungsvorräten ab, zwei Packpferde sind viel zu wenig. Wenn es zum Kampf kommt, hat niemand mehr die nötigen Kräfte. Statt die Ausrüstung den schwarzen Soldaten aufzubürden, hätten Sie auf Trägern oder weiteren Pferden bestehen sollen!"

Wahrscheinlich hatte Hunebeck recht. „Sie kennen Hauptmann Schwarzkopf. Er hätte mir niemals Träger bewilligt."

„Warum wohl? Wenn Sie ihn ständig mit Ihrer milden – man könnte fast sagen: liebevollen – Einstellung den Negern gegenüber provozieren, dürfen Sie sich nicht wundern. Man könnte fast meinen, Sie halten zum Feind."

„Feldwebel, seien Sie vorsichtig. Sie reden mit Ihrem Vorgesetzten."

Hunebeck hob die Schultern bis zu den Ohren und ließ sie ruckartig wieder fallen. „Irgendjemand muss Ihnen ja die Wahrheit sagen."

„Weiter. Wir haben einen Befehl und werden ihn ausführen." Schenck gab seinem Pferd die Sporen.

Doch plötzlich stockte der Zug.

„Was ist dort vorne los?", rief Schenck.

Obergefreiter Schmidt kam zurückgelaufen. „Der Weg ist versperrt. Felsbrocken und alles Mögliche an Gestrüpp. Wir müssen ihn erst frei räumen."

„Kann man das Hindernis nicht umgehen?"

„Unmöglich. Es würde Stunden dauern, durch die Bodenbedeckung einen Weg zu schlagen."

„Kommen Sie mit nach vorn, Schmidt. Hunebeck, Sie auch." Schenck sprang vom Pferd. Er war kaum zehn Schritte gegangen, als plötzlich Gewehrfeuer einsetzte. „Volle Deckung!", brüllte er und warf sich in das hohe Steppengras.

Keuchend kam Feldwebel Hunebeck neben ihm zu liegen. „Verdammt! Da haben wir den Salat!"

Für einige schien die Warnung zu spät gekommen zu sein, denn vorn brüllten und wimmerten Verwundete.

„Ich habe doch gleich gesagt, dass das ganze Unternehmen ein einziger Wahnsinn ist", schimpfte der Feldwebel weiter.

„Ruhe, Hunebeck! Schicken Sie lieber einen Spähtrupp los. Ich muss wissen, wo genau der Feind liegt und wie stark er ist. Und sorgen Sie dafür, dass sich jemand um die Verwundeten kümmert."

* * *

„Pauline, wir haben hier in Wölfelsgrund nichts mehr verloren." Ihr Vater beugte sich über den Tisch zu ihr hinüber. „Ist in deinem Kopf immer noch nicht angekommen, dass ich fristlos entlassen wurde? Ich wurde regelrecht hinausgeworfen!"

Pauline zündete sich eine Zigarette an und zog den Rauch gierig in ihre Lungen. „Es war abzusehen, dass genau das passieren würde. Graf Ferdinand von Wedell ist kein Mann, der sich betrügen lässt. Du kannst froh sein, dass er dich nicht gleich hat arretieren lassen."

„Deswegen muss ich hier verschwinden, ehe er sich anders besinnt. Ich muss mir anderswo eine neue Existenz aufbauen. Möglichst weit von Deutschland entfernt."

„Wenn der Graf so grosszügig war und dich nicht angezeigt hat, wird er morgen nicht seine Meinung ändern. Graf von Wedell ist nicht dafür bekannt, wankelmütig zu sein." Pauline klopfte auf ihre Zigarette. „Wir sollten nichts überstürzen, Vater. Schliesslich ist Claudinand auch noch da. Vielleicht ist es seinem Einfluss zu verdanken, dass du nicht verhaftet wurdest."

„Claudinand." Ihr Vater winkte ab. „Wie lange versuchst du nun schon, dir den Grafensohn zu angeln? Und was ist daraus geworden? Nichts!"

Sie dachte an ihre letzte Begegnung zurück. Da hatte er gesagt, dass er ihr vertraue. Und hatte sie in den Arm genommen und geküsst. Allerdings war das nun auch schon eine Woche her – seitdem hatte er sich nicht mehr blicken lassen.

„Vergiss ihn." Ihr Vater klemmte sein Zigarillo in den Mundwinkel. „Wir gehen nach Deutsch-Neuguinea. Dort fragt kein Mensch nach unserer Vergangenheit. Dort zeigt auch kein Mensch mit dem Finger auf uns wie hier in diesem winzigen Dorf. Dort können wir ganz neu beginnen."

Deutsch-Neuguinea! Das war am anderen Ende der Welt! „Vater, lass es mich noch einmal versuchen. Ich kann nicht von hier fort, ohne wenigstens noch einmal mit Claudinand gesprochen zu haben."

„Was soll das bringen? Glaubst du, der Grafensohn würde sich auf deine Seite stellen? Das wird Graf Ferdinand niemals zulassen."

Der Graf würde eine Verbindung zwischen seinem Sohn und ihr ohnehin hintertreiben, selbst wenn sie nicht die Tochter seines betrügerischen Verwalters wäre. Aber Claudinand liebte sie – und sie war nicht bereit, ihn einfach aufzugeben.

„Ich bin von Claudinands edlem Charakter überzeugt. Er liebt mich und fragt nicht danach, wessen Tochter ich bin." Sie drückte die Zigarette in den Aschenbecher und zündete sich gleich eine neue an. „Bitte, Vater, gib mir Gelegenheit, es noch einmal zu versuchen. Wenn Claudinand jeden Umgang mit mir abbricht, dann gehe ich mit dir, und sei es nach Deutsch-Neuguinea. Aber vielleicht gewinne ich ihn doch noch für mich. Und als Schwiegervater des Grafen Claus Ferdinand von Wedell wird dich kein Dorfbewohner schneiden."

„Du träumst, Pauline."

Vielleicht tat sie das wirklich. „Für diesen Traum werde ich kämpfen." Am liebsten würde sie überhaupt nicht mit ihrem Vater gehen – egal wohin –, aber irgendwo musste sie ja wohnen. Und eine eigene Wohnung konnte sie sich von ihrem Kellnerinnenlohn nicht leisten.

„Ich werde nach Breslau gehen." Ihr Vater schob sein Zigarillo in den anderen Mundwinkel. „Das ist sicherer, als hier in Wölfelsgrund zu bleiben. Dort werde ich alles für unsere Abreise nach Deutsch-Neuguinea vorbereiten. Solltest du nicht binnen zwei Wochen nachkommen, reise ich ohne dich ab."

Pauline nahm einen tiefen Lungenzug und ließ den Rauch langsam durch die Nase entweichen. Zwei Wochen. Das war bitter wenig, um einen Mann zu einem Heiratsantrag zu bewegen. Noch dazu einen Mann wie Claus Ferdinand von Wedell.

Kapitel 36

Franzi tupfte einem malariakranken Beamten der Gouvernementsverwaltung den Schweiß von der Stirn. Seit drei Tagen war sie nun im Lazarett, und auch wenn ihr lediglich einfache Hilfsarbeiten anvertraut wurden, genoss sie jede Stunde in vollen Zügen. Endlich war sie dort, wo ihre wirkliche Bestimmung war: in einem Krankenhaus.

Nur Julie schien dieser Aufenthalt überhaupt nicht zu behagen. Als sie zugesehen hatte, wie einem Patienten eine Blutprobe entnommen wurde, war sie in Ohnmacht gefallen und seitdem nicht mehr bei den Patienten gesichtet worden.

Franzi grinste vor sich hin. Für Doktor Langenburg war es die willkommene Gelegenheit, sich um Julie und besonders um ihr Seelenheil zu kümmern, was er weidlich ausnutzte. Ihrer Freundin gelang es immerhin, sein frommes Geschwafel mit staunenswerter Geduld zu ertragen.

Erneut tupfte Franzi dem kranken Gouvernementsbeamten die Stirn, als sie sich plötzlich am Ärmel gezogen fühlte.

„Julie, was willst du hier? Hast du nicht Angst, wieder in Ohnmacht zu fallen?"

Ihre Freundin grinste verschmitzt und ihre nachtschwarzen Augen funkelten. „Die Ohnmacht kam genau im richtigen Augenblick und hat mich vor diesem anstrengenden Dienst bewahrt."

„Ein Dienst, der mich sehr glücklich macht."

„Gleichwohl müssen wir hier fort, Franzi." Julie zog sie vom Bett weg und aus dem Krankenzimmer hinaus auf den Flur.

„Was ist denn geschehen? Wird dir Doktor Quasis frommes Gequatsche nun doch zu viel?"

„Das auch." Julie setzte sich auf eine Fensterbank. „Du hast recht, diese überzeugten Christen können unglaublich anstrengend sein. Aber das ist nicht alles. Mein Onkel lässt uns suchen."

„Trotz des Aufstands hat er also erfahren …?" Franzi schlang ihre Finger ineinander.

„Selbstverständlich. Kapitän Hartmann ist ja bestimmt nicht abgefahren, ohne ihn über unser Verschwinden zu benachrichtigen."

„Woher weißt du denn, dass wir gesucht werden?" Vielleicht war das Ganze nur ein Irrtum? Jedenfalls verspürte sie überhaupt keine Lust, dieses Domizil und die erfüllende Aufgabe schon wieder zu verlassen.

„Ich habe mitbekommen, wie zwei Mann der Polizeieinheit heute Morgen hier ins Lazarett gekommen sind und nach uns gefragt haben. Doktor Langenburg hat das Gespräch aber gleich an sich gerissen."

„Und da hat er uns wieder nicht ausgeliefert?"

„Ich vermute, dass er uns gern in seiner Nähe hat." Julie grinste.

„Namentlich wohl eher dich."

„Er hat sich auch sehr angelegentlich nach dir erkundigt. Manchmal denke ich, du hast es ihm wirklich angetan, Franzi."

Franzi nahm ihre Schwesternhaube ab und strich sich einige Locken hinters Ohr. Ihr war es vollkommen gleichgültig, ob und an wem dieser Arzt Interesse hatte. Solange er sie nicht an die Polizei auslieferte. „Was, meinst du, wird geschehen, wenn die Polizisten uns finden?"

„Das, was mein Onkel ohnehin mit uns vorhatte: per Express zurück ins Reich." Julie ließ ihre Beine baumeln. „Wir haben uns nämlich geirrt. Es ist mitnichten so, dass jetzt keine Schiffe nach Deutschland abgehen – wegen des Aufstands fahren sie sogar außerplanmäßig. Wir haben also völlig umsonst die Abfahrt der *Prinzregent* abgewartet."

„Es ist zu ärgerlich, dass dein Onkel von unserer Flucht erfahren hat." Franzi ging einige Schritte auf und ab, das Klappern ihrer Absätze hallte durch den langen Flur. „Du hast recht, Julie, wir müssen das Lazarett verlassen, auch wenn es mir schwerfällt. Aber zu Robert Koch nach Amani können wir auch nicht mehr – ich habe von einem der Ärzte gehört, dass er wegen des Aufstands abreisen will. Wo können wir denn hier in Daressalam sonst noch untertauchen?"

Julie schüttelte den Kopf. „Nirgendwo. Früher oder später werden sie uns finden, wenn wir in Daressalam bleiben. Ein Suchbefehl des Gouverneurs löst bei der Polizei höchsten Arbeitseifer aus – und du weißt, was das bei der preußischen Gründlichkeit bedeutet."

Also fort aus Daressalam. Aber wohin? Zurück nach Deutschland? Sich der Polizei stellen? Aufgeben? Und als Gescheiterte vor ihren Vater treten? Niemals! „Ich habe von einem der kürzlich eingelieferten Gouvernementsverwaltungsbeamten gehört, dass derzeit laufend Einheiten der Schutztruppe nach dem Süden abgehen. Vielleicht sollten wir uns einem solchen Trupp anschließen? Du meintest doch, dass wir nirgendwo so sicher sind wie in der Nähe deines Onkels."

„Das stimmt – sicher vor den Aufständischen." Julie sah sie mit zusammengezogenen Augenbrauen an. „Aber mein Onkel ist es doch gerade, der uns nach Deutschland zurückschicken will – und der durch die außerplanmäßigen Schiffe auch die Möglichkeit dazu hat."

„Hat er diese Möglichkeit wirklich? Dein Onkel wird doch mit Sicherheit einen strategisch wichtigen Stützpunkt als Hauptquartier wählen."

„Das dürfte Mahenge oder Liwale sein."
„Diese Orte liegen irgendwo im Landesinnern, nicht wahr?"
Julie nickte.

„Von dort aus kann er uns aber nicht nach Deutschland schicken. Denn aus dem Landesinneren fahren für gewöhnlich keine Dampfer. Und dann haben wir Zeit, bis der Aufstand vorbei ist, um deinen Onkel davon zu überzeugen, dass er uns nicht zurückschickt."

Ihre Freundin schnippte mit den Fingern. „Franzi, du bist ein noch größeres Schlitzohr als ich. Damit schlagen wir zwei Fliegen mit einer Klappe: Wir begeben uns an den sichersten Ort des Schutzgebietes und können nicht auf ein Schiff nach Deutschland gebracht werden, bis wir Onkel Götzen in aller Ruhe bearbeiten konnten. Komm, packen wir unsere Effekten."

„Sofort?"

„Natürlich, worauf willst du warten?" Julie hüpfte von der Fensterbank. „Ich würde mich nicht darauf verlassen, dass unser frommer Doktor nicht doch noch Gewissensbisse bekommt, weil er uns gedeckt hat."

Als sie den langen Flur entlanggingen, sah Franzi in die einzelnen Krankenzimmer, deren Türen offen standen. Dort lagen ihre Patienten, die ihr in den drei Tagen ans Herz gewachsen waren. Auch wenn sie nicht viel für sie hatte tun können, die Kranken waren ihr für jedes freundliche Lächeln, für jede Handreichung dankbar gewesen.

„Trauere nicht um sie." Julie hakte sich bei ihr unter. „Im Hauptquartier meines Onkels gibt es ganz gewiss auch ein Lazarett, wo du dich wirst nützlich machen können."

* * *

„Ein Mann tot, vier verletzt, Herr Leutnant", meldete der Gefreite Feldkamp.

Schenck nickte nur. Das Stöhnen der Verwundeten ging ihm durch Mark und Bein. Er hatte schon an etlichen Manövern teilgenommen, aber das erste Mal auf einen Feind zu treffen, der scharf schoss und seine Kameraden verwundete oder gar tötete, war etwas ganz anderes.

Hin und wieder kleckerten noch Gewehrschüsse, die aber den im hohen Gras versteckten Soldaten kaum etwas anhaben konnten. Tückischer waren die Pfeile, die, steil nach oben geschossen, in hohem Bogen auf sie herabsausten.

Endlich kroch auch Feldwebel Hunebeck wieder heran. „Herr Leutnant, ich melde: mit zwei Mann vom Spähtruppunternehmen zurück. Feindstärke schwer feststellbar, geschätzt 50 bis 70 Mann, überwiegend mit Pfeil und Bogen bewaffnet. Hinter dem Hindernis auf dem Weg vor uns geht es eine kleine Bodenwelle hinauf, dahinter liegen sie im hohen Gras versteckt."

„Danke." Schenck zog die Karte aus seiner Brusttasche. „Wir werden uns zurückziehen und den Feind in nördlicher Richtung umgehen."

„Wie bitte?" Der Feldwebel nahm den Tropenhelm ab und wischte sich mit dem Ärmel den Schweiß aus dem Gesicht. „Erst führen Sie uns direkt in diese Falle und dann wollen Sie sich vor ein paar Negern, die uns den Weg verlegen, zurückziehen?"

„Was soll das sinnlose Blutvergießen, wenn es einen Weg gibt, es zu vermeiden?"

„Wenn Sie mich fragen, Herr Leutnant, kostet uns das mehrere Stunden, wenn nicht sogar einen ganzen Tag. Wollen Sie wirklich riskieren, dass auf der Hopfer-Farm wegen des Zeitverlusts ein Unglück geschieht? Auch wenn es sich dieser starrsinnige Farmer selbst zuzuschreiben hat."

Natürlich riskierte er den Erfolg seines Unternehmens. Und natürlich wollte er alles daransetzen, die Siedlerfamilie zu retten. Aber auf Kosten weiterer Menschenleben? Nur weil er dann *vielleicht* zu spät kam? Er schüttelte den Kopf. „Wir ziehen uns zurück und gehen den Umweg. Das Risiko ist zu groß."

„Aber Herr Leutnant! Es sind nur 50 oder höchstens 70 wilde Neger, die uns gegenüberstehen, noch dazu schlecht bewaffnet! Wenn wir das Maschinengewehr in Stellung bringen und zum aggressiven Gegenstoß übergehen, werden sie sofort das Weite suchen!"

„Ich sagte bereits einmal: Unterschätzen Sie den Feind nicht. Muss ich Sie an Emil von Zelewski erinnern? Er hatte drei Kompanien und 170 Träger bei sich – und seine Einheit wurde komplett von den Schwarzen vernichtet! Falls Sie es vergessen haben – das Denkmal für Emil von Zelewski steht in Rugaro[15]."

„Meine Güte, uns liegen aber keine 3 000 Hehe-Krieger gegenüber." Feldwebel Hunebeck ballte die Faust. „Los, geben Sie den Befehl zum Angriff, dann sind wir am schnellsten aus der prekären Lage heraus. Sie haben uns Königsberger Klopse auf der Hopfer-Farm versprochen – sorgen Sie dafür, dass wir sie bald bekommen!"

„Für ein gutes Essen wollen Sie Menschenleben riskieren? Was ist das für eine Einstellung, Hunebeck?"

„Wenn Sie mich fragen, brauchen die Männer dringend Ruhe. Und wenn Sie sie wegen eines unnötigen Umwegs noch einen Tag länger durch diese Wildnis jagen, werden sie Ihnen irgendwann nicht mehr folgen wollen."

„Das ist doch Irrsinn! Hat der Befehl eines Offiziers etwa nichts mehr zu sagen?" Schenck richtete sich auf die Knie auf, sorgsam darauf achtend, dass sein Kopf nicht über die Spitzen der Gräser hinausragte. „Feldwebel Hunebeck, ich gebe den dienstlichen Befehl zum Rückzug. Wir lösen uns unauffällig vom Feind..."

Plötzlich ertönten markdurchdringende Schreie, ein Regen von Pfeilen ging hernieder, das Gewehrfeuer nahm wieder zu.

„Verdammt, sie greifen an!" Hunebeck riss das Gewehr an die Wange.

„Der MG-Trupp soweit zurück den Hügel hinauf, dass er über

---

15 Gefecht bei Lugalo (damals Rugaro), 17. August 1891. Das Denkmal für Emil von Zelewski (1854 – 1891) ist noch heute bei Lugalo erhalten.

das Gras hinweg den Feind einsehen und unter Beschuss nehmen kann!", rief Schenck. „Alle anderen: Bajonett aufpflanzen und auf den Befehl zum Gegenstoss warten!"

Der Feldwebel jagte mit eingezogenem Kopf davon und brüllte die Befehle. Geduckt hastete der Obergefreite Schmidt mit zwei Askaris vorbei, keuchend schleppten sie die Munitionskisten und das schwere Maschinengewehr bergan.

Schenck pflanzte das Bajonett auf den Gewehrlauf. Er hätte sofort den Befehl zum Rückzug geben sollen, statt sich auf eine Diskussion mit Hunebeck einzulassen. Jetzt war es zu spät. Es blieb ihnen nichts mehr übrig, als den Kampf anzunehmen. „Herr Jesus, bitte sorge dafür, dass es nicht so viele Tote und Verletzte gibt."

Vor ihm wogte das Gras, kehlige Rufe ertönten. Rasch warf er einen Blick zurück den Hügel hinauf. Hatte Schmidt das Maschinengewehr denn immer noch nicht gefechtsklar?

„Alle Mann, Feuer frei", brüllte Schenck, legte an und schoss in das schwankende Gras.

Überall neben ihm erhoben sich seine Männer auf die Knie und schossen ebenfalls – und endlich ratterte auch das Maschinengewehr los. Wilde Schreie ertönten, Schüsse peitschten durch das hohe Gras. Rechts von Schenck griff sich ein Askari an die Kehle, dann fiel er hintenüber – in seinem Hals steckte ein Pfeil.

Schenck lud nach und schoss erneut blind in das Gras – was war das überhaupt für ein Kampf, bei dem man den Feind nicht sehen konnte? Das hatten sie auf den preussischen Exerzierplätzen nicht gelernt.

Plötzlich teilte sich das Gras vor ihm. Ein riesiger, nur mit einem Lendenschurz bekleideter Schwarzer tauchte auf. Er rief etwas, dann richtete er eine Donnerbüchse, die noch aus den Napoleonischen Kriegen stammen musste, auf ihn.

Blitzschnell sprang Schenk auf und einen Schritt zur Seite. Die Büchse donnerte mit ohrenbetäubendem Knall los, neben ihm spritzte Dreck auf, seine Ohren piepsten. Ehe er richtig nachdenken konnte, was er tat, stemmte er sein Gewehr in die Hüfte, machte zwei schnelle Schritte vorwärts und rammte dem Schwarzen das Bajonett zwischen die Rippen.

Die Augen des Schwarzen wurden riesengross, auf seinem Gesicht zeigte sich fast so etwas wie Erstaunen. Dann sackte er zusammen.

Mit einem festen Ruck zog Schenck das Bajonett heraus und starrte auf die klaffende Wunde, aus der Blut sprudelte. Der Schwarze zuckte noch ein paar Mal, dann regte er sich nicht mehr. – Der erste Mensch, den er getötet hatte. Er wusste schon jetzt, dass er diesen Anblick nie vergessen würde.

Rechts und links von ihm gingen die Askaris mit gefälltem Bajonett vor. Je länger der Kampf dauerte, desto besser wurde die Sicht, da das hohe Gras nach und nach niedergetrampelt wurde.

Feldwebel Hunebeck trat neben ihn und klopfte ihm auf die Schulter. „Gratuliere, Herr Leutnant. Wenn Sie mich fragen, haben Sie da den Anführer niedergemacht. Jetzt laufen sie davon wie die Karnickel."

Das Maschinengewehr ratterte noch immer, Schüsse hallten, aber es flogen kaum noch Pfeile.

„Begleiten Sie mich zur MG-Stellung." Schenck warf sich das Gewehr mit dem blutigen Bajonett über die Schulter, dann eilte er im Laufschritt den Hügel hinauf, Hunebeck folgte ihm.

Der sommersprossige Obergefreite Schmidt lag hinter dem Maschinengewehr, ein Askari führte die Gurte ein.

„Sehen Sie, wie sie laufen?" Schmidt pfiff durch die Zähne. „Gleich nicht mehr."

Er betätigte den Abzug – und wie Getreide von einer Sense wurden die Schwarzen niedergemäht.

„Feuer einstellen!", brüllte Schenck.

Schmidt ließ den Abzug los und sah ihn fragend an.

„Hunebeck, rufen Sie die Männer zurück."

„Sie wollen die schwarzen Dreckschweine entkommen lassen?" Hunebeck stampfte mit dem Fuß auf. „Wenn Sie mich fragen, haben wir jetzt die einmalige Gelegenheit, sie vollständig unschädlich zu machen!"

„Ich habe Sie nicht gefragt, sondern befohlen: Die Männer zurückrufen!", donnerte Schenck. Er konnte nicht zulassen, dass noch mehr Menschen starben, gleichgültig, auf welcher Seite sie kämpften. „Befehlen Sie den Leuten, sich oben auf dem Hügel, wo wir einen guten Überblick haben, einzugraben. Ein Mann zurück nach Ssamanga, Verstärkung und dringend mehr Munition, Verpflegung und Sanitätsmaterial anfordern. Zwei Mann als Spähtrupp dem Feind hinterher."

Hunebeck starrte ihn an, als habe er den Verstand verloren. Ganz langsam nahm er Haltung an. „Zu Befehl, Herr Leutnant." Dann wandte er sich zum Gehen, murmelte aber noch laut genug, dass Schenck es hören konnte: „Lassen wir diese Bestien ruhig laufen, damit sie uns bei nächster Gelegenheit wieder angreifen – wir bleiben ja freundlicherweise vor Ort."

Schmidt klemmte sich wieder hinter sein Maschinengewehr und schielte zu ihm hinauf. „Herr Leutnant ..."

„Ruhe! Sie bleiben hier mit dem MG in Stellung, aber Sie feuern nur auf meinen ausdrücklichen Befehl."

Schenck wandte sich ab. Er konnte unmöglich mit seiner schwachen Einheit weiter mitten durchs Feindgebiet marschieren und dabei einen erneuten Angriff riskieren. Es gab schon genug Verluste.

Kapitel 37

Franzi und Julie schlichen sich mit ihren wenigen Habseligkeiten durch die Hintertür aus dem Lazarett und eilten davon.

Als sie außer Sichtweite waren, blieb Julie stehen und stellte ihre Koffer ab. „Hast du zufälligerweise auch etwas darüber gehört, wann in nächster Zeit eine Einheit der Schutztruppe in den Süden abgeht?"

„Einer der Männer, die vorhin einen neuen Patienten herbrachten, munkelte etwas davon, dass noch heute eine Einheit abmarschieren soll."

„Dann sollten wir uns gleich auf die Straße nach Süden begeben, damit wir die Einheit nicht verpassen. Komm." Julie hob ihr Gepäck auf. „Wenn du jetzt noch den Ort wüsstest, wohin die Soldaten marschieren …"

Franzi legte den Kopf schief. „Ich kann mir diese merkwürdigen Namen nicht merken. Es begann mit I... Irgendein Handelsstützpunkt an einem Fluss, mit einer Fähre …"

„Meinst du Ifakara?"

„Ja!" Gut, dass Julie sich auskannte.

„Das liegt dort unten am Ulanga." Julie legte den Zeigefinger an die Nasenspitze. „Also weit genug entfernt von der Küste."

Franzi hob den Koffer und die Viola auf. „Dann lass uns gehen, bevor uns die Suchtrupps entdecken. – Aber was tun wir, wenn wir heute doch nicht mehr auf Soldaten treffen, die nach Süden ziehen? Wir können doch nicht wieder in Daressalam übernachten."

„Ach, da werden wir schon eine Lösung finden. Viel schwieriger wird es sein, den Truppführer zu überreden, uns mitzunehmen."

„Wenn du dich als Nichte des Gouverneurs vorstellst …"

„Nein. Zwar glaube ich nicht, dass die Schutztruppe in dem derzeitigen Durcheinander Zeit hat, sich um den Suchbefehl meines Onkels zu kümmern, trotzdem werden sie Angst haben, die Nichte des Gouverneurs quer durch das Schutzgebiet zu schleppen. Wenn mir etwas zustieße, würde mein Onkel kein Pardon kennen."

Also inkognito. Aber das kannten sie ja schon.

„Wir dürfen ihnen auch nicht sagen", fügte Julie hinzu, „dass wir zum Hauptquartier meines Onkels wollen. Dann nehmen sie uns erst recht nicht mit."

„Es ist in der Schutztruppe wohl hinreichend bekannt, dass dein Onkel keine Damengesellschaft um sich haben will, wenn er sich im Krieg befindet?"

„Er nimmt ja noch nicht einmal seine Frau auf seine Inspektionsreisen durch das Schutzgebiet mit. – Doch psst!" Julie blieb stehen und legte den Finger auf die Lippen. „Hörst du? Gleichschritt!"

Auch Franzi blieb stehen und lauschte. Tatsächlich. Auf der breiten Ausfallstraße erklangen die unverkennbaren Schritte einer militärischen Einheit. „Sollte das bereits der Trupp nach Ifakara sein?"

Julie zuckte mit den Schultern. „Möglich. Wir werden es herausfinden."

Unter den Alleebäumen, die mit ihren weit ausladenden Kronen angenehmen Schatten spendeten, erschien ein Trupp Askaris. Franzi schätzte sie auf 50 Mann. Vorneweg ritten ein weißer Offizier sowie ein weißer und ein schwarzer Unteroffizier.

„Ein junger und hübscher Oberleutnant – genau mein Fall!" Julies Augen blitzten auf. Sie nahm das Band, das ihr Haar zusammenhielt, heraus und schüttelte die schwarze Flut in den Nacken. „Das solltest du auch tun. Du siehst immer noch wie eine brave Krankenschwester aus."

Franzi hatte zwar die Vorteile, die eine Hochsteckfrisur im Schutzgebiet hatte, erkannt – mit offenen Haaren war ihr viel wärmer –, aber in diesem Fall hatte Julie recht. Wenn es darum ging, einen Mann zu überreden, sollten sie möglichst hübsch aussehen. Sie löste ihr Haar und trat dann mit Julie zusammen auf die Straße.

„Herr Oberleutnant!", rief ihre Freundin, und der junge Offizier hielt sein Pferd an.

Er verneigte sich im Sattel. „Was gibt es, meine Damen?"

„Sie müssen uns helfen, Herr Oberleutnant." Julie rang flehend die Hände.

Franzi staunte immer wieder über das schauspielerische Talent ihrer Freundin.

„Ich würde gern alles für Sie tun, aber mein Detachement befindet sich auf dem Marsch gen Süden. Bitte halten Sie uns nicht auf."

„Eben deshalb wenden wir uns ja an Sie." Julie trat nahe an das Pferd heran und sah mit unnachahmlichem Augenaufschlag zu dem Offizier hinauf. „Wir müssen ebenfalls dringend in den Süden."

„Wie bitte?" Der Oberleutnant schlug sich auf die Schenkel. „Haben Sie etwa nicht mitbekommen, dass sich der ganze Süden in hellem Aufruhr befindet?"

„Doch, gerade deshalb müssen wir hin. Nach …" Julie sah Franzi an.

Sollten sie einfach alles auf eine Karte setzen und hoffen, dass das wirklich der Trupp war, der nach Ifakara ging? Wenn er ein anderes Ziel hatte, kämen sie heute nicht mehr aus Daressalam fort. – Doch es gab keine andere Möglichkeit, sie mussten es wagen. Sie nickte Julie zu und formte *Ifakara* mit den Lippen.

„Nach Ifakara. Unsere Eltern betreiben dort ein Handelslager, aber unsere Mutter ist schwer erkrankt und bittet dringend, dass wir zu ihr kommen."

„Wir gehen zwar nach Ifakara …" Der Oberleutnant kratzte sich am Kinn.

Julie warf Franzi ein erleichtertes Lächeln zu.

„… trotzdem kann ich Sie nicht mitnehmen. Ich habe Befehl, in Eilmärschen dorthin zu ziehen – das wird für Sie sicherlich zu anstrengend sein und für uns zu einer Zeitverzögerung führen."

„Oh, denken Sie nicht, dass wir Sie behindern werden." Franzi fasste ihre Locken im Nacken und legte sie nach vorn über die Schulter. „Wir sind zäher und kräftiger, als es den Anschein hat."

Der Oberleutnant sah seine Unteroffiziere an und grinste. „Das mag ja sein, aber ich kann nicht die Verantwortung dafür übernehmen, zwei junge Damen in die Wirren des Aufstandsgebiets zu führen."

„Die Verantwortung tragen wir ganz allein", erwiderte Julie. „Zerbrechen Sie sich darüber nicht den Kopf. Denken Sie lieber daran, was es für unsere Mutter sein muss, wenn – wenn es zum Äußersten kommt und sie ihre Töchter nicht mehr sehen durfte." Julie schniefte.

Franzi wandte den Blick zur Seite, um nicht in Lachen auszubrechen. Zwar passte es ihr gar nicht, dass Julie wieder einmal das Blaue vom Himmel herunterlog, aber die Vorstellung, die ihre Freundin gerade darbot, war einfach grandios.

Wieder sah der Oberleutnant seine Unteroffiziere an. „Wir könnten se zum Kochen jebroochen", sagte der weiße Unteroffizier. "Und wenn ick det richtig sehe, trägt eene von die zwee nen Jeijenkoffer. Wenn se im Lager etwas Musik macht, könnt sich det positiv uff de Stimmung auswirken."

"Sie denken doch nur an Ihr Vergnügen, Kapischke." Der Oberleutnant grinste.

"Det kann doch nur in Ihrm Sinne sein, wenn Ihr Detaschmang verjnücht is. Sie wissen schon: Hebung von de Kampfmoral."

Der Oberleutnant atmete tief durch und sah Franzi und Julie wieder an. "Sie können sich doch nicht zu Fuß dem Zug anschließen. Haben Sie irgendwo Pferde?"

Forsch ging Julie auf Unteroffizier Kapischke zu. "Sicherlich sind die Herren Unteroffiziere so freundlich, uns Ihre Pferde zur Verfügung zu stellen. Sie können sich doch spätestens in Kisserawi neue Pferde requirieren."

Der Unteroffizier brach in schallendes Gelächter aus. "Herr Oberleutnant, die zwee sin richtig. Wir werden viel Spaß mit sie haben."

"Sie nehmen in Kauf, deshalb zu laufen?"

Der Unteroffizier machte Anstalten, aus dem Sattel zu steigen. "Für det Verjnüjen loof ick allemal."

Franzi senkte den Blick. Die Entwicklung gefiel ihr gar nicht. Der Matrose Larsson hatte sie auch nur mit Hintergedanken an Bord gelassen.

Auch Julie schien daran zu denken. "Wir kochen gern für Sie und meine Fr... meine Schwester wird Ihnen bestimmt den Gefallen tun, auf der Bratsche zu spielen."

"Auch die Wäsche könnten wir Ihnen waschen", fügte Franzi hinzu. "Aber weitergehende Dienste ..."

"... haben wir nicht in unserem Repertoire."

"Für weitergehende Dienste wird ohnehin keine Zeit bleiben", schnarrte der Oberleutnant. "Eilmarsch, schon vergessen? Los, geben Sie Ihr Gepäck den Trägern. – Kapischke, Schausch, absteigen!"

Die Unteroffiziere sprangen von ihren Pferden und Kapischke reichte Franzi die Zügel. Dabei berührte er ihre Hand und sah ihr in die Augen. "Ooch beim Eilmarsch jibt et ma ne Ruhepause."

* * *

Schenck ging im Lager umher, inspizierte die Gräben und Barrikaden und schaute nach den Verwundeten. Er merkte, dass die Soldaten mit ihm unzufrieden waren. Sie tuschelten, warfen ihm böse Blicke zu, manche sprachen sogar offen davon, ohne ihn weiterzuziehen. Zwar tat ihnen die Ruhepause gut, aber sie lasteten ihm die Schuld an, dass sie gestern in den Hinterhalt geraten waren und vier Tote und fünf Verwundete zu beklagen hatten. Als sie dann den Feind geschlagen hatten, hatte er sie daran gehindert, ihre Wut an den Aufständischen auszulassen – und jetzt saßen sie untätig in der Steppe und hatten Zeit genug, über ihren Ärger nachzudenken.

Am liebsten hätte Schenck den Befehl zum Aufbruch gegeben, aber das war unvernünftig. Der Spähtrupp, den er dem Feind hinterhergesandt hatte, war noch nicht zurückgekehrt, und er konnte es nicht riskieren, weiterzuziehen, ohne zu wissen, was für feindliche Kräfte vor ihm lagen. Außerdem war ihr Lager, wenn auch nur notdürftig gesichert, viel leichter zu verteidigen, als wenn sie auf dem Marsch erneut Gefahr liefen, in eine Falle zu tappen. Er hatte gestern selbst erlebt, wie schwerfällig ein Trupp in Marschformation war, besonders, wenn sie beinahe im Gänsemarsch hintereinander hergehen mussten, und wie lange es dauerte, bis sie gefechtsbereit waren. Hier auf Verstärkung zu warten, war viel besser, als mit der ohnehin schon schwachen und jetzt zudem noch dezimierten Einheit durch die unsichere Gegend zu ziehen – wobei sie auch die Verwundeten mitschleppen mussten.

Plötzlich tönte es von der westlichen Seite des Lagers: „Halt, wer da?"

„Alle Mann auf ihre Posten!", rief Schenck.

Sofort sprangen die Männer auf und flitzen in die Gräben.

Von der Stelle, wo der Ruf hergekommen war, waren Stimmen zu hören, dann eilte der baumlange Gefreite Feldkamp auf ihn zu. „Herr Leutnant, der Spähtrupp ist zurück. Es ist ein Fähnrich Hinterstoißer von der Hopfer-Farm dabei, der Sie dringend zu sprechen wünscht."

„Wo ist er?"

„Dort kommt er mit den beiden Askaris vom Spähtrupp." Feldkamp grinste und murmelte: „Wenn es jetzt nicht weitergeht …"

„Wegtreten, Gefreiter." Schenck winkte den Offiziersanwärter heran. „Fähnrich Hinterstoißer?"

„Jawohl, Herr Leutnant." Hinterstoißer nahm Haltung an. „I meld mi von da Hopfer-Farm."

Schenck musste schmunzeln – die bayerischen Laute klangen im tiefsten Afrika sonderbar. „Was haben Sie zu melden?"

„Herr Leutnant, i kimm gradwegs von da Hopfer-Farm. I hab dort mei Urlaub verbracht. Die Tochter des Farmers is mei Verlobte."

„Ah. Wie ist die Lage auf der Farm?"

„An ersten Angriff konnten mer mithilfe der Arbeiter zurückweisen. Da wir net sicher warn, ob die Drahtnachricht durchgangen ist, hab i mi sofort auf den Weg zur Küste gemacht, um Hilfe zu holen."

Schenck löste den Kinnriemen seines Tropenhelms. „Sie sind also sicher, dass ein weiterer Angriff erfolgen wird, nachdem Sie den ersten zurückgeschlagen haben?"

„Ganz sicher. Die Angreifer ham bemerkt, dess die Farm nur schwach verteidigt ist." Der Fähnrich zwirbelte an seinem buschigen Schnauzbart. „Bitte, Herr Leutnant, machens hier net noch länger Halt. Rettens Herrn Hopfer und seine Familie."

Schenck ging einige Schritte auf und ab. „Wer lebt alles auf der Farm?"

„Friedrich Hopfer, seine Frau Auguste, ihr Tochterl Viktoria und ihr Buberl Friedrich August – des Bürscherl ist zwölf Jahre alt. Dazu etwa 150 Arbeiter und Sklaven."

„Und mit dieser Heerschar an Leuten können Sie sich nicht gegen die Angreifer wehren? Dafür soll ich das Leben der mir anvertrauten Soldaten riskieren?" Schenck nahm den Helm ab und wischte sich mit dem Ärmel den Schweiß von der Stirn.

„Herr Leutnant, mir ham kaum Waffen. Und die Arbeiter san überhaupt net kampferprobt, sie laufen beim ersten Schuss davon."

Schenck presste die Lippen aufeinander. „Ist der Weg zur Farm feindfrei?"

„Na, frei net grad. Aber i hab mi a durchgschlagen, ebenso wie Ihre zwoa Askaris. Des schaffens scho, Herr Leutnant."

„So, so." Schenck kniff ein Auge zu. Hinterstoißer wollte ihn so schnell wie möglich auf der Farm haben, um seine Verlobte zu beschützen, also würde er niemals zugeben, dass es auf dem Weg starke Feindkräfte gab. „Warten Sie einen Augenblick."

Er wandte sich um und ging zu den beiden Askaris hinüber. „Ihre Meldung bitte."

Sie nahmen Haltung an und einer von ihnen, ein Betschausch, antwortete: „Sind Feind gefolgt. Hat sich mit anderen Horden zusammengeschlossen. Zieht trotzdem weiter nach Westen ab."

Also genau dorthin, wo die Hopfer-Farm lag. „Wie viele sind es?"

„Viele, sehr viele. Schätze 800. Noch mehr treiben sich herum. Müssen Tausende sein."

Da half Hinterstoißers Zweckoptimismus *Des schaffens scho* herzlich wenig. „Gibt es Ausweichmöglichkeiten? Können wir den Feind nördlich oder südlich umgehen?"

„Südlich gefährlich", antwortete der Betschausch. „Alles in Feindeshand. Nördlich vielleicht möglich – vielleicht."

Schenck nickte. „Danke. Wegtreten."

Er ging wieder zu Hinterstoißer hinüber. „Wir werden aufbrechen und den Feind nördlich umgehen."

„Herr Leutnant, wir müssen so schnell wie möglich ..."

„Ich verstehe ja Ihre Angst, Fähnrich." Schenck atmete tief durch. „Aber ich kann das Risiko, mich mit so wenigen Soldaten durch ganze Massen von Rebellen zu schlagen, nicht eingehen. Außerdem haben wir einige Verwundete, die ich keinesfalls zurücklassen kann, die wir also ebenfalls mitschleppen müssen."

„Aber wann kimma mer dann zur Farm? Dann ists vielleicht scho zu spät! Da Hopfer hat kaum noch Munition – an zwoaten Angriff wird er net abweisen könn!"

„Es nützt Herrn Hopfer ebenso wenig, wenn das Detachement, das zu seiner Rettung ausgezogen ist, unterwegs vom Feind aufgerieben wird. Wenn wir nach Norden ausweichen, gelingt es uns vielleicht, den Feind zu verwirren, der sicherlich damit rechnet, dass wir den direkten Weg nach Westen wählen."

Da kletterte Feldwebel Hunebeck aus einem der Gräben und eilte auf sie zu. „Wiggerl? Wiggerl Hinterstoißer? Sehe ich recht?" Er streckte dem Fähnrich beide Hände entgegen.

„Ja, do legst di nieder! Franzl! Was a Glück, des i di hier treff! – Bitte verzeihns, Herr Leutnant, mia san alte Waffenkameraden und ham uns zuletzt vor Monaten in Daressalam gsehn."

Während sich Hunebeck und Hinterstoißer begrüßten, sah Schenck in die erwartungsvollen Gesichter seiner Soldaten, die aus den Gräben zu ihnen herüberschauten. Das Auftauchen dieses Fähnrichs änderte alles. Waren sie vorher schon mürrisch gewesen, weil sie überhaupt auf den Marsch geschickt worden waren, würden sie jetzt kaum noch zu halten sein, wenn es darum ging, die Braut eines Kameraden zu retten.

„Herr Leutnant?" Hunebeck sah ihn auffordernd an. „Ich nehme an, dass Sie den Befehl zum Aufbruch erteilen wollen?"

Er zog die Karte aus der Brusttasche und hielt sie so, dass Hunebeck zusammen mit ihm daraufschauen konnte. „Wir werden nach Norden ausweichen."

„Durch die Matumbi-Berge? Durch dieses unwegsame Gelände?" Der Feldwebel schüttelte den Kopf.

„Der gerade Weg nach Westen zur Hopfer-Farm ist uns verlegt. Der Spähtrupp hat berichtet, dass der Norden noch am ehesten frei sein könnte. Wenn wir dorthin ausweichen, werden wir für den Feind unberechenbar, können eventuellen Gefechten aus dem Weg gehen und, falls wir doch angegriffen werden, bietet uns dieses unwegsame Gelände, wie Sie es nennen, Schlupfwinkel und Verteidigungsmöglichkeiten."

„Schön, dann kommen wir wohlbehalten auf der Hopfer-Farm an – und der Familie wurde in der Zwischenzeit längst die Kehle durchgeschnitten!" Hunebeck schüttelte den Kopf.

„Und was haben sie davon, wenn wir so behutsam mitten durchs Feindesland ziehen müssen, dass wir dadurch noch langsamer vorankommen?" Schenck schob den Helm in den Nacken. „Oder wenn wir durch andauernde Kämpfe so geschwächt werden, dass wir Hopfer gar nicht mehr retten können? Oder die Hopfer-Farm nie erreichen?"

„Aber auf dem geraden Weg haben wir wenigstens die *Möglichkeit*, rechtzeitig einzutreffen!" Hunebecks Stimme wurde lauter. „Wenn Sie mich fragen, haben wir diese Möglichkeit nicht, wenn wir nach Norden ausweichen."

„Es bleibt dabei: Wir umgehen den Feind im Norden."

„Herr Leutnant!" Hinterstoißer trat einen Schritt näher. „I fleh Sie an! 's geht um Fraun und Kinder!" Der Fähnrich ballte die Fäuste, als wollte er mit diesen Mitteln seinem Willen Nachdruck verleihen.

„Das ist mir bewusst, aber ich habe keine andere Wahl, wenn ich nicht verantwortungslos handeln will. Morgen früh brechen wir nach Norden auf."

„Morgen früh?" Hunebeck starrte ihn an. „Wenn Sie schon den Umweg befehlen, sollten wir wenigstens unverzüglich abmarschieren!"

„Hunebeck." Schenck richtete sich so hoch wie möglich auf. „Ihre Freundschaft zu Fähnrich Hinterstoißer in allen Ehren, aber das sollte Sie nicht blind für die militärischen Gegebenheiten machen. Es lohnt sich nicht, heute noch aufzubrechen. Es ist höchstens noch drei Stunden hell. Bis das Lager abgebaut ist und wir auf dem Marsch sind, vergeht noch einmal mindestens eine halbe Stunde. Nach zwei Stunden müssten wir schon wieder lagern, hätten dann aber keinen Lagerplatz mit Verteidigungsstellungen mehr. Und auch für die Verwundeten wäre es eine zusätzliche Belastung, jetzt noch aufzubrechen."

„Wenn Sie mich fragen" – Hunebeck hob den Zeigefinger –, „werden Sie allen Kredit bei Ihren Männern verspielen, wenn Sie den Farmer seinem grausamen Schicksal überlassen."

„'s weiß a jeder, was die Neger mit weißen Siedlern machen", rief Hinterstoißer. „Sie schneiden alln die Kehle durch, egal obs a Mann, a Frau oder a Kindl is."

Hunebeck trat nahe an Schenck heran und raunte ihm zu: „Wenn Sie nicht sofort den Befehl zum Abmarsch auf direktem Wege geben, könnte es passieren, dass ein anderer sich an die Spitze des Trupps setzt."

„Hunebeck! Das ist Meuterei!"

„Ich sprach nur von einer Möglichkeit." Hunebecks Stimme war tief und leise. „Wollen Sie das wirklich riskieren?"

„Ich kann die Männer doch nicht bewusst ins Verderben führen." *Herr, was soll ich tun?* Sollte er wider besseres Wissen doch auf direktem Weg zur Hopfer-Farm marschieren? Würden seine Männer sonst wirklich gegen ihn rebellieren? Würden sie ihn nicht erst recht lynchen, wenn das ganze Unternehmen in einem Fehlschlag endete?

„Los, geben Sie sich einen Ruck!" Hunebeck stieß ihn mit der Schulter an.

Die ersten Soldaten begannen schon damit, ihre Zelte abzubauen.

Fähnrich Hinterstoißer kam ebenfalls näher heran. „Sie ham doch den dienstlichen Befehl, die Hopfer-Farm zu retten, net wahr? I werd Sie vor an Kriegsgericht bringen, wenns die Familie meiner Verlobten im Stich lassen."

„Feldwebel Hunebeck, befehlen Sie den Abmarsch." Schenck atmete tief durch. Es blieb ihm wohl keine andere Wahl, wenn er nicht eine Rebellion provozieren wollte. „Aber wir marschieren gen Norden. Ein Askari auf den Weg nach Ssamanga, die Verstärkung informieren, welchen Weg wir nehmen."

Kapitel 38

Am übernächsten Tag gegen Mittag – es war ein Montag – näherte sich die kleine Abteilung der Hopfer-Farm. Wegen der Verwundeten waren sie noch langsamer vorangekommen als erwartet. Hunebeck und Hinterstoißer hatten zwar verlangt, die Verwundeten zurückzulassen, aber darauf hatte Schenck sich nicht eingelassen.

„Nur no diesen Hügel nauf." Fähnrich Hinterstoißer wies auf die Anhöhe vor ihnen. „Dann ham mer's gschafft." Die Erleichterung war dem Bayern ins Gesicht geschrieben.

„Los, Männer, vorwärts!", rief Schenck seinen Soldaten zu und sprang vom Pferd. „Dieser Hügel ist der letzte, der uns von der Hopfer-Farm trennt. – Ich hoffe, Fähnrich, Ihre zukünftige Schwiegermutter vermag gut zu kochen?"

„Sie hat a Zeit lang im Hotel *Kaiserhof* in Daressalam kocht. Und mei Bräutl übertrifft mei Schwiegermutter sogar noch." Er ließ unter seinem gewaltigen Schnauzer ein Lächeln hervorblitzen.

„Gut so. Ich habe den Männern ein gutes Essen auf der Hopfer-Farm versprochen." Er drückte einem Askari die Zügel in die Hand.

Das Detachement keuchte die letzte Anhöhe hinauf. Schenck setzte sich mit Hinterstoißer an die Spitze, Hunebeck übernahm den Schluss des Zuges.

Je weiter sie kamen, desto schneller eilte Hinterstoißer voran. Schenck hatte Mühe ihm zu folgen. Aber wahrscheinlich würde er es genauso machen, wenn er Franziska in Gefahr wüsste und nun kurz davor stand, sie wohlbehalten wiederzusehen.

Franziska. Wie mochte es ihr gehen? Sie dampfte gerade Richtung Deutschland und schimpfte wahrscheinlich wie ein Rohrspatz auf ihn, weil er sie mit Gewalt auf das Schiff gebracht hatte, wo sie nun niedrigste Hilfsdienste verrichten musste. Es tat ihm immer noch leid, dass er sie hatte zwingen müssen. Und wie ihr Vater sie in Deutschland empfangen würde, konnte er sich lebhaft vorstellen.

Ein markerschütternder Schrei riss ihn aus seinen Gedanken. Auf der Kuppe des letzten Hügels stand Fähnrich Hinterstoißer mit ausgestreckten Armen, die Hände zu Fäusten geballt. Dann sank er wimmernd in die Knie.

Schenck rannte die letzten Meter zu ihm hinauf. „Was ...?" Die Frage blieb ihm im Halse stecken. Sie hatte sich erübrigt.

Vor ihm im Tal, wo einstmals wohl das Anwesen der Familie Hopfer gestanden hatte, waren nur noch verkohlte Überreste zu sehen. Die Angreifer hatten ganze Arbeit geleistet. An der breiten, gemauerten Treppe konnte Schenck noch erkennen, wo das Wohnhaus gestanden hatte, aber die ehemalige Bestimmung der übrigen Trümmer war nicht mehr ersichtlich. Überall lagen Leichen herum – überwiegend halb nackte Schwarze.

Er winkte zwei Askaris heran. „Kümmern Sie sich um den Fähnrich. – Feldkamp, zu mir!"

Der baumlange Gefreite sprang herbei.

„Sie kommen mit mir hinunter ins Tal, aber langsam und vorsichtig. Wir wissen nicht, ob die Feinde noch irgendwo stecken."

Das Gesicht des Gefreiten war käsig, trotz seines vorlauten Mundwerks sagte er keinen Ton. Er nahm nur das Gewehr von der Schulter, entsicherte es und ging langsam durch das hohe Gras neben dem Weg den Hügel hinunter.

„Die anderen warten hier. Deckung suchen!", rief Schenck, dann folgte er dem Gefreiten.

Unbehelligt erreichten sie das Tal, wo einst das wahrscheinlich prächtige Anwesen von Friedrich Hopfer gestanden hatte.

„Es scheint kein Feind mehr in der Nähe zu sein", stellte Schenck fest. „Feldkamp, holen Sie die Kameraden nach. Und stellen Sie einen Spähtrupp zusammen. Feststellen, ob die umliegenden Hügel feindfrei sind und ob es eine Spur der Angreifer gibt."

Feldkamp trottete davon und Schenck ging langsam zwischen den Leichen und Trümmern hindurch. Vor den Stufen, die zum Wohnhaus der Familie geführt hatten, fand er die Leiche eines Weißen. Der Schädel war von einem Axthieb gespalten. Dem Alter nach zu urteilen musste das Friedrich Hopfer sein.

Nicht weit entfernt, neben dem Haus, fand er seine Frau. Ihr steckte ein Speer in der Brust, ihr Gesicht war vor Entsetzen entstellt.

Hinterstoißers Verlobte und ihren kleinen Bruder fand er einige Schritte vom Anwesen entfernt. Sie waren offenbar auf der Flucht getötet worden. Beiden steckte ein Pfeil im Rücken, aber sie waren anscheinend nicht sofort tot gewesen. Der blondlockige Knabe hielt seine ebenso blondlockige Schwester in den Armen, als wollte er sie vor dem Unheil schützen. Die hellblauen Augen des Mädchens waren weit aufgerissen und starrten zum Himmel hinauf.

Unwillkürlich musste Schenck an Franziska denken. Sie war ungefähr im gleichen Alter, hatte ebenfalls blonde Locken und leuchtend blaue Augen. Was würde der Fähnrich empfinden, wenn er seine Verlobte so sah?

Und wem würden Hinterstoißer und Hunebeck die Schuld an der Tragödie geben? Natürlich ihm, Moritz von Schenck. Obwohl der Angriff schon so lange her zu sein schien, dass sie vermutlich selbst dann, wenn sie auf direktem Weg unbehelligt hierher marschiert wären, zu spät gekommen wären. Aber das würde seine Männer kaum interessieren.

* * *

Die Dämmerung dauerte nur wenige Minuten, dann wurde es finster. Franzi rutschte auf dem Sattel herum, fand aber keine Position, die einigermaßen bequem war. Seit drei Tagen waren sie jetzt in brütender Hitze unterwegs. Sie zogen jeden Morgen mit dem ersten Sonnenschimmer los und schlugen erst dann ein Lager auf, wenn es bereits dunkel war. Zwölf Stunden am Tag im Sattel, noch dazu in einem Herrensattel – da war Reiten wirklich kein Vergnügen mehr.

Sie sah zu Julie hinüber, die neben ihr ritt. Auch sie rutschte ständig hin und her. „Wenn das so weitergeht, kann ich, wenn wir in Ifakara ankommen, meine Beine aus den Gelenken aushängen."

„Und wir wissen noch nicht einmal sicher, wo dein Onkel sein Hauptquartier aufgeschlagen hat." Franzi presste eine Faust in den Rücken und drückte ihr Kreuz durch. „Wenn wir Pech haben, haben wir von Ifakara aus noch einmal einen langen Weg vor uns."

„Ich gehe davon aus, dass er die größte Boma im Aufstandsgebiet zu seinem Hauptquartier gemacht hat. Und das ist Mahenge, nur einige Kilometer von Ifakara entfernt."

Am liebsten hätte Franzi Oberleutnant von Hollerbach gefragt, denn er wusste sicherlich, wo das Hauptquartier des Gouverneurs war. Aber solche Sachen hatten sie eigentlich gar nicht zu interessieren, denn offiziell wollten sie ja zu ihren Eltern nach Ifakara.

Endlich gab der Truppführer das Zeichen zum Lagern. Ehe der viel zu aufmerksame Unteroffizier Kapischke ihr zu Hilfe eilen konnte, glitt Franzi aus dem Sattel und streckte sich.

„Jreifen se nach den Sternen, Frollein?", ulkte der Unteroffizier und übernahm ihr Pferd.

Franzi legte den Kopf in den Nacken und sah zum sternbesäten Himmel hinauf. Die kühle Luft ließ eine Gänsehaut auf ihren Armen entstehen. Doch plötzlich lief ihr sogar ein regelrechter Schauer über den Rücken. Am Firmament stand eindeutig ein Kreuz.

Sie wies mit dem Finger auf das Sternbild. „Was ist das? Wie kommt das Kreuz an den Himmel?"

Kapischke lachte dröhnend. „Det sollten Se doch kennen, Frollein, wenn Se schon öfter bei Ihrn Eltern warn. Det Kreuz des Südens hängt hier immer am Himmel, damit wir unser Christentum nich verjessen."

„Ich habe mich nie für Sterne interessiert", murmelte Franzi und drehte dem Kreuz rasch den Rücken zu. Litt sie schon unter Verfolgungswahn oder war es wirklich so, dass der Gott ihres Vaters sie bis nach Afrika verfolgte?

Kapischke führte die Pferde fort und die Männer richteten in Windeseile das Lager her. Julie wurde zum Kochen befohlen – sie selbst hatte ihre mangelnden Kochkünste hinreichend bewiesen –, während Franzi aufgefordert wurde, ihre Bratsche auszupacken.

In der Mitte des Lagers flammte ein kleines Feuer auf, und Franzi rückte nahe heran, denn mit dem Verschwinden der Sonne wurde es genauso rasch, wie es dunkel geworden war, auch empfindlich kühl. Dann begann sie die Bratsche zu stimmen, während die Grillen bereits ihr überlautes Konzert begannen und aus der Ferne das Bellen von Hyänen herüberklang.

Unteroffizier Kapischke setzte sich neben sie – viel zu nahe für ihren Geschmack. Nach und nach kamen auch die anderen Soldaten ans Feuer und der Duft von gebratenem Fleisch stieg Franzi in die Nase. Im Kochunterricht hatte Julie definitiv besser aufgepasst als sie.

Beim Stimmen holte Franzi mit dem Bogen so weit aus, dass er die Nase des Unteroffiziers touchierte. „Pardon."

Kapischke rückte ein Stück von ihr weg.

Sie ließ den Bogen sinken. „Werden wir bald einen Ruhetag einlegen?"

„Det schlagen Se sich ausm Kopp." Er zündete sich eine Zigarette an.

„Aber wenn wir weiter in dem Tempo vorgehen, sind doch alle Ihre Männer vollkommen erschöpft von dem Eilmarsch, sodass sie zu keiner militärischen Handlung mehr in der Lage sein werden."

Julie, die am Feuer mit den Töpfen klapperte, zwinkerte ihr zu.

„Wir müssen vor den Nejern in Ifakara ankommen. Det is een wichtijer Handelsstützpunkt, außerdem ist da die einzije Fähre über den Ulanga, die unbedingt jesichert werden muss."

Franzi seufzte. Also keine Ruhepause.

Kapischke blies kunstvolle Rauchkringel in die klare Nachtluft. „Und unsre Siedler, die in Ifakara hausen, wollen wir ooch nich den Nejern überlassen. Denken Se an Ihre Eltern."

„Ja." Franzi zupfte die Saiten ihrer Bratsche nacheinander an. Sie stimmte. „Aber Mahenge liegt doch nahe bei Ifakara. Warum erhält der Stützpunkt nicht von dort aus Hilfe?"

„Die Boma is ooch nur schwach besetzt und kann unmöglich noch Männer entbehren. Nee, nee, Frollein" – er lachte wieder dröhnend –, „da müssen Se schon durch."

„Und jetzt spielen Sie endlich." Oberleutnant von Hollerbach trat hinter sie.

Franzi setzte den Bogen an, wagte aber noch eine Frage an den Unteroffizier. „Ich nehme an, dass der Gouverneur sein Hauptquartier in Mahenge eingerichtet hat?"

„Der Jouverneur? Jraf Jötzen?" Kapischke bog sich vor Lachen. „Der sitzt in Daressalam jemütlich auf seiner Schässelong."

„Bitte was?" Franzi ließ die Bratsche sinken.

„Bitte was?" Julie fuhr herum, dass der Topf, in dem sie Hirsebrei kochte, umfiel und sich der Inhalt zischend ins Feuer ergoss.

„Hee! Was soll denn das?", rief Hollerbach.

Keuchend trat Julie auf Kapischke zu. „Wir haben den Gouverneur doch selbst an der Spitze einer Kompanie ausziehen sehen."

„Nee, det muss wohl ein Irrtum sein. Jötzen hat zwar den Abmarsch einiger Einheiten persönlich überwacht, aber er is in Daressalam jeblieben. – Stimmt doch, nich wahr, Herr Oberleutnant?"

„Natürlich ist Seine Exzellenz in Daressalam", bestätigte Hollerbach. „Dort laufen alle Informationskanäle zusammen. – Aber jetzt sorgen Sie dafür, dass wir neuen Hirsebrei bekommen! Und Sie" – er sah Franzi an – „fangen endlich an zu spielen, meine Männer haben dringend eine Aufheiterung nötig."

Franzi nahm die Bratsche ans Kinn, aber ihr fielen keine Melodien ein. Ihr Gehirn war wie leergepustet.

Kapitel 39

Die Salve hallte zwischen den Abhängen der südlichen Matumbi-Berge wieder – der letzte Gruß an die Familie Friedrich Hopfer. Dann gab Schenck einigen Askaris einen Wink, die vier Gräber zu schließen.

Wen er auch ansah, er begegnete nur noch feindseligen Blicken. Natürlich gaben sie ihm die Schuld an Hopfers Tod, obwohl sie allem Anschein nach selbst auf direktem Weg zu spät gekommen wären. Doch selbst wenn sie rechtzeitig eingetroffen wären – die Spuren deuteten darauf hin, dass die Aufständischen in ungeheurer Zahl über die Farm hergefallen waren, sodass sie sein Detachement wahrscheinlich gleich mit erledigt hätten.

Er rief den Gefreiten Feldkamp zu sich, der die Munition und Nahrungsmittel verwaltete. „Wie ist es um unsere Vorräte bestellt?"

Feldkamp schoss einen bösen Blick auf ihn ab. „Dank unseres Umwegs reichen die Lebensmittel nur noch für höchstens vier Tage."

„Über unsere Marschroute steht Ihnen kein Urteil zu. – Munitionsbestand?"

„Knapp 1 000 Schuss MG-Munition, zwei Kisten Gewehrmunition."

Das war bitter wenig. Noch ein Gefecht, und Feldkamp konnte wirklich nur noch mit dem Bajonett auf den Feind losgehen. „Danke. – Feldwebel Hunebeck!"

Der Feldwebel, der sich rauchend im Schatten einer Ruine niedergelassen hatte, erhob sich aufreizend langsam und schlenderte auf ihn zu. „Herr Leutnant?"

„Etwas zackiger, wenn ich bitten darf! Und jetzt lassen Sie die Männer antreten." Sie durften nicht noch mehr Zeit vertrödeln, sondern mussten den sofortigen Rückmarsch zur Küste antreten, sonst reichten die Vorräte wirklich nicht mehr aus. Zum Glück schien der Brunnen unversehrt zu sein, sodass sie wenigstens ihre Wasservorräte ergänzen konnten.

„Aaaaachtung!", brüllte Hunebeck. „Detachement Schenck – aaaaantreten!"

Nur langsam formierten sich die Soldaten, dann trat Schenck vor sie. „Männer, wir müssen unverzüglich den Rückmarsch zur Küste antreten."

Durch die Reihe der Soldaten ging ein Grummeln.

„Wenn wir nicht ohne Nahrung und Munition in der Einöde liegen bleiben wollen, bleibt uns keine andere Wahl. Außerdem werden wir auf dem Rückmarsch hoffentlich dem Trupp begegnen, der zu unserer Verstärkung unterwegs sein sollte."

„Wir sollten besser warten, bis der Trupp hier ankommt", rief der Obergefreite Schmidt. „Dann können wir gemeinsam den direkten Weg nehmen und müssen nicht wieder den Umweg machen."

Musste er seine Entscheidungen jetzt auch noch vor seinen Soldaten rechtfertigen? Andererseits war die Stimmung schon so angespannt, dass er mit purer Autorität nicht mehr viel ausrichten konnte. „Da wir nicht sicher sein können, dass unsere Melder wohlbehalten in Ssamanga angekommen sind, sollten wir uns nicht auf die Verstärkung verlassen."

„Herr Leutnant", entgegnete Feldwebel Hunebeck, „die Verwundeten sind kaum in der Lage, noch einmal einen mehrtägigen Marsch zu überstehen. Mit dem angeforderten Sanitätsmaterial und den zusätzlichen Männern sollte der Transport der Verwundeten dagegen besser zu bewerkstelligen sein."

„Ach, auf einmal liegt Ihnen das Wohl der Verwundeten am Herzen?" Schenck klopfte mit der Faust in seine flache Hand. „In Mingumbi wollten Sie sie noch zurücklassen."

Der Feldwebel senkte den Kopf.

„Bei dem langsamen Marschtempo", warf stattdessen Schmidt erneut ein, „das wir wegen der Verwundeten nur gehen können, sind wir auch auf kürzestem Weg mindestens vier, wenn nicht sogar fünf Tage unterwegs bis zur Küste. Dafür reicht die Verpflegung nicht und das ist für die Verwundeten trotzdem noch ein viel zu langer Marsch."

„Noch mörderischer ist es, wenn wir trotz zur Neige gehender Verpflegung hier bleiben. Denn wir wissen nicht, wann die Verstärkung kommt – wenn sie sofort losgeschickt wurde, müsste sie eigentlich schon hier sein –, ja wir wissen noch nicht einmal, ob sie überhaupt kommt. Wir können nicht länger warten. Keine Diskussion mehr: Wir brechen unverzüglich auf!"

Einige der Männer ballten die Faust, einige murmelten etwas von Verantwortungslosigkeit.

In diesem Augenblick spritzte ein Reiter heran. Kurz vor Schenck zügelte er sein Pferd und glitt aus dem Sattel, an dem eine große Kuriertasche mit dem Reichsadler hing.

„Herr Leutnant, ich bin ein Melder von Hauptmann Schwarzkopf." Er öffnete die Kuriertasche und zog ein Kuvert heraus. „Befehle von Hauptmann Schwarzkopf für Sie."

Schenck nahm den Umschlag entgegen, riss ihn auf und starrte auf die wenigen Worte.

Boma Liwale bedroht. Detachement Schenck sofort zum Entsatz[16] *dorthin marschieren. Keine Verstärkung entbehrlich. gez. Hptm. Schwarzkopf*

Er schob den Helm in den Nacken. Liwale. Das waren mindestens sechs Tagesmärsche ins Landesinnere. Wenn sie in Eilmärschen zogen. Und das ohne Verstärkung – eine nahezu undurchführbare Operation. Reine Schikane.

„Haben Sie wenigstens Sanitätsmaterial mitgebracht?"

Der Melder stieg schon wieder auf sein Pferd. „War leider nicht abkömmlich. Hauptmann Schwarzkopf hatte bei einer Strafexpedition gegen die Aufständischen einige Verwundete und wartet selbst auf Nachschub."

Das wurde ja immer besser. Am liebsten hätte er sofort den Rückmarsch zur Küste befohlen. Schließlich hatte Schwarzkopf den Befehl gegeben, ohne den Zustand der Truppe und die Versorgungssituation zu kennen. Aber nach den Auseinandersetzungen, die er mit seinem Vorgesetzten bereits gehabt hatte, würde der ihn dann unweigerlich unehrenhaft entlassen oder gar vor ein Kriegsgericht bringen, da er dessen eindeutigen Befehl, der ihm auch noch schriftlich vorlag, missachtete. Da würde es auch nicht helfen, wenn er mit der veränderten Lage argumentierte. Eine solche Situation war ihm schon in Wölfelsgrund zum Verhängnis geworden.

Der Melder grüßte vom Pferd herab und sauste davon.

---

16 Entsatz (Verb: entsetzen) ist eine militärische Operation, um eine Truppe von außen aus der Einschließung zu befreien und dadurch wieder Handlungsfreiheit zu verschaffen. (Quelle: Wikipedia)

Schenck wandte sich an seine Soldaten. „Männer, wir haben soeben Befehl erhalten, sofort nach Liwale aufzubrechen."

„Was? – Nach Liwale? – Unmöglich! – Das ist doch Selbstmord!", so riefen Hinterstoißer, Hunebeck, Feldkamp und Schmidt durcheinander.

„Der Befehl von Hauptmann Schwarzkopf ist unmissverständlich. Die Kameraden in Liwale sind von Aufständischen bedroht." Er hob seine Stimme, um das Gemurmel zu übertönen. „Oder wollen Sie etwa behaupten, Hauptmann Schwarzkopf gebe undurchführbare Befehle? Fertigmachen zum Abmarsch! Zeitansatz 20 Minuten. – Wegtreten."

Schenck starrte auf das Papier mit dem Befehl. Wenn auch dieser Auftrag fehlschlug oder unterwegs einer der Verletzten stürbe, würden ihn seine Soldaten wahrscheinlich am nächsten Baum aufhängen, sofern sie irgendwo einen fanden.

* * *

Es war noch stockfinster, als Franzi und Julie den riesengroßen Kaffeekessel über die Feuerstelle hängten. Franzi ging in die Hocke und blies in die Glut, bis erste Flammen aufzüngelten.

Überall rund um sie herum schnarchten die Soldaten noch, nur Unteroffizier Kapischke war schon munter und sah nach den Pferden.

Julie zog zwei Zigaretten hervor, die sie gestern dem Unteroffizier abgeschwatzt hatte, und hielt Franzi eine hin. „Nach dem Schreck von gestern Abend muss ich unbedingt rauchen."

Franzi schüttelte den Kopf. „Mein Magen ist ohnehin schon ein steinharter Knoten." Sie schlang die Arme um die Knie und wippte von den Zehenspitzen auf die Ferse und wieder zurück. „Wie konnte es bloß passieren, dass wir uns so getäuscht haben?"

„In Daressalam ging man ja allgemein davon aus, mein Onkel sei ins Aufstandsgebiet gezogen." Julie hielt die Spitze ihrer Zigarette an ein glühendes Holzstück, bis sie zu glimmen begann. „Wir müssen unbedingt zurück. Was sollen wir in Ifakara, wenn mein Onkel gar nicht im Süden des Schutzgebietes ist?"

Franzi hielt die Handflächen vor die Flammen, denn die Nacht war empfindlich kühl. „Bloß wie? Wir können doch nicht allein zurückreiten!"

„Wir müssen Oberleutnant von Hollerbach überreden, dass er uns ein paar Mann als Bedeckung mitgibt." Julie zog an ihrer Zigarette. „Ich sehe keine andere Möglichkeit, Franzi! Wir marschieren geradewegs ins Aufstandsgebiet und es gibt kein Hauptquartier meines Onkels, wo wir sicher wären!"

„Ich weiß. Aber was wird in Daressalam passieren? Dein Onkel wird ein Kanonenboot anfordern und uns eigens damit nach Hamburg bringen lassen!"

Ihre Freundin hockte sich neben sie. „Was wir tun, wenn wir in Daressalam sind, können wir später noch überlegen. Zuerst müssen wir darüber nachdenken, wie wir wieder dorthin kommen!" Julie stand die Angst ins Gesicht geschrieben.

Franzi atmete schnaufend ein. Wären sie doch bloß im Lazarett geblieben, trotz der penetranten Gegenwart von Doktor Langenburg und der Entdeckungsgefahr!

„Is der Kaffee fertich?" Kapischke kam ans Feuer und hielt eine Hand über den Kessel. „Riecht jedenfalls prächtich. Denn werd ick mal die müden Krieger wecken. – Detaschmang, ooooofwachen!" Er ging durch die Reihen der Schläfer und rüttelte sie.

Oberleutnant von Hollerbach war der Erste, der sich einen Kaffee holte.

Julie warf ihre Zigarette ins Feuer und erhob sich. „Herr Oberleutnant, wir müssen zurück nach Daressalam."

Hollerbach verschluckte sich an seinem Kaffee und bekam einen Hustenanfall. „Wie bitte?", krächzte er. „Sind Sie übergeschnappt?"

„Nein, aber wir müssen dringend zurück."

„Erst überreden Sie mich, Sie mitzuschleppen, und jetzt wollen Sie plötzlich zurück? Sie wollten doch so dringend zu Ihrer kranken Mutter!"

„Wir haben Ihnen nicht die Wahrheit gesagt." Franzi stand auf. „Unsere Eltern sind nicht in Ifakara, nicht einmal im Schutzgebiet."

Julie warf ihr einen bösen Blick zu, wahrscheinlich hatte sie schon wieder eine neue Lügengeschichte parat gehabt. Aber wie weit sie damit kamen, hatten sie ja gemerkt. Hätten sie Oberleutnant von Hollerbach schon in Daressalam gesagt, dass sie zu Graf Götzen wollten, hätten sie sofort erfahren, dass Julies Onkel Daressalam gar nicht verlassen hatte.

„Warum um alles in der Welt haben Sie sich uns dann in Daressalam angeschlossen?" Hollerbach wedelte mit seiner Kaffeetasse, dass die Hälfte überschwappte.

„Wir wollten zum Gouverneur, weil wir dachten, er halte sich im Aufstandsgebiet auf", erklärte Franzi. „Meine Schwester" – sie wies auf Julie – „ist nämlich nicht meine Schwester, sondern meine Freundin und die Nichte des Gouverneurs."

„Die Nich…" Der Oberleutnant ließ die Hand mit der Kaffeetasse sinken, sodass sich auch der Rest des Getränks auf den Boden ergoss.

Julie knickste. „Julia Viola von Götzen. Bitte verzeihen Sie unseren Schwindel. Gestern Abend haben wir erst erfahren, dass mein Onkel in Daressalam geblieben ist. Deshalb müssen wir dringend zurück."

„Das ist ausgeschlossen. Ich kann nicht verantworten, zwei Frauen allein durch die Wildnis reiten zu lassen – noch dazu die Nichte des Gouverneurs."

Nach und nach kamen die Soldaten, holten sich ihren Kaffee und ihr Frühstück und hörten neugierig zu.

„Dann geben Sie uns einige Männer zur Bedeckung mit." Julie nahm dem Oberleutnant die Tasse aus der Hand und füllte sie neu. „Bitte sehr."

Hollerbach nahm die Tasse, schien es aber gar nicht zu bemerken. „Ich kann keinen einzigen Mann erübrigen. Ich habe einen militärischen Auftrag, den ich zu erfüllen habe. Dabei kann ich keine Rücksicht auf die Befindlichkeiten zweier Damen nehmen."

Franzi starrte den Offizier an. So harte Worte hatte sie nicht von ihm erwartet, schließlich sollte er als Offizier doch auch Kavalier sein. Sie musste an Schenck denken, der sich damals im Hochwald um sie gekümmert und darüber sogar seinen dienstlichen Auftrag vernachlässigt hatte. Hollerbach dagegen schien der Offizier über den Kavalier zu gehen.

Auch Julie sah ihn mit großen Augen an. „Ich dachte, der Schutz von Damen wäre Ihnen als Offizier wichtig."

„Der Schutz der Kolonie ist wichtiger. Ich werde sicherlich nicht den Handelsstützpunkt Ifakara wegen zweier leichtsinniger Damen aufs Spiel setzen."

Wahrscheinlich schon gar nicht wegen zweier Damen, die ihn belogen hatten. „Ich sage doch immer, dass es besser ist, die Wahrheit zu sagen", raunte Franzi ihrer Freundin zu.

Unwirsch schüttelte Julie den Kopf. „Herr Oberleutnant, wenn es sich um die Nichte des Gouverneurs handelt, ist das doch sicher ein anderer Fall."

„Nein, ist es keineswegs. Schließlich habe ich den Auftrag, Ifakara und die Fähre über den Ulanga zu halten, vom Gouverneur persönlich erhalten. Sie werden uns weiter begleiten, selbst wenn Sie Kronprinzessin Cecilie persönlich wären." Hollerbach goss seinen Kaffee ins Feuer. „Männer, fertig machen zum Abmarsch. In wenigen Minuten wird es hell." Er drückte Julie seine Tasse in die Hand. „Löschen Sie das Feuer und dann – aufsitzen."

Am liebsten hätte Franzi geflucht wie ein Schiffsjunge. Die Strapazen gingen also weiter – für nichts. „Bitte, Julie, jetzt brauche ich doch eine Zigarette."

* * *

Es regnete in Strömen, als Claudinand nach Wölfelsgrund hinunterging. Sein Urlaub war zu Ende. Nur noch das Wochenende blieb ihm in Wölfelsgrund. Und es wurde Zeit, dass er endlich eine Entscheidung in Bezug auf Pauline traf.

Der ehemalige Verwalter seines Vaters hatte sich längst abgesetzt, vermutlich, weil er befürchtete, doch noch vor Gericht geschleppt zu werden, aber Pauline arbeitete erstaunlicherweise immer noch im *Gelben Dragoner*. Oft genug hatte er sie in den letzten Tagen von Weitem gesehen, doch zu einer endgültigen Aussprache war er noch nicht bereit gewesen. Die Warnungen seines Vaters ließen ihn einfach nicht los. Aber auch nicht die Liebe zu Pauline. Er fühlte sich, als wäre er mit seinen Armen an je ein Pferd gebunden und würde von diesen auseinandergezogen.

Der schwarze Schirm hielt zwar seinen Kopf trocken, aber als er das Dorf erreichte, war die Uniformhose durchnässt und die Stiefel über und über mit Schlamm bespritzt. Nicht gerade der passende

Aufzug, um einem Mädchen einen Antrag zu machen. Oder aber ihr zu sagen, dass sie keine gemeinsame Zukunft hatten.

Was er ihr zu sagen hatte, hing davon ab, ob ihr Glaube an Jesus Christus mehr als ein bloßes Lippenbekenntnis war. Zwar behauptete sie das, aber seine letzten Zweifel hatte sie immer noch nicht ausräumen können, auch wenn er sie beim letzten Mal in den Arm genommen und geküsst hatte.

Er ließ die Villenkolonie hinter sich und das Sanatorium rechts liegen. Von dem hohen Dach und dem Turm plätscherte das Regenwasser herab, auf der anderen Seite rauschte die Wölfel. Das Dorf sah im Regen trostlos aus. Hoffentlich endete das Gespräch mit Pauline nicht ebenso düster.

Vor dem *Gelben Dragoner* schüttelte er seinen Schirm aus und betrat die geräumige Gaststube. Er hatte eine gute Zeit gewählt. Das Frühstück war vorüber, die Gaststube leer. Nur eine Kellnerin huschte zwischen den Tischen und Stühlen hin und her und rückte alles für die Mittagstafel zurecht.

Als sie seine Schritte hörte, sah sie auf. „Herr Graf!" Sie machte einen tiefen Knicks. „Wenn Sie zu Pauline wollen – sie ist dort hinten in der Herrenstube."

„Danke." Er drückte der Kellnerin eine halbe Mark in die Hand. „Bitte sorgen Sie dafür, dass wir ungestört bleiben."

Er ging zur Herrenstube hinüber und öffnete leise die Tür. Da war sie. Sein Herz begann zu rasen. Wie immer, wenn er sie sah.

Sie hatte ihn noch nicht bemerkt, sondern fuhr weiter mit einem Lappen über die Tische. Aber Claudinand nahm sofort die Zigarette zwischen ihren Lippen wahr. – Also doch. Hatte sie ihm nicht versprochen, nicht mehr rauchen zu wollen?

Er zog den Kopf ein, damit er unter dem Türrahmen hindurchpasste, und räusperte sich.

Sie fuhr herum, die Zigarette fiel in den Putzeimer und erlosch mit leisem Zischen. „Claudinand!"

„Du hattest mich wohl nicht erwartet?"

Sie sank auf einen Stuhl und legte den Lappen auf den Tisch. „Ich hatte die Hoffnung schon fast aufgegeben, dass du noch einmal kommen würdest."

Er setzte sich neben sie. Der Geruch nach Zigarettenrauch, den sie verströmte, widerte ihn an. „Ich habe lange nachgedacht, Pauline. Und ich bin mir immer noch nicht im Klaren, was die Wahrheit ist."

„Misstraust du mir immer noch?"

„Es geht mir nicht um deinen Vater und seinen Betrug. Ich muss wissen, ob der Glaube an Christus, den zu haben du vorgibst, wirklich echt ist."

Sie deutete auf den Putzeimer. „Es ist wegen der Zigarette, nicht wahr? Du hast einmal gesagt, dass es zu einer Christin nicht passt ..."

„Aber du tust es immer noch, obwohl du mir versprochen hast, damit aufzuhören. Und mein Vater hat mir noch andere Dinge genannt, die eher dafür sprechen, dass der Glaube bei dir nur ein Lippenbekenntnis ist."

„Was sollen das für Dinge sein?"

„Dass du bei jeder Feier dabei bist, manchmal sogar alkoholisiert gesehen worden bist ..."

Pauline ließ die Schultern hängen und sah ihn an – lange, als wollte sie sich seine Gesichtszüge tief einprägen.

Und in ihren braunen Augen las er ihre ganze Liebe. Die war nicht vorgegaukelt. Und er war überzeugt, dass sie ihn nicht nur seines Reichtums und seines Titels wegen liebte.

Konnte das eine Frau dazu bringen, ihm etwas vorzuspielen? Zu tun, als sei sie eine gläubige Christin, obwohl sie es gar nicht war? Musste ihr denn nicht klar sein, dass es irgendwann ans Licht kommen und ihre Ehe wahrscheinlich zerstören würde?

Noch immer sah sie ihn an. Ihre Lippen begannen zu zittern, und da löste sich eine Träne von ihren Wimpern. Sie legte den Kopf auf die Arme, ihre Schultern bebten.

„Pauline!" Claudinand fuhr ihr mit der flachen Hand sanft über den Scheitel. Mit diesem Ausbruch hatte er nicht gerechnet.

Sie schniefte und hob den Kopf. „Es ist alles so verwirrend", stieß sie schluchzend hervor. „Die Sache mit meinem Vater ..."

„Aber ich habe dir doch gesagt, dass ich sie dir nicht vorwerfe!"

„Und dann noch dein Glaube." Sie wischte sich mit dem Handrücken die Tränen von den Wangen und hinterließ dabei eine schwarze Spur Wimperntusche. „Ich hatte solche Angst, dich zu verlieren. Und da – da habe ich gesagt, dass ich – dass ich ..." Sie schlug die Augen nieder.

„Du hast mich also angelogen." Wie ein Eiszapfen bohrte sich die Erkenntnis ihrer Unaufrichtigkeit in sein Herz. Und wenn sie zugab, nicht gläubig zu sein, war alles vorbei. Er würde niemals eine Frau heiraten, mit der er nicht im Wichtigsten, seinem Glauben, eins war.

„Es geschah nur aus Angst! Ich wollte dich nicht verlieren!"

„Und die Sache mit deinem Vater? Du hast also doch mit ihm kooperiert und hast es geleugnet? Aus Angst, mich zu verlieren?"

„Nein!" Sie schrie es beinahe heraus.

„Und woher soll ich nun wissen, was ich dir noch glauben kann?" Er spürte, wie das Misstrauen alle Gefühle für Pauline in ihm auffraß.

„Es tut mir leid, Claudinand. Ich hätte es nicht tun dürfen. Aber du musst auch meine Angst verstehen!"

Natürlich verstand er ihre Angst. „Aber du musst auch begreifen, dass es mir schwerfällt, dir noch zu vertrauen. Wenn du in der einen Sache gelogen hast, warum solltest du es nicht auch in der anderen getan haben?"

„Hätte ich es denn zugegeben, wenn ich nicht reinen Tisch machen wollte?"

Wahrscheinlich wollte sie ihn mit Ehrlichkeit überzeugen, aber selbst wenn sie tatsächlich aufrichtig war, reichte das ja bei Weitem nicht. Er schüttelte den Kopf. „Es tut mir leid, Pauline. Aber so haben wir keine gemeinsame Zukunft."

Ihre Augen funkelten ihn an. „Ist das bei dir immer so? Wenn man dir etwas bekennt, dann vergibst du nicht, sondern witterst hinter allem anderen auch Betrug? Hast du denn noch nie etwas Falsches getan?"

„Leider viel zu oft. Und wenn ich mich an dich binden wollte, obwohl ich weiß, dass du den Glauben an Jesus Christus nicht mit mir teilst, wäre das ein neuer Fehler. Nein, Pauline, es geht nicht." Er stand auf.

Was sollte er denn tun? Natürlich sollte er, auch wenn es ihm fast unmöglich erschien, versuchen, 1. Korinther 13 anzuwenden – *Die Liebe rechnet das Böse nicht zu, sie erträgt alles, sie glaubt alles, sie hofft alles, sie erduldet alles* – aber das machte Pauline nicht zu einer Gläubigen. Dass sie gerade bezüglich ihres Glaubens gelogen hatte, zerstörte alles. Selbst wenn er in der Lage wäre, ihr die Lüge zu vergeben und ihr wieder zu vertrauen, konnte er sie nicht heiraten.

„So, es geht nicht." Pauline sprang auf und stützte die Hände auf den Tisch. „Dann hätte ich also weiter lügen sollen? Dann hättest du mir vertraut! Aber weil ich so ehrlich war und die Wahrheit gesagt habe, bestrafst du mich damit, indem du mich fallen lässt wie eine heiße Kartoffel. Ist das dein Christentum? Ich glaube, viel eher habe *ich* Grund dazu, an *deinem* Glauben zu zweifeln."

„Pauline, bitte lass es dir doch in Ruhe erklären."

„Was gibt es da noch zu erklären?" Sie zog ihre Zigaretten aus der Schürzentasche und zündete sich mit zitternden Fingern eine an. „Ich gebe meinen Fehler zu, und du? Du bist nicht bereit, mir zu vergeben – du bist wirklich ein vorbildlicher Christ!"

Claudinand trat hinter einen Stuhl und stützte sich auf die Lehne. „Ich möchte dir gerne vergeben, auch wenn es mir noch so schwerfällt. Aber das ist nicht der springende Punkt. Selbst wenn Gott mir die Kraft gibt, deine Lüge zu vergeben und zu vergessen – dein Glaube ist nicht echt. Ist nicht einmal vorhanden. Das hast du selbst zugegeben. Und das macht eine Ehe unmöglich."

„Da hast du also einen schönen Vorwand gefunden, mir nicht vergeben zu müssen." Sie lachte hart auf. „Aber damit täuschst du mich nicht. Du *willst* mir nicht vergeben!"

Es war nur zu verständlich, dass sie sein Dilemma nicht verstand. „Pauline, nun lass uns bitte nicht im Streit auseinandergehen. Es tut mir unsagbar leid ..."

„Es tut dir leid? Dass ich nicht lache!" Sie sog an ihrer Zigarette, als wollte sie sie in einem Zug zu Ende rauchen. „Weißt du, was du bist? Die Selbstgerechtigkeit in Person! Du machst mir Hoffnung, du sagst sogar, dass du kein Recht habest, mir zu misstrauen – und jetzt? Weil ich aus Liebe zu dir einmal geschwindelt habe, verdammst du mich sofort!" Mit einer hastigen Handbewegung wischte sie sich über die Augen. „Aber ich hätte es mir denken können. Die Kellnerin taugt ja doch nicht für den stolzen Grafensohn – das ist der wahre Grund. Und ich dumme Gans habe dir sogar noch selbst den Vorwand geliefert, mich fallen zu lassen."

Claudinand ging zur Tür. Es hatte keinen Sinn, weiter mit ihr zu streiten. Sie verstand ihn nicht. Und sie konnte ihn wahrscheinlich auch nicht verstehen. „Lebe wohl, Pauline." Er würde Wölfelsgrund noch heute verlassen – und so schnell nicht wiederkommen.

Auch als er die Tür bereits hinter sich geschlossen hatte, hörte er immer noch ihre wüsten Beschimpfungen.

Kapitel 40

Gespannt sah Schenck Feldwebel Hunebeck entgegen, der gemeinsam mit einem Askari von vorn heransprengte. „Herr Leutnant, ich melde mich vom Spähtrupp zurück. – Bahati, gib dem Leutnant das Pferd zurück." Der schwarze Soldat übergab das Pferd, und Schenck schwang sich in den Sattel.

„Reiten Sie neben mir und berichten Sie, Feldwebel."

Hunebeck wendete sein Pferd. „Die Neger haben Liwale bereits erreicht und eingeschlossen."

Wie zu erwarten gewesen war, kam er mit seinem Detachement nach dem einwöchigen Marsch also wieder einmal zu spät. „Wie stark sind sie?"

„Es müssen mehrere Hundert sein."

Seine Entscheidung, das Marschtempo zu drosseln und den Spähtrupp vorauszuschicken, um nicht noch einmal den Aufständischen in die Arme zu laufen, war demnach richtig gewesen. „Sie konnten also keinen Kontakt zu dem deutschen Posten in Liwale aufnehmen?"

„*Kontakt aufnehmen* kann man das wohl nicht nennen." Hunebeck streckte sich in den Bügeln. „Wenn Sie mich fragen, hat der dortige Postenführer Feldwebel Faupel eine Erkundungs-Patrouille ausgeschickt. Wir fanden die sterblichen Überreste der Männer nicht weit von Liwale entfernt."

„Kommen Sie ein wenig abseits des Zuges, die Männer müssen nicht alles hören. – Fähnrich Hinterstoißer, übernehmen Sie!" Schenck gab seinem Pferd die Sporen und wandte sich dann wieder an Hunebeck. „Dann können in der Station nicht mehr viele Männer sein, sie ist ohnehin klein."

„Wir konnten sieben tote Askaris und einen deutschen Unteroffizier identifizieren." Der Feldwebel zog die durchgebrochenen Erkennungsmarken aus der Tasche und reichte sie Schenck.

Er starrte auf die halbrunden Blechmarken in seiner Hand. Hinter jeder dieser acht Marken stand ein Leben – ein ausgelöschtes Leben. Wo mochten die Männer jetzt sein? Waren sie unversöhnt mit

Gott in die Ewigkeit gegangen – in die ewige Verdammnis? Oder waren Männer darunter gewesen, die nun bei Jesus im Paradies waren?

Hunebeck riss ihn aus seinen Gedanken, indem er ihm eine weitere Handvoll Erkennungsmarken herüberreichte. „Herr Leutnant, wir fanden noch mehr tote Kameraden. Es handelt sich um eine Einheit aus Ssongea unter Sergeant Thiede. Ebenfalls alle niedergemacht."

Es waren noch einmal rund 20 Marken, die Schenck in die Hand bekam. Für die wenigen verbliebenen Soldaten, wahrscheinlich nicht einmal zehn Mann, drohte Liwale zur tödlichen Falle zu werden.

„Herr Leutnant, wir haben die Überraschung auf unserer Seite, außerdem sind wir mit einem Maschinengewehr ausgerüstet – wir haben alle Möglichkeiten, unsere Kameraden zu rächen."

„Rache ist hier fehl am Platze, Feldwebel." Schenck verstaute die Erkennungsmarken in seiner Satteltasche. „Es macht unsere toten Kameraden nicht wieder lebendig und führt nur zu neuem Blutvergießen. Wenn, dann kann es nur darum gehen, unsere eingeschlossenen Kameraden in Liwale vor dem Schicksal zu bewahren, das die anderen erlitten haben."

„Mir ist es gleichgültig, aus welchem Grund Sie den Angriff befehlen, solange Sie ihn befehlen – und zwar sofort. Es bleibt nicht mehr viel Zeit, die Kameraden in Liwale zu retten." Hunebeck wies mit einer weit ausladenden Handbewegung auf den Zug der Soldaten und Träger, der sich durch das hohe Steppengras wand. „Wenn die Männer erfahren, was geschehen ist – und Sie werden es nicht vor ihnen verborgen halten können! –, werden sie den Feind notfalls auch ohne Sie angreifen."

„Feldwebel, unterlassen Sie es, mich unter Druck zu setzen." Schenck legte so viel Schärfe wie möglich in seine Stimme. „Ich allein werde entscheiden, ob ein Angriff nötig und sinnvoll ist."

„Dann sagen Sie nur nicht, ich hätte Sie nicht gewarnt."

Schenck drehte sich im Sattel halb zu dem Feldwebel um. „Ich warne Sie, Hunebeck. Wenn Sie sich nicht mäßigen, werde ich Ihr Verhalten Ihrem Vorgesetzten gegenüber zur Meldung bringen. Und dann sagen Sie nicht, ich hätte Sie nicht gewarnt."

„Wenn Sie dazu überhaupt noch kommen", murmelte Hunebeck noch soeben laut genug, dass Schenck es verstand.

Schenck presste die Lippen aufeinander. Der schier endlose Marsch unter der glühenden Sonne durch die gebirgige Steppe hatte seinen Männern, die ja ohnehin bereits frustriert waren, noch einmal alles abverlangt. Zudem hatte es unterwegs keine Möglichkeit gegeben, die Nahrungsmittel zu ergänzen, weil die Dörfer von den Eingeborenen verlassen und die wenigen Plantagen der Deutschen niedergebrannt worden waren. So hatte er die Nahrungsmittel rationieren müssen, was die Laune in seinem Detachement nicht gerade verbessert hatte. Er war sich bewusst, dass Hunebeck die Stimmung richtig beurteilte – schließlich hatte der Feldwebel selbst nicht unerheblich dazu beigetragen, die Leute aufzustacheln.

„Wie weit ist es noch bis Liwale?", fragte Schenck.

„Wenn Sie mich fragen, bei diesem Marschtempo noch etwa anderthalb Stunden."

„Danke. Zurück ins Glied."

Auch Schenck reihte sich wieder in die Kolonne ein. Obwohl es ihm nicht darum gehen konnte, seine toten Kameraden zu rächen – war es nicht das gute Recht der Schwarzen, ihr eigenes Land gegen die weißen Eroberer zu verteidigen? –, blieb ihm wahrscheinlich keine andere Wahl, als den Angriff auf die Belagerer von Liwale zu befehlen. Denn es war sein Auftrag, die Station zu entsetzen, und außerdem brauchten sie dringend Verpflegung und Munition. Die konnten sie aber nur in Liwale bekommen, solange es nicht von den Aufständischen dem Erdboden gleichgemacht worden war.

Gleichwohl sträubte sich alles in ihm dagegen, den Angriffsbefehl zu erteilen. Denn trotz der materiellen Überlegenheit seines Detachements waren die Schwarzen ihnen zahlenmäßig weit überlegen, hatten Siege gegen deutsche Truppen errungen und strotzten somit vermutlich vor Selbstbewusstsein.

Die Verwundeten in seinem Trupp waren ein weiteres Problem. Sollte er sie im Eilmarsch mit in den Kampf schleppen? Oder unter Bedeckung zurücklassen und damit seine Kampfkraft schwächen?

Aber was half es, wenn er seine Männer vor dem Kampf verschonte und sie stattdessen dem Hunger preisgab? Er musste es einfach versuchen, seinen Auftrag zu erfüllen und an die Vorräte in Liwale zu kommen.

Er richtete sich im Sattel auf. „Das Ganze – haaaaalt!" Er wendete sein Pferd, sodass er die Soldaten überblicken konnte. „Männer, der Feind hat Liwale in Stärke von einigen Hundert Mann eingeschlossen und zwei unserer Patrouillen niedergemacht."

Durch die Reihe seiner Männer ging ein Raunen, einige ballten die Faust und der Gefreite Feldkamp pflanzte schon wieder sein Bajonett auf.

„Wir haben den Auftrag, die Boma zu entsetzen." Schenck hob seine Stimme. „Und genau diesen Auftrag werden wir ausführen. Den eingeschlossenen Kameraden muss Hilfe gebracht werden und" – damit warf er sein wahrscheinlich wichtigstes Argument in die Waagschale – „in Liwale gibt es frische Verpflegung."

„Hoffentlich kommen wir nicht schon wieder zu spät", murrte Hunebeck.

Hinterstoißer warf ihm einen finsteren Blick zu. „Wie die Familie von Friedl Hopfer leider erleben musst, scheint unser Leutnant die beherzten Entschlüsse net zu lieben."

„Ruhe! Los, Männer, setzen Sie sich in Bewegung, auch wenn Ihnen der Magen knurrt. Wenn wir unser Marschtempo erhöhen, sind wir in spätestens einer Stunde in Liwale. Zwei Mann bleiben mit den Verwundeten zurück. – Obergefreiter Schmidt, Sie halten, wenn wir Liwale erreichen, Ausschau nach einem geeigneten Platz für Ihr MG, damit Sie uns Feuerschutz geben können. – Abmarsch!"

Schenck übernahm die Spitze und der Zug setzte sich wieder in Bewegung. Er war überrascht, zu welcher Leistung seine ausgepumpten Männer trotz der Mittagshitze noch in der Lage waren. Ob der Rachedurst oder der Hunger sie trieb, wollte Schenck lieber nicht ergründen.

Plötzlich drangen Schreie an sein Ohr. Er hielt sein Pferd an und lauschte. Kein Zweifel, das war das gleiche kehlige Angriffsgeschrei der Schwarzen wie beim Gefecht bei Mingumbi. Klägliches Gewehrfeuer antwortete.

Hunebeck hielt neben ihm. „Liwale liegt gleich hinter dem nächsten Hügel, die Hauptmacht der Neger befindet sich dort drüben." Er deutete etwas nach rechts. „Los, befehlen Sie den Angriff. Die Kameraden brauchen unsere Hilfe."

„Männer, in Deckung bleiben und im Laufschritt vorgehen", rief Schenck. „Angriff, sobald das MG klar ist! Schmidt, MG dort auf dem Hügel zum Gefecht klarmachen!"

Die Soldaten keuchten geduckt an ihm vorbei, Hunebeck sprang vom Pferd und setzte sich mit gefälltem Bajonett an die Spitze. Schmidt hechtete mit dem schweren Maschinengewehr nach rechts den Hügel hinauf, zwei Askaris schleppten die Munitionskästen.

Auch Schenck sprang vom Pferd und pirschte sich zusammen mit seinen Männern vorwärts. Das Geschrei wurde immer lauter, sodass von dem schwachen Gewehrfeuer kaum noch etwas zu hören war. Nur vereinzelt mischten sich Schüsse dazwischen, die wie Kanonen knallten – die uralten Büchsen der Schwarzen.

Vor ihm duckten sich die Soldaten im Laufen immer tiefer, bis sie auf der Kuppe des Hügels nur noch auf allen Vieren vorwärtsglitten.

Schenck warf sich neben sie und schob die riesigen Grashalme vorsichtig auseinander. Direkt vor ihnen lag die Boma. Sie war winzig, nur ein paar Hütten und das Gebäude der Schutztruppe, umgeben von einem niedrigen Palisadenzaun.

Wie eine einzige schwarze Masse rannten die Schwarzen dagegen an. Ein Regen von Pfeilen ging auf die Palisaden nieder, wo kein Mensch zu sehen war. Nur das Aufsteigen von kleinen Rauchwölkchen verriet, wo einer der Verteidiger geschossen hatte.

„Des können höchsten no acht Mann sein", keuchte Hinterstoißer neben ihm.

Acht Mann gegen diese Übermacht – das würde nur noch wenige Minuten dauern. Warum schoss Schmidt denn nicht? Wenn das Maschinengewehr erst seine tödlichen Garben aussandte, würden die Aufständischen schnell die Flucht ergreifen.

Mit lautem Zischen, das bis zu ihnen zu hören war, flogen Dutzende Brandpfeile in die Boma. Drei Hütten gingen unmittelbar in Flammen auf und in der Nähe des Schutztruppengebäudes, vor dem noch die kaiserliche Flagge wehte, kräuselte sich eine Rauchwolke in die Luft.

Die ersten Schwarzen erklommen die Palisaden, ihr Jubelgeschrei gellte Schenck in den Ohren.

„Herr Leutnant, wenn Sie mich fragen, müssen wir angreifen, auch ohne MG-Unterstützung!", drängte Hunebeck.

Mit ohrenbetäubendem Krachen explodierte etwas in der Boma – wahrscheinlich hatte ein Munitionslager Feuer gefangen. Weitere Detonationen folgten.

Schenck richtete sich auf seine Knie auf und hob den Arm. „Angriff von der linken Seite! Bleiben Sie von der rechten Seite weg, sonst laufen Sie in den Schussbereich unseres MGs. Los! Vorwärts!" Er riss den Arm herunter, sprang selbst auf und rannte los.

Da ratterte endlich das Maschinengewehr los.

„Hurraaaaa!", schrien seine Männer und stürmten auf die Feinde los. Ihre Gewehrschüsse klangen gegen das Maschinengewehr beinahe zaghaft, aber sie richteten trotzdem erhebliche Verwirrung an. Die Schwarzen öffneten gerade das Tor der Boma und fluteten hinein, als der Angriff sie überraschte. Im ersten Reflex wandten sie sich gegen den neuen Feind. Dabei liefen sie genau in das Gewehrfeuer seiner Männer hinein.

Auch das Maschinengewehr wütete fürchterlich. Schmidt war ein ausgezeichneter Schütze, seine Garben trafen sicher, auf der rechten Seite vor den Palisaden begann sich ein Leichenfeld auszubreiten.

Erneute Explosionen knallten, Trümmerteile flogen durch die Luft und prasselten auf Schencks Tropenhelm nieder. Er ging auf ein Knie und zielte auf einen der Schwarzen, die das Tor erobert hatten. Er musste unbedingt verhindern, dass die Feinde in die Boma gelangten und sich hinter den Palisaden verschanzten.

„Das Tor!", brüllte er Hunebeck zu.

Der Feldwebel schien zu begreifen, denn sofort beorderte er die Männer in diese Richtung. Konzentriertes Gewehrfeuer auf das Tor vertrieb die Schwarzen, sie stoben nach allen Seiten auseinander. Ihr Angriffsgeschrei ging in Wutgeheul über.

Warum aber waren von innen keine Schüsse mehr zu hören? Was war mit den Verteidigern los? War ihnen durch die Explosionen etwa die Munition ausgegangen?

Schmidt feuerte auf die zurückweichenden Feinde, was sein Maschinengewehr hergab. Der Lauf musste längst glühen und Schenck wunderte sich, dass er überhaupt noch so viel Munition hatte.

Die Schwarzen schossen noch einige Pfeile ab, dann aber ergriffen sie die Flucht.

„Gefreiter Feldkamp, zu mir! Der Rest: keine Verfolgung, in Deckung gehen!"

Urplötzlich schwieg das Maschinengewehr und es wurde unheimlich still. Nur die Flammen in der Boma prasselten noch.

Der baumlange Feldkamp sprang heran. „Herr Leutnant, Sie müssen den Feind verfolgen lassen!"

„Nein. Nicht mit unseren schwachen Kräften. Und Sie begleiten mich jetzt in die Boma." Schenck nahm das Gewehr in Anschlag.

Vorsichtig, jede Deckung nutzend, falls noch ein versprengter Feind in der Nähe war, pirschte er sich zum Tor. Beim Anblick der Leichen wurde ihm beinahe übel, Feldkamp aber stach jedem der daliegenden Feinde, an dem er vorüberkam, mit dem Bajonett in die Brust, als wolle er sich vergewissern, dass sie wirklich tot waren.

„Lassen Sie das!", knurrte Schenck.

Der Gefreite presste die Lippen aufeinander.

Durch das zerstörte Tor betraten sie die Boma. Hinter den Palisaden lagen inmitten von Trümmern sechs Askaris und ein deutscher Soldat – Feldwebel Faupel. Keiner von ihnen lebte mehr. Faupel und einige der Askaris waren von Pfeilen durchbohrt, die anderen vermutlich von Trümmerteilen erschlagen worden.

Schenck stützte sich auf sein Gewehr und sah auf die Leichen hinab. Wieder einmal fand er nur noch Tote vor. Obwohl sie alles gegeben hatten, waren sie erneut zu spät gekommen.

„Zu beißen gibt's hier vermutlich auch nichts mehr." Feldkamps Gesicht war wutverzerrt. „Die Boma ist ja beinahe komplett abgebrannt."

„Gehen Sie zur Telegrafenstation hinüber und schauen Sie, ob Sie noch eine Meldung an den Gouverneur kabeln können."

Feldkampf trottete davon.

Schenck nahm den Helm ab. Die hungrigen Mägen seiner Soldaten waren jetzt sein größter Feind.

Kapitel 41

Die Tür zum Speisezimmer des herrschaftlichen Hauses von Kaufmann Brettschneider in Ifakara flog auf und knallte gegen die Wand. Franzi fuhr herum, ihre Gabel fiel scheppernd auf das feine Porzellan.

Unteroffizier Kapischke stob herein. „Herr Oberleutnant, bitte entschuldijen Se die Störung."

Hollerbach legte sein Besteck beiseite und drehte sich um. „Was gibt es?"

„Hier in Ifakara lag ne Depesche aus Daressalam vor. Vom Jouverneur. Eine Suchanfrage betreffend die Komtessen Jötzen und Wedell."

„Ach, man hat Sie also schon vermisst." Hollerbach grinste Franzi an. „Kapischke, kabeln Sie nach Daressalam: *Komtessen wohlbehalten in Ifakara. Rückführung sobald möglich. Gezeichnet Hollerbach.*"

„Jawoll, Herr Oberleutnant." Kapischke machte kehrt und verließ das Haus.

Franzi sah dem Unteroffizier seufzend nach. Jetzt würde Graf Götzen also aus dem kurzen Telegramm eines Schutztruppen-Offiziers von ihrer Reise ins Aufstandsgebiet erfahren. Und Julies Onkel würde viel Zeit haben, sich zu überlegen, was er nach ihrer Rückkehr mit ihnen machen wollte – ohne dass ihre Freundin die Möglichkeit hatte, ihn zu bezirzen.

Doch nach fast zwei Wochen anstrengender Reise durch die Wildnis mochte Franzi sich noch keine Gedanken darüber machen, was das für sie bedeutete. Augenblicklich überwog die Erleichterung, endlich wieder ein ordentliches Dach über dem Kopf zu haben. In Brettschneiders Haus bewohnte sie zusammen mit Julie das Zimmer, in dem früher die beiden Töchter des Kaufmanns gewohnt hatten, bevor sie an Malaria gestorben waren.

Der Hausherr stand auf. „Gnädiges Fräulein, ich habe gesehen, dass Sie einen Instrumentenkoffer mit sich führen. Ich würde mich freuen, wenn Sie etwas spielen würden. Vielleicht ist der Herr Oberleutnant so freundlich, Sie auf dem Pianoforte zu begleiten."

Franzi holte den Bratschenkasten, während Brettschneider den Klavierdeckel hob und die Tasten abstaubte.

„Seit dem Tod meiner Frau hat niemand mehr darauf gespielt – bitte, Herr Oberleutnant, tun Sie mir heute Abend den Gefallen und begleiten Sie die Komtesse. Leider werden mich die jungen Damen ja bald schon wieder verlassen."

„Seien Sie froh", brummte der Oberleutnant, „die beiden machen nichts als Ärger."

Franzi wäre ebenfalls froh, Oberleutnant von Hollerbach und vor allen Dingen Unteroffizier Kapischke endlich zu entkommen. Hoffentlich fand sich bald eine Möglichkeit, nach Mahenge, dem in der Nähe liegenden größten deutschen Stützpunkt im Süden des Schutzgebietes, weiterzureisen. Dort könnten sie sich dann von den Strapazen erholen und auf eine Gelegenheit warten, wieder nach Daressalam zurückzukehren.

Sie nahm die Viola aus dem Koffer. Immer wieder überraschte es sie, dass sie den Erschütterungen des Ritts, der Hitze des Tages, der Kälte der Nacht und der trockenen Luft widerstand. Nur der Kinnhalter hatte sich gegen Ende der Reise gelöst. Sie machte sich daran, ihn wieder an die Stelle zu setzen, wo er hingehörte. – Doch was waren das für Zeichen unter dem Kinnhalter?

„Julie?" Sie sah zu ihrer Freundin hinüber, die mit geschlossenen Augen mehr in einem Sessel lag als saß und eine der edlen Zigaretten des Kaufmanns genoss.

Julie öffnete nur ein Auge, und das auch nur halb. „Hmhm?"

„Hast du hier etwas in die Bratsche eingeritzt?" Sie ging zu ihr hinüber und hielt ihr das Instrument hin. „Schau, hier, wo normalerweise der Kinnhalter sitzt, ist doch eindeutig etwas in das Holz eingeritzt."

Nun öffnete Julie auch das zweite Auge und beugte sich über ihr Erbstück. „Du hast recht." Sie fuhr mit dem Zeigefinger über die Stelle.

„Kannst du erkennen, was dort steht?"

„Nein." Julie zog eine Lampe, die auf dem Tisch stand, näher heran und hielt die Bratsche ins Licht. „Es sind Buchstaben. Und Zahlen. Aber so klein, dass ich es kaum zu erkennen vermag."

Auch Franzi beugte sich über das Instrument. „Lass sehen, ob meine Augen schärfer sind. Die Zahlen sind ein Datum. 23.10.1888 – das ist doch drei Tage nach deiner Geburt."

„Ja, genau." Julie klopfte auf ihre Zigarette. „Kannst du auch die Buchstaben erkennen?"

Franzi kniff die Augen zu schmalen Schlitzen zusammen. „MKvB – hast du eine Ahnung, was das bedeuten könnte?"

Julie warf einen Blick zu Hollerbach hinüber, der *Heil dir im Siegerkranz* auf dem Klavier spielte. „Bist du sicher, dass es MKvB heißt?"

Franzi folgte mit dem Fingernagel den Ritzen im Holz. „Ganz sicher."

„Ich habe keine Ahnung, was das bedeuten könnte." Julie schüttelte den Kopf. „Ob das eine Widmung sein soll?"

„Aber für wen? Die Buchstaben passen doch nicht zu deinem Namen."

„Es muss ja auch nichts mit mir zu tun haben. Die Bratsche ist schließlich ein altes Familienerbstück." Julie lehnte sich wieder zurück und zog an der Zigarette. „Wenn das aber so ist, warum darf meine Großmutter das Instrument dann nicht sehen?"

„Stammt sie vielleicht aus der Familie deiner Mutter?"

„Ich weiß es nicht. Ich kenne ja nicht einmal den Namen meiner Mutter – sie wurde buchstäblich totgeschwiegen. Ich weiß von ihr nur, dass sie bei meiner Geburt starb."

„Vielleicht drei Tage nach deiner Geburt?" Franzi befestigte den Kinnhalter. „Das würde das Datum erklären."

„Sind Sie endlich so weit, Komtesse?" Hollerbach drehte sich auf dem Klavierhocker herum.

Franzi stand auf und nahm die Bratsche ans Kinn. „Bitte geben Sie mir ein A."

Als das Instrument gestimmt war, deutete Hollerbach auf die Noten auf dem Klavier. „Kennen Sie das?"

„Wie kommen Sie ausgerechnet auf den Trauermarsch von Felix Mendelssohn-Bartholdy?"

„Sie sprachen gerade von dem frühen Tod der Mutter Ihrer Freundin. Da ist er doch passend."

Ihr wäre zwar etwas Fröhliches lieber gewesen als dieses *Lied ohne Worte* in düsterem e-Moll, aber wenn Hollerbach es so wollte, sollte er seinen Willen haben.

Während des Spiels kreisten ihre Gedanken immer noch um die merkwürdigen eingeritzten Zeichen unter dem Kinnhalter. Welcher Mensch tat so etwas? In eine wertvolle Viola Buchstaben und ein Datum zu ritzen? Niemand, der sein Instrument liebte!

Als der Trauermarsch zu Ende war, ließ Franzi die Viola sinken. Der Oberleutnant blätterte in den Noten – da waren plötzlich Gewehrschüsse und Schreie zu hören.

Hollerbach sprang auf, dass der Klavierhocker hintenüberfiel. „Donnerwetter, was ist da los?" Er riss die Tür auf und prallte mit Unteroffizier Kapischke zusammen.

„Herr Oberleutnant, wir werden anjejriffen! Die Fähre steht bereits in Flammen!"

Der Oberleutnant stieß einen Fluch aus, in dem mindestens alle Buchstaben des Alphabets vorkamen. „Mitkommen, Kapischke. – Herr Brettschneider, sorgen Sie dafür, dass die beiden Damen das Haus nicht verlassen. Ich will nicht vor dem Gouverneur stehen und den Tod seiner Nichte erklären müssen." Er stürmte mit dem Unteroffizier hinaus.

Franzi sah ihre Freundin an, die mit zitternden Fingern eine neue Zigarette anzündete, und legte die Viola zurück in den Kasten. „Die Fähre brennt – wir kommen also nicht mehr über den Fluss."

„Wir können nur hoffen, dass der Angriff zurückgeschlagen wird, sonst gnade uns Gott", stammelte Brettschneider.

Mit jagendem Puls lief Franzi zum Fenster und zog die Vorhänge zur Seite. Das Licht des Sternenhimmels reichte soeben aus, um etwas erkennen zu können. Askaris rannten geduckt durch die Gasse und suchten Deckung hinter den Hütten. Dort, wo der Fluss war, quollen dicke, schwarze Rauchwolken zum Himmel hinauf und schoben sich vor das Kreuz des Südens. Nur wenige Meter von ihrem Fenster entfernt sackte jemand zusammen – war das nicht der Oberleutnant?

„Weg da vom Fenster!", rief Brettschneider und riss sie zur Seite. „Wollen Sie etwa auch erschossen werden?"

„Der Oberleutnant! Er liegt getroffen auf der Straße!" Sie stürzte zur Tür. „Herr Brettschneider, wir müssen ihm helfen!"

„Sind Sie übergeschnappt?" Der Kaufmann sank keuchend in einen Sessel. „Glauben Sie, ich will auch eine Kugel zwischen die Rippen bekommen?"

„Julie, dann musst du mir helfen! Wirf endlich deine Zigarette weg und komm!"

Ihre Freundin riss die Augen auf. „Ich? Du weißt doch, dass ich kein Blut sehen kann!"

„Komm schon!" Franzi lief zu ihr und zog sie an beiden Armen aus dem Sessel. „Niemand kümmert sich um ihn, wir können ihn doch nicht verbluten lassen!" Sie zerrte ihre Freundin zur Tür.

Als sie die Haustür öffneten, drangen ohrenbetäubendes Knallen und schreckliche Schreie an ihre Ohren. Franzi konnte nicht unterscheiden, was Freuden- oder Wutgeheul und was Schmerzensschreie waren.

„Komm, dort vorn liegt er!" Sie raffte ihren Rock und eilte zu dem reglosen Körper auf der Straße hinüber, obwohl sie das Gefühl hatte, sie würde jeden Augenblick selbst von einer Kugel oder einem Pfeil getroffen.

Keuchend beugte sie sich über den Oberleutnant, der mit dem Gesicht zur Erde und ausgebreiteten Armen dalag. Erleichtert stellte sie fest, dass Julie ihr gefolgt war.

„Wir müssen ihn umdrehen."

Mit vereinten Kräften gelang es ihnen, den Offizier auf den Rücken zu drehen. Die helle Schutztruppenuniform wies auf der rechten Brustseite einen dunklen Fleck auf, der rasch größer wurde.

Franzi klopfte Hollerbach auf die Wangen. „Herr Oberleutnant, können Sie mich hören? Herr Oberleutnant!"

Doch der Mann reagierte nicht.

„Wir müssen ihn hineinbringen." Franzi fasste ihn an den Armen. „Nimm du seine Füße, Julie!"

Ihre Freundin stand mit weit aufgerissenen Augen und kreidebleich da, doch endlich nahm sie sich zusammen und ergriff die Füße des Oberleutnants. Gemeinsam schleppten sie den schweren Körper ins Haus.

Schweißüberströmt stand Brettschneider in der Tür und lamentierte über ihren Leichtsinn, doch Franzi schob ihn unsanft zur Seite und trug Hollerbach mit Julies Hilfe zum Sofa.

„Herr Oberleutnant!" Franzi klatschte mit den Handflächen erneut auf seine Wangen, doch er rührte sich immer noch nicht.

Sie ergriff sein Handgelenk – kein Puls. Sie legte das Ohr auf seine

Brust – kein Herzschlag. An seinen Mund – kein Atemzug. In Hollerbachs wachsweißes Gesicht starrend, sank sie langsam auf die Knie.

„Er ist tot", murmelte sie.

Als hinter ihr alles still blieb, wandte sie sich um – und sprang auf. Sie war gerade noch schnell genug, um Julie aufzufangen, ehe sie ohnmächtig zu Boden fiel.

Kapitel 42

Gleißend ging die Sonne über den Trümmern von Liwale auf. Vor der Ruine der Schutztruppenstation nahm das Detachement Aufstellung und Schenck trat vor die Front der Soldaten.

„Männer, wir werden unverzüglich zur Küste zurückkehren."

Zum Glück war es Feldwebel Hunebeck und Fähnrich Hinterstoißer mit einigen Askaris gelungen, die Brände zu löschen, bevor alle Gebäude niedergebrannt waren. Und so hatten sie doch noch ein paar Nahrungsvorräte aus einem der Schuppen retten können. Das war zwar noch immer bitter wenig, aber wenn sie sparsam waren, würde es für den Marsch zur Küste ausreichen, sodass niemand verhungern musste.

„Zur Küste zurück?" Feldwebel Hunebeck trat vor. „Mitten durch das Gebiet, wo sich die Aufständischen befinden? Haben Sie etwa jetzt schon das Schicksal von Sergeant Thiede und seinen Männern vergessen?"

Die Soldaten steckten die Köpfe zusammen, wirres Gemurmel wurde laut.

„Ruhe! – Natürlich habe ich das nicht vergessen. Trotzdem können wir nicht hier bleiben, sondern müssen zur Küste zurück, wo es frische Verpflegung und sicherlich auch einige Tage Ruhe gibt."

„Des is do lächerlich." Hinterstoißer trat neben Hunebeck. „Gehn mer zur Küste zurück, werden mer direkt neu eingesetzt. Kilwa, Ssamanga, Ssongea – da is doch alles in hellem Aufruhr!"

„Falls wir überhaupt so weit kommen", ergänzte Hunebeck.

„Was wollen Sie denn sonst tun? Hierbleiben, die Vorräte verzehren und dann verhungern? Machen Sie sich nicht selbst lächerlich, meine Herren!"

„Mahenge." Hinterstoißer sagte nur das eine Wort.

Hunebeck nickte. „Falls Ihnen unbekannt: die größte Boma im Süden des Schutzgebietes." Er wies mit der Hand nach Norden. „Dorthin werden wir ebenso wie bis zur Küste etwa anderthalb Wochen benötigen. Aber im Gegensatz zur Küstenregion können wir Richtung Norden davon ausgehen, dass der Weg feindfrei ist, denn dorthin hat sich der Aufstand noch nicht ausgebreitet. Nach Mahenge wäre daher also der schnellere und sicherere Weg als nach Ssamanga."

„Woher wollen Sie das wissen? Wir sind seit zwei Wochen unterwegs und haben keinerlei Information, wie es in Mahenge aussieht", erwiderte Schenck. „Vielleicht ist die Boma inzwischen ebenso umkämpft wie die Küstenorte, vielleicht längst zerstört wie Liwale. Dann gäbe es weit und breit keinen Rückzugsort und auch keine Verpflegung mehr."

„Soll des a Witz sein?" Der Fähnrich zwirbelte seinen Schnauzer. „Mahenge is da größte Stützpunkt im Süden, den werden die Neger, selbst wenns scho so weit nach Norden vorgdrungen sein sollten, net einfach zerstörn können."

„Haben Sie Liwale vergessen?", warf Schenck ein und wies auf die teilweise noch rauchenden Trümmer.

„Des is ihnen nur glungen, weil Faupel eine Patrouille ausgsandt hat, die vernichtet wurd. Mit acht Mann war Liwale net zu verteidigen."

„Wenn Sie mich fragen, hat Hinterstoißer recht!", rief Hunebeck. „In Mahenge liegt die gesamte 12. Schutztruppenkompanie unter dem äußerst fähigen Kommandanten Hauptmann von Hassel."

Die Soldaten murmelten zustimmend.

„Wissen Sie denn, ob die 12. Kompanie immer noch dort liegt? Vielleicht wurde sie oder ein Teil von ihr in der Zwischenzeit zur Bekämpfung des Aufstands abgezogen. Nein, es ist zu unsicher, nach Mahenge zu ziehen. Ich befürchte vielmehr, dass wir geradewegs in unser Verderben marschieren."

Die Männer schüttelten die Köpfe.

„Die Belagerer von Liwale, die wir gestern in die Flucht geschlagen haben, haben sich nach Osten zurückgezogen – also Richtung Küste", eiferte sich Feldwebel Hunebeck erneut. „Wenn wir dorthin marschieren, werden wir viel eher in unser Verderben rennen."

Das Gemurmel unter den Soldaten schwoll an, bis es sich zu einem Ruf vereinigte, der immer wiederholt wurde: „Mahenge! Wir wollen nach Mahenge!"

Schenck atmete tief durch. Sollte er nachgeben? Aber wenn er sich dem Druck beugte, würden seine Männer ihm dann jemals wieder gehorchen? Ihre Disziplin war schon schlechter denn je und würde sich durch sein Nachgeben bestimmt nicht bessern. Ganz abgesehen davon, dass es in seinen Augen der sicherere Weg war, zur Küste zu ziehen. Zwar konnte auch der Marsch nach Mahenge gutgehen, aber der Weg dorthin war mit mehr Unsicherheiten verbunden.

„Ruhe!", brüllte er. „Machen Sie sich bereit zum Abmarsch – nach Ssamanga."

Ein Wutschrei ging durch die Reihen der Soldaten und der Gefreite Feldkamp pflanzte schon wieder sein Bajonett auf den Gewehrlauf. „Bevor ich nach Ssamanga gehe, kämpfe ich mich eher allein nach Mahenge durch!"

„Jawohl!", brüllten einige.

„Männer!", rief Schenck so laut er konnte. „Das ist ein Befehl! Abmarsch!"

„Ein wahnwitziger Befehl." Hunebeck baute sich neben ihm auf, Hinterstoißer stellte sich auf seine andere Seite.

„Sie san bei der Hopfer-Farm zu spät kimma, auch Liwale ham mer net rechtzeitig erreicht. Außerdem ham mer kaum noch Munition – und da wollns uns quer durchs Aufstandsgebiet zur Küste jagen? Na, net mit mir!"

„Mit mir auch nicht!", rief Hunebeck, und die angetretenen Soldaten echoten: „Mit uns auch nicht!"

„I werd den Haufen übernehmen." Hinterstoißer packte Schenck am Arm. „Gebens mir Ihre Waffen."

Schenck glaubte, nicht richtig gehört zu haben. „Was fällt Ihnen ein? Das ist Befehlsverweigerung, Meuterei! Ich werde Sie vors Kriegsgericht bringen!"

„Dort werden Sie sich selbst eher wiederfinden, als Ihnen lieb ist." Hunebeck riss ihm das Gewehr von der Schulter. „Sie haben Ihre Unfähigkeit immer wieder bewiesen. Wenn Sie mich fragen, ist es geradezu unsere Pflicht, Sie Ihrer Aufgabe zu entbinden."

„Sind Sie verrückt geworden?" Schenck rangelte mit Hunebeck um die Waffe. „Geben Sie das Gewehr her." Er warf den Feldwebel zu Boden, doch die Waffe bekam er nicht zu fassen.

Hinterstoißer winkte den Gefreiten Feldkamp und ein paar Askaris herbei. „Fesseln Sie ihn. Schenck wird als Gfangener mitgführt und dem Kommandanten von Mahenge zwecks Überstellung ans Kriegsgricht übergeben."

Sofort stürzten sich die Männer auf Schenck und hielten ihn fest, während Feldkamp sich einen Strick geben ließ und ihm die Arme auf den Rücken fesselte. Schenck wand und wehrte sich, aber es nutzte nichts.

Schließlich trat der Fähnrich vor die Soldaten, die das Geschehen mit offenen Mündern verfolgten. „Fertigmachen zum Abmarsch – nach Mahenge!"

Kapitel 43

In der Nacht schlief Franzi kaum. Im Gegensatz zu ihrer Freundin, die sich anscheinend gut von ihrer Ohnmacht erholte.

Irgendwann, es war wohl kurz vor der Morgendämmerung, stand Franzi auf und trat ans Fenster. In diesem Moment brach draußen der nächste Angriff auf Ifakara los. Sie stellte sich ein wenig seitlich, sodass sie von draußen nicht gesehen werden konnte, und lauschte auf das rasende Abwehrfeuer der Deutschen, das von den kehligen Schreien der angreifenden Schwarzen noch übertönt wurde.

Von dem Lärm schreckte Julie hoch, sprang auf und klammerte sich zitternd an Franzi. „Wir kommen hier nicht mehr lebend raus!"

„Schhhh." Franzi strich ihrer Freundin über die Hand und führte sie die Treppe hinab ins Wohnzimmer, wo Brettschneider in einem Sessel saß und sich die Ohren zuhielt.

Sofort griff Julie nach den Zigarettenvorräten des Kaufmanns und zündete sich mit bebenden Fingern eine Zigarette an, während sie im Zimmer auf und ab ging.

Doch Franzi musste so viel wie möglich mitbekommen und eilte daher gleich wieder ans Fenster. Am liebsten hätte sie sich den alten Schießprügel des Kaufmanns, der im Waffenschrank stand, geschnappt und mitgekämpft.

Sie sah zum Himmel hinauf – dort hing wieder das Kreuz des Südens. Rasch wandte sie den Blick ab. Nein, sie würde nicht beten. Auch nicht, wenn sie in Gefahr schwebte. Sie hatte sich für dieses Abenteuer entschieden und würde es durchstehen – oder die Konsequenzen tragen.

Ein Askari kam die Straße heraufgelaufen, blieb bei den fünf Soldaten, die zu ihrem Schutz zurückgeblieben waren, stehen und machte offenbar eine Meldung. Dann rannte er wieder fort und die fünf Männer folgten ihm.

„Sie haben unsere Wache abgezogen." Franzi legte ihre Finger um den Fensterknauf, dass die Knöchel weiß hervortraten.

Julie trat neben sie und zündete sich eine weitere Zigarette an. „Wenn sie schon die letzten Reserven heranziehen, sieht es wirklich ernst aus."

„Wahrscheinlich fehlt ihnen auch die ordnende Hand eines fähigen Offiziers." Unwillkürlich sah Franzi zum Klavier hinüber, wo immer noch die Noten des Trauermarschs von Felix Mendelssohn-Bartholdy aufgeschlagen standen.

Oberleutnant von Hollerbach lag schon seit einigen Stunden draußen im Garten begraben – es war unfassbar, dass er nur wenige Augenblicke, nachdem er dieses *Lied ohne Worte* gespielt hatte, gestorben war. Hatte er geahnt, dass ihn nur noch Minuten vom Tod trennten und deshalb dieses Lied gespielt?

Das Gewehrfeuer steigerte sich noch mehr, ein weiteres Maschinengewehr ratterte los und die Schreie wurden ebenfalls lauter.

Franzi schnappte sich die Zigarette von ihrer Freundin und zog den Qualm tief in die Lungen. Brrr, selbst diese Nobel-Zigaretten schmeckten fürchterlich, aber sie musste irgendetwas tun, um die Panik zu bekämpfen, die in ihr hochkroch.

Mit schlotternden Knien stand Brettschneider aus seinem Sessel auf und öffnete den Waffenschrank. „Ich habe leider nur dieses eine Gewehr, um uns zu verteidigen, wenn die Neger ..."

Urplötzlich schwieg das Maschinengewehr, nur noch vereinzelt kleckerten Gewehrschüsse. Wenige Augenblicke später kam ein Askari angerannt und stürmte ins Haus. Wild gestikulierend redete er auf Suaheli auf Brettschneider ein.

„Was will er?", fragte Julie den Kaufmann.

„Der Angriff wurde unter großen Verlusten zurückgewiesen. Unteroffizier Kapischke befiehlt den sofortigen Rückzug über den Ulanga."

Da fegte der Unteroffizier auch schon selbst herein. „Machen Se sich sofort fertig. Det Jepäck jeben Se den Trägern. Die Damen jehen als Erste über den Fluss. Drüben jibt et een paar Hütten und sogar nen notdürftijen Verbandsplatz, wo Se vorerst in Sicherheit sind. Ick kann Ihnen aber nur zwee Askaris mitjeben, den Rest brooch icke, um den Rückzug zu decken."

Brettschneider legte das Gewehr weg. „Sie wollen wirklich über den Ulanga? Ohne Fähre? Ich kann Sie nur davor warnen!"

„Es bleibt uns nischt andres übrig. Die Nejer werden uns bei ihrm nächsten Angriff überrennen. Det eine MJe ist ausjefallen, wir haben viele Tote ..."

„Aber der Fluss!" Brettschneider standen dicke Schweissperlen auf der Stirn. „Dort wimmelt es von gefährlichen Tieren. Meine Frau starb unten am Ufer, als sie von einer Schwarzen Mamba gebissen wurde, einer meiner Angestellten wurde bei der Jagd von einem Flusspferd zertrampelt, weil er einem Jungtier zu nah gekommen war ..."

„Herr Brettschneider, wenn wir die Wahl haben, uns hier von den Nejern abschlachten zu lassen – und Sie wissen jenau, det se jedem Weißen die Kehle durchschneiden! – oder im Fluss jejen Schlangen, Flusspferde oder Krokodile zu kämpfen, wähl ick den Weg, der mir wenigstens ne kleene Schangse auf Rettung bietet."

Während Brettschneider weiter lamentierte, warf Franzi die Zigarette in einen Aschenbecher und eilte, Julie im Schlepptau, ins Obergeschoss, schnappte sich die Viola und ihren Koffer, dann rannte sie wieder hinunter. Bevor sie sich von Eingeborenen abschlachten ließ, würde sie sogar in ein Haifischbecken springen.

Unten folgten sie Kapischke hinaus auf die Straße, Brettschneider aber blieb zitternd in der Tür stehen.

„Gehen Sie nicht über den Fluss, wenn Sie kein Boot oder wenigstens ein Floß haben! Ich warne Sie dringendst!"

„Und ick warne Sie davor, hierzubleiben! Wir haben keene Zeit, ein Floß zu bauen. Packen Se det Nötigste und schließen Se sich uns an!", brüllte Kapischke den Kaufmann an.

„Niemals! Die Schwarzen kennen mich und werden mir nichts zuleide tun – aber diesen Fluss werde ich nicht betreten!"

Julie klammerte sich an Franzis Arm. „Mir ist es auch nicht geheuer, durch den Fluss zu gehen. Mit diesem Viehzeug ist nicht zu spaßen!"

„Mit den Schwarzen erst recht nicht", gab Franzi zurück und reichte einem der Träger ihr Gepäck. „Du hast doch gehört, was Kapischke gerade gesagt hat: wie sie mit uns Weißen umgehen, wenn sie uns in die Finger bekommen."

„Ich halte diese Gerüchte für übertrieben. Am liebsten würde ich bei Brettschneider bleiben."

Franzi nahm ihre Freundin in den Arm. „Was ist mit dir los, Julie? Du bist doch sonst nicht so ängstlich." Tatsächlich sah sie in den schwarzen Augen ihrer mit allen Wassern gewaschenen Freundin pure Angst flackern – ein Anblick, der ihr selbst Furcht einflößte.

„Ich habe einfach ein ungutes Gefühl. Ich habe schon so viel darüber gelesen, was geschehen ist, wenn wilde Tiere in Afrika Menschen angegriffen haben. Deshalb ist es mir unheimlich, durch den Fluss zu gehen."

„*Jefährlich ists, den Leu zu wecken*", zitierte Kapischke,
„*und schrecklich is des Tijers Zahn;*
doch der schrecklichste der Schrecken
ist der Mensch in seinem Wahn.

Schon der jute Schiller wusste det – und diese Nejer sind wirklich wahnsinnig. Die ham ne Medizin, die se glooben lässt, det se unverwundbar sind – diesen Wahnsinnijen sollten Se als Frau nich jejenübertreten."

Wie zur Bestätigung seiner Worte begann am Ortsrand wieder das Gewehrfeuer. Franzi packte Julie am Arm und zog sie mit sich fort, Kapischke folgte ihnen mit den Trägern und zwei Askaris.

Am Flussufer blieben sie stehen und Franzi starrte in das gelbbraune Wasser. Der Ulanga führte wegen der Trockenzeit nur wenig Wasser, das träge dahinfloss – der Fluss selbst stellte also keine große Gefahr dar. Doch was mochte sich in der trüben Brühe verstecken?

Einer der Askaris rief dem Unteroffizier etwas auf Suaheli zu.

„Er sagt, det nischt Jefährliches zu sehen ist." Kapischke drückte ihr und Julie jeweils ein Gewehr in die Hand. „Hier, nehmen Se det! Notfalls nutzen Se den Jewehrkolben als Prüjel, wenn Se wirklich von irjendwelche Biester anjejriffen werden sollten."

Franzi zog ihre Schuhe von den Füßen und machte die ersten Schritte in das warme Wasser. Dann hielt sie inne und schaute zu ihrem Ziel, den paar armseligen Hütten am anderen Ufer, hinüber, die sich um die jenseitige Fährstation gruppierten. Auf einem der strohgedeckten Dächer wehte neben der kaiserlichen Flagge auch eine mit rotem Kreuz auf weißem Grund. Wenn sie doch erst drüben wären!

Sie sah zu ihrer Freundin zurück, die noch zaudernd am Ufer stand. „Komm schon, Julie!"

„Ick werde mir um die Zurückjebliebenen kümmern." Kapischke winkte ihnen noch einmal zu, dann lief er wieder die Uferböschung hinauf.

Neben Franzi gingen die Träger und die beiden Askaris in den Fluss und forderten sie mit unverständlichen Suaheli-Lauten auf, ihnen rasch zu folgen. Aus dem Dorf klang wieder ratterndes MG-Feuer herüber, es krachte bei einem der Häuser, dann schoss eine Rauchwolke in die Höhe.

Endlich zog auch Julie die Schuhe aus, aber das Widerstreben stand ihr noch deutlich ins Gesicht geschrieben. Sie hakte sich bei Franzi unter, dann wateten sie immer tiefer in den Ulanga hinein.

„Das Wasser fließt so ruhig dahin; wenn eine Gefahr drohen würde, würden wir sie doch sofort bemerken", sprach sie ihrer Freundin Mut zu – und sich selbst auch. Es war schon ein beklemmendes Gefühl, durch einen Fluss zu marschieren, dessen Wasser so trüb war, dass man absolut nichts von dem, was unter der Wasseroberfläche war, sehen konnte, in dem es aber vor tausend unbekannten Gefahren wimmelte.

„Das Gefährlichste ist unter der Wasseroberfläche – da, wo du es nicht sehen kannst", bestätigte Julie ihre Befürchtungen.

„Ein Flusspferd würde ich jedenfalls nicht übersehen. Und jetzt höre bitte damit auf, mir die schlimmsten Horrorszenarien auszumalen."

„Es ist doch nur die Wahrheit."

Franzi löste sich von ihrer Freundin und ging schneller voran. Es machte ihr nicht gerade Mut, wenn sie an die Bedrohungen unter Wasser dachte. Doch der Kampflärm im Dorf hinter ihr trieb sie vorwärts. Ihr Kleid wurde immer schwerer und zog sie nach unten. Bald ging ihr das Wasser über die Hüften und sie merkte, obwohl die Strömung nicht stark war, wie die Fluten an ihr rissen.

Einer der Träger, der schon in der Mitte des Flusses angekommen war, wurde von der Strömung von den Füßen geholt, klatschend landete eine Munitionskiste im Wasser. Wie sollte es ihr erst in ihrem langen Kleid ergehen? Zum Glück hielten sich die beiden schwarzen Soldaten in ihrer Nähe und würden ihr bestimmt helfen.

Sie sah erneut zu Julie zurück, die immer wieder stehen blieb und sich umsah, als erwarte sie jeden Augenblick den Angriff eines Leviatans, dieses alttestamentlichen Drachens. „Komm schon! Je schneller du wieder aus dem Fluss heraus bist, desto sicherer ist es!"

Hinter ihnen breitete sich über Ifakara eine schwarze Rauchwolke aus, Flammen loderten zum Himmel hinauf. Sie waren wirklich in letzter Minute geflohen. Wie mochte es Brettschneider ergehen? Und Kapischke?

„Sei froh, dass du nicht zurückgeblieben bist!" Franzi bedeutete ihrer Freundin, zu ihr aufzuschließen.

Da rief einer der Askaris etwas zu ihnen herüber. Wahrscheinlich forderte er sie auf, nicht stehen zu bleiben, sondern zügig auf das andere Ufer zuzugehen.

Franzi verließ sich darauf, dass die beiden Männer sich um Julie kümmern würden, und ging weiter. Je tiefer das Wasser wurde, umso mehr zerrte es an ihrem Kleid – wäre sie doch nur ein paar Zentimeter größer! – und plötzlich entschwand der Grund unter ihren Füßen.

Als sie merkte, wie die Strömung sie flussabwärts trug, stieß sie einen spitzen Schrei aus und ließ das Gewehr fallen. Sie ruderte mit den Armen und Beinen, aber ihre Füße verfingen sich im Stoff des Kleides und sie wurde unter Wasser gezogen.

Doch sofort packten sie zwei starke Hände, ihr Kopf kam wieder über die Wasseroberfläche und hastig sog sie die Luft ein.

„Nisaidie!", rief der Askari und winkte seinen Kameraden herbei. „Haraka!"

Der zweite Mann schaute erneut zu Julie hinüber – sie wirkte noch sicher auf den Beinen –, dann eilte er ebenfalls auf Franzi zu. Er fasste sie auf einer Seite unter dem Arm, während derjenige, der sie aus dem Wasser gezogen hatte, ihren anderen Arm nahm.

Währenddessen hatten die Träger schon das jenseitige Ufer erreicht und winkten ihnen zu.

Bald spürte Franzi wieder festen Grund unter den Füßen, schließlich ging ihr das Wasser nur noch bis zum Bauchnabel. Sie lächelte die schwarzen Soldaten schwach an. „Danke."

Sie lächelten zurück und zeigten ihre blendend weißen Zähne, die wie Perlen in den schwarzen Gesichtern glitzerten.

Franzi löste ihre Arme aus den Händen der beiden Männer und machte sich daran, die letzten Meter selbstständig zurückzulegen.

Da ertönte hinter ihnen ein Schrei, der ihr einen Schauer über den Rücken laufen ließ, als sei sie nicht durch den ostafrikanischen Ulanga, sondern durch den sibirischen Irtysch gewatet. – So schrie nur ein Mensch in größter Todesangst.

Franzi fuhr gleichzeitig mit den Askaris herum. „Julie!"

Ihre Freundin hatte erst etwas mehr als die Hälfte des Flusses überquert, war also ungefähr dort, wo sie selbst eben den Halt verloren hatte und fast vom Wasser mit fortgerissen worden wäre. Julie ruderte wild mit den Armen, das Gewehr entglitt ihr und verschwand aufspritzend im Wasser. Aber sie schien nicht nur mit der Strömung zu kämpfen.

Plötzlich tauchte nicht weit von Julie entfernt ein riesiges Maul aus dem Wasser auf. Eine lange Reihe spitzer Zähne blitzte in der Sonne.

„Mamba!", schrie einer der Askaris, und obwohl Franzi kein Wort Suaheli verstand, wusste sie sofort, dass dieses Wort *Krokodil* bedeutete.

Franzi raffte ihren Rock so hoch wie möglich und lief wieder in das tiefere Wasser hinein. Julies böse Vorahnung war also nicht umsonst gewesen – und sie war diejenige, die Julie überredet hatte, durch den Fluss zu gehen. Sie musste ihr helfen, auch wenn sie selbst dabei Schaden nahm!

Wie ein Blitz schoss ihr der Gedanke durch den Kopf, dass sie wahrscheinlich gut daran täte, jetzt zu Gott zu schreien. – Nein. Sie hatte sich für ein Leben ohne Gott entschieden. Sie würde es Gott, ihrem Vater und sich selbst beweisen.

Die Askaris stießen entsetzte Rufe aus, vom Ufer klangen die Schreckenslaute der Träger. Hinter ihr krachten Schüsse und peitschten übers Wasser, doch Franzi achtete nicht darauf. Sie musste Julie so schnell wie möglich erreichen!

Die Schreie ihrer Freundin trieben sie wie Peitschenhiebe voran. Sie versuchte, schneller voranzukommen, aber ihr Kleid schlang sich erneut um ihre Beine und brachte sie zum Stolpern. Platschend fiel sie ins Wasser und tauchte prustend wieder auf. Glücklicherweise war es hier noch nicht so tief und sie kam schnell wieder auf die Füße.

Nur noch zehn Meter. Weiter! – Noch acht.

Julie kämpfte sich unterdessen Richtung Ufer, ihr entgegen.

Von dem Tier war kaum etwas zu sehen, aber das Wasser brodelte und ein Teil des Schuppenpanzers sowie Augen und Nase ragten heraus, während es auf Julie zuschwamm. Hin und wieder kam auch der Schwanz zum Vorschein – das Reptil war mindestens fünf Meter lang.

„Franzi!" Ihre Freundin kreischte in höchster Not. „Ich kann nicht mehr!"

Julie streckte beide Arme nach ihr aus, aber noch war sie zu weit entfernt, als dass sie sie hätte erreichen können. Mit den Armen rudernd arbeitete sie sich weiter voran.

Da tauchte der riesige Kopf plötzlich wieder auf – direkt neben Julie –, die Augen funkelten, die Zähne in dem weit aufgerissenen Maul blitzten bedrohlich.

Julie schrie gellend auf, warf sich nach vorn – und prallte gegen Franzi.

Franzi versuchte ihre Freundin zu packen, doch da klappte das Maul des Krokodils zu – ein furchtbares Knacken und Krachen, das Franzi durch Mark und Bein ging – dann war das Krokodil verschwunden – und Julie mit ihm.

Wie betäubt starrte Franzi auf die Stelle, wo ihre Freundin gerade noch gewesen war. Luftblasen stiegen auf, dann färbten sich die gelben Fluten des Ulanga blutig rot.

„Nein!" Franzi wusste selbst nicht, ob sie es gebrüllt oder geflüstert hatte.

* * *

Sie hatten Liwale erst vor knapp zwei Stunden verlassen, trotzdem waren Schencks Handgelenke schon wund gescheuert. Es war alles andere als angenehm, mit auf den Rücken gefesselten Händen an Hunebecks Pferd gebunden zu sein und durch den Sand zu stolpern.

Plötzlich gab es einen Ruck im Seil, er fiel auf die Knie und wurde vom Pferd mitgeschleift. Mühsam richtete er sich wieder auf – der Sand brannte in den wunden Handgelenken.

„Hunebeck, ich rate Ihnen im Guten, mich unverzüglich freizulassen."

Der Feldwebel lachte spöttisch auf und drehte sich halb im Sattel um. „Das könnte Ihnen so passen."

„Bedenken Sie die Folgen! Wenn wir Mahenge erreichen, werden Sie ohne den geringsten Zweifel als Meuterer festgenommen!"

„Daran glauben Sie doch selbst nicht. Ich habe so viele Dinge gegen Sie in der Hand, die mehr als ausreichen, Sie selbst vor ein Kriegsgericht zu bringen."

„Machen Sie sich nicht lächerlich." Schenck stolperte wieder, konnte sich aber soeben noch aufrecht halten. „Ich gebe zu, dass in den letzten Tagen enorm viel schiefgegangen ist. Aber Sie können mir unmöglich für all das die Schuld zuweisen."

„Wer hat denn die entsprechenden Befehle gegeben?"

„Die Misserfolge hingen von mehreren Faktoren ab, nicht nur von meinen Befehlen."

„Natürlich!" Hunebeck lachte höhnisch und wandte sich zu Fähnrich Hinterstoißer um, der die hinter ihnen marschierenden Soldaten anführte. „Haben Sie gehört? Unsere Misserfolge sind nur den Umständen geschuldet. Hätten wir Erfolg gehabt, wäre es natürlich die exzellente Führung unseres Leutnants gewesen, die dazu geführt hat."

„So sans alle, die Herrn Offiziere!", rief Hinterstoißer.

„Hören Sie doch mit diesem Unsinn auf!" Schenck spürte, wie seine Wut anfing überzukochen. „Aus den Dingen, die geschehen sind, lässt sich doch keine Anklage vor einem Kriegsgericht konstruieren. Die Richter würden Sie auslachen und Sie selbst anklagen."

„Wenn Sie mich fragen, sollten Sie nicht so sicher sein." Der Feldwebel sah ihn an und kniff die Augen zu schmalen Schlitzen zusammen.

„Was haben Sie denn schon gegen mich in der Hand? Natürlich sind wir zu spät zum Hopfer-Anwesen gekommen. Die Folgen sind zugegebenermaßen außerordentlich bedauerlich, hängen aber nicht mit meinen Entscheidungen zusammen."

„Lächerlich! – Fähnrich Hinterstoißer hat dadurch seine Verlobte verloren!", warf Hunebeck ein.

„Es schmerzt mich zutiefst, dass es dazu gekommen ist." Schenck senkte den Kopf. Er hatte immer noch das Bild des toten Geschwisterpaares vor Augen. Das Mädchen hatte ihn so an Franziska von Wedell erinnert. Zum Glück war wenigstens sie nicht mehr im Schutzgebiet. Wenn er sich auch noch um sie Sorgen machen müsste ...

„Von Ihrn mitleidigen Wörtln wird's Madl net mehr lebendig!", rief Hinterstoißer von hinten.

„Und in Liwale sind wir abermals aufgrund Ihres Zögerns zu spät gekommen." Hunebeck klopfte mit der Faust auf seinen Sattelknopf. „Denken Sie sich den Skandal! Ein deutscher Stützpunkt wurde von einer Negerhorde erobert und dem Erdboden gleichgemacht! Wenn Sie mich fragen, möchte ich nicht in Ihrer Haut stecken, wenn das im Reich bekannt wird."

„Aber Hunebeck, wir haben doch sogar noch in den Kampf eingegriffen ..."

„Macht das die Sache etwa besser? Im Gegenteil! Trotz Ihres Eingreifens ging die Boma verloren! Obwohl Sie vor Ort waren, haben Sie es nicht geschafft, den Stützpunkt zu retten! Und jetzt will ich Ihnen etwas sagen." Hunebeck beugte sich zu ihm herunter und sah ihn mit funkelnden Augen an. „Ich glaube an keine Zufälle. Weder bei dem Überfall bei Mingumbi, noch bei der Hopfer-Farm, noch bei Liwale."

„Ich glaube auch nicht an Zufälle. Sondern an Gott", warf Schenck ein.

„Quatschen Sie nicht so dummes Zeug!" Hunebeck senkte seine Stimme. „Wenn Sie mich fragen, sollte das Kriegsgericht unbedingt prüfen, auf welcher Seite Sie überhaupt stehen. Sie haben doch schon an Bord der *Rufiji*, als wir von Daressalam nach Ssamanga gedampft sind, dafür plädiert, die Schwarzen zu schonen. Dann gerieten wir bei Mingumbi rein zufällig in einen Hinterhalt, Sie untersagten die Verfolgung ..."

„Was erzählen Sie denn da?" Wollte Hunebeck ihm etwa vorwerfen, zum Feind übergelaufen zu sein?

„Dann machten wir von Mingumbi aus einen Umweg, sodass in der Zwischenzeit die Familie Hopfer ermordet und die Farm niedergebrannt wurde sowie die Aufständischen entkommen konnten. – Alles nur Zufall?" Hunebeck schüttelte den Kopf. „Unser Eintreffen in Liwale kam dann ein klein wenig zu früh, sodass Sie noch einen Angriff befehlen mussten, trotzdem war die Boma nicht mehr zu retten. Und wieder einmal ließen Sie den Feind nicht verfolgen. – Auch wieder Zufall?"

„Das sind doch völlig haltlose Hirngespinste!" Natürlich wollte er unnötiges Blutvergießen vermeiden! Schließlich glaubte vermutlich kein einziger der Schwarzen und auch kaum einer seiner Kameraden an Jesus Christus; und da er der Führer des Trupps war, trug er dann die Verantwortung, wenn sie in die Hölle kamen. – Aber deshalb konnte man ihm doch nicht vorwerfen, auf der Seite der Aufständischen zu stehen!

„Ob das wirklich Hirngespinste sind, wird ein Kriegsgericht feststellen. Ich kann jedenfalls nicht zulassen, dass ein Mann das Detachement führt, der im Verdacht steht, mit den Negern gemeinsame Sache zu machen."

Schenck hatte das Gefühl, als würde sich alles um ihn herum drehen. Und das lag nicht nur daran, dass er, seitdem er gefangen genommen worden war, nichts mehr zu trinken bekommen hatte. Dabei stand ihm noch Schlimmeres bevor, schließlich waren die Lebensmittel knapp, und er als Gefangener würde, wenn überhaupt, nur das Allernötigste bekommen.

Er ballte die Faust. Er musste so schnell wie möglich aus der Gefangenschaft entkommen, bevor seine Kräfte nachließen, und vor Hunebeck in Mahenge eintreffen, damit er selbst dem Kommandanten der Boma seine Sichtweise darstellen konnte, ehe der Feldwebel seine Argumente dort vorbrachte. Denn er musste zugeben, dass Hunebeck sie durchaus überzeugend darlegen konnte – zu überzeugend.

Kapitel 44

Franzi starrte auf das blutige Wasser und auf die Luftblasen. Aber nur einen Augenblick. Dann warf sie einen Blick zum Ufer zurück. Die beiden Askaris schrien irgendwelche unverständlichen Sachen und winkten ihr, dass sie zurückkommen solle. Aber sie konnte Julie doch nicht einfach ertrinken oder von dem Krokodil auffressen lassen! Falls das nicht bereits geschehen war.

„Los, helfen Sie mir!", schrie sie zurück und winkte die Soldaten und Träger ihrerseits heran. Dann wandte sie sich wieder der Stelle zu, wo eben ihre Freundin verschwunden war.

Von dem Tier war kaum noch etwas zu sehen, nur das brodelnde Wasser deutete an, wo es sich befand.

Franzi griff ins Wasser, dort, wo es nicht mehr gelbbraun, sondern rot war. Sie bekam ein Stück Kleid zu fassen und zog daran, so fest sie konnte. Doch der Stoff glitt ihr aus den Fingern und sie selbst wurde von der Strömung von den Füßen gerissen. Erneut stürzte sie ins Wasser.

Nach Luft japsend richtete sie sich wieder auf und wischte sich hastig das Wasser aus den Augen. Zum Glück konnte sie hier noch stehen. Da tauchte vor ihr wieder der Kopf des Krokodils auf. Aus dem riesigen Maul tropfte rot gefärbtes Wasser und zwischen den Zähnen hingen Fetzen von blauem Stoff – Julies Kleid.

Die funkelnden Augen des Reptils richteten sich auf Franzi, das Maul klappte noch weiter auf. Blitzschnell warf sie sich zurück, ruderte mit Armen und Beinen, um der Reichweite des Tieres zu entkommen. Genauso hatte es Julie eben auch versucht – und war dabei gegen sie geprallt.

Hastig versuchte Franzi aus dem Gefahrenbereich zu kommen, doch das Krokodil glitt lautlos hinter ihr her. Sie wartete nur darauf, dass es nach ihr schnappte. Das ekelhafte Krachen, als Julie von ihm erwischt worden war, klang noch in ihren Ohren.

Gedanken rasten ihr durch den Kopf, dass ihr fast schwindelig wurde. Was würde geschehen, wenn das Krokodil sie tötete? War dann wirklich alles vorbei, wie sie eigentlich glauben wollte? Oder gab es doch einen Himmel und eine Hölle, wie ihr Vater und ihre Großmutter behaupteten? Der Himmel stand jedenfalls nicht für sie bereit. Aber so ein Ort im Jenseits war wahrscheinlich ohnehin nur ein Hirngespinst.

Als Franzi sich dem Ufer zuwandte, um schneller vorwärts zu kommen, sah sie die beiden Askaris mit schussbereiten Gewehren wieder ins Wasser waten – doch sie konnten nicht schießen, da sie sich genau zwischen ihnen und dem Reptil befand. Währenddessen eilten die Träger flussabwärts und gingen dort ebenfalls ins Wasser.

Franzi warf einen Blick zurück über ihre Schulter – hinter ihr kam das Krokodil immer näher. Ruckartig stieß sie sich zur Seite, gerade in dem Moment, als das aufgerissene Maul zuklappte und nach ihr schnappte. Das riesige Tier schoss an ihr vorbei, weil es so schnell seine Richtung nicht ändern konnte, der mächtige Leib prallte gegen sie und warf sie um. Ein brennender Schmerz schoss durch ihren rechten Arm.

Mit den Füßen suchte Franzi nach dem Grund und richtete sich schnell wieder auf. Die beiden Askaris waren fast heran, sie hatten die Gewehre angelegt und zielten auf das Ungeheuer. Aber wo war Julie?

Franzi öffnete den Mund, um den beiden Soldaten zuzurufen, dass sie zuerst nach ihrer Freundin suchen sollten, als die Askaris fast gleichzeitig ihre Gewehre abfeuerten. Das Krokodil bäumte sich auf, sein Schwanz peitschte das Wasser.

Schnell versuchte Franzi, dem schlagenden Schwanz zu entkommen, doch da bekam sie plötzlich einen fürchterlichen Schlag auf den Kopf und wurde unter Wasser gedrückt.

Um sie herum wurde es schwarz, sie sah tausend silberne Sterne auf sich zufliegen. Merkwürdigerweise nahmen die Sterne die Form des Kreuzes des Südens an. Sie riss den Mund auf, um zu schreien, doch sie schluckte nur Wasser. Sie zappelte mit den Beinen, um nach oben zu kommen, aber ihre Füße verfingen sich in ihrem Kleid. Würde sie jetzt ertrinken? Oder genauso wie ihre Freundin von dem Krokodil zermalmt? Hatte sie nur noch die Wahl zwischen zwei Todesarten, von denen eine schlimmer war als die andere?

Da riss etwas an ihrem linken Arm. War das das Krokodil? Sie wollte schreien, schluckte aber nur noch mehr Wasser. Sie wehrte sich gegen das Reißen an ihrem Arm, doch sie kam einfach nicht los – fühlte es sich so an, wenn ein Krokodil zubiss?

Ihr wurde übel. Doch in wenigen Augenblicken würde ohnehin alles vorbei sein. Dann war sie ertrunken oder zerrissen.

Das Zerren an ihrem linken Arm hörte nicht auf, während durch den rechten immer noch rasende Schmerzen jagten. Plötzlich stieß ihr Kopf durch die Wasseroberfläche. Sie schnappte nach Luft, hustete Wasser aus und riss die Augen auf. Direkt vor sich sah sie das schwarze Gesicht des einen Askaris, das Krokodil trieb reglos einige Meter flussabwärts davon.

„Mamba – tot!" Der Askari wies auf seinen Kameraden, der das Gewehr noch in der Hand hielt. „Peng – jicho!" Er deutete mit dem Zeigefinger auf sein Auge.

Es interessierte sie nicht, wo das Krokodil getroffen worden war. *Julie!*, wollte sie rufen, doch sie brachte nur ein Krächzen hervor, das in erneutes Husten überging.

Der Askari packte sie am Arm und strebte mit ihr dem Ufer zu, während sie sich die Seele aus dem Leib hustete. Sie musste sie drängen, Julie zu retten! Sie konnten ihre Freundin doch nicht einfach hier im Fluss sterben lassen! Ihr selbst ging es noch verhältnismäßig gut – obwohl ihr rechter Arm wie Feuer brannte und ihr Kopf brummte, als wären sämtliche Hummeln Afrikas darin gefangen. Aber Julie!

Immer wieder versuchte Franzi, den Namen ihrer Freundin herauszubringen, doch das brachte ihr jedes Mal nur neue Hustenanfälle ein, während der Askari unbeirrt mit ihr dem Ufer zustrebte.

Als sie das Ufer erreichten, schaute sie zurück. Der zweite Askari watete noch durch den Strom, die Träger standen irgendwo weiter unten im Fluss, das Krokodil trieb langsam stromabwärts – und eine blutige Spur breitete sich im Wasser aus.

Franzi sank in die Knie und hustete noch mehr Wasser aus, während ihr Tränen über die Wangen strömten.

* * *

Ferdinand sah der Postkutsche hinterher, die langsam über die Wölfelbrücke Richtung Ortsausgang rumpelte. Er hatte sich mit eigenen

Augen davon überzeugt, dass Pauline Behrendt wirklich fortfuhr. Wenn die Gerüchte stimmten, würde sie Deutschland verlassen und mit ihrem Vater nach Deutsch-Neuguinea gehen.

Er steckte die Hände in die Hosentaschen und stieg den Weg zum Hochwald hinauf. Obwohl er jetzt Gewissheit hatte, dass die Tochter seines ehemaligen Verwalters wirklich fort war, verspürte er keine Erleichterung. Zwar konnte Claus Ferdinand nun nach Wölfelsgrund kommen, ohne dass ihn die kokette Kellnerin wieder umgarnte – aber würde er überhaupt noch einmal wiederkommen? Sein letzter Besuch hatte jäh mit einer Notiz geendet, die Ferdinand auf seinem Schreibtisch gefunden hatte: *Habe dich leider nicht angetroffen. Reise noch in dieser Stunde ab. CF.*

Seitdem grübelte er darüber nach, was vorgefallen sein mochte und was seinen Sohn zu der überstürzten Abreise gebracht hatte. Immerhin war er nicht mit Pauline durchgebrannt – oder war das Gerücht, sie gehe mit ihrem Vater nach Deutsch-Neuguinea, falsch und sie folgte stattdessen seinem Sohn nach Glatz?

Aber nein, das würde Claus Ferdinand doch nicht tun. Und wenn, dann hätte er den Mut, ihm das offen zu sagen. So wie Franziska es auch getan hatte, als sie ihr Elternhaus verlassen hatte. Es musste irgendeinen anderen Grund geben, warum er abgereist war und seitdem nichts mehr von sich hatte hören lassen.

Als Ferdinand den Abzweig zur Altenburg erreichte, bog er ab, bis er die Lichtung mit den Ruinen erreichte. Hier hatte er vor über 27 Jahren auf seine Braut Helena von Hohenau gewartet. Warum hatte sie so früh gehen müssen? Wäre in seiner Familie nicht alles anders, wenn seine sanfte Lena noch lebte? Sie hätte bestimmt den Schlüssel zu den Herzen ihrer Kinder gefunden. Oder wenn wenigstens seine Schwester Lisa noch da wäre! Sie wäre die beste Tante gewesen, die er sich nur vorstellen konnte. Aber sie schlummerte sogar schon seit 28 Jahren drüben auf dem Waldfriedhof.

„Lena! Lisa!" Tränen erstickten seine Stimme. Er war mit seiner Mutter ganz allein übrig geblieben. Denn auch von seinem Schwager Ludwig von Schleinitz hörte er fast nichts mehr, seit er eine münsterländer Gutserbin geheiratet hatte und nach Westfalen gezogen war.

Er wandte den Ruinen den Rücken und kehrte auf den Weg zum Forstschloss zurück. Wenn wenigstens noch seine Kinder da wären!

Zwei Söhne und eine Tochter – und alle drei hatten ihn verlassen. Konnte das Zufall sein? Musste es nicht auch an ihm liegen? Aber was hatte er falsch gemacht? Er wollte doch nur das Beste für seine Kinder! Oder hätte er auf seine Mutter hören und Franziska ihre Wünsche gewähren sollen? Und womöglich auch noch der Verbindung seines Ältesten mit einer ungläubigen Kellnerin zustimmen sollen?

Durch das Laub der Bäume lugte das Forstschloss. Wie viel Zeit und Energie hatte er in den Ausbau dieses Hauses gesteckt, um nicht in der Trauer um seine Frau zu versinken. Aber jetzt bedeutete es ihm nichts mehr. Was sollte der Prunk? Was hatte er von seinem Adel? Es hatte alles keinen Wert mehr, seit seine Familie zerstört war.

Langsam, fast schleppend, betrat er die Eingangshalle und stieg Stufe für Stufe die Treppe hinauf. An der Tür zu seinem Arbeitszimmer blieb er stehen und sah über die Galerie zu Franziskas Räumen hinüber. Mit raschen Schritten ging er dorthin und drückte die Klinke hinunter.

Die Räume waren immer noch genauso, wie Franziska sie verlassen hatte. Er brachte es einfach nicht fertig, etwas zu verändern, ebenso wie in den Räumen seiner Söhne. Aber würden diese Zimmer jemals wieder von ihnen bewohnt werden?

„Mein Gott, was habe ich falsch gemacht? Bitte zeige mir meine Fehler, damit ich sie bekennen kann – vor Dir und ..." Er schluckte. „Vor Dir und – wenn es nötig ist – auch vor meinen Kindern."

Kapitel 45

Kurz vor Sonnenuntergang machte Schencks Detachement auf einem Hügel Halt und ein Askari löste seinen Strick vom Pferd. Fast eine Woche waren sie nun unterwegs nach Mahenge, und Schenck hatte noch immer keine Möglichkeit gefunden, seinen Bewachern zu entkommen. Wenn sie so weiter zogen, waren sie wahrscheinlich in vier bis fünf Tagen in Mahenge – es wurde wirklich Zeit, dass er sich befreite.

Während die Soldaten Feuer machten und das Abendessen zubereiteten, wurden ihm Hände und Füße wie immer kreuzweise zusammengebunden und er in der Nähe des Feuers abgelegt.

Den Askaris war es unterwegs gelungen, einen Strauß zu schießen, und so stieg Schenck nun der herzhafte Duft von gebratenem Fleisch in die Nase und ließ ihm das Wasser im Mund zusammenlaufen. Aber er würde wohl trotzdem wieder leer ausgehen. Bis auf etwas steinhartes Brot und hin und wieder eine Portion Ugali[17] bekam er nichts zu essen, und so langsam nahmen seine Kräfte bedrohlich ab. Wenn er nicht bald entkam, würde er nicht mehr genug Kraft für eine Flucht haben.

Feldwebel Hunebeck löste seine Fesseln an den Handgelenken und drückte ihm einen Kanten trockenen Brotes in die Hand. Mühsam nagte er daran, wobei sein Magen sich vor Hunger zusammenkrampfte. Aber an dieses Gefühl war er schon seit Tagen gewöhnt.

Er kaute noch an dem letzten steinharten Bissen, da wurden ihm schon wieder die Hände auf den Rücken gerissen und erneut kreuzweise gefesselt.

Das erste Problem, das es zu bewältigen galt, um fliehen zu können, war, die Fesseln zu lösen. Wenn ihm das gelungen war, musste er sich zu den Pferden schleichen. Auch das würde nicht einfach werden, weil die Soldaten ihr Nachtlager immer um ihn herum aufschlugen, damit er nicht entkommen konnte. Aber nach dem langen Marsch – heute waren es wieder zwölf Stunden gewesen – waren sie vermutlich so erschöpft, dass sie sicher tief schlafen würden. Und die Wache,

---
17 Ein Getreidebrei aus Maismehl, der in Afrika weit verbreitet ist.

die um das Lager patrouillierte, war natürlich auch noch da. Wenn er es bis zu den Pferden schaffte, musste er noch einen Packsattel mit Verpflegung finden und dann mit einem Reit- und einem Packpferd so leise wie möglich verschwinden. – Doch über all das musste er sich keine Gedanken machen, solange er die Fesseln nicht loswurde.

Binnen weniger Minuten wurde es finstere Nacht. Nur das Feuer verbreitete flackerndes Licht, das wilde Schatten um das Lager tanzen ließ. Aus der Ferne klang das tiefe Brüllen eines Löwen herüber, vermischt mit den hohen Todesschreien eines Wildschweins, das wohl soeben von einem Löwen oder Leoparden erlegt wurde. Diese Furcht einflößenden Laute wurden untermalt durch das schrille Zirpen der Grillen.

Die Soldaten saßen zusammen, aßen, rauchten, spielten Karten oder unterhielten sich, bis sich einer nach dem anderen in seine Decke wickelte und einschlief.

Einer der Letzten war Hunebeck. Bevor er sich hinlegte, kam er noch einmal zu Schenck und prüfte seine Fesseln.

„Sie bleiben wieder schön hier in der Nähe des Feuers liegen. Ich gönne Ihnen zwar die Wärme nicht, aber so können wir Sie gut beobachten und haben Sie sicher in unserer Mitte." Er blies in die Glut, um das Feuer weiter anzufachen, warf einige Äste in die auflodernden Flammen und legte sich dann bei den anderen nieder.

Nun waren nur noch zwei Askaris wach. Sie schnappten sich ihre Gewehre und patrouillierten rings um das Lager.

Schenck drehte sich auf die Seite und starrte ins Feuer. Wenn sie ihn doch wenigstens noch etwas in seiner Bibel hätten lesen lassen! Aber diesen Wunsch hatten sie ihm gleich am ersten Abend laut lachend, spottend und lästernd verwehrt. Deshalb war er seiner Mutter heute besonders dankbar, dass sie so viel Wert darauf gelegt hatte, Bibelverse auswendig zu lernen, obwohl er sich als Junge immer dagegen gewehrt hatte.

Seine Mutter. Nie würde er ihr sanftes Antlitz vergessen, auch nicht den Anblick, als sein Vater ihn und seinen großen Bruder in das Schlafzimmer geführt hatte, wo sie sich von ihr verabschieden mussten – für immer. Die ganze Schwere des Verlusts hatte er als Zehnjähriger noch nicht begriffen, aber in den Jahren danach hatte er gemerkt, wie ihm die Mutter fehlte.

Gerade in seiner jetzigen schier ausweglosen Situation kamen ihm immer wieder die Lieblingsverse seiner Mutter aus dem Propheten Jesaja in den Sinn: *Fürchte dich nicht, denn ich habe dich erlöst; ich habe dich bei deinem Namen gerufen, du bist mein. Wenn du durchs Wasser gehst, ich bin bei dir, und durch Ströme, sie werden dich nicht überfluten; wenn du durchs Feuer gehst, wirst du nicht versengt werden und die Flamme wird dich nicht verbrennen.*

Du bist mein. Trotz seiner misslichen Lage gehörte er seinem Gott. Daran würde der Hass von Feldwebel Hunebeck und Fähnrich Hinterstoißer nichts ändern können. *Fürchte dich nicht – du bist mein.*

Er starrte in die Flammen, die langsam wieder kleiner wurden, weil das Holz zu einem breiten Glutteppich zusammensackte. Die Glut erreichte einen Stock, der am Rand des Feuers lag, und entfachte ihn. Er begann an einem Ende zu brennen, doch die Flamme erlosch schon bald wieder, eine kleine Rauchwolke kräuselte sich, dann glühte er nur noch schwach. *Wenn du durchs Feuer gehst –* war das Gottes Versprechen für ihn ganz persönlich, dass Er ihn aus diesem *Feuer der Trübsal* herausbringen wollte, ohne versengt und verbrannt zu werden?

Ein leichter Luftzug fuhr durch das Lagerfeuer und ließ die Glut aufleuchten, ein paar Funken stoben zum Himmel. Auch der Stock, der nur einen Meter von ihm entfernt lag, glühte erneut auf. Dieser Stock – diese Glut ...

Schenck drehte sich auf den Rücken und hob den Kopf, soweit es ihm möglich war. Die Soldaten schienen alle in tiefem Schlaf zu liegen, einige schnarchten laut. Nur die beiden Wächter umkreisten unaufhörlich in immer gleichen Bahnen das Lager, allerdings waren sie so weit entfernt, dass er sie nur als dunkle Schemen vor dem sternenübersäten Himmel wahrnehmen konnte.

Wenn du durchs Feuer gehst – der glühende Stock ... Noch glühte er. Wenn, dann musste er jetzt handeln.

Er warf noch einen Blick zum Kreuz des Südens hinauf, das geheimnisvoll vom Himmel herabfunkelte, dann rollte er sich sachte zur Seite, zum Feuer hin, bis er ganz nahe mit dem Rücken zum Feuer lag. Mit den Fingern seiner gefesselten Hände tastete er hinter sich umher – hier irgendwo musste der glimmende Stock liegen. Er bekam etwas zu fassen – ein brennender Schmerz durchschoss seine Hand. Das musste der Stock sein, aber er hatte offenbar das falsche Ende erwischt. *Herr, hast Du mir nicht versprochen, dass ich nicht versengt werde und dass mich die Flamme nicht verbrennt?*

Er tastete vorsichtig an dem Stock entlang, bis er das Ende, das nicht glühte, zwischen den Fingern hatte. Jetzt musste er ihn nur noch so drehen, dass er das glühende Ende an die Stricke halten konnte. Wenn das nur so einfach wäre! Glitt ihm der Stock einmal aus den Fingern, würde er ihn wahrscheinlich nicht mehr wiederfinden – jedenfalls nicht schnell genug, dass er noch glühte. Immer wieder verbrannte er sich an der Glut, aber das gab ihm wenigstens das gute Gefühl, dass die Glut noch nicht erloschen war.

Seine Handgelenke schmerzten, weil er sie so sehr verdrehte und die Stricke dabei tief ins Fleisch schnitten, seine Unterarme mussten schon mit Brandblasen übersät sein, aber das war ihm gleichgültig. Er war überzeugt, dass Gott selbst ihn auf diesen glimmenden Stock aufmerksam gemacht hatte, also würde Er ihm ganz bestimmt auch weiterhelfen.

Endlich schien es ihm zu gelingen, das glühende Ende des Stocks an seine Fesseln zu bringen. Hoffentlich war die Glut noch stark genug! Da drang ihm ein beißender Geruch in die Nase, der nur von dem schmorenden Strick stammen konnte. Er drehte seine Hände hin und her – dann gab es einen Ruck.

„Mein Gott, ich danke Dir!", murmelte er tonlos.

Er ließ den Stock fallen und streckte so unauffällig wie möglich die Arme – an den Handgelenken hingen noch die Stricke. Dann sah er über die Schläfer hinweg zu der Wache hinüber. Die beiden Askaris hielten bestimmt mehr den Bereich außerhalb des Lagers im Blick, schließlich drohten die Gefahren von dort her und der Gefangene war von Feldwebel Hunebeck selbst gefesselt worden.

Schenck zog die Knie an, sodass er mit seinen Händen die Fußfesseln erreichen konnte. Der Knoten war stramm gebunden und seine Finger steif von der langen Fesselung, dazu hatte er etliche Verbrennungen an den Händen und Unterarmen. Aber auf Schmerzen konnte er keine Rücksicht nehmen. Es gab kein Zurück mehr. Wenn ihm heute die Flucht nicht gelang, würde es keine zweite Chance mehr geben, weil er dann so streng bewacht würde, dass er nicht noch einmal die Möglichkeit für einen weiteren Versuch finden würde. Falls die Meuterer ihn nicht sogar gleich umbrachten und in Mahenge erzählten, er sei im Kampf gefallen.

Doch er bekam den Knoten der Fußfesseln nicht auf. Sollte seine Flucht etwa an diesem primitiven Knoten scheitern? Aber er schaffte es einfach nicht!

Der Stock! Wo hatte er ihn abgelegt?

Er fand ihn neben sich, doch die Glut war inzwischen erloschen. Rasch schob er das Ende des Stocks in das nur noch schwach brennende Lagerfeuer – wertvolle Zeit verstrich. Stand nicht bald schon der erste Wachwechsel an? Er musste jedenfalls vorher entkommen sein, denn bei jedem Wechsel kontrollierte die Wache seine Fesseln und legte frisches Holz aufs Feuer.

Endlich glühte der Stock wieder. Schenck nahm ihn heraus und hielt das glühende Ende an seine Fußfesseln. Wieder der ekelhafte Gestank. Dann war er frei. Er löste die Reste der Stricke von seinen Hand- und Fußgelenken und warf sie neben das Feuer.

Nun kam die nächste Schwierigkeit. Er brauchte ein Pferd, eine Waffe und Verpflegung. Und dann musste er entkommen, ohne dass die Wachen etwas bemerkten, sonst hatte er die Verfolger bereits nach wenigen Augenblicken auf den Fersen.

Er schaute zu den Pferden hinüber, die nicht weit entfernt zusammengebunden waren; die Packtaschen mit Verpflegung lagen daneben. Und um einen Reitsattel würde er sich nicht kümmern, das Satteln würde zu lange dauern.

Wichtiger und schwieriger war es, an eine Waffe zu kommen, denn die *Braut des Soldaten* nahm jeder mit unter seine Decke. Ob er es wagen sollte, einem der Schläfer sein Gewehr zu entwenden? Doch wenn der erwachte, war alles verraten. Aber ohne Waffe fliehen? Dann war die Möglichkeit des Entkommens zwar deutlich besser, aber nicht die Möglichkeit des Durchkommens. Den schwarzen Aufständischen oder Löwen und Leoparden unbewaffnet zu begegnen würde alles andere als ein Vergnügen werden.

Was soll ich tun, Herr?

Ich bin bei dir. Ströme werden dich nicht überfluten. Die Flamme wird dich nicht verbrennen.

Ohne Waffe, Herr?

Ich bin bei dir, schon vergessen?
Gut, Herr, auf Dein Wort.

Ganz langsam, damit keine Bewegung und kein Geräusch ihn verriet, kroch Schenck vom inzwischen weit heruntergebrannten Feuer weg. Trotzdem konnte er nicht vermeiden, dass das Gras leise unter seinen Händen und Knien raschelte. Hoffentlich schliefen die Soldaten wirklich so fest, wie es sich anhörte.

Schlangenartig wand er sich zwischen den Schläfern hindurch. Einen Askari streifte er mit seinem Fuß am Arm – Schenck verharrte reglos und drückte sich so flach wie möglich auf die Erde. Der Askari grunzte etwas, dann drehte er sich auf die andere Seite. Einige Augenblicke später schnarchte er schon wieder in tiefsten Tönen.

Rasch weiter, bevor jemand bemerkte, dass der Gefangene nicht mehr beim Feuer lag. Zwar war das glücklicherweise kaum noch zu erkennen, da das Feuer mittlerweile zur Glut heruntergebrannt war, aber wenn die Wache beim nächsten Wechsel Holz nachlegte, war er verraten. Das durfte erst geschehen, wenn er schon unterwegs war. – Also schnell weiter!

Endlich hatte er die Schläfer hinter sich, nur noch einige Meter trennten ihn von den Pferden. Die Wache war gerade am anderen Ende des Lagers, also konnte er es wagen, einen kleinen Bogen zu schlagen, damit er die Pferde zwischen sich und dem Lager hatte. Bei den Tieren stand er auf. Sie schnaubten leise und stampfen mit den Hufen – hoffentlich verriet ihn das nicht!

„Psst", zischte er leise und legte dem Pferd, das er selbst geritten hatte, eine Hand auf die Nüstern. Er senkte seine Stimme so tief wie möglich, um es zu beruhigen. „Verrate mich nicht, Aristo!"

Tatsächlich wurde sein Pferd wieder ruhig und drückte den Kopf gegen seine Schulter. Es stand ganz still und ließ sich willig das Zaumzeug anlegen.

„Brav, mein Guter", raunte er ihm ins Ohr.

Dann nahm er die Packtaschen und einige Wasserschläuche auf. Während er statt zu einem Packpferd zu Hunebecks Pferd ging, konnte er ein Grinsen nicht unterdrücken. Der Feldwebel würde sicherlich Freudentänze aufführen, wenn nicht nur sein Gefangener, sondern auch sein Pferd verschwunden war!

Schenck lud Hunebecks Pferd die Packtaschen auf und band es

los. Die restlichen drei Pferde würde er ebenfalls losmachen und fortjagen, wenn er davonritt. Während Hunebeck und seine Leute die Pferde einfingen – falls ihnen das überhaupt gelang –, könnte er ganz gemütlich nach Mahenge reiten.

Er machte sich gerade am Knoten des Seils, mit dem eines der anderen Tiere angebunden war, zu schaffen, als Aristo aufwieherte.

„He! Was soll das!?", zischte er. „Bist du etwa neidisch, weil ich mich um die anderen Pferde kümmere?"

Da vernahm Schenck die Stimmen der beiden Wachsoldaten, dann war das Rauschen des hohen Grases zu hören. Natürlich, es war ihre Pflicht, nachzusehen, ob etwas bei den Pferden nicht stimmte. Es blieb ihm nur noch eins: schnellste Flucht.

Er warf sich auf Aristos Rücken, ergriff das Halfter von Hunebecks Pferd und schlug mit der flachen Hand auf Aristos Kruppe. „Los, jetzt geht's um unser Leben!"

Aristo machte einen Satz nach vorn, dann galoppierte er los und zog das Pferd mit den Packtaschen mit.

„Kamsa!", brüllte ein Askari hinter ihm – das Suaheli-Wort für *Alarm* hatte er während ihres Marsches schon oft genug gehört.

Er beugte sich tief über den Hals seines Pferdes, denn jeden Augenblick mussten die ersten Schüsse krachen – und da ging es auch schon los.

„Lauf, Aristo!"

Aber selbst wenn er der Reichweite der Gewehre entkam – seine Verfolger hatten noch drei Pferde und würden alles daransetzen, ihn noch in dieser Nacht einzufangen. Und er hatte nicht einmal eine Waffe, sondern nur so großen Hunger, dass sein Magen schmerzte.

Kapitel 46

Mühsam öffnete Franzi die Augen. Immer das gleiche schwarze Gesicht an ihrem notdürftigen Lager. Oder war es doch ein anderes? Im matten Schein des Hindenburglichts[18], das die kleine Hütte kaum zu erleuchten vermochte, sahen alle Afrikaner gleich aus.

Der Kampf mit dem Krokodil musste schon mehrere Tage her sein, und noch immer wusste sie nichts von Julie. Die meiste Zeit hatte sie selbst in Ohnmacht oder Fieberträumen verbracht, und wenn sie in den wenigen wachen Augenblicken versucht hatte, von dem Askari, der neben ihrem Lager wachte, etwas über ihre Freundin zu erfahren, dann hatte er kein Wort Deutsch verstanden.

Sie versuchte sich etwas aufzurichten, aber da schoss ein furchtbarer Schmerz durch ihren rechten Arm von den Fingerspitzen bis zur Schulter. Sie erinnerte sich, den Schmerz schon öfter verspürt zu haben und dass ihr jemand gesagt hatte, das Krokodil habe sie am Arm verletzt. Mit einem Wehlaut sank sie zurück.

Der Askari beugte sich über sie. „Wach!" Er grinste sie breit an.

Franzi lächelte zurück, besonders darüber erfreut, ein deutsches Wort zu hören. „Wo bin ich hier? Und was ist mit meiner Freundin?"

Der Schwarze zuckte mit den Schultern und ließ dann einen Suaheli-Wortschwall auf sie niederprasseln, von dem sie kein Wort verstand.

Sie schloss die Augen. Gab es denn niemanden hier, der Deutsch sprach? Was war denn mit Unteroffizier Kapischke? Hatte er die Flucht über den Ulanga nicht mehr geschafft?

„Krank." Der Askari wies mit dem Finger auf sie, dann deutete er auf ihren Arm. „Kaputt."

„Julie? Was ist mit Julie? Meiner Freundin?"

Er deutete wieder auf ihren Arm. „Mamba. Kaputt."

Das merkte sie, dass das Krokodil sie am Arm verletzt hatte. Und als sie an sich hinabsah, gewahrte sie, dass ihr Oberarm notdürftig

---

18 Notbeleuchtung in Kriegszeiten, bestehend aus einer mit Talg gefüllten Pappschale.

verbunden und mit einem Stock geschient worden war. Offenbar hatte sich etwas in dem verletzten Arm entzündet – deshalb wohl das Fieber und die Ohnmacht.

Wahrscheinlich begriff der Askari nicht, wen sie mit ihrer Freundin meinte. „Kapischke – wo ist Unteroffizier Kapischke?"

Das schien ihm etwas zu sagen. Er richtete den Zeigefinger auf seine Brust. „Kapischke – peng."

„Der Unteroffizier ist tot?"

„Ja. Kufa." Der Schwarze nickte eifrig.

„Wo bin ich hier?" Als sie seinen verständnislosen Blick sah, deutete sie mit der linken Hand auf die Hütte. „Hier – Mahenge?"

„Mahenge – nein." Er stampfte auf den Boden. „Ifakara." Dabei strahlten seine Augen – es schien ihn riesig zu freuen, dass er sie verstand.

„Ifakara? Wir sind immer noch in Ifakara? Warum ziehen wir nicht weiter nach Mahenge?"

Er legte den Kopf schief. „Mahenge ... Msaada." Er machte mit den Fingern die Bewegung des Laufens.

„Kommt Hilfe aus Mahenge?", half sie nach.

„Ja!" Er strahlte. „Msaada – Hilfe." Er tippte in rascher Folge mit den Fingern auf sein Knie. „Tididit-da-tidit."

„Es wurde telegrafiert? Eine Depesche?"

„Ja. Kapischke." Er ahmte wieder das Telegrafieren nach. „Dann kufa."

Franzi atmete tief durch. Offenbar hatte Kapischke noch kurz vor seinem Tod von Mahenge Hilfe angefordert, weil die Überlebenden des Detachements zu wenige waren, um sich allein dorthin durchzuschlagen. Vielleicht lag es auch daran, dass sie Rücksicht auf sie nehmen mussten, weil ihr Zustand einen Weitertransport unmöglich machte. Aber was war mit Julie? Der Askari musste es doch wissen!

Sie wies mit dem Finger auf sich. „Franzi."

Er lachte und deutete eine Verbeugung an. „Jumanne."

„Julie." Sie fasste mit der Hand nach ihrem langen Haar. „Schwarz. Meine Freundin."

Er nickte und wies wieder auf ihren rechten Arm. „Kaputt. Mamba."

„Ja, das Krokodil hat meinen Arm kaputt gemacht. Aber was hat Mamba mit Julie gemacht?"

„Mamba – Julie – kaputt."

Franzi starrte ihn an. „Julie ist tot? Kufa?"

Er schüttelte den Kopf, aber sein Gesichtsausdruck zeigte diesmal kein bisschen Freude darüber, dass er sie verstanden hatte. Stattdessen nahm er ihren gesunden Arm und zog vorsichtig daran. „Kaputt." Er klopfte mit der Kante seiner Hand gegen ihren Oberarm. „Kaputt."

„Ihr Arm? Julie ist auch am Arm verletzt?" Erleichterung machte sich in ihr breit. Immerhin schien ihre Freundin überlebt zu haben.

Jumanne nickte. „Mamba." Er machte mit beiden Armen das auf- und zuklappende Maul des Krokodils nach. Dann schnappte er nach ihrem Arm.

Sie hatte das Gefühl, als würde sie von einem schwarzen Sog erfasst. „Was ist mit Julies Arm?" Wenn er sie doch bloß verstehen würde!

„Arm." Er wies auf seinen Oberarm. „Kaputt." Dann richtete er sich auf und warf sich in die Brust. „Jumanne – Msaada. Msaada Ulanga."

„Du hast Julie geholfen? Du hast sie aus dem Fluss gezogen?"

Er lachte und zeigte seine weißen Zähne. „Ja."

„Ich muss zu ihr. Ich muss sie sehen und erfahren, wie es ihr geht." Sie richtete sich mithilfe ihres linken Arms auf. Die armselige Hütte mit dem Strohdach drehte sich um sie und sie kam nicht von der Bambusmatte hoch. Sie streckte ihm ihre Hand entgegen. „Hilf mir. Msaada."

Er schüttelte den Kopf und drückte sie zurück auf die Matte. „Krank."

„Ich muss zu Julie! Sofort!" Sie nahm ihre ganze Kraft zusammen und schrie: „Lass mich zu ihr!"

Der Askari lief zum Eingang der Hütte und schlug die Decke zurück. Draußen war es stockfinster. „Daktari!", rief er. Dann kehrte er an ihr Lager zurück und hockte sich neben sie. „Daktari."

Kurz darauf betrat ein Sanitäter die Hütte.

Erleichtert bemerkte sie, dass es sich um einen Deutschen handelte.

Er deutete eine Verbeugung an. „Poll, Sanitätsunteroffizier Poll. – Komtesse ..."

„Was ist mit meiner Freundin? Bitte! Sagen Sie es mir!"

Der Sanitäter warf dem Askari einen Blick zu. Der legte den Zeigefinger auf die Lippen und schüttelte den Kopf.

„Ihre Freundin ist gerettet. Seien Sie froh, dass es hier in Ifakara einen notdürftigen Verbandsplatz gibt."

„Aber was ist mit ihr? Sie verschweigen mir doch etwas!"

„Sie ist sehr schwach. Aber sie wird sich erholen."

Irgendetwas stimmte hier nicht. War Julie vielleicht tot und sie wollten es ihr wegen ihres Zustands noch nicht sagen? „Bringen Sie mich zu ihr – sofort!" Sie richtete sich wieder auf, auch wenn ihr Arm wie Feuer brannte.

„Komtesse, Sie sind selbst noch zu schwach. Sie hatten fast eine Woche Wundfieber, wir haben um Ihr Leben gefürchtet."

„Ich muss zu Julie!" Sie wehrte sich gegen Polls Hand, die sie auf die Matte drücken wollte. „Lassen Sie mich zu ihr, ich flehe Sie an!"

„Ihre Freundin ist in besten Händen. Und bald wird Hilfe kommen, der Gouverneur sollte bereits eine Depesche erhalten haben, in der ihm unsere missliche Lage und die Verletzung seiner Nichte mitgeteilt wurden."

„Trotzdem, ich muss sie sehen." Sie musste sich selbst überzeugen, dass ihre Freundin noch lebte ... und dass sie wieder gesund würde. Schließlich war es ihre Schuld, dass das Krokodil sie erwischt hatte. Wäre sie einfach am Ufer geblieben und hätte die Askaris auf das Krokodil schießen lassen, wäre Julie nicht gegen sie geprallt und von dem Untier erwischt worden. Lag es daran, dass sie nicht gebetet hatte? „Bringen Sie mich zu ihr!"

„Das kann ich nicht verantworten."

„Lassen Sie mich zu ihr!", schrie sie. Ihr kullerten Tränen über die Wangen. „Lassen Sie mich endlich zu ihr!"

Der Sanitäter winkte den Askari heran und sagte etwas auf Suaheli zu ihm, dann verließ er die Hütte.

„Was ist denn nun? Kann ich jetzt endlich zu Julie?" Franzi versuchte sich erneut aufzurichten, doch als sie sich mit dem gesunden linken Arm hochdrücken wollte, gab dieser unter ihr nach – sie war einfach zu schwach, um es allein zu schaffen. Ächzend streckte sie sich wieder auf der Matte aus.

Der Askari lächelte sie an. „Krank – schlafen."

„Ich will nicht schlafen, ich will zu meiner Freundin!"
Da kam Poll wieder zurück, in der Hand hielt er eine Spritze. „Sie sollten wirklich noch etwas schlafen, Komtesse, es ist ohnehin mitten in der Nacht. Das wird Ihnen guttun."
„Nein!"
Sie wehrte sich mit aller Macht gegen die Hände des Askaris, der sie festhielt. Doch mit ihren Kräften war es nicht weit her. Mühelos drückte Jumanne ihren gesunden Arm auf die Matte und der Sanitäter jagte ihr eine Nadel in die Ader. Schon nach wenigen Sekunden merkte sie, dass ihre Lider schwer wurden, dann fielen sie zu. Aber in ihren Träumen sah sie immer noch Julie, die im Rachen eines riesigen Krokodils verschwand.

* * *

Seit vier Stunden war er bereits auf der Flucht, und noch immer war es ihm nicht gelungen, seine Verfolger abzuschütteln. Es war wirklich zu ärgerlich, dass er so früh entdeckt worden war. Wenn seine Flucht nicht so früh bemerkt worden wäre oder er es wenigstens geschafft hätte, die übrigen Pferde fortzujagen, hätte ihm das Licht des Mondes geholfen, auf seinem schnellen Pferd rasch aus der Reichweite der Meuterer zu entkommen.

So aber hatten sie sich, begünstigt durch die helle Nacht, mit ihren verbliebenen drei Pferden hartnäckig an seine Fersen geheftet. Offenbar war auch ihnen bewusst, dass sie als Meuterer geliefert waren, wenn es ihm gelang, vor ihnen in Mahenge einzutreffen und den dortigen Kommandanten Hauptmann von Hassel für sich einzunehmen. Deshalb mussten sie ihn fangen, obwohl es eine große Gefahr für sie war, den kleinen Trupp aufzuteilen.

Schenck beugte sich tiefer über Aristos Hals. Er musste ihnen entwischen, egal wie. Wenn sie ihn fingen, würden sie ihn nicht länger mit sich schleppen, sondern kurzen Prozess mit ihm machen – und in Mahenge würde die Wahrheit nie bekannt werden.

Er warf einen Blick über die Schulter zurück. Die drei Verfolger waren im Licht des Halbmondes immer noch deutlich zu erkennen, wenn sie auch zum Glück nicht näher kamen. Er durfte die Verfolgung einfach nicht länger dulden. Selbst wenn sie ihn nicht fingen, würde diese wilde Jagd seine beiden Pferde so schwächen, dass er niemals lebend in Mahenge ankäme.

Es galt eine Stelle zu finden, wo seine Verfolger ihn für einige Augenblicke nicht sehen konnten, dann rasch vom Weg abzubiegen und einen Bogen zu reiten, ohne dass seine Verfolger es bemerkten. Nur durfte der Umweg nicht so groß sein, dass sie vor ihm in Mahenge eintrafen. Aber wenn ihnen bewusst wurde, dass er sie abgeschüttelt hatte, würden sie sicherlich zu den anderen Soldaten zurückkehren und mit ihnen gemeinsam nach Mahenge ziehen. Das Risiko, mit nur drei Reitern bis nach Mahenge zu reiten, war einfach zu groß, wenn sie keine Chance hatten, ihn noch zu erreichen.

Das erinnerte ihn daran, wie groß das Risiko war, das er selbst einging. Er hatte nicht einmal eine Waffe, geschweige denn zwei Begleiter. Die Gefahr, den Aufständischen in die Hände zu fallen oder von wilden Tieren angegriffen zu werden, war ungeheuer groß. Irgendwann musste er ja schlafen und seinen Pferden Ruhe gönnen – und er hatte niemanden, der währenddessen Wache halten konnte.

Aber das war immer noch besser, als von Hunebeck und seinen Leuten wieder gefangen und aufgeknüpft zu werden.

Er ritt einen Hügel hinauf. Von hier oben hatte er einen guten Überblick über das Gelände vor ihm. Unten lag ein mit hohem Steppengras bewachsenes Tal. Der Weg führte hindurch und direkt gegenüber wieder einen Hügel hinauf.

Wenn er im Tal den Weg verließ und zwischen dem hohen Steppengras verschwand, bevor seine Verfolger diese Stelle erreichten und ins Tal hinabschauen konnten, hatte er die Möglichkeit, sie abzuschütteln. Sofern sie nicht an der Schneise, die er im Steppengras hinterlassen würde, merkten, dass er abgebogen war. Aber im unsicheren Mondlicht und bei der Schnelle des Ritts würde ihnen das hoffentlich nicht auffallen oder sie würden vielleicht glauben, eine Elefantenherde oder ein Löwenrudel sei hindurchgezogen. Solche Schneisen im Gras gab es schließlich häufig.

Er drückte Aristo die Fersen in die Seite und zog das Packpferd am Halfter mit. In gestrecktem Galopp ging es den Hügel hinunter. In der Talsohle bog er ab, mitten in das hohe Steppengras hinein. Natürlich war die Gefahr hier noch größer, auf wilde Tiere zu treffen, aber er wollte auf seinen Gott vertrauen, der ihm zugesagt hatte, ihn zu bewahren, wenn es durch Wasser und Feuer – und sicherlich auch durch Steppengras – ging.

„Los, Aristo, lauf, so schnell du kannst!", raunte er dem Pferd zu. „Wenn der Plan aufgeht, wirst du dich bald ausruhen können."

Aristo schien zu verstehen. Er schlackerte mit den Ohren und bahnte sich einen Weg durch das hohe Gras.

Schenck jagte immer weiter, bis er von dem Hügel aus, den er eben verlassen hatte, nicht mehr gesehen werden konnte. Dann atmete er tief durch und zügelte sein Pferd. Entweder ging sein Plan auf und die Verfolger ritten in der Talsohle geradeaus weiter – oder sie merkten seinen Kniff und würden bald wieder hinter ihm her sein.

Aber er brauchte dringend eine Pause, ebenso wie die Pferde. Sein Hals war so trocken, als habe er tagelang nichts getrunken.

Als er auch nach einer Viertelstunde noch nichts von Hunebeck und seinen Leuten hörte und sah, war er sicher, dass sie an ihm vorbeigeritten waren. „Danke, mein Gott."

Schenck ritt wieder los, diesmal langsamer, und bahnte sich weiter seinen Weg durch das hohe Gras – bis er plötzlich auf eine breite Fährte stieß, die sich mitten durch das Gelände zog. Eine Elefantenherde?

Vorsichtig sah er sich um und folgte mit seinem Blick der Schneise durch das fast mannshohe Gras. Im Schritt lenkte er Aristo auf die Spur – und hielt das Pferd schon nach wenigen Metern an. Dort vorn lag ein Pfeil. – Nein, das war keine Elefantenherde, das waren Aufständische! Hier war offenbar erst vor kurzer Zeit eine große Schar Aufständischer hindurchgezogen, denn das Gras hatte sich noch nicht wieder aufgerichtet.

Seine Faust krampfte sich um die Zügel. Er konnte unmöglich im Galopp weiterreiten, sonst würde er wahrscheinlich schon in einer Viertelstunde mit den Schwarzen zusammenstoßen. Und deren Spur führte geradewegs in die Richtung, in der Mahenge lag – sollte etwa auch diese wichtige Boma überfallen werden? Dann musste er nicht nur vor seinen Verfolgern, sondern auch vor den Aufständischen Mahenge erreichen und dabei einen noch größeren Bogen reiten als geplant, damit er ihnen nicht in die Hände fiel. Das war eine vertrackte Situation!

* * *

Die evangelisch-lutherische Kirche in Daressalam verkündete mit dumpfem Schlag die siebte Morgenstunde. Graf Götzen fuhr mit dem Zeigefinger über die Generalstabskarte des Schutzgebietes, die auf einem Tisch in seinem Büro ausgebreitet war. Seit fast einer Woche gab es nur spärliche Nachrichten aus dem Aufstandsgebiet, weil die Neger wieder einmal die Telegrafenleitungen zerstört hatten. Aus dem Küstengebiet kamen noch Nachrichten durch, aber von den wichtigen Stützpunkten in Liwale und Mahenge waren die letzten Informationen schon eine Woche alt.

Er starrte auf die bunten Pfeile und Würfel, die auf der Karte lagen und die verschiedenen Einheiten der Schutztruppe und deren Marschrichtungen markierten. Das Detachement Schenck hatte die letzte Nachricht aus Liwale geschickt – die Boma war zerstört worden. Dieser Schenck musste ein höchst unfähiger Offizier sein, dem es nicht einmal gelang, eine Boma zu sichern. Schon dem Siedler Hopfer hatte er nicht rechtzeitig Hilfe gebracht, sondern sich stattdessen bei Mingumbi in ein Gefecht verwickeln lassen. Ganz abgesehen davon, dass er seine Nichte und deren Freundin vom Schiff hatte entkommen lassen.

Es klopfte, und auf sein „Herein" trat sein Adjutant, Leutnant Kaspercit, ein.

„Exzellenz, die Telegrafenleitung nach Mahenge ist repariert worden." Er wedelte mit einem Packen Depeschen.

Götzen hatte sich lange nicht mehr so gefreut, den holperigen Ostpreußen-Dialekt seines Adjutanten zu hören. „Na endlich! Was ist mit dem Instandsetzungstrupp los, dass die Störung eine Woche dauern konnte?"

„Angeblich war die Leitung an mehreren Stellen zerstört. Der Instandsetzungstrupp musste die Stellen zuerst suchen und war dabei ständig den Angriffen der Aufständischen ausgesetzt."

„Muss trotzdem schneller gehen", brummte Götzen. „Und jetzt kommen Sie zur Karte und markieren Sie die aktuelle Lage. – Irgendetwas von besonderer Wichtigkeit dabei?"

„Nachdem die Neger bei Liwale erfolgreich waren, scheinen sie nun entschlossen zu sein, auch gegen Mahenge vorzugehen. Der Kommandant, Hauptmann von Hassel, will entsprechende Aktivitäten beobachtet haben."

„Mahenge." Götzen hämmerte mit der Faust auf den Kartentisch. „Es wäre höchst fatal, wenn die wichtigste Boma fallen würde. – Sonst noch etwas?"

„Ihre Nichte ist gefunden worden." Kaspereit reichte ihm ein Blatt.

„Was?" Götzen riss ihm die Depesche aus der Hand. *Komtessen wohlbehalten in Ifakara – stopp – Rückführung sobald möglich – stopp – Gezeichnet Hollerbach.*

Er starrte auf die Karte. Ifakara. Was um alles in der Welt führte die beiden Mädchen 400 Kilometer weit in den Süden? Bei Hollerbach sollten sie zwar einigermaßen in Sicherheit sein, aber Ifakara lag mitten im Aufstandsgebiet!

Waren die beiden übergeschnappt? Oder steckte da auch dieser Leutnant von Schenck hinter? Hatte er sie absichtlich vom Schiff entkommen lassen, weil er Interesse an einer von ihnen hatte? Schließlich hatte er bereits den Befehl, sie auf das Schiff zu bringen, nicht ausführen wollen. Und hatte er sie anschließend auch noch dazu verleitet, in den Süden zu ziehen, weil er selbst Daressalam gen Süden verlassen musste?

Götzen ballte die Faust. Mit diesem Schenck hatte er noch eine Rechnung offen. „Wir müssen einen Weg finden, meine Nichte dort herauszuholen."

„Mit Verlaub, Exzellenz, den Depeschen nach zu urteilen, ist die Lage im Süden überaus ernst. Wollen Sie nicht zuerst ...?" Er wies mit dem Stapel Depeschen auf den Kartentisch.

„Es geht um meine Nichte und ihre Freundin, Kaspereit. Ich kann sie doch nicht einfach ihrem Schicksal überlassen!"

„Und das Schutzgebiet? Es geht um dessen Existenz! Wollen Sie wirklich Kräfte, die anderswo dringend benötigt werden, abziehen, um zwei aufmüpfige Mädchen zu retten?"

Götzen hob den Kopf und sah dem Adjutanten ins Gesicht. „Was fällt Ihnen ein! Sie sprechen von meiner Nichte! Ich werde alles daran setzen, sie zu retten." Vor allem, nachdem er sie so rüde behandelt und mit Gewalt auf das Schiff hatte bringen lassen.

„Auch auf Kosten des Schutzgebietes, Exzellenz?"

„Es wird wohl möglich sein, beides miteinander zu verbinden. Machen Sie eine Depesche an Oberleutnant von Hollerbach fertig:

Er soll mit den Damen nach Mahenge ziehen und die dortige Besatzung verstärken."

Der Adjutant machte ein Gesicht, als wollte er noch einmal widersprechen, doch da klopfte es erneut und ein Askari stürmte herein.

„Es ist noch eine Depesche liegen geblieben."

Götzen nahm das Blatt entgegen und wollte es gerade an Kaspereit weiterreichen, als sein Blick auf den Text fiel. *Komtesse Götzen schwer verletzt – stopp – Lebensgefahr – stopp – Ifakara eingeschlossen – stopp – steht kurz vor Eroberung – gez. Uffz. Kapischke.*

Er knüllte das Papier mit lautem Rascheln zusammen. Julie in Lebensgefahr, irgendwo in der Wildnis, nahe einem Ort, der gerade von den Negern erobert wurde, ohne eine Möglichkeit, einen sicheren Platz zu erreichen. – Er würde Himmel und Erde in Bewegung setzen, um seine Nichte zu retten, mochte die Lage im Schutzgebiet noch so schlimm sein.

Und dieser Schenck musste sofort aus dem Verkehr gezogen werden. Er war an allem schuld. Er hatte die Mädchen vom Schiff entkommen lassen, obwohl er mit seinem Kopf dafür haftete, dass sie nach Deutschland gebracht wurden. Stattdessen befanden sie sich in Ifakara in höchster Gefahr. Dieser unfähige Trottel!

„Kaspereit: Depesche an alle Stützpunkte: Wo Leutnant von Schenck mit seinem Detachement auftaucht, sofort des Kommandos entheben und verhaften. Und kabeln Sie nach Mahenge: Sofort Stoßtrupp bereit machen, die Komtessen aus Ifakara befreien und zusammen mit den verbliebenen Männern des Detachements Hollerbach nach Mahenge bringen. – Los, laufen Sie schon! Und keine Widerrede!"

Der Leutnant wiederholte den Befehl, drückte ihm dabei den Stapel mit den noch ungelesenen Depeschen in die Hand und hastete davon.

Götzen ging zum Schreibtisch und blätterte die Nachrichten durch. Die Lage im Schutzgebiet war wirklich schlimm. Aber das war alles nichts dagegen, dass Julie in Lebensgefahr schwebte. Am liebsten wäre er sofort selbst aufgebrochen, um sie zu retten.

Kapitel 47

Als Franzi erwachte, fiel ihr sofort wieder ihre Freundin ein. Sie hatte keine Ahnung, wie lange der Sanitäter sie mit Spritzen ruhiggestellt hatte, damit sie nicht weiter nach ihr fragte. Immer, wenn sie gerade aufgewacht war, hatte der Askari, der an ihrem Lager Wache hielt, nach dem *Daktari* gerufen, der sie sofort wieder in einen Dämmerzustand versetzt hatte.

Deshalb öffnete sie ihre Augen diesmal nur ganz wenig und blinzelte durch die Wimpern. Wieder verbreitete nur das einsame Hindenburglicht, das in der Nähe ihrer Matte stand, sein trübes Licht, sodass sie erkennen konnte, dass immer noch ein Askari neben ihr hockte.

Sie rührte sich nicht, sondern bewegte nur die Augen, um den Mann nicht darauf aufmerksam zu machen, dass sie wach war. Doch der schwarze Soldat hatte den Kopf an einen Kanister mit Wasser gelehnt und schlief.

Franzi schob die Decke, mit der sie zugedeckt war, zur Seite und richtete sich vorsichtig auf. Zwar knisterten die Bambusröhren der Matte leise, aber der Askari schien so fest zu schlafen, dass er sich nicht einmal regte. Sie stützte sich auf ihren gesunden Arm und biss die Zähne zusammen, weil ihr anderer Oberarm wie Feuer brannte. Die Wunde schien wirklich schlimm zu sein, dass sie immer noch so schmerzte, obwohl seit dem Angriff des Krokodils doch schon eine lange Zeit vergangen war.

Trotzdem wollte sie unbedingt zu Julie. Sie musste sich davon überzeugen, dass sie noch lebte und dass es ihr gut ging. Wenigstens einigermaßen gut ging.

Sie richtete sich auf die Knie auf und ging in die Hocke. Dann stand sie langsam auf, wobei sie sich mit der gesunden Hand an der lehmbeworfenen Wand der Hütte abstützte. Der kleine Raum begann sich um sie herum zu drehen, das Hindenburglicht machte lustige Sprünge. Sie senkte den Kopf und presste die Lippen aufeinander, bis sich ihr Kreislauf so weit beruhigt hatte, dass sie stehen konnte, ohne sich an der Wand festhalten zu müssen.

Der Askari schnarchte gleichmäßig – seinen Tönen nach zu urteilen würde er nicht so schnell aufwachen.

Franzi pirschte sich an ihm vorbei zum Eingang der Hütte. Kühle Nachtluft schlug ihr entgegen – und am Himmel hing das Kreuz des Südens. Sie erstarrte, wollte wegsehen, die Augen schließen – aber wie gebannt hing ihr Blick an diesem Kreuz.

Wie wäre ihr Leben verlaufen, wenn sie sich nicht von Gott abgewandt hätte? Dann wäre sie jetzt noch gesund, in Sicherheit und nicht irgendwo in der afrikanischen Wildnis. Aber dann wäre sie auch in einem strengen Internat – oder vielleicht sogar schon wieder der Anstalt verwiesen worden – und sie hätte das auch noch ohne ihre beste Freundin durchstehen müssen.

Dennoch fand sie keine Ruhe. Julies Schicksal lag wie die Masse des Kilimandscharos auf ihrer Seele. Hätte sie das alles verhindern können? Wenn sie, statt sich in die Fluten des Ulanga zu stürzen, um Julie zu retten, gebetet hätte – wäre ihre Freundin dann dem Krokodil entkommen? Die Askaris waren ja bereit gewesen, die Bestie zu erschießen, nur war sie ihnen in die Schusslinie gelaufen.

Doch jetzt musste sie erst einmal feststellen, wie es Julie ging. Vielleicht machte sie sich völlig umsonst Sorgen. Obwohl die blutige Spur, die Julie im Ulanga hinterlassen hatte, auf etwas anderes hindeutete.

Mit unsicheren Schritten ging sie von der Hütte fort. Es gab noch ein paar weitere Hütten auf dieser Seite des Ulanga – von dem Dorf auf der anderen Flussseite war trotz des klaren Nachthimmels nichts zu sehen. Wahrscheinlich hatten die Aufständischen es vollständig niedergebrannt.

Irgendwo zwischen den Hütten erklangen gleichmäßige Schritte – wahrscheinlich eine Wache. Sie sollte sich besser nicht erwischen lassen, sonst würde der Sanitäter sie sofort wieder ruhigstellen.

In welcher Hütte mochte sich Julie befinden? Sie würde einfach in eine Hütte nach der anderen hineinschauen und hoffen, sie irgendwo anzutreffen. Falls sie nicht schon längst einen Ruheplatz in der afrikanischen Erde gefunden hatte …

Aus der ersten Hütte, der sie sich näherte, drang durchdringendes Schnarchen, und zwar in verschiedensten Tonlagen. Hier schlief wahrscheinlich der klägliche Rest von Oberleutnant von Hollerbachs Detachement. Dort würde man ihre Freundin bestimmt nicht untergebracht haben.

Mit taumelnden Schritten machte sie sich auf den Weg zur nächsten Hütte. Die wenigen Meter strengten sie so an, dass sie fürchtete, unterwegs zusammenzubrechen. Als sie die Hütte endlich erreichte, lehnte sie sich an die Außenwand und atmete tief durch. Die kühle Nachtluft in ihren Lungen tat gut.

In dieser Hütte war es still. Sie schob den Vorhang, der vor dem Eingang hing, ein wenig zur Seite. Auch hier brannte ein einsames Hindenburglicht, und auf einer Matte lag eine Gestalt. Ein wachsweißes Gesicht wurde von tiefschwarzem Haar umgeben.

„Julie!" – Sie lebte noch!

Rasch schlug Franzi den Vorhang ganz zur Seite, eilte stolpernd hinein und sank vor dem Lager ihrer Freundin auf die Knie. Sonderbarerweise war sie allein. Wieso wachte niemand an ihrem Lager, obwohl es Julie offensichtlich noch schlechter ging als ihr selbst?

Franzi fasste nach Julies linker Hand, die auf der dünnen Decke lag, mit der sie zugedeckt war. „Julie! Kannst du mich hören?"

Ihre Freundin drehte den Kopf zu ihr, ihre nachtschwarzen Augen waren weit aufgerissen. „Schmerzen!", wisperte Julie. Sie presste die Zähne aufeinander, dass ihre Wangenmuskeln hervortraten, konnte das Stöhnen aber nicht unterdrücken.

Mit Tränen in den Augen hockte Franzi da und brachte keinen Ton heraus. Julies Zustand war wirklich entsetzlich. Sie war abgemagert, und das stete Stöhnen schnitt Franzi ins Herz.

„Wasser!", hauchte Julie. „Bitte, Wasser!"

Franzi schaute sich in der Hütte um, aber es stand nur ein leeres Trinkgefäß neben der Matte; sie würde draußen nach frischem Wasser suchen müssen. Sie beugte sich über ihre Freundin und wollte auch ihre andere Hand ergreifen, um sie zu beruhigen – doch wo war sie?

Behutsam tastete Franzi auf der Decke an Julies Bauch entlang. Irgendwo neben oder auf ihrem Körper musste doch ihr anderer Arm liegen! Aber da war nichts, nur die grobe Decke. Sie fasste vorsichtig nach der Schulter ihrer Freundin – da schrie Julie markerschütternd auf, ein Schrei, fast so schlimm wie der, als das Krokodil sie erwischt hatte.

Fast im gleichen Augenblick wurde der Vorhang zurückgerissen.

„Was ist hier los? Was tun Sie da?" Der Sanitätsunteroffizier stellte einen Wassereimer ab und zerrte Franzi von dem Lager weg.

„Meine Freundin! Sie haben ihr ..."

„Ruhe!" Poll fasste sie um die Taille, zog sie hoch, und schob sie aus der Hütte. „Sie haben hier nichts verloren!", flüsterte er draußen aufgebracht. „Wir kämpfen um ihr Leben, und Sie platzen einfach hinein und gefährden alle Bemühungen!"

Franzi liefen Tränen über die Wangen. „Ihr fehlt ein Arm!"

„Ja, bloß weiß sie es noch nicht. Ich tue alles, um das Leben Ihrer Freundin zu retten. Aber wer weiß, welche Keime Sie jetzt zu ihr hineingeschleppt haben!" Er wandte sich um und brüllte: „Jumanne!"

Aus der Hütte, in der sie gelegen hatte, stürmte der Askari herbei. Als er sie sah, blieb er abrupt stehen und rieb sich die Augen.

Franzi starrte zum Himmel hinauf, wo das Kreuz des Südens in unveränderter Schönheit funkelte, als wäre es Gott vollkommen egal, dass ihre Freundin einen Arm verloren hatte.

„Ich hasse dich, Gott!", schrie sie zum Himmel hinauf.

Da packte Jumanne sie am Arm und zerrte sie zurück in ihre Hütte.

Kapitel 48

Nach fast vier Tagen in der Wildnis fiel Schenck ein Stein vom Herzen, als er das massive Balkentor der Boma Mahenge erreichte. Er hielt dem Postenführer sein Soldbuch[19] hin. „Ich muss augenblicklich zum Kommandanten Hauptmann von Hassel."

Wilde Tiere und marodierende Horden Aufständischer, denen er immer wieder hatte ausweichen müssen, waren gefährlicher gewesen als seine Verfolger, die er offenbar wirklich hatte abschütteln können. Zumindest war er ziemlich sicher, vor seinem Detachement die Boma erreicht zu haben, denn zu Fuß würden sie die Strecke von ihrem Lagerort bis hierher nicht in weniger als vier Tagen geschafft haben – selbst mit Gewaltmärschen nicht.

Der Postenführer legte die Fingerspitzen an die Schläfe. „Der Herr Hauptmann ist im Augenblick sehr beschäftigt, wird aber nachher sicher Ihren Bericht hören wollen."

„Ich muss sofort zu ihm."

Der Unteroffizier musterte ihn von oben bis unten.

„Ich weiß, ich sehe abgerissen und arg mitgenommen aus. Aber da draußen ist es gerade ziemlich ungemütlich. Eben deshalb muss ich ja so dringend zum Kommandanten." Schenck wandte sich dem größten Gebäude innerhalb der Palisaden zu. „Ich vermute, dass dort die Kommandantur ist?"

„Ich muss Sie zuerst anmelden. Der Herr Hauptmann liebt es nicht ..."

Er durfte keine Zeit verlieren, sondern musste dem Kommandanten schnellstens berichten, was geschehen war, bevor Hunebeck und Hinterstoißer kamen und ihre verdrehte Version der Ereignisse erzählten. „Worauf warten Sie dann noch? Los, melden Sie mich an."

„Aber es ist gerade ein Spähtrupp ..."

Schenck richtete sich so hoch wie möglich auf. „Name?"

„Friebe, Unteroffizier Friebe."

„So. Ich gebe Ihnen hiermit den dienstlichen Befehl, mich sofort

---

19 Das Soldbuch diente den Soldaten als Ausweisdokument.

beim Kommandanten dieser Boma zu melden, verstanden, Unteroffizier Friebe?"

Der Postenführer riss die Knochen zusammen. „Zu Befehl, Herr Leutnant."

Während Schenck dem Unteroffizier folgte, atmete er tief durch. Es bestand zwar noch die Möglichkeit, dass die Reiter seines Detachements oder einige von ihnen sich vom Haupttrupp getrennt hatten und ihm zuvorgekommen waren. Aber sie hatten hoffentlich die Gefahren gescheut, die er in den letzten Tagen hautnah erlebt, aber, Gott sei Dank, auch überlebt hatte.

Die Boma bestand nur aus wenigen Gebäuden, die im Karree gebaut und von hohen Palisaden umgeben waren. Diese mickrige Station war also der wichtigste Stützpunkt im Süden des Schutzgebietes. Er hatte sie sich größer vorgestellt und fragte sich unwillkürlich, wie sie gegen Horden fanatischer Schwarzer verteidigt werden sollte.

Friebe führte ihn wie vermutet ins größte Gebäude. Schenck war froh, aus der brütenden Sonne herauszukommen, aber im Gebäude stand die Hitze und trieb ihm den Schweiß fast noch mehr aus den Poren.

Hinter einer Tür war eine laute Stimme zu hören. „Wann, schätzen Sie, können die Neger hier sein?"

„In drei, vielleicht vier Tagen", antwortete eine andere Stimme. „Es sind verschiedene Gruppen, die sich von unterschiedlichen Seiten nähern. Ihr gemeinsames Ziel scheint aber Mahenge zu sein."

„Geschätzte Stärke?"

„Alle zusammen etwa 5 000. Eher mehr als weniger."

Der Unteroffizier wies mit dem Kopf auf die Tür. „Wollen Sie dort wirklich stören?"

„Ich muss."

Friebe räusperte sich, nahm den Tropenhelm ab und kratzte sich am Kopf. „Also ... Ich weiß nicht ... Wenn ich ... Wenn Sie ..."

„Sie trauen sich nicht? – Dann melde ich mich eben selbst an." Schenck klopfte an, wartete auf das „Herein", das mehr geknurrt als gerufen wurde, und trat in den Raum; Friebe folgte in sicherem Abstand.

Das Büro des Kommandanten war spartanisch ausgestattet. Ein Schreibtisch, aus rohem Holz gezimmert, ein wackeliger Stuhl, ebenfalls Marke Eigenbau, und ein Metallschrank mit schweren Vorhängeschlössern – das war die gesamte Einrichtung. Abgesehen natürlich von dem Bildnis Kaiser Wilhelms II.

Hauptmann von Hassel, ein hagerer Mann Mitte dreißig, drehte sich zur Tür um. „Wer sind denn Sie? Ich hoffe, Sie haben einen triftigen Grund, mich in der Lagebesprechung zu stören." Er wies auf einen Gefreiten, der in verdreckter Uniform vor dem Schreibtisch stand.

Schenck nahm Haltung an. „Herr Hauptmann, Leutnant von Schenck …"

„Schenck?" Hassel funkelte ihn durch seine winzigen Brillengläser an. „Sie sind Leutnant von Schenck?"

„Zu Befehl, Herr Hauptmann."

Hassel legte ihm die Hände auf die Schultern. „Das ist fantastisch, Sie kommen gerade zur richtigen Stunde. Ich habe Sie und Ihre Männer herbeigesehnt."

Schenck spürte sein Herz schneller klopfen. „Herr Hauptmann, Sie müssen verzeihen, ich komme ohne meine Männer."

„Wie habe ich das zu verstehen?" Hassel nahm die Hände von seinen Schultern. „Es wurde gekabelt, dass Leutnant von Schenck mit einem Detachement unterwegs sei. In der derzeitigen Lage eine mehr als willkommene Verstärkung."

„Sie wissen von meiner Ankunft?" Nachdem sie Liwale verlassen hatten, hatte es doch keine Möglichkeit mehr gegeben, ihr Ziel und ihren Standort zu melden. Oder sollten Hunebeck und seine Männer nach seiner Flucht an einer Telegrafenstation vorbeigekommen sein? Dann könnten sie ihm mit einer Depesche doch noch zuvorgekommen sein. Allerdings konnte Hunebeck in einer kurzen Drahtnachricht kaum seine ganze Geschichte erzählen. Was war hier also los?

„Genaue Angaben enthielt die Depesche natürlich nicht." Im Gesicht des Hauptmanns ließ sich nicht der Anflug eines Lächelns sehen. „Wo haben Sie denn Ihre Männer gelassen?"

Spielte Hassel nur mit ihm oder wusste er doch noch nicht, was vorgefallen war? „Sie haben gemeutert. Ich wollte an die Küste zurückkehren, um neue Munition und Verpflegung aufzunehmen sowie nicht zuletzt die Versorgung der Verwundeten sicherzustellen. Meine Männer, allen voran Feldwebel Hunebeck, wollten jedoch hierher nach Mahenge ziehen, weil sie sich hier sicherer glaubten als an der Küste. Als ich meine Befehle erteilte, nahmen sie mich gefangen."

„So? Wie kommt es dann, dass Sie hier sind? Und wo sind Ihre Männer jetzt?"

Schenck lief der Schweiß am ganzen Körper hinunter – und das war nicht nur eine Folge der Hitze. „Ich bin den Meuterern vor knapp vier Tagen entkommen. Vermutlich werden sie in Kürze ebenfalls hier eintreffen."

„Hoffentlich rechtzeitig, bevor uns die Neger einschließen."

„Ich verlange, dass sie bestraft werden, Herr Hauptmann."

„Wie viele Soldaten waren es noch, als Sie sie verlassen haben?"

„21 einsatzfähige Männer und sechs Verwundete, Herr Hauptmann."

„Ich brauche hier jeden Mann. Ich kann es mir nicht erlauben, so viele Männer in Arrest zu nehmen."

„Aber es sind Meuterer!" Schenck traute seinen Ohren nicht. „Wie wollen Sie mit Männern, die Befehle verweigern, eine Schlacht gewinnen?"

„Das lassen Sie nur meine Sorge sein." Jetzt zeigte sich ein Lächeln auf dem Gesicht des Hauptmanns. „Aber auf Sie kann ich verzichten."

„Bitte was?" War die Depesche, von der Hassel sprach, etwa wirklich von Hunebeck gewesen?

„Sie haben mich richtig verstanden. Auf Ihre Dienste kann ich verzichten. – Unteroffizier, verhaften Sie diesen Mann!"

Der Postenführer bekam große Augen. „Verhaften?"

Auch dem verstaubten Gefreiten blieb der Mund offen stehen. „Verhaften?", echote er.

„Sind denn alle taub hier?", schnauzte Hassel. „Ja, Unteroffizier, Sie sollen den Kerl verhaften!"

Schenck rückte an seinem Helm. „Entschuldigung, Herr Hauptmann, dürfte ich wohl den Grund erfahren?" Hier ging doch etwas nicht mit rechten Dingen zu.

„Den werden Sie selbst am besten wissen." Hassel trat an seinen Schreibtisch und wühlte in einem Berg von Papieren. „Hier!" Er zog ein Schreiben heraus. „Befehl von Seiner Exzellenz Major Graf von

Götzen an alle Stützpunkte im Schutzgebiet: Leutnant von Schenck ist, wenn er sich irgendwo blicken lässt, umgehend festzunehmen."

Schenck verstand die Welt nicht mehr. Was hatte Götzen gegen ihn, dass er ihn plötzlich verhaften ließ? Oder hatte Hunebeck etwa die Nachricht über seine *Untaten* gar nicht hierher nach Mahenge, sondern gleich nach Daressalam gekabelt? Aber würde Götzen darauf hereinfallen und ihn allein deswegen verhaften lassen? Für so naiv hielt er den Gouverneur eigentlich nicht.

„Los, abführen!", donnerte Hauptmann von Hassel.

Unteroffizier Friebe trat neben Schenck. „Kommen Sie gutwillig mit."

Der Kommandant drehte sich um, breitete eine Karte auf seinem Schreibtisch aus und wandte sich wieder an den Gefreiten. „Und nun zeigen Sie mir bitte die genauen Standorte der feindlichen Horden."

Schenck sah ein, dass es keinen Sinn hatte, sich zu wehren oder Einspruch zu erheben, und ließ sich von dem Unteroffizier aus dem Raum führen.

„Können Sie mir sagen, was das soll? Ich habe keine Ahnung, was der Grund für die Depesche des Gouverneurs sein könnte."

Friebe zuckte mit den Schultern. „Woher soll ich das wissen? Wird sich aber sicherlich bald aufklären."

Das war ein mehr als schwacher Trost.

* * *

„Danken Sie Gott, dass Sie Ihren Ausflug zu Ihrer Freundin vorgestern so gut überstanden haben." Der Sanitäter nahm Franzis Hand und fühlte ihren Puls. „Ihr Leichtsinn hätte zu einem schlimmen Rückfall führen können."

Sie zog die Augenbrauen in die Höhe und lächelte ihn an. „Sie wollen mir nur Angst machen. So schlimm war meine Verwundung doch gar nicht."

„Schlimmer als Sie meinen." Poll notierte ihren Puls in seinem Krankenblatt. „Ein offener Bruch des rechten Oberarms, eine Operation unter diesen Bedingungen, noch dazu ohne einen erfahrenen Chirurgen, die Infektion, das Wundfieber – Sie sollten Gott wirklich danken, dass Sie noch leben."

Gott. Immer wieder Gott. Und ausgerechnet dem sollte sie danken? Dem, der nicht verhindert hatte, dass Julie ihren Arm verlor? Im Leben nicht!

„Ihnen und Ihrer Freundin geht es aber inzwischen so gut, dass ich Sie zu ihr lassen darf. Aber nur eine halbe Stunde."

Das wurde auch Zeit. „Weiß sie inzwischen …?"

„… dass sie nur noch einen Arm hat?" Der Sanitäter schüttelte den Kopf. „Sie war fast die ganze Zeit ohne Bewusstsein, sodass sie es noch nicht bemerkt hat. Und wenn sie wach war, war ihr Zustand zu schlecht, als dass sie diese Nachricht verkraftet hätte. Außerdem glaube ich, dass es am besten wäre, wenn Sie es ihr …"

„Ich?" Franzi klappte die Kinnlade herunter. „Aber Sie sind doch der Mediziner …"

„Vergessen Sie nicht, dass ich kein Arzt bin. Ich habe in den letzten Tagen zahllose Operationen durchgeführt, die ich eigentlich gar nicht vornehmen kann und darf. Und ich habe erst recht keine psychologische Ausbildung."

„Glauben Sie etwa, ich hätte das?"

„Sie sind ihre Freundin. Sie werden gewiss die richtigen Worte finden. Und sie sollte es besser in schonenden Worten erfahren, bevor sie es selbst bemerkt."

Er machte es sich ziemlich leicht. Aber vielleicht hatte er auch recht. „Gab es keinen anderen Weg, als ihr den Arm zu amputieren?"

Der Sanitäter schüttelte den Kopf. „Das haben wir gar nicht getan. Das Krokodil hatte das bereits erledigt. Es ist ein Wunder, dass die Komtesse nicht verblutet ist. – Und nun kommen Sie." Er half ihr auf. „Gehen Sie langsam, Sie sind noch nicht sicher auf den Beinen. Und die Hitze wird Ihnen ebenfalls zusetzen."

Als sie in den hellen Sonnenschein hinaustrat, musste sie geblendet die Augen schließen. „Wie soll es mit uns weitergehen? Wenn es meiner Freundin und mir besser geht, wäre es doch an der Zeit, dass wir uns nach Mahenge durchschlagen."

Er nahm ihren gesunden Arm und führte sie langsam zu Julies Hütte hinüber. „Ich bin sicher, dass der Gouverneur auf Kapischkes Depesche hin ein Detachement zu Ihrer Rettung schickt. Solange müssen wir warten. Es ist sinnlos, es selbst, nur mit einer Handvoll Askaris und Trägern, zu versuchen."

Dann blieb nur zu hoffen, dass Götzen die Depesche auch wirklich erhalten hatte. Denn die Telegrafenleitungen wurden doch bestimmt immer wieder von den Aufständischen zerstört. Oder in dem Chaos des Aufstands konnte auch leicht eine Nachricht verloren gehen.

Poll schlug die Decke am Eingang von Julies Hütte zurück. „Ich lasse Sie mit ihr allein", flüsterte er.

In der Dämmerung der Hütte konnte Franzi zunächst nichts erkennen, bis sie endlich die Gestalt ihrer Freundin schemenhaft auf der Matte liegen sah.

„Franzi, endlich ..." Julie schluckte schwer. „Endlich kommst du."

Ihre Stimme war immer noch erschreckend schwach und ihr Gesicht erschien ihr noch hagerer als vor zwei Tagen. „Ich konnte nicht eher kommen – man hat mich nicht zu dir gelassen."

„Bitte sage mir endlich, wie es um mich steht. Ich habe den Sanitäter und die Askaris schon gefragt, aber die Schwarzen geben immer vor, mich nicht zu verstehen, und der Sanitäter vertröstet mich auf später."

Franzi hockte sich neben sie und starrte auf die Stelle der Decke, wo eigentlich Julies rechter Arm liegen sollte. Offenbar hatte ihre Freundin wirklich noch nicht bemerkt, was geschehen war. Wie sollte sie ihr diese schreckliche Wahrheit bloß sagen?

„Ich kann mich noch an das Krokodil erinnern. Es hat nach mir geschnappt – danach weiß ich nichts mehr. Aber mein Arm – er tut schrecklich weh!"

„Dein Arm?" Franzi stockte der Atem. „Welcher Arm?"

„Der rechte." Julie verzog das Gesicht. „Dieser Schmerz macht mich wahnsinnig. Es ist, als sei mein Arm verdreht, aber ich kann ihn einfach nicht in eine bequeme Position bringen."

Franzi schloss die Augen. Der rechte Arm. Der fehlende Arm. Phantomschmerz – davon hatte sie während der kurzen Zeit im Neuen Lazarett in Daressalam schon mal etwas gehört. Jetzt wunderte es sie nicht mehr, dass Julie das Fehlen noch nicht bemerkt hatte. Wie sollte sie darauf kommen, wenn sie Schmerzen im Arm hatte? „Julie, dein Arm ... Das Krokodil ..."

„Sage schon, was ist mit ihm?" Sie tastete mit ihrer linken Hand nach der Stelle, wo ihr anderer Arm sein sollte. „Ich kann ihn mit der gesunden Hand einfach nicht erreichen."

Franzi deckte beide Hände über die Augen und kämpfte gegen das Schluchzen an, das in ihrem Hals aufstieg. Trotz aller Mühe drangen Tränen zwischen ihren Fingern hervor, kullerten ihren Handrücken hinunter und tropften auf Julies Decke.

„Franzi? Du weinst?" Julie griff mit der linken Hand nach ihren Händen.

„Ach, Julie." Sie ließ sich die Hände vom Gesicht ziehen, sodass die Tränen ungehindert über ihre Wangen strömen. „Es wird nichts mehr sein, wie es einmal war." Sie wandte den Blick ab, sie konnte den angstvollen Ausdruck in Julies schwarzen Augen einfach nicht mehr ertragen.

„Ich – ich werde doch keine bleibenden Schäden zurückbehalten? Sondern wieder ganz gesund werden?" Julies Stimme zitterte.

Franzi schüttelte den Kopf. Sie brachte kein Wort hervor, um ihre Kehle schien eine Schlinge zu liegen, die sich immer fester zuzog.

„Ist es mein Arm? Wird er steif bleiben? Werde ich ihn nie wieder bewegen können?"

„Er ist ...", krächzte Franzi. „Er ist ..."

Plötzlich schien Julie eine Ahnung zu kommen. „Er ist ..." Ihre Augen wurden übernatürlich groß. „... weg?"

Franzi presste die Augenlider so fest zu, wie es nur möglich war, und nickte schwach. Sie konnte den Schmerz in Julies Augen einfach nicht ansehen.

Für ihre Freundin musste gerade eine Welt zusammenbrechen. Einen Arm zu verlieren war für jeden eine Katastrophe, aber für ein Mädchen in ihrem Alter gab es, abgesehen vom Tod, kaum etwas Schlimmeres. Ein Leben lang verstümmelt zu sein ...

Doch Julie schrie nicht. Nur ihr Atem ging schwer, keuchend.

Langsam öffnete Franzi wieder die Augen.

Julie weinte auch nicht. Sie lag einfach still da, auf ihrem Gesicht ein Ausdruck des riesigen Schreckens.

„Ein Krüppel", wisperte sie. „Oh Franzi, warum?"

Wenn sie darauf eine Antwort hätte!

„Wenn Doktor Langenburg hier gewesen wäre, wäre das bestimmt nicht passiert."

„Wie kommst du plötzlich auf Doktor Quasi? Der Sanitäter hat getan, was er konnte ..."

„Doktor Langenburg hätte während der Operation gebetet."

Gebetet. Jetzt fing Julie auch schon davon an. Aber sie brachte es nicht fertig, ihr zu sagen, dass auch Doktor Langenburgs Gebete nichts genützt hätten, da das Krokodil ihr schon den Arm abgerissen hatte. Doch Franzi fragte sich immer noch, ob nicht alles anders ausgegangen wäre, wenn sie am Ufer des Ulanga gebetet hätte. War das jetzt die Strafe dafür, dass sie sich von Gott abgewandt hatte? Aber warum musste dann nicht sie selbst, sondern ihre Freundin so leiden?

Julie schloss die Augen, trotzdem spiegelte ihr Gesicht die unterschiedlichsten Empfindungen von Angst über Schmerz bis Verzweiflung wider. Anscheinend durchlebte sie den Kampf mit dem Krokodil noch einmal. Dabei biss sie die Zähne aufeinander, ballte die Faust.

Plötzlich riss Julie die Augen auf. „Franzi, ist das Gottes Rache für unser rebellisches Leben?"

Hatte sie sich das Gleiche nicht auch gerade gefragt? Aber sie würde jetzt nicht klein beigeben. Es durfte einfach nicht sein, dass ihr Vater recht hatte. „Ich glaube, Gott hat damit gar nichts zu tun. Wenn er so gut wäre, wie immer gesagt wird, hätte er dir bestimmt nicht deinen Arm genommen."

„Du meinst, es sei einfach ein Zufall gewesen?"

Konnte all das, was sie erlebt hatten, zufällig passiert sein? Das verwechselte Schiff in Hamburg – war das eine letzte Warnung Gottes gewesen? Der gläubige Arzt, der ihnen an Bord geholfen hatte – eine Ansprache Gottes? Graf Götzens Ablehnung, sie aufzunehmen – Gottes letztes Rettungsmittel für sie, ehe sie in ihr Verderben rannten? Der fromme Leutnant von Schenck, der versucht hatte, ihnen die Rückreise so leicht wie möglich zu machen – Gottes Art, sie aufzurütteln? Und wieder der gläubige Arzt im Lazarett von Daressalam – der wirklich allerletzte Hinweis Gottes, bevor er sie ihren selbst gewählten Weg gehen ließ? Und dann immer wieder das Kreuz des Südens am Himmel – Gottes Fingerzeig, an wen sie sich wenden sollten?

„Es ist zu viel geschehen, als dass es alles Zufälle sein könnten, nicht wahr?" Julie fasste nach Franzis Hand.

„Das ist doch Unsinn!" Es durfte einfach nicht wahr sein!

„Franzi, du bist doch in einem Haus aufgewachsen, wo der christliche Glaube wichtig war, wo gebetet wurde." Julie schloss die Augen erneut für einen Moment, ehe sie ihren Blick flehentlich auf Franzi richtete. „Du musst für mich beten. Ich habe das Gefühl, den Verstand zu verlieren. Dieses Krokodil – jedes Mal, wenn ich einschlafe, durchlebe ich den Kampf neu. Diese Schmerzen in meinem Arm, der – der gar nicht mehr da ist … Franzi! Bitte! Bete für mich!" Jetzt traten Tränen in ihre Augen.

Franzi konnte sich denken, wie hoffnungslos Julie ihre Lage einschätzte, wenn sie schon darum bat, für sie zu beten. Aber beten? Ausgerechnet sie? Und zu dem Gott, der das nicht verhindert hatte? „Ich kann nicht beten, Julie."

„Ich weiß, dass du mit Gott nichts zu tun haben willst – aber ich brauche ihn jetzt! Ich will das alles überstehen, ohne verrückt zu werden! Und wenn ich sterben müsste – Franzi, ich habe Angst!"

Was war nur aus ihrer mutigen, fast schon verwegenen Freundin geworden? Aber es war kein Wunder. Sie selbst wurde ja auch immer noch von der Erinnerung an das Krokodil verfolgt. Und sie war im Gegensatz zu Julie nur von dem Schwanz getroffen worden, hatte noch all ihre Gliedmaßen …

Trotzdem konnte sie nicht beten. Sie hatte dieses Abenteuer ohne Gott begonnen, sie würde es auch ohne Gott zu Ende bringen.

„Franzi", wimmerte Julie, „ich halte es nicht aus! Diese Schmerzen! Und wenn ich schlafe und die Schmerzen aufhören, kommt das Krokodil erneut und schnappt nach mir! Und was passiert mit mir, wenn ich doch noch sterbe? Du musst es doch wissen! Was passiert dann mit mir?"

Ihr Vater hätte gesagt: *Wenn du Jesus deine Sünden nicht bekannt und dich nicht von Ihm hast retten lassen, kommst du in die Hölle.* Aber das war ja ein Ammenmärchen. Jedenfalls hoffte sie das.

„Willst du dich wirklich an diesen Gott wenden, der an dem allen hier schuld ist?" Franzi schüttelte den Kopf. Sie jedenfalls nicht!

„Sind wir nicht selbst schuld? Wenn ich mich jetzt nicht an Gott wende, was macht er dann als Nächstes mit mir? Noch lebe ich Franzi – und ich will nicht sterben!" Sie bäumte sich auf und schrie: „Ich will nicht sterben!"

Der Schrei ging Franzi durch und durch. Und plötzlich wünschte sie sich Leutnant von Schenck herbei. Er war zwar anstrengend gewesen mit seinem Gerechtigkeitsfimmel und seiner belehrenden Art, aber er hatte immerhin nicht so gnadenlos mit dem Schwert seiner unumstößlichen Wahrheit zugeschlagen wie ihr Vater.

Auch Doktor Langenburg kam ihr in den Sinn. Aber merkwürdigerweise konnte sie sich viel besser vorstellen, dass Leutnant von Schenck ihr in dieser Sache helfen könnte.

Da wurde die Decke am Eingang der Hütte zurückgerissen und der Sanitäter stürmte herein. „Komtesse, bitte verhalten Sie sich absolut still. Es ist erneut ein Trupp Aufständischer gesichtet worden. Wenn wir Glück haben, zieht er in eine andere Richtung weiter, aber wir dürfen die Aufständischen keinesfalls auf uns aufmerksam machen."

Franzi sprang auf und krallte sich an den Arm des Sanitäters. „Glauben Sie ... Meinen Sie ...?"

„Auch die Aufständischen wissen, dass hier in Ifakara noch Reste deutscher Truppen liegen. Aber ich weiß nicht, ob wir das Ziel sind. Doch irgendwann, früher oder später ..."

Franzi warf einen Blick zu Julie hinüber – in ihrem Gesicht stand panische Angst. „Es geht ihr doch gerade etwas besser. Wäre es nicht am sichersten, nach Mahenge zu fliehen?"

„Nein, das ist unmöglich. Wir sind zu schwach und zu schlecht ausgerüstet, und wir haben zu viele Schwerverletzte, die kaum transportfähig sind – inklusive Ihrer Freundin." Er senkte seine Stimme zum Flüstern herab. „Aber hierzubleiben, wenn die Negerhorden kommen, ist noch unmöglicher." Er machte mit der Hand eine Schnittbewegung quer über seinen Hals.

Franzi taumelte zurück. Falls die Schwarzen angriffen, hatten sie also nur die Wahl zwischen einem grausamen Tod und einer waghalsigen Flucht – die für ihre Freundin ebenfalls tödlich enden konnte. Drohte Gott damit bereits seinen nächsten Schlag an?

Kapitel 49

„Herr Jesus, ich habe keine Ahnung, was Du mit mir vorhast." Nach einem Tag im Arrest wusste Schenck immer noch nicht, warum er überhaupt hier war.

Er starrte auf die zerlesenen Seiten seiner Bibel, die auf seinem Schoß lag. Seitdem Franziska von Wedell ihm über den Weg gelaufen war, stand sein Leben buchstäblich auf dem Kopf. War denn seine ganze Neigung für dieses Mädchen grundverkehrt? Oder warum warf Gott ihm einen Stein nach dem anderen in den Weg?

Schenck lehnte den Kopf nach hinten gegen die kühle Steinwand der Zelle. Hatte er nicht so deutlich die Eutychus-Botschaft vernommen? Er hatte sie nicht mehr davor beschützen können, aus dem Fenster zu fallen, aber sollte er sie dann ins Verderben laufen lassen, ohne sich um sie zu kümmern? Der Graf und seine Mutter hatten ihn sogar noch darum gebeten.

War das alles verkehrt gewesen? Nur deshalb hatte er sich doch nach Deutsch-Ostafrika versetzen lassen. Aber ihre einzige Begegnung hier im Schutzgebiet hatte darin bestanden, dass er sie mit Gewalt auf das Schiff hatte zurückbringen müssen, weshalb Franziska ihn nun erst recht hasste. Während sie heim ins Reich dampfte und er keinerlei Grund mehr hatte, in Deutsch-Ostafrika zu bleiben, wurde er in diesen mörderischen Aufstand verwickelt. Seine militärischen Unternehmungen gingen eine nach der anderen schief – und nun war er sogar noch im Bau gelandet und wusste nicht einmal, warum.

„Herr, was soll das alles? Was willst Du mir sagen? Was habe ich falsch gemacht? Kannst Du mich nicht mehr gebrauchen?"

Wieder einmal schlug er Apostelgeschichte 20 auf und entzifferte im diffusen Licht zum vermutlich hundertsten Mal, seit er im Spritzenhaus von Wölfelsgrund gesessen hatte, was Paulus getan hatte, als Eutychus aus dem Fenster gefallen war, aus der Gemeinschaft der Christen hinaus in die finstere Welt: *Paulus aber ging hinab und fiel auf ihn, umfasste ihn ...*

Paulus hatte ihn nicht vom dritten Stock herab gerettet. Er war auf die Straße hinabgegangen, dorthin, wo sich Eutychus befand.

Genau deshalb war er doch nach Deutsch-Ostafrika gegangen – dorthin, wohin Franziska gegangen war. Hatte er Gott denn vollkommen falsch verstanden?

Oder war mit der gewaltsamen Fortführung der Mädchen auf das Schiff sein Auftrag erfüllt? War es nur das, was Gott von ihm gewollt hatte? Aber dazu hätte Er auch jeden anderen Offizier benutzen können. Dann stellte sich vielmehr die Frage, ob er überhaupt hierher nach Deutsch-Ostafrika hatte kommen sollen.

Ein Schlüssel rasselte im Schloss seiner Zellentür, dann ging sie kreischend auf und ein Askari winkte ihn heran.

„Njoo!"

Schenck schob seine Bibel in die Brusttasche und stand auf. Immerhin tat sich etwas. Vielleicht war Hassel endlich bereit, ihm zu erklären, warum er eingelocht worden war. Oder kam jetzt Gottes Antwort auf seine Fragen?

Als er das Gebäude verließ, traf ihn die Hitze wie ein Schlag und er musste geblendet die Augen schließen. Der Askari packte seinen Arm, führte ihn zur Kommandantur hinüber und meldete ihn auf Suaheli bei Hauptmann von Hassel.

Der Kommandant winkte den Schwarzen hinaus, dann stand er hinter seinem wackeligen Schreibtisch auf. „Schenck, ich habe einen Auftrag für Sie."

Schenck stand stramm, sagte aber nichts.

„Es gibt noch eine weitere Depesche aus Daressalam, nur hatte ich bisher nicht genug Männer, um den Befehl ausführen zu können; ich brauche sie alle, um die Boma gegen die Scharen Aufständischer, die mir gemeldet worden sind, zu sichern. – Doch nun sind *Sie* ja da." Hassel grinste. „Bei Ifakara, auf der diesseitigen Seite des Ulanga, stecken die Reste des Detachements Hollerbach fest. Sie werden sie dort herausholen."

„Soll das eine Möglichkeit zur Rehabilitation sein?"

„Nennen Sie es, wie Sie wollen. Ich brauche hier schlichtweg jeden Mann. Doch außer Ihnen befinden sich drei weitere Soldaten in Arrest – mit denen werden Sie das Detachement Hollerbach retten."

„Mit drei Mann?" Das war keine Chance zur Rehabilitation, das war ein Himmelfahrtskommando! So wollte man sich also des störenden Offiziers und der anderen Soldaten, die aus irgendeinem

Grund in Ungnade gefallen waren, entledigen. Das war natürlich viel bequemer, als ihnen einen gerechten Prozess zu machen. Man schickte sie einfach in einen Kampf, der garantiert tödlich ausgehen würde, und das Problem war gelöst.

„Sie haben recht gehört. Drei Mann. Mehr kann ich nicht entbehren. Sie ziehen nach Ifakara, übernehmen den Befehl über den dortigen Trupp und kehren mit ihm nach Mahenge zurück – idealerweise bevor die Aufständischen Mahenge erreichen."

„Das Unternehmen ist undurchführbar."

„Für einen Soldaten der Schutztruppe existiert das Wort *undurchführbar* nicht." Hassel trat vor ihn hin und tippte mit dem Zeigefinger auf seine Brust. „In Ifakara befinden sich zudem zwei Damen, mindestens eine der beiden ist schwer verletzt. Graf Götzen legt Wert darauf, dass sie gerettet werden. Wenn es Ihnen gelingt, die beiden sicher hierher zu bringen, wird der Gouverneur bestimmt nicht mehr so streng mit Ihnen verfahren."

Zwei Damen. Er musste an die Frau und die Tochter des Siedlers Hopfer denken. Bestimmt gehörten die beiden Damen in Ifakara auch zu einem deutschen Siedler, hatten vermutlich Vater, Mann oder Bruder verloren, waren bei einem Angriff der Aufständischen selbst verletzt worden und hatten nichts mehr als ihr bisschen Leben. Es durfte ihnen nicht genauso ergehen wie den Hopfer-Frauen. Er musste sie retten.

„Herr Hauptmann, lassen Sie uns offen reden. So, wie Sie das Unternehmen befehlen, ist es ein reines Himmelfahrtskommando. Die Möglichkeit, dass es gelingt, ist außerordentlich gering. Das mag in Bezug auf mich und die anderen arretierten Soldaten eine geeignete Vorgehensweise sein, aber damit ist den beiden Damen und den Überlebenden des Detachements Hollerbach nicht geholfen. Und Sie können dem Gouverneur nicht den erfolgreichen Vollzug seines Befehls melden. Geben Sie mir zehn Mann und einen Arzt mit, dann bin ich in einer Stunde auf dem Weg nach Ifakara."

Hassel blinzelte durch seine winzigen Brillengläser. „Zugegeben, das Unternehmen ist gefährlich. Aber nicht undurchführbar. Und Sie wollen doch beweisen, dass Sie ein fähiger Offizier sind – ein fähiger Offizier wird auch mit drei Mann Erfolg haben."

„Ich will die Damen retten! Was Sie dem Gouverneur gegenüber als Ihren Erfolg verbuchen können. Aber das kann ich nur, wenn Sie mir die Möglichkeit dazu geben!"

„Also gut, Schenck, Sie wollen offen reden? Dann lassen Sie uns das tun. Wenn ich Ihnen zehn Mann mitgäbe, würde ich damit die Verteidigung von Mahenge derart schwächen, dass die Boma möglicherweise nicht zu halten ist. Das kann ich nicht riskieren. Hätten Sie wenigstens Ihr Detachement mitgebracht ..."

„Aber ich soll doch zurückkehren, bevor die Aufständischen heran sind – dann haben Sie Ihre zehn Mann wieder. Und noch dazu die verbliebenen Männer des Detachements Hollerbach."

„Das werden Sie mir jedoch schwerlich garantieren können. Vielleicht kommen die Neger schon heute – vielleicht erst übermorgen. Dieses Pack ist unberechenbar. Oder Sie haben unterwegs sogar Verluste und bringen mir nicht einmal alle Männer zurück, die ich Ihnen mitgebe. Aber wenn die Negerhorden angreifen, benötige ich hier jeden Mann, der ein Gewehr halten kann."

Schenck ging einige Schritte in dem Büro auf und ab, dann blieb er wieder vor Hassel stehen. „Zwei weitere Männer. Und einen Arzt."

Der Hauptmann atmete tief durch. „Unter anderen Umständen würde ich sagen: Schenck, Sie gefallen mir. – Gut, die zwei Mann sollen Sie haben. Aber keinen Arzt. Ich bin froh, dass ich durch Zufall überhaupt einen richtigen Arzt hier habe. Doktor Langenburg ist vor wenigen Tagen eigens hierher ins Aufstandsgebiet gekommen, um Verwundeten zu helfen, obwohl er eigentlich eine Missionsstation am Tanganjikasee aufbauen wollte. Wenn der Kampf hier losgeht, benötige ich ihn viel dringender als Sie."

„Und die Damen, Herr Hauptmann? Wenn sie schwer verletzt sind, brauchen sie dringend medizinische Betreuung, vor allem, wenn sie im Eilmarsch hierher transportiert werden sollen."

„Hätte ich einen zweiten Arzt, sollten Sie ihn haben. Da aber Doktor Langenburg der einzige ist und ich darüber hinaus nur einen Veterinär hier habe, kann ich ihn nicht entbehren. Wir sind eben nicht auf einen Krieg vorbereitet gewesen. Vergessen Sie Ihre Lehrbücher, die Sie daheim auf der Offiziersschule studiert haben. In Afrika ist alles anders."

Schenck atmete tief durch. Das Himmelfahrtskommando mochte

ein Stück weit Schikane sein. Aber Hassel hatte offenbar wirklich nicht die Möglichkeit, ihm mehr Kräfte zur Verfügung zu stellen, ohne Mahenge zu gefährden. Und wenn Mahenge in die Hand der Aufständischen fiel, war der Süden des Schutzgebietes so gut wie verloren.

„Gut." Schenck riss die Knochen zusammen. „Ich werde den Befehl ausführen. Mit Gottes Hilfe."

„Lassen Sie sich Munition und Verpflegung für zwei Tage geben, sechs Pferde und ein Packpferd. Sollte die Boma bei ihrer Rückkehr bereits geschlossen sein, lautet die Parole *Königgrätz*. Abmarsch."

„Zu Befehl, Herr Hauptmann."

Eine knappe Stunde später verließ Schenck mit fünf Askaris die Boma Mahenge. Sie hatten gerade die Palisaden hinter sich, als sich ein anderer Trupp der Boma näherte. Drei Reiter und eine größere Anzahl Fußtruppen. – Feldwebel Hunebeck und Fähnrich Hinterstoißer mit ihren Männern.

Sie hatten sich also auch endlich bis Mahenge durchgeschlagen. Was Hunebeck gleich Hauptmann von Hassel erzählen würde, konnte Schenck sich denken. Er sollte also unbedingt seinen Befehl erfolgreich ausführen, sonst würde er, falls es ihm gelang, lebend nach Mahenge zurückzukehren, sofort wieder ins Café Viereck[20] gesteckt. Und davon hatte er schon nach einem Tag genug.

„Los, Männer! Galopp!"

* * *

Am nächsten Tag ging Franzi wieder zu ihrer Freundin. Als sie eintrat, kniete der Sanitäter an Julies Lager.

„So liegen Sie doch still, Komtesse!", sagte er mit tiefer Stimme.

Doch Julie warf sich hin und her, stöhnte dabei zum Steinerweichen und stieß immer wieder unartikulierte Schreie aus.

„Was ist mit ihr?" Franzi ging neben dem Sanitäter in die Hocke.

„Das Fieber ist so hoch gestiegen, dass sie fantasiert."

„Aber wie ist das möglich? Gestern ging es ihr doch ganz passabel!" Franzi griff nach Julies Hand, doch ihre Freundin riss sie fort und schlug mit dem Arm um sich.

---

20 Soldatenjargon für den „Bau", die Arrestzelle.

„Die Wunde hat sich wieder entzündet." Poll hielt den Arm fest. „Bitte helfen Sie mir, dass ich ihr eine Spritze geben kann."

Franzi hielt den Arm ihrer Freundin fest und der Sanitäter stach die Nadel in die Vene.

„Wird sie durchkommen?" Franzi starrte in Julies schweißnasses Gesicht.

Er drückte das Serum in Julies Vene. „Ich tue mein Möglichstes. Aber ich bin kein Arzt. Und erst recht kein Wunderheiler."

„Könnte sie denn in Mahenge besser versorgt werden? Dort gibt es doch bestimmt einen Arzt."

„Ich weiß nicht, ob in Mahenge zurzeit ein Arzt ist. Aber ihre Überlebenschance wäre dort jedenfalls deutlich höher als hier, schon allein, weil mir bald die Medikamente und das Verbandsmaterial ausgehen. – Allerdings habe ich große Bedenken, ob sie den Transport überleben würde."

Franzi sah zu, wie der Sanitäter die Nadel wieder aus Julies Arm zog. „Es muss doch eine Möglichkeit geben, sie nach Mahenge zu bringen, ohne dass ihr Leben dadurch gefährdet wird."

„Glauben Sie mir, Komtesse, ich zerbreche mir schon, solange wir hier festsitzen, den Kopf darüber. Aber es gibt keine Möglichkeit. Soll ich sie unter der Obhut der wenigen einsatzfähigen Soldaten nach Mahenge schicken und den Rest des Trupps hier schutzlos seinem Schicksal überlassen? Und ich? Soll ich mitgehen, um Ihre Freundin unterwegs zu versorgen? Dann bleiben die Verwundeten hier ohne Versorgung zurück. Bleibe ich hier – ich kann Komtesse Götzen doch unmöglich ohne medizinische Versorgung losschicken!"

Sie packte seinen Arm und schüttelte ihn, dass ihm die Spritze aus der Hand fiel. „Ich flehe Sie an: Bringen Sie uns hier weg! Meine Freundin stirbt, wenn Sie nichts tun!"

„Komtesse, ich habe Ihnen doch gerade erklärt ..."

„Dann nehmen Sie doch alle mit nach Mahenge, auch alle Verwundeten. Wir müssen uns doch nicht teilen. Bitte!" Ein trockenes Schluchzen schnürte ihr die Kehle zu.

„Der Marsch würde garantiert einigen Verwundeten das Leben kosten, und die Gefahr für Ihre Freundin wäre besonders hoch. Außerdem: Mit der schwachen Bedeckung ist der Marsch glatter Selbstmord! Hier haben wir uns wenigstens gut verschanzt. Nein, wir müssen warten, bis Hilfe aus Mahenge kommt. Graf Götzen schickt uns sicherlich bald ein starkes Detachement, bei dem sich auch ein Arzt mit entsprechender Ausrüstung befindet."

„Das erzählen Sie mir schon seit Tagen – und was ist geschehen? Nichts, rein gar nichts!" Ihr strömten Tränen die Wangen hinunter, ärgerlich wischte sie sie weg. „Sie glauben doch selbst nicht mehr daran, dass noch Rettung kommt. Wahrscheinlich ist Kapischkes Nachricht nie in Daressalam angekommen."

„Wenn ich nicht mehr an Rettung glaubte, hätte ich meine Arbeit längst eingestellt."

Franzi sah in sein von Bartstoppeln übersätes Gesicht. Unter seinen Augen waren dunkle Ringe. Er hatte recht – er rieb sich wirklich für die Verwundeten auf. Und das tat er nur, weil er noch Hoffnung hatte. Aber es war trotzdem nur eine vage Hoffnung. Jederzeit konnte ein Haufen Aufständischer über sie herfallen und sie niedermachen – dann war ohnehin alles vorbei.

Poll legte ihr die Hand auf die Schulter. „Haben Sie noch etwas Geduld, Komtesse. Und beten Sie. Vielleicht lässt Gott sich überreden und holt uns hier heraus."

„Gott hat mir noch nie geholfen. Im Gegenteil." Sie stand auf und sah auf ihre Freundin hinab. Julie rührte sich nicht mehr, nur ihre schwachen Atemzüge verrieten, dass sie überhaupt noch lebte.

Auch der Sanitäter stand auf, sah ebenfalls auf seine Patientin hinab und atmete tief durch. Sein Blick sprach Bände: Julie hatte kaum eine Überlebenschance – egal ob sie hierblieben oder ob sie Julie nach Mahenge brachten.

Kapitel 50

„Und? Wie steht es in Ifakara?" Schenck sah dem Askari Bahati, der gerade von einem Erkundungsgang zurückkehrte, gespannt entgegen.

„Große Dorf auf andere Seite von Fluss kaputt – war Feuer." Zum Glück sprach wenigstens dieser eine Askari ein wenig Deutsch. „Diese Seite alles gut, aber nur kleine Hütten mit Dach von Stroh. Nicht gut, wenn Angriff."

Schenck nickte und starrte dann auf seine Karte. Sie hatten die Strecke von Mahenge nach Ifakara in 24 Stunden bewältigt – das war rekordverdächtig. Und das, obwohl er mit seinen fünf Askaris immer wieder aufständischen Horden ausweichen musste. Aus allen Himmelsrichtungen schienen die schwarzen Krieger Richtung Mahenge zu ziehen. Hoffentlich schaffte er es überhaupt noch, mit den Überresten des Detachements Hollerbach – so es die denn noch gab – nach Mahenge zurückzukehren, bevor die Schwarzen die dortige Boma angriffen.

„Hast du jemanden gesehen? Sind dort noch deutsche Soldaten?"

Bahati schüttelte den Kopf. „Niemand gesehen. Alle in Hütten. Oder sich haben versteckt."

„In Ordnung." Schenck winkte die anderen Askaris zu sich heran. „Wir lassen die Pferde zurück und rücken vorsichtig vor. Immer Deckung suchen – es kann sein, dass das Dorf mittlerweile erobert wurde."

Bahati übersetzte den Befehl in Suaheli. Dann marschierten sie, die Gewehre schussbereit, los und näherten sich, jeden Busch und jede Bodenwelle als Deckung nutzend, langsam den Hütten.

Rund um den am diesseitigen Flussufer liegenden Teil des Dorfes waren notdürftige Barrikaden aus Baumstämmen, Buschwerk und Trümmern errichtet worden. Auf einer Hütte flatterte ein weißes Tuch, auf das ein großes, rotes Kreuz gemalt worden war. Und aus einer der Hütten trat gerade ein Mann in der Uniform der deutschen Schutztruppen mit einer Rot-Kreuz-Binde am Arm.

Schenck atmete auf. Sie waren also noch nicht zu spät gekommen.

„Kamsa!", schallte es plötzlich von den Hütten her, dann krachte ein Schuss.

Die Kugel flog dicht über ihre Köpfe hinweg. Blitzschnell lagen alle an der Erde. Offenbar hatte ein versteckter Wachposten sie bemerkt.

Der Sanitäter fuhr herum und schaute in ihre Richtung. An den Eingängen von zwei oder drei Hütten wurden Gewehrläufe sichtbar.

„Gut Freund!", rief Schenck und schwenkte seinen Tropenhelm. „Wir sind Deutsche. Wir bringen Hilfe."

Der Sanitäter rief irgendetwas auf Suaheli zu einem Busch hinüber, hinter dem vermutlich der Wachposten hockte. Dann sah er wieder zu ihnen herüber. „Kommen Sie raus, wenn Sie ein deutscher Soldat sind! Ich will Sie sehen, sonst werden wir das Feuer eröffnen."

Mit erhobenen Händen stand Schenck auf und schritt langsam auf das Dorf zu. Als der Sanitäter ihn weiter heranwinkte, kletterte Schenck schließlich über die Barrikaden und ging zu dem Mann hinüber.

„Sehe ich recht?", stammelte der Sanitäter. „Ein deutscher Offizier?"

„Allerdings." Schenck streckte ihm die Hand entgegen. „Leutnant von Schenck, aus Mahenge zu Ihrer Rettung abkommandiert."

„Unteroffizier im Sanitätsdienst Poll." Er presste Schencks Hand so fest, dass es wehtat. „Ich habe kaum noch daran geglaubt, dass Sie noch kommen würden. – Sie bilden wohl die Vorhut?"

Schenck wies mit einer ausladenden Armbewegung auf die fünf Askaris, die sich nun ebenfalls näherten. „Leider ist das schon meine ganze Armee. Hauptmann von Hassel wollte – konnte nicht mehr Soldaten entbehren."

„Sechs Mann?" Poll schüttelte den Kopf. „Das darf nicht wahr sein!"

„Bedauerlicherweise ist es so. Bis wann können Sie abmarschbereit sein? Wir müssen noch in dieser Stunde aufbrechen, da etliche Horden schwarzer Krieger auf Mahenge zuziehen. Ihre Rettung kann von Minuten abhängen."

„Wissen Sie, was Sie hier vorfinden, Herr Leutnant?" Poll wies auf die blutigen Lumpen, die er unter dem Arm trug. „Vom Detachement Hollerbach sind lediglich 17 Mann übrig geblieben, davon sechs Schwer- und fünf Leichtverwundete. Dazu noch zwei Damen, von denen eine in höchster Lebensgefahr schwebt."

„Wo ist der Leutnant?"

„Tot."

„Und die Unteroffiziere?"

„Alle tot." Der Sanitäter deutete mit dem Kopf zu den Ruinen am anderen Ufer des Flusses hinüber.

Schenck schloss für einen Moment die Augen, sandte ein Stoßgebet zum Himmel und atmete tief durch. Sein Unternehmen war jetzt schon gescheitert. Er konnte doch nicht mit einem Heer von Verwundeten im Eilmarsch zurück nach Mahenge ziehen! Aber jemanden zurücklassen? Das war genauso unmöglich.

„Hat man Ihnen wenigstens einen Arzt mitgegeben?", fragte Poll.

Schenck schüttelte den Kopf. „Unteroffizier, ich habe Befehl, die beiden Damen und die Reste des Detachements Hollerbach nach Mahenge zu bringen. Wir müssen es irgendwie möglich machen."

„Der Marsch wird einigen der Verwundeten vermutlich das Leben kosten."

„Aber früher oder später werden Sie hier von Aufständischen angegriffen – und das wird Sie alle das Leben kosten."

„Ich weiß." Der Sanitäter seufzte. „Die meisten der Schwerverwundeten müssen getragen werden. Aber Sie haben recht, es bleibt uns keine andere Wahl."

„Dann veranlassen Sie bitte alles Nötige. Und ich bitte Sie, sich zu beeilen, jede Minute ist kostbar. – Wer sind die Damen?"

„Die Schwerverletzte ist – ah, eine der beiden kommt soeben." Er wies zu der Hütte mit der Rotkreuzfahne auf dem Dach hinüber. „Das ist Komtesse ..."

„Franziska!" Sah er eine Fata Morgana? Aber er hatte doch ausreichend getrunken und war noch vollkommen Herr seiner Sinne! Trotzdem – das Bild blieb. Die junge Frau, die langsam auf ihn zukam, sah zwar geradezu mitleiderregend aus, war aber ohne jeden Zweifel niemand anders als Franziska von Wedell!

Er ging ihr entgegen. „Komtesse!" Seine Stimme klang merkwürdig belegt. „Sind Sie es wirklich?"

Ihr rechter Oberarm steckte in einem dicken Verband, während sie selbst schmaler geworden war. Das Gesicht war noch brauner als in Daressalam und ihr Haar war fast weißblond – er konnte den Blick kaum von ihr abwenden. *Bitte, Herr, rette dieses Mädchen – jetzt aus dieser schrecklichen Situation, aber vor allen Dingen auch vor dem ewigen Gericht! Ich flehe Dich an!*

Auf ihrem Gesicht zeigte sich nicht die geringste Spur eines Lächelns. „Ich hätte mir denken können, dass Sie mir keine Ruhe lassen. Wollen Sie mich etwa wieder auf ein Schiff nach Deutschland schleppen?"

„Ich bin fassungslos! Was tun Sie hier? Ich habe Sie doch selbst auf die *Prinzregent* gebracht!"

„Was ich Ihnen nie vergessen werde", giftete sie. „Sie konnten uns zwar auf das Schiff bringen, aber nicht verhindern, dass wir es wieder verlassen haben, ehe es ablegte."

„Und warum sind Sie dann hier? Und nicht in Daressalam beim Gouverneur?"

„Weil wir vermuteten, dass Graf Götzen sich in den Süden begeben habe." Franziska warf ihre Locken nach hinten über die Schulter. „Und was machen Sie hier? Haben Sie von Julies Onkel wieder einmal den Befehl erhalten, uns wegzubringen?"

„Ja, mit Gottes Hilfe werde ich Sie nach Mahenge bringen."

„Mit Gottes Hilfe? Darauf möchte ich mich nicht verlassen. Dann werden wir garantiert in die Hände der Aufständischen fallen."

Schenck schwieg. Es brachte nichts, mit der aufgebrachten Komtesse zu diskutieren. Sie hatte seit ihrer letzten Begegnung wahrscheinlich so viel Schlimmes erlebt, dass sie gar nicht anders reden konnte.

Sie lachte spöttisch auf. „Ich sehe, Sie haben keine Antwort darauf. Wo, bitte schön, war Ihr Gott, als die Schwarzen Ifakara angriffen und wir in aller Eile ohne Fähre oder Floß über den Fluss mussten? Wo war er, als das Krokodil meine Freundin angriff und ihr den Arm abriss? Wo war er, wo?"

„Komtesse Götzen – ist sie ...?" Er sah den Sanitäter an.

„Ja, die Schwerverwundete ist die Nichte des Gouverneurs."

Schenck deckte eine Hand über die Augen. Das durfte doch nicht wahr sein. „Und die Komtesse hat einen Arm verloren?"

„Ja, Julie hat nur noch einen Arm – so mächtig und so gnädig ist Ihr Gott!", zischte Franziska.

„Poll, bitte kümmern Sie sich darum, dass wir baldmöglichst abmarschieren können."

Der Sanitätsunteroffizier nickte und eilte dann davon.

Schenck wandte sich wieder an Franziska. „Das Schicksal Ihrer Freundin geht mir sehr nahe." Allein die Vorstellung, von einem Krokodil angefallen zu werden, machte ihn schon schwindelig. Und dabei noch einen Arm zu verlieren … „Was für eine Tragödie!"

„Wollen Sie mir vielleicht erklären, was Ihr Gott sich dabei gedacht hat? Sie wissen doch so gut über ihn Bescheid und reden ständig von Gerechtigkeit – ist es gerecht, Julie einen Arm zu nehmen? Noch dazu auf so grausame Weise?"

„Komtesse, eine Antwort auf Ihre Fragen kann ich Ihnen nicht binnen weniger Minuten geben. Und ich muss mich jetzt zunächst darum kümmern, den Transport zusammenzustellen, damit wir schnellstmöglich nach Mahenge kommen."

„Wahrscheinlich kommt es Ihnen sehr gelegen, dass Sie gerade keine Zeit haben, nicht wahr?" Sie stellte sich auf die Zehenspitzen, dass sie ihm gerade in die Augen sehen konnte, und blitzte ihn an. „Aber das täuscht mich nicht darüber hinweg, dass Sie gar keine Antwort haben."

„Komtesse …"

Im Eingang einer der Hütten erschien der Kopf des Sanitätsunteroffiziers. „Herr Leutnant!"

„Ich komme!"

Er sah Franziska noch einmal an. Um ihre Lippen lag ein bitteres Lächeln – aber in ihren Augen standen Tränen. Das erschütterte ihn mehr als ihre Anklagen.

Herr, sie braucht Deine Rettung so dringend! – Und Deine Liebe!

* * *

Franzi eilte zu der Hütte hinüber, in der Julie lag, und riss die Matte am Eingang zur Seite. Sie ballte die Faust und trat mit dem Fuß gegen die Wand, dass der Lehm herunterbröckelte.

Schenck. Ausgerechnet Leutnant von Schenck. Zwar hatte sie sich ihn noch vorgestern herbeigewünscht, um Julie in ihrer seelischen Not beizustehen – aber doch nicht, um ihnen hier aus dieser tödlichen Falle herauszuhelfen! Anderthalb Wochen hatten sie sehnsüchtig darauf gewartet, dass endlich Hilfe kam – und dann entpuppte sich die Hilfe als dieser heilige Leutnant!

Sie wandte sich Julies Lager zu. Ihre Freundin wälzte sich hin und her und stöhnte, dass es Franzi wie ein Messer ins Herz drang. Der Schweiß rann Julie in Bächen von der Stirn. Wie sollte sie nur transportiert werden? Wahrscheinlich würde ihre Freundin den Trupp durch ihr lautes Stöhnen unterwegs sogar den Feinden verraten – so sie denn überhaupt einen Marsch überstand, selbst wenn er nur kurz war.

Aufseufzend begann Franzi, Julies Habseligkeiten zusammenzuraffen. Als es in der Hütte plötzlich heller wurde, sah sie auf. Der Vorhang am Eingang war zurückgeschlagen worden und Schenck stand in der Öffnung.

Langsam ging er zu Julies Lager hinüber, blieb stehen und faltete die Hände. „Es ist entsetzlich."

„Dann muss auch der entsetzlich sein, der das zugelassen hat", giftete Franzi.

Er beugte sich zu ihrer Freundin hinunter und nahm ihre Hand. Sie sah, wie seine Lippen sich lautlos bewegten.

„Ihr Beten wird ihr jetzt auch nicht mehr helfen. Oder glauben Sie etwa daran, dass ihr ein neuer Arm wachsen wird?"

Er sah zu ihr auf und lächelte. „Gott ändert nicht immer die Umstände. Aber Er ändert uns, sodass wir sie ertragen können. Und Ihm dabei näherkommen."

Sein Lächeln verwirrte sie. Deshalb wandte sie sich schnell wieder Julies Gepäck zu. „Wie wollen Sie Julie überhaupt transportieren? Haben Sie einen Engel bestellt, der sie tragen wird?"

„Meine Männer richten soeben eine Trage her, die zwischen zwei Pferde gebunden wird." Sie konnte das Mitgefühl in seiner tiefen Stimme hören.

Es war wahrscheinlich die beste Lösung, Julie auf diese Weise zu transportieren, aber das würde sie nicht zugeben. „Ein tagelanger Marsch durch die brütende Sonnenhitze – wie soll sie das bitte überstehen?"

„Ich habe in Auftrag gegeben, einen Schirm an der Trage zu befestigen. So steht es zwar nicht in der preußischen Felddienstordnung …"

Dieser Offizier schien an jede Kleinigkeit zu denken.

„Lassen Sie bitte alles zurück, Komtesse, was Sie nicht zwingend benötigen. Je weniger Ballast wir mitschleppen, desto schneller kommen wir voran."

„Aber meine Viola lasse ich niemals zurück!" Bestimmt hielt er das Instrument für etwas, das sie nicht zwingend benötigte – aber das war das Letzte, wovon sie sich trennen würde.

„Ich habe nicht gesagt, dass Sie Ihre Bratsche zurücklassen sollen. Vielleicht ergibt sich irgendwann – wenn es Ihnen selbst besser geht – die Möglichkeit, dass Sie mit Ihrem Spiel einen günstigen Einfluss auf den Heilungsprozess bei Ihrer Freundin ausüben können."

Daran hatte sie noch gar nicht gedacht. Vielleicht könnten die sonoren Klänge der Viola ihre Freundin beruhigen. Dafür würde sie sogar trotz ihres schmerzenden Arms spielen.

Franzi packte weiter, ohne zu antworten. Ein Wort der Anerkennung würde ihr nie über die Lippen kommen. Dazu hatte dieser Mann ihr zu viel Schlimmes angetan.

Er trat neben sie, fasste ihren unverletzten Arm und drehte sie so weit um, dass sie ihn ansehen musste. „Komtesse, lassen Sie uns wenigstens für den Marsch nach Mahenge Frieden schließen. Sie benötigen mich, um dorthin zu kommen, und ich benötige Sie als Hilfe für die Verwundeten, besonders für Komtesse Götzen."

„Schafft Ihr Gott das also doch nicht allein?"

Sie sah Unmut in seinen leuchtend blauen Augen aufflammen. Doch dann atmete er tief durch, ohne ihren Arm loszulassen. „Ich bitte Sie um Ihre Hilfe – zum Wohl Ihrer Freundin."

Die Hand auf ihrem Arm fühlte sich warm und fest, aber nicht rüde an. Eine Hand, die sie führen, die ihr helfen wollte. Unwillkürlich wollte sich ein Gefühl der Geborgenheit in ihr breitmachen, gegen das sie vergeblich ankämpfte. Jedem anderen Offizier wäre sie wahrscheinlich sogar um den Hals gefallen und hätte getan, was sie nur konnte, um ihn zu unterstützen. Aber ausgerechnet Schenck!? Sie konnte einfach nicht vergessen, dass er ihr sogar bis nach Deutsch-Ostafrika gefolgt war, um sie wieder nach Deutschland zurückzubringen.

„Können Sie Ihren Stolz nicht einmal zum Wohle Ihrer Freundin zurückstellen?" Seine Stimme klang nicht vorwurfsvoll, sondern warm und sanft.

Sie warf einen Blick auf Julie. Vielleicht war das der letzte Freundschaftsdienst, den sie ihr leisten konnte. Wenn da nur nicht Schenck wäre!

Doch sie musste widerwillig zugeben, dass er recht hatte – wieder einmal. „Ist gut." Diese zwei Worte kosteten sie eine riesige Überwindung.

Er ließ ihren Arm los „Vielen Dank, Komtesse. Ich werde draußen nachsehen, wie die Vorbereitungen vorangehen."

Sie sah ihm nach, wie er die Hütte verließ. Und hasste das Gefühl des Respekts, das sich in ihr breitmachte.

Kapitel 51

Schenck war heilfroh, als der Zwei-Mann-Spähtrupp, den er Richtung Mahenge vorausgeschickt hatte, wieder zurückkehrte.

„Aufständische kommen näher zu Boma", berichtete der spähtrupperfahrene Askari Bahati. „Aber noch ist Weg frei. Wenn marschieren schnell, wir schaffen."

Schenck drehte sich im Sattel um und betrachtete den kleinen Zug, der ihm folgte. Außer den beiden Kundschaftern noch neun Askaris, die alle abgesessen waren, damit einige Verwundete nicht laufen mussten und damit Komtesse Götzen auf einer Trage zwischen zwei Pferden transportiert werden konnte. Ansonsten nur Verletzte, die sich mühsam dahinschleppten. Drei von ihnen waren unterwegs bereits gestorben – sie hatten sich nicht einmal die Zeit nehmen können, sie ordentlich zu begraben. Und nun verlangten seine Späher, sie sollten noch schneller marschieren!

Er schwang sich aus dem Sattel und reichte Bahati die Zügel. „Nehmen Sie mein Pferd. Und für Ihren Kameraden besorgen Sie sich ein zweites. Dann setzen Sie sich an die Spitze des Zuges, immer einige Hundert Meter voraus. Sobald Sie etwas von den Feinden bemerken, sofort umkehren und Meldung an mich."

„Aber woher zweites Pferd?"

„Einer der Verwundeten muss absteigen. Es geht nicht anders. Unsere Sicherheit hat Vorrang."

Kurz darauf galoppierten die beiden Askaris an ihm vorbei an die Spitze des Zuges und schenkten ihm dabei ein breites Grinsen. Sie waren offenbar froh, nicht weiter marschieren zu müssen.

„Los, Männer, vorwärts!", spornte Schenck seine Leute an. „Nicht trödeln, erhöhen Sie gefälligst das Tempo! Oder wollen Sie warten, bis die Aufständischen über uns herfallen?" Er blieb am Rand des Weges stehen und winkte die Männer vorbei.

Schließlich kamen die beiden Pferde mit Julie von Götzens Trage, daneben ging Franziska. Sie hielt eines der Pferde am Zügel – oder vielmehr: Sie hielt sich an dem Zügel fest, während sie sich vorwärtsschleppte. Die weißblonden Locken hingen wirr um ihr Gesicht, das trotz der Bräune erschreckend blass wirkte, der Verband an ihrem rechten Oberarm war blutig.

„Komtesse, wie geht es Ihnen? Gut genug, um bis Mahenge durchzuhalten?"

„Soll das ein Witz sein? In diesem Zug gibt es niemanden, dem es gut geht."

Ganz so schlecht konnte es ihr nicht gehen, ihre streitbare Natur war ihr jedenfalls noch nicht abhandengekommen. „Befehlen Sie, Komtesse, und ich sorge dafür, dass Sie reiten können."

„Wegen Ihres mörderischen Tempos wird ja in regelmäßigen Abständen ein Pferd frei. Aber obwohl die Schwerverwundeten wegsterben wie die Fliegen, gibt es genug Leute, die noch schlechter dran sind als ich – dank Ihres Tempos."

„Aber begreifen Sie doch! Wir können die Marschgeschwindigkeit nicht drosseln, im Gegenteil! Sie wissen, welche Gefahr uns droht!"

„Das weiß ich ganz gut." Sie wies nach oben zu der Trage, wo Julie von Götzen lag. „Aber auf diese Weise wird sie ebenfalls sterben."

Das fürchtete Schenck allerdings auch. Seitdem sie gestern losmarschiert waren, stieg das Fieber bei der Komtesse unaufhörlich, sofern das überhaupt noch möglich war. Sanitätsunteroffizier Poll wunderte sich jedes Mal, wenn er nach der Komtesse sah, dass sie überhaupt noch lebte.

Schenck fasste Franziska unterm Arm und war überrascht, dass sie sich nicht wehrte, sondern sich auf ihn stützte. „Ich stehe vor der schwierigsten Entscheidung, die ein Offizier zu treffen hat. Nehme ich Rücksicht auf die Verwundeten und drossele das Tempo, werden wir höchstwahrscheinlich Mahenge nicht mehr erreichen, bevor die Boma von den Aufständischen eingeschlossen wird. Also halte ich das Tempo hoch, setze dafür aber das Leben einiger Verwundeter aufs Spiel – um den restlichen Trupp zu retten."

Sie sah ihn an. Flackerte da etwas wie Verständnis in ihren Augen? Doch dann wurden sie wieder kalt wie Eisblöcke. „Und was geschieht, Herr Leutnant, wenn wir trotz des Tempos nicht mehr rechtzeitig in Mahenge eintreffen? Dann haben Sie die Leben der Verwundeten – auch das meiner Freundin! – umsonst geopfert."

Das war allerdings der schlimmstmögliche Fall. Er flehte zu Gott, dass dieser Fall nicht eintrat. „Verlangen Sie von mir, dass ich resigniere? Halt mache und hoffe, dass wir nicht angegriffen werden? Sie wollten doch unbedingt, dass Ihre Freundin nach Mahenge gebracht wird, damit sie dort besser versorgt werden kann – genau das bezwecke ich mit dem *mörderischen Tempo*. In Mahenge gibt es sogar einen Arzt."

Franziska warf ihm einen spöttischen Blick zu. „Was hat Julie von einem Arzt, wenn der nur noch ihren Tod feststellen kann?"

Sie machte es ihm wirklich schwer. Wollte sie ihn nicht verstehen oder verstand sie ihn wirklich nicht? „Es macht mir auch keine Freude, Menschenleben zu riskieren. Aber wenn ich die Wahl habe zwischen der Chance, die meisten zu retten, oder der Gewissheit, alle zu verlieren, weiß ich, was ich zu tun habe. Auch wenn das eine unangenehme, harte Entscheidung ist."

Sie machte sich von ihm los und stieß ihn weg. Ihre eben noch so kalten Augen flammten auf. „Ich will Ihnen etwas sagen, Sie ehrenwerter Herr Leutnant: Ihnen geht es doch gar nicht um die Rettung der Verwundeten oder um meine Freundin."

„Um was soll es mir sonst gehen?"

„Um nichts anderes als um Ihr eigenes Leben. Ihnen ist doch nur wichtig, in Mahenge anzukommen, ehe es von den Aufständischen eingeschlossen wird, damit Sie Ihr eigenes kleines Leben retten. Und am Ende können Sie vor dem dortigen Kommandanten vielleicht sogar noch mit Ihrer militärischen Meisterleistung glänzen und eine Beförderung einheimsen. Ob dafür ein Verwundeter mehr oder weniger vor die Hunde geht, ist Ihnen doch gleichgültig."

„Komtesse! Das glauben Sie doch nicht wirklich von mir!"

„Was soll ich denn sonst glauben? Ihre Rücksichtslosigkeit kann doch nur einen Grund haben: die nackte Angst um Ihr eigenes Leben."

Das konnte nicht ihr Ernst sein! Seit sie von Ifakara aufgebrochen waren, hatte er noch nicht einen einzigen Gedanken an seine eigenen Überlebenschancen verschwendet, geschweige denn daran, dass ein erfolgreiches Ende dieses Himmelfahrtskommandos hilfreich für seine militärische Karriere sein könnte.

„Da fällt Ihnen zu Ihrer Verteidigung wohl nichts mehr ein? Pfui,

Herr Leutnant, Sie sollten sich schämen! Um Ihr eigenes Leben zu retten, setzen Sie das Leben meiner Freundin aufs Spiel – ich hasse Sie dafür!"

* * *

Franzi sah Leutnant von Schenck nach, wie er seine Schritte beschleunigte, um zu ihrem Vordermann aufzuschließen. Dabei wandte er noch einmal den Kopf und warf ihr einen langen Blick zu. Dann eilte er weiter, bis er den Sanitätsunteroffizier erreichte, und sprach mit ihm.

Mit dem gesunden Arm hob sie den verletzten an und legte ihn auf den Hals des Pferdes. Sie vermisste die Stütze an ihrer Seite – seine Hilfe hatte gut getan.

Aber er hatte sie allein gelassen, weil sie ihn mit ihren harten Worten fortgetrieben hatte. – Waren ihre Worte nur hart gewesen? Dann hätte Schenck sie verkraften müssen. Aber sie war sich plötzlich gar nicht mehr sicher, ob sie überhaupt berechtigt waren. In ihrem Zorn über sein frommes Gerede war sie vielleicht zu weit gegangen.

Warum tauchte Schenck immer wieder in ihrem Leben auf? War das Zufall? Oder sorgte er selbst dafür? Doch als er in Ifakara angekommen war, hatte seine Überraschung darüber, dass sie nicht auf dem Weg nach Deutschland war, echt gewirkt. Und wider Willen musste sie sein Organisationstalent bewundern. Trotz der vielen Verwundeten waren sie innerhalb einer Stunde auf dem Marsch gewesen. Dazu lag Julie so bequem wie unter den gegebenen Umständen überhaupt möglich auf der Trage, für die er sogar zwei Pferde hergegeben hatte. Und die Idee mit dem Schirm, der ihr Schatten spendete, war kaum zu überbieten, auch wenn es etwas merkwürdig aussah.

Natürlich musste er für Julie so gut wie möglich sorgen. Denn wenn die Nichte des Gouverneurs auf dem Marsch, den er befehligte, starb, würde er wohl mindestens degradiert, wenn nicht sogar erschossen – jedenfalls schätzte sie Graf Götzen so ein. Aber falls er sie trotz aller Widerwärtigkeiten lebend nach Mahenge brachte, würde er sich wahrscheinlich eine Beförderung einheimsen.

Sie lehnte den Kopf an den Hals des Pferdes, ihre Beine bewegten sich nur noch mechanisch. Allein der Gedanke, dass es lediglich noch eine kurze Wegstrecke bis Mahenge war, hielt sie aufrecht.

War wirklich die Angst um sein eigenes Leben und vielleicht noch die Aussicht auf eine Beförderung seine Motivation? Als sie ihm das vorgeworfen hatte, hatte er betroffen gewirkt – beinahe verletzt. Tat er es vielleicht doch aus edlen Gründen? Oder weil sein Gott ihm das vorschrieb?

Und doch setzte er mit seinem Eiltempo Julies Leben und das der anderen Verwundeten aufs Spiel. Kam es, nachdem sie tagelang in Ifakara festgesessen hatten, wirklich auf ein paar Stunden an?

Sie stolperte und wäre beinahe gestürzt, wenn sie sich nicht mit ihrem verletzten Arm an der Mähne des Pferdes festgeklammert hätte. Wie ein Blitz schoss der Schmerz durch ihren Oberarm.

Sie sollte aufhören zu denken und sich aufs Laufen konzentrieren. Wahrscheinlich waren ihre Gedanken schon ganz wirr, weil die pralle Sonne langsam ihr Gehirn austrocknete. Vielleicht hatte sie sogar wieder Fieber.

Mühsam setzte sie einen Fuß vor den anderen, obwohl sie glaubte, nicht mehr die Kraft für einen einzigen Schritt zu haben. Aber Schenck hatte ja befohlen, zügig und ohne Pause weiterzumarschieren.

Sollte sie noch einmal mit ihm sprechen? Ihm sagen, dass ihre harten Worte ihr leidtaten? Dass sie sich unter seiner umsichtigen Führung eigentlich sogar sicher fühlte?

Sie schüttelte den Kopf und das Pferd neben ihr tat synchron dasselbe. Bei Schenck entschuldigen? Eingestehen, dass sie unrecht hatte? Nein, niemals. Sie wusste ja noch nicht einmal sicher, ob sie unrecht hatte – obwohl ihr Herz etwas anderes sagte.

Von vorn näherten sich zwei berittene Askaris, die hastig auf Schenck einredeten.

Dann rief er gedämpft: „Das Ganze – haaaaalt!"

Ruckartig blieben die Pferde stehen.

Franzi lehnte sich gegen den Pferdeleib. Hatte Schenck nun doch eingesehen, dass er mit seinem Eilmarsch zu viel Schaden anrichtete?

„Sofort zum Rückzug bereit machen. Alle Männer, die noch eine Waffe halten können, zu mir."

Mit einem Mal spürte Franzi die Schwäche nicht mehr. Irgendetwas Schlimmes war geschehen, sonst würden sie nicht so kurz vor Mahenge halten und sogar den Rückzug vorbereiten.

Sie stieß sich von dem Pferd ab und stolperte nach vorn zu Leutnant von Schenck. „Warum dieser plötzliche Halt?"

Sein Gesicht war todernst. „Nachricht von unserer Vorhut. Mahenge ist bereits von Aufständischen umzingelt."

Plötzlich wurden Schencks leuchtend blaue Augen grau, seine helle Uniform wurde grau, der Himmel wurde grau, das Steppengras schwankte, als befände sie sich auf hoher See.

„Komtesse!" Schencks Stimme klang, als käme sie vom Himmel. Seine Arme umfassten sie, sie wollte sich dagegenstemmen, doch es war vergeblich. Es wurde immer dunkler, sie spürte nur noch seine Arme, die sie stützten. Dann sackten ihre Knie weg.

* * *

„Poll!" Schenck hielt Franziska mit einem Arm fest, mit dem anderen gestikulierte er wie wild, bis der Sanitäter angerannt kam. „Erwecken Sie die Komtesse wieder zum Leben, schnell!"

Einen kurzen Augenblick gestattete er sich, die Tatsache zu genießen, dass Franziska in seinen Armen lag, dann übergab er sie an Poll.

„Was ist mit ihr geschehen?"

„Vermutlich Überanstrengung. Und der Schreck. Weil Mahenge schon eingeschlossen ist."

Der Sanitäter fluchte, während er Franziska auf die Erde legte und ihre Beine anhob. „Was haben Sie nun vor?"

„Zuerst Rückzug, damit wir von den Aufständischen nicht entdeckt werden. Dann einen geeigneten Lagerplatz suchen – obwohl ich mich nicht erinnern kann, dass wir vorhin an einem passenden geschützten Ort vorbeigekommen wären. Und danach ..." Ja, was dann? Mitten in der Wildnis lagern, bis sich das Schicksal von Mahenge entschied? Das konnte Tage, vielleicht sogar Wochen dauern. Oder einen Durchbruchsversuch in die Boma wagen? Mit dem Lazarett, das er mit sich führte, aussichtslos.

„Sie wird wach." Poll legte Franziskas Beine ab.

„Kümmern Sie sich um sie. Ich sorge dafür, dass der Zug kehrtmacht." Schenck wandte sich wieder an die wenigen kampffähigen Soldaten. „Männer, wir müssen umkehren und uns aus dem Bereich, in dem sich die Aufständischen bewegen, zurückziehen. Sie beide" – er deutete auf die beiden Askaris, die die Vorhut übernommen hatten – „decken unseren Rückzug. Wenn Sie bemerken, dass wir verfolgt werden, sofort Meldung an mich. Nehmen Sie wieder die Pferde."

Die beiden Männer salutierten, dann spritzten sie davon.

„Und Sie beide" – Schenck deutete auf zwei andere Askaris – „laufen voraus und schauen sich nach einem geschützten Lagerplatz um. Abmarsch."

„Ndiyo, Leutnant." Auch diese schwarzen Soldaten legten die Fingerspitzen kurz an die Schläfe und rannten los.

„Der Rest: Helfen Sie mir, den Zug zu wenden. Wir müssen möglichst dicht beisammenbleiben."

Schenck eilte an dem Zug entlang, erklärte allen die Situation, half dabei, die Pferde zu wenden, und sprach den Verwundeten Mut zu, deren Enttäuschung über die Umkehr so kurz vor Mahenge natürlich riesengroß war.

Als sie wieder abmarschbereit waren, kehrte er zu Franziska zurück, die zusammengesunken auf dem Tornister eines der Soldaten hockte. Trotz der Sonnenbräune fehlte ihrem Gesicht jegliche Farbe. Dennoch sah sie faszinierend aus. Das hellblaue Kleid stand ihr ausnehmend gut, obwohl sie es schon seit dem Abmarsch aus Ifakara trug – das Blau harmonierte perfekt mit ihren Augen.

„Geht es Ihnen besser, Komtesse?"

Sie nickte. „Ich denke, es wird wieder gehen." Mühsam stemmte sie sich hoch, doch dann schloss sie plötzlich die Augen.

Er haschte nach ihrem gesunden Arm und legte seinen anderen um ihre Hüfte. „Lassen Sie sich helfen, Komtesse."

„Ist der Rückzug unumgänglich?" Ihre Stimme klang seltsam zaghaft, fast ängstlich. Sie wehrte sich auch nicht dagegen, dass er sie festhielt.

„Leider ja. Aber ich werde tun, was ich kann, um den Zug doch noch irgendwie nach Mahenge zu bringen. Allerdings muss ich dazu zuerst rekognoszieren."

„Herr Leutnant ..." Die Kälte in ihrem Blick war gewichen. „Ich hoffe – ich denke – ich ... dass Sie das Beste tun."

Auch wenn sie nicht sagte, dass sie das glaubte – er wusste, was diese Worte wert waren. „Ich rechne auf Gottes Hilfe. Er lässt uns nicht allein."

Sofort wurden ihre Gesichtszüge hart. „Er hat uns doch schon allein gelassen."

„Sind es nicht vielmehr Sie, die Ihm den Rücken zugekehrt hat?"

„Lassen Sie das jetzt, ich will davon nichts mehr hören." Sie machte Anstalten, sich aus seinem Arm zu lösen.

Doch er gab sie noch nicht frei, sondern führte sie wieder zu den Pferden, die Julie von Götzen trugen. „Gott redet zu Ihnen. Und Sie täten gut daran, Ihm zuzuhören."

Als sie sich wieder am Pferd festhielt, ließ er sie los, lief zur Spitze des Zuges und gab den Befehl zum Abmarsch.

Er sah zum Stand der Sonne hinauf. Es war noch gut eine Stunde hell, bis dahin mussten sie einen brauchbaren Lagerplatz finden.

Doch als sich die Sonne dem Horizont näherte, sah er immer noch nur öde Steppe um sich herum, umgeben von Höhenzügen, die geradezu dafür prädestiniert waren, dass die Schwarzen sie von dort aus beobachteten und angriffen. Und auch die beiden Askaris, die er losgeschickt hatte, einen geeigneten Lagerplatz zu suchen, kehrten unverrichteter Dinge zurück.

Unteroffizier Poll trottete neben ihm her. „Ich fürchte, Sie hatten recht. Wir werden keinen geschützten Platz finden."

„Dann bleibt uns wohl nichts anderes, als einfach hier unser Lager aufzuschlagen. Aber ich muss unter diesen Umständen verbieten, Feuer zu machen."

„Kein Feuer? Herr Leutnant, das wird für die Verwundeten äußerst schädlich sein. Bedenken Sie: die Kühle der afrikanischen Nächte ..."

Er seufzte. „Ich weiß. Aber der Schein eines Feuers ist bei Nacht weithin zu sehen. Die Schwarzen wären geradezu dumm, wenn sie diese Gelegenheit nicht nutzten."

„Vom militärischen Standpunkt aus haben Sie wahrscheinlich recht. Vom medizinischen Standpunkt aus muss ich Ihnen sagen, dass einige Verwundete die Nacht dann höchstwahrscheinlich nicht überleben werden."

„Wenn wir angegriffen werden, wird höchstwahrscheinlich keiner von uns diese Nacht überleben." Wieder so eine Entscheidung, die er hasste. Er musste einige Menschenleben aufs Spiel setzen, um den größeren Teil seines Trupps zu retten. – Wenn er diesen Aufstand heil überstand, würde er seinen Abschied nehmen. Er taugte einfach nicht zum Offizier.

Er hob den Arm. „Das Ganze – haaaalt! Lager abseits des Weges herrichten. Und kein Feuer. Verhalten Sie sich leise. Unsichtbar zu bleiben ist das oberste Gebot."

Poll klopfte ihm auf die Schulter. „Ich bin froh, dass ich nicht in Ihrer Haut stecke, Leutnant."

Er selbst fühlte sich in seiner Haut auch nicht gerade wohl.

Kapitel 52

Am nächsten Morgen sah Franzi zu, wie sich der Sanitäter um Julie kümmerte.

Immerhin hatte ihre Freundin ein kleines Zelt bekommen. Trotzdem gab sie kaum noch ein Lebenszeichen von sich, nachdem sie sich während der Nacht wild hin und her geworfen und dabei geschrien hatte, sodass Poll sie mit einer Spritze hatte ruhigstellen müssen.

Der Sanitäter fasste Julies Handgelenk; seine Lippen bewegten sich leise, als er den Puls fühlte.

Sie darf nicht sterben! Sie darf einfach nicht sterben! Franzi schlang ihre Finger ineinander. Wie damals am Ulanga hatte sie das Gefühl, dass sie jetzt beten sollte. Sollte sie es tun? Sollte sie sich wirklich an den Gott wenden, der sie immer nur im Stich gelassen hatte?

Poll ließ Julies Arm sinken und richtete sich auf. „Der Puls ist nur noch schwach, das hohe Fieber frisst sie auf. Wenn sie nicht binnen kürzester Zeit in ärztliche Behandlung mit ordentlicher medizinischer Ausrüstung kommt, habe ich nur noch wenig Hoffnung."

„Leutnant von Schenck hat mir gesagt, dass in Mahenge ein Arzt ist." Franzi flüsterte es nur.

„Mahenge ist zurzeit so weit weg wie der Nordpol. Der Leutnant hat alles getan, damit wir rechtzeitig dort eintreffen – leider waren die Aufständischen schneller."

Sie seufzte. „Sie halten ihn wohl für einen fähigen Offizier?"

Poll nickte bedächtig. „Ja. Er hatte schwere Entscheidungen zu treffen, doch er hat immer das getan, was in der jeweiligen Situation geboten war."

Also hatte Poll ebenfalls einen guten Eindruck von Schenck. Sie hatte ja auch schon sein Organisationstalent bewundert. „Wenn er so fähig ist, dann wird er doch wohl auch einen Weg finden, wie er wenigstens Julie nach Mahenge hineinbringen kann." Mit dem ganzen Trupp würde es ihm vermutlich niemals gelingen, aber mit einer einzelnen Person ...

„Wie stellen Sie sich das vor? Mahenge wird belagert. Ich glaube nicht, dass die Rebellen ein Schlupfloch gelassen haben."

„Dann müssen wir uns Ihnen eben ergeben!"

„Verzeihen Sie, Komtesse, aber das ist Unsinn. Die Aufständischen schneiden jedem Weißen, den sie erwischen, die Kehle durch. Und selbst wenn sie es nicht tun sollten, finden Sie bei diesen Wilden nicht einmal die einfachste medizinische Versorgung."

„Dann müssen wir eben doch nach Mahenge hinein. Irgendwie." Franzi wandte sich zum Zelteingang. „Wo finde ich den Leutnant?"

„Er unternimmt gerade einen Rekognoszierungsritt Richtung Mahenge und wird wahrscheinlich erst in einigen Stunden zurückkehren. Solange müssen Sie sich gedulden."

Musste sie das? Sie verließ das Zelt und sah sich in dem kleinen Lager um. Die Verwundeten lagen in einer Reihe auf der Erde, notdürftig durch Uniformteile vor der brennenden Sonne geschützt. Zwei Askaris bewachten die Pferde, zwei weitere patrouillierten rund um das Lager.

Sie musste zu Schenck. Wenn irgendjemand Julie nach Mahenge bringen konnte, dann war er es. Gleichgültig, ob er es ihr zuliebe tat oder um Julie zu retten oder weil sein Gott es von ihm verlangte oder um sich vom Gouverneur eine Belohnung für die Rettung seiner Nichte zu ergattern. Hauptsache er tat es.

Und das konnte nicht warten, bis er zurückkehrte. Jede Minute zählte, sonst war Julie tot, bevor sie überhaupt einen Versuch unternommen hatten, sie zu retten. Sie musste also sofort zu ihm. Nur wie? Die Askaris würden ihr freiwillig kein Pferd geben und sie ziehen lassen. Dann musste es eben ohne Pferde gehen.

Gestern hatten sie rund eine Stunde gebraucht, um sich von dem Ort, wo die Aufständischen gesichtet worden waren, bis hierher zurückzuziehen. Würde sie diese Strecke allein zu Fuß schaffen? Oder würde sie unterwegs zusammenbrechen? Eine Stunde in der glühenden Hitze in ihrem geschwächten Zustand? Und würde sie Schenck überhaupt finden?

Doch alle Bedenken mussten jetzt zurückstehen. Es ging um das Leben ihrer Freundin. Schließlich war sie an Julies Zustand mitschuldig, da durfte sie keine Rücksicht auf sich selbst nehmen.

Sie trat hinter Julies Zelt, sodass die beiden Askaris, die die Pferde bewachten, sie nicht sehen konnten. Dann wartete sie, bis die beiden Soldaten, die um das Lager herumpatrouillierten, eine Stelle erreichten, von der aus sie sie nicht sehen konnten.

Rasch fuhr sie mit der Handfläche über das Zelt. „Für dich, Julie!", murmelte sie und lief los.

Rund um das Lager war auf Schencks Befehl hin das Gras niedergetreten worden, damit sich weder Mensch noch Tier anschleichen konnte. Diesen Streifen musste sie so schnell wie möglich überqueren und auf der anderen Seite im hohen Steppengras verschwinden.

Schon nach wenigen Schritten merkte sie, wie schwach sie war. Ihre Beine schienen schwer wie Blei zu sein und ihre Gelenke waren so steif, als hätte sie jemand mit Sand gefüllt. Trotzdem lief sie weiter.

Hinter ihr blieb alles still. Offenbar bemerkte niemand, dass sie das Lager verließ. Als sie das hohe Gras erreichte, ließ sie sich auf den Boden sinken und blieb mit pumpenden Lungen liegen. Wenn diese wenigen Meter sie schon so anstrengten, wie sollte sie dann die ganze Strecke bis zu Schenck schaffen?

Doch der Gedanke an ihre sterbende Freundin gab ihr neue Energie. Sie stemmte sich wieder hoch und lief so schnell wie möglich den Weg entlang, den der Trupp gestern beim Rückzug genommen hatte. Bestimmt hatte auch Schenck diesen Weg gewählt, um möglichst schnell in die Nähe von Mahenge zu kommen. Und wenn sie etwas Glück hatte, würde er ihr vielleicht sogar schon wieder entgegenkommen.

Bereits nach wenigen Schritten bereute sie, dass sie ihren Hut nicht mitgenommen hatte. Die Sonne brannte ihr trotz des dichten Haares auf den Kopf und verursachte Kopfschmerzen. Und bei ihrem überstürzten Abgang hatte sie zudem nicht einmal daran gedacht, Wasser mitzunehmen. Wenn sie Schenck nicht fand oder vor Schwäche zusammenbrach, würde sie wahrscheinlich in der Steppe verdursten und von Hyänen gefressen, ehe sie jemand entdeckte.

Und dann? Würde ihr Leben einfach im Bauch der Hyänen enden? Oder ging es danach doch noch irgendwie weiter, wie ihr Vater und ihre Großmama immer gesagt hatten? Es war leicht zu behaupten, mit dem Tod sei alles zu Ende, wenn er noch weit entfernt schien. Aber in ihrer gegenwärtigen Lage, da der Tod zum Greifen nahe war, war sie sich plötzlich nicht mehr so sicher.

Das hohe Steppengras um sie herum, das sie überragte, wirkte beengend. Ein Stück vor ihr ragte eine Schirmakazie mit weit ausladender Krone in den stahlblauen Himmel, eine Giraffe knabberte genüsslich an den Blättern. Nicht weit entfernt stand der von Buschfeuern verkohlte Stamm eines Affenbrotbaums.

Franzis Mund war trocken, das Schlucken fiel ihr schwer. Jeder Schritt wurde eine neue Kraftanstrengung, nur Julies Anblick, der sie den ganzen Weg begleitete, trieb sie immer wieder an.

Wie lange war sie nun schon unterwegs? Es konnte nicht mehr weit sein, jeder Schritt brachte sie näher zu Schenck. Wenn ihr Kopf bloß nicht so unerträglich hämmerte! Und ihre Füße nicht so schmerzten!

Weiter!, ermahnte sie sich selbst. *Es geht um Julies Leben!*

Sie mochte gar nicht darüber nachdenken, dass Julie sterben könnte! Ihre Freundin, die seit Jahren im Pensionat an ihrer Seite gewesen war, die sogar aus Solidarität zu ihr das Pensionat verlassen hatte – es wäre einfach nicht auszudenken!

Deshalb durfte sie nicht schwach werden, sie musste durchhalten. Die Luft flimmerte vor ihren Augen ...

Plötzlich knackte das hohe Gras neben ihr und eine Handvoll Schwarzer sprang grölend hervor. Blitzschnell umzingelten sie sie, einer kam mit einem Speer auf sie zu und hielt ihr die Spitze vor die Brust.

Sie wollte um Hilfe rufen, aber ihre Kehle war wie zugeschnürt; doch dann platzte plötzlich ein unartikulierter Schrei aus ihr heraus, der sogar die Angreifer einen Augenblick zurückschrecken ließ.

Einer der Schwarzen, der die Figur eines Bullen hatte, rief etwas, das sie nicht verstehen konnte, und die anderen antworteten im Chor, wobei sie ihre Waffen schwangen. Schauderhafte Bilder stiegen vor ihr auf, von Weißen mit durchgeschnittenen Kehlen. Und eine davon trug ihre eigenen Gesichtszüge.

* * *

Schenck führte Aristo am Zügel vom Weg weg in das hohe Steppengras hinein und zum Fuß des vor ihm liegenden Hügels. Dort band er das Pferd an eine abgestorbene Schirmakazie und tätschelte ihm den Hals.

"Ruhe dich ein wenig aus, Aristo. Falls ich entdeckt werde, brauche ich deine ganze Kraft und Geschwindigkeit."

Der Hengst drückte seine Nüstern gegen Schencks Schulter und schnaubte leise.

"Ich hoffe, du hast mich verstanden."

Er fuhr dem Pferd mit der Hand über die Stirn, dann pirschte er sich, gedeckt durch das hohe Steppengras, den Hügel hinauf. Oben angekommen, schaute er sich vorsichtig um. Dort vor ihm lag Mahenge, und rundherum wimmelte es von schwarzen Kriegern. Unter unartikulierten Lauten tanzten sie um ein gewaltiges Feuer, ein riesiger Schwarzer in einem knallbunten Gewand goss Wasser auf die Köpfe seiner Krieger – die Maji-Maji-Medizin, die die Kugeln der Deutschen in Wassertropfen verwandeln sollte.

Es war Schenck unbegreiflich, warum sie diesen Hügel nicht besetzt hatten, aber dazu fehlte ihnen wahrscheinlich die militärische Erfahrung. Sie ließen die naheliegenden taktischen Überlegungen außer Acht und vertrauten stattdessen auf ihre merkwürdige Medizin und ihre Geister.

Hauptmann von Hassel dagegen schien gut vorgesorgt zu haben. Er hatte zwei Maschinengewehre auf einem hölzernen Hochstand postiert, sodass diese das Vorfeld der Boma außerhalb des tiefen Grabens und der Drahtverhaue, die er rund um die Palisaden hatte anlegen lassen, perfekt bestreichen konnten. Dazu hatte Hassel in regelmäßigen Abständen Zielmarkierungen anbringen lassen – für die MG-Schützen eine wertvolle Hilfe, um die MGs optimal auszurichten. Auch auf den anderen Türmen waren offenbar alle Vorbereitungen getroffen worden, womit jedoch nicht kompensiert werden konnte, dass sie für die Abwehr eines so massiven Angriffs viel zu weit auseinander standen.

Doch im Moment war es für ihn viel wichtiger, herauszufinden, ob es noch einen Weg in die Boma gab. Die Masse der Aufständischen konzentrierte sich auf der gegenüberliegenden, der südlichen Seite der Station. Hier im Norden befanden sich nur wenige Krieger – es machte den Eindruck, als bereiteten sie einen Angriff im Süden vor.

Er hob sein Fernrohr ans Auge und betrachtete die Scharen der Schwarzen. Es war eine ungeheure Menge, Schenck schätzte sie auf über 10 000 Krieger. Wenn es Hassel wirklich gelang, die Boma mit seinen gerade einmal vier deutschen Soldaten und einigen Dutzend Askaris zu halten, hatte er sich einen Orden verdient.

Die Schwarzen rannten wild durcheinander und schwangen ihre Speere, Keulen und uralten Hinterlader-Gewehre. Auf ihren Köpfen trugen sie sonderbare Kränze aus Hirsestängeln, die vermutlich zu ihrer Medizin gehörten.

Schenck ließ das Fernrohr sinken. Sollte es heute tatsächlich noch einen Angriff auf die südliche Seite der Boma geben, könnte er vielleicht sogar den Versuch wagen, wenigstens mit einigen der Verwundeten von Norden her hineinzukommen.

Die Sache hatte nur einen Haken: Wenn der Großteil der Verteidiger im Süden kämpfte, würden die wenigen Soldaten, die die nördliche Seite sicherten, kaum das Tor öffnen, um ihn hereinzulassen, zumal sie sicherlich auch auf dieser Seite mit einem unvermittelten Angriff der Aufständischen rechneten. Womöglich würden sie sein Erscheinen dort sogar für eine Falle halten. Bis er dann erklärt hatte, dass er Leutnant von Schenck mit den Verwundeten aus Ifakara war, wäre er längst von den eigenen Kameraden erschossen worden – das wohl tragischste Soldatenschicksal.

„Herr, was soll ich tun? Irgendwie müssen die Verwundeten nach Mahenge hinein. Besonders Julie von Götzen benötigt dringend einen Arzt, und Franziska ist ebenfalls verletzt. Bitte öffne Du mir einen Weg."

Er hob erneut das Fernrohr – da hörte er hinter sich einen markerschütternden Schrei. Der klang doch, als käme er von einer Frau! Dann ertönten kehlige Rufe in Suaheli – was war dort los?

Kriechend zog Schenck sich von seinem Aussichtspunkt zurück und schaute auf der anderen Seite den Hügel hinunter. Nichts zu sehen. Doch da ertönte erneut ein Schrei, diesmal eindeutig von einer Frau.

Er sah in die Richtung, aus der der Schrei gekommen war. Dort unten am Fuß des Hügels stand sein Pferd, immer noch an der abgestorbenen Schirmakazie angebunden. Aber etwas weiter entfernt und mehr seitlich, in der Nähe des Weges nach Ifakara, wogte das hohe Gras, schwarze Gestalten liefen umher – und dazwischen bewegte sich etwas Hellblaues.

Hellblau? – Franziska trug doch ein hellblaues Kleid! Aber das konnte ja nicht Franziska sein. Sie war doch im Lager und viel zu schwach, um bis hierher zu kommen. Außerdem würde sie ihre Freundin niemals alleinlassen. Oder war Komtesse Götzen bereits gestorben? Und könnte das Franziska dazu verleiten, etwas Unüberlegtes zu tun? – Wer die Frau auch immer war, er musste ihr helfen!

Schenck richtete sich auf und lief geduckt den Hügel hinunter bis zu seinem Pferd. Aus der höheren Position eines Reiters würde er einen Vorteil gegen die Schwarzen haben, auch wenn er so früher von diesen gesehen werden konnte. Doch er hoffte darauf, dass sie so beschäftigt waren, dass sie nicht so genau auf ihre Umgebung achteten.

Aristo schnaubte ihm entgegen. Rasch band er ihn los und sprang in den Sattel.

„Los, Aristo!"

Er drückte dem Tier die Fersen in die Seiten und zog dabei gleichzeitig seinen Revolver aus dem Holster, steckte ihn aber sofort wieder weg. Nein, wenn hier in der Umgebung von Mahenge noch mehr Aufständische herumstreiften – wovon er ausgehen musste –, würde er sie mit Schüssen nur auf sich aufmerksam machen. Stattdessen riss er sein Bajonett aus der Scheide.

Im Sattel sitzend konnte er trotz des hohen Grases leicht erkennen, wo die Stelle war, an der der Kampf stattfand. Im Galopp jagte er darauf zu. Die Rufe und Schreie wurden lauter – und dann bekam er freie Sicht auf den Kampfplatz, der noch etwa 100 Meter entfernt war.

Seine Ahnung hatte ihn nicht getäuscht: Es war Franziska von Wedell, umringt von vier, fünf Schwarzen.

Schenck hob das Bajonett und hielt auf die Angreifer zu.

Kapitel 53

Franzi merkte, wie ihre Kräfte erlahmten. Kräfte, die sie eigentlich gar nicht mehr hatte. Der Schwarze, der mehr einem Bullen als einem Menschen glich, hielt sie von hinten umfasst und presste ihr die Arme an den Leib. Durch ihren gebrochenen Oberarm raste ein irrsinniger Schmerz, ihre Zähne knirschten aufeinander, vor ihren Augen wurde es immer dunkler. Nur nicht ohnmächtig werden!

Sie holte mit dem Bein aus und trat nach hinten. Zu dumm, dass sie nicht ihre hohen Absätze trug, aber der gurgelnde Schrei hinter ihr bewies ihr, dass sie den Schwarzen wahrscheinlich am Schienbein getroffen hatte. Der Griff um ihre Arme lockerte sich. Mit einer raschen Wendung drehte sie sich aus seinen Armen und spuckte dem nächsten, der nach ihr griff, ins Gesicht.

Ein anderer kleinerer, wendiger Schwarzer holte mit dem Speer aus – sie warf sich zur Seite, genau gegen den nächsten, ebenfalls eher schmächtigen Angreifer. Dieser hatte wohl nicht mit dem Anprall gerechnet und stürzte nieder. Franzi fiel auf ihn, während der Speer die Luft an der Stelle durchbohrte, wo sie vor einem Wimpernschlag noch gestanden hatte.

Der Mann, auf dem sie zu liegen gekommen war, packte ihren gesunden Arm – blitzschnell biss sie in seine Hand, dass das Blut herausschoss. Sie versuchte sich aufzurappeln, doch ihre Knie gaben nach – ihr fehlte einfach die Kraft!

Da trat ihr einer der Angreifer mit dem nackten Fuß in den Rücken und schleuderte sie zurück auf den Boden – genau auf ihren gebrochenen Arm. Der Schmerz war unerträglich, die Schiene war offenbar gebrochen.

Aus den Augenwinkeln sah sie, dass sich wieder ein Speer auf sie richtete – blitzschnell rollte sie zur Seite. Der Speer fuhr dicht neben ihr in die Erde, dass der Dreck aufspritzte, und blieb zitternd stecken.

Sie streckte ihren gesunden Arm danach aus, riss ihn heraus und richtete ihn gegen den bulligen Schwarzen, der sich gerade auf sie stürzte – er warf sich geradewegs in den Speer. Die Waffe bohrte sich in seine Schulter. Der Bulle brüllte auf, rollte zur Seite, wobei der Schaft des Speers zerbrach, und blieb mit schmerzverzerrtem Gesicht liegen.

Auch die anderen brüllten vor Wut. Der mit der blutigen Hand griff nach seiner Keule und schwang sie gegen sie – Franzi rollte zurück auf den Bauch, mit dem Gesicht wälzte sie sich dabei durch den Staub.

Da hörte sie plötzlich ein Stampfen – nein, eigentlich spürte sie mehr die Erschütterungen des Bodens: Pferdegetrappel! Bekamen ihre Angreifer nun noch Verstärkung?

Sie hob den Kopf. In vollem Galopp näherte sich ein Mann in der hellen Uniform der Schutztruppen – Schenck!

Franzi war noch nie so froh gewesen, ihn zu sehen. Doch da wurde sie auf einmal an den Armen gepackt, ein Zweiter erfasste ihre Beine – die Schwarzen nutzten diesen kurzen Augenblick ihrer Unaufmerksamkeit gnadenlos aus. Und offenbar waren sie so mit ihr beschäftigt, dass sie den neuen Gegner gar nicht bemerkten.

Die beiden, die sie gepackt hielten, schleuderten sie auf den Rücken, dass sie meinte, ihr verletzter Arm würde ihr ausgerissen. Direkt vor ihr stand der Schwarze mit der blutenden Hand. Mit einem gellenden Schrei schwang er seine Keule, sein Gesicht verzog sich zu einem hässlichen Grinsen – jeden Augenblick würde die Waffe auf sie niedersausen, da konnte ihr auch Leutnant von Schenck nicht mehr helfen. Er kam nur wenige Sekunden zu spät!

* * *

In vollem Galopp näherte Schenck sich dem Kampfplatz.

Einer der Schwarzen lag reglos auf der Erde, der Sand um ihn herum war blutgetränkt, in seiner Schulter steckte ein abgebrochener Speer. Wie hatte Franziska das bloß geschafft?

Doch auch sie selbst lag am Boden, zwei Angreifer zerrten an ihren Armen und Beinen herum, während ein dritter, dem das Blut von der Hand tropfte, vor ihr stand und seine Keule schwang.

Nur noch Bruchteile von Sekunden, dann würde der tödliche Schlag auf Franziska niedergehen. Bis dahin konnte Schenck sie nicht mehr erreichen. Er musste schießen, selbst auf die Gefahr hin, dadurch weitere Aufständische auf den Kampf aufmerksam zu machen.

Schenck schob das Bajonett hastig wieder in die Scheide und riss den Revolver aus dem Holster. Doch aus vollem Galopp auf den Keulenschwinger schießen – das war unmöglich. Wenn er ihn nicht beim ersten Schuss tödlich traf, würde er Franziska erst recht sofort erschlagen. Dazu die Gefahr, dass die Kugel statt des Schwarzen Franziska traf. Denn ein besonders guter Schütze war er noch nie gewesen.

Wie Blitze jagten ihm die Gedanken durch den Kopf.

Weiter vorwärts sprengend hob er die Waffe über den Kopf und feuerte in den Himmel. „Loslassen! Ich bin der Feind!"

Vielleicht schaffte er es, die Angreifer so lange abzulenken, bis er auf Nahkampfdistanz heran war und sie niederreiten konnte. Und tatsächlich hielten die Schwarzen einen Augenblick inne und schauten zu ihm auf. Doch dann wandten sie sich unter wildem Geschrei wieder Franziska zu. – Er kam wenige Sekunden zu spät!

Herr, was soll ich tun? Wie kann ich sie retten?

„Schießen Sie!"

Das war Franziskas Stimme im höchsten Diskant. Sollte das Gottes Antwort sein? *Herr, wenn ich nicht treffe! Oder sie treffe!*

„Schießen Sie endlich!"

Panik schwang in ihrer Stimme mit – aber die Schreie brachten ihre Angreifer dazu, erneut einen Blick zu ihm zu werfen. Das gab ihm die notwendige Zeit, sein Pferd durchzuparieren und zu zielen, obwohl die Distanz für einen sicheren Schuss immer noch zu groß war. *Herr, lenke Du die Kugel!*

Durfte er so etwas beten? Er stand im Begriff zu töten, einen Menschen in die Ewigkeit zu schicken! Aber wenn er es nicht tat, würde Franziska in die Ewigkeit gehen, ohne mit Gott versöhnt zu sein.

Mit Wutgeheul drehte der Keulenschwinger sich wieder zu Franziska um ...

Schenck spannte den Hahn und versuchte dabei Aristo, der noch unruhig hin und her tänzelte, mit den Schenkeln zum Stillstehen zu bringen. „Ruhig, mein Brauner, ganz ruhig."

Aristo schien zu verstehen; er stand wie ein Fels.

In dem Augenblick, als der Schwarze mit der Keule ausholte, richtete Schenck die Waffe auf ihn. Er krümmte den Finger. Und zog den Abzug durch. Laut knallte der Schuss. Der Angreifer sackte zusammen, mitten durch den Kopf getroffen.

Sofort ließen die beiden anderen von Franziska ab und rannten wutschreiend davon.

Schenck sandte ihnen noch eine Kugel hinterher, schoss aber über ihre Köpfe hinweg. Es war schon schlimm genug, dass er den einen hatte erschießen müssen.

Rasch ritt er die letzten Meter bis zu Franziska und sprang aus dem Sattel. Beim Anblick der beiden toten Schwarzen wurde ihm übel, doch er kämpfte dagegen an und beugte sich über Franziska, die mit geschlossenen Augen dalag. „Komtesse ..."

Da drang plötzlich aus der Ferne gellendes Geschrei an sein Ohr, Schüsse knallten, die aus uralten Hinterladern zu stammen schienen. Sollten die beiden geflohenen Männer etwa die anderen Krieger schon verständigt haben?

„Komtesse! Hören Sie mich?"

Ganz langsam öffnete Franziska die Augen, ihr Gesicht war aschfahl. „Ich – ich bin doch nicht tot?"

„Nein, aber wir müssen sofort hier weg!" Das Geschrei wurde immer lauter, das Feuer intensiver.

„Ich – ich kann nicht mehr!" Ihre Augen verdrehten sich.

„Nein! Nicht ohnmächtig werden! Wir müssen doch ..." Doch als sein Blick auf ihren Arm fiel, wurde ihm klar, dass die Ohnmacht Folge unerträglicher Schmerzen sein musste. Der Ärmel des Kleides war zerrissen und die gesplitterten Enden der Schiene hatten sich durch den Verband an ihrem Oberarm gedrückt, Blut tropfte auf die Erde.

Kapitel 54

Franzi erwachte in Schencks Arm.

„Gut, dass Sie so schnell wieder aufwachen", keuchte er.

Ihr erster Blick fiel in sein sonderbar bleiches Gesicht, dann sah sie den Schwarzen, der sie mit der Keule hatte erschlagen wollen, mit durchschossenem Schädel am Boden liegen. Auch der andere, dem der Speer noch in der Schulter steckte, regte sich nicht mehr, wahrscheinlich war er längst verblutet.

„Sie haben mich gerettet."

„Es ist ein Wunder, dass ich ihn so gut getroffen habe. Aber jetzt müssen wir schleunigst von hier verschwinden!"

Erst jetzt hörte Franzi die Schreie und das Gewehrfeuer. „Was ist dort los?"

„Mir scheint, das Feuer gilt nicht uns, sondern Mahenge wird angegriffen. Hören Sie das Tackern der Maschinengewehre? Die Kameraden in der Boma würden nicht schießen, wenn sie nicht angegriffen würden."

Auch das noch. Wenn es den Aufständischen gelang, Mahenge zu erobern, war für Julie jede Hoffnung dahin.

„Können Sie reiten, Komtesse?" Ohne eine Antwort abzuwarten, hievte er sie auf sein Pferd und stieg hinter ihr auf. „Halten Sie sich an der Mähne fest, Aristo ist ein friedlicher Kerl. Und fallen Sie mir bitte nicht wieder in Ohnmacht."

Als er seinen Arm um ihre Hüfte legte, spürte sie ein seltsames Prickeln in sich. Zwar schwebten sie immer noch in Gefahr und im rechten Arm hatte sie Schmerzen, wie sie sie noch nie erlebt hatte, und trotzdem fühlte sie sich beinahe geborgen. Moritz von Schenck war bei ihr, er gab auf sie acht und er würde alles tun, um sie in Sicherheit zu bringen. „Herr Leutnant, es – es tut mir leid."

Er nahm die Zügel, aber statt das Pferd in Bewegung zu setzen, beugte er sich vor, als habe er sie nicht richtig verstanden. „Was meinen Sie?"

„Erst einmal das, was heute geschehen ist. Es ist meine Schuld. Aber gestern ... Ich habe hässliche Dinge zu Ihnen gesagt. Dass es

Ihnen nur um Ihr eigenes Leben oder um Ihre Karriere geht. Das stimmt nicht."

Er atmete tief, beinahe seufzend durch. „Ich danke Ihnen, dass Sie mir das sagen, Komtesse."

„Aber glauben Sie nur nicht, ich würde mich deshalb gleich Ihrem Glauben anschließen."

„Das sagen Sie immer noch, obwohl Sie gerade durch ein Wunder gerettet wurden?" In seiner Stimme schwang Enttäuschung mit.

„Wir haben schlichtweg Glück gehabt. Und dieses vermeintliche Wunder wäre gar nicht nötig gewesen, wenn Ihr Gott uns nicht die ganze Zeit schon im Stich gelassen hätte. Haben Sie etwa das Schicksal meiner Freundin vergessen? Ihretwegen bin ich überhaupt hierhergekommen. Sie muss dringend nach Mahenge in ärztliche Behandlung, aber das hat sich nun wohl erübrigt." Sie wies mit dem Kopf in die Richtung, aus der der Kampflärm herüberschallte. „Wo bleibt da das Wunder Ihres Gottes?"

Schenck ließ die Zügel locker und schnalzte mit der Zunge. „Lassen Sie uns darüber reden, wenn wir aus dem Gefahrenbereich heraus sind."

Er hatte wahrscheinlich wieder einmal keine Antwort auf ihre Fragen. „Glauben Sie wirklich, dass wir verfolgt werden, obwohl die Schwarzen doch mit dem Sturm auf die Boma beschäftigt sind?"

„Es bleiben bestimmt einige zur Bewachung ihres Lagers zurück. Und wenn die von denen, die fortgelaufen sind, erfahren, was hier geschehen ist, werden sie uns ganz sicher verfolgen. Einen deutschen Offizier und eine deutsche Komtesse lassen die Aufständischen sicher nicht so einfach entkommen – noch dazu, wenn die gerade zwei ihrer Leute getötet haben."

Natürlich hatte er recht. Welch ein Triumph musste es für diese Aufständischen sein, wenn jemand wie Schenck oder sie selbst in ihre Hände fiel. Sie würden den Tod ihrer Krieger bestimmt fürchterlich rächen.

Vorsichtig lenkte er das Pferd vom Kampfplatz fort. „Wir dürfen es gar nicht erst dazu kommen lassen, dass wir verfolgt werden, sonst verraten wir unseren Lagerplatz. Bis die Luft wieder rein ist, werden wir uns ein Versteck hier in der Nähe suchen."

Wenn sie seine Anordnungen beim Abmarsch von Ifakara schon

beeindruckt hatten – seit dem Einsatz vor wenigen Minuten zweifelte sie erst recht nicht mehr daran, dass er alles tun würde, was nötig war, um sie und die anderen in Sicherheit zu bringen. Obwohl sie gleichzeitig darum bangte, ob Julie so lange überleben würde. Doch wenn es einer gut mit ihnen meinte, dann war es Leutnant von Schenck – trotz seines Glaubens. Ohne seinen Gott würde er ihr inzwischen sogar richtig gut gefallen.

Er bog in das hohe Gras ab. „Bitte ducken Sie sich, Komtesse, damit wir nicht gesehen werden. Denn wir müssen hier jederzeit mit Feindkontakt rechnen. Außerdem versuche ich, ein Versteck zu finden, von dem aus ich beobachten kann, was bei Mahenge passiert."

Das Donnern der alten Büchsen drang ohrenbetäubend zu ihnen herüber, die Maschinengewehre der deutschen Verteidiger ratterten in rasendem Staccato dagegen.

Schenck schlug einige Bögen, wodurch sie den Hügel, der bisher zwischen ihnen und der Boma gelegen hatte, umgingen und nun freie Sicht auf das Kampfgeschehen hatten. Schließlich hielt er das Pferd an und stieg ab.

„Es tut mir leid, Komtesse. Eigentlich müsste ich Sie schnellstens zu Poll bringen, damit er Ihren Arm wieder neu schient und verbindet. Aber es ist im Moment einfach zu gefährlich."

„Ich werde schon durchhalten." Wenn sie sich nicht bewegte, konnte sie sich fast einbilden, dass der Schmerz etwas nachgelassen hätte.

Schenck fasste sie um die Taille und hob sie sacht vom Pferd. „Bitte legen Sie sich hin, damit wir nicht gesehen werden."

Dann sorgte er dafür, dass sein Pferd sich ebenfalls niederlegte.

Franzi atmete tief durch, um sich dann langsam hinzulegen. Da fiel ihr Blick auf die Boma Mahenge, die sie über die Grasspitzen hinweg sehen konnte, und erstarrte.

Wie eine schwarze Welle rollten die Angreifer auf die Palisaden zu. Es mussten Tausende sein, die mit wilden Schreien angriffen, dabei aus alten Büchsen feuerten oder Pfeile in rauen Mengen abschossen. Doch das Maschinengewehrfeuer der Besatzung wütete fürchterlich unter ihnen. Wie Dominosteine fielen die Angreifer, niedergemäht von den Salven der Verteidiger. Ganze Berge schwarzer Leiber türmten sich auf, doch immer neue Aufständische rannten gegen die Boma an, kletterten über die Gefallenen hinweg – und wurden ebenfalls niedergemäht.

Schenck zog an Franzis gesundem Arm. „Schauen Sie nicht hin, Komtesse."

Doch sie konnte den Blick nicht abwenden. „Es ist entsetzlich! Muss das wirklich sein?"

„Bitte, Komtesse, suchen Sie Deckung, sonst sieht man uns!"

„Das sind doch auch Menschen!" Was sich da vor ihren Augen abspielte, wirkte gespenstisch. Wie unter einer Sense fielen die Schwarzen und blieben liegen. Nur dass es keine Getreidehalme waren, sondern Menschen!

„Komtesse, bitte!" Er zog energischer an ihrem Arm. „Schauen Sie sich diese Gräuel nicht an!"

Franzi blickte ihn an. Sein Gesicht war grünlich – doch wahrscheinlich sah sie genauso aus. „Warum tun Menschen so etwas?" Sie starrte wieder auf das schaurige Bild vor den Palisaden von Mahenge.

Plötzlich zischte etwas heran, dann durchfuhr ein brennender Schmerz ihren Oberschenkel, worüber sie sogar den Schmerz in ihrem Oberarm vergaß. Sie riss die Augen auf und starrte auf das gefiederte Ungetüm, das in ihrem Bein steckte.

* * *

Mit devoter Verbeugung platzierte der Diener die Post neben Ferdinands Frühstücksteller. Schön säuberlich getrennt zwei Stapel: links geschäftliche Briefe, rechts Privatpost. Daneben legte er den Brieföffner.

Ferdinand seufzte und tupfte sich die Lippen mit der Serviette ab. „Es ist wie immer: geschäftlich erhalte ich wenigstens ein Dutzend Briefe, privat lediglich einen."

Er griff nach dem Privatbrief. Als er das Siegel des Füsilier-Regiments *General-Feldmarschall Graf Moltke* erkannte, hielt er inne. Endlich eine Nachricht von Claus Ferdinand?

„Immerhin bekommst du heute einmal einen privaten Brief", antwortete seine Mutter, die ihm gegenüber am Tisch saß. „Insofern ist es nicht wie immer: In den letzten Tagen gab es nur einen Stapel."

Ferdinand drehte den Brief hin und her.

„Was starrst du ihn an? Ist er ..." Die Stimme seiner Mutter begann zu beben. „Ein Brief von Franzi?"

Er griff zum Brieföffner. „Nein. Von Claus Ferdinand." Ob er von Franziska jemals wieder etwas hören würde?

Seine Mutter atmete tief durch. „Immerhin etwas. Nachdem er vor anderthalb Wochen so überstürzt nach Glatz zurückgekehrt ist ..."

Langsam schlitzte Ferdinand den Brief auf – gewissenhaft an drei Seiten, damit er nichts im Umschlag übersah. Doch es gab nicht viel zu übersehen. Wie er das Kuvert auch wendete, es war nur eine Karte darin. Mit gerade einmal vier Zeilen von seinem Sohn.

Seine Mutter legte die zitternden Hände auf den Tisch und beugte sich vor. „Was schreibt er?"

Ferdinand ließ sich noch eine Tasse Kaffee einschenken, dann winkte er den Diener hinaus. „Er hat den Kontakt zu Pauline abgebrochen, glaubt aber, er hätte ihr noch eine Chance geben sollen. Und weil ich ihn zu dieser Entscheidung gedrängt habe, will er vorerst nicht nach Hause zurückkehren, sondern erst Abstand von der Sache gewinnen." Ferdinand schleuderte die Karte auf den Tisch. „Also soll ich auch noch daran schuld sein. Ich habe mir diese unglückliche Liebesgeschichte nicht für ihn ausgedacht."

„Ferdi." Seine Mutter sprach seinen Namen aus, als rede sie mit einem kleinen Kind.

„Was? Hätte ich zu dieser irrsinnigen Verbindung etwa meinen Segen geben sollen? Damit Claus Ferdinand an der Seite dieser Betrügerin unglücklich wird?"

„Ferdi!" Die Stimme seiner Mutter wurde eindringlicher. „Du hättest etwas ganz anderes tun sollen."

„Etwas ganz anderes?" Verstand sie denn nicht seine Angst um seine Kinder?

„Natürlich sollst du nicht leichtsinnig zustimmen. Aber jemanden leichtfertig abzulehnen, ist genauso verkehrt. Hast du Pauline jemals näher kennengelernt?"

„Wozu das? Ich habe sie doch oft genug gesehen und meine Beobachtungen gemacht ..."

„Und hast ein Urteil fertig, ohne jemals mit ihr persönlich gesprochen zu haben. Ohne *ihre* Sicht der Dinge zu kennen. Da liegt das Problem. Es mag sein, dass deine Beobachtungen deine Ablehnung rechtfertigen, aber damit überzeugst du deinen verliebten Sohn nicht. Hättest du dir die Mühe gemacht und Pauline gründlich kennengelernt, hätte Claus Ferdinand doch bemerkt, dass dir seine Herzensangelegenheit wichtig ist und du sogar bereit gewesen wärst, das Mädchen als Schwiegertochter zu akzeptieren – sofern sie deine Bedenken wirklich ausgeräumt hätte."

Ferdinand schlürfte an seinem Kaffee. Was hatte seine Mutter bloss für abstruse Gedanken? „Warum soll ich mich mit Pauline beschäftigen, obwohl ich genau weiss, dass sie für Claus Ferdinand nicht taugt? Das ist doch reine Zeitverschwendung!"

„Zeitverschwendung?" Seine Mutter liess ein trauriges Lächeln sehen. „Ferdi, ich werde dir sagen, warum du es für Zeitverschwendung hältst."

Er konnte dem Blick ihrer blauen Augen nicht ausweichen, diesem strengen und gleichzeitig liebevollen Blick.

„Du hast nämlich eine Verbindung von vornherein nicht in Betracht gezogen. Und das nicht nur wegen Paulines Unglaubens, sondern weil sie als Kellnerin nicht in dein Schema passte."

„Mutter, das …"

Sie nahm seine Hand und erstickte damit seinen Protest. „Denke darüber nach, Ferdi, ob ich nicht ein wenig recht habe." Sie schob ihren Stuhl zurück, stand auf und ging Richtung Tür.

Ferdinand stürzte den letzten Rest seines Kaffees hinunter. Stimmte das? Hatte er Pauline gar nicht näher kennenlernen wollen, da sie wegen ihrer Stellung ohnehin nicht als Frau seines ältesten Sohnes in Betracht kam? Selbst wenn sie gläubig wäre? Hatte seine Mutter wieder einmal tiefer geblickt und Dinge bemerkt, die er sich selbst nicht eingestehen wollte? – Aber Pauline war nun einmal ungläubig!

„Mutter?"

Sie liess die Türklinke wieder los und kam zurück an den Tisch.

„Ändert das denn etwas? Für mich gibt es keinen Zweifel daran, dass Pauline nicht an Christus glaubt. Insofern ist ihre gesellschaftliche Stellung völlig unerheblich: Claus Ferdinand kann sie nicht heiraten!"

Seine Mutter setzte sich auf einen Stuhl neben ihm. „Für Claus

Ferdinand ist es aber entscheidend, *warum* du sie ablehnst. Du hast dich nicht eingehend damit beschäftigt, wie sie zum Glauben an Jesus Christus steht, also zieht er den Schluss, dass das gar nicht das entscheidende Kriterium ist. Sondern etwas anderes."

„Und dieses andere ist die Tatsache, dass Pauline eine Kellnerin ist?", murmelte er.

„Verstehst du jetzt, warum dein Sohn dir immer wieder Standesdünkel vorwirft, ebenso wie Franzi? Und wenn du ganz ehrlich zu dir selbst bist: Musst du ihnen nicht – wenigstens ein Stück weit – recht geben?"

Ferdinand senkte den Kopf. Seine Mutter schaffte es immer wieder, unbequeme Dinge auszusprechen, ohne dass er ihr böse sein konnte. Und diese unbequemen Dinge waren zumeist – nein, eigentlich immer – wahr.

„Du fragst dich viel zu oft, was andere über dich denken. Die Meinung anderer Menschen – ist sie wichtiger als das, was Gott über dich denkt? Muss nicht das an allererster Stelle stehen? Dann kommst du vielleicht zu Entscheidungen, über die die adelige Gesellschaft den Kopf schütteln mag. Manchmal – und das kann noch mehr schmerzen – schütteln sogar deine Glaubensgeschwister den Kopf. Doch wenn du Gottes Zustimmung hast, dann lass sie alle über dich die Nase rümpfen oder gar lachen. Mag Claus Ferdinand eine Kellnerin heiraten, mag Franzi ganz unstandesgemäß einen Beruf ergreifen und Krankenschwester werden – willst du der Meinung der Menschen wegen Gottes Willen für deine Kinder verhindern?" Sie holte die dicke Hausbibel aus dem Regal, das neben der Tür stand, setzte sich mit ihr wieder an den Tisch und blätterte darin. „Hier, lies Galater 1 Vers 10."

Ferdinand schob seine Lesebrille auf die Nase und beugte sich über die Bibel.

Denn suche ich jetzt Menschen zufriedenzustellen oder Gott? Oder suche ich Menschen zu gefallen? Wenn ich noch Menschen gefallen wollte, so wäre ich Christi Knecht nicht.

Die Worte Gottes trafen Ferdinand wie ein Hammer, der den Felsen seines Eigenwillens zerschmetterte. Des Eigenwillens, den er seinen Kindern hatte aufzwingen wollen. „Mutter, du hast recht."

Sie streichelte ihm über den Kopf, wie sie es damals, als er noch ein kleiner Junge war, so oft gemacht hatte. „Dann weißt du, was du als Nächstes tun musst."

Er nickte. „Nach Glatz zu Claus Ferdinand reisen. Auch wenn ich ihm immer noch nicht meinen Segen geben kann, muss ich ihm bekennen, dass ich ob meines Standesdünkels vorschnell geurteilt habe."

„Dann bleibt noch Franzi." Seine Mutter faltete die Hände auf der Bibel.

„Franziska." Ferdinand vergrub das Gesicht in den Händen. „Ich glaube, bei ihr habe ich am meisten zerstört. Aber da ich nicht weiß, wo sie ist, habe ich keine Möglichkeit, zu ihr zu reisen und das zu bereinigen." Diese Erkenntnis traf Ferdinand wie ein brennender Pfeil: Seine Einsicht kam zu spät.

Kapitel 55

Schencks Magen rebellierte, als er den Pfeil in Franziskas Oberschenkel stecken sah. Hatten sie denn nicht schon genug Schwierigkeiten? Und hatte Franziska nicht schon genug zu leiden?

Sie presste die Lippen aufeinander, in ihre Augen traten Tränen. Um den Pfeil herum färbte sich ihr Kleid dunkelrot.

Er musste sie auf der Stelle von hier fortbringen. Zurück ins Lager, zurück zu Poll. Auch wenn die Gefahr der Entdeckung eigentlich viel zu groß war. Doch wenn es sich um einen Giftpfeil handelte, zählte jede Sekunde. Sie musste so schnell wie möglich in die Obhut des Sanitäters.

„Können – Sie ihn – herausziehen?", keuchte sie.

Doch als er vorsichtig nach dem Pfeil griff, schrie sie auf – blitzschnell legte er ihr die Hand auf den Mund. „Psst, verraten Sie uns nicht!"

Sie antwortete mit einem unterdrückten Stöhnen.

„Wir müssen zurück ins Lager." Er konnte die Panik in seiner Stimme kaum unterdrücken.

„Gerade meinten Sie noch, es sei zu gefährlich." Blanke Angst trat in ihre Augen. „Ist das ein Giftpfeil?"

„Ich hoffe es nicht. Aber ich kann es nicht ausschließen. Und wenn es so sein sollte, dürfen wir keine Zeit verlieren."

Franziska packte sein Handgelenk und klammerte sich an ihm fest. „Ich habe Angst! Wenn ich sterben muss ..."

Er legte seine andere Hand über ihre Finger, deren Knöchel weiß hervortraten. Was sollte er ihr antworten? Ihre Angst war nur zu verständlich und ebenso begründet. Nach einem Leben, aus dem sie Gott bewusst ausgeschlossen hatte, musste die unmittelbare Nähe des Todes furchtbar sein. „Auch wenn es Ihnen nicht gefällt, ich bete für Sie."

„Bitte retten Sie mich! Der Tod – er ist schrecklich!"

„Nur *Einer* kann Sie retten – Jesus Christus. Weil Er am Kreuz die Strafe für uns übernommen hat, kommen wir nicht ins Gericht, wenn wir an Ihn glauben. – Denken Sie darüber nach, während ich Sie zurück ins Lager bringe."

Innerlich flehte Schenck zu seinem Gott, dass Er sich über Franziska erbarmen möge. Gleichzeitig löste er ihre Hand von seinem Handgelenk und legte ihren gesunden Arm um seinen Nacken. Dann wandte er sich dem Pferd zu und schnalzte mit der Zunge – sofort sprang Aristo auf. Behutsam schob Schenck einen Arm in Franziskas Kniekehlen, den anderen unter ihre Schultern und hob sie vorsichtig an.

Sie stöhnte, als ihr verletzter Arm herunterbaumelte, Tränen liefen ihr die staubbedeckten Wangen hinunter und hinterließen helle Spuren.

„Halten Sie durch, Komtesse", flüsterte er ihr ins Ohr. „Es mag schmerzhaft für Sie werden, denn ich muss das Pferd schnell laufen lassen. Aber schreien Sie bitte nicht!"

Franziska nickte, obwohl ihr Gesicht schmerzverzerrt war.

Dieser Anblick schnitt ihm ins Herz, aber er hatte keine andere Wahl. Wenn es ein Giftpfeil war und sich das Gift im Körper ausbreitete, war sie verloren! *Herr, bitte schlage die Augen der Schwarzen mit Blindheit, dass sie uns nicht sehen! Und rette Franziska – nicht nur ihr Leben, sondern auch ihre Seele!*

Langsam richtete Schenck sich auf und hob sie auf Aristos Rücken, sie klammerte sich an die Mähne des Tieres. Er ergriff die Zügel und legte seinen anderen Arm um ihre Taille. „Und jetzt fort von hier!"

Hinter ihnen war immer noch das Gebrüll der schwarzen Krieger, das Krachen der alten Büchsen und das Hacken der Maschinengewehre zu hören. Aber die Schwarzen schienen durch ihren Angriff so beschäftigt zu sein, dass sie Franziska und ihn nicht wahrnahmen.

Schenck ließ Aristo im Trab laufen und rannte neben ihm her. Nur so schnell wie möglich aus der Sichtweite und der Reichweite der Pfeile der Schwarzen hinaus! Doch dann blieben immer noch die herumstreifenden Gruppen, die nach dem missglückten Überfall auf Franziska wahrscheinlich nach ihnen suchten.

Als das Getöse hinter ihnen leiser wurde, ohne dass ihnen Pfeile oder Gewehrkugeln nachgeschickt worden waren, atmete er auf. Schließlich schwang er sich hinter Franziska in den Sattel und legte beide Arme um sie. „Lauf, Aristo!"

Sie lehnte sich gegen seine Brust, ihre Locken kitzelten seine

Wangen. Doch plötzlich sackte ihr Kopf zur Seite; wenn er sie nicht festgehalten hätte, wäre sie aus dem Sattel geglitten.

„Komtesse!"

Sie gab keine Antwort.

„Franziska! – Franzi!"

Ohnmächtig hing sie in seinen Armen. Lag das nur an den Schmerzen und dem Blutverlust – oder tat das Gift schon seine Wirkung?

* * *

Als sich der Zeltvorhang teilte, hob Franzi mühsam den Kopf. Gegen das Licht der untergehenden Sonne konnte sie Schenck nur an seiner Gestalt erkennen. Hatte der Sanitäter ihn geschickt, um ihr mitzuteilen, dass ihr Leben wegen des Giftpfeils zu Ende gehe? Solche Nachrichten mochte Poll ja bekanntlich nicht gern selbst überbringen.

Schenck rückte an seinem Tropenhelm und kniete neben ihrem Lager nieder. „Der Pfeil war, Gott sei Dank, nicht vergiftet. Und wie der Sanitäter sagte, ist die Verletzung auch nicht so schlimm wie gedacht, weil der Pfeil nicht so tief eingedrungen ist. Sie haben nur ob Ihrer Schwäche und des Blutverlustes das Bewusstsein verloren."

Sie atmete tief durch. Doch nicht das Todesurteil. Sie durfte also erst einmal weiterleben – was unter den gegebenen Umständen jedoch nicht viel bedeutete. „Warum sagen Sie *Gott sei Dank*? Das kann doch nach dem, was geschehen ist, nur eine Floskel sein."

„Dieser Satz sollte niemals eine Floskel sein. Ich bin überzeugt, dass Gott meine Gebete erhört und Ihr Leben gerettet hat."

„Ich verstehe das alles nicht. Wie können Sie diese ganze Situation Ihrem Gott der Liebe zuschreiben? Wir stecken in der größten Klemme, die man sich vorstellen kann. Meine Freundin Julie liegt im Sterben, während wir nicht weit von Mahenge entfernt sind, wo es einen Arzt gibt, und wir kommen doch nicht hinein – warum ist Gott so grausam? Und wie können Sie trotzdem noch glauben, dass Gott uns geholfen hat?"

„Ist Gott denn schuld an unserer Situation?"

Sie sah in seine ernst blickenden Augen. „Meinen Sie etwa, Gott sei nur für die guten Dinge zuständig? Dafür, dass es zufällig kein

Giftpfeil war? Aber für die Tatsache, dass der Pfeil überhaupt flog und mich traf, dafür kann er nichts?"

„Doch, Komtesse, aber Er bestimmt das Maß."

„Ach so. So wie die Katze mit der Maus. Er spielt mit uns, quält uns, aber er lässt uns noch eine Weile am Leben – um uns irgendwann doch zu fressen."

Seine Stimme war tief und sanft. „Sie können mich nicht glauben machen, dass Sie die Antwort nicht wissen. Gott regiert unser ganzes Leben. Aber Sein Verhalten uns gegenüber hängt auch davon ab, wie wir uns zu Ihm stellen."

„Warum stecken Sie dann in dem gleichen Schlamassel? Sie glauben doch an Gott, aber Ihnen geht es kaum besser als mir."

Unter seinen dunklen Bartstoppeln zeigte sich ein Lächeln, und sie musste zugeben, dass es ihm außerordentlich gut stand. „Mir geht es sehr wohl besser. Ich bin mit Gott in der Not. Sicherheit ist nicht Abwesenheit von Gefahr, sondern Gottes Gegenwart."

Sie musste schlucken. Der Satz hatte Sprengkraft. *Sicherheit ist nicht Abwesenheit von Gefahr, sondern Gottes Gegenwart.* „Aber warum bringt er Sie überhaupt in Gefahr?"

„Wahrscheinlich soll ich genau diese Seine Gegenwart erleben. Mehr als ich es könnte, wenn ich nicht in dieser Gefahr wäre."

„Für Sie wäre das dann also – wie würden Sie es nennen? Eine Erprobung? Und für mich? Strafe?"

„Gott kann mit einer Maßnahme mehrere Ziele verfolgen. Aber fassen Sie es für sich nicht nur als Strafe auf. Gott arbeitet an Ihnen. Er möchte Sie zu sich ziehen."

„Und wenn ich nicht will? Der Gott, der Julie den Arm genommen hat – der ist einfach nichts für mich!"

Er nickte. „Das kann ich gut verstehen. Das Schicksal Ihrer Freundin ist schlimm."

„Sehen Sie, Sie geben es selbst zu. Gott hat etwas Schlimmes getan – wie sollte ich mich da nach den Regeln dieses Gottes richten?"

„Sie beschäftigen sich viel zu viel mit Regeln, Komtesse. Vergessen Sie die. Jesus Christus zu folgen bedeutet nicht, Paragrafen zu beachten. Es geht um eine Person, um den Erlöser, der Sein Leben für uns hingegeben hat."

„Das kenne ich. Aber ich kann diesen Gott, der so etwas Schlimmes getan hat, nicht akzeptieren. Verstehen Sie: Es geht einfach nicht!"

Zu ihrer Überraschung wurde er nicht zornig, sondern lächelte sie sogar an. „Merken Sie nicht vielmehr, dass es ohne Gott nicht geht? Sie haben sich für ein Leben ohne Ihn entschieden – und seitdem stolpern Sie von einem Problem ins nächste. Er hat Ihnen noch einmal einen Ausweg angeboten, als ich Sie auf das Schiff nach Deutschland bringen musste. Nicht, dass ich die Art und Weise, wie Graf Götzen das durchsetzen wollte, gutheiße. Aber Sie waren es, die sich gegen diesen Ausweg entschieden haben und in Afrika geblieben sind – mit allen schlimmen Konsequenzen."

Sie schloss die Augen. Im Stillen hatte sie die ganze Zeit das Gleiche gedacht: Sie hatte die Weichen für ihr weiteres Leben gestellt, als sie von zu Hause fortgegangen war. Seitdem lief alles schief. Gegen ihre jetzigen Schwierigkeiten war das strenge Pensionat in Breslau ein Paradies gewesen.

Aber was sollte sie tun? Zu ihrem Vater zurückkehren wie der verlorene Sohn? Ihm sagen: *Ich habe gesündigt*? Das war unmöglich!

„Komtesse, ich kann verstehen, dass Ihr Stolz rebelliert."

Woher wusste er das?

„Aber bleiben Sie nicht aus Stolz auf einem falschen Weg. Was würden Sie von einem Kapitän halten, der auf ein Riff zusteuert, aber alle Warnungen in den Wind schlägt, nur weil er zu stolz ist, zuzugeben, dass er sich im Kurs geirrt hat? Würden Sie das nicht zu Recht töricht nennen?"

„Sie meinen also, ich wäre töricht?"

„Wenn Sie auf Ihrem selbst gewählten Weg weitergehen" – er atmete tief durch –, „dann ja."

Töricht. Dumm. Vielleicht sogar naiv. Bloß weil sie nicht an Gott glaubte. „Haben Sie bedacht, was Sie damit sagen, Herr Leutnant?"

„Es ist die Wahrheit. Was bringt es, wenn ich sage, was Ihnen gefällt, Ihnen aber nicht weiterhilft?"

Sie betrachtete sein markantes Gesicht, das von der Sonne Afrikas gebräunt war. Nur die Augen leuchteten hell – und immer noch freundlich. Er hatte ihr heute zweimal das Leben gerettet. Ohne ihn wäre sie von der Keule des Schwarzen zerschmettert worden und hätte später wegen des Pfeiles nicht selbst zum Lager zurücklaufen können. Sie konnte ihm nicht böse sein. Er meinte es wirklich gut mit ihr, sonst hätte er nicht sein Leben für sie eingesetzt. Zudem interessierte er sich aufrichtig für ihre Sorgen und Gedanken, und er nahm sich Zeit, ihr zuzuhören – ganz anders als ihr Vater, der bereits seine fertige Meinung hatte, bevor sie etwas sagen konnte. Aber das zugeben? Das brachte sie nicht fertig.

Franzi wandte den Blick von ihm ab. „Ich danke für Ihre Belehrungen."

Schenck biss die Zähne aufeinander, dass es knirschte. „Was muss denn noch geschehen, bis Sie endlich begreifen, dass Sie allein nicht weiterkommen?"

Er verlor also doch die Geduld und war in seinem Glaubenspanzer keineswegs unangreifbar.

„Komtesse, Sie suchen keine Antworten, sondern nur einen Sündenbock, um selbst keine Schuld eingestehen zu müssen."

Franzi sah wieder in seine Augen, die jetzt nicht mehr freundlich leuchteten, sondern blitzten. Ja, sie hatte ihn aus der Fassung gebracht. Aber es machte sie alles andere als froh. Im Gegenteil, es tat ihr sogar weh, ihn so zu sehen. Und die Worte, die er im Zorn sprach, trafen besser als die Pfeile der Aufständischen. Sie suchte nur einen Sündenbock – war es nicht tatsächlich so?

Vor ihrem inneren Auge sah sie den Kapitän, der unbeirrt auf das Riff zuhielt. War sie wirklich solch ein törichter Mensch? Und war es ausgerechnet Leutnant von Schenck, der sie zur Kurskorrektur bringen sollte?

Kapitel 56

In dieser Nacht konnte Schenck nicht schlafen. Ständig ging ihm das Gespräch mit Franziska im Kopf herum. War es richtig, dass er ihr seine Meinung so unverblümt gesagt – oder vielmehr an den Kopf geworfen hatte? Vertrug sich das mit der demütigen Gesinnung, die sein Herr gezeigt hatte, als Er seinen Jüngern die Füße gewaschen hatte? Oder war es genau das, was Franziska brauchte, um endlich aufzuwachen? Schließlich hatte Jesus Christus seine Zuhörer auch mehrfach als *Otternbrut*, *Heuchler* oder dergleichen bezeichnet.

Plötzlich rüttelte ihn jemand an der Schulter. „Herr Leutnant!"

Er fuhr auf und sah in das Gesicht von Sanitätsunteroffizier Poll. „Was ist? Stimmt etwas mit Komtesse Wedell nicht?"

„Sie erholt sich zusehends. Aber Komtesse Götzen ... Haben Sie Nachrichten, wie das Gefecht bei Mahenge ausgegangen ist?"

„Leider nein. Ich hielt es für zu riskant, einen Spähtrupp loszuschicken. Wir haben ohnehin kaum noch einsatzfähige Soldaten. – Was ist mit der Komtesse?"

„Sie wird immer schwächer, man kann gleichsam zusehen, wie ihr Leben entschwindet."

Im Sternenschimmer konnte Schenck das zerfurchte Gesicht des Sanitäters erkennen. „Was hat das mit dem Gefecht um Mahenge zu tun?"

„Ich dachte ... Wenn die Aufständischen zurückgeschlagen wurden ... Vielleicht ist der Weg in die Boma wieder frei."

„Selbst wenn die Schwarzen besiegt wurden, werden sich immer noch versprengte Horden in der Gegend herumtreiben." Schenck stützte den Kopf auf eine Hand. „Es ist viel zu riskant, das gesicherte Lager aufzugeben, wir würden den Aufständischen unweigerlich in die Arme laufen. Und selbst wenn wir bis an die Boma herankämen – sie ist mit Drahtverhauen und Gräben gesichert." Mit den Verwundeten war es nahezu unmöglich, die Sperranlagen zu überwinden, es sei denn, sie waren beim heutigen Sturmangriff beschädigt worden.

Poll nickte. „Ich habe es mir schon gedacht. Ich hatte nur gehofft, es gäbe vielleicht eine Möglichkeit. Ich bin kein Arzt, aber ich sehe, dass die Komtesse nicht mehr lange durchhalten wird."

Schenck starrte zum Kreuz des Südens hinauf, das in unvergleichlicher Schönheit am Südhimmel funkelte. *Was soll ich tun, Herr? Wider alle Vernunft den Durchbruch nach Mahenge wagen und das Leben aller riskieren? Oder hierbleiben und das Leben der Komtesse Götzen und der anderen Schwerverletzten riskieren?*

Der Sanitäter legte ihm die Hand auf die Schulter. „Sie stecken in einer bescheidenen Situation, Herr Leutnant. Was Sie auch tun, es wird sich immer als verkehrt herausstellen."

„Sie bringen es auf den Punkt." Aber eine der beiden Möglichkeiten bot zumindest die Chance, wenn auch nur eine hauchdünne Chance, das Leben der Komtesse Götzen zu retten – wenn er nämlich den Durchbruch zur Boma wagte. Blieb er hier, würde sie unweigerlich sterben.

Er sprang von seiner Bambusmatte auf. „Poll, ich werde mit zwei Mann und Komtesse Götzen versuchen, nach Mahenge durchzubrechen, während Sie mit den anderen Verwundeten hier bleiben. Gelingt der Coup, sorge ich dafür, dass auch Sie gerettet werden."

Der Unteroffizier stand stramm, seine Augen funkelten. „Wenn Ihnen das gelingt, ist Ihnen das Eiserne Kreuz gewiss."

Schenck winkte ab. „Das ist mir gleichgültig. Die Komtesse muss in Sicherheit gebracht werden, alles andere ist nicht von Bedeutung. – Bitte sorgen Sie dafür, dass die Männer antreten. Und dann machen Sie die Komtesse transportfertig."

Poll sprang davon, während Schenck in seinen Uniformrock schlüpfte und den Tropenhelm aufsetzte.

Kurz darauf meldete der Unteroffizier ihm den angetretenen Trupp – ganze elf Askaris, von denen einige nur dürftig ausgerüstet waren.

Schenck trat vor die Soldaten. „Männer, wie Sie wissen, wurde gestern vor Mahenge eine Schlacht geschlagen. Leider ist uns über den Ausgang nichts Genaues bekannt. Aber nach dem, was ich während meines Spähgangs gesehen habe, halte ich es für möglich, die Boma mit einem kleinen Trupp im Schutz der Dunkelheit zu erreichen. Wer ist bereit, mich zu begleiten?"

Diejenigen, die Deutsch verstanden, übersetzten ihren Kameraden. Dann schüttelten alle unisono den Kopf.

„Ich weiß, dass das Risiko ungeheuer groß ist. Aber Komtesse Götzen liegt im Sterben. Und in Mahenge gibt es einen Arzt, der sie vielleicht noch retten kann."

„Wegen Komtesse?", rief einer der Männer. „Warum retten? Selbst schuld, dass in Gefahr!"

Zustimmendes Gemurmel erhob sich.

„Männer, die Komtesse war unerfahren, sie konnte die Gefahr nicht einschätzen. Wollen wir sie deshalb ihrem Schicksal überlassen?"

„Wenn gehen nach Mahenge, Schicksal schlimmer – viel schlimmer!", rief Bahati, sein Spähtrupp-Askari.

„Und nicht nur Komtesse tot – alle tot, die gehen!"

„Vielleicht. Vielleicht gelingt es aber auch, wir kommen sicher in die Boma und sind gerettet." Schenck hob seine Stimme. „Ich benötige zwei Freiwillige, die mit mir dieses Unternehmen wagen. Der Rest bleibt mit Unteroffizier Poll hier."

„Dafür mitten in Nacht wecken?" Einer stampfte mit dem Fuß auf.

„Habe Feind gesehen", rief Bahati. Er hielt alle zehn Finger hoch. „Viele, sehr viele! Unmöglich!"

Schenck versuchte, möglichst viel Zuversicht in seine Stimme zu legen. „Männer! Würde ich mich selbst an dem Unternehmen beteiligen, wenn es unmöglich wäre? Das wäre ja glatter Selbstmord!" Er sah zum Kreuz des Südens empor. Gut, dass er Gott auf seiner Seite wusste. „Ich gehe mit, weil ich überzeugt bin, dass wir es schaffen können."

„Selbstmord! Richtig Wort!" Bahati nickte heftig, andere stimmten ein. „Bleiben hier, bis Rettung kommt."

„Wo bitte soll die Rettung herkommen, wenn niemand unsere Notlage nach Mahenge meldet?", rief Schenck.

„Niemand kommt nach Mahenge hinein."

Schenck atmete tief durch. „Ich zwinge niemanden, ich nehme nur Freiwillige mit. Zwei Freiwillige zur Rettung der Komtesse. Dann bringen wir Hilfe von Mahenge aus. Los, geben Sie sich einen Ruck!" Am liebsten hätte er Franziska gleich mitgenommen, aber dadurch würde das Unternehmen noch riskanter. Auch wenn ihm das Herz blutete – sie musste zurückbleiben.

Er sah die Männer einen nach dem anderen durchdringend an, einer nach dem anderen schüttelte den Kopf. Er konnte sie ja verstehen. Wer wollte sich schon freiwillig in den Hexenkessel vor Mahenge wagen! Aber hierzubleiben und einfach das Schicksal abzuwarten, war auch keine Lösung.

„Kein Einziger? Nicht einmal *ein* Mann?" Er zog sein Bajonett und reckte es in die Höhe. „Wollen Sie, dass ich ganz allein gehe? Damit der Erfolg des Unternehmens noch unwahrscheinlicher wird?"

Die Soldaten sahen zu Boden, traten von einem Fuß auf den anderen.

„Wegtreten." Er steckte das Bajonett wieder in die Scheide. Allein konnte er nicht gehen. Komtesse Götzen musste den ganzen Weg getragen werden – das würde er nie allein schaffen.

Die Askaris schlichen davon – nur einer blieb stehen. Ein junger Kerl, er mochte kaum 18 Jahre alt sein.

„„Twende pamoja."

„Was wollen Sie?"

„Twende pamoja." Er stand stramm, legte die Fingerspitzen an den Tropenhelm und zeigte auf sich. „Hamsi." Dann wies er in die Richtung, wo Mahenge lag, und marschierte los.

„Sie wollen mitkommen?"

Er drehte sich zu ihm um und strahlte ihn an. „Mitkommen."

Ein einziger Soldat, fast noch ein Kind. Dazu offenbar einer, der nur Suaheli sprach. Sollte er es wagen, mit diesem einen Mann die Komtesse nach Mahenge zu bringen? War das nicht Wahnsinn?

Der Junge wirkte so schmal und klein, dass er Julie von Götzen kaum allein tragen konnte. Und er selbst war auch kein Herkules, der die Schwerverletzte mit Leichtigkeit bis nach Mahenge schleppen konnte.

Meine Kraft wird in Schwachheit vollbracht. Wie ein Blitz schossen ihm diese Worte aus der Heiligen Schrift durch den Sinn.

Mit unserer Macht ist nichts getan,
wir sind gar bald verloren,
schloss sich das alte Luther-Lied an.

Schenck reichte dem Askari Hamsi die Hand. „Wir gehen – im Vertrauen auf Gottes Kraft."

Der Schwarze verstand ihn zwar nicht, aber er nickte, und dabei umspielte ein schüchternes Lächeln seine Mundwinkel.

* * *

„Ich werde auch mitkommen." Franzi richtete sich so hoch wie möglich auf, um Schenck besser in die Augen sehen zu können, die in der Dunkelheit fluoreszierend schimmerten.

„Ich würde Sie ja gern mitnehmen, Komtesse. Aber es geht nicht! Mit nur zwei Mann können wir nicht zwei verwundete Damen ..."

„Ich kann selbst laufen."

Er legte den Kopf schief und rückte an seinem Tropenhelm. „Noch vor ein paar Stunden steckte ein Pfeil in Ihrem Bein, wie wollen Sie da die ganze Strecke bis nach Mahenge durchhalten?"

„Poll hat doch gesagt, es sei nur eine Fleischwunde."

Schenck lachte auf. „Trotzdem sind Sie jetzt noch schwächer als gestern Morgen, als Sie allein losgezogen sind. Ihr gebrochener Arm musste neu versorgt und geschient werden, Sie haben dabei Blut verloren, immer noch furchtbare Schmerzen und eine frische Wunde am Bein."

Über ihren Gesundheitszustand brauchte sie nicht mit ihm zu diskutieren, diesen Disput würde sie zweifellos verlieren. „Bitte, Herr Leutnant", rang sie sich stattdessen zu einer Bitte durch.

„Es ist wirklich besser, wenn Sie hierbleiben, Komtesse. Wenn wir nach Mahenge kommen, wird sofort ein Rettungskommando für Sie aufbrechen."

„Ich werde meine Freundin nicht verlassen. Niemals, Herr Leutnant! Und ich bin stark genug, eigenständig zu laufen."

Er atmete tief durch. „Hat Ihnen schon einmal jemand gesagt, dass Sie sehr hartnäckig sind?"

„Nein, bis jetzt noch nicht." Sie grinste ihn an. „Bisher hieß es immer, ich sei dickköpfig, starrsinnig, renitent ..."

Zwischen seinen Bartstoppeln breitete sich ein Grinsen aus. „Sie haben eigensinnig vergessen."

„Richtig. Sie sehen also, dass es zwecklos ist, mich von meinem Entschluss abzubringen. Aber ich bin auch eigensinnig, dickköpfig, renitent, starrsinnig und hartnäckig genug, um nicht unterwegs zusammenzubrechen. Und um Sie nicht zu behindern."

„Ich kapituliere vor Ihrem unbezwingbaren Willen, Komtesse." Er schlug die Hacken zusammen. „Aber ziehen Sie sich etwas Dunkles an, so ein auffälliges Kleid wie gestern bringt uns alle in Gefahr."

Sie huschte zurück ins Zelt und schlüpfte in ein dunkelblaues Kleid. Das war zwar viel zu elegant, aber das einzige dunkle Kleid, das sie noch besaß.

Da fiel ihr Blick auf den Bratschenkoffer, der in einer Ecke lag. Nun musste sie sich von dem geliebten Instrument verabschieden. Eigentlich.

Denn natürlich wäre es Irrsinn, die Viola mitzunehmen. Und Schenck würde es ihr niemals erlauben. Aber sie zurücklassen? Julies Geschenk für sie? Das war genauso unmöglich!

Wenn wirklich das Unfassbare, Julies Tod, eintreten würde, dann wäre die Viola das Letzte, was ihr von ihrer Freundin blieb. Das letzte Erinnerungsstück. Ihr Vermächtnis.

Und das sollte sie den Horden der Aufständischen überlassen? Nein! Niemals! Mochte Schenck toben – die Viola musste mit. Sie erfasste den Griff und verließ das Zelt.

Im Sternenschimmer konnte sie sehen, wie Poll ihre Freundin auf eine Trage bettete. Schenck und Hamsi standen daneben.

„Was ist das, Komtesse?" Selbstverständlich bemerkte der Leutnant den Bratschenkoffer sofort – schließlich war er Offizier.

„Was meinen Sie, Herr Leutnant?"

Mit zwei Schritten war er bei ihr. „Sie wollen nicht im Ernst Ihre Bratsche mitschleppen."

„Doch, das will ich."

„Komtesse." Seine Stimme klang, als rede er mit einem kleinen Kind. „Sie sind doch schon schwach und angeschlagen genug. Ich kann nicht dulden, dass Sie sich zusätzlich mit der Bratsche belasten."

Sie hob energisch das Kinn. „Ich habe Ihnen versprochen, dass ich unterwegs nicht zusammenbrechen werde. Die Viola wird mich nicht daran hindern, mein Versprechen zu halten."

„Aber Sie gefährden damit das ganze Unternehmen! Unser Marsch nach Mahenge ist kein Sonntagsspaziergang! Vermutlich müssen wir uns durch das Lager der Rebellen schleichen, wir müssen die Drahtverhaue vor der Boma überwinden, den Graben ..."

„Die Viola ist das Vermächtnis meiner Freundin. Ich werde sie mitnehmen!"

„Komtesse! Nehmen Sie doch Vernunft an!" Er streckte die Hand nach dem Bratschenkoffer aus.

Schnell machte sie einen Schritt zurück. „Rühren Sie das Instrument nicht an!" Sie legte den Kopf schief und grinste ihn provozierend an. „Haben Sie schon vergessen, was Sie eben gesagt haben?"

„Ich habe Ihnen niemals versprochen, die Bratsche mitzunehmen!"

„Nein. Aber Sie kapitulierten vor meinem unbezwingbaren Willen."

„Sie sind ...!"

„Genau. Eigensinnig, dickköpfig ..."

Er legte die Hände über die Ohren. „Hören Sie auf!"

Da trat Poll zu ihnen. „Herr Leutnant, Komtesse Götzen ist abmarschbereit. Ich wünsche Ihnen viel Glück."

Schenck schüttelte dem Sanitäter die Hand. „Danke, Poll. Ich schicke Ihnen so schnell wie möglich einen Rettungstrupp." Er trat an die Trage. „Wir brechen auf."

Franzi lächelte ihn an. „Ich akzeptiere Ihre Kapitulation."

„Dickschädel!", knurrte er.

Sie knickste. „Danke."

Langsamen Schrittes verließen sie das Lager. Schenck und Hamsi, der blutjunge Askari, trugen Julie, Franzi trottete neben ihnen her.

Sie hoffte sehr, dass sie sich nicht zu viel zugetraut hatte. Aber schon nach wenigen Metern merkte sie, wie schwach sie war. Schenck hatte mit seinen Befürchtungen richtig gelegen: Der Blutverlust, der notdürftig geschiente Arm, die Entzündung am offenen Bruch, der Verband am Oberschenkel, wahrscheinlich auch noch Fieber – wovon sie Schenck und dem Sanitäter lieber nichts gesagt hatte –, all das machte ihr zu schaffen. Wenn sie sich wenigstens bei Schenck hätte einhaken können, aber sie wagte nicht, ihn darum zu bitten. Er hatte mit der Trage schon genug zu tun und war zudem wegen der Viola ärgerlich.

Vielleicht hätte sie statt der Viola lieber einen Stock mitnehmen sollen. Aber dazu war es jetzt zu spät. Sie hatte ja nur einen Arm, den sie gebrauchen konnte.

Sie sah zu Julie hinunter. Allein der Anblick des fehlenden Armes tat Franzi fast körperlich weh. Würde ihre Freundin jemals wieder auf die Beine kommen? Sie lag so apathisch da und Sanitätsunteroffizier Poll hatte so düster dreingeschaut, als sie losgezogen waren, dass sie befürchtete, das ganze Unternehmen könnte umsonst sein.

Und was geschähe dann mit Julie? Wenn sie wirklich stürbe? Diese Frage ließ Franzi nicht mehr los, seitdem der Pfeil in ihrem Bein gesteckt und sie nicht gewusst hatte, ob es sich um einen Giftpfeil handelte. Der Tod konnte so schnell, so unvermittelt kommen – und im Angesicht des Todes kam diese unerträgliche Angst.

„Herr Leutnant?" Ihre Stimme klang piepsig.

Er sah sie von der Seite an, ohne den Gleichschritt mit dem Askari aufzugeben. „Sie haben Angst, nicht wahr?"

Am liebsten hätte sie das erbost von sich gewiesen – aber er hatte recht. „Nicht Angst, dass etwas passieren könnte ..."

„... sondern vor dem, was passiert, wenn wir heute Nacht sterben. Vor dem, was nach dem Tod kommt."

Woher wusste er das so genau? Kannte er sie schon so gut, dass er ihre Gedanken erraten konnte? Das war schon fast beängstigend. Sie senkte die Augen zu Boden. „Haben *Sie* Angst vor dem Tod?"

„Ja."

Die Antwort überraschte sie. Die Christen behaupteten doch immer, keine Angst vor dem Tod zu haben. Und ein Soldat, ein echter Mann gab das doch erst recht nicht zu. Als sie ihn wieder anschaute, lächelte er.

„Selbstverständlich habe ich Angst vor dem Sterben. Das wird kein angenehmer Vorgang sein. Man kann das Sterben auch nicht üben. Und wir können damit keine Erfahrung sammeln. Deswegen haben wir, wenn wir ehrlich sind, alle Angst. Aber wenn das Sterben vorbei ist, bin ich in Gottes Herrlichkeit. Und davor habe ich keine Angst, darauf freue ich mich." In seiner Stimme lag eine unerschütterliche Gewissheit. Er sagte das nicht, weil er das irgendwo auf einer Bibelschule gelernt hatte. Am Tonfall merkte sie, dass es seine feste Überzeugung war.

„Wie können Sie so sicher sein, dass überhaupt etwas nach dem Tod kommt? Und dass das für Sie auch noch etwas Herrliches sein wird?"

„Die Antwort ist denkbar einfach: weil Gott es gesagt hat."

Das war alles? Mehr nicht?

„Deshalb nennen wir es Glauben. Glaube ist nichts anderes als felsenfestes, unbedingtes Vertrauen."

„Und Sie haben niemals Zweifel?" Sie würde niemandem so blind vertrauen können.

„Doch."

Wieder eine Antwort, die sie überraschte. Moritz von Schenck, dem sein Glaube alles war, hatte Zweifel?

„Aber ich weiß, von wem die Zweifel kommen: vom Teufel, den die Bibel einen Lügner nennt. Und ich weiß, wem ich glaube: dem Gott, der nicht lügen kann." Bei ihm klang das alles so einfach, fast folgerichtig.

„Sie haben es gut." Die Worte rutschten ihr wider Willen heraus.

„Es liegt nur an Ihnen, es ebenso gut zu haben, Komtesse."

Sie seufzte. Das Gespräch ging in eine Richtung, die unbequem war, die eine Entscheidung unausweichlich machte. Sie sollte es sofort beenden – doch gleichzeitig dachte sie wieder an den Kapitän, der aus Stolz die Richtung seines Schiffes nicht änderte, obwohl es auf ein Riff zulief.

Zum Glück beendete Schenck selbst das Gespräch. „Halt!", rief er dem Askari gedämpft zu und stellte die Trage vorsichtig ab. „Wir sind schon nahe an Mahenge. Ich vermute, dass die Boma immer noch belagert wird, sonst wären wir sicher auf versprengte Haufen der Aufständischen getroffen."

Franzi stellte den Bratschenkoffer ab. „Und wenn Mahenge bereits erobert wurde?" Sie spürte ein kribbelndes Gefühl der Angst in sich.

„Dann würden wir Siegesgesänge hören. Und höchstwahrscheinlich hätten sie die Boma in Brand gesteckt, wie sie es bei den anderen Plätzen getan haben, die sie erobert haben. Nein, ich bin sicher, dass der Angriff zurückgeschlagen wurde, die Belagerung aber noch andauert."

„Und jetzt? Wie geht es weiter?" Mühsam zog sie mit der gesunden Hand ihr rotes Haarband stramm, das ihre Locken hielt.

„Zunächst müssen wir die Trage hier zurücklassen und Komtesse Götzen von nun an auf dem Arm tragen." Er schaute den Askari an, streckte die Arme vor und bewegte sie hin und her, als wiege er ein Kind.

Der schwarze Soldat hob die Augenbrauen. „Kubeba", flüsterte er, deutete auf Julie und ahmte dann die Wiegebewegung nach. Offenbar hatte er verstanden, worum es ging.

„Wenn wir plötzlich fliehen müssen, können wir mit der Trage nicht so gut laufen", erklärte Schenck.

Franzi nickte. Hoffentlich hatte Poll dafür gesorgt, dass Julie fest genug schlief, damit sie, wenn sie hochgehoben wurde, nicht vor Schmerzen erwachte und anfinge zu schreien. „Und wie wollen Sie in die Boma hineinkommen?"

„Zunächst gilt es, einen Weg durch die Belagerer zu finden. Wenn wir es bis in die Nähe der Palisaden schaffen, werde ich die Kameraden drinnen auf mich aufmerksam machen und ihnen die Parole zurufen. Die Kunst besteht allerdings darin, nur die Aufmerksamkeit der Kameraden in der Boma, nicht jedoch die der Feinde, die die Boma belagern, zu erregen."

Franzi bekam Herzklopfen. Das, was Schenck vorhatte, war doch nichts anderes als ein Vabanquespiel! „Sind Sie sicher, dass das gelingen wird?"

„Sicher? Nein. Es gibt jedoch keinen anderen Weg."

„Aber – aber wenn die Aufständischen Sie bemerken? Sie werden doch sofort auf Sie schießen!"

„Dann muss ich den Kameraden drinnen schnell genug klarmachen, dass ich ein Deutscher bin. Damit sie nicht ebenfalls auf mich schießen."

„Ihre Männer hatten recht: Das ist Selbstmord! Wie soll das gelingen?" Sie sah ihn schon, wie er zwischen zwei Feuer geriet – das der Aufständischen und das der deutschen Verteidiger – und dann an den Palisaden verblutete. „Herr Leutnant! Sie werden doch unweigerlich erschossen werden!"

„Nicht gerade unweigerlich, aber es kann durchaus geschehen." Er nahm ihre Hand. „Komtesse, ich möchte gerne beten."

Sie brachte kein *Nein* über ihre Lippen. Er schien das als Aufforderung zu verstehen, mit dem Gebet zu beginnen, und schloss die Augen.

„Vater im Himmel, wir stehen vor einer Aufgabe, die nach

menschlichem Ermessen undurchführbar erscheint. Aber wir sehen keine andere Möglichkeit, das Leben der Komtesse Götzen zu retten. Bitte hilf uns, in die Boma hineinzukommen, ohne Schaden zu erleiden. Du bist allmächtig, unsere Unmöglichkeiten sind Deine Möglichkeiten. Bitte zeige uns die Allmacht Deiner Güte. Amen."

Franzi murmelte ein unhörbares *Amen*. Die Wärme seiner Hand um ihre Finger tat ihr gut. Sie erwiderte seinen Händedruck, denn sie merkte: Wenn einer es schaffte, sie zu retten, dann war es Leutnant von Schenck – mit seinem Gott.

„Herr Leutnant?"

Langsam öffnete er die Augen. Wahrscheinlich hatte er im Stillen noch weitergebetet.

„Warum tun Sie das alles? Warum wagen Sie Ihr Leben für meine Freundin und mich?"

Er legte auch seine andere Hand um die ihre und beugte seinen Kopf zu ihr vor. „Weil ich dich liebe, Franziska von Wedell."

Ihr blieb beinahe das Herz stehen.

Kapitel 57

Schenck sah den Schreck in ihren Augen, als er ihr sein Geständnis gemacht hatte. Hatte er jetzt alles verdorben? Und was hatte er sich überhaupt dabei gedacht – er konnte einem Mädchen, das nicht einmal seinen Glauben teilte, doch keine Liebeserklärung machen!

Rasch ließ er ihre Hand los. „Vorwärts! Absolute Ruhe, geduckt gehen." Er legte einen Finger auf die Lippen und duckte sich, damit Hamsi ihn verstand.

Dann bückte er sich zu Komtesse Götzen hinab, hob sie auf seine Arme und schlich vorwärts. Franziska folgte ihm mit ihrem unvermeidlichen Bratschenkoffer in der Hand.

Langsam näherten sie sich der Boma von der Nordseite. Wie er am Nachmittag schon beobachtet hatte, hatte dort nur ein kleiner Teil der Aufständischen Stellung bezogen, während sich die Hauptmacht im Süden versammelt hatte. Und da sie heute große Verluste erlitten hatten, konnte er hoffen, dass der Belagerungsring jetzt löchrig geworden war.

Und tatsächlich sah Schenck vor sich nur vereinzelte Feuer brennen, um die sich schwarze Gestalten bewegten. Sie bespritzten sich gegenseitig mit einer Flüssigkeit – wahrscheinlich das Wasser des Maji-Maji-Kults.

Allerdings konnte er nicht ausmachen, ob sich in der Dunkelheit zwischen den Feuern Posten befanden – die Schwarzen hatten schon allein durch ihre Hautfarbe eine perfekte Tarnung.

Eigentlich sollte er sich zunächst allein voranschleichen und die gegenwärtige Lage erkunden. Doch die Zeit drängte, die Morgendämmerung würde nicht mehr lange auf sich warten lassen und für Komtesse Götzen zählte jede Minute. Sie mussten es so wagen.

Er wandte sich zu Franziska um, die sich mühsam hinter ihm herschleppte. Leider konnte er im Dunkeln ihren Gesichtsausdruck nicht erkennen. Wahrscheinlich würde sie ihm, wenn sie in Mahenge ankamen, eine Ohrfeige verpassen und ihm für immer aus dem Weg gehen.

Plötzlich stieß Hamsi einen leisen Warnlaut aus und warf sich geräuschlos auf die Erde. Unwillkürlich kniete Schenck sich hin, ohne die Komtesse dabei abzulegen. Aus dem Rascheln hinter sich schloss er, dass Franziska ebenfalls in die Hocke ging.

Hamsi deutete nach vorn und legte den Finger auf die Lippen. Aus seinem Koppel zog er ganz langsam, Millimeter für Millimeter, sein Buschmesser, mit dem er unterwegs die Wege freigemacht hatte.

Schenck sah sich zu Franziska um und legte für einen kurzen Moment die Hand über die Augen – sie sollte besser die Augen schließen. Zum Glück rührte Julie von Götzen sich immer noch nicht – er fragte sich, ob sie überhaupt noch lebte.

Hamsi klemmte sich das Buschmesser zwischen die Zähne, dann kroch er vorwärts. Schenck bewunderte seine Geschicklichkeit – das Gras raschelte nicht, bewegte sich auch nicht, und Hamsi verschmolz gleichsam mit dem Boden.

Aber Schenck hatte immer noch nicht gesehen, was Hamsi entdeckt hatte. Vielleicht konnte der Schwarze im Dunkeln besser sehen als er. Jedenfalls ahnte er, dass gleich ein Kampf stattfinden würde, der möglichst kurz und lautlos sein musste, sonst wären sie alle vier verloren. Und bei diesem Kampf würde wieder ein Mensch in die Ewigkeit gehen.

Wie ein schwarzer Panther schnellte Hamsi plötzlich auf, machte drei Sprünge auf einen schwarzen Schatten zu, das Buschmesser blitzte im Sternenschein auf – ein dumpfes Poltern, dann war der Schatten verschwunden. Hamsi winkte mit dem Buschmesser.

Schenck schüttelte sich und schaute sich erneut zu Franziska um, die den Askari mit weit aufgerissenen Augen anstarrte. Sie war seinem Rat, die Augen zu schließen, offenbar nicht gefolgt.

Vorsichtig stand Schenck wieder auf und ging geduckt zu Hamsi. Vor ihm lag ein lebloser dunkler Körper – und Hamsi grinste ihn breit an. Dem Askari schien es gleichgültig zu sein, ob er Gräser oder Menschen mit seinem Buschmesser fällte, solange er seinem Leutnant damit einen Dienst erwies.

„Tayari", wisperte der Schwarze.

So viel Suaheli verstand Schenck inzwischen, dass er wusste, was Hamsi meinte: Er hatte einen Wachposten umgelegt. – Ein rascher Blick über die Gräser hinweg zeigte Schenck, dass bei den Feuern immer noch die Maji-Maji-Medizin ausgeteilt wurde; die Aufständischen hatten also offenbar nichts mitbekommen.

Aufatmend sah Schenck zur Boma hinüber, die sich als schwarzer Umriss vor ihnen erhob. Er schätzte die Entfernung auf 150 Meter. Da der Posten tot war, schien das erste Hindernis überwunden zu sein. Doch wer konnte schon wissen, wie viele Posten die Aufständischen noch aufgestellt hatten.

Hamsi deutete auf Julie von Götzen. „Kubeba."

Schenck nickte und reichte ihm die Komtesse. Dann ging er zu Franziska. „Geben Sie mir den Koffer, Sie können sich ja kaum noch auf den Beinen halten."

Sie reichte ihm widerspruchslos den Bratschenkoffer – dann musste sie wirklich am Ende ihrer Kräfte sein.

„Kommen Sie." Er bot ihr seinen Arm an. „Und schauen Sie nicht nach unten."

Ihr Gesicht sah merkwürdig bleich aus. Ohne Zögern schob sie ihren Arm unter den seinen. Er tastete nach ihrer Hand und war überrascht, als sie ihre Finger zwischen die seinen legte.

Vorsichtig gingen sie weiter, Schenck und Franziska voran, Hamsi mit Komtesse Götzen auf dem Arm folgte hinter ihnen. Schenck musste aufpassen, dass er sich durch Franziskas Nähe nicht ablenken ließ.

Sie schlichen sich zwischen den Feuern hindurch, an denen Gruppen von Schwarzen lagerten, die sich entweder bespritzten oder um ihre Verwundeten kümmerten.

Vor ihnen bewegte sich plötzlich etwas. Schenk erstarrte mitten in der Bewegung, Franziska presste sich an ihn. – Ein weiterer Posten, höchstens vier Meter entfernt. Zum Glück war dessen Aufmerksamkeit offenbar auf die Boma gerichtet.

Schenck atmete tief durch. Jetzt war es so weit. Es gab keinen anderen Weg – er musste den Posten beiseiteräumen, auch wenn sich alles in ihm dagegen sträubte. Wenn er es nicht tat, würden sie alle massakriert.

Er löste sich behutsam von Franziska, legte ebenso behutsam die Bratsche ab und bedeutete ihr und Hamsi, zu warten. Zwei kleine Schritte vorwärts. Dann verharrte er erneut. Der Schwarze schaute immer noch zum Palisadenzaun hinüber, schien also nicht zu bemerken, was hinter ihm vorging.

Schenck machte einen großen Satz vorwärts, legte blitzschnell beide Hände um den Hals des Postens und drückte zu. Der Schwarze riss den Mund auf, aber es kam kein Laut heraus. Er ruderte mit den Armen, stampfte mit den Beinen, doch Schenck schnürte ihm unerbittlich die Kehle zu. Der Mann war groß und stark, und Schenck spürte, wie seine Arme erlahmten, weil er mit aller Macht gegen den sich windenden Schwarzen kämpfen musste. Aber er durfte nicht locker lassen, auch wenn seine Armmuskeln schmerzten.

Endlich wurden die zuckenden Bewegungen des Schwarzen schwächer, dann sackten seine Knie durch, die Arme hingen schlaff herunter.

Schenck wartete noch ein paar Sekunden, dann legte er ihn auf die Erde. Er zog seinen Revolver, fasste ihn am Lauf und schlug mit dem Schaft auf die breite Nasenwurzel des Schwarzen. – Falls er ihn nicht erwürgt hatte – was er hoffte –, würde der Mann in der nächsten halben Stunde sicher nicht wieder erwachen.

Schenck winkte die anderen heran. Franziska gab ihm erneut die Bratsche und hakte sich unaufgefordert wieder bei ihm ein. Dann nahm sie seine Hand und drückte sie fest – eine wortlose Anerkennung?

Geduckt huschten sie weiter und standen schon bald vor den Drahtverhauen, die außen um die Boma herum errichtet worden waren. Die Gefahr, beim Überwinden der Verhaue von den Aufständischen bemerkt zu werden, war nicht zu unterschätzen, ganz zu schweigen von der Gefahr, sich dabei zu verletzen.

Doch Hamsi zögerte nicht einen Augenblick, sondern legte Julie von Götzen sanft auf dem Boden ab und kletterte flink über den Verhau, als handle es sich um eine bequeme Leiter. Drüben angekommen, wandte er sich um und winkte.

Schenck ließ seinen Blick noch einmal über die Umgebung gleiten und lauschte. Als er keine Anzeichen dafür bemerkte, dass sie entdeckt worden waren, hob er Komtesse Götzen auf, trat mit ihr so dicht wie möglich an den Verhau heran und reichte sie vorsichtig zu Hamsi hinüber.

„Nun Sie, Komtesse", flüsterte Schenck, packte Franziska und hob sie ebenfalls hinüber, wo auch sie von Hamsi in Empfang genommen wurde. Anschließend reichte er die Bratsche hinterher.

Dann stieg Schenck selbst den Verhau hinauf, verfing sich im Drahtgeflecht, kämpfte sich wieder frei und gelangte mit Hamsis Hilfe endlich auch auf die andere Seite.

Rasch schlichen sie wieder vorwärts, wobei Hamsi erneut Julie von Götzen trug. Schenck hielt auf eine Stelle der Boma zu, die ziemlich genau zwischen zwei der weit voneinander entfernt stehenden Türme lag, bis sie den Graben erreichten. Das hoffentlich letzte Hindernis vor den Palisaden.

Er führte Franziska und Hamsi mit Komtesse Götzen auf den Grund des Grabens, wo sie von den Aufständischen nicht gesehen werden konnten und bei Nacht auch von den Palisaden aus nur schwer zu bemerken waren.

Nun lag der schwierigste Teil seiner Aufgabe vor ihm: die Kameraden in der Boma auf sie aufmerksam zu machen, ohne dass sie gleich das Feuer auf ihn eröffneten.

* * *

Schenck erklärte dem jungen Askari mit Händen und Füßen erneut sein Vorhaben, während Franziska sich um ihre Freundin kümmerte. Anschließend schaute er noch einmal nach den beiden Mädchen.

„Unterwegs habe ich mich manchmal gefragt", flüsterte er, „ob die Komtesse überhaupt noch lebt."

„Ich habe gerade ihren Puls gefühlt. Er ist schwach, aber vorhanden." Die Sorge in Franziskas Stimme war nicht zu überhören.

„Wenn alles gut geht, sind wir in wenigen Minuten in der Boma."

Sie wandte sich von ihrer Freundin ab und ihm zu. „Sie wollen es tatsächlich wagen, Herr Leutnant?"

„Ja." Er zeigte auf den ihnen am nächsten liegenden Turm. „Dort befindet sich bestimmt ein Posten. Ich werde versuchen, ihm die Parole zuzurufen, damit er uns das Tor neben dem Turm öffnet."

Franziska nahm ihren offenen Zopf und legte ihn nach vorn über die Schulter. „Ich – ich wünsche Ihnen viel Glück."

Wünschte sie das nur ihrer Freundin wegen? Oder auch ihretwegen? Oder vielleicht auch seinetwegen? – Er sollte sich keine Hoffnung machen und sich um seine Aufgabe kümmern, anstatt Schmetterlinge im Bauch zu züchten. „Wenn mir etwas zustoßen sollte, Komtesse, rufen Sie bitte so laut Sie können die Parole. Sie lautet *Königgrätz.*"

„Herr Leutnant – bitte – geben Sie auf sich acht." Sie senkte den

Blick zu Boden und wickelte ihre Locken um die Finger. „Ohne Sie ..."

Er nickte. Wie gerne hätte er noch einmal ihre Hand genommen – vielleicht war es das letzte Mal, dass sie sich sahen. Aber er wollte nicht riskieren, dass ihre letzte Begegnung mit einer herben Abfuhr endete.

Da nestelte Franziska das rote Band aus ihrem Haar. „Bitte nehmen Sie das, Herr Leutnant. Und danke für alles, was Sie für uns tun."

Er konnte nicht widerstehen, nahm das Band und hielt dabei ihre Hand fest. „Danke, Komtesse. Das ist mir mehr wert, als Sie ahnen." Es war ein Zeichen ihrer Anerkennung. Vielleicht noch nicht ihrer Liebe, aber immerhin ihrer Anerkennung.

Sie ließ es zu, dass er ihre Hand festhielt und mit dem Daumen über ihren Handrücken fuhr. Beschlich sie ein ähnliches Gefühl wie ihn, dass es vielleicht ein Abschied für immer war? Für die kurze Zeit, die sie sich erst kannten, waren sie bereits ziemlich oft aneinandergeraten, hatten wegen des Glaubens gestritten – in dieser Nacht waren alle Differenzen ausgelöscht.

Wortlos hockten sie so voreinander. Am Firmament funkelten Tausende Sterne, und im Süden, genau über der Boma, glänzte das Kreuz des Südens. Um sie herum zirpten überlaut die Grillen.

Endlich brach Schenck das Schweigen. „Ich muss gehen. Es wird bald schon hell."

Sie nickte, ließ seine Hand aber trotzdem nicht los. Im Gegenteil: Sie verflocht ihre Finger wieder mit den seinen, als wolle sie ihn nie mehr loslassen.

Er beugte den Kopf zu ihr hinab. „Es ist die Lerche, nicht die Nachtigall."

Wieder nickte sie, dann löste sie sich von ihm – sie hatte die Anspielung auf *Romeo und Julia* verstanden.

Schenck machte sich von ihr los, knotete sich ihr Haarband an den Oberarm und umfasste Franziska noch einmal mit einem Blick. Dann drehte er sich um, rückte den Helm gerade und kroch langsam aus dem Graben.

Platt auf den Boden gedrückt, robbte er auf die Palisaden zu. Vom Graben aus war ihm die Strecke gar nicht so weit vorgekommen, aber nun dauerte der Weg doch unendlich lang. Er lag wie auf dem Präsentierteller – schaute jemand von den Palisaden herab, könnte er ihn leicht entdecken und auf ihn schießen. Und dann würden auch die Aufständischen auf ihn aufmerksam werden.

Deshalb kroch er unendlich langsam, Zentimeter für Zentimeter voran. Er hatte das Gefühl, als käme er den Palisaden überhaupt nicht näher. Hoffentlich wurden Hamsi und Franziska nicht ungeduldig und taten etwas Unüberlegtes.

Als er die Palisaden endlich erreichte, richtete er sich auf und presste sich mit dem Rücken an die rohen Holzstämme. Meter für Meter schob er sich an den Turm heran, dem zur Seite sich das Nordtor befand. Selbst wenn es ihm gelang, die Kameraden dazu zu bringen, das Tor zu öffnen, barg der Weg vom Graben bis zum Tor, den die drei anderen noch zurücklegen mussten, immer noch viele Gefahren.

Als er am Fuß des Turms ankam, schaute er nach oben. „Pssst!"

Sein Herz klopfte wie ein Dampfhammer, aber oben auf dem Turm blieb alles still.

„Pssst!", machte er wieder, diesmal etwas lauter. „Königgrätz!"

Immer noch regte sich nichts. Wahrscheinlich rief er zu leise, aber wenn er lauter rief, bestand die Gefahr, dass ihn auch die Aufständischen hörten.

„He! Kameraden! Königgrätz!"

Oder hielten seine Kameraden das für eine Finte? Glaubten sie, die Aufständischen hätten irgendwie die Parole erfahren? Im Krieg war alles möglich.

„Königgrätz!" Er erschrak selbst darüber, wie laut er rief. Eigentlich müsste man ihn bis nach Daressalam hören!

Da ließen sich von oben Stimmen vernehmen, doch er konnte die Worte nicht verstehen. Hatte man ihn bemerkt? Dann hatte man hoffentlich auch die Parole verstanden!

„Königgrätz! Königgrätz! Nicht schießen, Kameraden! Königgrätz!"

Plötzlich krachte ein Schuss – dicht neben ihm spritzte die Erde auf.

„Kameraden!" Er ließ alle Rücksicht beiseite und brüllte: „Königgrätz! Nicht schießen! Königgrätz!"

Doch da wurde auch schon von der anderen Seite das Feuer eröffnet. Donnerbüchsen, die aus Blüchers Zeiten stammen mussten, gingen los, Pfeile rauschten heran und blieben im Holz der Palisaden stecken.

Schenck warf sich zu Boden. „Königgrätz!", rief er noch einmal. „Öffnet das Tor!"

Drinnen gab es Stimmengewirr, dann wurde wieder vom Turm herab auf ihn geschossen. Er rollte sich zur Seite – was für ein ekelhaftes Gefühl, von den eigenen Kameraden beschossen zu werden!

Es ergab keinen Sinn mehr, weiter die Parole zu rufen. Die Schüsse hallten so laut, dass man ihn niemals verstehen würde. Seine einzige Rettung war der Graben, dort konnte er Deckung finden – zumindest solange es noch dunkel war.

Mit großen Sätzen rannte Schenck im Zickzack auf den Graben zu.

Kapitel 58

Seit Moritz von Schenck sie verlassen hatte, schien das ganze Schutzgebiet, schien ganz Afrika nur noch aus einer Wolke der Angst zu bestehen.

Franzi kauerte am Grund des Grabens, schlang ihre Finger ineinander. Wieder einmal hatte sie das Gefühl, dass sie jetzt beten sollte – beten musste. Aber sie brachte einfach kein Wort an Gott über ihre Lippen.

Vorn bei den Palisaden rief jemand, dann fiel ein Schuss. Aus dem Rufen wurde ein Brüllen, das verstummte, als hinter ihnen alte Musketen losdonnerten und Pfeile über sie hinwegrauschten.

Sie schloss die Augen. Das war das Ende. So also antwortete Gott auf Schencks Gebet. Es war ja noch nie anders gewesen.

Hamsi setzte seinen Tropenhelm auf, kroch langsam an den Rand des Grabens und lugte hinaus. Er sollte sie bloß nicht auch noch verlassen! Aber sie fürchtete sich, ihm das zuzurufen, aus Angst, die Aufständischen würden es hören und sie entdecken.

Was war mit Schenck? Das Schießen auf beiden Seiten nahm immer mehr zu. Wieder hörte sie jemanden brüllen – war das Schenck? War er verletzt worden? Oder war es sein Todesschrei?

Weil ich dich liebe, Franziska von Wedell. Dieser Satz schoss ihr bestimmt zum tausendsten Mal durch den Kopf. Konnte das wahr sein? Er, der frömmste Christ, dem sie jemals begegnet war, hatte sich in sie, die Rebellin, verliebt? Nein, mehr noch – er liebte sie?

Bei dem Gedanken daran beschlich sie ein wohliges Gefühl der Wärme. Ein Mann liebte sie – und zwar so, wie sie war. Er stellte keine Bedingungen. Er sagte nicht, dass sie nur nähen und kochen sollte, die Haare immer aufstecken oder wenigstens zum Zopf flechten musste, dass sie nicht so viel Viola spielen durfte – er hatte einfach gesagt: *Ich liebe dich.* Ohne Bedingung.

Sie spürte Tränen in ihren Augen. Zum ersten Mal begegnete ihr ein Mensch, der sie so liebte, wie sie war – und was passierte dann mit ihm? Wahrscheinlich war er längst tot, erschossen von seinen eigenen Kameraden.

Plötzlich rollte Hamsi zur Seite, dann hechtete eine männliche Gestalt in den Graben und blieb keuchend auf dem Boden hocken.

Sofort erkannte Franzi das rote Haarband an seinem Oberarm. Sie stürzte auf ihn zu. „Herr Leutnant!"

Seine Brust pumpte wie der Blasebalg einer Schmiede, seine Lungen pfiffen wie eine D-Zug-Lokomotive. „Ich – weiß nicht – ob sie – die Parole – verstanden haben."

Franzi sah in sein verdrecktes, stoppelbärtiges Gesicht, aus dem seine hellen Augen wie zwei Sterne leuchteten. „Sie leben, Herr Leutnant." Sie konnte nicht widerstehen, sie musste ihre Hand an seine Wange legen. Die Bartstoppeln kratzten in der Handfläche. „Das ist das Wichtigste."

Da rief Hamsi etwas, und sie schaute zu ihm auf. Der Askari lugte wieder aus dem Graben und ruderte mit einem Arm. Schenck eilte zu ihm hinüber und schaute ebenfalls aus dem Graben, dann kam er schnell zu ihr zurück.

„Die Soldaten in der Boma haben ihr Feuer vorverlegt und beschießen nun die Aufständischen. Und es scheint – wir können es in der Dunkelheit nicht genau erkennen – aber es scheint, als hätten sie das Tor geöffnet."

„Dann lassen sie uns hinein?" Franzi konnte kaum glauben, was sie hörte.

„Ich hoffe, dass wir es richtig erkannt haben, und dass sie das Tor nicht nur geöffnet haben, um einen Ausfall zu machen." Er winkte den Askari herbei und deutete auf Franzis am Boden liegende Freundin. „Hamsi, Komtesse Götzen tragen!"

Der Schwarze nahm Julie auf den Arm, und Schenck erfasste Franzis Hand.

„Können Sie laufen, Komtesse? Schnell laufen? So schnell wie noch nie in Ihrem Leben? Sonst trage ich Sie."

Er war von den letzten Anstrengungen schon ausgepumpt genug, während sie sich im Graben ausgeruht hatte. „Ich laufe."

„Dann geben Sie mir Ihre Hand und lassen Sie mich nicht mehr los – egal, was passiert."

Sie musste über den Doppelsinn seiner Worte unwillkürlich lächeln. „Hier haben Sie meine Hand. Und ich verspreche Ihnen, Sie nicht mehr loszulassen."

Über sein Gesicht zog ein Lächeln. „Wir dürfen keine Zeit verlieren."

Da fiel ihr Blick auf den Bratschenkoffer. „Die Viola!"

Sie selbst konnte den Kasten nicht tragen, wenn sie Schencks Hand nicht loslassen wollte. Und sie konnte ihm unmöglich zumuten, die Viola zu tragen.

Er hielt inne und öffnete den Mund, um zu antworten.

„Sie haben recht. Es geht nicht." So schwer es ihr fiel – das Instrument musste zurückbleiben. Es ging um mehr als um Julies Vermächtnis. Es ging um ihrer aller Leben.

Ein rasches Nicken, dann kletterte Schenck zum Grabenrand empor und zog Franzi mit sich. Hamsi folgte mit Julie auf dem Arm.

Schenck wies auf den Turm. „Direkt daneben ist das Tor. Falls mir etwas geschehen sollte – laufen Sie einfach weiter."

Sie nickte, obwohl sie genau wusste, dass sie das niemals tun würde. Wenn er fiel, würde sie bei ihm bleiben und auch dann seine Hand nicht mehr loslassen.

Er schwang sich aus dem Graben, zog sie heraus und rannte los; Franzi stolperte hinterher. Pfeile zischten über sie hinweg, Kugeln pfiffen vorbei, Querschläger jaulten, Dreck spritzte auf. Von den Palisaden her tackerte ein Maschinengewehr mit seinem mörderischen Staccato los, Befehle wurden auf Deutsch und Suaheli gebrüllt.

„Nur noch ein paar Meter", keuchte Schenck.

Die kurze Strecke schien auf einmal unendlich lang zu sein. Der Boden war uneben, immer wieder strauchelte sie, der Saum ihres Kleides verfing sich an ihren Schuhen – der Länge nach landete sie im Dreck, ihre Hand rutschte aus der des Leutnants, durch ihren verletzten Arm schoss eine Flamme des Schmerzes.

Schenck riss sie an ihrem gesunden Arm hoch, packte wieder ihre Hand und stürmte weiter. Sie mobilisierte ihre letzten Kraftreserven, taumelte vorwärts, während das Inferno um sie herum zunahm.

Hamsi sprang mit Julie auf dem Arm an ihnen vorbei, rief ihnen dabei etwas zu, das sie nicht verstehen konnte. Wieder stolperte sie über irgendetwas, das auf dem Boden lag, wieder flutschte ihre schweißnasse Hand aus der des Leutnants.

Kurzerhand hob er sie auf seine Arme, presste sie fest an seine

Brust, rannte weiter. Dabei schirmte er sie mit seinem Körper gegen den Beschuss ab.

Sie schlang den gesunden Arm um seinen Nacken. Am liebsten hätte sie ihm ins Ohr gebrüllt, dass sie ihn liebte – diesen kleinen, unscheinbaren, viel zu frommen Leutnant.

Er stolperte ebenfalls, wäre beinahe gestürzt, aber er fing sich noch, hielt sie sicher fest, stürmte weiter.

Mündungsfeuer zuckten auf, wohin sie auch schaute, das Maschinengewehr raste, die Donnerbüchsen der Schwarzen knallten wie Kanonen, Schreie ertönten von allen Seiten, beißender Pulverdampf stieg ihr in die Nase.

Vor ihnen rief Hamsi in seinem afrikanischen Akzent „Königgrätz – Königgrätz", Schenck brüllte es ebenfalls. Dann wurde es vor ihnen hell, sie liefen mitten ins Licht hinein.

Keuchend stellte Schenck sie auf den Boden, sie lehnte sich schwankend an ihn und schloss geblendet vom Fackelschein die Augen. Aber so viel hatte sie erkannt: Sie waren in der Boma. Sie waren gerettet!

Mit lautem Krachen schloss ein Askari das Tor und schob donnernd den Balken vor. Das Gewehrfeuer auf beiden Seiten der Palisaden ließ beinahe schlagartig nach und erstarb schließlich ganz.

Sie umfasste Schenck mit dem gesunden Arm und drückte ihr Gesicht an seine Brust. „Wir sind gerettet! Wir sind gerettet!"

Doch Schenck schob sie hastig ein wenig von sich weg.

Als sie den Kopf hob, sah sie Hamsi, der Julie vorsichtig auf den Boden legte. Über das Gesicht des Schwarzen liefen Tränen – waren es Freudentränen?

Aber dann sah sie es. In Julies Brust steckte ein Pfeil. Franzi stürzte zu ihrer Freundin hinüber, beugte sich über sie, tastete nach ihrem Puls – nichts.

„Ein Arzt!", rief Franzi mit tränenerstickter Stimme. „Sofort ein Arzt!" Sie schaute sich nach Hilfe um.

Doch Schenck wurde von einem weißen Soldaten beiseitegezogen, obwohl er immer wieder laut rufend auf Julie deutete.

Was für ein Gott war das, der Julie sterben ließ, obwohl sie eigentlich schon gerettet war?

Als Franzi mit Tränen in den Augen zum Himmel aufschaute,

an dem sich gerade der erste Schimmer des nahenden Morgens zeigte, bemerkte sie ein Gebäude, vor dem eine weiße Fahne mit rotem Kreuz wehte. Sie rappelte sich auf und lief mit wackeligen Knien darauf zu.

* * *

Schenck sah Franziska hinterher, wie sie zur Sanitätsbaracke eilte. Die Verwundung ihrer Freundin schien ihr neue Kräfte zu verleihen.

Er riss sich von Unteroffizier Friebe los und beugte sich zu Komtesse Götzen hinab. Sie schien tot zu sein. Der Pfeil steckte unterhalb des Schlüsselbeins dicht am Brustkorb. In ihrem ohnehin schon kritischen Zustand kam da wohl jede Hilfe zu spät.

„Herr Leutnant! Hauptmann von Hassel erwartet Ihren sofortigen Bericht."

Schenck richtete sich auf und sah den Unteroffizier an. „Ich komme."

Er folgte Friebe in Richtung Kommandantur; schon wenige Augenblicke später betrat er das spartanische Büro des Kommandanten. Hauptmann von Hassel stand vor einem Lageplan der Boma und fuhr mit dem Finger über die eingezeichneten Verteidigungsanlagen.

„Herr Hauptmann, Leutnant von Schenck, ich melde mich mit einem Askari vom Rettungsunternehmen zurück. Komtesse Wedell gerettet, Komtesse Götzen beim Einrücken in die Boma von einem Pfeil tödlich verwundet. Die anderen Überlebenden von Ifakara befinden sich etwa eineinhalb Stunden von hier entfernt unter dem Schutz der restlichen Askaris."

Der hagere Offizier trat vor ihn hin. „Stehen Sie bequem, Leutnant. – Komtesse Götzen ist also wirklich tot?"

„Soweit ich das beurteilen kann, ja."

„Machen Sie sich auf etwas gefasst, Schenck. Der Gouverneur wird Ihnen den Kopf abreißen."

Dessen war er sich bewusst. So, wie Götzen allem Anschein nach an seiner Nichte hing, konnte deren Tod verhängnisvoll für ihn werden. „Ich habe getan, was ich konnte." Schenck seufzte und trat noch einen Schritt näher. „Herr Hauptmann, bitte lassen Sie sofort einen Rettungstrupp zusammenstellen, um wenigstens noch die übrigen Leute aus Ifakara in Sicherheit zu bringen."

Hassel lachte auf. „Wie stellen Sie sich das vor? Wie Sie wissen, habe ich ohnehin schon zu wenig Leute, um die Boma zu verteidigen."

„Der Trupp ist doch in ein paar Stunden wieder zurück. Und sie bringen sogar noch zusätzliche Männer mit." Es war zwar nur ein armseliges Häufchen, aber für den Kommandanten zählte ja jeder kampffähige Mann.

„Dazu müssten sie es aber zuerst schaffen, ohne Verluste zweimal durch den Ring der Belagerer zu stossen. Das ist doch aussichtslos."

„Ich kenne die Verhältnisse da draussen, ich kann dem Truppführer wichtige Hinweise geben."

„Vergessen Sie es, Leutnant, das Risiko gehe ich nicht ein." Hassel deutete mit dem Zeigefinger auf Schencks Brust. „Aber wo wir gerade davon sprechen: Wie sind Sie eigentlich hier hereingekommen?"

„Ich habe der Wache vom Fuss der Palisaden aus die Parole ..."

„Das weiss ich. Ich habe selbst den Befehl zum Öffnen des Tores gegeben. Aber wie sind Sie bis an die Palisaden gekommen? Mahenge ist ringsum von Aufständischen eingeschlossen."

„Ich hatte beobachtet, dass die Nordseite nur dünn besetzt ist. Daher konnten wir uns auf dieser Seite durch die Belagerer schleichen."

„Sie wollen sich durch die Aufständischen geschlichen haben?" Hassel lachte meckernd. „Seien Sie doch aufrichtig, Schenck: Was haben Sie den Schwarzen versprochen, dass sie Sie durchgelassen haben?"

„Versprochen? Durchgelassen?" Was faselte der Kommandant da? „Davon kann doch keine Rede sein! Sie haben doch selbst mitbekommen, dass die Schwarzen auf uns geschossen haben, Komtesse Götzen wurde sogar von einem Pfeil getroffen!"

„Sie vergessen, dass die Aufständischen erst geschossen haben, als die Wachsoldaten das Feuer auf Sie eröffnet haben, ehe sie die Parole verstanden hatten. Sie sind unbehelligt bis an die Palisaden gekommen – das ist bei diesem Belagerungszustand schier unmöglich!"

„Wir mussten zwei Posten ausschalten, aber die übrigen Schwarzen waren so mit dem Austeilen ihrer Maji-Maji-Medizin beschäftigt, dass es uns gelungen ist, ungesehen bis an die Palisaden zu kommen."

„Das ist unglaublich." Hassel sah ihm durchdringend in die Augen. „Das kann doch nicht mit rechten Dingen zugehen!"

„Herr Hauptmann, ich bitte mich entfernen zu dürfen. Komtesse Wedell benötigt dringend meine Unterstützung."

„Sie bleiben hier, bis ich genau weiß, wie es Ihnen gelungen ist, durch den Ring der Aufständischen zu kommen."

„Genau so, wie ich es Ihnen gerade erklärt habe!"

„Was ist das überhaupt für ein merkwürdiges Band an Ihrem Oberarm?"

Schenck starrte auf das rote Haarband. Franziska. Nach dem Tod ihrer Freundin fühlte sie sich bestimmt fürchterlich. Er musste dringend zu ihr.

„Nun, Herr Leutnant? Wollen Sie bitte meine Frage beantworten?"

„Es handelt sich um das Haarband der Komtesse Wedell."

„Und warum befindet es sich an Ihrem Oberarm und nicht im Haar der Komtesse?"

Schenck sah zu Boden. Er hatte keine Lust, dem Kommandanten sein Herz auszuschütten. „Es handelt sich um eine private Angelegenheit."

„Nehmen Sie das Ding gefälligst ab." Hassel tippte ihm mit dem Finger an die Brust. „Sie sind mir suspekt, Leutnant. Sie kommen in die Boma und tischen mir die unwahrscheinlichste Geschichte auf, die ich je gehört habe, wie es Ihnen gelungen sein soll ..."

„Bitte befragen Sie den Askari Hamsi. Er hat mich hierher begleitet."

„Das werde ich sofort tun." Hassel ging zur Tür, doch im selben Augenblick wurde sie von der anderen Seite aufgestoßen und der Hauptmann prallte unsanft mit Unteroffizier Friebe zusammen.

„Verzeihen Sie, Herr Hauptmann." Der Unteroffizier riss die Knochen zusammen. „Wir werden angegriffen. Am Nordtor."

„Ausgerechnet da, wo wir am schlechtesten vorbereitet sind." Hassel stieß einen Fluch aus. „Leutnant, zum Nordtor, Sie übernehmen die Verteidigung."

Schenck legte die Hand an die Schläfe. „Jawohl, Herr Hauptmann."

Jetzt musste Franziska den Schmerz und die Wut über den Tod ihrer Freundin allein verarbeiten. *Oh Gott, warum das alles?*

Kapitel 59

Franzi stolperte durch die Sanitätsbaracke. War denn hier nirgendwo der Arzt, von dem Schenck gesprochen hatte? Oder wenigstens ein Sanitäter oder eine Krankenschwester?

Plötzlich hörte sie von draußen wieder dumpfes Knallen. Sie lehnte sich an eine Wand und hielt den Atem an. Diese Geräusche kannte sie viel besser, als ihr lieb war – sie hatte sie erst vor wenigen Minuten direkt hinter sich gehört: das Donnern der Gewehre, wie sie nur die Aufständischen hatten, durchmischt mit einem sonderbaren Geheul. Einzelne Gewehrschüsse aus der Boma antworteten, dann ratterte auch wieder ein Maschinengewehr los.

Franzi raffte sich auf und schleppte sich zur Tür. So rasch, wie es hier in Afrika geschah, war die Sonne aufgegangen und erleuchtete die Boma. Für einen Moment musste sie geblendet die Augen schließen, aber dann sah sie, dass von dem Turm neben dem Tor, durch das sie hereingekommen waren, geschossen wurde.

Keuchend hielt sie sich am Türpfosten fest, ihre Knie zitterten. War sie nur an diesen vermeintlich sicheren Ort gekommen, damit er anschließend erobert wurde und sie alle in die Hände der Aufständischen fielen?

Da wurde die Tür eines großen, in der Nähe liegenden Gebäudes aufgestoßen und ein kleiner Mann, der ein rotes Haarband am Oberarm trug, stürmte heraus. Moritz von Schenck!

Sie winkte ihm zu, doch er rannte direkt auf den Turm zu, gerade dorthin, wo der Kampf am heftigsten zu toben schien.

Franzi presste beide Hände auf ihr Herz. Kaum war Schenck einer Gefahr entronnen, lief er in die nächste. Am liebsten wäre sie ihm nachgestürzt, hätte ihm wenigstens nachgerufen, dass sie ihn liebte – ihn liebte? Hatte sie das jetzt tatsächlich bereits zum zweiten Mal gedacht? Liebte sie ihn denn wirklich? Das war doch unmöglich! Sicherlich war es nur eine Art Zuneigung, weil er ihr mehrfach das Leben gerettet hatte. Mehr wahrscheinlich nicht.

Trotzdem tat ihr Herz weh, wenn sie daran dachte, dass er sich schon wieder in Todesgefahr begab – begeben musste. Wenn er sterben würde, hatte sie niemanden mehr, der sie liebte. Dann war sie mitten in Afrika ohne irgendjemanden an ihrer Seite. Ohne einen Menschen, der sie liebte. Mutterseelenallein. Denn Julie war ja auch tot.

Julie! Sie musste endlich jemanden finden, der sich um sie kümmerte, denn vielleicht kam doch noch nicht alle Hilfe zu spät. Vielleicht hatte sie sich getäuscht. Sie klammerte sich an diesen Gedanken und wollte gar nicht daran denken, dass Julie wirklich gestorben sein könnte.

Franzi wandte sich um, um zurück ins Lazarett zu eilen – und starrte in das Bartgesicht von Doktor Langenburg.

„Herr Doktor, Sie hier?"

„Komtesse, Sie hier?"

Sie sagten es fast gleichzeitig. Franzi war noch nie so froh gewesen, den Doktor zu sehen.

Ehe er weiter fragen konnte, zog sie ihn am Ärmel seines Arztkittels. „Herr Doktor, meine Freundin! Sie müssen sofort nach ihr sehen!"

„Ihre Freundin? Komtesse Götzen? Sie ist quasi auch hier?"

„Wir sind zusammen hierher geflüchtet. Bitte kommen Sie schnell! Vielleicht können Sie ihr noch helfen!"

„Wo ist sie?" Er hatte seinen Koffer schon in der Hand – wahrscheinlich wollte er sich zu dem umkämpften Tor begeben, um den Verwundeten zu helfen.

„Dort vorn."

Der Anblick des Arztes gab ihr neue Kraft. Sie lief voran zum Nordtor, wo sie eben hereingekommen waren.

An den Schießscharten in den Palisaden rechts und links des Tores standen Askaris und schossen, was ihre Gewehre hergaben. Vom Dach eines Gebäudes jagte ein Maschinengewehr seine tödlichen Garben hinaus in das Vorfeld der Boma. Irgendwo anders ratterte ein zweites Maschinengewehr. Verwundete und Sterbende schrien und kreischten, dass es Franzi gruselte, die Offiziere und Unteroffiziere brüllten ihre Befehle und ein hagerer Offizier mit den Abzeichen eines Hauptmanns schien das ganze Getöse zu dirigieren. Nur Leutnant von Schenck konnte Franzi nirgendwo entdecken.

„Langenburg!", bellte der Hauptmann. „Die Verwundeten liegen dort an der Wand der Verpflegungsbaracke. Kümmern Sie sich um sie!"

„Sofort, Herr Hauptmann!", rief Langenburg zurück.

Franzi zog den Doktor am Arm dorthin, wo Hamsi Julie abgelegt hatte – sie war fort. „Hier – hier hat sie gelegen! Wo ist sie?"

Sie sah sich um – was war mit Julie passiert? Wo hatte man sie hingebracht?

„Vielleicht liegt sie bei den anderen Verwundeten." Langenburg rannte zur Verpflegungsbaracke.

Franzi raffte ihren Rock und lief hinter ihm her – doch dort lagen nur drei Askaris, einer schien schon tot zu sein, die beiden anderen wanden sich vor Schmerzen. Da kamen zwei schwarze Sanitätssoldaten mit einer leeren Bahre um die Ecke gelaufen und eilten auf den Toten zu.

Franzi stellte sich ihnen in den Weg. „Wo ist meine Freundin?"

Die beiden sahen sich an, doch weil sie Tücher vor den Gesichtern trugen, konnte Franzi ihre Gesichtsausdrücke nicht erkennen. Sie zuckten nur mit den Schultern.

„Meine Freundin! Julie von Götzen!"

„Lassen Sie mich das machen." Langenburg trat hinzu und sprach auf Suaheli mit den beiden Trägern. Nach einer Zeit, die Franzi endlos vorkam, drehte sich Langenburg zu ihr um und schüttelte kaum merklich den Kopf. „Sie haben die Komtesse weggebracht."

„Sie ist tot? Wirklich tot? Sind Sie ganz sicher?"

Langenburg nickte, sein Blick drückte tiefes Mitleid aus.

„Ich will – ich muss sie noch einmal sehen!" Vielleicht irrten sich alle, vielleicht sah es nur so aus, als wäre sie tot.

Doch Langenburg hielt sie am Arm fest. „Nicht dorthin. Es ist ein schlimmer Ort."

„Trotzdem! Ich muss zu …"

„Leutnant von Schenck!" Die Stimme des Hauptmanns übertönte das Tackern der Gewehre und das Schreien der Soldaten. „Mit 15 Mann bereit machen zum Gegenstoß! – MG-Feuer nach vorn verlegen!"

Franzi ignorierte das Zittern ihrer Knie und stürmte zu den Palisaden. Wenn sie Julie schon nicht mehr helfen konnte, wollte sie wenigstens sehen, was mit dem letzten Menschen geschah, den sie noch hatte – und der sie liebte.

* * *

Die Angreifer rannten in das Maschinengewehrfeuer, als könnte es ihnen nichts anhaben.

Ein Effendi, der neben Schenck hinter den Palisaden stand, schüttelte den Kopf. „Ihre Medizin wirkt nicht – die Gewehrkugeln verwandeln sich nicht in Wassertropfen."

Schenck atmete tief durch. Die Berge an schwarzen Leichen, die vor der Boma lagen, zeugten von dem fatalen Irrtum der Schwarzen.

Als eines der MGs wegen einer Ladehemmung ausfiel, kamen die Aufständischen gefährlich nahe an die Boma heran, so nahe, dass sie den toten Winkel des anderen MGs erreichten. Da konnte nur ein Gegenstoß helfen. Noch waren es nur wenige Feinde, die sich an den Drahtverhauen zu schaffen machten oder diese gar bereits überwunden hatten und sich nun durch den Graben vor der Boma kämpften. Aber es wurden von Minute zu Minute mehr.

„Leutnant von Schenck!", rief da auch schon Hauptmann von Hassel. „Mit 15 Mann bereit machen zum Gegenstoß! – MG-Feuer nach vorn verlegen!"

15 Mann waren zwar erbärmlich wenig, aber mehr konnte der Kommandant wahrscheinlich nicht entbehren, ohne die ganze Boma zu gefährden.

Schenck sprang vom Wehrgang an den Palisaden hinunter. Vor dem Tor sammelten sich schon einige Askaris.

„Bajonett aufpflanzen!", brüllte Schenck und setzte selbst das Seitengewehr auf den Lauf. „In Schützenreihe antreten!"

In Windeseile formierten sich die Männer, die Bajonette glitzerten im Licht der Morgensonne.

„Das Tor auf! Und dann: Marsch!"

Die Torposten schoben den Balken beiseite und öffneten beide Flügel.

„Feuerschutz von den Palisaden!", rief Schenck, dann stürmte er als Erster durch das Tor hinaus. Draußen trat er zur Seite und lief neben den Askaris her. „Männer, wir schlagen den Feind in die Flucht, aber keine Verfolgung, verstanden?"

Die Verfolgung würde nur unnütz Menschenleben kosten, sowohl bei den eigenen Männern als auch bei den Feinden. Das war es nicht wert.

„Entfaltung zum Schützenrudel! Und dann: Feuer frei!"

Seine Männer formierten sich zu einer breiten Front und gingen schießend gegen die Feinde vor, die die Drahtverhaue und den Graben bereits überwunden hatten. Die Salven seiner Askaris wüteten unter den Aufständischen.

Schenck wurde übel, als er die Feinde einen nach dem anderen fallen sah. Aber dann dachte er an Franziska, die er durch diesen Angriff vor den Aufständischen schützte. Wenn es ihm schon nicht gelungen war, Julie von Götzen zu retten, dann sollte wenigstens Franziska nicht in die Hände der Feinde fallen.

Trotz des Gewehrfeuers kamen die Schwarzen immer näher. Brüllend rannten sie auf sie zu.

„Bereitmachen zum Nahkampf!", rief Schenck. Er schoss ein letztes Mal sein Gewehr ab, aber inzwischen waren die Feinde zu nahe herangekommen. „Angriff!"

Kapitel 60

Stufe für Stufe kletterte Franzi die Treppe des Turms am Nordtor hinauf und huschte von dort geduckt auf den Wehrgang hinter den Palisaden. Die Soldaten waren zu beschäftigt damit, auf die Feinde zu schießen, als dass sie sie aufgehalten hätten. Und diejenigen, die sie bemerkten, waren zu überrascht.

Die markige Stimme des Hauptmanns brüllte: „Runter da!", doch sie achtete nicht darauf. Sie musste einfach sehen, wie es Schenck erging.

Zwischen zwei Askaris, die wie wild schossen, lugte sie über die Spitzen der Palisaden. Ein Pfeil rauschte so knapp an ihrem Kopf vorbei, dass sie sogar den Luftzug spürte – rasch duckte sie sich.

Doch da entdeckte sie, durch eine Ritze in den Palisaden spähend, Schenck. Er war noch nicht weit vom Tor entfernt und stürzte sich mit seinen wenigen Männern auf eine Gruppe Aufständischer, die die Drahtverhaue und den Graben überwunden hatten. Bajonette blitzten im Sonnenlicht.

Franzi schauderte beim Anblick der blutüberströmten Körper, die leblos liegen blieben.

„He! Runter da mit dem Weibsbild!" Den Befehl des Hauptmanns hörte sie nur nebenbei, und die Soldaten rechts und links von ihr achteten auch nicht darauf, weil sie unentwegt schossen. Warum feuerten sie eigentlich immer weiter auf die bereits dicht herangekommenen Angreifer? Schenck und seine Männer befanden sich doch schon im Nahkampf mit ihnen!

„Aufhören! Sie treffen doch den Leutnant!", brüllte sie dem neben ihr stehenden Askari ins Ohr.

Der Soldat glotzte sie kurz an, doch dann schoss er weiter. Wahrscheinlich hatte er sie gar nicht verstanden.

„Männer! Bringt endlich das Frauenzimmer dort runter!"

Diesmal hörten die Askaris auf ihren Hauptmann. Sie legten ihre Gewehre beiseite und griffen auf beiden Seiten nach Franzis Armen.

* * *

Schenck stürmte mit vorgehaltenem Bajonett vor. Er hasste den Nahkampf. Es war schon schlimm genug, Menschen mit dem Gewehr aus der Ferne zu erschiessen, aber dem Feind Auge in Auge gegenüberzustehen und ihn dann abzustechen, war ungleich schlimmer.

Die Schwarzen waren nur mit Keulen und Spiessen bewaffnet, die aber im Nahkampf furchtbare Waffen waren. Doch zum Glück waren die Askaris gut ausgebildet, sodass sie gegen die Übermacht standhielten.

Schenck rammte einem Angreifer das Bajonett in den Unterleib und zog es mit geschlossenen Augen wieder heraus. Widerlich, dieser Kampf!

Mit gellenden Rufen stürzten sich die Askaris auf die Feinde. Sie schienen wie im Rausch zu sein. Schenck spürte ein Würgen im Hals, trotzdem musste er sich an diesem furchtbaren Schlachtfest beteiligen.

Da hörte er zwischen dem Brüllen und Schreien plötzlich eine helle Stimme von der Boma her. Das war doch eine Frauenstimme!

Er schlug einem Feind, der mit der Keule auf ihn zukam, seinen Gewehrkolben über den Kopf, dann wandte er sich um – und entdeckte Franziskas blonden Lockenkopf über den Palisaden. Sie winkte, sie rief etwas, aber er konnte es nicht verstehen. Was tat sie überhaupt dort? Wollte sie ihm etwas mitteilen, ihn vielleicht vor einer Gefahr warnen, die er noch nicht bemerkt hatte?

* * *

„Nicht!" Trotz der durch ihren verletzten Arm schiessenden Schmerzen wand Franzi sich, bis sie sich von den beiden Askaris befreit hatte und wieder über die Palisaden schauen konnte.

Schenck rammte soeben einem Angreifer sein Seitengewehr in den Unterleib – sie hätte dem schmächtigen Leutnant gar nicht so einen wilden Kampf zugetraut.

Die Soldaten packten sie erneut bei den Armen, diesmal fester – wieder schoss ein furchtbarer Schmerz durch ihren verletzten Arm. Sie schrie auf, schlug mit dem gesunden Arm um sich und trat mit dem Fuss aus. „Lassen Sie mich!"

Ungeachtet der immer noch heranrauschenden Pfeile hob sie den

Kopf erneut über die Palisaden. Just in diesem Augenblick wandte Schenck den Kopf zu ihr um – hatte ihr Rufen ihn auf sie aufmerksam gemacht? Dazu stach ihr hellblonder Kopf wahrscheinlich deutlich zwischen den schwarzen Askaris hervor.

Er hob eine Hand, als wollte er sie von den Palisaden verscheuchen. Und sie wusste, dass sie ihm gehorchen sollte. Doch sie konnte den Blick nicht von ihm wenden. Nach dem, was sie in den letzten Tagen und Stunden gemeinsam durchgemacht hatten, fühlte sie sich wie mit einem dicken Tau mit ihm verbunden.

„Moritz von Schenck!", schrie sie aus Leibeskräften. „Ich liebe dich!"

Konnte er sie verstehen? Jedenfalls starrte er zu ihr hinüber – doch plötzlich sprang ein kleiner, wendiger Schwarzer auf den Leutnant zu. Sein Messer blitzte drohend im Sonnenlicht.

„Moritz!" Ihre Stimme überschlug sich.

Da rissen die zwei Soldaten sie an den Schultern zurück. Sie packte mit der Hand des gesunden Arms die Spitze einer Palisade, trotzdem wurde sie gnadenlos zurückgezogen. Ihr verletzter Arm schmerzte grauenvoll – aber noch schlimmer schmerzte die Angst in ihrem Herzen. Hatte ihre Weigerung, den Wehrgang zu verlassen, und die stattdessen zu Schenck hinuntergerufene Liebeserklärung ihm den Tod gebracht?

Kapitel 61

Das Erste, was Julie wahrnahm, war der bestialische Gestank. Dann rüttelte jemand an ihr, irgendetwas drückte auf ihren Unterleib.

Was war mit ihr geschehen? Wo war sie überhaupt? Sie konnte sich an nichts erinnern, aber dieser Ort, an dem sie sich befand, war schrecklich. Wie aus weiter Ferne hörte sie Krachen und Donnern, dazwischen grässliche Schreie, als würden dort Menschen abgeschlachtet. Dazu noch die Schmerzen in ihrem rechten Arm ...

Ihr Arm! Da war doch etwas gewesen! Der Kampf mit dem Krokodil, sie war verletzt worden, und dann hatte Franzi ihr gesagt, dass der Arm gar nicht mehr da wäre. Oder hatte sie das nur geträumt? Bestimmt war es nur ein Traum gewesen. Ihr Arm tat schließlich weh, also konnte er doch nicht weg sein.

Wieder wurde an ihr gerüttelt, der Druck auf ihrem Unterleib wurde stärker. Sie musste endlich die Augen öffnen. Warum lag sie in diesem bestialischen Gestank und niemand kümmerte sich um sie? Sonst, wenn sich die Schatten der Ohnmacht einmal gehoben hatten, hatte sie entweder die Stimme dieses Sanitäters gehört oder Franzi war bei ihr gewesen. Aber hier war nichts, nur das Getöse und Brüllen, als tobte eine Schlacht um sie herum.

Ihre Augenlider waren so schrecklich schwer. Oder waren die Muskeln ihrer Lider nicht mehr in der Lage, sie zu heben? Warum bekam sie die Augen nicht auf? Und warum taten ihr auch die andere Schulter und die Brust so schrecklich weh?

Sie versuchte, sich auf ihre Augen zu konzentrieren. Es konnte doch nicht so schwer sein, sie zu öffnen! Da! Licht! Ein ganz schmaler Streifen Licht! Dann sah sie nur noch Blau, endloses wunderschönes Blau – das musste der Himmel sein.

Was sie sah, war so fantastisch, dass sie fast hätte glauben können, sie sei im Himmel. Doch der Gestank, das Getöse und die Schreie deuteten eher auf das Gegenteil hin. Befand sie sich etwa in der Hölle und schaute in den Himmel hinauf, damit ihre Qual durch den wunderbaren Anblick noch größer wurde? Aber sie war doch getauft worden, musste sie dann nicht in den Himmel kommen? Ob

Gott allerdings diese paar Tropfen Wasser, die auf ihre Stirn geträufelt worden waren, genügen würden, um sie in den Himmel zu lassen? Nachdem sie ansonsten ihr Leben lang nie nach ihm gefragt hatte?

Ein Schatten fiel auf ihr Gesicht. Dann verschwand auch der blaue Himmel, stattdessen erschien eine menschliche Gestalt in ihrem Sichtfeld: ein Schwarzer in der Schutztruppenuniform, Mund und Nase mit einem Tuch verhüllt. – Was hatte das zu bedeuten?

Sie riss die Augen ganz weit auf, ließ ihren Blick umherschweifen und bemerkte einen zweiten Askari, ebenfalls mit einem Tuch vor dem Gesicht. Die beiden trugen etwas herbei, legten es ab und verschwanden wieder.

Sie versuchte den Kopf zu heben, um zu sehen, was sie hergebracht hatten, aber es gelang ihr nicht. Doch sie konnte den Kopf drehen. Da starrte sie ein Schwarzer an, dessen Augen weit aufgerissen waren – aber leblos. Ein Toter! Daher also der Gestank!

Sie wandte den Kopf in die andere Richtung – da lag einer mit geschlossenen Augen und wächsernem Gesicht. Hatte man sie etwa für tot gehalten und zu den Leichen gelegt, obwohl sie noch lebte? Das, was auf ihrem Unterleib lag – war das etwa auch eine Leiche?

Grauen überfiel sie, und trotz der Schwäche und der Schmerzen riss sie den Kopf hoch. Auf ihr und um sie herum türmten sich Leichen, manche mit Pfeilen oder klaffenden Wunden im Leib oder verstümmelten Gliedmaßen.

Sie wollte schreien, aber ihre Kehle war vollkommen ausgedörrt. Wenn man sie für tot hielt, hatte man ihr wahrscheinlich seit Stunden nichts mehr zu trinken gegeben.

Da kamen die Träger wieder, diesmal mit einem Mann, dem ein Speer im Bauch steckte.

Julie versuchte erneut zu schreien – es kam kein Ton heraus. Sie wollte den Arm heben – er rührte sich nicht. Sie versuchte es mit dem anderen, obwohl er so schmerzte, aber auch auf dieser Seite regte sich nichts.

Irgendwie musste sie sich bemerkbar machen! Sie bemühte sich, ein Bein zu bewegen, doch in diesem Augenblick warfen die Männer die nächste Leiche darauf. Noch einmal versuchte sie, mit aller Kraft zu schreien, und immerhin kam diesmal ein schwaches Stöhnen hervor.

Doch die Männer drehten trotzdem sofort wieder um, zogen das Tuch vor ihrem Mund noch höher und gingen rasch davon.

Julie ließ den Kopf sinken. Hoffentlich dauerte es nicht so lange, bis sie wiederkamen und eine weitere Leiche brachten. Der Gedanke war zwar makaber, aber der Tod eines anderen könnte ihre Rettung sein.

Rettung durch den Tod eines anderen ... Das kannte sie. Jedenfalls hatte sie im Religionsunterricht gelernt, dass Jesus Christus gestorben war, damit Sünder nicht verloren gingen, sondern gerettet werden konnten. Ob dieser qualvoll am Kreuz gestorbene Jesus sie auch hier heraus retten könnte?

Wenn es dich wirklich gibt und wenn du mich hörst – bring mich irgendwie hier heraus! Mehr brachte sie nicht zustande. Aber vielleicht genügte das.

Der Gestank machte sie irrsinnig. Die Bilder vor ihren Augen verschwammen, es wurde dunkler und dunkler. – Nicht ohnmächtig werden! Dann würde ganz sicher niemand mehr merken, dass sie noch lebte, und sie aus ihrer Lage befreien!

Doch ihr Kampf war umsonst, ihr Gebet scheinbar auch. Ihre Gedanken verwirrten sich, dann wurde es wieder schwarz um sie herum.

Kapitel 62

Haarscharf neben Schencks Hals fuhr das Messer des Schwarzen in den Boden und blieb dort stecken. Schenck zog die Beine an und warf sich herum, sodass der flinke Schwarze über ihm ins Wanken geriet, zur Seite geschleudert wurde und auf die Erde prallte. Zum ersten Mal im Leben war Schenck froh, dass er so klein und wendig war.

Blitzschnell sprang er auf und einen Schritt zurück. Er griff nach seinem am Boden liegenden Gewehr, und als sein Gegner ebenfalls hochkommen wollte, jagte er diesem das Bajonett in die Brust – ein Blutstrahl schoss heraus, der Schwarze zuckte noch ein paarmal, dann blieb er still liegen. – Wieder ein Menschenleben ausgelöscht. Schaudernd starrte Schenck auf das blutige Seitengewehr.

Als er wieder zu den Palisaden hinübersah, war Franziska verschwunden. Was hatte sie ihm zurufen wollen? War irgendetwas Schlimmes geschehen?

Laute Hurra-Rufe ließen ihn herumfahren. Die Angreifer zogen sich zurück und seine Männer stürzten ihnen brüllend nach, sodass die Schwarzen schließlich in wilder Flucht davonstoben.

Schenck atmete tief durch. Der Angriff war abgeschlagen, wenn auch nur knapp. Und endlich ratterte auch das zweite Maschinengewehr wieder los und mähte riesige Lücken in die Reihen der davonlaufenden Schwarzen. Seine Männer setzten den Fliehenden dennoch weiter nach, einige wollten ihnen sogar über den Graben folgen, aber er hatte genug von dem grausigen Blutvergießen. Zudem bestand die Gefahr, dass sie selbst ins Schussfeld der MGs gerieten.

„Zurück! Keine weitere Verfolgung!", brüllte er. Sein Auftrag, den Angriff auf das Nordtor zurückzuschlagen, war erfolgreich erfüllt.

Nur zögerlich lösten sich seine Männer vom Feind und sammelten sich bei ihm.

„Wir hätten sie alle niedermachen können!", beschwerte sich einer. „Bei nächster Gelegenheit werden die, die wir verschont haben, wieder gegen uns kämpfen."

„Ruhe!" Schenck nahm das Bajonett ab und steckte es in die Scheide. „Wir ziehen uns in die Boma zurück."

Rasch warf er noch einen Blick über die Schulter nach hinten – die Feinde machten keine Anstalten, sie erneut anzugreifen. Da bemerkte er am Boden des Grabens einen schwarzen, länglichen Gegenstand – Franziskas Bratschenkoffer!

Rasch hielt Schenck einen Askari fest. „Stellen Sie den Koffer dort sicher!"

Der Schwarze schaute ihn verständnislos an.

„Den Koffer dort, schnell!"

Einer seiner Kameraden übersetzte, dann huschte der Askari davon und stand kurz darauf mit dem Koffer in der Hand wieder vor ihm.

„Danke." Schenck nahm ihm die Bratsche ab, dann eilten sie den anderen nach und durch das Tor in die Boma.

Drinnen schaute er sich zuerst nach Franziska um. Wo war sie geblieben? An den Palisaden war sie nicht mehr zu sehen, und das war auch gut so, denn noch immer flogen Pfeile und vereinzelt Kugeln herüber. Vermutlich war sie in eines der Gebäude gebracht worden, wo sie vor dem Beschuss sicher war. Wahrscheinlich ins Lazarett, da sie ohnehin schwach war und ihre Verletzungen unbedingt versorgt werden mussten.

Er ging auf das Gebäude zu, wo die Rot-Kreuz-Flagge wehte. Da trat ihm Unteroffizier Friebe in den Weg.

„Herr Leutnant, sofort zum Kommandanten."

Schenck atmete tief durch. Gönnte man ihm denn keine Minute Ruhe? Selbst wenn er dafür gelobt werden sollte, dass er den Angriff zurückgeschlagen hatte, hätte er doch lieber zuerst nach Franziska gesehen. Aber wenn Hauptmann von Hassel ihn rief, sollte er nicht zögern, schließlich musste er ihn noch von seiner Unschuld überzeugen, nachdem Feldwebel Hunebeck ihm sicherlich die wildesten Geschichten über ihren Marsch nach Liwale erzählt hatte.

Also ging er, die Bratsche noch immer in der Hand, zu dem Gebäude hinüber, in dem sich Hassels Büro befand. Unterwegs begegneten ihm Soldaten, die Verwundete und Tote wegtrugen, dazwischen hastete ein Mann mit gewaltigem Vollbart herum, der eine Armbinde mit rotem Kreuz trug. Das musste der Arzt sein – hoffentlich hatte er sich auch schon um Franziska gekümmert.

Schenck eilte weiter und betrat Hauptmann von Hassels Büro. „Herr Hauptmann, Leutnant von Schenck, ich melde mich vom Einsatz zurück."

Hassel zündete sich mit zitternden Fingern eine Zigarette an. Der Angriff der Schwarzen, der um ein Haar erfolgreich gewesen wäre, schien ihm noch in den Gliedern zu stecken.

„Schenck, was tragen Sie da für einen Koffer?"

„Es handelt sich um die Bratsche der Komtesse von Wedell. Wir mussten sie heute Morgen im Graben vor der Boma zurücklassen."

„Öffnen Sie den Koffer."

Schenck legte ihn auf einen Tisch und ließ die Schnallen aufspringen.

„Eine Bratsche also." Hassel nahm das Instrument heraus und betrachtete es von allen Seiten. Dann durchtastete er den Koffer, fühlte am Futter und legte die Bratsche schließlich wieder hinein. „Das Instrument ist konfisziert."

„Aber Herr Hauptmann, es gehört der Komtesse …"

„Kein Widerspruch!" Er trat dicht vor Schenck hin. „Sie tragen ja immer noch das rote Band am Arm. Ich habe Ihnen doch befohlen, es abzunehmen."

Schenck schaute auf Franziskas Haarband hinab, das inzwischen verdreckt war. „Ich bitte Sie, Herr Hauptmann, das Band weiterhin tragen zu dürfen."

„Was hat es für eine Bedeutung?" Der Blick des Hauptmanns war stechend.

„Es ist privater Natur – wie ich bereits sagte."

Hassel klopfte auf seine Zigarette. „Leutnant von Schenck, ich will Ihnen sagen, was dieses Band bedeutet. Es ist Ihr Erkennungszeichen für die Aufständischen."

Schenck wich einen Schritt zurück. Hatte der Hauptmann den Verstand verloren? „Was soll das heißen?"

„Das ist doch offensichtlich. Ich habe Ihnen schon gesagt, dass ich nicht daran glaube, dass Sie nur mittels Geschicklichkeit durch das Lager der Neger nach Mahenge hereingekommen sind. Damit die Aufständischen Sie erkennen und nicht auf Sie schießen, tragen Sie dieses Band. So ist es doch, nicht wahr?"

Das war ja ungeheuerlich! „Herr Hauptmann, mir würde niemals einfallen, einen Pakt mit dem Feind zu schließen! Das wäre ja Hochverrat!"

„So ist es. Also, welche Bedeutung sollte das Band sonst haben?"

Es gefiel ihm gar nicht, dass er seine Liebe zu Franziska von Wedell vor dem Kommandanten ausbreiten sollte, aber er hatte wohl keine andere Wahl, wenn er sich von diesem Verdacht, der ebenso furchtbar wie lächerlich war, befreien wollte. „Es ist ein Geschenk. Von Komtesse von Wedell an mich."

„Ah, eine Liebesgeschichte also. Das erklärt vieles." Hassel zog an seiner Zigarette. „Um das Mädchen, das man liebt, zu retten, kann man auch einen Pakt mit dem Feind eingehen, nicht wahr?"

„Aber das ist doch nicht wahr! Sie haben doch selbst mitbekommen, dass ich von den Aufständischen beschossen wurde, als ich in die Boma wollte. Komtesse Götzen wurde sogar von einem Pfeil getroffen!"

„Es könnte doch ein Scheinangriff gewesen sein. Oder ein Irrtum solcher, die in Ihre unsaubere Handlung nicht eingeweiht waren."

Schenck richtete sich so hoch wie möglich auf. „Herr Hauptmann, ich habe den Eindruck, Sie wollen mir mit aller Gewalt etwas anhängen."

„Oh nein. Ich habe von Feldwebel Hunebeck erfahren, was in den letzten Wochen geschehen ist. Sie haben schon, seit Sie hier im Schutzgebiet angekommen sind, eine negerfreundliche Haltung an den Tag gelegt. Und den Beweis haben Sie eben vor meinen Augen geliefert: Sie haben nur hinhaltend gekämpft, und als die Möglichkeit bestand, die ganze Horde der Neger niederzumachen, haben Sie die Männer zurückgerufen."

„Ich hatte den Auftrag, den Angriff auf das Nordtor zurückzuweisen ..."

„Es ist ganz offensichtlich, dass Sie die Neger schonen, ich habe es mit eigenen Augen gesehen." Hassel zerstampfte seine Zigarette im Aschenbecher.

„Ich wollte unnötiges Blutvergießen vermeiden. Da mein Auftrag erfüllt war ..."

„Ihr Auftrag wäre dann erfüllt gewesen, wenn die Feinde allesamt tot gewesen wären!", schnauzte Hassel.

„Sollte ich unsere Männer etwa ins Feuer unserer eigenen MGs laufen lassen?"

„Hören Sie doch mit diesen albernen Ausreden auf. Unsere MG-Schützen wissen schon Freund und Feind zu unterscheiden."

„Bei allem Respekt, Herr Hauptmann, es wäre nicht das erste Mal, dass so etwas passiert." Schenck atmete tief durch. „Und Sie haben selbst gesagt, dass Sie keinen Mann entbehren können."

Mit einer unwirschen Handbewegung winkte Hassel ab. „Wie erklären Sie sich eigentlich, dass der Angriff heute ausgerechnet auf das Nordtor erfolgte?"

„Nun, die Aufständischen werden vermutlich bemerkt haben, dass dort die schwächste Stelle der Boma ist."

„So, bemerkt haben sie es. Die Neger, die von Taktik und Festungsbau keine Ahnung haben. Die haben das einfach so bemerkt. Das glaube Ihnen, wer will, aber nicht ich. Irgendeine Gegenleistung werden die Neger schon dafür verlangt haben, dass sie Sie durchgelassen haben."

„Bitte was? Das – das ist doch absurd! Wieso sollte ich die Komtessen und mich hier hineinretten, wenn ich gleichzeitig verrate, wie die Boma genommen werden kann?" Schenck schüttelte den Kopf. „Bitte befragen Sie den Askari Hamsi, der mich begleitet hat!"

„Wenn ich das könnte. Er ist tot. Wurde bei dem Angriff vorhin erschossen."

Tot. Der blutjunge Kerl, der so tapfer gewesen war. Und sein einziger Zeuge hier in Mahenge. Nun konnte er nur noch auf die Rettung des Ifakara-Trupps hoffen, sodass wenigstens Poll zu seinen Gunsten aussagen konnte. Sollte er noch einmal darum bitten, dass Hassel einen Rettungstrupp losschickte? Vielleicht würde er sich jetzt überreden lassen, da es für ihn die einzige Möglichkeit war, die Wahrheit herauszufinden. – Schenck sandte ein Stoßgebet nach oben.

„Für mich ist der Fall klar", fuhr der Kommandant mit aufgebrachter Stimme fort, ehe Schenck etwas erwidern konnte. „Es ist völlig ausgeschlossen, dass Sie sich unbemerkt mit zwei schwerverwundeten Damen durch den Ring der Aufständischen geschlichen haben. Sie haben mit dem Feind einen Pakt geschlossen, ihm die Schwachstelle der Boma verraten und sind dafür – dank des Erkennungszeichens an Ihrem Arm – hindurchgelassen worden. Und das nur, um Ihre Geliebte zu retten. Zu diesem Behufe haben Sie sogar den Ihnen anvertrauten Trupp seinem Schicksal überlassen – weiß der Geier, was aus den Männern geworden ist. Leutnant von Schenck, das ist Verrat!"

„Herr Hauptmann, ich protestiere! Auf Anraten des Sanitätsunteroffiziers Poll wollte ich Komtesse Götzen, die Nichte des Gouverneurs, nach Mahenge bringen, weil sie zu sterben drohte. Aber ich habe keinen Kontakt zu den Aufständischen aufgenommen!"

„Was Sie nicht beweisen können."

„Bitte entsenden Sie einen Rettungstrupp, um Poll und die anderen in Sicherheit zu bringen. Sie werden es Ihnen bestätigen können."

Der Kommandant lachte auf. „Wahrscheinlich sind die Männer längst tot – weil Sie sie an die Aufständischen verraten haben. Und nun wollen Sie mich dazu verleiten, noch mehr Leute sinnlos zu opfern."

„Herr Hauptmann, ich muss mir solche Unterstellungen ..."

„Ruhe! Schenck, ich verhafte Sie wegen Hochverrats." Hassel läutete eine Glocke, worauf Unteroffizier Friebe hereinstürmte. „Festnehmen. Abführen. – Schenck, geben Sie mir Ihre Waffen."

Schenck starrte ihn an. Das durfte doch alles nicht wahr sein! Offenbar hatte Feldwebel Hunebeck mit seinem ausgeschmückten Bericht dafür gesorgt, dass der Hauptmann ihn und sein Handeln nicht mehr neutral beurteilen konnte.

„Schenck, Ihre Waffen!" Hassel streckte die Hand aus.

Er zog sein Bajonett heraus und hielt es ins Licht. „Sehen Sie das Blut, das hier noch klebt? Es stammt von einem Schwarzen, den ich mit dieser Waffe erstochen habe. Hätte ich das getan, wenn ich mit den Schwarzen unter einer Decke steckte?"

„Pah, damit beweisen Sie gar nichts." Hassel nahm ihm das Bajonett ab und riss ihm auch den Revolver aus dem Holster. „Da hatten Sie Ihr Ziel, Ihr Liebchen in Sicherheit zu bringen, ja längst erreicht." Er gab dem Unteroffizier einen Wink. „Führen Sie den Kerl ab."

„Herr Hauptmann ..."

„Kein Wort mehr! Sie können sich später vor dem Kriegsgericht verantworten."

Unteroffizier Friebe packte ihn am Arm und zog ihn aus dem Büro.

Kapitel 63

Obwohl sie sich kaum noch auf den Beinen halten konnte, irrte Franzi durch die Lazarettbaracke, wo die beiden Askaris sie hingebracht hatten. Doch sie fand Doktor Langenburg nicht, der ihr vermutlich hätte Auskunft erteilen können, was aus Schenck geworden und mit Julies Leichnam passiert war. Wahrscheinlich war ihre Freundin längst begraben worden – in der Hitze Afrikas wurden Leichen immer so schnell wie möglich beseitigt.

Doch warum sahen die Soldaten und Lazarethelfer, denen sie begegnete, sie so seltsam an? Irgendetwas war merkwürdig. Als eine deutsche Schwester sie kopfschüttelnd ansah und dann murmelnd weiterging, hielt Franzi sie an.

„Können Sie bitte wiederholen, was Sie gerade gesagt haben?"

„Das fragen Sie noch?", giftete die Schwester. „Schnüffeln Sie gefälligst nicht hier herum!"

Franzi starrte sie an. Schnüffeln? Wovon sprach die Frau da?
„Entschuldigen Sie, ich verstehe nicht ..."

„Tun Sie nicht so unschuldig! Wir haben alle gehört, dass der Leutnant, mit dem Sie gekommen sind, die Schwachstelle der Boma an die Neger da draußen verraten hat, damit sie ihn durchlassen und er Sie hier hereinbringen kann."

„Bitte was?" Franzis Knie wurden weich. „Das ist überhaupt nicht wahr!"

„Wenn es nicht wahr wäre, hätte der Hauptmann den Leutnant wohl nicht in Arrest genommen. Und jetzt verschwinden Sie gefälligst!" Die Schwester rauschte weiter und ließ Franzi wie betäubt zurück.

Schenck in Arrest. Weil er angeblich mit dem Feind kollaboriert hatte. Das war einfach unglaublich!

Franzi raffte ihre letzten Kräfte zusammen und schleppte sich aus der Lazarettbaracke, hinüber zum Gebäude des Kommandanten. Sie war schließlich dabei gewesen und wusste genau, dass diese Anschuldigung völlig haltlos war.

Ohne anzuklopfen stolperte sie in das Büro des ranghöchsten Offiziers der Boma. „Herr Hauptmann, er ist unschuldig!"

Der Kommandant faltete rasch eine Karte zusammen und bedeckte damit einige andere Papiere auf seinem Schreibtisch. Misstraute er ihr etwa auch? Und da – sah sie richtig? – da lag doch ihre Viola auf dem Tisch! „Wie kommt meine Viola hierher?"

„Das Instrument ist konfisziert. Aber von wem reden Sie überhaupt?"

Seine laute, tiefe Stimme war Respekt einflößend, aber Franzi wollte sich nicht einschüchtern lassen. „Von dem Offizier, den Sie arretiert haben. Von Leutnant Moritz von Schenck. Sie müssen ihn sofort wieder freilassen."

„Was ich muss, entscheide ich selbst, Komtesse. Schenck steht im Verdacht der Kollaboration mit dem Feind. Ich kann ihn nicht freilassen."

„Aber ich kann Ihnen bezeugen, dass diese Anschuldigung nicht wahr ist!" Franzis Stimme überschlug sich. „Ich war die ganze Zeit, seitdem wir das Lager bei Ifakara verlassen haben, bei ihm. Ich weiß, wie er uns den Weg durch die Feinde bis in die Boma gebahnt hat – unter Lebensgefahr hat er uns gerettet!"

„Komtesse, es ist schön, dass Sie sich so energisch für Ihren Retter einsetzen. Und ich kann verstehen, dass Sie dem, der Ihnen geholfen hat, nun selbst helfen wollen. Aber Sie werden begreifen, dass ich Ihr Zeugnis nicht akzeptieren kann."

„Wie bitte? Ich war dabei! Und der Askari Hamsi hat das Gleiche erlebt wie ich und wird es ebenfalls bestätigen!"

„Hamsi ist leider vorhin gefallen, von ihm ist keine Bestätigung mehr zu erwarten. Und Sie, Komtesse ... Was ich von Ihren Worten zu halten habe, weiß ich."

Was wollte er damit sagen? War sie etwa nicht glaubwürdig?

„Sie haben Schenck von den Palisaden aus zugerufen, dass Sie ihn lieben. Von dieser Warte aus ist es nur zu verständlich, dass Sie sich für ihn einsetzen. Aber die Fakten sprechen gegen ihn."

„Sie wollen mir nicht glauben, weil ich Moritz von Schenck liebe? Ja, das ist wahr, ich liebe ihn wirklich. Aber glauben Sie, ich könnte ihn lieben, wenn er seine eigenen Kameraden an die Feinde verraten hätte?" Sie stützte sich auf die Lehne eines Stuhls.

Der Kommandant zündete sich eine Zigarette an. „Wenn er es für Sie getan hat – warum nicht? Ich kann sogar verstehen, dass er es getan hat. Trotzdem muss ich meine Pflicht tun."

„Herr Hauptmann, Leutnant von Schenck würde so etwas niemals tun. Er ist durch und durch ehrlich."

„Das wird sich vor einem Kriegsgericht erweisen. Ich werde ihn sobald wie möglich nach Daressalam überstellen lassen, dann kann er dort versuchen, seine Unschuld zu beweisen. Aber solange ein begründeter Verdacht gegen ihn besteht, kann ich ihn nicht freilassen."

„Auch nicht, wenn ich mich für ihn verbürge?" Es musste doch einen Weg geben, den Hauptmann umzustimmen! Und schließlich war sie eine Komtesse von Wedell – das sollte doch etwas bewirken!

„Ich kann Ihre Bürgschaft nicht akzeptieren. Es ist hinreichend bekannt und Sie haben auch selbst eingestanden, dass Sie ein Verhältnis mit Leutnant von Schenck haben …"

„Ich habe kein Verhältnis mit ihm! Ich liebe Moritz von Schenck …"

„Das ist dasselbe. Sie sind voreingenommen, ich kann also weder Ihr Zeugnis noch Ihre Bürgschaft akzeptieren. Und jetzt muss ich Sie ersuchen, mich allein zu lassen. Als Kommandant dieses umkämpften Stützpunktes habe ich mich um wichtigere Dinge als um Sie und Ihr Liebesleben zu kümmern."

„Herr Hauptmann!" Franzi ballte die Faust. So konnte er sie doch nicht abspeisen! „Es geht nicht um mein Liebesleben, sondern darum, dass Sie einen Ihrer fähigsten Offiziere grundlos arretiert haben!"

Der Kommandant stellte eine riesige Rauchwolke in den Raum. „Komtesse, ich habe Ihnen doch hinreichend erklärt …"

„Nein, eben nicht hinreichend!", fuhr sie auf. Sie wunderte sich selbst, dass sie dazu noch die Kraft fand. „Einen unbescholtenen Offizier zu arretieren, nur weil er den Mut hatte, meine Freundin und mich unter Lebensgefahr in Sicherheit zu bringen – das ist ein himmelschreiendes Unrecht!"

„Beruhigen Sie sich, Komtesse. Leutnant von Schenck wird Gerechtigkeit widerfahren, spätestens vor dem Kriegsgericht."

„So lange kann ich nicht warten! Ich kann nicht zulassen, dass er wegen einer Heldentat, die er zu meinen Gunsten vollbracht hat, eingesperrt wird!"

„Komtesse …"

„Nein, so lasse ich mich nicht abweisen. Ich werde mich über Sie beschweren, und zwar beim Gouverneur höchstpersönlich!"

„Das bleibt Ihnen unbenommen. Der Gouverneur wird mir zustimmen, zumal ohnehin ein Befehl von ihm vorliegt, Leutnant von Schenck festzusetzen."

„Das ist nicht wahr! Das denken Sie sich doch nur aus ..."

„Das genügt jetzt." Der Hauptmann warf seine Zigarette in den Aschenbecher. „Mäßigen Sie sich und verlassen Sie sofort mein Büro, sonst werde ich Sie ebenfalls in Arrest nehmen lassen."

„Das werden Sie nicht wagen! Ich habe nichts getan, was gegen die Gesetze verstößt!"

„Sie widersetzen sich soeben der staatlichen Gewalt und hindern mich daran, meine Pflicht zu tun. Also bitte, Komtesse, Sie haben die Wahl: Entweder verlassen Sie sofort mein Büro, oder ich lasse Sie arretieren!"

„Ich bleibe so lange hier stehen, bis Sie Leutnant von Schenck freigelassen haben!", schrie sie ihm entgegen. In wenigen Augenblicken würde sie ohnehin nicht mehr gehen können, weil sie vor Entkräftung zusammenbrechen würde.

„So nehmen Sie doch Vernunft an!"

„Nein! Ich werde Ihnen so lange keine Ruhe lassen, bis Sie ihn freilassen."

Er atmete tief durch. „Sie lassen mir keine andere Wahl, Komtesse."

Kopfschüttelnd zog er an einer Glocke. Als ein Unteroffizier eintrat, wies der Kommandant auf sie.

„Friebe – arretieren."

Der Unteroffizier starrte seinen Vorgesetzten an. „Arretieren? Die Komtesse?"

„Sie will es nicht anders. Schaffen Sie sie mir aus den Augen."

„Zu Befehl, Herr Hauptmann." Unteroffizier Friebe trat zu ihr und packte ihren gesunden Arm. „Kommen Sie gutwillig mit."

Sie wand sich mit letzter Kraft, doch sie bekam den Arm nicht frei. „Seien Sie sicher, dass ich mich über Sie beschweren werde!", rief sie. „Und geben Sie mir gefälligst meine Viola wieder!"

„Das Instrument bleibt als Beweismittel hier." Der Hauptmann nahm den Bratschenkoffer vom Tisch und stellte ihn in eine Ecke des Büros. „Und jetzt raus mit ihr."

Der Unteroffizier packte auch ihren anderen, verletzten Arm.

Sie schrie auf. „Über Sie werde ich mich ebenfalls beschweren. Sehen Sie nicht, dass ich verletzt bin?"

„Bringen Sie das Frauenzimmer endlich fort!", donnerte der Hauptmann. „Und dann lassen Sie den Doktor mal nach ihr sehen, ob es wirklich so schlimm ist, wie sie tut."

Franzi war zu schwach, um sich weiter zu widersetzen, zudem schmerzte ihr verletzter Arm entsetzlich. Tränen strömten ihr über die Wangen, während Friebe sie aus dem Raum schob.

Kapitel 64

Als Julie sich wieder aus ihrer Ohnmacht ins Leben zurückkämpfte, war es still und dunkel. Nur eine einsame Fackel erhellte den Winkel, wo sie lag.

Der Gestank war immer noch unerträglich. Im flackernden Licht der Fackel sah sie einige Körper, schwarze und weiße, um sich herum liegen. Grauen überfiel sie und drohte sie erneut in die Ohnmacht hinabzuziehen. Irgendetwas musste sie doch tun können, um sich bemerkbar zu machen! Als einzige Lebende zwischen all den Toten – das war schlimmer als jeder Albtraum!

Sie war versucht, den Kampf gegen die Ohnmacht aufzugeben. Dann würde sie das Grauen wenigstens nicht spüren, die Schmerzen in ihrem Arm und in ihrem Oberkörper, den Gestank. Aber ihr Lebenswille bäumte sich dagegen auf. Wenn sie jetzt aufgab, würde sie mit den anderen Leichen in eine Grube geworfen und verscharrt werden – dann war alles vorbei. – War dann wirklich alles vorbei? Endete mit dem Tod wirklich alles?

Diese Ungewissheit! Wenn sie ganz sicher gewesen wäre, dass nach dem Tod nichts mehr kam, hätte sie sich vielleicht ihrem Schicksal ergeben – aber wenn es doch ein Danach gab? Wenn die Frommen recht hatten und nach dem Tod ein göttliches Gericht kam?

Sie musste leben! Irgendwie überleben!

Zwei Männer, die eine Bahre trugen, kamen näher. Ihre Gesichter waren wieder mit Tüchern verhüllt.

Julie versuchte den Kopf zu heben, doch sie war zu schwach dazu. Sie probierte es mit dem linken Arm – es bewegte sich nichts. Als sie es mit dem rechten versuchte, durchfuhr sie ein irrsinniger Schmerz, dass ihr ein Stöhnen entfuhr. – Hörten die Männer das denn nicht?

Doch die beiden Schwarzen hoben eine der Leichen auf die Bahre und schienen das schwache Geräusch, das sie verursacht hatte, gar nicht wahrgenommen zu haben.

Sie wollte schreien – brüllen, aber ihre Kehle war ausgedörrt, ausgetrocknet wie die Steppe während der Trockenzeit. *Gott, hilf mir!*, flehte sie.

Als die Männer die Bahre aufhoben, versuchte sie es noch einmal. Doch der Ton, den sie zustande brachte, war so leise, dass die Männer mit der Bahre verschwanden, ohne sie gehört zu haben.

Eine Welle der Ohnmacht schwappte über sie hin. *Bitte Gott, wenn es dich gibt, lass mich nicht ohnmächtig werden!*

Um sie herum lagen noch ein paar Leichen – die Männer würden also wiederkommen und die anderen und vielleicht auch sie selbst holen. Würde sie dann noch einmal von einem Arzt untersucht? Aber nach dem Gefecht, das es vorhin offenbar gegeben hatte, hatte der bestimmt anderes zu tun, als sich um die Toten zu kümmern.

Panik überfiel sie. Lebendig begraben zu werden! Welch grauenvolles Schicksal!

Wieder kamen die zwei Männer mit der Bahre. Sie sprachen miteinander, doch wegen der Tücher vor ihren Mündern konnte Julie sie nicht verstehen. Sie bemerkte nur, dass sie kein Deutsch sprachen – wahrscheinlich unterhielten sie sich auf Suaheli oder in ihrer Stammessprache.

Diesmal traten die Männer direkt auf sie zu. Einer der beiden packte ihre Füße und hob sie an, der andere ergriff ihre Schultern.

Schmerz schoss durch ihren ganzen Körper, vor ihren Augen flimmerten Abermillionen silberner Sterne. Schrie sie? Stöhnte sie? Oder gab sie überhaupt keinen Laut von sich?

Sie wurde angehoben und mehr auf die Bahre geworfen als gelegt. Sie musste schreien! Es war ihre letzte Möglichkeit, bevor man sie irgendwo zwischen den Leichen verscharrte.

Wieder versuchte sie den Kopf zu heben, die Arme, die Beine zu bewegen, zu rufen – doch ihre schwachen Bewegungen und Laute nahmen die Männer in der Dunkelheit und unter ihren Tüchern wohl nicht wahr. Das Einzige, das ihre Bemühungen bewirkten, war dieser grässliche Schmerz!

Die Bahre wurde aufgehoben, leise schaukelnd wurde sie fortgetragen. Wohin brachte man sie?

Sie schrie zu Gott, ohne einen einzigen Satz zu formulieren. All ihr Denken war ein einziges Gebet – seit sie zum ersten Mal zwischen den Leichen aufgewacht war, hatte sie mehr gebetet als in ihrem ganzen bisherigen Leben. Wenn es Gott gab, dann musste er sie doch vor diesem grauenvollen Schicksal bewahren!

Die beiden Träger sprachen halblaut miteinander, immer noch in einer Sprache, die sie nicht verstand. Die Stimmen klangen, als seien die Männer furchtbar weit weg – lag das nur an den Tüchern? Es wurde immer dunkler um sie herum – lag das nur daran, dass sie sich von der Fackel entfernten?

Julie riss die Augen so weit wie möglich auf, doch sie sah nichts mehr. Auch die Stimmen waren verstummt, der Schmerz wurde erträglich, nur der Gedanke an das Massengrab behielt seinen Schrecken. Ein schwarzer Strudel zog sie immer weiter abwärts – sie kämpfte dagegen an, flehte – doch der Strudel zog sie weiter – und weiter – und weiter –

* * *

„Komtesse."

Doktor Langenburgs Bassstimme weckte Franzi aus ihrem Gemisch aus Schlaf und Ohnmacht. Das Heben der Lider war schon eine Kraftanstrengung, und das schlichte Behandlungszimmer, in dem sie lag, drehte sich um sie herum.

Langenburg zog sich einen Hocker heran und setzte sich neben die Liege. „Unteroffizier Friebe sagte mir, dass ich Sie hier finden würde. Und dass Sie nach der Untersuchung quasi in Arrest zu bringen seien."

„Leutnant von Schenck – der Kommandant bezichtigt ihn des Verrats!" Franzi richtete sich mühsam ein wenig auf. „Können Sie nicht etwas für ihn tun?"

Er seufzte. „Sicherlich nicht das, was Sie sich erwünschen. Aber ich kann trotzdem etwas für ihn tun. Und auch für Sie."

Franzi wusste schon, was kommen würde, aber sie war zu schwach, um sich dagegen zu wehren.

„Ich werde beten." Er faltete die Hände und senkte den Kopf.

Auf dem Schiff hatte sie Doktor Quasi schon oft beten hören, doch diesmal war es das erste Mal, dass sie auch zuhörte.

Er schilderte seinem Gott in einfachen Worten alle Schwierigkeiten: Schencks Verhaftung, Franzis Verhaftung, Franzis Verletzung, die Trauer um Julies Tod ... Er sprach, als sei dieser Gott mit im Raum. „Amen."

Ehe Franzi richtig darüber nachdenken konnte, hauchte auch sie ein tonloses „Amen". Wie hatte ihr das nur herausrutschen können? „Haben Sie Julie noch irgendwo gesehen? Sind Sie sicher, dass sie wirklich ..."

„Ich hatte mit den Verwundeten so viel zu tun ... Es tut mir leid, Komtesse. Ich hatte quasi keine Gelegenheit." Er stand auf und holte eine Schere und neues Verbandsmaterial. „Ich werde jetzt nach Ihrem Arm sehen."

Franzi biss die Zähne zusammen, als er den alten Verband löste. Aber viel schlimmer war der Schmerz in ihrem Herzen. Ihre Freundin Julie war tot.

Sie sah sie vor sich, wie sie vor dem Angriff durch das Krokodil gewesen war: blitzende Lebensfreude in den schwarzen Augen, quirlig, beweglich, voller Energie, immer zu einem Scherz oder einer leichtsinnigen Tat bereit, ein übermütiges Lachen im Gesicht.

Doch dann dieser Schrei, den sie im Ulanga ausgestoßen hatte, dieser Schrei, den Franzi niemals vergessen würde. Von einer Minute auf die andere war alles anders geworden. Julie ein Krüppel – und jetzt tot. Von einem lautlosen, hinterhältigen Pfeil erschossen. Ohne dass sie es bemerkt hatten.

Hatte sie in ihren letzten Minuten noch ums Überleben gekämpft? Hatte sie sich bemerkbar machen wollen, aber sie hatten es nicht gehört? Hätten sie ihr Leben vielleicht sogar noch retten können?

Und jetzt war sie fort. Für immer. Nie wieder würde sie mit ihrem unverwüstlichen Optimismus alle Schwierigkeiten überwinden. Franzi fühlte sich verlassen, allein, ganz allein. Denn der Mann, der sie liebte, war ebenso unerreichbar wie ihre Freundin. Arretiert wegen Hochverrats. Damit war auch er so gut wie tot.

„Komtesse?" Doktor Langenburg tupfte ihr mit einer Kompresse die Tränen von den Wangen – sie hatte nicht einmal bemerkt, dass sie weinte. „Tut es sehr weh?"

Sie nickte. Aber es war nicht so sehr ihr Arm. Sondern vielmehr die Trauer, die sie beinahe körperlich spürte.

„Es ist quasi gleich vorbei." Er legte eine neue, bessere Schiene an ihren Oberarm und umwickelte sie mit einem festen Verband. „Der Sanitäter hat wirklich vorzügliche Arbeit geleistet. Ein erfahrener Chirurg hätte es nicht ..."

Plötzlich wurde die Tür aufgerissen, ein Askari stürmte herein und riss sich ein Tuch vom Mund. „Daktari! Daktari! Schnell kommen!"

Langenburg fixierte den Verband. „Was ist denn los?"

„Tote Frau mit Arm ab – sie bewegt Bein!" Der Schwarze machte zuckende Bewegungen mit dem Bein.

„Wie bitte?" Langenburg schnappte sich seinen Arztkoffer. „Sprechen Sie etwa von Komtesse Götzen?" Er stürmte zur Tür und verschwand mit dem Askari.

Franzi richtete sich keuchend auf und schob die Beine von der Liege. Hatte sie richtig gehört? Julie war nicht tot?

Da trat Unteroffizier Friebe ein. Sie hätte sich ja denken können, dass er sie bewachte.

„Mitkommen. Ich bringe Sie jetzt in Ihre Zelle."

Kapitel 65

Nach drei Wochen im Bau fürchtete Schenck, den Verstand zu verlieren. Drei Wochen, in denen er nur die kahlen Wände seiner Zelle anstarrte, gelegentlich von draußen Rufe, Gewehrschüsse und das Rattern von MGs hörte und dreimal täglich einen Schwarzen zu Gesicht bekam, der ihm Essen brachte. Der Schwarze verstand kein Wort Deutsch – vielleicht tat er auch nur so –, sodass er keine Nachricht von Franziska und Julie von Götzen hatte. Auch, was aus Sanitätsunteroffizier Poll und dem Trupp aus Ifakara geworden war, war ihm unbekannt. Das Einzige, das er wusste, war, dass die Boma noch nicht von den Aufständischen erobert worden war, sonst wäre er wahrscheinlich längst von den Siegern massakriert worden.

Ab und an schaute Unteroffizier Friebe, Hassels Adlatus[21], herein, um nachzusehen, ob er noch lebte und bei Kräften war. Hatte er sich davon überzeugt, machte er sich jedoch schnell wieder davon, ohne seine Fragen nach den beiden Mädchen zu beantworten.

Sein einziger Trost war seine Bibel. Zwar war es den größten Teil des Tages in seiner Zelle zum Lesen zu dunkel, doch dann beschäftigte er sich mit den vielen Stellen, die er auswendig gelernt hatte.

Wie so oft in den letzten Wochen hatte er auch heute wieder einmal die Apostelgeschichte aufgeschlagen und grübelte über der Eutychus-Geschichte. Nun hatte sich zwar herausgestellt, dass sein gefallener Eutychus, die Komtesse Franziska von Wedell, derentwegen er nach Afrika gegangen war, doch noch hier war, aber er hatte trotzdem keine Gelegenheit mehr, seinen Auftrag an ihr zu erfüllen. Und als er sie zuletzt gesehen hatte, war bei ihr von einer geistlichen Wiederbelebung noch nicht das Geringste zu merken gewesen. Zwar hatte sie einige Fragen über Gott gestellt, aber er hatte nicht den Eindruck gehabt, dass sich ihr Herz öffnete. Nun war sie auf sich allein gestellt und er mit mehr als nur ungewisser Zukunft aus dem Verkehr gezogen worden.

Er klappte seine Bibel zu und lehnte den Kopf nach hinten an die kühle Wand. An der gegenüberliegenden Wand kletterte ein Gecko hinauf, überwand sogar den Winkel und lief an der Decke weiter.

---

21 Amtsgehilfe, untergeordneter Helfer

„Willst Du mir damit zeigen, mein Gott, dass Dir kein Wunder zu groß ist? Wenn dieses Tier sogar kopfüber an der Decke laufen kann – wirst Du dann nicht auch einen Weg für mich haben in diesen Wirrnissen? Und auch einen Weg für Franziska von Wedell? Vielleicht sogar – für uns beide gemeinsam?"

Wahrscheinlich musste er einfach begreifen, dass selbst dann, wenn er auf Gottes Wort hin auszog, es nicht ohne Schwierigkeiten abging. Paulus hatte das auf seinen Reisen auch erlebt. Er war geschlagen worden, hatte Schiffbruch erlitten, hatte die Gefahren der Stadt, der Wüste, der Flüsse und des Meeres erlebt, war sogar gesteinigt worden – und das alles während seines Dienstes, den er im klaren Auftrag Gottes ausführte.

Schenck faltete die Hände und senkte den Kopf. Er schämte sich, dass er sich beklagte. Auch Paulus hatte mehrfach im Gefängnis gesessen. Allerdings hatte Gott bei ihm einmal ein Erdbeben gesandt, um ihn zu befreien, was ihm bisher noch nicht widerfahren war. Aber vielleicht hatte Gott ja andere, bessere Wege für ihn.

Im Schloss seiner Zellentür rasselte ein Schlüssel, dann wurde die Tür aufgestoßen und Unteroffizier Friebe trat ein. „Schenck, mitkommen, Sie werden nach Daressalam gebracht."

„Nach Daressalam?"

„Jawohl, Befehl von Hauptmann von Hassel. Gestern kam die zwote Kompanie unter Hauptmann Nigmann und hat die Belagerer in die Flucht geschlagen."

Also war Mahenge die ganze Zeit über belagert worden. „Und wie bitte soll ich nach Daressalam kommen?"

„Nigmanns Kompanie ist nach Daressalam zurückbeordert worden. Sie werden mitgehen. In einer Viertelstunde ist Abmarsch – also kommen Sie mit."

Schenck stand auf. „Und was soll in Daressalam mit mir geschehen?"

„Was wohl! Sie kommen vors Kriegsgericht, wie jeder Verräter."

„Ich verbitte mir diese Bezeichnung. Ich bin kein Verräter und werde von dem Kriegsgericht ohne Zweifel freigesprochen. Sanitätsunteroffizier Poll wird meine Aussagen bestätigen."

Friebe sah ihn mit zusammengekniffenen Augen an. „Das glaube ich kaum. Die zwote Kompanie ist gestern beim Marsch hierher auf die Überreste des Ifakara-Trupps gestossen – sie wurden offenbar alle von marodierenden Aufständischen niedergemetzelt."

„Was?" Schenck starrte den Unteroffizier mit offenem Mund an. War nun also auch sein letzter Zeuge tot? „Warum hat Hauptmann von Hassel keinen Rettungstrupp ...?"

„Es stellt sich wohl eher die Frage, warum Sie Ihre Leute im Stich gelassen haben", giftete Friebe. „Und jetzt kommen Sie mit, sonst wird der Hauptmann ungeduldig."

Schenck atmete tief durch und schob seine Bibel in die Brusttasche. „Ich komme erst mit, wenn Sie mir sagen, was mit den beiden Komtessen geschehen ist."

„Ich habe nur Befehl, Sie aus der Zelle zu holen, nicht aber, Ihnen als Informationsquelle zu dienen. Mit den Nachrichten über den Ifakara-Trupp habe ich Ihnen vermutlich schon mehr gesagt, als Hauptmann von Hassel gutheissen würde."

Schenck baute sich vor dem Unteroffizier auf. „Sicherlich wurde Ihnen aber nicht verboten, mir Auskunft über die Situation der Damen zu geben."

Friebe wich einen Schritt zurück. „Verboten direkt nicht, aber ..."

„Kein Aber. Also, was ist mit den Damen? Wie geht es Komtesse Wedell? Und ist Komtesse Götzen wirklich tot?"

„Die Komtesse Götzen lebt wie durch ein Wunder. Doktor Langenburg hat sie wieder zurechtgeflickt."

„Sie – lebt?" Schenck schnappte nach Luft. „Sie hat wirklich überlebt? Obwohl sie bereits so schwach war und noch von einem Pfeil getroffen wurde?"

„Die Komtesse scheint sieben Leben zu haben. Sie wurde aus einem Leichentransport herausgefischt und von Langenburg wieder zum Leben erweckt."

Dann war sein Marsch Richtung Ifakara also doch nicht ganz umsonst gewesen. „Und Komtesse Wedell – wie geht es ihr?"

„Jetzt hören Sie endlich auf zu fragen und kommen Sie mit!" Friebe riss die Tür weit auf. „Ich habe keine Lust, Ihretwegen einen Einlauf von Hauptmann von Hassel zu bekommen."

Schenck ging zur Tür. „Dann erzählen Sie mir wenigstens unterwegs, was mit Komtesse Wedell ist."

„Sie können unglaublich penetrant sein." Friebe packte ihn am Arm. „Die Komtesse wird mit Ihnen nach Daressalam gebracht."

„Also geht es ihr besser? Hat sie sich erholt?"

„Ich bin kein Arzt. Aber sie wird reiten, also kann es ihr nicht allzu schlecht gehen."

Beinahe war Schenck für die Wochen der Belagerung dankbar, so hatte Franziska sich wenigstens erholen können, bevor es zurück nach Norden ging. Und wenn sie mit ihm nach Daressalam gebracht wurde, ergaben sich unterwegs sicherlich Gelegenheiten genug, mit ihr zu sprechen – vielleicht konnte er seinen Eutychus-Auftrag doch noch erfüllen.

„Aber machen Sie sich keine Hoffnung." Friebe grinste ihn frech an. „Sie werden getrennt transportiert. Und Sie, Herr Leutnant, erhalten selbstverständlich starke Bewachung."

Schenck ballte die Faust. Hassel schien mit aller Macht verhindern zu wollen, dass er Kontakt zu Komtesse Wedell bekam.

* * *

Als Doktor Langenburg ihre Krankenstube betrat, begann Julie unwillkürlich zu lächeln. Sie würde dem Arzt niemals vergessen, dass er sie vor dem furchtbaren Schicksal des Lebendig-begraben-werdens gerettet hatte. Zum Glück hatte er genau genug hingesehen, als der schwarze Leichenträger ihn gerufen hatte – und festgestellt, dass sie gar keine Leiche war.

Langenburg zog sich einen Hocker herbei und ließ sich neben ihrem Bett nieder. „Wie geht es Ihnen heute, Komtesse?"

Sie richtete den Blick auf sein Gesicht, das zwar von einem Vollbart verhüllt war, aber dennoch seine Besorgnis um sie verriet. „Ich fühle mich immer noch sehr schwach. Und vor allem ..." Sie wandte den Blick ab.

„Ich weiß." Seine Stimme klang merkwürdig gepresst. „Es ist quasi viel mehr als nur Ihre Verwundung."

Sie nickte. Wahrscheinlich würde sie es nie verwinden, dass ihr ein Arm fehlte – dass sie ein Leben lang ein Krüppel war.

Er nahm ihre Hand und fühlte ihren Puls. Julie genoss die Wärme und den festen Druck seiner Hand. Überhaupt fühlte er erstaunlich oft ihren Puls. Und jedes Mal, wenn er es tat, erinnerte sie sich an dieses Gefühl, das sie gehabt hatte, als sie noch im Dämmerzustand der Ohnmacht gelegen hatte, ein Gefühl, als habe jemand ihre Hand gehalten.

„Komtesse, Sie sind stark", sagte er mit tiefer Stimme, die wohlig in dem kleinen Raum vibrierte. „Wer so etwas durchsteht wie Sie, wird quasi auch das weitere Leben meistern."

Julie schluckte. Sie fühlte sich überhaupt nicht stark.

„Aber das ist nur die halbe Wahrheit", fuhr er fort. „Ohne die Hilfe Gottes bringt Ihnen Ihre eigene Kraft überhaupt nichts. Ich bete für Sie."

In den letzten Tagen, seit es mit ihr bergauf ging, hatte sie selbst ebenfalls gebetet, so viel wie noch nie in ihrem Leben. Obwohl sie immer noch nicht begriff, wie ein allmächtiger und liebender Gott so etwas überhaupt zulassen konnte.

„Ihre Freundin verlässt heute Mahenge", berichtete Doktor Langenburg. Merkwürdigerweise hielt er dabei immer noch ihre Hand – so lange fühlte man doch nicht den Puls?

„Franzi soll fort von hier? Ist sie denn dazu schon in der Lage? Ich dachte, es ginge ihr auch noch schlecht, weil sie mich noch immer nicht besucht hat."

Er seufzte und ließ ihre Hand los – aber er schrieb keine Zahl in ihr Krankenblatt. „Komtesse Wedell konnte Sie nicht besuchen, obwohl sie es gerne wollte. Sie war quasi in Arrest."

„Wie bitte? Franzi in Arrest? Warum?"

„Sie hat sich ungebührlich gegen den Kommandanten aufgeführt, als sie versucht hat, Leutnant von Schenck ... Ach, das wissen Sie ja auch noch nicht."

„Was haben Sie denn noch für Schreckensbotschaften?"

Langenburg faltete die Hände um ein Knie und lehnte sich zurück. „Der Leutnant wurde festgenommen und soll in Daressalam vor ein Kriegsgericht gestellt werden, weil er angeblich mit dem Feind kollaboriert hat."

„Das ist doch irrsinnig!" Julie richtete sich etwas auf ihren Arm auf, obwohl ihr das immer noch Schmerzen verursachte. „Ich kenne den Leutnant zwar kaum, aber nach allem, was ich von ihm weiß und über ihn gehört habe, traue ich ihm so etwas nicht zu."

„Ich glaube auch nicht daran. Aber machen Sie sich keine Sorgen, seine Unschuld wird vor dem Kriegsgericht sicherlich ans Licht kommen. Dafür wird Ihr Onkel quasi schon sorgen."

„Mein Onkel?" Julie ließ sich vorsichtig zurücksinken. „Eher im Gegenteil. Vielleicht steckt er sogar hinter den Festnahmen, weil er glaubt, dass Franzi und Leutnant von Schenck an meinem Schicksal die Schuld tragen. Sie ahnen gar nicht, wie sehr er an mir hängt – obwohl ich nicht einmal weiß, warum."

„Aber wir haben doch an den Gouverneur depeschiert, dass Sie überlebt haben und quasi auf dem Weg der Besserung sind ..."

„... und auch, dass ich einen Arm verloren habe. Das wird mein Onkel den beiden nie verzeihen."

„Aber der Leutnant und Ihre Freundin können doch gar nichts dazu!"

„Oh doch. Jedenfalls wird mein Onkel das so sehen." Julie deckte die Hand über die Augen. „Schenck hat uns auf seinen Befehl hin wieder auf das Schiff nach Deutschland gebracht, er haftete sogar mit seinem Kopf dafür, dass wir zurückreisen – aber wir sind von Bord entwischt. Ich kann mir gut vorstellen, dass mein Onkel dem Leutnant die Schuld daran gibt. Und schon als wir in Daressalam ankamen, war er der Meinung, dass Franzi überhaupt schuld daran ist, dass ich nach Deutsch-Ostafrika gekommen bin."

„Aber das sind doch haltlose Anschuldigungen!"

„Sie kennen meinen Onkel nicht." Julie sah zum Fenster hinüber. „Ich muss mit Franzi nach Daressalam."

„Das ist ausgeschlossen! In Ihrem Zustand ..."

„Ich bin überzeugt davon, dass ich meinen Onkel zur Milde überreden kann. Wenn er mich lebend vor sich sieht, wird das seine Wut mildern."

„Komtesse, seien Sie doch quasi vernünftig. Wenn Sie sich heute auf den Weg nach Daressalam machen, werden Sie nie dort ankommen – jedenfalls nicht lebend."

„Ich habe schon einen viel schlimmeren Marsch überlebt – in einem viel schlimmeren Zustand."

„Setzen Sie doch Ihr Leben nicht leichtfertig aufs Spiel! Damit dienen Sie Ihrer Freundin erst recht nicht. Wenn Sie glauben, dass schon Ihre Verletzung den Gouverneur so aufbringt, wie viel mehr dann quasi die Nachricht von Ihrem Tod!"

„Ich werde nicht sterben." Sie richtete sich wieder auf und sah ihm fest in die Augen. „Sie haben doch eben selbst gesagt, ich sei stark."

Sein wohlgepflegter Bart verzog sich zu einem Grinsen. „Komtesse, wenn Sie mit dem gleichen Einsatz Ihre Freundin verteidigen, wie Sie mir jetzt die Reise nach Daressalam abtrotzen wollen, wird Komtesse Wedell am Ende wahrscheinlich statt einer Strafe eine Tapferkeitsmedaille erhalten."

Sie lächelte zurück. „Das heißt dann wohl, dass Sie mich nach Daressalam reisen lassen?"

„Ja. Aber quasi nicht heute."

„Dann komme ich doch zu spät!"

Er nahm wieder ihre Hand, doch diesmal tat er gar nicht erst so, als fühlte er ihren Puls. „Komtesse, ich mache Ihnen einen Vorschlag. Sie bleiben solange hier in Mahenge, bis Sie wenigstens einigermaßen transportfähig sind."

„Und wie lange soll das dauern?"

„Geben Sie mir eine Woche, Sie zu pflegen, vielleicht quasi anderthalb. Dann gehen wir zur Küste, am besten nach Kilwa, und fahren von dort mit dem Schiff nach Daressalam. Mit etwas Glück können wir so trotzdem noch gleichzeitig mit Ihrer Freundin dort eintreffen."

„Mit etwas Glück – darauf kann ich mich nicht verlassen! Was ist, wenn wir in Kilwa kein Schiff bekommen? Oder wenn wir keine Eskorte für den Marsch zur Küste erhalten?"

„Für die Eskorte lassen Sie mich nur sorgen. Immerhin sind Sie die Nichte von Graf Götzen. Und sicherlich werden auch genug Schiffe verkehren, schließlich werden die meisten Truppen auf dem Wasserwege transportiert."

An seinem Blick erkannte sie, dass sie kein weiteres Zugeständnis von ihm bekommen würde. Und nur mit seiner Hilfe konnte sie überhaupt nach Daressalam reisen. Also blieb ihr nichts anderes übrig, als sich zu fügen.

Sie wollte ihm gerade ihre Zustimmung geben, da klopfte jemand an die Tür.

Langenburg stand auf, öffnete und kam dann mit einem Blatt Papier zurück. „Eine Depesche für Sie, Komtesse. Aus Daressalam."

Sie nahm ihm das Blatt aus der Hand. „Von meinem Onkel."
Wünsche gute Genesung – stopp – Schuldige werden bestraft – stopp – Versprochen!

Sie ließ das Blatt sinken. Sie hatte ihren Onkel also richtig eingeschätzt.

* * *

Die Wohnung seines Sohnes in Glatz war nur bescheiden, aber mehr konnte sich ein Oberleutnant der königlich-preußischen Armee nicht leisten, wenn er auf finanzielle Unterstützung durch seine Familie weitgehend verzichtete. Ein kleiner Vorsaal, ein Salon, wo er Gäste empfangen konnte, ein Schlafzimmer, eine winzige Küche und eine noch winzigere Kammer für den Burschen.

Ferdinand nahm auf dem fadenscheinigen Sofa im Salon Platz, während der Bursche ihm eine Tasse Kaffee brachte.

„Der Herr Oberleutnant wird sofort erscheinen. Er kam soeben vom Dienst und kleidet sich noch um. Ich werde den Herrschaften derweil ein Abendessen richten."

Der Bursche verließ den Salon, kurz darauf trat Claus Ferdinand ein.

„Verzeih, Vater, dass ich dich warten ließ."

Ferdinand stand auf. Sollte er seinen Sohn in die Arme nehmen? Nach allem, was zwischen ihnen stand? Er streckte die Hand aus. „Ich habe dich viel länger warten lassen, mein Sohn."

Claus Ferdinand ergriff seine Hand. „Wieso meinst du, du habest mich warten lassen? Du bist genau pünktlich zum Dienstschluss gekommen."

„Ich habe schon vor drei Wochen den Entschluss gefasst, zu dir zu kommen. Aber dann musstest du leider nach Berlin zu diesem Lehrgang, wo ich dich nicht besuchen konnte."

Sein Sohn wies auf das zerschlissene Kanapee. „Bitte nimm doch Platz. – Wir sind an einer neuen Ausführung des Maxim-Maschinengewehrs ausgebildet worden. Es kann bis zu 500 Schuss pro Minute abfeuern."

„Das ist beeindruckend und schrecklich zugleich." Ferdinand setzte sich.

„Es ist unsere Stärke, die uns den Frieden bewahrt." Claus Ferdinand zupfte eine Fluse von seinem Hausrock und setzte sich ihm gegenüber in einen Sessel.

„Aber wehe, wenn es doch einmal zum Krieg kommt. Mit diesen Waffen muss er noch furchtbarer werden, als ein Krieg ohnehin schon ist." Ferdinand nahm einen Schluck des Kaffees – was für ein lasches Gebräu. „Aber ich bin nicht gekommen, um mit dir über Waffen und Kriege zu sprechen, sondern über Frieden."

Sein Sohn schlug die Beine übereinander und sah ihn erwartungsvoll an.

„Damals ... Die Geschichte mit Pauline Behrendt ..."

„Das ist erledigt, Vater."

„Für mich noch nicht. Es war deine Großmutter, die mir die Augen über mich selbst geöffnet hat. Ich habe mir ein Urteil über Pauline gebildet, obwohl ich sie kaum kannte. Ich habe sie nur hin und wieder gesehen, dann allerdings in Situationen, die nicht unbedingt dafür sprachen, dass sie es ehrlich mit dir meint. Doch wie sie sich sonst verhält, habe ich nicht weiter ergründet. Trotzdem hatte ich sie bereits abgelehnt, weil ..." Ferdinand senkte den Kopf. Er musste es beim Namen nennen, sonst war es kein rechtes Bekenntnis. „Eine Kellnerin! Ich wollte es nicht einmal in Betracht ziehen, dass mein Sohn eine Kellnerin heiratet!"

„Also doch."

Ferdinand seufzte. „Ja. Es war falsch. Ich hätte mich bemühen sollen, Pauline näher kennenzulernen. Vielleicht hätte das an meinem abschließenden Urteil nichts geändert. Aber ich habe von vornherein beschlossen, dass sie nicht deine Frau werden darf. Weil sie eine Kellnerin ist. Ich hätte sie nicht vorverurteilen dürfen."

Sein Sohn nickte vor sich hin. „Danke, Vater, dass du mir das sagst. Aber das ändert nun auch nichts mehr. Ich habe mir schwere Vorwürfe gemacht. Pauline war ehrlich zu mir und hat mir eingestanden, dass ihr Christsein nur gespielt war. Natürlich hätte ich sie so nicht heiraten können. Aber aufgrund dieser Ehrlichkeit habe ich jeden Kontakt zu ihr abgebrochen, obwohl sie stattdessen verdient hätte, dass ich ihr vergebe und von dem großen Gott der Vergebung erzähle."

„Sicherlich bin ich auch daran nicht unschuldig." Ferdinand sah seinen Sohn an. „Ich bin zu herrisch aufgetreten. Als Entschuldigung kann ich nur meine Sorge anführen, dass du an einem falschen Frauenzimmer hängen bleibst. Aber von Weisheit war mein Verhalten zweifellos nicht geprägt."

„Leider ist jetzt alles zu spät. Ich habe versucht, an Pauline zu schreiben, aber die Post kam zurück. Vermutlich hat sie mit ihrem Vater Wölfelsgrund verlassen?"

„Ja, nach allem, was man hört, sind sie nach Deutsch-Neuguinea gegangen." Ferdinand atmete tief durch. „Es tut mir leid, mein Sohn. Ich ..." Jetzt kam das Schwerste. „Ich bitte dich um Verzeihung."

Claus Ferdinand nickte. „Ich verzeihe dir. Wahrscheinlich ist es gut, dass aus Pauline und mir nichts geworden ist."

„Vielleicht. Aber mein Verhalten und meine Motivation waren trotzdem falsch."

„Auch wenn ich dir vergebe, Vater, gib mir bitte dennoch etwas Zeit. Die Erlebnisse mit Pauline haben mich tief verletzt. Ich werde deshalb nicht so schnell nach Wölfelsgrund zurückkehren können."

„Du hast sie wirklich geliebt, nicht wahr?"

Claus Ferdinand nickte wieder.

„Es tut mir leid, mein Sohn." Wahrscheinlich musste Claus Ferdinand auch erst wieder Vertrauen zu ihm, seinem Vater, fassen. „Ich wünschte, ich könnte auch mit Franziska ..."

„Du hast also nichts mehr von ihr gehört?"

Ferdinand schüttelte den Kopf. „Auch zu dir ist keine Nachricht gelangt?"

„Nein."

„Ich bin in großer Sorge. Wenn sie wirklich nach Deutsch-Ostafrika gegangen ist ... Sicherlich hast du von dem Aufstand im dortigen Schutzgebiet gehört?"

„Es scheint ein regelrechter Krieg zu sein." Claus Ferdinand strich eine Falte aus seiner Hose. „Gouverneur Graf Götzen hat ja sogar nach Berlin gekabelt und Hilfe angefordert."

„Und Franziska vielleicht mitten darin." Ferdinand trank den letzten Schluck des viel zu dünnen Kaffees.

Viel schlimmer als die Tatsache, dass Claus Ferdinand vorerst nicht nach Wölfelsgrund zurückkehren wollte, war die Sorge um Franziska. Er betete jeden Tag, dass sie noch lebte und doch noch den

Herrn Jesus als ihren Erretter annahm. Wenn sie ums Leben kam, ohne zu Gott umgekehrt zu sein, erwartete sie das allerschlimmste aller Schicksale: die ewige Verdammnis in der Hölle.

Kapitel 66

Der Anblick der breiten Straßen und weißen Häuser von Daressalam weckte fast so etwas wie ein Heimatgefühl in Franzi. Und doch auch beklemmende Angst. Hier würde sich ihr Schicksal entscheiden. Oder vielmehr das Schicksal von Moritz von Schenck, aber ihr eigenes war unmittelbar damit verknüpft.

Drei Wochen waren sie quer durch die ostafrikanische Steppe marschiert – zum Glück hatte sie wegen ihres immer noch geschwächten Zustands reiten dürfen –, aber man hatte ihr die ganze Zeit nicht gestattet, auch nur ein einziges Wort mit Moritz von Schenck zu wechseln. Der Kompanieführer hatte streng darauf geachtet, dass seine beiden Gefangenen keinen Kontakt miteinander haben konnten. Nur den Blickkontakt hatte er nicht vollständig verhindern können; dann hatte sie Moritz verstohlen zugewinkt – doch er konnte nicht zurückwinken, da er als Hochverräter natürlich gefesselt war.

Aber vielleicht ergab sich jetzt noch die Möglichkeit, sich wenigstens von ihm zu verabschieden. Denn wahrscheinlich würde Moritz erst einmal ins Gefängnis gebracht – wer wusste schon, wann Götzen Zeit für ihn haben würde –, während sie selbst hoffentlich gleich gehen durfte. Sie hatte ja schließlich nichts verbrochen.

Franzi wandte sich im Sattel um, obwohl ihr von dem wochenlangen Ritt alle Knochen wehtaten. Moritz befand sich ganz am Ende des Zuges zwischen zwei Askaris. Die Luft flimmerte von der Hitze, sodass sie ihn kaum erkennen konnte.

„Weiter!", maulte der Askari, der ihr Pferd am Zügel führte.

„He, wo bringen Sie mich denn hin?", rief sie Hauptmann Nigmann zu, der den Trupp führte. „Sie haben Ihren Auftrag, mich nach Daressalam zu bringen, doch nun erfüllt. Also lassen Sie mich gefälligst gehen!"

Nigmann zügelte sein Pferd und kam an ihre Seite. „Sie gehen lassen? Träumen Sie weiter."

„Ich bin doch keine Verbrecherin!"

„Ich habe Befehl, Sie beim Gouverneur abzuliefern, und genau das werde ich tun. Alles Weitere wird Seine Exzellenz persönlich verfügen."

Tatsächlich nahm der Trupp den Weg Richtung Gouvernementsverwaltung. Dann war sie Graf Götzen also auf Gedeih und Verderb ausgeliefert – der sicherlich nicht gut auf sie zu sprechen war. Aber was sollte er ihr schon anhaben können. Er könnte höchstens wieder versuchen, sie zurück nach Deutschland zu schicken.

„Dann erlauben Sie mir bitte wenigstens, mich von Leutnant von Schenck zu verabschieden." Sie versuchte, Nigmann ihr freundlichstes Lächeln zu schenken.

Doch der Hauptmann zuckte nur mit den Schultern. „Dazu bin ich nicht berechtigt. Der Gouverneur hat angeordnet, den Hochverräter von allen anderen zu isolieren – also auch von Ihnen."

„Herr Hauptmann, seien Sie doch ein Mensch. Bedenken Sie, was Leutnant von Schenck alles für mich getan hat ..."

„Bedauere, ich werde Ihrer Liebelei wegen nicht meine Befehle missachten. – Und hier sind wir schon bei der Gouvernementsverwaltung." Nigmann stieg vom Pferd und half Franzi aus dem Sattel. „Mitkommen!"

„Warten Sie! Meine Effekten!" Wenn schon das wichtigste Gepäckstück, der Koffer mit ihrer Viola, von Hauptmann von Hassel konfisziert worden war, so brauchte sie doch wenigstens das Nötigste zum Leben. – Als sie an das geliebte Instrument dachte, kamen ihr die Tränen.

„Wir können nicht auf Ihre paar lächerlichen Habseligkeiten warten."

„Aber ich brauche meine Sachen ..."

„Die bekommen Sie ja auch wieder. Ein Askari wird Ihr Gepäck abladen und in der Empfangshalle für Sie abstellen."

Franzi sah ihn mit zusammengekniffenen Augen an. „Das sagen Sie nur, um mich ..."

„Nein, Komtesse." Er seufzte. „Es ist wirklich so. Sie bekommen Ihre Effekten gleich nach dem Gespräch mit Graf Götzen wieder. – Und nun kommen Sie bitte!"

Einen Moment zögerte Franzi noch, doch dann betrat sie mit dem Hauptmann die Gouvernementsverwaltung. Offenbar war ihre Ankunft schon gemeldet worden, denn eine Ordonnanz brachte Nigmann und sie sofort ins Büro von Graf Götzen.

Der Hauptmann nahm Haltung an. „Exzellenz, Hauptmann Nigmann, ich melde ..."

„Da haben wir das Früchtchen ja." Götzen blitzte Franzi durch die Gläser seines Klemmers an und räusperte sich. „Nigmann, Sie können gehen. Ihren Bericht erwarte ich später. Bringen Sie Schenck sicher unter, bis ich mit diesem Fräulein fertig bin. Um ihn werde ich mich danach in Ruhe kümmern."

Der Hauptmann salutierte und verschwand.

„Exzellenz, bitte ...", begann Franzi, noch bevor Nigmann den Raum verlassen hatte.

„Und jetzt zu Ihnen." Götzen trat nahe vor sie hin. „Sie werden unverzüglich nach Deutschland zurückkehren. Im Hafen ..."

„Exzellenz, ich gehe nur, wenn Leutnant von Schenck mich begleitet."

„Sind Sie übergeschnappt? Schenck wird hier in Daressalam vor ein Kriegsgericht gestellt ..."

„... von dem er ganz gewiss freigesprochen wird – schließlich ist er ein Held und kein Verräter. Und dann werde ich mit ihm gemeinsam nach Deutschland zurückkehren."

„Lächerlich." Der Gouverneur lachte auf. „Im Hafen liegt der Gouvernementsdampfer Rufiji, der Sie morgen nach Tanga bringen wird. Von dort ..."

„Exzellenz, ich flehe Sie an ..."

„Hören Sie mir gefälligst zu!", donnerte er. „Von Tanga aus geht ein Dampfer nach Hamburg ..."

„Aber ohne mich! Leutnant von Schenck ist unschuldig! Das kann ich bezeugen!"

„Warum sollte ich seiner Geliebten glauben? Außerdem steht Ihnen überhaupt kein Urteil zu, Sie sind ohnehin an allem schuld. Ohne Sie wäre meine Nichte ..."

„Ich habe bestimmt viel falsch gemacht. Aber ich kann beschwören, dass Leutnant von Schenck ..."

„Fräulein, jetzt halten Sie gefälligst Ihren Mund! Sonst lasse ich Sie in Arrest nehmen!"

Es wäre nicht das erste Mal, dass ein Offizier sie auf diese Weise zum Schweigen bringen wollte. Aber so einfach ließ sie sich nicht abwimmeln. „Exzellenz, ich verspreche Ihnen, freiwillig nach Deutschland zurückzukehren, wenn Leutnant von Schenck ..."

„Schenck, Schenck, Schenck! Ich höre kein anderes Wort von Ihnen!"

„Weil er unschuldig ist!"

„Sie erwähnten bereits, dass Sie das so sehen." Er hüstelte. „Aber das muss sich erst vor Gericht erweisen. Und die entgegenstehenden Beweise sind erdrückend."

„Was denn für Beweise? Bisher habe ich immer nur haltlose Anschuldigungen gegen ihn gehört."

Schnaufend nahm Götzen seinen Klemmer ab. „Komtesse, wollen Sie es wirklich darauf anlegen, von mir wieder mit Gewalt aufs Schiff gebracht zu werden? Gehen Sie freiwillig und kommen Sie mir gefälligst nie wieder unter die Augen."

Sie stemmte die Hände in die Hüften. „Ich habe auch kein großes Verlangen, Sie wiederzusehen. Aber ohne den Leutnant ..."

Er griff sich an die Stirn. „Sie machen mich irrsinnig!"

„Geben Sie mir eine Unterkunft, bis der Prozess gegen Leutnant von Schenck beendet ist."

„Nein!" Er stampfte zum Schreibtisch. „Hier ist Ihre Fahrkarte von Tanga nach Hamburg. Ersparen Sie mir und sich den Aufstand, Sie erneut mit Gewalt zum Hafen bringen zu lassen. Gehen Sie zum Hafen, melden Sie sich auf der Rufiji und fahren Sie damit nach Tanga! Und danach will ich Sie hier in Daressalam nicht mehr sehen, verstanden?"

Franzi senkte den Kopf. Immerhin wollte er sie nicht wieder mit Soldatengewalt aufs Schiff bringen – also konnte sie auch versuchen, hierzubleiben und einfach anderswo unterzukommen.

„Und kommen Sie bloß nicht auf die Idee, hier irgendwo unterzutauchen." Konnte er Gedanken lesen? Er hielt ihr ein Schriftstück mit einem Ehrfurcht gebietenden Siegel und seiner Unterschrift vor die Nase. „Das ist Ihre Ausweisung aus dem Schutzgebiet – als Gouverneur habe ich das Recht dazu. Wenn Sie also noch einmal im Schutzgebiet erwischt werden, werde ich Sie arretieren." Er streckte ihr das Dokument und die Fahrkarte entgegen.

Sie verknotete ihre Finger und bemühte sich um einen sanften Ton. „Exzellenz, bitte haben Sie Erbarmen mit mir ..."

„Nehmen Sie das!", schnauzte er mit kratziger Stimme. „Und dann hinaus mit Ihnen!"

Widerwillig nahm Franzi die beiden Dokumente entgegen und trottete aus dem Büro. Was sollte sie nur tun? Sich dem Willen des

Gouverneurs widersetzen und in Daressalam bleiben? Und damit riskieren, arretiert und bestraft zu werden? Oder aufs Schiff gehen, das Schutzgebiet verlassen – und Moritz von Schenck allein um sein Recht kämpfen lassen und ihn wahrscheinlich nie wiedersehen?

Als sie die Empfangshalle betrat, sah sie sofort den großen Berg an Gepäckstücken, die dort abgelegt worden waren. Schnell hatte sie die Tasche mit ihren wenigen verbliebenen Habseligkeiten gefunden. Sie wollte sich gerade abwenden und zur Tür gehen, als – war das nicht ihr Bratschenkoffer?

Mit klopfendem Herzen zog sie den zerbeulten Kasten zwischen den anderen Gepäckstücken hervor. Er sah zwar ziemlich ramponiert aus, aber sie müsste sich schon sehr irren, wenn das nicht ihr Bratschenkoffer war. Langsam öffnete sie die Verschlüsse und hob den Deckel – ihre Viola! Wo kam die plötzlich her? War das Instrument die ganze Zeit mitgeführt worden? Warum hatte man ihr das dann nicht gesagt?

Vorsichtig nahm sie die Viola heraus, betrachtete sie von allen Seiten und zupfte die Saiten an. Sie schien noch intakt zu sein, nur der Kinnhalter, unter dem die Buchstaben und Zahlen eingeritzt waren, war wieder abgefallen. Sie brachte ihn wieder an und hob das Instrument ans Kinn.

Am liebsten hätte sie sofort eine beschwingte Dvořák-Melodie gespielt, aber sie befürchtete, dass das Graf Götzen genauso wenig gefallen würde wie ihrem Vater. Also legte sie die Viola in den Koffer zurück und verschloss den Deckel wieder sorgfältig. Dann verließ sie die Gouvernementsverwaltung mit dem Bratschenkasten in der einen und ihrer Tasche in der anderen Hand – sie hatte nicht damit gerechnet, ihr geliebtes und für ihre Freundin Julie so wertvolles Instrument noch einmal in Händen halten zu dürfen.

Draußen auf der Treppe kam ihr eine kleine Abteilung Soldaten entgegen. Sollte sie jetzt doch noch mit Gewalt aufs Schiff gebracht werden? Da bemerkte sie jedoch den Mann, den die Soldaten gefesselt in ihrer Mitte führten – Moritz von Schenck.

Sie eilte auf ihn zu. „Herr Leutnant!"

Er lächelte sie an. „Franziska ..."

„Weiter!", brüllte einer der Soldaten und gab Moritz einen Stoß, dass er vornüberstolperte und auf die Treppenstufen der Gouvernementsverwaltung stürzte.

Rasch stellte Franzi ihren Bratschenkoffer und die Tasche ab und lief zu ihm, doch einer der Soldaten trat ihr in den Weg, während zwei andere Moritz brutal an den Armen hochzogen und mit sich fortzerrten.

„Moritz!", rief sie ihm nach.

Er wandte noch einmal den Kopf und lächelte sie an, ehe er im Dämmerlicht des Gebäudes verschwand.

Franzi sank auf die Stufen vor der Gouvernementsverwaltung, legte den Kopf auf die Knie und ließ ihren Tränen freien Lauf. Was sollte sie nur tun? Trotz der Gefahr, wieder arretiert zu werden, hierbleiben und Moritz beistehen? Oder nach Deutschland zurückkehren, Moritz seinem Schicksal überlassen und ... bei ihrem Vater eingestehen, dass er recht gehabt hatte?

* * *

„Herr von Schenck." Graf Götzen räusperte sich.

„Dürfte ich mich bitte setzen, Exzellenz?", fragte Schenck und rieb sich die schmerzenden Arme. Zwar hatte man ihm endlich einmal die Fesseln abgenommen, die seine Handgelenke in den letzten Wochen wund gescheuert hatten, doch auch seine Beine würden ihn nicht mehr lange tragen.

„Sie können sich ja kaum noch aufrecht halten, Schenck. Also gut, setzen Sie sich." Götzen wies auf einen Stuhl vor dem Schreibtisch und nahm selbst in seinem Sessel auf der anderen Seite Platz.

Dankbar sank Schenck auf den Stuhl. Seine ganze rechte Seite schmerzte, seitdem er gerade auf der Treppe gestürzt war. Aber er hatte Franziska noch einmal gesehen. Zum letzten Mal?

Was geschah jetzt mit ihr? Sie hatte völlig verwirrt ausgesehen – was hatte Götzen mit ihr besprochen?

„Herr von Schenck." Götzen räusperte sich erneut. „Was können Sie zu Ihrer Verteidigung vorbringen?"

„Wessen klagen Sie mich denn überhaupt an?"

„Das wissen Sie gut genug!", donnerte der Gouverneur. „Sie sind des Hochverrats angeklagt!"

„Exzellenz, diese Anklage entbehrt jeglicher Grundlage."

„Hauptmann von Hassel hat mir haarklein berichtet, was in

Mahenge vorgefallen ist." Götzen klopfte auf ein Pamphlet auf seinem Schreibtisch. „Zufällig gelingt es Ihnen, sich glücklich durch die Belagerer zu schlängeln, ohne ernsthaft angegriffen zu werden; zufällig retten Sie dadurch Ihre Geliebte; zufällig greifen die Neger unmittelbar danach die Boma erneut an, zufällig an der schwächsten Stelle der Boma; zufällig überstehen Sie den Gegenstoß ohne einen einzigen Kratzer; zufällig sorgen Sie dabei auch noch dafür, dass der Feind geschont, anstatt gnadenlos verfolgt wird; zufällig schaffen Sie es dann auch noch, irgendein Gepäckstück, das Ihre Geliebte auf dem Weg in die Boma verloren hat, aufzusammeln, ohne dabei angegriffen zu werden – an solch eine Häufung von Zufällen soll ich glauben?"

„Exzellenz, als ich mit den beiden verwundeten Damen die Boma erreichte, gerieten wir unter heftigen Beschuss, Ihre Nichte wurde sogar von einem Pfeil getroffen – da kann doch wohl keine Rede davon sein, dass mich die Aufständischen verschont hätten!"

„Halten Sie mich wirklich für so naiv, Schenck? Es wäre doch viel zu auffällig gewesen, wenn die Neger überhaupt nicht eingegriffen hätten. Also gab es diesen Scheinangriff auf Sie, bei dem unglücklicherweise ausgerechnet meine Nichte getroffen wurde."

Schenck schüttelte den Kopf. Das waren doch alles Hirngespinste!

„Wie wollen Sie denn sonst erklären, dass die Neger ausgerechnet die schwächste Stelle der Boma im Norden angegriffen haben, unmittelbar nachdem Sie ihnen ungeschoren entwischt sind? Woher wussten sie davon? Natürlich von Ihnen!"

„So viel Scharfsinn haben auch die Eingeborenen, die Schwachstelle der Boma herauszufinden. Außerdem: Was wäre denn aus den beiden Damen und mir geworden, wenn die Boma von den Schwarzen erobert worden wäre?"

„Sie werden sich schon Schonung ausbedungen haben. Sie trugen ja nicht umsonst das rote Band am Arm und weigerten sich vehement, es abzulegen." Götzen griff zur Schreibfeder. „Das alles deckt sich mit meinen eigenen Beobachtungen, als Sie noch in Daressalam waren und für den gefangenen Negerführer Kinjikitile Ngwale Partei ergriffen und sich nachher sogar weigern wollten, Todesurteile an Negern zu vollstrecken."

„Nur weil ich mich für eine gerechte Behandlung der Schwarzen einsetze, bin ich doch kein Verräter!"

„Sie standen von vornherein mehr auf der Seite der Neger als auf der unseren. Da war es nur noch ein kleiner Schritt, mit den Aufständischen zu kollaborieren, als Sie keine andere Möglichkeit mehr sahen, Ihre Geliebte zu retten. – Ich füge also der Liste Ihrer Vergehen hinzu, dass Sie bei Ihrem ersten Aufenthalt in Mahenge die Boma erkundet und die Schwachstelle an den Feind verraten haben. Demnach nicht nur Hochverrat, sondern auch noch Spionage für den Feind."

Schenck hatte den Eindruck, als würde sich der Raum um ihn drehen. „Exzellenz, ich begreife, dass Sie wegen der Verwundung Ihrer Nichte tief getroffen sind, aber das alles mir anzulasten ..."

„Wem denn sonst?", schnauzte Götzen und hustete. „Sie waren es doch, der die Mädchen vom Schiff hat entkommen lassen!"

„Hätte ich denn bis zur Abfahrt auf dem Schiff bleiben und die Mädchen solange persönlich bewachen sollen? Das haben Sie mir nicht befohlen!"

„Deuteln Sie nicht an meinen Befehlen herum!" Götzen stand auf und schob seinen Klemmer höher auf die Nase. „Ich habe Ihnen klar und deutlich gesagt, dass Sie dafür sorgen sollen, dass die Mädchen nach Deutschland zurückkehren. Sogar, dass Sie mit Ihrem Kopf dafür haften! Und was ist geschehen? Wochenlang irren die Mädchen durch das Schutzgebiet – wahrscheinlich, weil Sie Komtesse Wedell überredet haben, in den Süden zu ziehen, damit Sie Ihr Liebchen bei sich haben. Mit der Folge, dass meine Nichte natürlich mitgeht und beinahe zu Tode kommt. Schlussendlich können wir noch froh sein, dass sie nur einen Arm verloren hat! Meine Nichte ist ein Krüppel! Ihretwegen!" Die Stimme des Gouverneurs überschlug sich.

Schenck faltete die Hände und sandte ein Stoßgebet zum Himmel. „Exzellenz, Sie können mir glauben, dass ich das Schicksal Ihrer Nichte außerordentlich bedaure. Aber ich habe Komtesse Wedell nicht zu ihrem wahnwitzigen Marsch in den Süden überredet. Ich habe sie, nachdem ich sie auf der *Prinzregent* abgeliefert habe, nicht mehr gesehen und wähnte sie auf dem Weg nach Deutschland. Erst als mich Hauptmann von Hassel nach Ifakara sandte, um zwei schwerverwundete Damen in Sicherheit zu bringen, traf ich sie dort wieder. Außerdem bitte ich zu bedenken, dass ich Ihrer Nichte durch diesen Einsatz das Leben gerettet habe ..."

„Indem Sie mit den Negern kollaboriert und Mahenge verraten haben!"

Er ließ den Kopf hängen. Sie drehten sich doch im Kreis! „Ich habe Mahenge weder ausspioniert noch verraten. Ich hatte ja auch gar keine Zeit, die Boma zu erkunden, da der Kommandant mich auf Ihren Befehl hin sofort arretieren ließ. Das Einzige, was Sie mir vorwerfen können, ist, dass die beiden Komtessen vom Schiff entkommen sind. Aber dann bitte ich auch um Aufklärung darüber, wie ich das hätte verhindern können."

„Wie wäre es mit einer Wache an Bord gewesen? Oder Sie hätten sie zunächst in eine Arrestzelle gesteckt und erst zur Abfahrt des Schiffes an Bord gebracht. Sie sind doch Offizier und sollten selbstständig denken können! – Ich werde also auch die Tatsache, dass Sie die Mädchen haben entkommen lassen, der Anklage hinzufügen." Die Feder kratzte über das Papier.

Wenn Götzen immer noch so schnell Todesurteile unterzeichnete, wie er es vor Beginn des Aufstands getan hatte, dann waren seine Aussichten, rehabilitiert zu werden, denkbar gering. „Exzellenz, ich bitte Sie, nicht Ihre Wut über den Zustand Ihrer Nichte an mir auszulassen."

„Was fällt Ihnen ein!", schnaufte der Gouverneur. „Es geht um Missachtung eines Befehls, Spionage und Hochverrat. Auch wenn Sie am Zustand meiner Nichte ohne jeden Zweifel die Schuld tragen, kann ich Sie *dafür* leider nicht gerichtlich belangen."

Aber die anderen Anklagepunkte reichten völlig aus, ihn in die Todeszelle zu bringen.

Götzen zog an einer Glockenschnur. „Wache! Den Gefangenen abführen."

* * *

Je weiter sich Julie mit Doktor Langenburg dem Hafen von Kilwa näherte, desto überfüllter wurden die Straßen. Sie war froh, dass sie ihre militärische Eskorte, bestehend aus zehn berittenen Askaris, samt den Pferden am Ortseingang zurückgelassen hatten. Zwar strengte sie der Fußmarsch durch die Stadt sehr an, aber wenn alles wie geplant lief, waren sie in ein paar Minuten auf einem Schiff, wo sie sich ausruhen konnte. Und dann waren es nur noch wenige Stunden bis Daressalam. Und in einer Woche hatte sie Geburtstag – bestimmt würde ihr Onkel darauf Rücksicht nehmen und ihre Wünsche erfüllen.

Langenburg schnallte den Tornister mit ihrem Gepäck fester, nahm ihren Arm und schlang ihn durch seinen. „Halten Sie bis zum Hafen durch, Komtesse? Oder soll ich Ihnen quasi eine Sänfte organisieren?"

Sie schüttelte den Kopf. „Bei dem Gedränge kommen wir mit einer Sänfte erst recht nicht voran. Ich möchte bloß wissen, warum die Stadt so voll ist."

„Flüchtlinge. Wir sind hier nahe am Aufstandsgebiet, und Kilwa hat einen Hafen, von wo aus die Leute schnell nach Daressalam gelangen und sich damit in Sicherheit bringen können."

„Hoffentlich sind die Schiffe nicht ebenso überfüllt."

„Für eine verletzte Dame werden wir allemal einen Platz ergattern." Er drückte ihren Arm. „Außerdem bete ich darum, seit wir den Plan zu dieser Reise gefasst haben."

Sie ging etwas dichter neben ihm, sodass ihre Schultern sich berührten. „Ich wundere mich, dass Sie Gott immer noch vertrauen können, obwohl er solch schlimme Dinge zugelassen hat."

„Hat Er das?" Er fuhr sich mit der Hand durch den Bart.

„Etwa nicht? Was ist denn mit dem Aufstand? Oder halten Sie den etwa für etwas Gutes?"

Er schob einige Inder beiseite, die die Straße blockierten. „Natürlich ist der Aufstand nicht gut. Aber hat Gott ihn angezettelt? Sind es nicht quasi wir Menschen gewesen? Die Schwarzen, die mit rasender Wut jeden Weißen massakrieren? Und wir Deutsche, die wir mit unserer brutalen Herrschaft die schwarzen Völker erst dazu angestachelt haben?"

„Sie meinen, Gott hat damit nichts zu tun?"

„Wir müssen uns abgewöhnen, all das Schlimme, das wir Menschen zu verantworten haben, Gott anzuhängen. Die Frage ist nicht, warum Gott das zulässt, sondern warum wir uns gegenseitig Leid zufügen, obwohl Gott uns die Freiheit gibt, es nicht zu tun. Wenn wir allerdings nicht nach Ihm fragen, lässt Er uns gehen – mit allen Konsequenzen." Langenburg tippte einem Araber auf die Schulter. „Pardon, bitte quasi vorbeigehen zu dürfen."

Julie senkte den Kopf. *Wenn wir nicht nach ihm fragen* ... War das auch der Grund, warum Gott ihr den Arm genommen hatte? Als Strafe, weil sie nicht nach ihm gefragt hatte?

Doch die Frage sparte sie sich lieber für später auf. Mitten in diesem Getümmel und Stimmengewirr war es kaum möglich, tief gehende Gespräche zu führen.

Während sie langsam vorwärts strebten, ließ sie ihren Blick über das Treiben um sie herum schweifen. Der Hafen von Kilwa war ein einziges Menschengewimmel aller Rassen. Chinesen mit breiten Hüten, Araber mit Turbanen, Schwarze in malerisch bunten Gewändern, vereinzelte Schutztruppen-Soldaten in ihren hellen Uniformen – hier war scheinbar jedes Volk der Erde vertreten.

„Dort vorne liegt ein Schiff – sehen Sie, es steht quasi bereits unter Dampf!", rief Langenburg ihr zu.

Sie schaute in die Richtung seines ausgestreckten Arms. Ein kleiner Dampfer spie eine mächtige schwarze Wolke aus seinem Schornstein.

„Kommen Sie!" Er drückte ihren Arm fester an sich und zog sie vorwärts. „Und passen Sie auf, dass wir uns nicht verlieren!"

Julie griff nach seiner Hand. Sie war schon ganz außer Atem, ihre rechte Schulter schmerzte, aber sie biss die Zähne zusammen. Jetzt nicht aufgeben! Nur noch wenige Schritte, dann konnte sie sich für einige Stunden erholen.

Mit dem Ellbogen bahnte Langenburg ihnen einen Weg durch die Menschenmassen. Sie wunderte sich über die Rücksichtslosigkeit des frommen Arztes – für sie tat er offenbar Dinge, die ihm normalerweise fernlagen.

Endlich standen sie am Kai, wo der Dampfer lag.

Langenburg blieb stehen und grinste sie an. „Jetzt müssen wir nur noch an Bord."

Julie keuchte und stützte sich schwer auf seinen Arm. Dann sah sie zum Schiff hinüber. Das Deck quoll beinahe über vor Menschen, sie hingen wie Weintrauben an der Reling, sodass sie fürchtete, bald würden die ersten ins Wasser fallen. „Da wollen Sie noch hinauf?"

Ohne ihre Hand loszulassen, steuerte er auf einen Matrosen zu, der an der Landungsbrücke stand. „Sie fahren nach Daressalam?"

„Jawohl. Aber es gibt keinen einzigen freien Platz mehr an Bord."

„Für diese Dame ist ganz sicher noch Platz an Bord." Langenburg wies auf Julie.

Die tiefe Bassstimme des Arztes schien Eindruck auf den Matrosen zu machen. Er wich einen Schritt zurück und wäre dabei um ein Haar über einen Poller gestolpert. „Es tut mir außerordentlich leid. Aber Sie sehen doch selbst ..." Sein Blick fiel auf ihren fehlenden Arm, er riss die Augen auf und verstummte.

„Ich sehe, Sie begreifen, dass diese Dame unbedingt an Bord muss. Ich bin quasi ihr Arzt. Es handelt sich um einen medizinischen Notfall."

Julie lehnte sich an ihren Begleiter. Wahrscheinlich schadete es nicht, wenn ihre Schwäche offensichtlich zu erkennen war. Und gleichzeitig genoss sie Langenburgs Nähe.

„Leider ist das Schiff schon mit Verwundeten überfüllt." Der Matrose rang die Hände. „Sie sehen, wie tief wir im Wasser liegen – wir haben die maximale Zuladung schon weit überschritten ..."

„Was ist das denn für ein Grund!", donnerte Langenburg, und Julie fühlte die Schwingung seiner Stimme bis in ihren Körper vibrieren. „Als ob zwei weitere Personen das Schiff zum Sinken brächten!"

„Aber es ist wirklich kein Platz mehr! Ich würde Ihnen gern helfen, aber Sie sehen doch ..."

„Holen Sie gefälligst den Kapitän."

„Aber wir wollen jetzt ablegen. Der Herr Kapitän hat keine Zeit ..."

„Sie sollen den Kapitän holen!" Selbst Julie erschrak über den grollenden Ton in Langenburgs Stimme.

Der Matrose zog den Kopf zwischen die Schultern und eilte über die Landungsbrücke aufs Schiff.

Julie sah dem Arzt in die Augen. „Danke, dass Sie sich so für mich einsetzen, Herr Doktor."

„Ich weiß doch quasi, worum es geht, Komtesse."

„Ja." Sie seufzte. „Um meine Freundin. Und um Leutnant von Schenck." Die Angst, dass ihr Retter unschuldig verurteilt würde, packte sie wieder wie ein Löwe im Genick.

Er beugte sich zu ihr herab. „Es geht um viel mehr." Plötzlich war seine Stimme ganz weich und fast noch tiefer als vorhin. „Es geht um Sie."

Unter seinem Blick wurde ihr Gesicht ganz heiß. „Sie ... Sie meinen, weil ... weil ich die Nichte des Gouverneurs bin?"

Er näherte seinen Mund ihrem Ohr. „Weil Sie Sie sind – Julie."

Seine Worte machten ihr Herz warm, aber sie wollte es sich nicht anmerken lassen. „Was bedeutet das schon. Ein einarmiges Mädchen ist doch nichts wert."

Sie spürte, wie er zusammenzuckte. Er öffnete gerade den Mund, um zu antworten – da polterte etwas neben ihnen. Ihr Kopf fuhr zum Schiff herum – gerade wurde die Landungsbrücke eingezogen. An der Reling stand der Matrose.

„He!", brüllte Langenburg. „Was soll das?"

„Kein Platz mehr!", schrie der Matrose zurück. „Der Kapitän ..." Der Rest ging in einem ohrenbetäubenden Pfiff unter. Die Maschinen stampften, und langsam, Zentimeter um Zentimeter, entfernte sich der Dampfer vom Kai.

Der Matrose brüllte noch etwas von „Montag", dann war gar nichts mehr zu verstehen.

„Wahrscheinlich meint er, dass am Montag das nächste Schiff fährt." Langenburg ballte die Faust. „Das sind quasi noch drei Tage!"

Julie kämpfte mit den Tränen. „So also erhört Gott Ihre Gebete."

„Komtesse ..."

„Lassen Sie das jetzt. Suchen Sie uns lieber eine Unterkunft, wo wir bis Montag bleiben können. Ich werde unterdessen hier auf Sie warten." Sie setzte sich auf einen der Poller. Wer wusste schon, wie lange die Suche nach einem Quartier dauern würde. Und einen stundenlangen ziellosen Marsch durch die Stadt würde sie nicht mehr schaffen.

Als Doktor Langenburg zwei Stunden später zurückkehrte, sah sie an seinem Gesichtsausdruck sofort, dass auch alle Unterkünfte überfüllt waren. Dieses Mal schluckte sie eine bissige Bemerkung über die Nutzlosigkeit seiner Gebete hinunter.

Kapitel 67

Als Franzi am Sonntagmorgen von ihrer Pritsche aufstand, taten ihr alle Knochen weh. Zwei Nächte in dieser Absteige, in der sie vor elf Wochen schon mit Julie eine Nacht verbracht hatte, waren wirklich genug. Und ihr Geld war trotzdem fast aufgebraucht, denn sie hatte nur einen Bruchteil des eigentlichen Preises für die Fahrkarte nach Deutschland bekommen. Aber sie hatte Deutsch-Ostafrika einfach nicht verlassen können, ohne zu wissen, wie es mit Moritz weiterging. Und ohne zu erfahren, wie es um Julie stand.

Barfuß überquerte sie den Hof und betrat die Gaststube. Genau wie damals wischte der Wirt soeben die Tische ab.

„Die *Rufiji*" – Franzi ahmte das Geräusch einer Dampferhupe nach – „hat sie den Hafen – Dar – verlassen?"

„*Rufiji*?" Der Schwarze legte den Kopf schief. „Tanga. Gestern."

Sie atmete auf. „Sie ist gestern nach Tanga abgegangen?"

Der Wirt nickte sich fast den Kopf aus dem Halswirbel. „*Rufiji*. Tanga." Er plusterte die Backen auf und tutete wie ein Dampfer, dann lachte er über das ganze Gesicht.

Endlich. Das Schiff war fort. Dann konnte Götzen sie also nicht mehr mit Gewalt dorthin bringen. Denn wenn er sie noch einmal erwischt hätte, würde er das wahrscheinlich höchstpersönlich getan haben.

Franzi klopfte dem Schwarzen auf die Schulter. „Asante sana – vielen Dank!"

Sie würde jetzt zur Kaserne gehen, wo sich die Arrestzellen für die Soldaten und sonstigen weißen Häftlinge befanden – wie sie einem angetrunkenen Sergeanten entlockt hatte –, und versuchen, mit Moritz zu sprechen. Denn sie würde Daressalam nicht verlassen, ohne ihn wiedergesehen zu haben. Und falls die Wache sie an Götzen verraten würde, konnte er sie zumindest nicht mehr auf die *Rufiji* bringen.

Sie ging zurück in ihre Kammer, flocht ihr Haar zu einem Zopf und setzte ihren Hut auf. Normalerweise wäre sie jetzt auch in ihre höchsten Schuhe geschlüpft, um bei den Soldaten Eindruck zu machen, doch nach der mehr als abenteuerlichen Reise durch den Süden des Schutzgebietes war ihr leider kein einziges Paar mehr geblieben. Ohne ein elegantes Paar Absatzschuhe kam sie sich regelrecht nackt vor. Seufzend verließ sie die Absteige und machte sich auf den Weg zur Kaserne.

In dem schwarz-weiß-roten Wachhäuschen am Kasernentor stand ein Schwarzer in der Uniform der Schutztruppen. Hoffentlich verstand er wenigstens Deutsch.

Sie knickste vor dem Askari und lächelte ihn an. „Bitte, ich möchte den Gefangenen Leutnant Moritz von Schenck sprechen."

Das Gesicht des schwarzen Soldaten blieb unbeweglich. „Gefangene dürfen keinen Besuch empfangen."

Immerhin sprach er tadelloses Deutsch. „Bei einem Offizier der Schutztruppe muss es doch möglich sein."

Er schüttelte den Kopf. „Keine Ausnahme."

„Aber ich bitte Sie" – sie schlang ihre Finger ineinander –, „der Herr Leutnant von Schenck steht mir sehr nahe." Immerhin hatten sie sich gegenseitig ihre Liebe zueinander gestanden.

Der Askari zuckte die Achseln. „Hätte er sich nichts zuschulden kommen lassen. Dann wäre er nicht im Bau."

„Er ist ja unschuldig!"

„Das sagen sie alle. Bitte gehen Sie weiter."

„Nein! Ich bestehe darauf, dass Sie mich zu Leutnant von Schenck bringen, sonst – sonst werde ich mich beim Gouverneur persönlich über Sie beschweren!" Die Beschwerde würde zwar nichts bringen – im Gegenteil! –, aber das wusste der Soldat hoffentlich nicht.

„Der Gouverneur wird mir recht geben. Er selbst hat am Freitag noch den Befehl wiederholt, keinen Besuch zu dem Gefangenen zu lassen. Außerdem werden Sie gar nicht bis zu Seiner Exzellenz kommen. Er ist wegen des Aufstands sehr beschäftigt."

„Mein Name ist Komtesse Franziska von Wedell – und ich werde garantiert beim Gouverneur vorgelassen."

„Und mein Name ist Damasso – und ich werde Sie nicht zu dem Gefangenen lassen."

Franzi atmete tief durch. „Und wenn ich Sie herzlich darum bitte, Herr Damasso?"

„Nein."

„Wollen Sie einer Dame wirklich diese Bitte abschlagen?"

Er hob die Schultern und ließ sie wieder fallen. „Befehl ist Befehl."

Damit drehte er ihr den Rücken zu und zog sich in sein schwarz-weiß-rotes Häuschen zurück.

Was sollte sie bloß tun? Sie zog ihre Börse hervor und zählte ihre Barschaft. Nur noch knapp fünf Rupien. Das reichte gerade noch für eine Nacht und ein wenig Verpflegung.

Wenn sie keine andere Möglichkeit fände, an Geld zu kommen, müsste sie die Viola verpfänden, um nicht auf der Straße schlafen und verhungern zu müssen. Schon bei dem Gedanken blutete ihr das Herz, aber um in Moritz' Nähe zu bleiben, würde sie sogar das in Kauf nehmen. Nur: Was brachte das alles, solange man sie nicht zu ihm ließ?

Sie hatte wohl keine andere Wahl, als noch einmal zu Götzen zu gehen und ihn anzuflehen, sie wenigstens ein einziges Mal zu Moritz zu lassen. Der Gouverneur würde zwar toben, weil sie immer noch in Daressalam war und weil sie die Fahrkarte versetzt hatte, aber sie musste es einfach versuchen. Wenn er ihr das zugestand, konnte sie ihm ja versprechen, wirklich mit dem nächsten Schiff zu fahren. Wenigstens bis Tanga.

Kapitel 68

Julie wurde mehr von Doktor Langenburg auf die *Kigoma* getragen, als dass sie selber ging. Erst gestern hatte er eine Unterkunft für sie gefunden, in der es zwar von Kakerlaken, Geckos und nervtötenden Mücken gewimmelt hatte, doch immerhin hatte sie auf einer Matte liegen können. Aber die zwei Nächte Freilager davor hatten Julies Kräfte fast aufgezehrt.

Trotzdem hatte sie abgelehnt, dass der Arzt nach Daressalam an ihren Onkel kabelte und um Hilfe bat. Denn sie befürchtete, dieser würde dann die Weiterreise unterbinden, bis sie ganz zu Kräften gekommen wäre – und dann käme sie zu spät, um zu verhindern, dass Franzi und Schenck unrecht getan würde.

„Dieses Schiff" – Langenburg schüttelte den Kopf –, „es verdient kaum die Bezeichnung *Schiff*."

Der Doktor hatte recht: Dieses Wasserfahrzeug glich mehr einem schwimmenden Schrotthaufen. Alles an Bord starrte von Rost, die Reling sah aus, als würde sie vom bloßen Ansehen abbrechen und in den Ozean fallen, und der Schornstein hatte Risse und stand so schief, dass der meiste Rauch unten herausquoll und in großen Schwaden über das Deck zog. Die Maschinen stampften ungleichmäßig und schnauften dabei, als wären sie im Leerlauf schon außer Atem.

Trotzdem atmete Julie auf, als sie ihren Fuß auf das Deck setzte. Denn wenn sie dieses Schiff endlich nach Daressalam brachte, war es ihr gleichgültig, wie es aussah.

Langenburg wandte sich an einen Schiffsoffizier. „Ich brauche ein Unterkommen für diese Dame. Sie muss liegend transportiert werden."

Der Offizier lachte wiehernd. „Sie stellen Ansprüche! Sie sehen doch, was hier los ist!" Er wies mit einer ausladenden Handbewegung über das Deck, das sich immer mehr füllte, und dann auf die endlose Schlange, die sich über die Landungsbrücke auf den Kai und von dort weiter scheinbar bis in die Stadt hinein schlängelte.

„Ich bin Arzt, und diese Dame ist die Nichte des Gouverneurs. Ich verlange augenblicklich eine Kabine für die Komtesse!"

Der Offizier sah Julie an und grinste. „Komtesse? Nichte des Gouverneurs? Dann bin ich der Kommandeur der kaiserlichen Hochseeflotte!"

Natürlich. Nach dem tagelangen Marsch, zwei Nächten im Freien und einer Nacht in einer verschmutzten Absteige sah sie mehr wie eine Landstreicherin als wie eine Komtesse aus.

Der Offizier drehte sich weg und ging zur Landungsbrücke. „Noch dreissig Mann, dann sind wir voll", rief er einem Matrosen zu.

Langenburg lief ihm nach und packte ihn am Arm. „Ich werde mich beim Gouverneur persönlich darüber beschweren, wie Sie seine Nichte behandeln!"

„Lassen Sie doch die Kindereien." Der Offizier schüttelte ihn ab. „Und jetzt gehen Sie mir aus dem Weg."

Mit zusammengebissenen Zähnen trat Langenburg zurück. „Kommen Sie." Er nahm den Tornister ab und ergriff Julies Arm. „Ich werde schon ein Unterkommen für Sie ausfindig machen."

Als Langenburg sich mit ihr in die Menschenmenge an Bord hineindrängte, wurde die Landungsbrücke rasselnd eingezogen, begleitet vom Wutgeschrei der Menschen, die an Land zurückbleiben mussten.

„Leinen los!", brüllte der Offizier.

Fauchend stiess der Dampfer eine mit rot glühenden Funken gespickte schwarze Rauchwolke aus, ein Zittern und Ächzen lief durch den maroden Schiffskörper.

Langenburg schob sich durch die Massen der Menschen, die sich auf Deck drängten, und zog Julie hinter sich her. Sie klammerte sich fest an seine Hand, um ihn ja nicht zu verlieren, obwohl sie jedes Mal Wellen des Schmerzes durchschossen, wenn sie mit der Schulter, an der ihr Arm fehlte, gegen einen anderen Passagier rempelte.

Er wies auf eine Treppe, die nach unten in den Schiffsbauch führte. „Bestimmt finden wir dort eine Kabine für Sie."

Julie warf noch einen Blick über die Reling. Das Schiff war schon einige Meter vom Kai entfernt. Die *Kigoma* stiess einen rostigen Pfiff aus, die Maschinen stampften – es ging nach Daressalam!

Mit Langenburgs Hilfe kletterte Julie die Treppe hinab. Auch in den Gängen unter Deck standen die Menschen dicht an dicht:

verwundete Soldaten der Schutztruppe, Frauen mit kleinen Kindern und allerlei Habseligkeiten, die in bunte Tücher zusammengeschnürt waren, geschäftstüchtige Inder, die offenbar sämtliche Waren aus ihren Läden mitschleppten, und Chinesen, die merkwürdige Statuen an ihre Brust drückten.

Langenburg kletterte mit ihr über Gepäck und am Boden liegende Menschen hinweg, bis er eine schäbige Kajüte erreichte. Julie folgte ihm hinein – sie musste fort aus diesem furchtbar überfüllten Gang. Die Enge unter Deck bedrückte sie bereits jetzt, am liebsten wäre sie sofort wieder nach oben geflohen.

In der Kajüte lag eine junge, blonde Frau mit kugelrundem Bauch, um sie herum wimmelte es von blondlockigen Kindern.

„Hier muss es noch einen Platz für eine verletzte Dame geben!", sagte Langenburg in majestätischem Ton.

„Alles voll!", jammerte die Frau. Das Haar klebte ihr an den Schläfen. „Ich kann nicht aufstehen."

„Dann rücken Sie wenigstens ein Stück zur Seite. Ich bin Arzt und werde Ihnen helfen."

„Arzt?" Die Frau starrte ihn mit großen Kulleraugen an. „Sie sind wirklich Arzt?"

„Ja, ich werde mich gleich um Sie kümmern. Aber erst machen Sie Platz für diese Dame." Langenburg stellte den Tornister ab und streckte ihr die Hände entgegen. „Kommen Sie, ich helfe Ihnen."

Julie sank auf die Pritsche und starrte auf das Gewimmel von Kindern um sie herum. Sie presste die Hand auf ihr wild pochendes Herz. Schweiß platzte ihr aus allen Poren. „Herr Doktor!"

Er schien ihren schwachen Ruf nicht zu hören, sondern redete weiter beruhigend auf die schwangere Frau ein.

„Herr Doktor!", rief Julie lauter.

Da sah er sie an. „Komtesse?"

„Ich ... Meine Platzangst ..."

Er nahm ihre Hand. „Bitte bleiben Sie ruhig. Schließen Sie die Augen und stellen Sie sich vor, Sie wären in der großen Eingangshalle des Gouverneurspalastes. Oder zu Hause in einem großen Schloss ..."

Allein schon seine Hand zu spüren, gab ihr Ruhe und Sicherheit. Sie schloss die Augen, atmete tief durch und versuchte das Stöhnen der Schwangeren und das Geschrei der Kinder auszublenden. Stattdessen lauschte sie auf Langenburgs tiefe Stimme, der nun wieder mit der Frau sprach.

Plötzlich gab es einen Knall, das Schiff zitterte und krachte in allen Fugen, ein vielstimmiger Aufschrei erscholl.

Langenburg sprang auf, ohne ihre Hand loszulassen, riss sie mit hoch und raffte mit der anderen Hand den Tornister auf. „Raus hier!" Auf dem Gang packte er einen jungen Mann am Arm. „Sie! Kümmern Sie sich um die schwangere Frau da drin! Bringen Sie sie mit ihren Kindern nach oben!" Er schob ihn hinein. „Keine Widerrede!"

Oben auf Deck polterte etwas, wieder kreischten unzählige Menschen.

„Was ist passiert?", keuchte Julie.

Langenburg schob sich mit ihr durch die Menschen, die sich alle zur Treppe drängten. „Vermutlich eine Kesselexplosion. Bei dem alten Kahn kein Wunder."

Das Gedränge war furchtbar und der Aufgang noch so unendlich weit entfernt. Doch irgendwie schaffte Langenburg es, sich bis zur Treppe vorzukämpfen, ohne sie loszulassen. Er hielt einen schmächtigen Inder, der mit einem riesigen Koffer die Treppe hinaufwollte, an seinem Kaftan fest.

„Die Dame zuerst."

Der Inder schimpfte in einer Sprache, die sie nicht verstand, doch der Doktor schob ihn einfach zur Seite.

„Ruhig, Männlein. Nach der Komtesse darfst du auch", versuchte Langenburg ihn zu besänftigen, während er Julie hinaufhalf.

Oben angekommen, atmete sie die frische Luft tief ein – doch die Luft war gar nicht frisch. Es stank nach Rauch. Zwischen den Menschen, die sich zeternd und schreiend an Deck drängten, waberten dicke, schwarze Wolken, die nach einem Gemisch aus Kohle und Öl schmeckten.

Hinter ihr kam Langenburg die Treppe hinauf und schob sie einige Schritte weiter. „Sehen Sie, der Schornstein ist umgefallen. So voll, wie das Schiff ist, wurden bestimmt auch Menschen getroffen. Ich muss hin und schauen, ob ich helfen kann."

„Sie – Sie wollen mich allein lassen?"

„Ich bin doch Arzt und muss mich um die Verletzten kümmern." Er schnallte den Tornister auf den Rücken.

Sie klammerte sich an seine Hand und sah zu der Stelle hinüber, wo vorhin der Schornstein emporgeragt hatte. Dicker Rauch quoll aus dem Bauch des Schiffes, hier und da waren Flammen zu sehen. „Herr Doktor, wenn wir jetzt untergehen ..."

Da nahm er sie plötzlich in den Arm. „Komtesse – Julie." Er sah ihr in die Augen. „Bitte bleiben Sie ruhig hier stehen. Wir sind nicht weit vom Ufer entfernt, die Gefahr ist also nicht so groß."

„Aber ich kann nicht schwimmen! Und zwar nicht erst, seit mir ein Arm fehlt!" Sie schlang ihren Arm um seinen Leib. „Wenn Sie gehen, Herr Doktor – bitte nicht! Dort kümmern sich doch schon die Schiffsoffiziere um die Verletzten."

„Schhhh." Seine Hand strich ihr über den Rücken. „Es ist gut, Julie. Ich bleibe bei dir."

Sie lehnte den Kopf an seine Brust. Immer noch streichelte seine Hand ihren Rücken. Doch deswegen konnte sie die Gefahr, in der sie sich befanden, nicht vergessen. Wenn sie hier unterging und ertrank, was geschah dann mit Franzi und Schenck? Und dann kam auch wieder diese Frage hoch, die sie bereits gequält hatte, als sie in Mahenge zwischen den Leichen gelegen hatte: Was würde mit ihr selbst passieren, wenn sie starb? Was kam nach dem Tod?

* * *

Am nächsten Morgen packte Franzi ihre wenigen Habseligkeiten zusammen, nahm den Bratschenkasten unter den Arm – für noch eine Übernachtung hatte sie ohnehin kein Geld mehr – und schlug den Weg zur Gouvernementsverwaltung ein. Zwar rechnete sie sich keine großen Chancen aus, Graf Götzen zu bereden, aber in ihrer hoffnungslosen Lage klammerte sie sich an diesen allerletzten Strohhalm. Was sollte sie auch sonst tun? Irgendwo auf den Straßen von Daressalam verhungern?

Wenn wenigstens Julie bei ihr wäre, die hatte immer einen Einfall, wenn eine Lage aussichtslos erschien. Aber sie war ja weit weg in Mahenge und würde wahrscheinlich erst in einigen Wochen nach Daressalam zurückkehren.

Also musste sie zu Moritz. Er war der einzige Mensch, den sie noch hatte. Der einzige Mensch außer Julie, von dem sie wusste, dass er ihr wohlgesonnen war, der ihr Bestes wollte. Der einzige Mensch, dem sie voll und ganz vertraute. – Und der Weg zu ihm führte nur über den Gouverneur.

Das gewaltige Gebäude im Gründerzeitstil wirkte einschüchternd auf Franzi. Und die schwarzen Wachen am Eingang kamen ihr riesig vor. Wenn sie doch nur noch ihre hohen Absatzschuhe hätte, dann käme sie sich ihnen gegenüber wenigstens nicht ganz so winzig vor.

Sie trippelte die paar Stufen zum Eingang hinauf und huschte so schnell wie möglich an den Wachmännern vorbei, riss die Tür auf und lief in die Eingangshalle.

„He!" Einer der schwarzen Riesen kam hinter ihr hergerannt.

Mit klappernden Sohlen lief sie auf die Treppe zu, die zum Büro des Gouverneurs führte.

Doch der Soldat überholte sie, stellte sich breitbeinig an den Fuß der Treppe und hielt sein Gewehr quer vor sich. „Stopp! Was fällt Ihnen ein!"

„Ich muss dringend zum Gouverneur", keuchte sie. „Bitte lassen Sie mich durch!"

„Ausgeschlossen! Wo kämen wir denn hin, wenn jeder Hans und Franz einfach zu Seiner Exzellenz durchmarschieren würde! Wer sind Sie überhaupt?"

„Franziska von Wedell – *Komtesse* Franziska von Wedell." Hoffentlich konnte der Schwarze überhaupt etwas mit ihrem Adelstitel anfangen. Immerhin sprach er fließend Deutsch, aber das war wahrscheinlich Voraussetzung für den Dienst beim Gouverneur.

Der Askari zuckte mit den Schultern. „Der Name ist mir nicht bekannt. Und ich kann Sie auch nicht bei ihm melden, er ist sehr beschäftigt."

„Aber es ist dringend! Sehr dringend!" Sie wechselte die Tasche mit ihren Habseligkeiten in die andere Hand zu dem Bratschenkoffer, packte den Lauf des Gewehrs und versuchte, es beiseitezuschieben.

„He!" Der Askari fasste seine Waffe fester und schob Franzi damit ein Stück zurück, dass sie fast rückwärts über den Läufer gestolpert wäre. „Verlassen Sie sofort das Gebäude, sonst muss ich Sie gewaltsam entfernen."

„Nur, wenn Sie mich zum Gouverneur lassen; danach werde ich das Gebäude gerne wieder verlassen."

„Hören Sie schlecht? Seine Exzellenz kann Sie nicht empfangen. Er ist in einer Lagebesprechung! Zurzeit hat er ohnehin Wichtigeres zu tun, als sich mit renitenten Weibern abzugeben!"

„Sie! Sie reden mit einer Komtesse!" Sie mochte es zwar nicht, ihren Adelstitel in die Waagschale zu werfen, aber manchmal war er doch ganz nützlich. „Ich verlange umgehend ..."

„Was ist denn das für ein Gezeter?" Eine schnarrende Stimme schallte in die Eingangshalle hinab. „Das Fräulein von Wedell – ich fasse es nicht!"

Der Askari fuhr herum, sah die Treppe hinauf und erstarrte in Habtachtstellung.

Am oberen Treppenabsatz stand Gouverneur Graf Gustav Adolf von Götzen und funkelte Franzi durch die Gläser seines Klemmers an.

* * *

Aus dem Bauch des Dampfers quoll immer mehr Rauch. Irgendwo schrie jemand so qualvoll, als würde er von Aufständischen abgeschlachtet. Dann verstummten die Schreie.

Julie klammerte sich an Doktor Langenburg fest und presste ihren Kopf gegen seine Brust. Sie wollte nichts sehen und hören. Sollte das ihr Ende sein? Hatte sie die letzten Monate nur überlebt, um jetzt mit diesem klapperigen Dampfer unterzugehen?

„Werden wir sinken?", wisperte sie in das Hemd des Arztes hinein.

„Ich glaube es nicht – jedenfalls nicht unmittelbar." Seine Bassstimme klang beruhigend. „Und dort naht schon ein anderes Schiff vom Hafen aus."

Sie löste ihren Kopf von seiner Brust und sah zum Ufer hinüber. Da kam tatsächlich ein Schiff in voller Fahrt auf sie zu. Ein Schiff? Das war doch vielmehr ein Boot! „Wie sollen denn alle Passagiere auf diesem Boot Platz finden?"

„Wir werden nicht evakuiert, sondern ..." Schwang in seiner Stimme jetzt auch Besorgnis mit? „Das ist quasi ein Schlepper."

„Ein Schlepper? Sie meinen, wir sollen in den Hafen geschleppt werden? Auf diesem brennenden Schiff?"

An der Reling drängten sich die Leute und winkten zum Schlepper hinüber, als könnten sie seine Fahrt damit beschleunigen. Überall schrien Menschen in höchster Angst – sie alle wollten so schnell wie möglich von diesem Schiff hinunter.

„Es scheint auf diese Weise am schnellsten und sichersten zu gehen", sagte Langenburg. Er nahm ihren offenen Zopf und ließ ihn durch seine Finger gleiten. „Die Evakuierung auf andere, kleinere Schiffe würde vermutlich auch nicht schneller ablaufen, aber wenigstens ebenso gefährlich sein."

„Und wenn es unterwegs noch eine Explosion gibt?", kreischte sie. „Das Schiff steht doch bereits in Flammen!"

Wie zur Bestätigung gab es eine weitere dröhnende Erschütterung, ein Rauchpilz schoss aus dem Bauch des Schiffes, wieder ertönten grässliche Schreie. Matrosen schoben sich mit Werkzeugen und Löschgerät durch die Menschenmassen auf dem Deck, ein Schiffsoffizier griff zum Sprachrohr.

„Bewahren Sie Ruhe! Wir werden in wenigen Minuten in den Hafen zurückgeschleppt." Nur mit Mühe übertönte er das Geschrei der Menge. „Keine Panik!"

„Die Rettungsboote! Wir wollen in die Boote!", schrie jemand, und die Menge schloss sich an: „Lasst uns endlich in die Rettungsboote!"

„Gibt es genug Boote für alle?", flüsterte Julie und sah Langenburg an.

Sie konnte sein Kopfschütteln kaum wahrnehmen. „Es sind quasi viel mehr Menschen an Bord, als die Kapazität des Schiffes überhaupt zulässt."

Trotzdem machten sich einige Matrosen an den Rettungsbooten zu schaffen. Da erscholl wieder ein Schrei – ein Boot stürzte ins Wasser und trieb kieloben davon.

Langenburg drehte Julie zur Seite, sodass sie nicht länger zusehen konnte. „Die Rettungsboote sind ebenso marode wie das ganze Schiff."

Da drehte der Schlepper an ihrem Schiff bei, in Windeseile wurden die Taue befestigt. Die Hast, mit der die Schiffsbesatzung arbeitete, bewies Julie, wie akut die Gefahr war.

„Herr Doktor, ich – ich habe Angst."

„Vor dem Tod?"

Sie nickte. „Ich habe dem Tod in den letzten Monaten immer wieder in die Augen gesehen. Und jedes Mal war die gleiche Angst da."

„Dann glauben Sie also nicht daran, dass mit dem Tod alles zu Ende ist?"

Beißender Qualm legte sich auf ihre Lunge. Sie hustete. „Ich habe immer geglaubt, dass mit dem Tod alles vorbei ist – jedenfalls glaubte ich, das zu glauben. Aber in der Nähe des Todes ist dieser Glaube wie weggeblasen. Wie ist es denn mit Ihrem Glauben? Sie glauben doch, dass es nach dem Tod weitergeht, nicht wahr?"

Er nickte. „Ich bin felsenfest davon überzeugt."

„Und – haben Sie dem Tod auch schon einmal ins Auge gesehen?"

„Ja." Er lächelte. „Ich tue es quasi in diesem Augenblick."

Sie merkte, wie dumm ihre Frage war. „Da Sie immer noch felsenfest davon überzeugt sind, dass der Tod nicht das Ende ist, muss ich also nicht mehr fragen, ob Ihr Glaube Sie auch verlassen hat wie mein Glaube mich."

„Ich weiß, dass ich, wenn dieses Schiff in die Luft fliegt oder sinkt, im selben Augenblick bei meinem Herrn Jesus im Himmel sein werde."

„Und Sie zweifeln kein bisschen daran?"

„Kein bisschen."

Dieser Mann war wirklich zu beneiden. „Woher nehmen Sie bloß diese Überzeugung?"

„Mein Herr hat es gesagt. Das genügt mir."

Eine weitere Rauchwolke hüllte sie ein und reizte Julie zum Husten. Doch dann spürte sie einen frischen Luftzug – das Schiff bewegte sich auf das Ufer zu! „Wir fahren!"

„Wir werden gezogen, ja."

Hoffentlich kamen sie schnell genug im Hafen an, ehe das Schiff komplett explodierte oder wegen der Erschütterungen auseinanderbrach.

Die Menschenmenge sah ebenso erwartungsvoll wie sie dem Ufer entgegen. Der Schlepper nahm Fahrt auf, mit rauschender Bugwelle ging es dem Hafen zu.

Als die Landungsbrücke angelegt wurde, brüllte der Offizier durch sein Sprachrohr: „Frauen und Kinder zuerst! Frauen und Kinder zuerst!"

Langenburg schob Julie zur Brücke. „Gehen Sie! Sie müssen überleben."

„Sie auch!", empörte sie sich.

„Sie werden noch für Ihre Freundin und Leutnant von Schenck gebraucht. Außerdem weiß ich, wie es nach meinem Leben weitergeht, Sie dagegen noch nicht."

Julie starrte ihn an. Der letzte Satz traf sie mitten ins Herz. Sah er dem Tod wirklich so ruhig entgegen, dass er sich ohne Zögern für sie opferte? Sie konnte ihn nicht mehr danach fragen, weil sie im Strom der Frauen und Kinder über die Brücke geschoben wurde.

Am Kai blieb sie stehen und sah zum Schiff hinauf. Da stand er. Sein voller Bart wehte leicht im Wind. Er hob die Hand und lächelte ihr zu, dann war seine Gestalt durch den Rauch, der in immer dickeren Schwaden über das Schiff und den Hafen zog, nur noch schemenhaft zu erkennen. Flammen schossen aus dem Bauch des Dampfers, das Schiff knarzte und ächzte.

Endlich durften auch die Männer von Bord. Doch warum ging er nicht? Er blieb stehen, als hätte er gar keine Eile, und ließ stattdessen alle anderen vor. Dann endlich ging auch er als Letzter über die Brücke und kam auf sie zu.

Sie warf sich in seine Arme. „Gott sei Dank, Sie sind gerettet!"

„Kommen Sie schnell weg vom Kai." Er zog sie mit sich fort. „Ehe das Schiff ..."

Der Dampfer selbst vollendete den Satz mit einem gewaltigen Donnerschlag. Das Schiff verwandelte sich in eine glühende Wolke, meterhohe Flammen schossen in den Himmel, dass Julie die Hitze sogar noch aus der Entfernung spüren konnte.

Langenburg zog sie weiter; sie keuchte, die heiße Luft brannte in ihren Lungen. Krachend stürzten brennende Trümmerteile auf den Kai, die Menschen liefen schreiend durcheinander, traten sich gegenseitig nieder.

Kurz bevor sie vor Erschöpfung zusammenbrach, blieb Langenburg stehen.

Sie klammerte sich an ihn. „Sind wir in Sicherheit?"

„Ja, sind wir." Er strich ihr sanft über den Kopf. „Aber wir müssen quasi wieder warten, bis ein anderes Schiff nach Daressalam fährt."

Julie senkte den Kopf. Dann war es für Franzi und Leutnant von Schenck wahrscheinlich längst zu spät.

Kapitel 69

Franzi stellte ihre Tasche und den Bratschenkoffer ab, atmete tief durch und trat wieder näher an die Treppe heran. Jetzt kam es darauf an, Graf Götzen zu überzeugen. Es war ihre wirklich allerletzte Möglichkeit, Moritz wiederzusehen.

Sie machte einen formvollendeten Knicks und schaute zu dem Gouverneur hinauf, der immer noch auf dem Treppenabsatz stand. „Exzellenz, ich flehe Sie an: Lassen Sie mich zu ihm!"

Stufe für Stufe kam Götzen die Treppe hinunter, bis er direkt vor ihr stand. Wieder einmal wünschte sie sich ihre hohen Absätze herbei, damit der Graf nicht so auf sie herabschauen könnte.

Er räusperte sich. „Was tun Sie noch hier?"

„Ich möchte zu Leutnant von Schenck. Bitte, Exzellenz!"

„Warum sind Sie nicht an Bord der *Rufiji* gegangen? Sie müssten längst in Tanga sein, vielleicht sogar schon an Bord der *Bürgermeister* nach Hamburg!"

„Ich konnte Daressalam nicht verlassen." Franzi verschränkte ihre Finger so fest wie noch nie. „Nicht, solange ich Leutnant von Schenck nicht gesehen habe. Und solange meine Freundin Julie nicht hier eingetroffen ist und ich erfahren habe, wie es ihr geht."

„Ich habe Ihnen befohlen, auf die *Rufiji* zu gehen – Sie wurden ausgewiesen, falls Sie sich erinnern!", schnauzte er, wurde dann aber von einem Hustenanfall geschüttelt.

„Bitte haben Sie Erbarmen mit mir, Exzellenz!"

„Ich habe Ihnen sogar eine Fahrkarte nach Deutschland gegeben!", schimpfte er unbeirrt weiter. „Sie gehen sofort zum Hafen auf das nächste Schiff nach Tanga."

„Das geht nicht, Exzellenz. Ich habe die Fahrkarte nicht mehr."

„Was soll das heißen?" Er hustete erneut. „Sie sind doch nicht abgefahren – was haben Sie mit der Karte gemacht?"

Sie drückte ihren viel zu flachen Absatz in den Teppich. „Ich – ich habe sie verkauft. Um in Daressalam übernachten zu können."

„Sie haben was?" Götzens wutentbrannte Stimme füllte die hohe Halle. „Sagen Sie das noch einmal, ich habe wohl nicht richtig gehört!"

„Doch, haben Sie." Sie sah ihm fest in die Augen. „Ich habe die Fahrkarte verkauft. Und wenn Sie mir eine neue geben, werde ich das Gleiche noch einmal tun. Es sei denn, Sie lassen mich vorher zu Leutnant von Schenck."

„Sie sind ja vollständig übergeschnappt!" Wie zur Bestätigung schnappte Götzen nach Luft. „Sie wollen mich wohl erpressen?"

„Ich möchte nur zu Leutnant von Schenck. Bitte erfüllen Sie mir diesen Wunsch. Es muss doch möglich sein, einen Gefangenen zu besuchen!"

„Nicht bei einem Hochverräter. Und nicht für Sie, die Sie längst auf dem Weg nach Deutschland sein sollten!" Wieder hustete er.

„Und wenn ich Ihnen verspreche, wirklich abzureisen, nachdem Sie mich zu ihm gelassen haben?" Dann musste sie zwar immer noch gehen, ohne Julie gesehen zu haben, aber wenn das der Preis dafür war, dass sie Moritz besuchen durfte, wollte sie ihn zahlen. Und in Tanga konnte sie ja immer noch untertauchen, anstatt nach Deutschland weiterzufahren.

„Auf Ihre Versprechen gebe ich nicht viel. Wenn Sie sogar die Fahrkarte, die ich Ihnen gebe, versetzen – nein, Komtesse. Ich werde Sie zum Hafen schaffen lassen, wo Sie auf das nächste Schiff nach Tanga warten werden."

„Nein!" Ihre Stimme überschlug sich und hallte von der hohen Decke wider. „Ich gehe nicht, ohne ihn gesprochen zu haben!"

„Wollen Sie wirklich, dass ich Sie bis zur Abfahrt des nächsten Dampfers in Arrest nehme? Leider liegt wegen der aktuellen Lage keine einzige Dhau im Hafen, sonst würde ich Sie mit einem der Boote sofort bis Tanga bringen lassen."

„Exzellenz, können Sie das denn gar nicht verstehen? Der Leutnant hat mir mehrfach das Leben gerettet und ich habe seit seiner Festnahme in Mahenge kein Wort mehr mit ihm reden können – das ist jetzt über zwei Monate her!"

„Sie wissen doch, zu welchen Bedingungen er Ihr Leben gerettet hat – er hat zu diesem Behufe seine Kameraden verraten!"

„Das ist nicht wahr!", schrie sie.

„Ich diskutiere schon viel zu lange mit Ihnen." Er drehte sich um und setzte einen Fuß auf die unterste Treppenstufe. „Ich habe bedeutend Wichtigeres zu tun, als mir Ihr Gekeife anzuhören!"

Sie klammerte sich an seinen Arm. „Exzellenz! Ich bin die beste Freundin Ihrer Nichte – bitte seien Sie nicht so hart gegen mich!" Tränen brannten in ihren Augen.

„Sie? Julies beste Freundin? Sie haben sie ins Verderben gestürzt! Sie und dieser Leutnant! Julie hat einen Arm verloren, sie ist mehr tot als lebendig! Wenn Sie nicht auf die Schnapsidee gekommen wären, vom Schiff zu fliehen und in den Süden zu ziehen, wäre meine Nichte noch unversehrt!" Götzens Stimme bebte vor Wut – und wahrscheinlich vor Trauer.

„Es war ein Krokodil – dazu kann ich doch nichts!", schrie Franzi.

Götzen wand seinen Arm hin und her, um sie abzuschütteln, doch sie ließ nicht los. „Ich lasse Sie nicht eher los, bis Sie mich zu Leutnant von Schenck lassen!"

„Das genügt." Er räusperte sich. „Wache!"

Zwei Askaris stürzten herbei.

„Die Dame arretieren!", bellte Götzen. „In den Zellentrakt in der Kaserne, bis das nächste Schiff nach Tanga abgeht. Abführen!"

„Arretieren? Abführen?", stammelte Franzi.

„Ja, Sie haben recht gehört. Ich habe Sie ausgewiesen, trotzdem sind Sie noch in Daressalam! Und Sie haben mich tätlich angegangen! Und Sie haben versucht, mich zu erpressen! Seien Sie froh, dass ich Sie nicht dafür vor Gericht bringe!"

Die beiden Askaris packten ihre Arme und zogen sie von Götzen fort.

„Seien Sie nicht so rüde!", schimpfte Franzi und versuchte, sich den Soldaten zu entwinden. „So können Sie nicht mit einer Komtesse umgehen!"

Götzen stieg langsam die Treppe hinauf, hielt dann aber noch mal inne. „Wenn Sie sich nicht fügen, lasse ich Sie auch noch in Ketten legen."

Keuchend ergab Franzi sich in ihr Schicksal. „Aber mein Gepäck! Was wird aus meinem Gepäck?"

„Wache, nehmen Sie den Plunder des Frauenzimmers mit. Ich will von ihr keinen Staubkrümel mehr bei mir sehen."

Eilfertig schnappte sich einer der beiden Askaris ihre Tasche und den Bratschenkoffer, dann wurde sie aus der Halle hinausgeschoben.

Jetzt bekam sie also eine neue Unterkunft, sogar auf Staatskosten. Ob die allerdings besser sein würde als die Absteige, in der sie die letzten Nächte verbracht hatte, war mehr als fraglich.

Kapitel 70

Als der Schlüssel im Schloss seiner Zellentür rasselte, sah Schenck von seiner Bibel auf. Die Worte aus dem 62. Psalm hallten noch in ihm nach: *Nur er ist mein Fels und meine Burg, meine hohe Festung; ich werde nicht wanken.* Allerdings fragte er sich immer noch, warum der Vers wenig vorher wortwörtlich genauso schon einmal dastand, nur mit dem Nachsatz ... *ich werde nicht **viel** wanken.*

„Für Sie." Ein Askari legte einen Wisch auf seine Pritsche. „Lesen."

Schenck klappte die Bibel zu und griff nach dem Blatt. Das Wort *Vorladung* sprang ihn an wie ein Puma. Vorladung vor ein Kriegsgericht. Anklage: Missachtung eines Befehls, Spionage und Hochverrat. Die Verhandlung sollte am 25. Oktober stattfinden – also in genau einer Woche.

Als der Askari merkte, dass er das Schreiben zu Ende gelesen hatte, wandte er sich wieder zur Tür.

Doch Schenck sprang von seiner Pritsche auf und hielt ihn am Arm fest. „Warten Sie."

Der Schwarze grunzte. „Nix! Gehen!"

„Ich will doch nur, dass Sie meinen Antwortbrief besorgen. Verstehen Sie? Ich will an Graf Götzen schreiben, ihm meinen Standpunkt klarmachen!"

Der Askari legte den Kopf schief. „Schreiben?" Er ahmte die Geste des Schreibens nach. „Götzen?"

„Ja! Ich brauche Papier! Und einen Stift!" Götzen war der oberste Gerichtsherr des Schutzgebietes, aber er durfte dem Kriegsgericht nicht beiwohnen. Wenn also einer das Gericht verhindern konnte, dann Graf Götzen. Er sollte ihn einfach freilassen! Denn inzwischen musste der Gouverneur sich doch beruhigt haben und ihm klar geworden sein, dass seine persönliche Betroffenheit ihm den klaren Blick auf die Situation verstellt hatte, dass er sich – vielleicht unbewusst – zu einer rachsüchtigen Maßnahme hatte hinreißen lassen!

Der Askari ging zur Pritsche und tippte mit seinem dicken Finger auf die Vorladung. „Papier?"

„Ja, das ist Papier. Und einen Stift."

„Stift." Der Schwarze grinste, dann ging er zur Tür und schloss sie von außen wieder ab.

Schenck sank auf seine Pritsche und starrte auf die Vorladung. Er musste Götzen einfach noch einmal klarmachen, dass er unschuldig war. Am besten würde er eine Zweitschrift seines Briefes an die Kolonialabteilung im Auswärtigen Amt zu Berlin schicken, damit endlich mehr Gerechtigkeit im Schutzgebiet einzog – denn die Eingeborenen wurden ja sogar ohne Gerichtsverfahren hingerichtet.

Obwohl für ihn der Hilferuf nach Berlin wahrscheinlich zu spät kam. Bis der Brief dort einging, bearbeitet und beantwortet wurde, war sein Urteil längst gesprochen. Blieb ihm nur zu hoffen, dass es nicht auf ein Todesurteil hinauslief.

Er fühlte sich wie David im 62. Psalm. *Bis wann wollt ihr gegen einen Mann anstürmen, ihr alle ihn niederreißen wie eine angestoßene Mauer?* Hatte David deshalb auch geschrieben: *Ich werde nicht viel wanken*? Weil der Feind so mächtig war und er sich selbst so schwach fühlte, dass er doch ein wenig zu wanken glaubte? Aber warum schrieb er drei Verse später: *Ich werde nicht wanken*?

„Mein Gott, mein Vater, ich möchte nicht wanken. Aber ich sehe auch den Feind gegen mich anstürmen, ich fühle mich wie eine angestoßene Mauer. Willst Du mich wirklich einstürzen lassen?"

Wieder rasselte der Schlüssel, dann kam der Askari mit Papier und einem Bleistift. Gott sei Dank, er hatte ihn verstanden. Hastig griff Schenck nach den Schreibutensilien und begann mit einem Stoßgebet zu schreiben. Wie konnte er Götzen nur klarmachen, dass seine persönliche Betroffenheit ihm möglicherweise die gerechte Beurteilung der Angelegenheit erschwerte, ohne dass der Gouverneur gleich wieder einen Tobsuchtsanfall bekam?

Er schilderte noch einmal die Ereignisse, beginnend mit seinem Auftrag, die Komtessen auf die *Prinzregent* zu bringen, bis hin zu seiner zweiten Verhaftung in Mahenge. Es war viel schiefgelaufen, ohne Zweifel, und einige unglückliche Umstände sprachen wirklich gegen ihn, aber das bewies doch noch lange nicht seine Schuld!

Der Askari ging in der Zelle auf und ab und sah ihm immer wieder über die Schulter. Wahrscheinlich ging es ihm nicht schnell genug. Aber für diesen wichtigen Brief benötigte er eben Zeit. Vielleicht hing sogar sein Leben davon ab.

Am Ende schrieb er: Exzellenz, Sie werfen mir vor, an der Verletzung und am gegenwärtigen Zustand Ihrer Nichte schuldig zu sein. Bitte glauben Sie mir, dass nur wenige Menschen so traurig über das Schicksal Ihrer Nichte sind wie ich. Ich habe alles in meiner Macht Stehende getan, um ihr zu helfen. Auch wenn Sie über ihr Schicksal sehr betrübt sind – bitte stellen Sie Ihre persönliche Betroffenheit bei der gerechten Beurteilung dieser Angelegenheit zurück und verurteilen Sie nicht vorschnell einen Unschuldigen!

Die Worte waren gewagt – aber was hatte er noch zu verlieren? Vielleicht bewirkte sein Brief etwas, wenn nicht, konnte es auch kaum schlimmer werden.

Rasch schrieb er den Brief noch einmal ab, dann wandte er sich an den Askari und reichte ihm eines der beiden Schreiben. „Gouverneur Graf Götzen."

Der Schwarze griff nach dem Brief und faltete ihn kreuz und quer zusammen. „Götzen."

Gut, das hatte er verstanden. Jetzt kam der schwierigere Teil. Er nahm den zweiten Brief. „Berlin. Kolonialabteilung, Auswärtiges Amt."

Das Gesicht des Schwarzen war ein einziges Fragezeichen. „Berlin? Kolo…?"

„Ko-lo-ni-al-ab-tei-lung, Aus-wär-ti-ges Amt", buchstabierte Schenck. „Berlin. Wichtig: Nicht Götzen!"

„Berlin." Das Wort verstand der Schwarze.

Mit deutlichen Buchstaben schrieb Schenck *Kolonialabteilung, Auswärtiges Amt, Berlin* auf den zweiten Brief. „Poststelle – geben Sie ihn in der Poststelle – Kanzlei – ab!"

„Kanzlei!" Der Askari strahlte und griff nach dem Brief. „Kanzlei – Berlin."

Wenn das nur gut ginge. „Und zeigen Sie ihn nicht Graf Götzen – *nicht* Götzen!" Schenck schüttelte den Kopf.

Der Schwarze murmelte irgendetwas, das Schenck nicht verstand, und trollte sich zur Tür hinaus. Erneut rasselte der Schlüssel.

Aufseufzend hockte Schenck sich wieder auf die Pritsche. Wo der Brief wohl landen würde? Er machte sich keine große Hoffnung, dass er tatsächlich nach Berlin und dort in die Hände eines zuständigen Beamten gelangte. Aber es war den Versuch wert. Solange Götzen ihn nicht zu sehen bekam ... Wenn der Gouverneur jedoch erfuhr, dass er sich in Berlin beschwerte, würde er toben!

Er griff wieder nach seiner Bibel. Und las die Verse, die dem *nicht wanken* folgten: *Auf Gott ruht mein Heil und meine Herrlichkeit; der Fels meiner Stärke, meine Zuflucht, ist in Gott.*

War das das Geheimnis? Der Blick auf den anrennenden Feind – *nicht viel wanken.* Der Blick auf Gott, den Felsen seiner Stärke – *nicht wanken.*

Unwillkürlich sah er zur Zellendecke hinauf. „Danke, Vater, dass Du mich nicht allein lässt und alles zu einem guten Ende führen wirst." Wie hieß es noch in dem Psalm? *Nur er ist mein Fels ... meine hohe Festung.* Der Fels unter ihm, die Festung um ihn herum. Genau, wie er zu Franziska gesagt hatte: *Sicherheit ist nicht Abwesenheit von Gefahr, sondern Gottes Gegenwart.*

„Vater, dann kümmere Du Dich aber bitte auch um Franziska. Sie ist ganz allein irgendwo unterwegs. Bitte bewahre sie. Und vor allen Dingen rette sie."

Er wusste nicht, wie lange er gebetet hatte, als plötzlich die Tür unsanft aufgestoßen wurde. Leutnant Kaspereit, Götzens Adjutant, trat in den Türrahmen und sah ihn kopfschüttelnd an.

„Sie haben es wirklich darauf angelegt, den Gouverneur zu erzürnen", sagte er in seinem holperigen Ostpreußen-Dialekt. „Kommen Sie mit, ich soll Sie sofort zu ihm bringen."

Gut, dass er auf dem Felsen stand und in der Festung geborgen war.

* * *

Franzi lief in ihrer Zelle auf und ab. Zwei Tage lang war sie nun schon hier eingesperrt. Zwei Tage, die ihr wie zwei Monate vorkamen. Und nicht einmal ihre Viola hatte man ihr gelassen; die hatte sie im Wachlokal am Eingang zu dem endlosen Flur mit den vielen Zellentüren abgeben müssen.

Nun war sie am Ende, jetzt wusste sie wirklich nicht mehr, wie es weitergehen sollte. Moritz saß wahrscheinlich im selben Gebäude wie sie und wartete auf sein Verfahren vor dem Kriegsgericht, das ihm die Strafe für die Verletzung der Lieblingsnichte von Graf Götzen zubemessen sollte – denn darum ging es hier doch in Wirklichkeit.

Und Julie befand sich vermutlich immer noch in Mahenge. Wie sollte sie in ihrem Zustand auch von dort nach Daressalam kommen? Doch damit war die Einzige, die vielleicht einen positiven Einfluss auf Götzen ausüben könnte, unerreichbar weit entfernt.

Und sie selbst? Eingesperrt in einer winzigen Zelle, in der es drückend heiß war. Ohne jede Möglichkeit, etwas für Moritz zu tun – aber wahrscheinlich hatte sie seine Situation durch ihre Hartnäckigkeit beim Gouverneur ohnehin nur verschlimmert. Und ihre eigene natürlich auch. Schließlich wartete sie nur darauf, dass ein paar Soldaten der Polizeitruppe kamen, ihr Handschellen anlegten und sie auf ein Schiff nach Deutschland brachten.

Sie setzte sich auf die Pritsche und schlang die Finger ineinander. Das war also das Ende ihres großen Plans, der eigentlich in die Freiheit hatte führen sollen. Unwillkürlich fiel ihr der Satz ein, den Moritz ihr zugerufen hatte, als sie auf dem Weg zum Bahnhof in Habelschwerdt gewesen und er von seinen Kameraden als Kriegsgefangener mitgeführt worden war: Ich bin freier als Sie!

Ich bin freier als Sie. Wie hatte er das sagen können, wo sie doch gerade der Enge ihres Elternhauses und des Pensionats entflohen war, er aber einer unsicheren Zukunft entgegenging? Sollte er so etwas wie eine Offenbarung darüber bekommen haben, dass ihr Weg in dieser überhitzten Zelle in Daressalam enden würde? Bei den Christen wusste man ja nie.

Oder hatte er etwas ganz anderes gemeint? Ihre Großmama hatte einmal zu ihr gesagt: *Wahre Freiheit ist nicht, dass du das tust, was du willst, sondern das, was Gott will, und Seinen Plan für dein Leben annimmst.*

Aber konnte das Freiheit sein? Gehorsam war doch alles andere als Freiheit! Wohin jedoch der Weg, den sie nach ihrem eigenen Willen gewählt hatte, führte, merkte sie jetzt: buchstäblich in die Gefangenschaft.

Sie begann wieder, in der Zelle umherzuwandern. Diese Gedanken raubten ihr noch den Verstand! Wenn sie wenigstens ihre Viola hätte, dann hätte sie etwas, womit sie sich ablenken könnte. Aber so blieben die Gedanken, spannen sich immer weiter und marterten sie.

Wenn nur sie selbst in diesen Schwierigkeiten steckte, hätte sie es ja vielleicht noch ertragen. Das Schlimme jedoch war, dass Moritz mit davon betroffen war. Er hatte alles für sie getan, hatte sein Leben riskiert, um sie und Julie nach Mahenge zu bringen. Und als Dank dafür sollte er nun wegen Hochverrats und wahrscheinlich auch noch wegen vieler anderer Dinge vor ein Kriegsgericht gestellt werden. Und was man mit Hochverrätern tat, war ja gemeinhin bekannt.

Und Julie – auch sie war von ihrem Scheitern betroffen. Der Anblick ihrer einarmigen Freundin ließ sie nicht los, verfolgte sie in ihre Träume und sogar tagsüber. Wäre alles anders gekommen, wenn sie diesen Weg nicht eingeschlagen hätte? Ja, wahrscheinlich hätte Julie dann noch beide Arme.

Ihre Großmama würde sagen, das sei Gottes Haltesignal für sie. Aber war das wirklich so? Geschah das alles nur, weil sie Gott den Rücken zugewandt und versucht hatte, ohne ihn zurechtzukommen? Das durfte nicht wahr sein!

Aber wenn es doch so war – würde dann nicht alles noch schlimmer werden, wenn sie weiterhin nicht nachgab? Um ihrer selbst willen würde sie es nicht tun, aber wenn Moritz deswegen zu Tode kam? Und Julie hatte schon einen Arm verloren ...

Panische Angst packte mit eisigen Fingern nach ihr. Was würde noch alles geschehen, wenn sie nicht vor Gott kapitulierte? Würde er dann noch härter durchgreifen? Und nicht nur sie, sondern weiterhin auch die malträtieren, die sie liebte?

Aber wenn es so war, warum ließ Gott überhaupt Unschuldige ihretwegen leiden? Moritz hatte doch immer nach seinem Willen gefragt und hatte danach handeln wollen – warum saß er im Gefängnis und war solch schlimmer Dinge angeklagt, dass ihm sogar die Todesstrafe drohte?

Wenn sie ihn doch fragen könnte! Bestimmt hätte er eine Antwort für sie. Aber sie durfte ja nicht zu ihm. Ihre Großmama hätte sicher auch eine Antwort gehabt, aber die war weit weg. Überhaupt war Franzi nun völlig allein – so allein, wie noch nie in ihrem Leben.

Der Einzige, den sie jetzt noch fragen konnte, war Gott selbst.

Aber ob der ihr eine Antwort gab, nachdem sie ihn bewusst abgelehnt hatte?

Andererseits – konnte es denn schaden, wenn sie betete? Außer natürlich, dass sie ihren Stolz begraben musste.

Aber Moritz hatte noch viel mehr für sie getan. War sie es ihm nicht schuldig, dann auch etwas für ihn zu tun? Seinen Gott zu bitten, dass er ihnen aus dieser ausweglosen Lage heraushalf?

Franzi hockte sich auf die Pritsche und faltete die Hände. „Gott, eigentlich wollte ich ja nichts mehr von dir wissen. Und wenn nur ich selbst in Schwierigkeiten steckte, würde ich es ertragen. Ich habe es nicht anders gewollt. Aber da ist Julie. Sie hat einen Arm verloren. Vermutlich geht es ihr immer noch sehr schlecht." Sie schluckte ihre Tränen hinunter. „Bitte hilf ihr. Und da ist Moritz von Schenck. Er hat mich gerettet und ist deswegen jetzt im Gefängnis. Dabei ist er doch unschuldig. Bitte hole ihn da heraus!"

Sie spürte Tränen auf ihren Wangen, hastig wischte sie sie weg. „Eigentlich ist es ja nicht richtig, erst vor dir davonzulaufen und dann zu dir zu rufen, wenn ich nicht mehr weiter weiß. Deswegen bete ich auch nicht für mich selbst, Gott. Ich habe es nämlich nicht verdient. Aber Moritz und Julie …"

Ein Schluchzen erschütterte ihren Körper und sie schlug die Hände vors Gesicht.

Kapitel 71

Julie stand an der Reling der *Doktor Carl Peters*, ließ ihr Haar vom Wind zausen und lauschte auf das gleichmäßige Stampfen der Maschinen. Langsam zog die ostafrikanische Küste an ihnen vorbei – viel zu langsam für ihren Geschmack. Zwei weitere Tage hatten sie in dem überfüllten Kilwa auf diesen großen und modernen Dampfer warten müssen. Zwei Tage, die sie nochmals viel Kraft gekostet hatten. Aber jetzt ging es endlich nach Daressalam. Hoffentlich reichten ihre durch die Strapazen geschwundenen Kräfte noch aus. Und hoffentlich war es nicht schon zu spät.

Sie hörte feste Schritte hinter sich – Schritte, die sie inzwischen bestens kannte. Unwillkürlich legte sich ein Lächeln auf ihr Gesicht und sie sah zur Seite, wo Doktor Langenburg neben sie an die Reling trat. Das vom Wind verstrubbelte Haar stand ihm gut und bildete einen merkwürdigen Gegensatz zu seinem akkurat barbierten Bart.

„In einer halben Stunde werden wir die Reede von Daressalam erreichen." Er deutete voraus. „Dort ist schon der Kirchturm zu sehen."

Sie schloss die Augen und lauschte seiner volltönenden Stimme. Sobald er bei ihr war, war alle Angst wie weggeblasen – wenn da nicht die Sorge um Franzi und den Leutnant wäre! Mittlerweile war der 18. Oktober, zwei Tage vor ihrem Geburtstag. Wahrscheinlich war Schenck längst verurteilt, und zwar, wie sie ihren Onkel einschätzte, zum Tode. Da half auch ihr Geburtstagswunsch nicht mehr. Und was war aus ihrer Freundin geworden? Es war ihrem Onkel zuzutrauen, dass er auch sie grundlos bestrafe.

Julie lehnte sich mit dem Rücken an die Reling – das Stehen strengte sie schon wieder an – und schaute zu Langenburg auf. „Warum das alles? Wenn Sie so zu Ihrem Gott gebetet haben – warum geht dann alles schief?"

Langenburg sah an ihr vorüber und schwieg, nur seine Lippen bewegten sich leise. Betete er? Vielleicht dafür, dass er die richtige Antwort fand?

Am Bug rauschte der Indische Ozean, im Schiffsbauch brummten die Maschinen, in den Lüften kreischten Möwen. Julies Knie begannen zu zittern; sie ging zu einem Poller und setzte sich. Irgendwann würde er schon antworten.

„Ich habe quasi den Eindruck ...", sagte er endlich. Er sprach tief, leise, fast zögerlich. „... dass ... dass es Ihretwegen ist."

Ihre Augenbrauen schossen in die Höhe. Wollte er ihr die Schuld an allem zuschieben? „Also doch Gottes Strafe?"

„Daran glaube ich nicht. Ich denke eher, dass Sie etwas lernen sollen."

„Dann ist Ihr Gott ein außerordentlich strenger Lehrer." Strenger noch als Fräulein von Steinbach. „Vor allem, wenn er *andere* leiden lässt, damit *ich* etwas lerne."

„Gott hat vielleicht nicht nur *ein* Ziel im Auge. Wenn Ihre Freundin durch die Lektion für Sie ebenfalls in Schwierigkeiten gerät, will Er auch bei ihr etwas erreichen. Und bei mir auch. Und bei Leutnant von Schenck. Gott ist der perfekte Lehrer und kann mit einer Maßnahme gleichzeitig mehrere Ziele erreichen. Und Sein Ziel ist immer etwas Gutes."

Sie strich sich eine Haarsträhne aus dem Gesicht. „Etwas Gutes? Wenn mein Onkel Leutnant von Schenck wegen Hochverrats hinrichten lässt, ist das sicherlich nichts Gutes."

„Ich kann Ihnen Gottes Wege nicht bis ins Letzte erklären. Aber Er hat versprochen, dass alle Dinge, die uns widerfahren, etwas Gutes für uns bewirken sollen. Und können Sie nicht sehen, dass Gott quasi trotz aller Widerwärtigkeiten für uns sorgt?"

Eigentlich war es mehr Doktor Langenburg, der für sie gesorgt hatte. „Aber warum dann all die Widerwärtigkeiten? Was, glauben Sie, soll ich lernen?"

„Dass wir mit unserer eigenen Kraft, unserer eigenen Weisheit irgendwann am Ende sind. Als wir in Mahenge losgezogen sind, dachten wir, wir zögen quasi schnell zur Küste, stiegen auf ein Schiff und wären binnen kurzer Zeit in Daressalam, um Schenck und Ihrer Freundin zu helfen. Aber Gott hat Nein gesagt und uns stattdessen in Situationen geführt, in denen wir keinen Ausweg mehr sahen."

Das hatte er allerdings viel zu oft getan. Erst der überfüllte Dampfer in Kilwa, der sie nicht mitgenommen hatte; dann die überfüllte Stadt, wo es kein Unterkommen für sie gegeben hatte; schließlich das Unglück auf der *Kigoma*, dem sie nur knapp entronnen waren. Alles Schwierigkeiten, aus denen sie sich nicht selbst hatten befreien können.

„Und dann", fuhr Langenburg fort, „hat Er uns aber immer wieder geholfen. Hat uns beschützt, als die *Kigoma* in Flammen aufging. Hat uns diese komfortable Reisemöglichkeit auf der *Doktor Carl Peters* gegeben. Komtesse, es geht nur mit Ihm – ohne Ihn geht nichts!"

„Und das soll ich lernen? Aber woher weiß ich, dass Gott mir auch weiterhin in ausweglosen Situationen helfen wird? Und vor allem meine Freundin und den Leutnant rettet?"

Über das Gesicht des Arztes zog ein Lächeln. „Das nennt man Vertrauen. Ich weiß, dass Gott mich liebt. Seine Hilfe sieht oft anders aus, als ich es mir vorstelle. Aber Er hat mich noch nie im Stich gelassen." Er sagte das so überzeugt, als könnte es gar keinen Zweifel daran geben.

„Und woher wollen Sie wissen, dass Gott Sie wirklich liebt? Für mich ist er so unendlich weit weg. Und um mich hat er sich noch nie gekümmert."

„Doch. Sie haben es nur noch nicht bemerkt." Langenburg sah zum Himmel hinauf. „Und einmal hat Er sich in ganz besonderer Weise um Sie gekümmert. Das ist bereits 1 900 Jahre her. Da hat Er Seinen Sohn auf diese Erde gesandt und hat Ihn für unsere Sünden sterben lassen. Alles das, was wir Böses getan haben – jede noch so harmlos wirkende Lüge, jeder unreine Gedanke, jedes lieblose Wort –, trennte uns von Gott. Er hätte uns ewig weit weg von sich in der Hölle dafür bestrafen müssen. Doch das wollte Gott nicht. Er möchte uns nahe bei sich haben. Deshalb starb Sein Sohn und trug unsere Sünden. Wir müssen dieses unaussprechliche Geschenk nur annehmen. Das, Komtesse" – seine Stimme schwankte vor Bewegung –, „das ist die Liebe Gottes."

Sie stand langsam auf, ging zur Reling zurück und sah zum Ufer hinüber. Das hörte sich alles so schön an. Und sie merkte Langenburg an, dass ihm dieses Bewusstsein der Liebe Gottes tiefen Frieden gab. „Deshalb haben Sie auch keine Angst vor dem Tod? Weil Sie nichts mehr von Gott trennt?"

„Die Angst vor dem Tod ist nichts anderes als Angst vor Gott.

Vor dem strafenden Gott, der es nicht ertragen kann, dass jemand seinen Sohn, den Er aus Liebe zu uns schmutzigen Sündern gab, ablehnt. Wenn Sie an Ihn glauben, Ihm Ihre Sünden bekennen, brauchen Sie keine Angst mehr zu haben. Gott zürnt Ihnen dann nicht mehr. Und im Leben haben Sie Ihn dann an Ihrer Seite."

Sie wünschte sich, sie könnte das glauben. Doch wenn das alles nur eine schöne Illusion war, die nach dem Tod zerplatzen würde? Aber wäre Langenburg dann so voll ruhiger Überzeugung? Sie merkte ihm keine Spur des Zweifels an – sogar sein unvermeidliches *Quasi* vergaß er.

Der Dampfer stieß einen schrillen Pfiff aus. Vor ihnen lag die Bucht von Daressalam. Jetzt mussten sie nur noch ausgebootet werden. Und dann so schnell wie möglich zum Gouverneurspalast, um vielleicht doch noch eingreifen zu können.

Julie hielt Doktor Langenburg den Arm hin, an dessen Handgelenk ihr Haarband hing. „Würden Sie die Güte haben, mir das Haar wieder einmal zusammenzubinden?" Sie konnte es ja leider nicht mehr selbst tun. Wie so viele andere Dinge auch.

Fast zärtlich zog er das Band über ihre Hand, dann drehte sie ihm den Rücken zu.

Er fasste ihr Haar im Nacken und band es zu einem offenen Zopf zusammen. Sie schloss die Augen und genoss das Gefühl seiner Hände in ihrem Nacken. Wenn Gott so war wie dieser Arzt, so freundlich, gütig und geduldig, dann musste es schön sein, eine Beziehung zu ihm zu haben. Doch bisher hatte sie sich Gott eher wie Fräulein von Steinbach vorgestellt.

Der Dampfer pfiff erneut, dann stoppten die Maschinen. Auf der Brücke erschien der Kapitän mit einem Sprachrohr. „Verehrte Passagiere! Leider liegen aufgrund der aktuellen Kriegslage in Daressalam keine Dhaus für uns bereit, um uns auszubooten. Und bei dem gegenwärtigen Wellengang stellt das Ausbooten mit unseren eigenen kleinen Rettungsbooten eine zu große Gefahr dar. Wir werden voraussichtlich bis morgen warten müssen …"

Julie stöhnte. Das durfte einfach nicht wahr sein! Da lagen sie in Sichtweite vor Daressalam und kamen trotzdem nicht hinein!

Langenburg legte ihr die Hände auf die Schultern. „Vertrauen, Komtesse."

Das war so leicht gesagt. „Ich bin gespannt, wir Ihr Gott dieses neue Problem lösen wird." Sie wirbelte zu ihm herum. „Aber eines sage ich Ihnen: Wenn Franzi oder Leutnant von Schenck etwas zustößt, dann – dann will ich Ihren Gott definitiv nicht!"

„Komtesse." Der Doktor lächelte. „Lassen wir uns doch einfach überraschen, was ..."

Plötzlich wurde ihr schwindelig und sie musste sich an der Reling festhalten. Wahrscheinlich hatte sie sich zu schnell umgedreht. „Bitte bringen Sie mich in meine Kabine."

* * *

„Exzellenz, hier ist er." Leutnant Kaspereit schob ihn in Götzens Büro.

Als Schenck seine Briefe auf dem Schreibtisch des Gouverneurs liegen sah, war ihm endgültig klar, was die Stunde geschlagen hatte.

Götzen räusperte sich. „Schenck, haben Sie vollständig den Verstand verloren?"

Schenck nahm die Schultern zurück. Jetzt keine Schwäche zeigen! „Nein, Exzellenz."

„Und wie erklären Sie mir bitte diese Schreiben?" Er klopfte mit den Fingerknöcheln auf die beiden Briefe. „Die können Sie doch nicht bei klarem Verstand geschrieben haben!"

Wollte Götzen ihm eine goldene Brücke bauen? Wenn er zugab, wegen mangelnder Ernährung, der dunklen Zelle, der Hitze und seiner Verzweiflung wegen Franziska nicht zurechnungsfähig gewesen zu sein, wollte Götzen dann über diese Briefe hinwegsehen? Aber das sollte der Gouverneur doch gar nicht! Er sollte vielmehr einsehen, dass er im Unrecht war! „Ich habe sie in vollem Bewusstsein geschrieben."

„So. In vollem Bewusstsein." Götzen hüstelte. „Sie wollen mir also ernsthaft unterstellen, ich ließe mich in meinem Urteil von den Gefühlen für meine Nichte leiten?"

„Mit Verlaub, Exzellenz, das erscheint mir offensichtlich zu sein. Ich bedaure das Schicksal der Komtesse außerordentlich, aber ich möchte Ihnen nicht als Sündenbock dienen."

„Unerhört! Das ist eine bodenlose Frechheit!" Götzens Stimme überschlug sich und er musste husten. „Es sprechen eindeutige Fakten gegen Sie! Ich bin lange genug im Dienst, um Fakten von Gefühlsduseleien unterscheiden zu können."

Schenck wollte an seiner Kopfbedeckung rücken, doch seine Hände waren ja gefesselt – und einen Hut trug er auch nicht. „Exzellenz, ich möchte Ihnen nicht unterstellen, dass Sie bewusst das Recht beugen, um Ihre Wut über das Schicksal der Komtesse Götzen zu kühlen. Ich möchte Sie nur bitten, darüber nachzudenken, ob Ihr Feldzug gegen mich nicht etwas damit zu tun haben könnte. Ich wollte Sie mit meinem Brief lediglich darum bitten, darüber nachzudenken, ob Sie wirklich neutral sind."

„So, ich soll darüber nachdenken. Und warum dann bitte das Schreiben ans Auswärtige Amt, mein lieber Leutnant? Sollen die Herren in Berlin etwa auch nachdenken? Vielleicht darüber, ob ich überhaupt für den Gouverneursposten geeignet bin, he?" Seine Stimme wurde immer lauter und erneut musste er husten. Um die Gesundheit des Grafen schien es nicht sonderlich gut bestellt zu sein.

„Exzellenz, bitte bedenken Sie meine Situation. Ich musste doch befürchten, dass meine Vorstellungen Ihr Missfallen erregen. Also wandte ich mich zusätzlich an eine neutrale Institution – das Auswärtige Amt."

„Machen Sie sich nicht lächerlich, Schenck. Sie wissen, dass Ihre Vorstellungen mein Missfallen erregen – und schreiben den Brief trotzdem? Und Ihr Brief ans Auswärtige Amt – Sie wissen genau, dass er so lange unterwegs ist, dass er Ihnen nichts mehr nützen kann!"

Schenck senkte den Kopf. Natürlich hatte Götzen recht. „Es wird aber noch andere Gefangene nach mir geben. Und ich habe auch erlebt, wie radikal mit eingeborenen Häftlingen umgegangen wird. An diesen Zuständen muss sich doch etwas ändern! Auch wenn es mir nichts mehr nützt, dann sollen wenigstens andere davon profitieren. Und was habe ich noch zu verlieren?"

„Der heilige Moralapostel!" Götzen hustete und presste sich ein Taschentuch vor den Mund. Als seine Bronchien sich wieder beruhigt hatten, trat er dicht vor Schenck hin und funkelte ihn durch die Gläser seines Klemmers an. „Jetzt sage ich Ihnen die Wahrheit, Schenck: Dieser Brief ans Auswärtige Amt ist Ihr Rachefeldzug gegen mich. Sie verleumden mich bei den hohen Herren in Berlin, damit ich, wenn Sie längst verurteilt sind, einen Einlauf bekomme. Aber ohne mich!" Er nahm beide Schreiben und riss sie in kleine Schnipsel.

Schenck wich keinen Zentimeter vor dem Gouverneur zurück. „Wenn Sie so sicher sind, das Richtige zu tun, warum schicken Sie den Brief nach Berlin nicht einfach ab? Dann kann Ihnen doch nichts passieren!"

„Es würde mir auch nichts passieren, die Herren in Berlin wissen so etwas schon einzuschätzen. Aber damit werde ich sie gar nicht erst belästigen. Und Sie stehlen mir mit Ihren Eskapaden auch nur meine kostbare Zeit. – Kaspereit, führen Sie den Kerl ab!"

Der Leutnant trat zu ihm, packte ihn am Arm und führte ihn zur Tür. „Übertreiben Sie es nicht mit Ihrem Gerechtigkeitssinn", raunte er ihm zu.

Auf dem Flur warteten die Wachen, die ihn zurück ins Gefängnis bringen sollten.

„Ach, Schenck." Götzen trat in den Türrahmen seines Büros und riss sich den Klemmer von der Nase. „Da die entsprechenden Offiziere, die das Kriegsgericht bilden werden, bereits eingetroffen sind, wird Ihre Verhandlung vorgezogen und schon morgen stattfinden."

Schon morgen. Und was bedeutete es, dass die *entsprechenden* Offiziere eingetroffen waren? Hatte Götzen eigens die richtigen Offiziere heranzitiert, sodass er sicher sein konnte, dass Schenck schuldig gesprochen wurde?

Kapitel 72

Ein Tag war vergangen, ohne dass Gott auf ihr Gebet geantwortet hatte. Sie hatte es ja vorausgesehen. Oder lag es an ihr? Weil sie zwar etwas von Gott erwartete, ansonsten aber nichts mit ihm zu tun haben wollte? War es nicht eigentlich folgerichtig, dass er sie im Stich ließ?

Aber bevor sie endgültig vor Gott kapitulierte, nahm sie ihr Schicksal lieber noch einmal selbst in die Hand. Moritz war doch höchstwahrscheinlich im selben Gebäude eingesperrt wie sie, da hier im Kasernengelände angeblich alle weißen Häftlinge einsaßen. Also musste es doch irgendwie möglich sein, zu ihm zu kommen, ihn vielleicht sogar zu befreien und mit ihm zu fliehen.

„Ich werde dir beweisen, Gott, dass ich es doch ohne dich schaffe. Du willst mir ja nicht helfen, also tue ich es selbst."

Im gleichen Augenblick wurde mit lautem Gepolter ihre Zellentür aufgestoßen. War es schon wieder so weit, dass man ihr das Essen brachte? Sie hatte jegliches Zeitgefühl verloren.

Ein junger Schwarzer, der ihr schon öfter das Essen gebracht hatte, stolperte herein und knallte einen Blechnapf auf den wackeligen Tisch.

Blitzschnell sprang Franzi von ihrer Pritsche herunter und stürmte zur Tür, doch ehe sie sie erreichte, riss er sie am Arm zurück – ausgerechnet an ihrem rechten Arm, der gebrochen gewesen war. Sie biss die Zähne zusammen, um nicht aufzuschreien, während ein Gewitter an Suaheli-Ausdrücken auf sie herniederprasselte.

„Lassen Sie mich los!", fauchte sie. „Der Arm ist gerade erst verheilt!"

„Nix fliehen!", schimpfte er in gutturalem Ton. „Dann Alhamisi – krrrk!" Er fuhr mit seiner Handkante an der Gurgel entlang.

„Ich will nicht fliehen. Ich möchte nur zu Leutnant von Schenck. Können Sie mich zu ihm bringen?"

„Nix wegbringen. Hierbleiben." Er schob sie weiter in ihre Zelle hinein.

„Und wenn ich Sie bitte?" Sie legte ihre Handflächen aneinander und hob sie ihm entgegen. „Ich muss unbedingt zu ihm – es geht um Leben und Tod!"

Er schubste sie auf ihre Pritsche. „Hierbleiben. Gouverneur ..." Er sah überlegend zur Decke. „Gouverneur streng."

Wem erzählte er das. Das wusste sie wahrscheinlich besser als er. Trotzdem gab sie nicht auf. „Alhamisi, ich werde dich bezahlen."

Er rieb Daumen und Zeigefinger aneinander. „Rupien? Viele Rupien?"

„Keine Rupien." Als sie sein enttäuschtes Gesicht sah, machte sie einen unverwechselbaren Augenaufschlag und spitzte die Lippen. „Ist das nicht wertvoller?" Dieses Angebot hatte schon bei Thorge Larsson funktioniert, sodass er sie an Land gerudert hatte. Doch um die Bezahlung in der Kuss-Währung würde sie sich auch diesmal wieder irgendwie drücken.

Der Schwarze hob beide Hände, dass sie seine hellen Handflächen sah. „Nix. Ich melden bei Gouverneur. Bestechung! Zwei... Zweifelhaft Angebot."

„Bitte nicht!" Wenn Götzen erfuhr, dass sie versucht hatte, ihren Wächter zu bezirzen, würde er schon wieder toben.

„Ich melden. Ist Pflicht. Aufsässig Gefangene." Er drehte ihr den Rücken zu, polterte aus der Zelle und warf die Tür ins Schloss.

Franzi sank auf ihrer Pritsche zusammen. Ihr gelang einfach nichts, aber auch gar nichts. Was sie auch versuchte – es ging schief. Sogar die Methode, den Männern schöne Augen zu machen, die von Julie vielfach erprobt worden war, versagte bei ihr.

Was sollte sie bloß tun? Untätig warten? Das brachte sie nicht fertig! Oder doch wieder beten? Aber Gott antwortete ja nicht – vielleicht nur deshalb nicht, weil sie nicht eingestand, dass sie auf dem falschen Weg und er im Recht war? Aber es war ja auch keineswegs sicher, dass er sie erhören würde, wenn sie es tat.

Nein, sie würde nicht noch einmal beten. Nicht zu diesem strengen Gott, der ihre Freunde dafür bestrafte, dass sie vor ihm davonlief. Vor diesem harten, ungerechten Gott würde sie sich nicht noch einmal beugen. Er hörte ja sowieso nicht.

Doch sie fühlte sich dabei unsagbar allein.

* * *

Schenck wich den Blicken der fünf Richter nicht aus. Neben zwei Kriegsgerichtsräten – einem halbglatzigen Hagestolz[22] und einem dicklichen Herrn mit Studentengesicht – bestand das Gericht aus drei Offizieren: Hauptmann Schwarzkopf, Leutnant Hinterstoißer – frisch befördert – und Leutnant Kaspereit, Götzens Adjutanten.

Immerhin hatte man ihm einen Verteidiger zugestanden, den er schon einmal gesehen hatte: den Kommerzienrat und Kautschukhändler Helmut Janzik, der ihn nach seinem Gottesdienstbesuch an seinem ersten Tag im Schutzgebiet zu sich eingeladen hatte. Ansonsten war nur noch ein Protokollant im Raum, der soeben die Kappe von seinem Füllfederhalter schraubte.

Im Sitzungssaal der Gouvernementsverwaltung herrschte drückende Hitze. Aber nicht nur deshalb waren Schencks Hände schweißnass. Heute ging es buchstäblich um Leben und Tod. Und Götzens Andeutung bezüglich der *entsprechenden Offiziere* war keineswegs übertrieben gewesen: Die Besetzung des Gerichts verhieß nichts Gutes.

Mit zitternden Fingern blätterte sein Verteidiger in einem monströsen Wälzer. *Militärstrafgerichtsordnung* stand auf dem Deckblatt. „Sie kennen die Herren Offiziere doch alle von Ihrer Tätigkeit in der Schutztruppe oder sogar von Ihren Kämpfen während des Aufstands, nicht wahr?", raunte Helmut Janzik ihm zu.

Schenck nickte. „Mit Hinterstoißer und Schwarzkopf bin ich mehrfach zusammengestoßen. Die beiden haben sicher keine Skrupel, mich zu verderben."

„Ich bin leider nur ein Laie und habe erst gestern Abend erfahren, dass ich Sie verteidigen soll." Janzik blätterte mit seinen dicken Fingern immer schneller. „Aber ich bin sicher, dass es eine Regelung wegen Besorgnis der Befangenheit gibt. Nur kann ich den Passus nicht finden."

Schenck glaubte einen Hoffnungsschimmer zu sehen. „Müssten es nicht wenigstens die Herren Kriegsgerichtsräte wissen?"

Der Kommerzienrat hielt inne. „Die Herren Gerichtsräte sind doch auch von Graf Götzen eingesetzt, um ein Urteil zu fällen, nicht um den Angeklagten zu verteidigen. Wenn sie es dennoch täten, kämen sie ihrer Aufgabe nicht nach und zögen sich den Zorn des Gerichtsherrn zu. Nein, darauf müssen wir schon selbst kommen."

---

22 Ein älterer, verknöcherter, etwas kauziger Junggeselle.

„So also geht Gerechtigkeit. Ich vermute dann auch, dass Graf Götzen derjenige ist, der darüber entscheiden müsste, ob unser Antrag wegen Befangenheit angenommen wird?"

„Wenn ich mich recht erinnere, hat darüber tatsächlich der Gerichtsherr zu entscheiden – also Graf Götzen."

Schenck lachte leise auf. „Dann können wir es gleich bleiben lassen. Graf Götzen hat das Gericht doch ganz bewusst so besetzt."

„Wenn ich den Paragrafen fände, würde ich es trotzdem versuchen. Aber ohne die Rechtsgrundlage zu nennen, ergibt es wenig Sinn."

Da stand der hagere Kriegsgerichtsrat mit dem schütteren grauen Haar auf. „Hiermit eröffne ich das Verfahren gegen Leutnant Moritz von Schenck, geboren am 10. März 1882 zu Niederhermsdorf im Kreise Waldenburg, Schlesien." Seine blutleeren Lippen öffneten sich beim Sprechen nur um einen Millimeter.

„Leutnant ist er die längste Zeit gewesen!" Schwarzkopfs kreisrundes Schweinsgesicht lief rot an.

Auch Hinterstoißer murmelte irgendetwas auf Bayerisch vor sich hin.

„Bitte keine Drohungen dem Beschuldigten gegenüber", wies das Studentengesicht sie zurecht. „Wir wollen doch niemanden vorverurteilen."

„Das ist Heribert Brillow", erklärte Janzik. „Frisch aus Deutschland von der Universität gekommen. Es ist sein erster Einsatz als Kriegsgerichtsrat."

„Dagegen scheint der andere Kriegsgerichtsrat schon unzählige solcher Verhandlungen hinter sich zu haben." Schenck deutete mit dem Kopf auf den Hageren, der mit ausdruckslosem Gesicht in einer Akte blätterte und dann mit der Verlesung der Anklage fortfuhr.

„Graf Fridolin von Späth, alter preußischer Adel aus Brandenburg." Der Kautschukhändler klappte die Militärstrafgerichtsordnung zu. „Man nennt ihn auch den Paragrafengrafen. Mancher wundert sich, dass seine Gestalt noch nicht die Form eines Paragrafen angenommen hat."

Schenck musste grinsen, obwohl die Beschreibung des Hagestolzes alles andere als verheißungsvoll war.

„Herr Leutnant" – Janzik faltete die Hände auf dem Gesetzbuch –, „auch wenn der Kriegsgerichtsrat bereits die Anklage verliest: Wollen wir zu Beginn der Verhandlung noch gemeinsam beten?" Er deutete auf die Akte, die er vom Gouverneur erhalten hatte. „Ich fürchte, wir haben es nötig."

Schenck sah zu Späth hinüber, der die Liste seiner angeblichen Vergehen herunterleierte. Dann nickte er und faltete die Hände. „Gerne."

Helmut Janzik begann leise zu beten. Er schilderte ihrem Gott die gefährliche Lage und bat Ihn, ihnen die richtigen Gedanken und Worte zu geben, damit ein gerechtes Urteil gefällt würde.

Als Helmut Janzik das „Amen" flüsterte, war auch der Kriegsgerichtsrat mit der Verlesung der Anklage fertig.

„Leutnant von Schenck, Sie sind der Missachtung eines Befehls, der Spionage und des Hochverrats angeklagt." Von Späth benetzte seinen Zeigefinger und blätterte in der Akte. „Wir wollen uns vorrangig mit den beiden letzteren Anklagen befassen. Zur Begründung derselben sind zwölf Punkte vorliegend, welche mittels Zeugenaussagen des Feldwebels Hunebeck sowie des Obergefreiten Schmidt und des Gefreiten Feldkamp erhärtet sind."

Schenck wunderte sich, dass es von Späth überhaupt gelang zu sprechen, obwohl er den Mund kaum öffnete. „Lassen Sie Ihre zwölf Punkte hören, Herr Kriegsgerichtsrat."

„Wir wählen eine Vorgehensweise gemäß der Chronologie. Hauptmann Schwarzkopf, bitte zu beginnen."

Schwarzkopf fuhr sich über den Schädel und wischte die Hand dann am Hosenbein ab. „Am 17. Juli dieses Jahres stellte Leutnant von Schenck sich bei mir vor, als mir soeben das Todesurteil für Kinjikitile Ngwale zur Unterzeichnung vorgelegt wurde. Feldwebel Hunebeck war zugegen und hat bezeugt, dass der Leutnant mich an der Unterzeichnung desselben hindern wollte."

„Ich hielt es damals und halte es auch heute noch für falsch, jemanden abzuurteilen, noch dazu zum Tode, der erst einen Tag vorher gefangen genommen wurde", erwiderte Schenck. „Und das Ganze ohne ordentlichen Prozess, ohne ihm Gelegenheit zur Verteidigung zu geben. Nur weil er schwarzer Hautfarbe ist."

Helmut Janzik trommelte mit seinen dicken Fingern auf den Tisch. „Ist solch ein Verhalten nicht normal für jemanden, der neu ins Schutzgebiet kommt? Kommt nicht jeder mit hehren Idealen? War es bei Ihnen nicht ebenso, meine Herren? Wir alle wollten doch die Zivilisation nach Deutsch-Ostafrika bringen. *Am deutschen Wesen soll die Welt genesen* – haben Sie das alle vergessen?"

„Selbstverständlich nicht." Schwarzkopf rümpfte sein Schweinsnäslein. „Aber wenn es nach Schenck ginge, würden uns die Schwarzen gleichgestellt. Und da sieht doch jeder ein, dass das völlig ausgeschlossen ist."

„Ich sagte ja: hehre Ideale." Janzik beschleunigte seinen Trommelwirbel. „Und ich möchte noch ein Weiteres zu bedenken geben: Herr von Schenck ist vermutlich mehr Christ als Sie alle zusammen. Er kann es nicht mit seinem christlichen Glauben vereinbaren, Menschen hinzurichten, deren einziger Fehler es ist, die falsche Hautfarbe zu haben."

„Kinjikitile Ngwale war ein Aufrührer!", ereiferte sich Schwarzkopf.

„Wollens des Gsindel noch dafür belohnen, dass es gegen uns konspiriert?", rief Hinterstoißer.

„Bitte Ruhe zu bewahren, meine Herren." Von Späths Stimme war beinahe stoisch. „Wir nehmen Ihre Einwände zur Kenntnis, Herr Janzik. – Kommen wir zum zweiten Punkte. Bei Seiner Exzellenz dem Gouverneur setzten Sie, Herr Leutnant, sich dann auch für die Spießgesellen dieses Kinjikitile Ngwale ein. Sie forderten gleiches Recht für Schwarz und Weiß. Geben Sie das zu, Herr von Schenck? Oder soll ich die diesbezügliche Aussage Graf Götzens verlesen?"

„Es ist richtig, dass ich Seine Exzellenz auf den Missstand aufmerksam machte, dass für die Eingeborenen andere Rechte gelten als für uns Deutsche." Schenck sah dem knöchernen Kriegsgerichtsrat in die meergrauen Augen. „Und ich würde es heute genau so wieder tun. Wie Sie jedoch daraus ableiten wollen, dass ich ein Hochverräter bin ..."

„Langsam, Leutnant. Eines nach dem anderen." Von Späth befeuchtete wieder mit der Zunge seinen Zeigefinger und blätterte weiter. „Der dritte Punkt ..."

„Einen Augenblick." Helmut Janzik hob seine fleischige Hand. „Erlauben Sie mir einen Einwand."

Brillow, der Kriegsgerichtsrat mit dem Studentengesicht, nickte. „Ist sein gutes Recht."

„Auch in diesem zweiten Punkt verweise ich auf die Unerfahrenheit des Herrn Leutnants im Schutzgebiet und die hohe Bedeutung der christlichen Maßstäbe für ihn."

Von Späth machte sich eine Notiz. „Danke. Nun zum dritten Punkte: Als Führer des Gefängnistrupps wurden Sie mit einem Hinrichtungsbefehl betraut, dessen Vollstreckung Sie hinauszögerten."

„Ein Gewissenskonflikt, Herr Kriegsgerichtsrat." Schenck fuhr mit der Hand zum Kopf, um seine Kopfbedeckung zurechtzurücken, bis er bemerkte, dass er gar keine trug. „Bedenken Sie, was es bedeutet, ein Menschenleben auszulöschen."

Brillow nickte. „Verständlich. Ich habe noch nie einen Menschen getötet, stelle mir aber vor, dass es große Überwindung kosten muss."

„Ich war selbst einige Monate Führer des Gefängnistrupps." Kaspereit nickte Schenck zu. „Auch ich habe mich bei meiner ersten Hinrichtung arg überwinden müssen, vor allem, weil es sich um einen Deutschen handelte."

„Sie sehen", sagte Janzik und klopfte wieder auf den Tisch, „dass das Verhalten von Leutnant von Schenck völlig normal war."

„Feldwebel Hunebeck gab zu Protokoll" – von Späth fuhr mit dem Zeigefinger über ein Blatt in der Akte –, „der Beschuldigte habe nicht nur wegen menschlicher Skrupel die Vollstreckung des Hinrichtungsbefehles hinauszögert, sondern er habe sogar dessen Rechtmäßigkeit angezweifelt, ja überhaupt das Recht der Kolonialherren in Zweifel gezogen, Eingeborene hinzurichten. Wollen wir Feldwebel Hunebeck dazu hören? Er wurde eigens zur Befragung in diesem Fall nach Daressalam beordert."

„Das ist nicht nötig." Schenck legte so viel Festigkeit wie möglich in seine Stimme. „Diese Zweifel äußere ich heute noch einmal. Allerdings hat das nichts damit zu tun, dass ich Verrat an meinen eigenen Kameraden geübt haben soll."

„Oh doch." Von Späth machte eine müde Handbewegung zu Hauptmann Schwarzkopf. „Bitte berichten Sie noch von Ihrem Erlebnis auf der *Rufiji*, als Sie nach Ssamanga abgingen. Das ist Punkt Numero vier."

Schwarzkopf zog an den Knöpfen seiner Uniform – offenbar war er es nicht mehr gewöhnt, sie komplett geschlossen zu tragen. „An

Bord der *Rufiji* wies der Beschuldigte einige Soldaten, darunter den Obergefreiten Schmidt und den Gefreiten Feldkamp, zurecht, da sie sich in *großspurigen Reden* über die Neger lustig gemacht hätten. Schenck faselte etwas von Respekt vor dem Feind und dergleichen Dinge."

Kaspereit hob den Kopf. „Verzeihung, meine Herren, aber ich muss dem Beschuldigten recht geben."

Schwarzkopf warf dem Leutnant einen bösen Blick zu, doch Kaspereit ließ sich nicht beirren.

„Vom militärischen Standpunkt aus betrachtet hat der Herr Leutnant mit diesem Verweis vollkommen richtig gehandelt. Überschätzung der eigenen Kräfte und Unterschätzung des Feindes haben schon manches Verhängnis herbeigeführt – ich erinnere nur an Emil von Zelewski."

„Der Beschuldigte hat gefährliches, die Kampfkraft untergrabendes Gedankengut in der Truppe verbreitet!", fuhr Schwarzkopf auf. „Untergrabung der Moral!"

„Vor allem" – von Späth hob seinen knöchernen Zeigefinger – „haben Sie, Herr Leutnant – und damit bringe ich die Punkte eins bis vier in Zusammenfassung –, somit mehrfach bewiesen, dass Sie eine Einstellung zugunsten der Neger eingenommen haben. Das ist nachdrücklich bewiesen und von Ihnen auch hier vor Gericht zugegeben worden."

Schenck legte den Kopf schief. Was bezweckte der Kriegsgerichtsrat mit dieser Zusammenfassung? Irgendetwas führte er doch im Schilde, er wusste nur noch nicht was.

Janzik trommelte wieder auf den Tisch. „Wir wollen ebenso festhalten, dass Leutnant von Schenck für einen Neuling im Schutzgebiet sowie für einen überzeugten Christen ein völlig normales Verhalten an den Tag gelegt hat. Und zudem vom militärischen Standpunkt aus betrachtet, richtig gehandelt hat."

„Nehmen wir meinetwegen auch dieses zu Protokoll." Von Späth nickte Richtung Gerichtsschreiber. „Kommen wir zum fünften Punkte: Der Angriff bei Mingumbi. Feldwebel Hunebeck gab zu Protokoll" – er blätterte weiter –, „der Beschuldigte habe, nachdem der Angriff abgeschlagen war, befohlen, die Verfolgung abzubrechen. Auch das Feuer ließ er einstellen, obwohl Obergefreiter Schmidt ihn darauf hinwies, dass die Flüchtenden noch im Bereiche des Maschinengewehrfeuers seien. Obergefreiter Schmidt und Gefreiter Feldkamp haben diese Aussage bestätigt."

„Der Ablauf ist korrekt dargestellt", bestätigte Schenck. „Ich wollte unnötiges Blutvergießen verhindern."

„... was sich wieder mit den christlichen Überzeugungen des Herrn Leutnants deckt", sagte Janzik.

„Und auch aus militärischer Sicht kann diese Handlungsweise durchaus richtig sein." Kaspereit ignorierte Schwarzkopfs Seitenblick. „Durch übermäßige Härte im Kampf fühlt sich der Gegner zur Rache angestachelt, was den Konflikt in seiner Härte eskalieren lässt. Offenbar war der Herr Leutnant um Deeskalation bemüht. Und nicht zuletzt musste er bei so einem Marsch durchs Aufstandsgebiet darauf bedacht sein, keine Munition zu verschwenden."

Schenck nickte Götzens Adjutanten zu. Der Mann hatte die Lage genau erfasst.

Wieder gab von Späth dem Schreiber einen Wink, beide Aussagen zu Protokoll zu nehmen. „Kommen wir zum sechsten Punkte. Nach dem abgeschlagenen Angriffe bei Mingumbi zogen Sie nicht sofort weiter zur Hopfer-Farm, sondern blieben stehen. Sie sandten einen Mann behufs Verstärkungsheranführung zurück nach Ssamanga. Als Sie dann doch – ohne Verstärkung und auf einem Umwege! – weiterzogen, kamen Sie zu spät. Die Hopfer-Farm war bereits dem Erdboden gleichgemacht und der Farmer mit seiner Familie tot."

„Ich hätte lieber auf Verstärkung gewartet, jedoch bedrängten mich Feldwebel Hunebeck und der hinzugekommene Fähnrich Hinterstoißer ..."

„Leutnant, wenn i bitten darf!", rief Hinterstoißer dazwischen.

„Damals waren Sie noch Fähnrich. – Diese beiden bedrängten mich massiv, trotz der schwachen Kräfte weiterzuziehen, um die Farm noch zu retten. Ein von mir ausgesandter Spähtrupp, dessen Rückkehr ich ebenfalls erst abwarten musste, meldete starke Feindkräfte auf dem direkten Weg zur Hopfer-Farm. Also entschloss ich mich, den Feind nördlich zu umgehen. Leider erreichten wir die Farm zu spät. Und aus den Spuren war zu schließen, dass wir auch dann zu spät gekommen wären, wenn wir ungehindert auf dem schnellsten Weg dorthingezogen wären."

„So, leider." Von Späth schüttelte den Kopf. „Es liegt nahe, dass Sie absichtlich ein Zögern in Anwendung brachten, um die Farm Ihren Freunden, den Negern, in die Hände zu spielen."

„Das ist doch ein unhaltbarer Vorwurf!", rief Schenck. „Reine Spekulation!"

Janzik zog ihn am Ärmel. „Ruhig, bleiben Sie sachlich." Dann wandte er sich an den Kriegsgerichtsrat. „Sie müssen bedenken, dass der Herr Leutnant zu diesem Zeitpunkt noch militärisch unerfahren war. Um sicherzugehen, dass das erste Unternehmen, das man ihm anvertraut hatte, wirklich gelang, wartete er auf Verstärkung und zog nur aufgrund des Drucks von Feldwebel Hunebeck und Fähnrich Hinterstoißer weiter."

„Das ist merkwürdig." Von Späth strich sich sein schütteres Haar glatt. „Sie und Leutnant Kaspereit legten doch gerade noch so großen Wert auf den Sachverstand des Beschuldigten hinsichtlich militärischer Fragen. Jetzt hingegen pochen Sie plötzlich auf dessen Unerfahrenheit. Meinen Sie nicht, dass das etwas widersprüchlich klingt?"

Kaspereit nickte. „Ich halte die Entscheidung des Herrn Leutnants, auf Verstärkung zu warten, ebenfalls für fragwürdig. Daraus jedoch zu schlussfolgern, dass er absichtlich so lange gewartet habe, um die Farm den Aufständischen zu überlassen, halte ich für gewagt."

„Und damit komme ich zum siebenten Punkte." Wieder benetzte von Späth seinen Zeigefinger und blätterte um. „Genau dieser *Zufall* des Zuspätkommens fand in Liwale eine Wiederholung. Sie, Herr Leutnant, trafen so spät ein, dass die Boma von den Negern bereits in Eroberung genommen worden war, aber früh genug, um zur Wahrung des Scheins soeben noch in den Kampf eingreifen zu können. Und das, meine Herren" – um die schmalen Lippen des Kriegsgerichtsrats spielte zum ersten Mal ein dünnes Lächeln –, „deckt sich dann wiederum erstaunlich mit den von Ihnen so hochgepriesenen militärischen Fähigkeiten des Beschuldigten."

Schenck klappte die Kinnlade herunter. Er spürte, wie sich die Schlinge um seinen Hals zusammenzog.

„Mia ham den Beschuldigten allweil zur Eile angetrieben, aber er hat net drauf ghört." Hinterstoißer zwirbelte seinen buschigen

Schnauzer. „Damals hab i des merkwürdige Verhalten net verstanden, aber heut weiß i, dass er scho damals mit den Negern im Bunde stand. Er glaubt, dass mia unberechtigt hier in Afrika eindrungen sind, und hat deshalb sogar meine Braut und ihre ganze Familie über da Klinge springen lassen."

„Das sind lediglich Vermutungen", erwiderte Janzik. „Meine Herren, ich muss auf Beweise dringen."

„Lassen Sie mich noch einmal zusammenfassen", sagte von Späth so gleichmütig, als rede er übers Wetter. „Punkte fünf bis sieben zeigen uns, dass Sie durch Ihr Zögern die Erfolge der Neger herbeigeführt haben. Ob wissentlich oder nicht, bleibt zunächst ungeklärt. – Kommen wir zum achten Punkte: Sie kommen samt zweier verwundeter Frauenzimmer nach Mahenge hinein, obwohl die Boma von den Aufständischen eingeschlossen ist. Der Kommandant von Mahenge, Hauptmann von Hassel, hat eine Stellungnahme abgegeben, in der er zur Ausführung bringt, dass es nahezu unmöglich war, dieses Unternehmen ohne die Billigung der Belagerer auszuführen."

„Des kann i bestätigen." Hinterstoißer nickte. „Die Boma war ringsum eingeschlossen. Schenck kann net da hindurchkimma sein, noch dazu mit zwoa Damen, von denen eine gschleppt wern musste, ohne dass die Neger wegschaut ham."

„In dem Gutachten heißt es" – Brillow, das Studentengesicht, lugte in die Akte des anderen Kriegsgerichtsrats –, „dass es *nahezu* unmöglich sei. Das heißt doch, dass es nicht gänzlich unmöglich war."

„Wenn es mit den Schwarzen abgesprochen gewesen wäre", sagte Schenck und bemühte sich, das Beben in seiner Stimme zu unterdrücken, „hätten sie kaum auf meine Begleiterinnen und mich geschossen. Komtesse Götzen wurde sogar von einem Pfeil getroffen und schwer verwundet."

„Das beweist doch gar nichts!", rief Schwarzkopf und zog an seinem Uniformkragen. „Hätten die Neger nicht ebenfalls geschossen, als die Kameraden in der Boma Sie beschossen haben, hätte jedes Kind sofort nachgefragt, warum nicht – und jeder hätte gewusst, dass Sie, Schenck, von ihnen durchgelassen wurden. Dass die Komtesse von einem Pfeil getroffen wurde, war dabei nur ein verhängnisvoller Unfall."

Kriegsgerichtsrat von Späth sah wieder in die Akte. „Lassen Sie mich zur Bestätigung den nächsten Sachverhalt – Punkt Numero neun – anführen."

Es war ein ekelhaftes Gefühl, diesem wie ein aufgezogenes Uhrwerk arbeitenden Mann ausgeliefert zu sein.

„Bei Ihrer Ankunft in Mahenge", fuhr von Späth fort, „trugen Sie am rechten Oberarme eine rote Binde. Sie weigerten sich, dem Befehl des Kommandanten Hauptmann von Hassel Folge zu leisten und sie abzulegen. Sollte diese Binde nicht das Erkennungszeichen für die Neger gewesen sein?"

„Wollens uns net verraten, was es mit der Binde auf sich hat?" Hinterstoißer blinzelte ihn an.

„Es handelt sich um das Haarband der Komtesse Wedell." Schenck zog das rote Band aus seiner Tasche. Tausend Erinnerungen überfielen ihn. Franziska. Wo mochte sie sein? Wie mochte es ihr gehen? „Hier ist es, ein herkömmliches Haarband, nur etwas verdreckt. Sie schenkte es mir als Zeichen ihrer Wertschätzung, bevor ich an die Palisaden der Boma ging, um mich den Kameraden bemerkbar zu machen."

„Und warum legten Sie das Ding dann nicht ab, als Hassel es befahl?", schnauzte Schwarzkopf.

„Beruhigen Sie sich bitte, Herr Hauptmann." Helmut Janzik klatschte mit der Handfläche auf den Tisch. „Ein Zeichen der Wertschätzung, das man von der Geliebten erhält, legt doch kein Mann ab."

„Lassen Sie mich eine andere Formulierung in Anwendung bringen: Kein Überläufer legt das Erkennungszeichen ab, das seiner Sicherheit dienen soll." Von Späth sprach immer noch ohne jede Betonung. „Punkt zehn: Hauptmann von Hassel befahl Ihnen, einen Ausfall zu machen. Ich zitiere aus der Stellungnahme des Kommandanten von Mahenge: *Leutnant von Schenck kämpfte für jeden ersichtlich nur hinhaltend, schonte den Feind nach allen Kräften, sah von einer Verfolgung desselben ab und brachte sogar die noch außerhalb der Palisaden liegende Bratsche der Komtesse Wedell von den Negern unbehelligt in die Boma. Die Vermutung liegt nahe, dass er zu diesem Zwecke weiterhin das rote Band am rechten Oberarm trug.*"

„I hab selbst des Gefecht beobachtet, ebenso Feldwebel Hunebeck. I kann die Aussagen des Kommandanten bestätigen."

„Ich halte es nicht für ungewöhnlich, dass die Aufständischen die Person des Leutnants unbehelligt gelassen haben." Helmut Janzik trommelte wieder auf die Tischplatte. „Das ist möglicherweise dem Respekt vor den Fähigkeiten eines deutschen Offiziers geschuldet. Vielleicht hatte sich unter den Negern aber auch schon herumgesprochen, dass Leutnant von Schenck ein milder Offizier ist. Damit hätte sich Schencks schonende Vorgehensweise bei den früheren Ereignissen bewährt."

„Ich erinnere mich gut daran, sehr wohl von mehreren Schwarzen angegriffen worden zu sein", erwiderte Schenck. „Und als ich die Bratsche der Komtesse holen ließ, war der Feind bereits auf dem Rückzug. Von Schonung meiner Person kann also keine Rede sein."

„Was denn nun?" Von Späth sah Schenck und seinen Verteidiger scharf an. „Wurden Sie nun geschont aus Respekt vor Ihren Fähigkeiten und Ihrer milden Haltung, oder wurden Sie nicht geschont?" Zum ersten Mal lag eine Spur von Schärfe in der Stimme des Kriegsgerichtsrats. „Ich konstatiere bereits den zweiten Widerspruch auf Seiten der Verteidigung."

„Ich wurde während des Kampfes angegriffen." Schenck sprach unwillkürlich leiser.

„Die Stellungnahme von Hauptmann von Hassel deutet etwas anderes an. Leutnant Hinterstoißer und Feldwebel Hunebeck bestätigen das." Von Späth blätterte wieder um. „Punkt elf: Kaum sind Sie durch die Belagerer hindurch in die Boma gekommen, wissen die Angreifer plötzlich um die schwächste Stelle der Boma. Hauptmann von Hassel hegt den Verdacht, dass Sie den Rebellen als Gegenleistung für den unbehelligten Verwundetentransport durch den Belagerungsring diese Stelle verraten haben. Das wäre Spionage."

„Glauben Sie nicht, meine Herren" – Heribert Brillow rieb seine Hände –, „dass die Neger auch selbst die schwächste Stelle der Boma erkunden konnten?"

„Zumal sie mir zu diesem Zeitpunkt noch gar nicht bekannt war", fügte Schenck an.

„Den Negern ist so etwas nicht zuzutrauen." Schwarzkopf fuhr sich mit der Hand über die Glatze, sodass einige Schweißtropfen vor ihm auf den Tisch fielen. „Diese minderwertige Rasse ist doch zu gezielten militärischen Aktionen gar nicht in der Lage – es sei denn, sie erhält Unterstützung von einem deutschen Offizier."

„Diese absurde Rassentheorie weise ich auf das Schärfste zurück!", rief Schenck.

„Mit den Negern scheinens sich ja bestens auszukennen", brummte Hinterstoißer.

„Ich bitte um Ruhe, meine Herren." Von Späth strich das vor ihm liegende Blatt glatt. „Der zwölfte und letzte Punkt: Der Kommandant Hauptmann von Hassel schreibt in seiner Stellungnahme, der Beschuldigte habe ihn verleiten wollen, einen Ausfall zur Rettung des Ifakara-Trupps zu unternehmen, um so die Verteidigung der Boma weiter zu schwächen."

„Die Männer befanden sich schutzlos nur rund eineinhalb Stunden von der Boma entfernt – und es waren Schwerverwundete darunter." Schenck schnaufte. Wie konnte es sein, dass man ihm jegliche Hilfsmaßnahme als Verrat auslegte? „Sollte ich die soeben aus Ifakara Geretteten einfach aufgeben und von den Aufständischen abschlachten lassen, ohne auch nur einen Rettungsversuch zu unternehmen?"

Kaspereit nickte ihm zu. „Ein guter Offizier wird sich immer bis zum Letzten für seine Männer einsetzen."

„Und" – Janzik fixierte von Späth – „es entspricht auch wieder den christlichen Wertvorstellungen des Herrn Leutnants."

„Ach was", giftete Hinterstoißer. „A solches Unternehmen wäre doch von vornherein zum Scheitern verurteilt gwesen. Des kann jeder Offizier, der dabei war, bestätigen. Schenck wollte den Negern einfach an ganzen Trupp auf dem Silbertablett serviern."

„Ich bringe auch die Punkte acht bis zwölf in Zusammenfassung." Von Späth sah Schenck an. „Sie, der Sie ohnehin das Recht aufseiten der Eingeborenen sehen, schließen, um Ihre Geliebte zu retten ..."

„Ich verwahre mich gegen die Aussage, dass Komtesse Wedell meine Geliebte ist." Er liebte Franziska, ja. Aber seine Geliebte war sie deshalb nicht. „Jedenfalls nicht in dem Sinne, wie Sie diesen Ausdruck gebrauchen."

„Des is a Frechheit!" Hinterstoißer donnerte die Faust auf den

Tisch. „I hab do selbst ghört, wie die Komtesse ihm von den Palisaden zugrufen hat: *I lieb di!*"

„Deswegen ist der Ausdruck *Geliebte* immer noch nicht zutreffend!", rief Schenck. Franziskas Ehre durfte so nicht in den Staub getreten werden.

„Bitte bringen Sie mehr Sachlichkeit in Anwendung, meine Herren", dozierte von Späth. „Halten wir uns an die Fakten. Ich konstatiere einen weiteren Widerspruch der Verteidigung: Herr Janzik führte aus …" Er gab dem Schreiber einen Wink. „Bitte verlesen Sie, wie Herr Janzik das Tragen des Haarbandes begründete."

Der Schreiber blätterte zurück. *„Ein Zeichen der Wertschätzung, das man von der Geliebten erhält, legt doch kein Mann ab."*

„Danke." Von Späth befeuchtete seine Lippen. „Als es um das Tragen des Haarbandes ging, war sie seine Geliebte. Geht es um ihre Rettung, ist sie es plötzlich nicht mehr."

„Ich liebe sie." Schenck sprach leise. Er hasste es, vor diesem Gremium dieses Geständnis abzulegen. „In diesem Sinne wird sie von mir geliebt. Aber nicht mehr."

„Spitzfindigkeiten." Von Späth schaute wieder in seine Akte. „Lassen Sie mich da fortfahren, wo Leutnant von Schenck mich eben unterbrach. Ich hatte die Absicht, die Punkte acht bis zwölf in Zusammenfassung zu bringen. Sie, der Sie ohnehin das Recht aufseiten der Eingeborenen sehen, schließen, um Ihre Geliebte zu retten, einen Pakt mit den Negern. Das ist Hochverrat."

„Wenn es so wäre, wie Sie es darstellen, gäbe ich Ihnen recht", erwiderte Leutnant Kaspereit. „Jedoch gibt es weder einen Beweis noch ein Geständnis."

Schenck sprang auf und fuhr mit dem Zeigefinger unter den Kragen. Bei diesen abstrusen Anschuldigungen blieb ihm fast die Luft weg. „Merken Sie denn nicht, wie absurd Ihre Theorie ist? Ich habe mich mit den verwundeten Damen nach Mahenge gerettet – und soll die Schwachstelle der Boma gleichzeitig an den Feind verraten haben? Glauben Sie ernsthaft, ich würde einen Zufluchtsort wählen, dessen Erstürmung ich selbst begünstige? Das ist doch blanker Unsinn!"

„Quatschen Sie nicht blöd daher!" Schwarzkopfs Schweinsäuglein blitzten ihn an. „Damit führen Sie uns nicht hinters Licht. Sie trugen immer noch das rote Band als Erkennungszeichen – wären bei der Erstürmung der Boma also geschont worden."

„Auch dafür gibt es keinen Beweis", warf Kaspereit ein.

Schenck nickte ihm aufatmend zu und setzte sich wieder.

„Allerdings deutliche Hinweise." Von Späth legte den Zeigefinger an die spitze Nase. „Bemerken Sie nicht die Steigerung? Zuerst bringt der Beschuldigte seine Sympathie für die Eingeborenen zum Ausdruck. Das waren die Punkte eins bis vier. Sodann unterstützen seine Entscheidungen so oft die militärischen Aktionen der geistig und militärisch minderbemittelten Neger, dass es schwerfällt, an Zufälle zu glauben. Das waren die Punkte fünf bis sieben. Und als es für ihn dann hart auf hart kommt und das Leben seiner Geliebten, der Komtesse Wedell, auf dem Spiele steht, ist es nur noch ein kleiner Schritt dahin, aktiv mit dem Feinde zu kollaborieren – die Punkte acht bis zwölf. Letzteres sogar aus nachvollziehbarer Motivation – aber es ist und bleibt Spionage und Hochverrat."

„Und wo bleiben Ihre Beweise, Herr Kriegsgerichtsrat?" Janziks Stimme zitterte auffällig.

„Gehen Sie die zwölf Punkte nacheinander noch einmal in Ruhe durch, und Sie werden zum gleichen Ergebnisse kommen wie ich. – Haben Sie noch etwas dazu zu sagen, Herr von Schenck?"

„Es handelt sich nur um haltlose Spekulationen. Ich verwahre mich entschieden gegen den Vorwurf der Spionage und des Verrats. Auch wenn ich die Wut der Eingeborenen gegen uns Eindringlinge nachvollziehen kann, bedeutet das noch lange nicht, dass ich meine Kameraden verrate."

„Auch nicht, um Ihre Geliebte zu retten?", fragte Schwarzkopf lauernd.

„Ich habe die Komtesse gerettet, aber nicht mithilfe der Schwarzen, sondern mit Gottes Hilfe."

Von Späth stand auf. „Ich bitte die Herren Richter, sich mit mir zur Beratung und Abstimmung zurückzuziehen."

Wenig später saß Schenck mit Helmut Janzik und dem Schreiber allein im Raum. Der Kommerzienrat klopfte ihm auf die Schulter. „Lassen Sie den Mut nicht sinken. Gott verlässt die nicht, die auf Ihn vertrauen."

Schenck faltete die Hände auf dem Tisch und senkte den Kopf. Seine letzte Zuflucht war das erneute Gebet zu seinem Gott.

Schon nach kurzer Zeit traten die fünf Richter wieder ein. „Ich verkündige das Ergebnis der Abstimmung." Von Späths Gesichtsausdruck war undurchdringlich, seine Stimme verriet keinerlei Emotionen. „Drei der fünf Richter plädieren auf schuldig, einer dafür, das Verfahren einzustellen, und einer enthält sich der Stimme. Aufgrund der Mehrheit für *schuldig* wird der Angeklagte wegen Spionage und Hochverrats zum Tode verurteilt. Das Urteil ist morgen bei Sonnenaufgang zur Vollstreckung zu bringen."

Schenck vergrub den Kopf in den Händen. Wenn Gott nicht noch ein Wunder bewirkte, war sein Leben in wenigen Stunden zu Ende.

Kapitel 73

Das voll besetzte Landungsboot sprang über die Wellen in Richtung Hafen von Daressalam. Julie saß eingepfercht zwischen Doktor Langenburg auf der einen und einem fürchterlich schwitzenden Inder auf der anderen Seite und kämpfte mit ihrer Platzangst. Aber immerhin war sie endlich an Bord eines Landungsbootes, nachdem sie geschlagene 24 Stunden auf das Ausbooten hatten warten müssen.

Langenburg legte den Arm um ihre Schultern. Sie lehnte den Kopf an ihn und schloss die Augen. Solange ihr der beißende Schweißgeruch des Inders nicht in die Nase stieg, konnte sie die Enge beinahe ausblenden.

Als ihr Nebenmann immer lauter zu keuchen begann, öffnete sie die Augen. Der Inder war gräulich-grün im Gesicht, er begann zu würgen.

Julie drückte sich noch enger an den Arzt – gerade noch rechtzeitig, bevor der Inder sich umwandte und alles, was er in letzter Zeit zu sich genommen hatte, den Fischen zum Fraß überließ.

Endlich erreichten sie den Landungssteg. Langenburg half ihr fürsorglich hinauf, doch im Stehen wurde ihr schwindelig. Sie musste sich an ihm festhalten, sonst wäre sie umgefallen.

„Komtesse?"

Alles um sie herum drehte sich, und wenn er sie nicht rasch um die Taille gefasst hätte, wäre sie zusammengebrochen. „Es geht schon", murmelte sie. „Nur schnell zu meinem Onkel."

„Nein, es geht nicht." Er trug sie mehr vom Steg, als dass sie selber ging. „Sie können sich ja quasi kaum auf den Beinen halten. Das ist nach den Strapazen der letzten Wochen auch kein Wunder."

Die Platzangst auf dem Landungsboot, die Hitze und ihre Schwäche drohten sie zu überwältigen. „Es muss gehen."

„Ich werde Sie in ein Hotel bringen. Dort werden Sie sich zunächst erholen und erst danach zu Ihrem Onkel gehen. In diesem Zustand fallen Sie ihm doch ohnmächtig vor die Füße."

„Nein! Wir waren schon viel zu lange unterwegs! Wer weiß, was mit Franzi und Leutnant von Schenck in der Zwischenzeit geschehen ist!" Sie ließ ihn los und versuchte sich allein auf den Beinen zu halten. „Bitte, schnell zum Gouverneurspalast!"

Langenburg winkte eine Sänfte heran. „Seien Sie doch vernünftig, Komtesse. In diesem Zustand sind Sie Ihrer Freundin keine Hilfe. Dazu müssen Sie wenigstens etwas erholt sein. Warten Sie quasi bis morgen."

„Aber vielleicht ist es dann schon zu spät!" Sie schwankte schon wieder und war froh, dass Langenburg ihr in die Sänfte half.

„Wir waren so lange unterwegs, da wird es auf einen Tag auch nicht mehr ankommen. – Zum *Husarenhof*", rief er den Trägern zu und lief neben der Sänfte her.

„Wie wollen Sie das Hotel überhaupt bezahlen? Die kleine Reisekasse, die wir von Hauptmann von Hassel erhalten haben, ist nach dem unerwartet langen Aufenthalt in Kilwa nahezu aufgebraucht. Und Sie haben sich doch sogar als Schiffsarzt verdingen müssen, um überhaupt nach Deutsch-Ostafrika zu kommen." Das Sitzen und der Schatten in der Sänfte taten gut, der Schwindel ließ nach.

„Ich habe noch etwas Erspartes." Er klopfte auf seine Westentasche. „Für eine Nacht in einem quasi ordentlichen Hotel wird es schon reichen."

Natürlich. Sein Erspartes, das er eigentlich für den Aufbau einer Missionsstation einsetzen wollte. „Das kann ich nicht annehmen. Bei meinem Onkel kann ich umsonst wohnen und er wird Sie bestimmt auch aufnehmen, wenn er erfährt, was Sie für mich getan haben."

„Komtesse." Er ergriff ihre Hand, seine Stimme war tief und ruhig. „Hören Sie auf mich. Ich bringe Sie in den *Husarenhof*, dort schlafen Sie etwas, und sobald Sie sich erholt haben, gehen wir gemeinsam zu Ihrem Onkel. Oder, wenn es Sie quasi beruhigt, gehe ich schon einmal zum Gouverneur, während Sie schlafen. Vielleicht kann ich etwas über Ihre Freundin und Leutnant von Schenck in Erfahrung bringen. Vielleicht ist die Situation gar nicht so schlimm, wie Sie es sich ausmalen."

Sie kannte doch ihren Onkel. Seine Wut würde nicht so schnell verrauchen. Seine Lieblingsnichte verstümmelt – da würde er die Schuldigen zweifelsfrei mit aller Härte bestraft sehen wollen. Und Franzi und Leutnant von Schenck drängten sich als Sündenböcke geradezu auf.

Ehe sie Langenburg widersprechen konnte, hielt die Sänfte an und einer der Träger rief: „*Husarenhof!*"

Langenburg half ihr hinaus, legte einen Arm um ihre Taille und führte sie in das in Anbetracht der schmalen Reisekasse viel zu nobel wirkende Hotel.

Von einem schwarzen Hoteldiener wurden sie in ein luftiges Zimmer geführt, wo Julie auf das weiche Bett sank. Das erste richtige Bett in einem ordentlichen Zimmer seit wie vielen Wochen? Wahrscheinlich waren es schon Monate.

Langenburg wandte sich gleich wieder der Tür zu. „Bitte ruhen Sie sich aus. Ich gehe derweil zum Gouverneur."

Sie richtete sich auf. „Ohne mich werden Sie dort niemals vorgelassen werden. Mein Onkel ist doch wegen des Aufstands völlig überlastet."

Mit zwei Schritten war er an dem kleinen Schreibtisch, kritzelte etwas auf ein Blatt Papier und kam dann mit Blatt und Stift zu ihr. „Wenn Sie das unterschreiben, dürfte es mir doch gelingen."

Sie überflog die wenigen Worte.

An Graf Gustav Adolf von Götzen, Gouverneur von Deutsch-Ostafrika

von Komtesse Julia Viola von Götzen, Nichte des Gouverneurs

Doktor Theodor Langenburg kommt in meinem Namen und Auftrag und muss dringend vorgelassen werden.

Sie war zwar nicht sicher, ob das half, aber wenn er sie partout nicht mitnehmen wollte, sollten sie es wenigstens auf diese Weise versuchen.

Er reichte ihr ein Tablett als Unterlage.

Sie nahm den Stift, der darauf lag, und stockte. Es war das erste Mal, seit sie ihren Arm verloren hatte, dass sie schreiben sollte – mit links. Würde sie überhaupt eine Unterschrift zustande bringen?

Offenbar wurde auch Langenberg erst jetzt ihr Problem bewusst, denn er legte rasch noch ein leeres Blatt auf das Tablett.

Ein paarmal übte sie auf dem Zettel, wie sie den Stift halten musste, dann schrieb sie ihren Namen unter den Text des Doktors – jedenfalls versuchte sie es. Die Krakelei war kaum als *Komtesse Julia Viola von Götzen* zu erkennen, geschweige denn, dass sie Ähnlichkeit mit ihrer Unterschrift hatte.

„Danke." Er nahm das Schreiben und lächelte ihr noch einmal zu. „Warten Sie ab, es ist bestimmt alles nicht so schlimm. Wahrscheinlich sitzt Ihre Freundin im Gouverneurspalast und lässt sich von einem Sklaven Limonade reichen."
Der Gedanke war zu schön, um wahr zu sein.

Kapitel 74

Franzi wusste nicht mehr, was sie noch denken und glauben konnte. Ständig war sie hin- und hergerissen, entweder Gott ihre ganze Wut ins Gesicht zu schleudern oder vor ihm zu kapitulieren. Aber sie tat nichts von beidem.

Inzwischen war es längst Abend geworden, was sie daran erkennen konnte, dass durch das winzige Fenster in ihrer Zelle die Sonne nicht mehr hereinschien. Und an ihrer Situation hatte sich nichts, aber auch gar nichts geändert.

War ihr Gebet gestern nicht gut genug gewesen? Oder hatte Gott sie einfach nicht gehört? Oder nicht hören wollen? Oder ließ er sie noch schmoren, weil sie nicht zu ihm umgekehrt war? „Aber es geht doch nicht um mich, es geht doch um Moritz!"

Sie trat an das winzige Fenster und sah durch die Gitterstäbe hinaus. In den letzten drei Nächten hatte sie stundenlang auf ihrer Pritsche gelegen und durch diese Stäbe hindurch das Kreuz des Südens betrachtet. Was für ein Zufall, dass das Zellenfenster genau nach Süden ausgerichtet war. Oder ging Gott ihr auf diese Weise nach? Sie hatte das unbedingte Gefühl, dass er sie nicht laufen ließ. Das war ein beängstigendes Gefühl. Sie wurde den Eindruck nicht los, dass Gott sie irgendwann noch einholen würde.

Doch sie wollte jetzt nicht weiter grübeln. Es war vielmehr an der Zeit, dass sie etwas unternahm. Sie saß schon viel zu lange untätig in dieser Zelle. Jeden Augenblick konnte ein Wächter eintreten und sie in Handschellen auf ein Schiff nach Deutschland bringen. Ohne dass sie wusste, was mit Moritz und mit Julie geschehen war.

Franzi setzte sich auf die Pritsche, zog die Beine an den Körper und schlang die Arme darum. Sie musste einen Weg finden, aus dieser Zelle hinauszukommen. Irgendwie. Ihr Gefängniswärter ließ sich ja nicht bereden, aber es musste doch einen anderen Weg geben.

Unwillkürlich dachte sie an ihre Zeit im Pensionat zurück. Julie und sie hatten dort mit allen Kniffen gearbeitet, um ihren Willen durchzusetzen. Einmal, um aus dem Pensionat hinauszukommen, ein anderes Mal, um nicht an einem langweiligen Ausflug teilnehmen zu müssen. Und plötzlich war der Gedanke da.

Franzi schnippte mit den Fingern. Die Parade, wo sie Moritz zum ersten Mal gesehen hatten. Sie hatte sich aufs Bett gelegt und Julie hatte die Matratze so lange zum Schaukeln gebracht, bis sie buchstäblich seekrank wurde. Dann hatte Julie sich selbst eine Feder in den Hals gesteckt. Und schon mussten sie den geplanten Ausflug nicht mitmachen, sondern konnten im Pensionat bleiben, von wo sie kurz darauf entwichen und der Parade auf dem Breslauer Ring beiwohnten. Mit der Folge, dass sie hinausgeworfen worden war.

Warum sollte das heute nicht auch wieder gelingen? Zwar war Julie nicht bei ihr, es war auch nicht möglich, die harte Pritsche zum Schwanken zu bringen, und eine Feder hatte sie ebenfalls nicht, aber sie konnte sich ja einfach krank stellen. Wenn das nicht genügte, würde es bestimmt auch mit einem Finger im Hals funktionieren. Dann musste der Wachposten sie wohl oder übel zur Krankenstation bringen.

Rasch rollte sie sich auf der Pritsche zusammen. Jeden Augenblick konnte der Askari mit dem Abendessen kommen, dann musste sie ein überzeugendes Schauspiel abliefern. Und wenn sie dann erst einmal im Lazarett war, würde ihr schon etwas einfallen, wie es weitergehen konnte.

Was Gott wohl über ihren Plan dachte? Wenn sie ihren Vater gefragt hätte, hätte er wahrscheinlich missbilligend den Kopf geschüttelt, weil das gegen sein Gesetz *Du sollst andere nicht täuschen* verstieß. Aber hatte sie eine andere Wahl? Gott griff ja nicht ein! Und der David aus der Bibel hatte doch auch einmal seinen Verstand verstellt, damit der Philisterkönig Achis ihn nicht umbrachte.

Der Schlüssel rasselte im Schloss, der Schwarze polterte herein.

Rasch drückte Franzi die Hände auf ihren Bauch und begann zu stöhnen.

Zögernd kam Alhamisi näher, den Blechnapf mit ihrer Mahlzeit in der Hand. „Nicht gut?"

Sie krümmte sich und stieß stöhnend hervor: „Schlecht! Mir ist so schlecht! Bitte bringen Sie mich ins Lazarett!" Hoffentlich kam er nicht auf die Idee, einen Arzt hierher zu holen. Dann war alles umsonst.

Er stand da und legte den Kopf schief. Schließlich zeigte er auf seinen Bauch. „Bauch? Schmerz?"

„Ja!" Sie würgte – in ihren Ohren klang es ziemlich echt. „Bitte – ins Lazarett!"

Alhamisi schüttelte den Kopf. „Nix. Ich nix glauben. Heute Morgen ..." Er setzte ein Lächeln auf, dann formte er einen Kussmund. „Jetzt ..." Er stöhnte und hielt sich den Bauch.

Durchschaut. Sie hätte es sich denken können. Es war wohl nur deutsches Wunschdenken, dass die Schwarzen geistig minderbemittelt waren. Trotzdem – sie wollte es schaffen. „Es geht mir wirklich schlecht." Das stimmte sogar ein bisschen. „Wenn ich nur Theater spiele, merkt der Sanitäter im Lazarett das doch."

Das schien ihm einzuleuchten. Das bedeutete aber auch, dass sie schnell wieder aus der Krankenstation verschwinden musste, ehe ihr Schwindel auffiel. Oder auch dem Arzt oder Sanitäter eine überzeugende Vorstellung darbieten musste, der dann hoffentlich schlimmere Fälle zu behandeln hatte als ihre angebliche Magenverstimmung.

„Krankenstation." Der Schwarze wiegte den Kopf. „Nix Station für Frau. Alles Männer. Soldaten."

Darüber hatte sie gar nicht nachgedacht. Ihre Zelle befand sich ja in der Kaserne, ein anderes Gefängnis gab es für Weiße nicht. Und offenbar war man auf weibliche Häftlinge nicht eingestellt. „Sicher finden Sie irgendwo ein Zimmer für mich. Oder ist das Lazarett so klein?"

Er zuckte die Achseln. „Werde Arzt holen."

Nur das nicht. „Es liegt wahrscheinlich an der Moderluft in der Zelle." Sie wand sich wieder und stöhnte theatralisch. „Und an der Enge. Dafür muss sich nicht extra ein Arzt zu mir bemühen."

„Ich nix glauben. Sie wollen weglaufen."

„Wie könnte ich das denn? Das Lazarett ist doch ebenfalls auf dem Kasernengelände. Da entkommt niemand." Wollte sie ja auch gar nicht. Sie wollte zu Moritz, der irgendwo hier in einer Zelle sitzen musste.

Der Schwarze knallte den Blechnapf auf den wackeligen Tisch. „Ich nix glauben", wiederholte er.

Es half alles nichts, sie musste es ihm beweisen. Sie drehte ihm den Rücken zu und steckte sich rasch den Zeigefinger in den Hals.

Sie würgte, hustete und dann – gerade als er die Zelle verlassen wollte – kam sie, die dünne Suppe von heute Mittag.

Keuchend und schwitzend drehte sie sich auf den Rücken und schielte zu dem Wachmann hinüber. Glaubte er ihr nun endlich?

Eilig kam er zurück und fasste ihren Arm. „Mitkommen."

Er zog sie mit sich durch den langen Flur. Rechts und links des Gangs erstreckten sich Zellentüren, doch leider waren darauf keine Namen vermerkt.

In der Wachstube am Ende des Ganges saß ein Schausch auf einem Stuhl und rauchte genüsslich eine Zigarette, die Füße auf dem Tisch liegend. Und in der Ecke stand immer noch ihr Bratschenkoffer, genau dort, wo sie ihn vor drei Tagen hatte abgeben müssen.

Alhamisi ging mit ihr hinein, warf den Schlüsselbund mit den riesigen Zellenschlüsseln auf den Tisch, der unter dem vergitterten Fenster stand, und sprach auf Suaheli mit dem Schausch. Das gab ihr Gelegenheit, sich in der Wachstube umzusehen. Neben einem Fernsprecher hing ein Plan der Zellen an der Wand, und dort waren die Namen eingetragen.

Fieberhaft suchte sie den Namen Schenck, doch ehe sie ihn entdecken konnte, wandte sich der Wachmann ihr schon wieder zu. Und während der Schausch einen Eintrag in einer riesigen Kladde machte – wahrscheinlich dokumentierte er die Überstellung der Inhaftierten Franziska von Wedell ans Lazarett –, führte Alhamisi sie aus dem Wachlokal.

Es ging aus dem Zellentrakt hinaus und über den Kasernenhof zur Sanitätsbaracke hinüber, die mit einem roten Kreuz gekennzeichnet war. Der Wachmann öffnete die Tür und schob sie hinein.

Beißender Schweißgeruch, gemischt mit dem Geruch von Karbol empfing sie. Dazu schallte ihr ein Stimmengewirr entgegen wie im *Gelben Dragoner*, wenn der Stammtisch zusammenkam. Schwarze und Weiße saßen und liefen durcheinander, mit Kopfverbänden, in Rollstühlen, teilweise mit fehlenden Gliedmaßen – unwillkürlich musste sie an ihre Freundin denken. Offenbar wurden die bei den Kämpfen verwundeten Soldaten, sobald sie transportfähig waren, hierher überstellt, um sich auszukurieren.

Sonderbarerweise drängten die Männer alle zur Hinterseite des Gebäudes und bildeten dicke Knäuel vor den Fenstern.

„Was gibt es dort zu sehen?", fragte sie Alhamisi.

„Morgen früh. Hinrichtung." Er deutete zu den Fenstern. „Dort Wand." Er hob die Arme, als halte er ein Gewehr. „Peng peng."

Jetzt wurde es Franzi tatsächlich übel. Eine Hinrichtung. Durch Erschießen. Also konnte es sich nicht um einen Schwarzen handeln. Die wurden gehängt. Ein Weißer also. „Wer – wer wird hingerichtet?"

Der Wachmann zuckte mit den Schultern. „Leutnant. Name ich nix weiß. Hat ver... ver..." Überlegend sah er zur Decke. „Hat Feind geholfen."

„Verrat? Hochverrat?" Franzi schlang ihre Finger so fest ineinander, dass sie schmerzten.

Er strahlte sie an. „Ja, Hochverrat. Jetzt peng, peng."

Hochverrat. Ein deutscher Leutnant. Moritz von Schenck. Und das einfache *peng, peng* hieß nichts anderes, als dass er morgen erschossen werden sollte.

Mit Gewalt drängte sie die Tränen zurück, während der Wachmann sie zwischen den Betten der Lazarettbaracke hindurchschob.

* * *

Am Abzweig zur Altenburg blieb Ferdinand stehen und sah den Weg, der nach Wölfelsgrund führte, hinab. Er lehnte die Holztafel, die er unter dem Arm getragen hatte, an den Pfahl des windschiefen Wegweisers, wo er sie anbringen wollte, und faltete die Hände.

„Mein Vater, ich kann nichts mehr tun. Meine Kinder sind in Berlin, in Glatz und" – er schluckte – „vermutlich irgendwo in Afrika. Und wollen nicht nach Hause zurückkehren." Er blinzelte die Tränen weg, die ihm in die Augen stiegen. „Ich habe sie durch meine herrische Art, meinen Standesdünkel und meine Gesetzlichkeit fortgetrieben. Möchtest Du nicht das, was ich zerstört habe, wieder heilen? Besonders Franziska ..."

Er musste an den Vers aus dem Prediger denken, der am vergangenen Sonntag Gegenstand der Predigt gewesen war: *Sei nicht allzu gerecht und erzeige dich nicht übermäßig weise: Warum willst du dich zugrunde richten?*

Er hatte es mit seinem Streben nach einem gerechten, Gott wohlgefälligen Leben übertrieben. Er hatte alle möglichen Gesetze halten wollen, um Gott zu gefallen. Und vor allem hatte er versucht, sich selbst eine Gerechtigkeit zu erarbeiten, die nicht nur vor Gott Bestand haben, sondern auch noch von den Menschen anerkannt werden sollte. Doch: Alle unsere Gerechtigkeiten sind wie ein unflätiges Kleid – so stand es in Jesaja 64 Vers 5.

Ferdinand hob die Tafel auf. In das Holz hatte er 172 Striche eingeritzt – für jeden Tag, den Franziska fort war, einen. Von nun an würde er jeden Tag hierher kommen, eine weitere Kerbe einritzen und auf seine Tochter warten. Bis sie zurückkommen würde – bis sein Gott sie zurückbringen würde. Er war sich bewusst, dass es pure Gnade sein würde, wenn das tatsächlich passierte. Aber war Gott nicht der *Gott aller Gnade*?

Er zog einen Hammer und ein paar Nägel aus der Tasche und befestigte die Tafel unter dem Wegweiser zur Altenburg. Sie sollte ihm eine Mahnung sein, ihm die Folgen seines Stolzes und seiner Gesetzlichkeit vor Augen halten.

„Bitte, Vater, mache Du aus dieser Tafel der Mahnung ein Denkmal Deiner Gnade, indem Du Franziska zu Dir ziehst."

Kapitel 75

Julie hatte tatsächlich etwas geschlafen. Und im Stillen musste sie Doktor Langenburg recht geben: Es hatte ihr gutgetan, ja, sie hatte den Schlaf dringend nötig gehabt. Wenn sie nicht durch irgendetwas geweckt worden wäre, hätte sie wahrscheinlich bis morgen früh durchgeschlafen.

An ihrer Tür klopfte es. Wahrscheinlich zum zweiten Mal und das erste Klopfen hatte sie geweckt. Das war bestimmt Doktor Langenburg.

Sie schob die Beine aus dem Bett, richtete ihr Kleid und ihr Haar, dann ging sie, so schnell es ihre wackeligen Knie zuließen, zur Tür und öffnete.

„Komtesse …"

An seinem Gesichtsausdruck erkannte sie sofort, dass er keine guten Nachrichten brachte. „Kommen Sie schnell herein."

„Aber – es ist fast Nacht! Ich kann doch nicht das Zimmer einer Dame …"

„Lassen Sie das jetzt. Ich weiß, dass Sie ein Ehrenmann sind. Und mein Ruf ist mir gegenwärtig gleichgültig." Sie zog ihn an seiner Weste ins Zimmer und schloss die Tür. „Waren Sie bei meinem Onkel? Was ist mit Franzi und Leutnant von Schenck?"

Er führte sie zu einem der Korbsessel und sie sank schnaufend hinein. Sie war immer noch nicht wieder bei Kräften.

„Man hat mich nicht vorgelassen", erzählte Langenburg und begann im Zimmer auf und ab zu gehen.

„Ich habe es doch geahnt!" Julie ballte die Faust. „Aber das Schreiben …?"

„Es hat nichts genützt." Langenburg zog es aus seiner Westentasche hervor. „Der Wachposten meinte, die Unterschrift hätte quasi auch ein Affe darunter gesetzt haben können." Er blieb abrupt stehen, legte die Hand auf den Mund und sah sie an.

Sie senkte den Kopf, Tränen schossen ihr in die Augen. Ein Affe. War sie wirklich so nutzlos geworden? Sie konnte nicht mehr schreiben, sich noch nicht einmal selbst anziehen, weshalb sie nun schon seit Wochen dasselbe Kleid tragen musste. Es war schon erstaunlich, dass Langenburg sie so geduldig ertrug.

Plötzlich ging er vor ihr auf die Knie. „Verzeihen Sie, Komtesse, ich hätte das nicht sagen dürfen. Ich habe nicht darüber nachgedacht, wie sehr es Sie verletzen muss." Er griff nach ihrer Hand.

Julie schloss die Augen. Eine Welle nie gekannter Gefühle brach über sie herein. Was geschah mit ihr? Das war doch nur Doktor Langenburg, ihr Doktor Quasi, den sie zwar schätzte, aber mehr war doch unmöglich. Er entsprach so gar nicht dem Ideal des Mannes, den sie sich immer erträumt hatte. Er trug keine schneidige Uniform, hatte nicht die glänzenden Manieren eines Offiziers, stattdessen wollte er Missionsarzt werden und hatte einen Glauben, den sie inzwischen zwar achtete, der aber dennoch trennend zwischen ihnen stand.

Sie stand so schnell auf, dass er beinahe hintenübergefallen wäre. Ihr wurde schwarz vor Augen und rasch stützte sie ihre Hand auf seiner Schulter ab. Sie atmete ein paarmal tief durch, dann sah sie endlich wieder das Zimmer und ließ ihn los.

„Ich werde jetzt sofort zu meinem Onkel gehen."

Auch Langenburg richtete sich auf – seine Größe war wirklich imposant. „Nein, Komtesse. Morgen früh – ja. Aber nicht jetzt."

„Doch – jetzt. Ich könnte sogar schon längst bei meinem Onkel sein, wenn Sie mich nicht davon abgehalten hätten."

„Aber es ist doch quasi schon Nacht! Da werden Sie beim Gouverneur erst recht nicht mehr vorgelassen."

„Ich bin seine Nichte." Sie stützte die Hand in die Hüfte und blitzte ihn von unten herauf an. „Ich werde zu jeder Tages- und Nachtzeit bei ihm vorgelassen."

„Wenn Ihnen das tatsächlich gelingen sollte, werden Sie ihm gleich quasi ohnmächtig in die Arme sinken. Falls Sie es überhaupt so weit schaffen, ohne zu kollabieren. Nein, als Mediziner muss ich das verweigern."

„Sie haben mir gar nichts zu verweigern. Sie sind nicht mein Leibarzt. Und auch wenn Sie viel für mich getan haben – und dafür bin ich Ihnen wirklich dankbar! –, gibt Ihnen das nicht das Recht, über mich zu verfügen."

„Aber das will ich doch gar nicht!" Er fuhr sich mit der Hand über den Bart. „Ich sage Ihnen doch nur, was zu Ihrem Besten ist."

Sie legte den Kopf in den Nacken und sah ihm in die Augen, obwohl dabei Tausende Sterne auf sie zuflogen. „Es geht aber nicht darum, was zu *meinem* Besten ist. Es geht um Franzi und um Leutnant von Schenck ..."

„... denen Sie quasi mehr nützen werden, wenn Sie Ihrem Onkel Ihr Anliegen auch vortragen können und nicht vor Schwäche zusammenbrechen. Schlafen Sie diese Nacht, dann sind Sie morgen frisch genug, um zu Ihrem Onkel zu gehen."

Wenn es um sie allein ginge, hatte er natürlich recht. „Ich werde mich jetzt zu meinem Onkel begeben. Ganz gleich, in welchem Zustand ich mich befinde. Sie können ja hier bleiben und zu Bett gehen." Sie stieg in ihre Schuhe und schleppte sich zur Tür. Dort wandte sie sich zu ihm um. „Gute Nacht, Herr Doktor."

Auf seinem Gesicht zeigte sich der Anflug eines Lächelns. „Glauben Sie wirklich, ich ließe Sie allein gehen?"

Sie lächelte zurück. „Offenbar sind Sie damit erpressbar."

Mit zwei Schritten war er bei ihr und tippte mit dem Zeigefinger gegen ihre Stirn. „Kleiner Dickkopf. Ich halte es zwar immer noch für Irrsinn, aber ... quasi ..."

„Quasi geben Sie mir recht."

Von Doktor Langenburg gestützt verließ sie das Hotel. Die Straßen waren wie ausgestorben. Weit und breit war keine Sänfte zu sehen. Natürlich nicht. Es war ja *quasi schon Nacht*. Da gingen die spießigen Bürger dieses Viertels anscheinend nicht mehr aus.

„Ich fürchte, wir müssen laufen." Er sah sie an, im Sternenschimmer glitzerten seine Augen.

Bis zum Gouverneurspalast laufen? Hoffentlich war der Weg für sie nicht zu weit.

* * *

Schenck hatte die merkwürdige Sitte der Henkersmahlzeit noch nie verstehen können. Aber immerhin bescherte sie ihm noch einmal ein besonderes Essen, nachdem ihm in den letzten Tagen dreimal täglich kalter, pappiger Ugali vorgesetzt worden war. Schlesische Würstchen hatte er sich gewünscht und tatsächlich auch bekommen. Dass die Würste wirklich aus Schlesien stammten, bezweifelte er allerdings.

Denn sie schmeckten, als seien sie aus Nashorn- oder Giraffenfleisch gemacht worden.

Er stellte den leeren Teller auf den Tisch und zog die Füße auf die Pritsche. Wenn er sich jetzt niederlegte, begann seine letzte Nacht auf dieser Erde. Es kam ihm immer noch wie ein böser Traum vor, aber es war Realität. Wenn die Sonne das nächste Mal aufging, dann nur, um dem Erschießungskommando eine wohlgezielte Salve zu ermöglichen.

Ob er etwas fühlen würde? Oder ob er sofort tot wäre? Wie war es überhaupt, zu sterben? Danach ging es unmittelbar in die Gegenwart seines Heilandes, aber dieser Übergang vom irdischen Leben in die Ewigkeit – wie ging der vonstatten? Niemand konnte ihm davon erzählen, denn es war noch niemand zurückgekehrt. Doch – Jesus Christus war auferstanden, zudem waren Lazarus, der junge Mann aus Nain und Jairus' Tochter von Jesus auferweckt worden. Und auch die Propheten Elia und Elisa im Alten Testament hatten Knaben ins Leben zurückgebracht. Doch keiner von ihnen hatte etwas darüber hinterlassen, wie es war, zu sterben.

Er schwang sich von der Pritsche und trat an das winzige Fenster. Sein Blick ging über den Rasenstreifen, wo die Wache patrouillierte, zu dem Zaun mit den Stacheldrahtrollen darauf. Hier war kein Entkommen möglich. Doch dann ging sein Blick weiter, über die Stacheldrahtrolle und die Kokospalmen zum dunklen Himmel hinauf. Dort stand das Kreuz des Südens.

„Warum, mein Gott, warum?"

Dass Feldwebel Hunebeck, Leutnant Hinterstoißer und Hauptmann Schwarzkopf ihn lieber tot als lebendig sahen, konnte er ja verstehen, schließlich war er oft genug mit ihnen zusammengestoßen – sicherlich auch manches Mal von ihm selbst provoziert. Hunebeck und Hinterstoißer hatten sogar gegen ihn gemeutert, sie mussten also alles Erdenkliche unternehmen, dass er verurteilt wurde, um nicht selbst in Schwierigkeiten zu geraten.

Und sogar die Haltung des Gouverneurs konnte er nachvollziehen. Er war verbittert wegen des Zustands seiner Lieblingsnichte und suchte einen Sündenbock, an dem er seine Wut kühlen konnte. Auch wenn er Gouverneur eines riesigen Schutzgebietes war, blieb er doch ein Mensch mit allen Empfindungen, Bedürfnissen und Schwächen, die zum Menschsein gehörten. Und er hatte nun einmal eine besondere Beziehung zu seiner Nichte Julie, obwohl Schenck nicht begreifen konnte, warum er ausgerechnet Julie so vergötterte, dass er ihre Verletzung mit aller Härte vergelten wollte – und dazu sogar einen Justizmord duldete.

Aber dass Gott dies alles so geführt hatte, bereitete ihm einige Mühe. Sollte er seine Mission, Franziska von Wedell zu ihrem Vater zurückzubringen und vor allem zu Gott zu führen, denn nicht mehr weiterverfolgen? Wer tat es dann? Es reichte doch nicht aus, nur ihr irdisches Leben zu retten! Sie lehnte Gott noch immer ab, nach den Erlebnissen der letzten Wochen wahrscheinlich mehr denn je. Und wenn er morgen hingerichtet wurde, würde sie dann nicht erst recht sagen, dass sein Gott nicht mächtig genug gewesen war, ihn zu retten? Oder war er selbst auf einem falschen Weg und behinderte Gottes Pläne mehr, als dass Gott ihn gebrauchen konnte?

„Mein Gott, ich verstehe Dich nicht. Aber ich will darauf vertrauen, dass Deine Gedanken höher sind als meine. Und besser. Und wenn Dein Plan meinen Tod beinhaltet, dann will ich ihn erdulden – nur bitte wirke an Franziska, dass sie zu Dir umkehrt. Lass sie nicht länger in der Dunkelheit, sondern ziehe sie in Deiner Güte zu Dir ins Licht. Du als ihr Schöpfer weißt am besten, wie Du mit ihr umgehen musst, um ihr Herz zu erreichen."

In stiller Schönheit funkelte das Kreuz des Südens. Unwillkürlich musste er an Petrus denken, als Herodes ihn ins Gefängnis geworfen hatte. Sein Mitjünger Jakobus war kurz zuvor mit dem Schwert getötet worden, und jetzt saß er selbst im Gefängnis und sollte am nächsten Tag hingerichtet werden. Und was tat Petrus in dieser seiner letzten Nacht? Er schlief so fest, dass der Engel, der zu seiner Rettung gekommen war, ihn in die Seite stoßen musste, um ihn zu wecken.

Ob Gott ihm, dem einfachen Leutnant von Schenck, auch einen Engel zur Rettung schicken würde? Wohl eher nicht, die Zeit der großen Wunder, mit denen die Epoche des Christentums eingeleitet worden war, war vorüber. Er wäre schon froh, wenn Gott ihm den gleichen Schlaf wie damals seinem Diener Petrus schenken würde.

Mit einem letzten Blick auf das Kreuz des Südens ging er zu seiner Pritsche und legte sich nieder. Doch seine Gedanken kreisten unaufhörlich um seine bevorstehende Hinrichtung und um Franziska von Wedell. Er war eben kein Petrus.

Kapitel 76

Franzi trat ans Fenster des kleinen Nebenzimmers des Lazaretts, in dem sie einquartiert worden war. Von hier konnte sie in die gleiche Richtung blicken wie die Soldaten vorhin, als sie alle an den Fenstern hingen, nur dass es inzwischen dunkel geworden war. Dort vorne, nur als dunkler Schemen zu erkennen, war die Wand, wo Moritz morgen sein Leben lassen sollte – ihretwegen. Und genau über dieser Wand hing das Kreuz des Südens am Himmel. Franzi kam es vor, als grinse es sie an.

„Gott, wenn du ihn wirklich sterben lässt, dann – dann – dann bist du grausamer zu deinen Kindern als ein Farmer im Schutzgebiet zu seinen Sklaven!"

Sie wandte sich vom Fenster ab. Sie mochte dieses Kreuz nicht mehr sehen. Stattdessen war es höchste Zeit, dass sie wieder selbst tätig wurde und den nächsten Schritt zu Moritz' Rettung unternahm – was ja eigentlich Gottes Aufgabe war. Bis ins Lazarett hatte sie es geschafft und war bei der flüchtigen Untersuchung durch irgendeinen gestressten Sanitäter mit ihrem Schwindel auch nicht aufgeflogen – das Mittel, das er ihr dagelassen hatte, hatte sie natürlich nicht eingenommen. Jetzt musste sie nur noch zu Moritz kommen. Und dazu musste sie aus dem Lazarett entwischen und brauchte außerdem irgendeine Waffe, um sich im Notfall wehren oder sogar ihrem Willen Nachdruck verleihen zu können.

Ihre Tür war natürlich verschlossen, daran hatte sogar der gestresste Sanitäter gedacht. Doch im Lazarett waren die Fenster nicht vergittert. Und offenbar hatte es auch niemand für nötig befunden, einen Posten vor ihr Fenster zu stellen, schließlich befand sich das Lazarett ja auf dem bewachten Kasernengelände.

Das Gebäude unbemerkt zu verlassen, sollte also kein Problem sein. Aber wie kam sie an eine Waffe? Ob sie einem der Verwundeten eine Pistole entwenden konnte? Aber mussten die Soldaten ihre Waffen nicht abgeben, wenn sie ins Lazarett kamen? Und eine Pistole war ihr auch nicht ganz geheuer. Sie wusste zwar von ihrem Vater, wie man sie bediente, aber geschossen hatte sie noch nie. Also besser etwas anderes als eine Schusswaffe.

Am liebsten wäre ihr eine kleine, filigrane Waffe, bei der sie die Flinkheit ihrer Hände einsetzen konnte. Schließlich hatte sie jahrelang exzessiv Viola gespielt – ihre Hände und Finger waren gut geschult, auch wenn sie in den letzten Wochen nicht hatte spielen können. Dabei konnte gerade die Geschicklichkeit ihrer Linken für ein Überraschungsmoment sorgen – gab es in der Bibel nicht auch eine Geschichte, bei der ein Linkshänder einen fetten König erstochen hatte? Gut, dieser Ehud war ein gelernter Kriegsmann gewesen, sie nur eine Frau. Aber wo ein Wille, da ein Weg.

Nur die passende Waffe hatte sie noch nicht. Doch in einem Lazarett sollte nichts einfacher sein, als diese zu finden. Sie musste nur wieder hereinkommen und den Operationssaal ausfindig machen, dort würde es zweifellos genug Messer geben.

Franzi wickelte ihr Haar zu einem Knoten zusammen und band es fest. Dann schlüpfte sie aus ihren Schuhen, damit das Geräusch ihrer Schritte sie nicht verriet, und öffnete vorsichtig das Fenster. Es war zwar winzig, aber sie war ja auch ziemlich schmal. Langsam schob sie sich hindurch und landete auf dem Pflaster des Hofes. Kleine Steinchen stachen in ihre Fußsohlen und ihr Haarknoten wackelte bereits bedenklich. Rasch band sie ihn fester zusammen.

Wie kam sie jetzt ungesehen wieder ins Lazarett hinein? Den Haupteingang sollte sie besser vermeiden, denn dort liefen sicherlich ständig Soldaten herum. Auch den großen Schlafsaal sollte sie umgehen, bei den vielen Schnarchern gab es gewiss einige, die nicht schlafen konnten. Aber das Lazarettgebäude hatte bestimmt einen Nebeneingang.

Franzi lief an der Rückseite des Gebäudes entlang. Schon bald entdeckte sie eine Tür, neben der sich Müllberge auftürmten und große Haufen von Zigarettenkippen lagen. Sie rümpfte die Nase ob des Gestanks und legte vorsichtig die Hand auf die Klinke. Hoffentlich kam nicht gerade jemand, der Nachtdienst hatte, um zu rauchen oder Müll zu entsorgen! Und hoffentlich war die Tür nicht verschlossen!

Ganz langsam drückte sie die Klinke hinunter. Sie knirschte etwas, dann ließ sich die Tür in den Angeln bewegen. Franzi drückte sie auf und sah vor sich einen dunklen Flur. Sie schlüpfte hinein und zog die Tür hinter sich zu.

Vom großen Schlafsaal drang Schnarchen in allen Tonarten und Tempi herüber. Wenn sie nur wüsste, wo sich der Operationssaal befand. Und ob gerade eine Operation durchgeführt wurde. Sie konnte nur darauf hoffen, dass der Raum nachts leer war, denn die dringenden Operationen wurden schließlich in den Feldlazaretten im Aufstandsgebiet vorgenommen.

Barfuß huschte sie über die kalten Steinfliesen des Flurs. Rechts und links gingen Türen ab, wahrscheinlich die Behandlungszimmer oder Unterkünfte der Ärzte, Sanitäter und Schwestern. Eine Tür war breiter als die anderen – das musste der Operationssaal sein.

Franzi legte das Ohr an die Tür. Es war nichts zu hören. Sie öffnete die Tür einen winzigen Spalt weit und linste hinein. Dunkel. Rasch schob sie sich in den Raum und schloss die Tür.

Im unsicheren Licht des Mondes, das durch die Fenster hineinleuchtete, erkannte sie in der Mitte des Raumes einen Operationstisch, auf dem am oberen Ende quer ein schmales Holzbrett lag. Unwillkürlich erinnerte sie das schon wieder an das Kreuz, obwohl sie wusste, dass dieses Brett nur dazu diente, die Arme des Patienten zu fixieren, damit sie bei der Operation nicht im Weg waren und um ungehindert an die Venen zu kommen. Rasch wandte sie den Blick davon ab. An der Wand stand eine Glasvitrine, in der sich Flaschen unterschiedlichster Größe befanden, daneben in einer Ecke ein Waschbecken mit Schüsseln.

Auf einem Beistelltisch neben dem Operationstisch glänzte etwas. Metall. Zwei rasche Schritte, und das fein säuberlich aufgereihte Operationsbesteck lag vor ihr. Darunter auch jede Menge Skalpelle, eins neben dem anderen. Lang, kurz, gerade, krumm. Zielsicher wählte sie das längste aus, das auch ein wenig gebogen war. Wenn sie das dem Soldaten in der Wachstube des Gefängnisses an den Hals hielt, würde er tun, was sie von ihm wollte.

Franzi verbarg die Hand mit dem Skalpell in den Falten ihres Rocks, dann eilte sie zur Tür des Operationssaals hinaus. Jetzt noch aus dem Lazarett, über den Kasernenhof und zur Gefängnisbaracke hinüber.

Sie huschte wieder den Flur entlang Richtung Hinterausgang. Mit zugehaltener Nase verließ sie das Gebäude und umrundete es, bis sie den Kasernenhof erreichte, der hell vom Mondlicht beschienen war. Wenn sie ihn einfach überquerte, ging sie wie auf einem Präsentierteller. Ob sie lieber im Schatten der Gebäude, die im Karree um den Hof standen, bleiben sollte? Dann musste sie links herum gehen, denn auf die rechte Seite fiel das Mondlicht. Aber an der linken Stirnseite befand sich der Kaserneneingang mit dem Wachlokal – dort lief sie erst recht Gefahr, entdeckt zu werden.

Franzi entschied sich für den kürzesten und schnellsten Weg quer über den Hof. Mitten durchs Mondlicht. Als sie sich noch einmal umschaute, grinste sie wieder das Kreuz des Südens vom Himmel her an. Sie wandte den Blick schnell weg und richtete ihn auf den Eingang der Gefängnisbaracke.

Gerade als sie die Mitte des Hofes erreichte, hörte sie plötzlich leise Stimmen. Unwillkürlich blieb sie stehen und presste die Hände aufs Herz. Zwei Askaris mit vorgehaltenen Gewehren traten aus dem Schatten des Wachlokals am Kaserneneingang. – Eine Streife!

Franzi raffte ihren Rock mit der rechten Hand, die Linke mit dem Skalpell immer noch in den Falten verborgen, und rannte so schnell sie konnte auf die Gefängnisbaracke zu. Sie war froh, dass sie keine klappernden Schuhe trug, obwohl die Steinchen auf dem Kasernenhof schmerzhaft in ihre Fußsohlen schnitten.

Der Weg bis zu ihrem Ziel kam ihr unendlich lang vor. Mussten die beiden Streifensoldaten sie nicht längst bemerkt haben? Sie lief doch mitten durchs silberne Mondlicht! Oder rechneten sie so wenig damit, jemanden auf dem Kasernengelände anzutreffen, dass sie überhaupt nicht richtig achtgaben?

Ihr Knoten löste sich wieder auf, sie ließ den Rock los und haschte noch nach dem Haarband, doch es fiel zu Boden. Sie ließ es liegen und rannte weiter, stolperte dabei beinahe über den Rocksaum. Ihre Locken schlugen ihr ins Gesicht, ihr Atem flog.

Endlich erreichte sie den Schatten der Gefängnisbaracke. Mit wild jagendem Herzen blieb sie stehen und presste sich mit dem Rücken gegen die Hauswand.

Wenige Augenblicke später gingen die beiden Streifensoldaten in aller Seelenruhe vorbei, plauderten angeregt miteinander, lachten. Sie sahen noch nicht einmal in ihre Richtung!

Franzi unterdrückte ein Lachen. Vor diesen beiden Helden hatte sie Angst gehabt! – Nun aber rasch weiter.

Im Schatten der Gefängnisbaracke schlich Franzi zur Eingangstür. Neben der Tür war ein Fenster schwach erleuchtet – das war die Wachstube, wo der Zellenplan hing und die Schlüssel aufbewahrt wurden. Das Fenster stand halb offen.

Vorsichtig lugte Franzi durch die Gitterstäbe. Dort saß noch der gleiche Schausch, hatte immer noch die Füße auf dem Tisch liegen, der unter dem Fenster stand, und schnarchte, als wollte er den gesamten afrikanischen Regenwald fällen. In der Ecke stand auch noch der Koffer mit ihrer Viola. Und vor dem Schausch auf dem Tisch lag wieder der monströse Bund mit den riesigen Schlüsseln. Wenn sie an den Bund kam und im Verzeichnis nachlesen konnte, in welcher Zelle Moritz von Schenck untergebracht war, ohne dass der Schausch aufwachte, hatte sie gewonnen. Wenn.

Sie schlich zur Tür, drückte die Klinke hinunter – verschlossen. Natürlich, das hätte sie sich denken können. Da der Wachhabende schlief, hatte er wenigstens vorher die Tür der Baracke abgeschlossen.

Und nun? Wie kam sie hinein?

Sie pirschte zurück zum Fenster. Der Schlüsselbund auf dem Tisch. Wenn sie den erreichen könnte! Sie könnte zwar den Arm durch das vergitterte Fenster hineinstrecken, aber ihr Augenmaß sagte ihr schon, dass er zu kurz war, um den Schlüsselbund zu erreichen.

Was jetzt? Aufgeben? Zurück in die Sanitätsbaracke und schlafen gehen? Nur wenige Meter von Moritz' Zelle entfernt? Das kam gar nicht infrage.

Franzi zog das Skalpell aus ihren Rockfalten hervor. Es war lang. Und am Ende gekrümmt. Vielleicht konnte sie damit ihren Arm verlängern und den Schlüsselbund erreichen. Vielleicht. Es würde knapp werden. Und ob sie den Schlüsselbund leise genug über den Tisch bis zu sich heranziehen konnte, war noch eine ganz andere Frage. Aber um die Schlüssel mit dem Skalpell anzuheben, waren sie definitiv zu schwer. Sie musste sie ziehen und darauf hoffen, dass das unvermeidliche Geräusch den Schläfer nicht wecken würde.

Es gab keine Alternative, sie würde es versuchen. Also nahm sie das Skalpell zwischen die Fingerspitzen und schob dann den linken Arm durch das Gitter. Langsam streckte sie ihn aus, noch fehlten ein paar Zentimeter bis zum Schlüssel. Sie presste ihre Schulter zwischen die Gitterstäbe, wieder ein paar Zentimeter gewonnen. Jetzt fehlten nur noch Millimeter.

Sie streckte den Arm so lang aus, wie sie konnte, schob den Griff des Skalpells noch ein wenig weiter zur Spitze ihrer Finger – würde sie den schweren Bund dann überhaupt noch ziehen können, ohne dass ihr das Skalpell aus den Fingerspitzen rutschte? Sie sollte doch lieber den rechten Arm nehmen. Dort waren ihre Finger stärker, weil sie Rechtshänderin war. Allerdings war der rechte Oberarm kürzlich noch gebrochen gewesen. Wahrscheinlich würde der Bruch ihr Schmerzen verursachen, doch das würde sie dann eben aushalten müssen.

Vorsichtig zog sie den Arm zurück, wechselte das Skalpell in die andere Hand, dann begann die Prozedur von Neuem. Der Schausch schnarchte unverdrossen weiter.

Franzi biss die Zähne zusammen. Ihr Oberarm schmerzte, als wollte er jeden Augenblick wieder durchbrechen. Aber sie erreichte mit dem Messer den Ring des Schlüsselbundes und hakte die gebogene Spitze ein. Ganz, ganz langsam, Millimeter für Millimeter, zog sie an dem Ring. Leise klirrten die Schlüssel aneinander. Ihre Finger begannen zu zittern, sie konnte das Skalpell kaum noch halten. Nur wenige Zentimeter zog sie den Bund heran, dann fasste sie das Skalpell weiter vorn am Griff.

Sie atmete tief durch und zog sachte weiter; leise schabten die Schlüssel über den Tisch. Endlich waren sie nahe genug heran, dass sie sie mit der Hand ergreifen konnte. Sie zog ihren Arm zurück und schob den linken durch das Gitter.

Die Schlüssel waren riesig, sie konnte sie gar nicht alle mit der Hand umfassen. Sie würden also jedenfalls leise klingeln, wenn sie sie hochhob.

Erneut atmete sie tief ein, dann griff sie zu und hob den Schlüsselbund an. Sie klingelten lauter, als sie gedacht hatte. Der Schausch gab ein Grunzen von sich, zuckte etwas, dann legte er die Beine anders übereinander.

Franzi hielt den Atem an. Wenn er jetzt die Augen öffnete ... Doch er schnarchte weiter.

Sie zog den Arm zurück – sie hatte die Schlüssel! Erst jetzt merkte sie, dass sie schweißgebadet war.

Nun aber schnell zurück zur Tür. Beim dritten Versuch fand sie den richtigen Schlüssel und schloss auf. Das Skalpell in der Linken, schlich sie in die Wachstube. Sie lugte zu der Zellenbelegungsliste neben dem Fernsprecher an der Wand hinüber, aber bei der schlechten Beleuchtung konnte sie die Namen nicht entziffern. Sie musste näher heran – doch der Schausch saß ihr im Weg.

Franzi presste die Schlüssel an ihre Brust, damit sie nicht klimperten, und hielt das Skalpell nahe an den Hals des Soldaten. Dann schob sie sich Zentimeter für Zentimeter durch den Spalt zwischen dem Stuhl, auf dem er saß, und der Wand hinter ihm. Gut, dass sie so zierlich war.

Als sie hinter ihm stand, konnte sie die Schrift auf dem Plan schon fast erkennen. Sie beugte den Kopf etwas vor – da fiel ihr eine Haarsträhne über die Schulter nach vorn, dem Schausch genau gegen die Wange.

Grunzend riss er die Augen auf, fuhr herum und starrte sie an.

* * *

Matt vom Mondlicht beschienen tauchte der Gouverneurspalast vor Julie und Doktor Langenburg auf. Bei dieser zauberhaften Beleuchtung sah er aus, als stamme er aus dem Märchenbuch, aus dem ihr Onkel ihr früher immer vorgelesen hatte, wenn er auf Scharfeneck gewesen war – was bei seinen Reisen durch Afrika und seiner Tätigkeit in den Vereinigten Staaten selten genug vorgekommen war.

Mühsam schleppte Julie sich an Langenburgs Arm geklammert die letzten Schritte bis zum Palast. Wenn der Doktor nicht gewesen wäre, wäre sie unterwegs irgendwo gestrauchelt und wahrscheinlich nie wieder aufgestanden. Er hatte sie fast hierher getragen, und das rechnete sie ihm hoch an, weil er es gegen seine Überzeugung getan hatte.

Als sie die Stufen zum Portal hinaufstiegen, wären sie um ein Haar von einem Soldaten umgerannt worden, der, mehrere Akten unterm Arm, aus der Eingangshalle gestürmt kam.

„Holla!" Er fing soeben noch einen purzelnden Ordner auf. „Was treiben Sie sich denn mitten in der Nacht hier herum?"

Dem R mit Zungenschlag nach zu urteilen musste es sich um jemanden handeln, der aus der Provinz Hessen-Nassau stammte – also diesmal kein Askari, dem auf Deutsch nur schwer zu vermitteln war, was sie wollten. Als sie dann noch das Dienstgradabzeichen eines Feldwebels auf seinem Oberarm sah, atmete sie erleichtert auf.

„Herr Feldwebel" – Doktor Langenburg löste sich von Julie und trat dem Soldaten in den Weg –, „wir müssen umgehend zu Seiner Exzellenz Gouverneur Graf Götzen."

Der Feldwebel lachte auf. „Haben Sie mal auf die Uhr geschaut? Es ist bald ein Uhr in der Nacht!"

„Dass wir es trotzdem wagen, hierher vorzudringen, dürfte die Dringlichkeit unseres Anliegens quasi unterstreichen", entgegnete Langenburg.

„Sie sind wohl übergeschnappt, wie? Jetzt lassen Sie mich gefälligst vorbei!"

„Nicht eher, als bis Sie mich zu meinem Onkel gelassen haben." Julie trat ebenfalls dicht vor den Feldwebel hin. „Ich bin Komtesse Julia Viola von Götzen, mein Onkel erwartet mich."

„Sie wollen die kleine Komtesse sein? Dann bin ich nicht mehr Feldwebel Saßmann, sondern Häuptling der Massai!"

Julie drehte sich so, dass das Mondlicht genau auf ihr Gesicht fiel. „Sehen Sie mich an! Auf dem Schreibtisch des Gouverneurs steht ein Bild von mir – ich bin Julie von Götzen!"

Der Feldwebel packte einen Ordner, der ihm aus dem Arm zu rutschen drohte. „Ich kenne das Bild. Und Sie haben nicht die geringste Ähnlichkeit damit. Jetzt lassen Sie mich gefälligst gehen, sonst werde ich Sie wegen Hochstapelei arretieren."

Hatte sie sich wirklich so sehr verändert? Eigentlich war es kein Wunder. Monatelang in der Wildnis, von Schmerzen und Schwäche gezeichnet – sie hatte wahrscheinlich wirklich keine Ähnlichkeit mehr mit der Julie von Götzen von damals. Zumal das Bild auf dem Schreibtisch ihres Onkels noch aus ihren Kindertagen stammte.

„Ich verbürge mich für die Dame", wandte Langenburg ein. „Ich kann quasi bezeugen, dass es sich wirklich um Komtesse Julia Viola von Götzen handelt."

Julie drehte dem Feldwebel ihre rechte Seite zu. „Wenn Sie bei Götzen aus- und eingehen, dann sollten Sie erfahren haben, dass seine Nichte einen Arm verloren hat. Und so viele Frauen in meinem Alter mit nur einem Arm wird es im Schutzgebiet wohl nicht geben."

Saßmann schien stutzig zu werden. „Da haben Sie allerdings recht." Er starrte sie an, als wäre es ihr gelungen, den Dauerregen in seiner hessischen Heimat abzustellen. „Bitte entschuldigen Sie, Komtesse, ich habe Sie wirklich nicht erkannt. Und Sie glauben gar nicht, wie viele Bittsteller mit den unglaublichsten Begründungen zu den unmöglichsten Zeiten zum Gouverneur wollen."

Das hatte sie selbst schon bei ihrem ersten Besuch in Daressalam bemerkt. Täglich sprachen Pflanzer, die wegen der Steuern verhandeln wollten, Bezirksamtmänner, die Vergünstigungen für ihren Bezirk erwirken wollten, und dergleichen mehr im Gouverneurspalast vor. Und jeder von ihnen hatte einen unbezweifelbaren Grund, warum gerade er ausnahmsweise sofort vorgelassen werden musste.

„Dann führen Sie uns jetzt bitte zu Seiner Exzellenz." Langenburg fing einen Ordner auf, der dem Feldwebel trotz all seiner Bemühungen, das zu verhindern, unter dem Arm herausrutschte.

„Bedauere. Auch wenn es sich um seine Nichte handelt, kann ich Sie jetzt nicht zu ihm lassen. Seine Exzellenz war seit zwanzig Stunden ununterbrochen auf den Beinen. Der Aufstand, Sie verstehen. Er hat sich gerade erst zu Bett begeben und befohlen, ihn erst eine Stunde vor Sonnenaufgang zu wecken. Auf keinen Fall früher."

„Aber in einem so dringenden Fall wird man doch eine Ausnahme machen können!" Julie stemmte ihre Hand in die Hüfte. „Die schwer verwundete Nichte des Gouverneurs kommt doch nicht jeden Tag mitten aus dem Aufstandsgebiet hier an."

„Ausnahmen nur, wenn Daressalam von den Negern angegriffen wird – so wörtlich der Befehl des Gouverneurs. Er hat sogar einen Askari vor seine Tür stellen lassen, damit er ja nicht im Schlaf gestört wird."

„Ich werde mich bei meinem Onkel über Ihr Verhalten beschweren!", fauchte Julie. „Sie weisen die Nichte des Gouverneurs, die vor Schwäche fast auf den Stufen des Palastes zusammenbricht, mitten in der Nacht ab, noch dazu an ihrem Geburtstag!" Schließlich war Mitternacht ja schon vorbei.

„Ich kann Ihnen gerne ein Zimmer richten lassen." Saßmann deutete mit dem Kopf zur offenen Tür. „Dann können Sie gleich morgen früh zu Ihrem Onkel."

„Das Angebot sollten Sie annehmen", raunte Langenburg ihr zu. „Ich gebe Ihnen sofort Bescheid, wenn Ihr Onkel aufgestanden ist."

Julie atmete tief durch. Ihr blieb wohl keine andere Wahl. Und solange ihr Onkel schlief, konnte Franzi und Leutnant von Schenck eigentlich nichts geschehen.

„Also gut. Bitte kümmern Sie sich um das Zimmer, Herr Feldwebel!" Langsam stieg sie mit Langenburgs Hilfe die Stufen hinauf.

Saßmann kam hinter ihnen her. „Ich kann Ihnen versprechen, dass Ihr Onkel morgen zeitig aufstehen wird. Denn bei Sonnenaufgang steht eine Hinrichtung an, der er beiwohnen will."

Julie wirbelte zu dem Soldaten herum. „Eine Hinrichtung?"

„Ja, irgendein Leutnant der Schutztruppe wird wegen Hochverrats an die Wand gestellt."

Ihre Knie wurden wieder weich und sie wäre sicher auf die Stufen gestürzt, wenn Langenburg sie nicht aufgefangen hätte. „Das kann nur Leutnant von Schenck sein!" Mühsam richtete sie sich wieder auf und sah den Feldwebel an. „Jetzt muss ich erst recht zu meinem Onkel!"

„Ich sagte doch, dass es unmöglich ist!" Seine Stimme klang genervt.

„Und wenn dann ein Unschuldiger hingerichtet wird?"

„Seine Schuld wurde von einem Kriegsgericht festgestellt. Er ist rechtskräftig verurteilt und wird morgen früh hingerichtet. Daran werden auch Sie nichts mehr ändern, und wenn Sie zehnmal die Nichte des Gouverneurs sind und hundertmal heute Geburtstag haben." Wenn er ärgerlich war, wurde sein Zungenschlag noch viel schlimmer.

„Und ich gehe doch zu ihm!" Julie machte sich von Langenburg los und schleppte sich die letzten Stufen zum Portal hinauf.

Der Feldwebel folgte ihr so schnell, dass seine Aktenordner die Stufen hinunterpurzelten. „Halt! – Wache! Halten Sie das Frauenzimmer auf!"

Die beiden Askaris rechts und links der Tür kreuzten ihre Gewehre.

„Ich werde nicht eher gehen, bis ich mit meinem Onkel gesprochen habe!" Julie setzte sich auf eine der Stufen.

„Komtesse!" Langenburg beugte sich zu ihr herab.

„Lassen Sie mich! Haben Sie etwa nicht gehört, dass Leutnant von Schenck hingerichtet werden soll? Ich bin die Einzige, die das verhindern kann!"

Wochenlang hatte sie alle Strapazen und Gefahren auf sich genommen, hatte Gesundheit und Leben riskiert, um zu ihrem Onkel zu kommen – und scheiterte nun sozusagen vor seiner Schlafzimmertür!

Kapitel 77

Die haselnussbraunen Augen des schwarzen Unteroffiziers wurden kugelrund, als er Franzi über sich gebeugt sah.

„Schhhh!" Sie berührte mit dem gebogenen Skalpell vorsichtig seinen Hals; schon flossen aus einem winzigen Schnitt ein paar Tropfen Blut – das Messer war wirklich scharf. Fast wäre sie zurückgezuckt, denn sie besaß nicht die Skrupellosigkeit, dem Schausch die Kehle durchzuschneiden, sollte es hart auf hart kommen. „Aufstehen. Ganz langsam aufstehen."

Sie musste die Zeit nutzen, solange er noch überrascht war. Dass er gerade erst aus dem Schlaf aufgewacht war, kam ihr jedenfalls zugute. Doch er war bewaffnet, an seiner rechten Hüfte steckte ein Revolver im Holster.

Der Schausch nahm die Beine vom Tisch und erhob sich mit zitternden Knien. Seine erste Handbewegung ging zu seiner rechten Seite.

„Nicht. Revolver stecken lassen." Sie drückte die Klinge wieder etwas stärker gegen seinen Hals und ritzte seine Haut erneut – sofort hob er die Hände.

Es war zu ärgerlich, dass der Kerl aufgewacht war. Würde er noch schlafen, könnte sie jetzt einfach zu Moritz' Zelle spazieren und ihn befreien. Doch stattdessen musste sie sich um den Schausch kümmern. Und sie hatte keine Möglichkeit, ihn zu fesseln oder bewusstlos zu machen. Vielleicht hätte sie Äther aus dem Lazarett mitnehmen sollen, um ihn zu betäuben, aber dazu war es nun zu spät.

Der Revolver. Sie musste ihm den Revolver wegnehmen. Rasch warf sie den Schlüsselbund auf den Tisch und tastete nach seiner Waffe, ohne ihn dabei aus den Augen zu lassen.

„Bleiben Sie ruhig, Ihnen wird nichts geschehen", redete sie auf ihn ein. Dabei wusste sie gar nicht, ob er sie überhaupt verstand.

Als er merkte, dass sie sich an seiner Waffe zu schaffen machte, zuckten seine Augenlider in die Höhe. Seine rechte Hand sank nach unten und bewegte sich langsam zu seiner rechten Hüfte.

„Keine Bewegung!" Sie drückte die Klinge erneut etwas fester gegen seine Kehle – es tat ihr wahrscheinlich ebenso weh wie ihm –, während sie mit der anderen Hand versuchte, den Revolver aus dem Holster zu ziehen. „Ich mache Ernst!"

Er hob die Hand wieder, aber seine Augen funkelten bedrohlich. Plötzlich schnellte seine Hand herab, packte ihr Handgelenk und zog ihre Hand mit dem Skalpell von seinem Hals weg. Er drückte so fest zu, dass sie die Faust öffnen musste – klirrend fiel das Skalpell zu Boden.

Blitzschnell griff er nach unten zum Holster – doch im letzten Moment schaffte sie es, den Revolver herauszureißen.

Sofort bückte er sich nach dem Skalpell, aber sie war wieder schneller und stellte ihren Fuß auf das Messer. Zwar drang die Klinge schmerzhaft in ihre Zehen, Blut quoll hervor, doch er zerrte vergeblich daran – noch.

Hastig packte sie den Revolver am Lauf. Da trieb er das Skalpell mit einem Ruck tiefer in ihren Fuß. Sie schrie auf, zog ihren Fuß zurück, unter dem sich eine blutige Lache bildete – und er hielt das Skalpell in der Hand. Sein Gesicht verzog sich zu einem Grinsen.

Er hob die Hand mit dem Messer – da holte sie mit dem Revolver aus und schlug ihm den Griff mitten in das grinsende Gesicht – genau auf die Nase. Ein zweiter Schlag traf die Stirn. Er stöhnte, Blut strömte aus seiner breiten Nase, er taumelte zurück, stürzte über den Stuhl, der hinter ihm stand, und landete krachend auf dem Rücken. Mit feinem Klirren fiel das Skalpell auf die Erde.

Blitzartig packte sie das Messer, dann spannte sie den Hahn des Revolvers. „So nicht! Aufstehen! Aber langsam! Und keine Zicken mehr, verstanden?"

Der Schausch guckte sie mit versteinerter Miene an, als könnte er nicht begreifen, was gerade geschehen war. Eine Frau hatte ihn nur mit einem Skalpell überwältigt. Gut, er war vermutlich nicht gerade ein Gardesoldat. Denn die besten Soldaten waren in diesen Tagen sicherlich im Aufstandsgebiet und wurden nicht als Gefängniswache eingeteilt.

Ihr Fuß tat entsetzlich weh. Die Schnitte mussten tief sein. Bei einer eiligen Flucht könnte das noch ein Problem werden.

„Los, stehen Sie endlich auf! Es lohnt nicht, zu warten, bis ich verblute. Das wird nicht so schnell passieren." Sie hielt ihm den Revolver an den Kopf. „Wird's bald!"

Armer Kerl. Graf Götzen würde ihm einen gehörigen Einlauf verpassen, wenn zwei Gefangene, von denen einer auch noch zum Tode verurteilt war, entkamen.

Endlich stemmte er sich unter Ächzen und Stöhnen hoch. Von seiner Nase lief Blut in die Mundwinkel und vom Hals in den Kragen seiner Uniform. Am liebsten hätte sie ihn verbunden, schließlich war sie nach Afrika gekommen, um Leid zu lindern, nicht, um es zu verbreiten. Doch besser, der Schausch verlor heute Nacht ein paar Tropfen Blut, als Moritz morgen früh sein Leben.

Franzi nahm den Schlüsselbund wieder vom Tisch und rammte dem Soldaten den Lauf des Revolvers in die Seite. Am liebsten hätte sie sich sofort für ihre rüde Vorgehensweise entschuldigt. Aber sie durfte keine Schwäche zeigen. „Mitkommen. Zur Zelle von Moritz von Schenck."

Sie warf einen Blick auf den Belegungsplan, doch aus dem Augenwinkel achtete sie auf jede Bewegung des Schauschs. Noch einmal durfte sie sich nicht überrumpeln lassen.

Dort auf dem Plan stand Schencks Name. Zelle 17. Den Finger am Abzug, trieb sie den Schausch durch die Tür auf den langen Gang hinaus, von dem die Zellentüren abgingen.

Skalpell und Schlüssel in der einen Hand, den Revolver in der anderen, zwang sie den Schausch vor sich her. Aus den Augenwinkeln schaute sie nach den Zellennummern. Erst Nummer 8. Jeder Schritt gab ihm Zeit, einen Plan auszuhecken, wie er sie doch noch überwältigen konnte.

Noch ging er artig vor ihr her. Doch irgendwann würde er bestimmt herumschnellen und sich auf sie stürzen. Würde sie dann den Mut haben, zu schießen? Sie, die nach Afrika gekommen war, um Leben zu retten, sollte einen Menschen töten? – Bei dem Gedanken lief ihr ein Schauer den Rücken hinunter. Nein, das würde sie nicht fertigbringen. Also musste sie darauf achten, dass es gar nicht erst so weit kam.

Franzi drückte dem Schausch den Lauf noch etwas fester zwischen die Rippen. „Keine falsche Bewegung, Freundchen."

Zelle Nummer 12. 14. Ihre Faust, die die Pistole umklammerte, zitterte. Hoffentlich spürte er das nicht.

Nummer 16. Ihr Fuß schmerzte, als wären ihr die Zehen abgetrennt worden. Sie konnte kaum noch gehen. Noch eine Tür weiter. Da war die 17.

Und jetzt? Wie sollte sie aufschließen und ihn gleichzeitig mit dem Revolver bedrohen und auch noch im Auge behalten? Ohne zu wissen, welcher der vielen Schlüssel zur Zelle Nummer 17 gehörte?

Ob sie ihm die Schlüssel geben und ihn zwingen sollte, die Tür zu öffnen? Doch was würde er dann machen? Würde er sich überhaupt rühren? Oder vielleicht so tun, als passe keiner der Schlüssel, als habe sie den falschen Schlüsselbund? Oder die Schlüssel in den Gang hineinwerfen, damit sie ihn wiederholen musste und er mehr Zeit bekam, sich zu überlegen, wie er sie überwältigen konnte? Nein, das war zu gefährlich. Sie würde die Tür selbst aufschließen.

Franzi lehnte sich mit dem Rücken gegen die Wand neben der Zellentür und richtete den Revolver genau auf seine Brust. „Machen Sie keine falsche Bewegung!" Sie legte den Zeigefinger an den Abzug. Das kühle Metall an ihrem Finger ließ sie schaudern. „Und nehmen Sie die Hände hinter den Kopf!"

Er bewegte sich nicht. Bedeutete seine Sprachlosigkeit, dass er sie nicht verstand?

„Hände hinter den Kopf!" Mit der Linken machte sie es vor, während die Rechte weiterhin den Revolver hielt.

Endlich gehorchte er.

„Und jetzt drei Schritte zurück!" Sie winkte mit dem Revolver.

Er machte zwei winzige Schrittchen nach hinten.

Franzi winkte erneut mit der Waffe. „Weiter!"

Noch zwei Minischritte. Das sollte als Sicherheitsabstand hoffentlich genügen.

Sie hob den Schlüsselbund in die Höhe, sodass sie den Schausch weiterhin beobachten konnte, während sie die Schlüssel betrachtete. Zum Glück waren sie mit Nummern versehen – vermutlich die Zellennummern. Wo war nur die 17? In der Dämmerung des Flurs konnte sie die Zahlen kaum erkennen. – Das musste er sein.

Franzi nahm den Schlüssel in die Linke – hier war nun Fingerfertigkeit gefragt, um den Schlüssel blind ins Schloss zu bekommen.

Sie bekam ihn hinein – aber er ließ sich nicht drehen. War es doch der falsche Schlüssel? Oder hatte er sich verkantet?

Konnte sie es wagen, den Schausch für eine Sekunde aus den Augen zu lassen? Seine Augen glitzerten listig, die Brauen zuckten auf und nieder. Was ging hinter dieser breiten, blutigen Stirn vor? Welchen Plan heckte er aus?

Sie versuchte es noch einmal, ohne hinzuschauen. Blind rührte sie mit dem Schlüssel im Schloss. Aber er ließ sich nicht drehen. Sie musste es wagen, den Blick für einen Augenblick auf das Schloss zu richten.

Blitzschnell wandte sie den Kopf. Der Schlüssel hing schief. Rasch schob sie ihn gerade hinein und drehte ihn mit einem Ruck herum.

Aus den Augenwinkeln sah sie einen Schatten auf sich zuspringen. Zehn Finger krallten sich um ihren Hals, ein schwerer Stiefel stellte sich auf ihren zerschnittenen Fuß. Ihr blieb die Luft weg. Sie wollte schreien, doch durch ihre zugeschnürte Kehle ging kein einziges Luftmolekül mehr. Ihre Hände fuhren wild in der Luft herum, dann klirrte das Skalpell zu Boden, der Revolver folgte mit dumpfem Schlag.

Abermillionen silberne Sterne flogen auf sie zu und bildeten das Kreuz des Südens. Sie packte mit ihren Händen nach den Handgelenken des Schauschs, sie bohrte ihre Fingernägel in seine Handrücken. Doch wie ein Schraubstock umfassten seine Hände ihre Kehle, es wurde immer dunkler um sie herum.

* * *

Es musste bereits nach Mitternacht sein. Schenck war längst wieder aufgestanden und starrte zum Kreuz des Südens hinauf. Auch wenn er Gottes Weg nicht verstand, so war seine Seele doch still geworden. Wenn Gott meinte, dass sein Tod nötig war, wollte er das akzeptieren. Dann würde sein Tod auch dazu beitragen, dass Franziska zu Christus fand. Zwar konnte er sich nicht vorstellen, wie das geschehen sollte, aber Gott würde das schon wissen.

Allerdings würde es dann in der Hochzeitsallee im Schneeberger Forst keinen Obstbaum mit der Tafel *Moritz von Schenck und Komtesse Franziska Elisabeth von Wedell* geben. Das schmerzte ihn, denn davon hatte er geträumt, seitdem er die Komtesse und die Hochzeitsallee kannte. Und jetzt endlich, da sich ihr Herz für ihn öffnete, sollte er gehen. Aber vielleicht war es besser so. Ihr

Herz musste sich vor allen Dingen für Jesus Christus öffnen, das war wichtiger als alles andere, und das wäre ohnehin Voraussetzung dafür gewesen, überhaupt von einem Baum in der Hochzeitsallee träumen zu dürfen. War es sein Fehler, dass er nur um seiner selbst willen gewünscht hatte, Franziska möge sich dem Glauben an Jesus Christus zuwenden?

In seiner Zellentür klapperte ein Schlüssel. Was hatte das zu bedeuten? Mitten in der Nacht? Wollte man ihn in seiner letzten Nacht nicht wenigstens in Ruhe schlafen lassen? Oder wussten sie, dass er nicht schlief, weil es normal war, dass ein zum Tode Verurteilter in seiner letzten Nacht kein Auge zutun konnten?

Vermutlich war es der Militärpfarrer, der ihm Beistand leisten sollte. Aber warum bekam er die Tür nicht auf? Er drehte den Schlüssel hin und her, doch die Tür sprang nicht auf.

Schenck ging zur Tür und öffnete schon den Mund, um zu fragen, was dort los sei, als es dem Pfarrer offenbar endlich gelang, den Schüssel zu drehen. Die Tür öffnete sich einen Spalt weit, aber mehr auch nicht. Stattdessen klirrte etwas zu Boden, dann folgte ein Poltern. Jenseits der Tür schnaufte und keuchte jemand.

Irgendetwas stimmte da nicht. Mit Schwung stieß er die Tür auf, klirrend fiel ein Schlüsselbund zu Boden – und er starrte in Franziskas blau angelaufenes Gesicht.

Ein Schausch, dessen Nase eingeschlagen war und dem Blut über die Wangen und in den Kragen lief, hatte die Hände um ihren Hals gelegt. Er schnaufte und keuchte vor Anstrengung und wahrscheinlich auch vor Schmerz, denn Franziska wand sich, trat nach ihm und hatte ihre Fingernägel tief in seine Handrücken gebohrt. Blut tropfte von seinen Händen, auf dem Boden bildete sich bereits eine rote Lache – aber die konnte nicht nur davon sein. Nein, aus Franziskas nacktem Fuß floss ebenfalls Blut. Und dort zu ihren Füßen lag auch ein Revolver.

Reflexartig bückte Schenck sich nach der Waffe. Im selben Augenblick ließ der Schausch Franziska los und haschte nach einem schmalen, krummen Messer, das ebenfalls auf dem Boden lag.

Aus dem Augenwinkel sah Schenck, wie Franziska auf den blutverschmierten Boden sank und, den Mund weit aufgerissen, keuchend ein- und ausatmete.

„Lassen Sie das Messer fallen!", herrschte er den Schwarzen an und richtete den Revolver auf dessen Brust. „Sofort! Los! Oder wollen Sie, dass ich schieße?"

Offenbar glaubte der Schausch einem Offizier sofort, dass er schießen würde. Klirrend fiel das Messer zu Boden.

Flink wie eine Katze huschte Franziska hinüber und schnappte sich das Messer. Sie schien sich rasch von ihrer Atemnot erholt zu haben.

„Und jetzt in die Zelle!", fauchte sie den Schausch an und wedelte mit dem Messer vor seiner Kehle herum. „Rein da!"

Schenck ließ den Revolver sinken. „Franziska, was soll das?"

Sie wandte sich zu ihm um und öffnete den Mund.

Da stieß der Schausch Franziska zur Seite und stürzte sich geschmeidig wie ein Panther auf Schenck. Schenck taumelte zurück und prallte gegen die Wand des Flurs. Der Schwarze packte mit der Linken seine Hand, die den Revolver hielt, und mit der Rechten seinen Schopf und knallte seinen Kopf immer wieder gegen die Wand.

Der Revolver fiel Schenck aus der Hand. Er versuchte den Schwarzen am Hals zu packen, doch der wich geschickt aus. Schenck rammte ihm sein Knie in den Unterleib, doch offenbar traf er nicht richtig, denn der Schausch machte nur einen kleinen Schritt zur Seite, ohne seine Haare loszulassen. Wenn er noch öfter mit dem Hinterkopf gegen die Wand krachte, würde er das Bewusstsein verlieren – und dann wäre Franziska ebenfalls verloren.

Plötzlich stieß der Schausch einen gurgelnden Schrei aus und ließ ihn los.

Schenck sackte in die Knie und fasste sich mit beiden Händen an den Kopf, aber dann schaute er schnell wieder auf. Doch er sah nur eine dunkle Wolke vor seinen Augen. Wie aus weiter Ferne hörte er Franziskas helle Stimme, die auf den Schwarzen einschimpfte.

Endlich hob sich der Nebel vor seinen Augen. Franziska hielt den Revolver in der einen Hand und das Messer – die ganze Klinke war voller Blut – in der anderen. Am rechten Oberarm war die Uniform des Schauschs blutdurchtränkt.

„Was hast du mit ihm gemacht?"

Sie schüttelte den Kopf, dass ihre blonden Locken flogen. „Rein da!", herrschte sie den Schwarzen an und drückte ihm den Lauf nachdrücklich in den Rücken. „Jetzt weißt du, dass ich Ernst mache!"

Schenck stemmte sich hoch. „Franziska ..."

„Ruhe!" Ihre Stimme gellte in dem langen Flur, und sie zog den Kopf ein, als sei sie selbst darüber erschrocken.

„Der Mann ist verwundet!", raunte er.

„Nur ein Kratzer." Franziska gab dem Schwarzen einen Tritt in den Allerwertesten, damit er sich endlich in Bewegung setzte.

Mit winzigen Schritten ging der Schausch in die Zelle. Als er an der Schwelle angekommen war, gab Franziska ihm einen Stoß, dass er nach vorne taumelte. Blitzschnell warf sie die Tür ins Schloss und lehnte sich von außen dagegen.

„Den Schlüssel, schnell!"

„Franziska ..."

„Den Schlüssel!" Ihre Stimme überschlug sich.

„Wenn wir ihn einsperren ... Was glaubst du, was Götzen mit dir tun wird?"

„Gar nichts, weil wir jetzt sofort Daressalam verlassen werden."

Er lachte auf. „Und wie bitte stellst du dir das vor? Glaubst du, wir könnten einfach so durch das Kasernentor hinausspazieren?"

Auf ihrem Gesicht bildete sich ein spitzbübisches Grinsen. „Das, mein lieber Leutnant, ist deine Aufgabe. Wenn ich als Frau es schaffe, erst mich selbst und dann dich zu befreien, wirst du es als Offizier wohl noch schaffen, uns aus einer Kaserne hinauszubringen."

Er fragte sich allen Ernstes, ob sie den Verstand verloren hatte. Einfach fliehen! Das war doch Irrsinn! Götzens Häscher würden sie noch in dieser Nacht wieder einfangen, und dann steckte nicht nur er in der Patsche, sondern auch noch Franziska.

Sie angelte mit den Zehen ihres unverletzten Fußes nach dem Schlüsselbund, und als sie ihn herangezogen und aufgehoben hatte, schloss sie mit leisem Lachen die Zelle Nummer 17 ab. „Jetzt haben wir gewonnen."

„Nein." Er schüttelte den Kopf. „Jetzt haben wir verloren."

Kapitel 78

Franzi verstand die Welt nicht mehr. Statt ihr jubelnd um den Hals zu fallen, machte er ihr Vorwürfe. „Was hat das zu bedeuten? Ich riskiere alles, um dich hier herauszuholen, bevor die Sonne aufgeht. Und du behauptest, wir hätten verloren?"

Er trat auf sie zu und sah ihr in die Augen. „Franziska, bitte verstehe mich doch. Selbst wenn uns die Flucht aus der Kaserne, sogar aus Daressalam, ja sogar aus Deutsch-Ostafrika gelingen sollte, so werden wir doch ein Leben lang Flüchtlinge bleiben. Willst du das wirklich?"

Sie lehnte sich wieder gegen die Tür der Zelle 17. „Aber wenn wir erst in Deutschland sind ..."

Moritz trat noch dichter vor sie hin, seine wunderbar blauen Augen funkelten sie an. „Und wie sollen wir dorthin kommen? Zum Hafen gehen und uns als blinde Passagiere an Bord eines Reichspostdampfers schleichen? Götzen wäre geradezu ein Esel, wenn er den Hafen nach unserer Flucht nicht bewachen lassen würde."

„Dann schlagen wir uns eben bis Belgisch-Kongo[23] oder Britisch-Ostafrika[24] durch und nehmen von dort ein Schiff in die Heimat." Das Durchschlagen hatten sie in den vergangenen Monaten schließlich ausgiebig geübt.

„Um uns dann in Hamburg sofort verhaften zu lassen. Franziska, ich wurde zum Tode verurteilt. Und du wirst nach deinem tätlichen Angriff auf den Schausch auch steckbrieflich gesucht werden."

„Aber in Deutschland wirst du vor ein ordentliches Gericht gestellt und nicht von diesem wütenden Götzen an ein paar voreingenommene Offiziere zur Verurteilung übergeben!" Begriff er denn nicht, dass Flucht das einzig richtige und einzig mögliche Mittel war?

„Franziska." Er sprach zu ihr, als wäre sie nicht im Vollbesitz ihrer geistigen Kräfte. „Ich bin rechtskräftig zum Tode verurteilt. Das wird auch in Deutschland nicht mehr geändert."

„Dann kehren wir eben nicht nach Deutschland zurück. In an-

---

23 Heute die Republik Kongo.
24 Ungefähr das heutige Kenia.

deren Kolonien werden doch sicherlich auch erfahrene Offiziere gesucht. Und Krankenschwestern ebenso. Das ist doch immer noch besser, als bei Sonnenaufgang erschossen zu werden!"

Er nahm ihre Hand. „Franziska. Oder darf ich dich Franzi nennen?"

Sie nickte.

„Franzi. Denke bitte nicht, ich sei dir nicht dankbar für das, was du getan hast. Du bist ..." Er stockte.

„Ja?" Was wollte er sagen? Dass sie ein dummes Kind war, weil sie diesen waghalsigen Plan gefasst hatte?

„Du bist eine Heldin. Aber ich kann diese Fluchtmöglichkeit nicht annehmen. Nicht nur aus den Gründen, die ich dir bereits genannt habe."

Nicht annehmen können? Hatte sein Kopf gelitten, als der Schausch ihn gegen die Wand gedonnert hatte? „Was könnte es noch für einen Grund geben?"

„Wenn ich fliehen würde, wäre das ein Eingeständnis meiner Schuld."

„Wie bitte?"

„Wer unschuldig ist, braucht nicht zu fliehen."

Sein Kopf musste wirklich arg geschädigt worden sein. „Du hast mir doch gerade selbst erklärt, dass du rechtskräftig verurteilt wurdest. Da hilft dir deine Unschuld auch nicht mehr."

„Aber wenn ich flöhe, würde Graf Götzen doch sagen: *Siehe da, er ist wirklich schuldig. Er hat sich dem gerechten Urteil entzogen. Unschuldige fliehen nicht.* Weil sie sich dann mit der Flucht tatsächlich eines Vergehens schuldig machten."

„Bei dieser Logik komme ich nicht hinterher. Du willst dich freiwillig erschießen lassen, nur weil du an deiner Unschuld festhältst?"

„Flucht sehe ich als Eingeständnis meiner Schuld. Ich habe nichts verbrochen, also gibt es keinen Grund zur Flucht."

„Natürlich gibt es den!" Sie riss ihre Hand aus der seinen. „Du sollst in ein paar Stunden hingerichtet werden!"

Seine Stimme blieb sanft und ruhig. „Und es kommt noch etwas dazu."

„Was denn noch?"

„Ich halte es nicht für richtig, mich auf diese Art und Weise der

Urteilsvollstreckung zu entziehen. Mit menschlicher List, mit Gewalt – nein, das ist nicht Gottes Weg. *Verflucht ist der Mann, der Fleisch zu seinem Arm macht.*"

Natürlich. Er hatte gleich wieder eine Bibelstelle parat. Warum war sie für diesen verstockten Frommen so ein Risiko eingegangen? Sie hätte sich doch denken können, dass er irgendwelche Einwände hatte.

Plötzlich legte er den Zeigefinger an die Nase, dann faltete er die Hände und schloss die Augen.

Jetzt betete er auch noch. Und sein Gott würde ihm wahrscheinlich antworten, dass er nicht fliehen sollte. Bestimmt gab es dafür auch irgendeine Regel. *Du sollst deinem Wächter nicht den Revolver auf die Nase schlagen.* Oder: *Wer unschuldig ist, darf nicht fliehen.*

„Komm, Franzi." Er streckte ihr die Hand entgegen. „Soweit ich mich erinnere, ist in der Wachstube ein Fernsprecher, nicht wahr?"

„Ja, schon. Aber was hast du vor?" Nur zögernd schob sie ihre Hand in die seine.

„Bitte gib mir die Waffen."

Zweifelnd sah sie ihn an. Der Revolver und das Skalpell waren ihre Lebensversicherung. Sollte sie sie wirklich in die Hände dieses Mannes geben, der nicht ganz bei Trost zu sein schien?

„Bitte."

Sie atmete tief durch. Dann übergab sie ihm Revolver und Skalpell. „Was hast du vor?"

„Ich weiß, wie aus dieser Situation vielleicht doch noch etwas Gutes werden kann." Er zog sie mit sich den Flur entlang – viel zu schnell für ihren verletzten Fuß –, bis sie vor der Wachstube standen.

Ihr schwante nichts Gutes.

„Ich werde im Gouverneurspalast anrufen. Und mich Götzen stellen. Ich werde ihn genau damit überzeugen, dass ich eben *nicht* fliehe, obwohl ich es könnte. Und ihn auch nicht mit den Waffen bedrohe, die ich in Händen halte."

Seine grauen Zellen waren wirklich nicht mehr intakt.

„Schau mich nicht so entsetzt an." Er lächelte sein warmes Lächeln. „Eine gewaltsame Flucht – das kann nicht Gottes Wille sein."

„Aber dass du bei Sonnenaufgang erschossen wirst, das ist schon Gottes Wille?"

Moritz hob den Hörer ab. „Das werden wir feststellen. Wenn Götzen trotzdem auf meiner Verurteilung beharrt, dann nehme ich es als Gottes Willen hin. Wenn Gott mich retten will, dann wird er am Herzen des Gouverneurs wirken. *Wasserbächen gleicht das Herz eines Königs in der Hand des Herrn; wohin immer er will, neigt er es.*"

„Und darauf willst du dich verlassen? Statt zu fliehen? Dein Glaube macht dich wirklich verrückt!"

„Nein." Er drehte an der Kurbel. „Ich werde um mein Leben kämpfen. Aber ich werde nicht heimlich fliehen."

Das Rasseln der Kurbel klang in Franzis Ohren wie das Durchladen von Gewehren. Der Gewehre des Erschießungskommandos.

* * *

Julie saß auf den Stufen zum Gouverneurspalast, während Doktor Langenburg vor ihr auf dem Gehsteig auf und ab tigerte.

„Komtesse, nun lassen Sie doch den Unsinn. Wir wissen, dass Ihr Onkel eine Stunde vor Sonnenaufgang geweckt wird. Bis dahin sind es noch knapp vier Stunden. Die können Sie doch unmöglich hier auf der Treppe verbringen."

Und ob sie konnte. Es brauchte nur etwas Unvorhergesehenes geschehen, und schon war ihr Onkel um fünf Uhr gar nicht mehr hier.

Julie schielte zu den beiden Askaris hinüber, die mit unbeweglichen Mienen rechts und links des Eingangsportals standen. Die Tür stand weit offen, um die kühle Nachtluft hineinströmen zu lassen – aber sie als Nichte des Gouverneurs durfte nicht hinein. Seit sie hier auf den Stufen saß, hatte sie die Wachen schon fünfmal angefleht, sie zu ihrem Onkel zu bringen. Doch sie erhielt immer die gleiche Antwort: „Gouverneur schläft. Nicht stören."

„Komtesse, ich bitte Sie." Langenburg blieb vor ihr stehen. „Wenn Sie weiter Ihre Gesundheit riskieren, ist weder Franziska von Wedell noch Leutnant von Schenck geholfen. Bitte erlauben Sie mir, Sie ins Hotel zu bringen."

Sie schwieg weiter. Natürlich meinte er es gut mit ihr, aber es ging nicht um sie. Sie musste – und wollte! – hinter Franzi und Schenck zurückstehen.

„Ich werde danach auch sofort hierher zurückkehren und Sie rufen lassen, sobald Graf Götzen erwacht." Seine Tonlage wurde fast flehend.

Sie schüttelte den Kopf. Er würde sie nur mit Gewalt von hier fortschaffen können.

Plötzlich ertönten im Innern des Palastes Stimmen. Hinter einigen Fenstern flammten Lichter auf.

Julie stemmte sich hoch und stieg schnaufend die Stufen zum Eingang hinauf. Sofort traten die Wachen wieder vor die Tür. Doch oben angekommen musste sie sich sowieso erst einmal an einer der filigranen Säulen festhalten, die die darüberliegende Veranda trugen. Nur nicht ohnmächtig werden!

Langenburg eilte ihr nach und legte den Arm um ihre Taille. Energisch hob sie das Kinn und sah durch die offene Tür in das Vestibül. Auch hier entzündete ein Schwarzer soeben das Licht.

„Ist der Gouverneur erwacht?", rief Julie ihm zu.

Der Schwarze zuckte nur mit den Schultern, bis einer der Askaris ihre Frage übersetzte. Jedenfalls vermutete sie, dass es ihre Frage war, auch wenn der Suaheli-Redeschwall viel länger war als ihre vier Worte.

Der schwarze Diener antwortete etwas ebenso Unverständliches, dann drehte der Askari sich wieder zu ihr um.

„Telefon." Er hielt sich die Hand ans Ohr. „Werde fragen, ob Sie dürfen hinein." Dann verschwand er in der Halle.

„Sagen Sie ihm bitte, dass ich seine Nichte bin!", rief Julie ihm nach. Dann wandte sie sich an Langenburg. „Sehen Sie? Gut, dass ich hiergeblieben bin."

Diesmal war es der Arzt, der keine Antwort gab. Er hatte die Augen geschlossen und bewegte leise die Lippen. Wahrscheinlich betete er wieder einmal.

„Ich hoffe, wenigstens dieses Mal wird Ihr Gott auf Ihr Gebet hören. Bisher war Ihre Erfolgsquote denkbar gering."

Langenburg schüttelte den Kopf. „Wir sind unbeschadet in Daressalam angekommen, stehen vorm Palast des Gouverneurs und werden wahrscheinlich in einigen Augenblicken bei ihm vorgelassen. Sehen Sie denn nicht, wie Gott uns geholfen hat?"

„Aber Leutnant von Schenck soll in wenigen Stunden hingerichtet werden!"

„Eben. Erst *in* wenigen Stunden. Nicht bereits *vor* wenigen Stunden. Gott hat dafür gesorgt, dass wir noch quasi pünktlich eingetroffen sind."

Über das *pünktlich* konnte man streiten. Es blieben ihnen nur noch ein paar Stunden. Wären die ganzen Zwischenfälle nicht gewesen, hätte sie das Todesurteil vielleicht ganz verhindern können.

Da kehrte der Askari zurück. „Schnell. Gouverneur nur wenig Zeit."

Auf Langenburg gestützt, folgte sie dem Askari so rasch wie möglich. Sie wurden in einen Salon geführt, in dessen Mitte ihr Onkel stand. Er trug noch die Bartbinde und ließ sich gerade von einem Diener die Uniform schließen. Als sie eintrat, schob er den Diener zur Seite und kam langsam auf sie zu.

„Onkel!" Sie breitete den Arm aus.

Er blieb stehen und setzte den Klemmer auf. Dann ging er einen Schritt weiter, blieb wieder stehen. Er räusperte sich, starrte sie an.

„Onkel, ich bin es, deine Nichte!"

Er räusperte sich wieder. „Julie – verstümmelt." Seine Stimme klang brüchig.

„Aber ich lebe!"

„Verstümmelt!", wiederholte er. Er nahm den Klemmer ab, deckte die Hand über die Augen. Plötzlich ballte er eine Faust. „Das werden die beiden mir büßen."

Er riss sich die Bartbinde ab und stürmte aus dem Raum, ehe Julie noch etwas erwidern konnte.

Kapitel 79

Schenck ging in der Wachstube auf und ab, Revolver und Skalpell immer noch in der Hand. „Franzi, versteh mich doch!"

Sie saß auf dem Stuhl des Wachhabenden, hatte den Kopf in die Hände gestützt und weinte vor sich hin.

Er legte das Skalpell auf den Tisch, trat neben sie und strich ihr eine Locke hinters Ohr. „Franzi! Ich kann nicht einfach weglaufen. Das wäre Unrecht!"

„Aber dich grundlos zum Tode zu verurteilen, das ist Recht?", schluchzte sie.

„Natürlich nicht. Aber wenn andere Unrecht tun, ist das für mich kein Freifahrtschein, ebenfalls Unrecht zu tun."

Sie warf den Kopf zurück, dass ihre Locken flogen. „Du mit deinem übertriebenen Gerechtigkeitssinn! Wofür habe ich das denn alles getan? Nur damit du doch erschossen wirst? Und ich gleich mit, weil ich aus meiner Zelle ausgebrochen bin und den Wachhabenden bedroht, verletzt und eingesperrt habe?"

„Franzi!"

„Nenn mich nicht so!"

Er trat einen Schritt von ihr zurück. Er konnte ihre Wut ja verstehen. „Franzi, bitte ..."

„Für Sie immer noch Komtesse von Wedell!" Sie wischte sich mit dem Handrücken die Tränen von den Wangen.

Das tat weh. „Aber begreifst du denn nicht? Ich kann nicht weglaufen! Es wäre falsch, von den Folgen ganz abgesehen! In den Sprüchen steht: *Der Gerechte wird aus seiner Drangsal befreit.* Und: *Die Gerechtigkeit der Aufrichtigen rettet sie.* Und: *Gerechtigkeit errettet vom Tod.*"

„Jetzt höre auf, mir die halbe Bibel zu zitieren! Und komm, noch können wir fliehen!"

„Ich habe den Ausgang in Gottes Hand gelegt. So, wie der Gouverneur entscheidet, so ist es richtig."

„Er wird dich auf der Stelle erschießen lassen!"

„Oder mich freilassen. Denn weil ich unschuldig bin, begebe ich mich freiwillig in seine Hand."

Sie lachte auf. „Das ist doch Irrsinn!"

„Ja, wenn man nicht mit Gott rechnet."

Sie sprang auf und stellte sich mit geballten Fäusten vor ihn hin. „Ich will dir etwas sagen, du heiliger Leutnant: Als ich ganz allein und verzweifelt – verzweifelt deinetwegen! – in meiner Zelle saß, da habe ich gebetet. Du kannst dir nicht vorstellen, wie groß die Überwindung für mich war. Aber ich habe es getan. Für dich."

„Franzi ..."

„Nicht Franzi!", keifte sie. „Doch dein Gott hat mein Gebet einfach ignoriert. Stunden später saß ich immer noch allein und verzweifelt in meiner Zelle. Am nächsten Tag auch noch. Nichts geschah. Im Gegenteil: In der Zwischenzeit wurdest du zum Tode verurteilt!" Ihre Augen blitzten. „Und auf diesen Gott willst du dich verlassen? Auf einen Gott, der nur schweigt? Der für dich, der du ihm blind vertraust, nicht einen Finger krümmt? Vergiss diesen Gott und komm mit!"

„Wenn Gott mich sterben lässt, dann weiß ich, dass es gut für uns beide ist." Schenck faltete die Hände. Ein Stoßgebet zu seinem Gott: *Lass mich den Glauben nicht verlieren!*

„Das ist doch Selbstmord!", schrie sie ihn an.

„Stellen wir doch Gottes Allmacht und Güte auf die Probe. Und ich bin überzeugt, dass Er dir beweisen wird, dass Er sich doch zu dem Weg der Gerechtigkeit bekennt."

„Auf diesen Beweis bin ich wirklich gespannt."

Das war er allerdings auch. Wenn er an Graf Götzen dachte, geriet sein Vertrauen ins Wanken. Der Mann war wütend, und ihr Ausbruch aus den Zellen würde seine Wut nur noch steigern. Trotzdem konnte Gott auch sein Herz neigen, es war für Ihn doch Wasserbächen gleich.

Plötzlich klapperte die Eingangstür. Sollte das schon der Gouverneur sein? Dazu war seit seinem Anruf eigentlich noch nicht genug Zeit vergangen.

Die Tür zur Wachstube wurde aufgerissen. „Was ist denn hier für ein Lärm ..." Es folgte ein Schimpfwort auf Suaheli.

Zwei Askaris standen im Türrahmen. Wahrscheinlich eine Streife, die von ihrem lautstark geführten Streit herbeigerufen worden war.

Blitzschnell hob Schenck die Pistole. „Keinen Schritt näher! Und die Gewehre fallen lassen!"

Maßloses Erstaunen zeigte sich auf den Gesichtern der beiden Soldaten, sie brachten keinen Ton heraus.

„Sie können beruhigt sein, Seine Exzellenz der Gouverneur wird in Kürze hier sein."

„Der Gouverneur?", stammelte einer der beiden.

„Ich habe ihn selbst angerufen." Schenck deutete auf das Telefon.

Franzi stand mit geballten Fäusten da. „Hervorragend, Herr Leutnant", zischte sie. „Jetzt schaffen wir es nicht mehr, zu fliehen, bevor Götzen kommt."

* * *

Draußen wurde es laut, aufgeregte Stimmen kamen näher – das musste der Gouverneur sein. Schenck schickte noch ein Stoßgebet nach oben, dann stürmte Götzen schon in Begleitung von Leutnant Kaspereit in die Wachstube.

„Festnehmen! Sofort festnehmen! Alle beide!" Der Gouverneur deutete mit dem Zeigefinger auf ihn. „Schenck, lassen Sie sofort den Revolver fallen! – Kaspereit, das Messer!"

Schenck sprang die Wut des Gouverneurs aus dessen Augen geradezu entgegen. Und das war nicht etwa nur die Wut über die gestörte Nachtruhe. Auch nicht nur darüber, dass sie aus den Zellen entkommen waren. Götzen wirkte wütender denn je – aber diese Wut schien durch unbändige Trauer hervorgerufen worden zu sein.

Langsam ließ Schenck den Revolver sinken und entspannte den Hahn. „Exzellenz, heute Nacht wäre es mir eine Kleinigkeit gewesen, zu entfliehen."

„Lächerlich." Götzen hüstelte. „Möchte wissen, wie Sie aus der bewachten Kaserne entkommen wollten."

„Es ist einer jungen Dame" – er verneigte sich in Franzis Richtung – „gelungen, aus ihrer Zelle zu entkommen und mich ebenfalls aus meiner Zelle zu befreien, obwohl sie keinerlei militärische Ausbildung hat. Glauben Sie wirklich, es wäre für einen preußischen Offizier schwieriger, die Kaserne zu verlassen?"

„Quatschen Sie nicht! Warum sind Sie denn sonst noch hier? Und jetzt geben Sie gefälligst die Waffe ab!" Der Gouverneur hüstelte erneut.

„Der Grund, warum ich noch hier bin, ist sehr einfach: Ich *wollte* nicht fliehen." Er packte den Revolver am Lauf und streckte ihn Götzen entgegen. „Exzellenz, hiermit übergebe ich Ihnen die Waffe. Die Waffe, mit der ich mich auch jetzt noch befreien könnte. Aber ich tue es nicht. Weil ich unschuldig bin und auf Ihre Gerechtigkeit vertraue."

Götzen gab Kaspereit einen Wink, der den Revolver mit spitzen Fingern entgegennahm.

Schenck hatte das Gefühl, als spielte er russisches Roulette. Nun war er ganz auf die Gnade des wütenden Gouverneurs angewiesen. Nein, auf die Allmacht und Güte seines Gottes.

„Ich sehe, Sie geben auf." Götzen grinste und sah die beiden Askaris an. „Festnehmen."

„Nein!" Schenck hob beide Hände. „Ich gebe nicht auf. Ich appelliere an Ihre Gerechtigkeit. Sie wissen genau, Exzellenz, dass ich das, was mir vorgeworfen wird, nicht getan habe."

„Diskutieren Sie nicht!", grollte Götzen.

Schenck warf Franzi einen Seitenblick zu, die mit seltsam verknoteten Fingern dastand. Dann sah er dem Gouverneur fest in die Augen. „Exzellenz, Sie herrschen über ein Schutzgebiet, das nahezu doppelt so groß ist wie das Reich und fast acht Millionen Einwohner hat. Seine Majestät hätte Ihnen diese große Verantwortung gewiss nicht übertragen, wenn er nicht von Ihren außergewöhnlichen Fähigkeiten überzeugt wäre. Sollte ich von dem Gouverneur von Deutschlands größtem und einwohnerreichstem Schutzgebiet nicht Gerechtigkeit erwarten dürfen?"

Kaspereit starrte ihn mit offenem Mund an, und Franzi verknotete ihre Finger so heftig, dass die Knöchel weiß hervortraten.

Der Gouverneur blitzte ihn durch die Gläser seines Klemmers an. „Hören Sie auf, mir Honig um den Bart zu schmieren. Das Gericht hat Sie für schuldig befunden, also werden Sie die Strafe tragen. Damit wird der Gerechtigkeit Genüge getan."

„Wenn ich wirklich schuldig wäre, wenn ich wirklich so niederträchtig gewesen wäre, meine Kameraden an den Feind zu verraten, hätte ich dann nicht erst recht die Gelegenheit zur Flucht ergriffen?

Oder hätte Sie mit der Waffe, die ich Leutnant Kaspereit soeben übergeben habe, hier und jetzt erschossen, um mich an Ihnen zu rächen?"

Götzen räusperte sich. Er öffnete den Mund, schloss ihn aber wieder. – War ihm der große Coup gelungen? Ein gemeiner Verbrecher würde sich nicht der Gerechtigkeit des Gerichtsherrn ausliefern – das war auch Götzen klar.

Er fühlte, wie sich eine Hand zögernd auf seinen Arm legte. Franzi stand neben ihm und sah ihn an. Ihre Augen schwammen in Tränen.

„Du bist großartig", flüsterte sie.

Schenck atmete tief durch. Wenigstens sie hatte er überzeugt.

„Wenn Sie glauben", durchbrach Götzens belegte Stimme die Stille, „mich mit diesen Argumenten umzustimmen, sind Sie auf dem Holzweg. Sie sind rechtskräftig verurteilt, das Gericht sah Ihre Schuld als erwiesen an – daran kann auch ich nichts mehr ändern, selbst wenn ich es wollte."

Das klang fast ein wenig so, als wäre Götzen doch zum Einlenken bereit. Irgendwo musste dieser strenge Soldat und unumschränkte Herrscher über Deutsch-Ostafrika doch zu packen sein, eine weiche Stelle musste es auch bei ihm geben. Wenn es ihm gelänge, diese zu finden! Aber dazu kannte er ihn zu wenig. „Exzellenz, um eine Ungerechtigkeit zu verhindern, gibt es doch immer Wege, gerade für einen Mann, der mit solcher Machtfülle ausgestattet ist wie Sie." Trug er zu dick auf? Oder schmeichelte es dem Gouverneur, wenn er zuerst seine Gerechtigkeit und jetzt seine Macht lobte?

„Es ist keine Ungerechtigkeit. Sie haben sich der Spionage und des Hochverrats schuldig gemacht und sind dafür verurteilt worden. Dass Sie Ihre Flucht nicht vollendet, sondern sich in meine Hände begeben haben, beweist überhaupt nichts. Wahrscheinlich hat Sie schlichtweg der Mut verlassen, oder Sie sahen keine Möglichkeit, aus der Kaserne zu entkommen."

„Gehört nicht mehr Mut dazu, mich in Ihre Hände zu begeben? In die Hände des Mannes, der mir die schwere Verletzung seiner Nichte anlastet und mich dafür bestrafen sehen will?"

„Was fällt Ihnen ein!", bellte Götzen, während sein Gesicht sich gleichzeitig schmerzlich verzog. „Abführen, sofort!"

„Wo ist überhaupt der Wachhabende?", warf Kaspereit ein.

Franzi nahm den Schlüssel vom Tisch und gab ihn dem Leutnant. „Zelle 17. Bringen Sie ihn ins Lazarett, er hat eine gebrochene Nase und eine kleine Fleischwunde am Oberarm."

„Auch das noch!" Götzen schlug mit der rechten Faust in die linke Hand. „Widerstand gegen die Staatsgewalt, Körperverletzung, Freiheitsberaubung! – Kaspereit, sperren Sie den Kerl sofort weg!"

Der Adjutant gab den beiden Askaris einen Wink und sofort packten sie Schenck an den Armen.

Kapitel 80

Als Franzi sah, wie die beiden Askaris Moritz packten und dass Graf Götzen sich zum Gehen wandte, hielt sie es nicht länger aus. Sie sprang vor, obwohl ihr verletzter Fuß wie Feuer brannte, und krallte sich an Götzen fest.

„Das dürfen Sie nicht tun!"

„Kaspereit, nehmen Sie das Mädchen weg!", donnerte Götzen und wischte sich eine Schweißperle von der Stirn.

„Nein!" Franzi ließ ihn los, richtete sich aber so hoch wie möglich vor ihm auf, auch wenn ihr das Stehen auf den Zehenspitzen unerträgliche Schmerzen bereitete. „Exzellenz, was mit Ihrer Nichte geschehen ist, ist doch nicht die Schuld des Herrn Leutnants! Es war ein Krokodil! Und Leutnant von Schenck war bei dem Angriff des Krokodils im Ulanga überhaupt nicht zugegen!"

„Das weiß ich auch!", raunzte der Gouverneur. „Dennoch: Hätte er seinen Befehl, Julie und Sie auf das Schiff nach Deutschland zu bringen, ordnungsgemäß zu Ende geführt, wäre das alles nicht passiert."

Aha, da hatte er es also zugegeben. Wenn es dem Gouverneur gar nicht um die Verletzung seiner Nichte, sondern um Gerechtigkeit ginge, hätte er antworten müssen, dass es da keinen Zusammenhang gebe, sondern dass Schenck wegen Hochverrats verurteilt worden sei. Aber er gab ihm sehr wohl die Schuld an Julies Verstümmelung und bestand deswegen auf seiner Bestrafung.

Franzi ließ sich wieder auf ihre Fersen hinab, auch wenn sie dadurch nicht mehr annähernd auf Augenhöhe mit Götzen war. „Exzellenz, Julie ist meine beste Freundin. Glauben Sie wirklich, ich würde den Mann, der Julies – Julies Verletz..."

„Sagen Sie es nur: Sie ist ein Krüppel!", ranzte Götzen dazwischen.

„Wenn Leutnant von Schenck wirklich an der Verletzung meiner besten Freundin schuld wäre, würde ich Freudentänze aufführen, dass er zum Tode verurteilt wurde. Aber ich habe ihn befreit. Ich bin sogar bereit ..." Sie schlug die Augen nieder. Durfte sie das wirklich sagen? Sie musste es sagen, um Moritz' willen, auch wenn es ihr schwerfiel. „Ich möchte diesen Mann sogar heiraten. Das würde ich niemals wollen, wenn er wirklich am Zustand meiner besten Freundin schuld wäre."

„Jetzt lassen Sie endlich das Gequatsche!" Götzen hüstelte. „Schenck ist wegen Hochverrats verurteilt worden, nicht wegen Julies Verletzung."

Ah, der Gouverneur hatte also doch noch bemerkt, dass er sich auf die falsche Diskussion eingelassen hatte. Aber wenn er sich hinter den Hochverrat zurückzog, waren ihre Vorstellungen nutzlos. Dann blieb ihr nur eine andere Schiene.

„Exzellenz, können Sie sich noch an das junge Mädchen erinnern, das Sie bei einem Besuch im Pensionat kennengelernt haben? Das Ihnen etwas auf Julies Viola vorgespielt hat? Sie waren begeistert davon." Franzi musste lächeln, als sie daran dachte. Julies Spiel war nie sonderlich gut gewesen, trotzdem hatte Götzen es immer geliebt, wenn seine Nichte gespielt hatte. Und als Franzi dann das erste Mal die Bratsche in der Hand gehabt hatte, hatte er ihr Talent sofort erkannt. „Julie hat Sie vergöttert – und ich auch."

„Was soll das alles jetzt?", grunzte Götzen.

Sie warf Moritz, der immer noch von den beiden Askaris festgehalten wurde, einen Seitenblick zu. Er lächelte sie an, seine blauen Augen strahlten. Und auch Leutnant Kaspereit hing geradezu an ihren Lippen.

„Ich wage zu behaupten, dass Sie den kleinen, wirren, blonden Lockenkopf gemocht haben." Franzi fasste ihr Haar im Nacken zusammen und legte es nach vorn über die Schulter. „Sie wollten mir sogar eine Viola schenken, aber mein Vater wollte sie nicht annehmen. Und jetzt steht dieser kleine Lockenkopf vor Ihnen und bittet für den verurteilten Leutnant Moritz von Schenck."

Machten ihre Worte Eindruck auf ihn? Er nahm den Klemmer von der Nase und deckte eine Hand über die Augen.

Franzi schielte zu dem Bratschenkoffer hinüber, der noch immer in der Ecke stand. Julies Bratsche. Ob es etwas bewirken würde, ihm das Instrument zu zeigen, das er seiner Nichte damals geschenkt hatte? Oder würde das seine Wut nur noch steigern, weil sie die Viola nun besaß? Ein Instrument, das seine Nichte nie wieder würde spielen können.

Der Gouverneur räusperte sich. „Schön geredet, Komtesse. Beinahe wie ein Advokat. Doch Sie haben eines nicht bedacht: Sie selbst waren es doch, die meine Nichte verleitet hat, in Afrika zu bleiben und, um sich meinem Zugriff zu entziehen, in den Süden zu flüchten. Ohne Sie wäre Julie auf der *Prinzregent* nach Deutschland gefahren, wäre heute gesund und in Sicherheit. Und das" – er richtete den Zeigefinger auf sie – „vergesse ich Ihnen nie."

Er ließ sich also nicht bereden. Stattdessen hatte er einen weiteren Sündenbock gefunden. Und ganz von der Hand zu weisen waren seine Vorwürfe nicht. Zwar war sie nicht die einzig Schuldige daran, dass sie in Deutsch-Ostafrika geblieben und in den Süden gegangen waren, aber in einem Punkt hatte Götzen recht: Wäre Julie allein gewesen, wäre sie wahrscheinlich auf der *Prinzregent* nach Hause gefahren. Für solche Dinge, wie sie sie getan hatte, brauchte man eine Kumpanin.

„Und nun Ende der Diskussion!" Götzen hustete. „Kaspereit, bringen Sie den Kerl in seine Zelle zurück – sofort!"

„Bitte nicht!" Franzi packte den Gouverneur wieder am Arm. „Ich flehe Sie an!"

„Und schaffen Sie mir das Weibsstück vom Hals, Kaspereit! Wegschließen!"

* * *

Der Name Julia Viola von Götzen wirkte wieder Wunder. Seit sie als die echte Lieblingsnichte des Gouverneurs identifiziert worden war, wurde sie wieder zuvorkommend bedient. Und sogar die Askaris kamen eilfertig ihren Wünschen nach. Auch der Aufforderung, eine Sänfte zu besorgen und sie und Doktor Langenburg zur Kaserne zu begleiten.

„Wir sollten das nicht tun." Langenburg eilte neben ihrer Sänfte her. „Der Empfang bei Ihrem Onkel war kein guter Auftakt."

„Mein Onkel war nur erschrocken, weil er mich noch nie ..." Der Schmerz über ihren fehlenden Arm überfiel sie wieder. „Es ist etwas anderes, zu wissen, dass mir ein Arm fehlt, oder es mit eigenen Augen zu sehen."

„Eben. Und deshalb hat Ihr Anblick seine Wut offenbar sogar noch gesteigert."

Das hatte sie selbst bemerkt. Sie hatte sich den Empfang bei Onkel Götzen auch anders vorgestellt. Hatte gehofft, nur ein klärendes Wort sagen zu müssen, und er würde Franzi und Schenck freilassen. Dass sie genau das Gegenteil erreicht hatte, wurmte sie maßlos.

„Genau dasselbe wird wieder geschehen, wenn Sie im Gefängnis quasi hineinplatzen." Langenburg beschleunigte seinen Schritt, um von Julies Sänftenträgern nicht abgehängt zu werden.

„Das war nur die erste Reaktion. Sozusagen der erste Schock. Geben Sie mir fünf Minuten mit meinem Onkel, und er tut alles, was ich will. Gerade an meinem Geburtstag."

Er wandte ihr den Kopf zu. „Sind Sie wirklich so sicher, wie Sie klingen?"

Selbstverständlich nicht. „Selbstverständlich. Ich weiß nicht, warum, aber mein Onkel hatte immer eine besondere Vorliebe für mich."

„Und Sie glauben, dass das immer noch so ist? Nachdem Sie ihm so viele Schwierigkeiten bereitet haben?"

„Er schiebt ja alle Schuld auf Franzi und Schenck." Sie atmete tief durch. Allein schon das viele Reden strengte sie an. Langenburg sollte doch einfach seine Bedenken beiseitelassen.

„Schenck hat einen Plan, Komtesse, sonst hätte er quasi nicht im Gouverneurspalast angerufen. Bitte zerschießen Sie ihm den Plan nicht dadurch, dass Sie Ihren Onkel mit Ihrem Anblick quälen."

Sie musste wirklich furchtbar aussehen. Es war ja nicht nur ihr Arm, obwohl Onkel Götzen das wahrscheinlich am härtesten traf. Nach wochenlanger Odyssee quer durch das Schutzgebiet sah sie höchstwahrscheinlich arg mitgenommen aus.

Endlich erreichten sie das Kasernentor. Einer der Askaris sprach mit der Wache im schwarz-weiß-roten Häuschen, dann wurden sie eingelassen.

Vor der Gefängnisbaracke hielten sie an und Langenburg half ihr beim Aussteigen. Aus einem erleuchteten Fenster neben der Eingangstür klangen erregte Stimmen.

Der Doktor legte ihr die Hand auf die Schulter. „Bitte, Komtesse, tun Sie nichts Unbedachtes!"

„Ich habe mich nicht mühsam bis Daressalam durchgeschlagen, um Franzi und Schenck jetzt ihrem Schicksal zu überlassen." Sie ging an ihm vorbei, öffnete die schwere Eingangstür – was beinahe ihre Kräfte überstieg – und trat ein.

Die Stimmen drangen durch eine weitere geschlossene Tür in den Gang. Sie erkannte Franzis bewegte Stimme, die offenbar eine lange Rede hielt. Ihre Freundin war also noch in Daressalam. Wo sie wohl die ganze Zeit über gesteckt hatte?

Julie hielt den Atem an, lauschte und versuchte etwas zu verstehen – vergeblich. Ihr Onkel antwortete. Er klang erregt, doch auch seine Worte waren zu undeutlich. Dann gab es eine Pause, ehe erneut die Stimme von Onkel Götzen ertönte: „Ende der Diskussion!" Das Folgende war wieder unverständlich.

Franzi rief etwas, laut, im hohen Diskant der Erregung.

Dann wieder der scharfe Befehlston ihres Onkels, zuletzt deutlich zu verstehen: „Wegschließen!"

Sollte Franzi ebenfalls eingesperrt werden?

Julie griff nach der Türklinke. Sie musste hinein und das verhindern!

Doch Langenburg hielt sie fest. „Nein."

„Lassen Sie mich los!"

„Warten Sie doch ab! Wenn die beiden quasi abgeführt werden, haben Sie immer noch Gelegenheit, einzugreifen."

Sie wehrte sich, sie kämpfte, doch mit nur einem Arm hatte sie gegen den kräftigen Arzt keine Chance. Zähneknirschend blieb sie vor der Tür stehen.

* * *

„Bitte lassen Sie die Komtesse frei." Mit einem plötzlichen Ruck befreite Schenck sich von den beiden Askaris und stellte sich vor Franzi. „Machen Sie mit mir, was Sie wollen, aber bitte verschonen Sie die Komtesse."

„Ich mache, was ich will. Und lasse mir schon gar nicht von einem Verräter und Spion dreinreden!", bellte Götzen.

„Erlauben Sie, Exzellenz, dass ich Ihnen noch einmal meinen Fall darlege. Wenn Sie wirklich nicht wegen der Verletzung Ihrer Nichte voreingenommen sind, werden Sie zugeben müssen, dass ich unschuldig bin."

„Sie hatten vor dem Kriegsgericht ausreichend Möglichkeit, Ihren Fall darzutun." Götzen zog sein Schnupftuch hervor und tupfte sich die Stirn.

„Mit Verlaub, Exzellenz." Leutnant Kaspereit trat einen Schritt vor. „Vielleicht wäre es gut, wenn Sie den Herrn Leutnant anhören würden."

Götzen schaute den sonst so schweigsamen Ostpreußen mit hochgezogenen Augenbrauen an. „Was soll das, Kaspereit? Sie waren doch selbst Teil des Kriegsgerichts!"

„Ich bin für meinen Teil von der Schuld des Herrn Leutnants keineswegs überzeugt."

„Lassen Sie das jetzt. Das Kriegsgericht hat geurteilt. Ich bin nicht der Kaiser und habe somit nicht das Recht der Begnadigung."

„Aber Exzellenz ..." Schenck griff an seinen nicht vorhandenen Schutztruppenhut. Es musste doch möglich sein, den Gouverneur von seiner Unschuld zu überzeugen! Götzen mochte zwar hart sein, aber er war doch kein Unmensch! Wenn da nur nicht Julies Schicksal wäre ...

„Es genügt jetzt!" Götzens Gesicht lief rot an. „Ich hatte befohlen, den Leutnant und die Komtesse in ihre Zellen zu bringen. Führen Sie meinen Befehl aus, Kaspereit! Oder wollen Sie, Schenck, dass ich die Exekution auf der Stelle durchführen lasse?"

Kapitel 81

Franzi schrie auf. „Nein!" Alles, nur keine sofortige Exekution. Dann würde sie lieber für den Rest ihres Lebens ins Gefängnis gehen. Doch was brachte das schon, Moritz würde in wenigen Stunden so oder so hingerichtet.

Ehe die Askaris und Leutnant Kaspereit nach ihr und Moritz greifen konnten, fasste sie Moritz' Hand. „Exzellenz, darf ich Sie an Ihre Frau erinnern?"

„Was soll das?", schnauzte Götzen.

„Ihre Frau war Witwe, als Sie sie geheiratet haben, nicht wahr?"

Moritz zwickte sie in die Hand. „Was soll das denn?"

„Mit sachlichen Argumenten kommst du bei ihm nicht durch", raunte sie zurück. Auch wenn es Götzen beeindruckt hatte, dass Moritz nicht wie ein gemeiner Verbrecher geflohen war, hatten ihre emotionalen Argumente wie die Erinnerung an ihre Jugendzeit und ihre Freundschaft zu Julie dem Gouverneur offenbar mehr zugesetzt.

„Wollen Sie mir etwa vorwerfen, dass meine Frau nicht standesgemäß ist?" Götzen funkelte sie an.

„Nein, keineswegs." Sie lächelte ihn an. „Ihre Frau hat ihren ersten Mann verloren. Sie musste einen schlimmen Verlust erleiden."

„Das stimmt zwar, aber was wollen Sie damit bezwecken?"

Sie schmiegte sich enger an Moritz. „Auch ich stehe im Begriff, den Mann zu verlieren, den ich über alles zu lieben gelernt habe." Sie spürte, wie sie bei diesen Worten rot anlief, und sie wagte nicht, Moritz anzublicken. „Und das, obwohl ich nicht einmal das Glück hatte, mit ihm verheiratet gewesen zu sein."

Götzen räusperte sich. „Möchten Sie vielleicht noch getraut werden, bevor die Exekution durchgeführt wird?"

Bei diesen Worten überlief sie ein Schauer. „Ich möchte, dass die Exekution gar nicht durchgeführt wird. Wollen Sie mir wirklich dasselbe antun, was Ihre Frau erleben musste? Und sogar noch Schlimmeres?"

Der Gouverneur nahm seinen Klemmer ab und ließ ihn an der Schnur baumeln. Er sah zu Boden. Hatten ihre Worte getroffen? War dort irgendwo die Achillesferse dieses Mannes, der so gefühlskalt scheinen wollte, es aber eigentlich nicht war? Wo war die Bresche in seinem Abwehrbollwerk?

„Bitte, Exzellenz" – sie schlang ihre Finger fest in die von Moritz von Schenck –, „machen Sie mich nicht zur Witwe, ehe ich überhaupt verheiratet war!"

Er setzte den Klemmer wieder auf und nahm die Schultern zurück. „Ich gestehe, Komtesse, dass Sie die Worte wohl zu setzen wissen. Aber ich kann doch nicht aus einer Laune heraus, weil Sie mich an die traurigen Erlebnisse meiner Frau erinnern, einen verurteilten Hochverräter freilassen!"

„Exzellenz, Sie sind doch nicht nur Gouverneur. Sie sind doch auch Mensch."

„Dann dürfte niemand mehr zum Tode verurteilt werden." Er hüstelte. „Es gibt immer trauernde Angehörige. Aber das sollte sich ein Delinquent vorher überlegen."

Moritz drückte ihre Hand. „Danke, Komtesse."

„Nicht *Komtesse*. Franzi bitte." Sie schenkte ihm ein Lächeln.

„Franzi." Er lächelte zurück – warm und herzlich.

„Schluss jetzt mit diesem unwürdigen Schauspiel!" Götzen klatschte in die Hände. „Ich habe keine Zeit, so lange mit Ihnen zu debattieren. Es warten dringendere Obliegenheiten auf mich." Er wandte sich an seinen Adjutanten. „Kaspereit, führen Sie die beiden endlich ab. Wenn nötig, holen Sie meinetwegen Verstärkung gegen diese widerborstigen Kanaillen."

Franzi schwankte.

Rasch legte Moritz den Arm um sie.

„Warum tut er das?", hauchte sie. „War denn wirklich alles umsonst?"

„Ich kann dir sagen, warum", flüsterte Moritz. „Götzen hat Angst, dass du ihn doch noch zur Gnade überredest. Du warst nahe daran."

Aber eben nur nahe daran.

* * *

Die Tür zu dem Raum, von wo Julie die Stimmen ihres Onkels und Franzis gehört hatte, flog auf, ein Leutnant stürmte heraus und prallte gegen Doktor Langenburg.

„Donnerwetter, was machen Sie denn hier?", rief er im ostpreußischen Dialekt.

Während der Leutnant und der Doktor sich noch erschrocken anstarrten, schlich Julie in den Raum. Offensichtlich handelte es sich um eine Wachstube. An der Wand hing ein Telefon und daneben eine Liste mit Namen und Zahlen – vermutlich der Zellenplan –, auf dem Tisch lag ein riesiger Schlüsselbund. Eng umschlungen standen Franzi und Leutnant von Schenck da, flankiert von zwei Askaris mit unbeweglichen Mienen.

Ihr Onkel sah aus, als habe er einen schweren Kampf hinter sich. Sein Gesicht war schweißüberströmt und puterrot, seine Haare feucht, und er keuchte, als habe er gerade Daressalam ganz allein gegen ein Dutzend Horden Schwarzer verteidigt.

Als er sie bemerkte, wurden seine Augen groß. Wieder trat der Ausdruck der Wut vermischt mit Schmerz in sein Gesicht. „Julie, was willst du hier?"

Sie ging zu ihm und schmiegte sich an ihn. „Ich möchte ein Unrecht verhindern."

Er sah sie von oben bis unten an. „*Das* Unrecht ist nicht mehr zu verhindern."

Ehe Julie antworten konnte, löste Franzi sich von Schenck, entschlüpfte ihren Bewachern und fiel ihr um den Hals. „Julie! Du bist da! Gerade heute an deinem Geburtstag!"

„Glaubst du, ich ließe dich – ich ließe euch in dieser Situation allein?" Sie wandte sich zur Tür, wo Doktor Langenburg immer noch mit dem Leutnant stand. „Er hat mich hergebracht."

„Doktor Quasi? Hat er sich als dein guter Engel entpuppt?"

„Ja, obwohl er mich in den letzten Stunden eher zurückhalten wollte, weil ich mich schonen müsse."

Die scharfe Stimme ihres Onkels zerriss das Gespräch. „Kaspereit, sorgen Sie dafür, dass die Komtesse von Wedell in der Obhut der Askaris bleibt!"

Kaspereit trat vor. „Komtesse, bitte. Machen Sie keine Schwierigkeiten."

Franzi sah Julie an.

„Kein handgreiflicher Widerstand, Franzi." Sie lächelte sie an. „Ich werde meinen Onkel schon herumbekommen."

Ihre Freundin nickte und humpelte wieder zu Schenck, der den Arm um ihre Schultern legte. Die beiden Askaris nahmen sie erneut zwischen sich.

Ihr Onkel nahm den Klemmer ab und sah Julie an. Dann schüttelte er den Kopf. „Julie ..." Seine Stimme brach, er hustete.

„Onkel, ich lebe. Und das verdanke ich diesem Mann." Sie zeigte auf Schenck.

Er fuhr sich mit der Hand über die Augen. „Aber du – du ... Deinen Zustand verdankst du auch nur diesem Mann."

„Es war ein Unfall, Onkelchen, nicht mehr. Ich selbst habe mich dafür entschieden, von der *Prinzregent* zu fliehen und in den Süden des Schutzgebietes zu gehen. Leutnant von Schenck hat nichts damit zu tun."

„Aber er hätte es verhindern können – müssen! –, wenn er meinen Befehl ordnungsgemäß ausgeführt hätte."

„Und wenn ich dich bitte, ihn freizulassen? Heute ist mein Geburtstag, hast du das vergessen, Onkelchen? Früher hast du mir zu meinem Geburtstag immer jeden Wunsch erfüllt."

„Ja, heute ist dein Geburtstag. Und das erinnert mich daran, dass du viel zu jung bist, um mit nur einem Arm ..." Seine Stimme versagte.

Julie sah Tränen in seinen Augen schimmern – das hatte sie noch nie gesehen. Aber das war ihre Chance. In dieser weichen Stimmung musste sie ihren Onkel einfach überzeugen!

Ihr Blick fiel auf einen Koffer, der in einer Ecke stand. Zwar etwas ramponiert, aber eindeutig ihr Bratschenkoffer! Mit zwei Schritten war sie dort, hob ihn auf den Tisch und ließ die Schnallen aufspringen. Da lag sie vor ihr, ihre Bratsche. Das Instrument, das ihr Onkel ihr geschenkt hatte. Sie hatte es zwar nie so geliebt wie ihre Freundin, aber ihr Onkel hatte es trotzdem immer gern gehört, wenn sie darauf gespielt hatte. Sie erinnerte sich noch gut daran: Wenn sie als Kind etwas von ihm gewollt hatte, hatte sie zuerst einige Stücke auf der Bratsche gespielt – und danach alles von ihm bekommen.

Sie nahm das Instrument heraus und setzte es ans Kinn. Da wurde ihr erst richtig bewusst, dass sie nie wieder Bratsche würde spielen können. Sie hatte keinen rechten Arm mehr, um den Bogen zu führen. Tränen schossen ihr in die Augen.

Durch den Tränenschleier hindurch sah sie ihren Onkel, der auf sie zukam und seine Hand auf ihren Arm legte. Seine Gesichtszüge zuckten. Mit gepresster Stimme sagte er: „Diejenigen, die das verschuldet haben, werde ich nie im Leben freilassen."

Julie ließ die Bratsche sinken. Die Tränen kitzelten ihre Wangen. Sie hatte alles nur noch schlimmer gemacht.

Ihr Onkel räusperte sich und quetschte sich den Klemmer auf die schweißnasse Nase. Ruckartig drehte er sich um. „Kaspereit, auf der Stelle ein Erschießungskommando zusammenstellen."

Der Adjutant riss die Augen auf. „Exzellenz?"

„Haben Sie mich nicht verstanden?", brüllte ihr Onkel. „Da es ohnehin beinahe Morgen ist ... Los, bereiten Sie alles zur Exekution vor!"

„Nein!", schrie Franzi im höchsten Ton. „Nein!"

„Und holen Sie endlich Verstärkung, die sich um die Komtesse kümmert."

Kaspereit gab den beiden Askaris einen Wink und diese führten Schenck hinaus, an dem wie ein Ölgötze in der Tür stehenden Doktor Langenburg vorbei. Dann baute der Leutnant sein Männchen und flitzte davon, während Götzen dem Todgeweihten folgte.

Julie hielt die Bratsche noch immer in der Hand.

Franzi stürzte zu ihr, ihr Gesicht war tränenüberströmt. „Julie! Das – das darf nicht passieren!"

„Ich weiß nicht mehr, was ich noch tun soll." Das war wohl das schlimmste Eingeständnis ihres Lebens.

Kapitel 82

Franzi zerriss es das Herz, als sie sah, wie Julie die Viola mit zitternder Hand wieder in den Kasten legte.

Plötzlich, einer inneren Eingebung folgend, ergriff sie das Instrument. „Wenn Moritz schon sterben muss" – sie schluckte gewaltsam die Tränen hinunter –, „dann will ich ihm vorher ein einziges Mal etwas auf der Viola vorspielen. Und das sollen die letzten Töne sein, die dieses Instrument hervorbringt."

Franzi löste den Bogen aus dem Koffer und eilte, ehe die Verstärkung heran war, Graf Götzen und den Askaris mit Moritz von Schenck hinterher. Ihr Fuß schmerzte und brannte, doch sie biss die Zähne aufeinander. Noch einmal wollte sie spielen, ein allerletztes Mal. Ihre ganze Liebe für Moritz wollte sie in dieses letzte Mal hineinlegen, ihn dafür trösten, dass er so früh aus dem Leben scheiden musste. Und das alles ihretwegen.

Sie umrundete die Lazarettbaracke und hastete humpelnd in Richtung Mauer, die schon viele Einschusslöcher aufwies. Wie passend: In der Baracke wurden die Leute dem Tod entrissen, und dahinter wurden sie vom Leben zum Tod gebracht. Franzi schauderte.

Langsam schritt Moritz, von den beiden Askaris fest gepackt, auf die Mauer zu. Im Gehen faltete er die Hände, hob den Kopf und schaute über die Mauer zum Himmel hinauf. Als Franzi seinem Blick folgte, konnte sie so gerade noch das Kreuz des Südens am heller werdenden Himmel ausmachen.

Er vertraute immer noch auf seinen Gott. Wie war das möglich, wo Gott ihn doch so offensichtlich im Stich ließ? Und warum ließ Gott es zu, dass ausgerechnet Moritz von Schenck an diese Mauer geführt wurde? Es gab doch so viele Menschen auf dieser Erde, die den Tod tausendmal mehr verdient hatten als ausgerechnet Moritz von Schenck. Diese Herren Offiziere vom Kriegsgericht zum Beispiel. Oder die intriganten Zeugen, auf die sich das Gericht gestützt hatte. Oder sogar sie selbst. Sie hatte das alles doch verbockt. Warum musste ausgerechnet Moritz dafür büßen?

Sie hob die Viola ans Kinn und zupfte mit den Fingern die Saiten an. Der Arm, der gebrochen gewesen war, bereitete ihr arge Schmerzen, doch das ignorierte sie.

Das Instrument war völlig verstimmt, aber nach wenigen Handgriffen waren die Töne wieder rein. Sie hob den Bogen und sah Moritz an.

Er lächelte ihr zu – wie konnte der Mann in dieser Situation noch lächeln?

Ehe sie den ersten Ton spielen konnte, flitzten zwei weitere Askaris herbei und salutierten vor dem Gouverneur, doch der schien das kaum wahrzunehmen. Stattdessen kam er auf sie zu.

„Diese Bratsche ..."

Taktmäßige Schritte schallten über den Hof und Leutnant Kaspereit baute sich vor ihm auf. „Exzellenz, ich melde gehorsamst: Erschießungskommando mit neun Mann eingetroffen."

Es dauerte einen Augenblick, bis der Gouverneur seinen Blick von der Viola losriss. „Danke, Kaspereit. Lassen Sie antreten. Verbinden Sie Schenck die Augen und fesseln Sie ihm die Hände auf dem Rücken."

„Exzellenz, wenn ich mir eine Bemerkung erlauben dürfte ..."

„Keine Bemerkung mehr." Götzens Stimme war schneidend scharf. „Es wurde schon viel zu viel bemerkt. Führen Sie die Exekution durch!"

Franzi hob den Bogen, der erste Ton schwebte über den Hof.

„Was soll das? Aufhören!", raunzte Götzen.

Da trat Julie, gestützt von Doktor Langenburg, neben sie. Ihre Freundin nahm sie in den Arm, während Doktor Langenburg die Hände faltete, genau wie es eben der Verurteilte getan hatte.

Franzi reckte ihr Kinn in die Höhe. Jetzt half auch kein Beten mehr. Es hatte noch nie geholfen.

* * *

Als Leutnant Kaspereit ihm die Augen verbinden wollte, schüttelte Schenck den Kopf. „Lassen Sie das. Ich will sehend sterben."

„Es wird nicht einfach sein, in die Mündungen von neun Gewehren zu schauen, Herr Leutnant", wandte der Adjutant ein. „Auch wenn es noch dämmrig ist."

„Es gibt etwas Schöneres, das ich bis zuletzt anschauen möchte." Schenck lächelte und sah zu Franzi hinüber.

Kaspereit klopfte ihm auf die Schulter. „Aber Ihre Arme muss ich trotzdem fesseln." Er klapperte mit einem Paar Handschellen.

Schenck wandte sich um und streckte die Hände nach hinten. „Ich werde nicht versuchen, den Kugeln zu entgehen. Aber führen Sie den Befehl nur aus."

Die Handschellen klickten, dann schob Kaspereit ihn mit dem Rücken an die Wand. „Alles Gute, Herr Leutnant." Er merkte wohl selbst nicht, wie widersinnig diese Worte waren.

Doch Schenck lächelte. Für ihn würde es gut werden. Aber Franzi ...

Er sah zur ihr hinüber. Sie hatte Bratsche und Bogen noch in der Hand, ihre Augen waren unnatürlich weit aufgerissen.

Herr, warum tust Du ihr das an? Wird sie dadurch nicht noch ablehnender Dir gegenüber?

Rahel Grünings Worte schossen ihm wieder durch den Kopf. *Härte weckt nur ihren Widerstand.*

Gott, das weißt Du doch auch. Warum fasst Du sie dann so hart an?

Kaspereits Befehle hallten über den Hof, die neun Askaris traten in einer Reihe an.

„Legt an!", brüllte der Adjutant. Die neun Mann hoben die Gewehre an ihre Schultern.

Kaspereit hatte recht. Die neun Gewehrmündungen waren auch in der Morgendämmerung ein furchtbarer Anblick. Schnell sah er zu Franzi hinüber – doch sie stand nicht mehr dort. Stattdessen sah er etwas Helles auf sich zuflitzen, blonde Locken flogen. Und dann stand sie vor ihm, ihr Haar wehte ihm ins Gesicht.

„Wenn Sie ihn treffen wollen, müssen Sie mich zuerst erschießen!" Ihre Stimme gellte über den Hof.

Er stützte das Kinn auf ihren Kopf. „Franzi! Bitte nicht!"

Franzi lehnte sich mit dem Rücken an ihn, die Bratsche hielt sie immer noch in der Hand. „Ich liebe dich, Moritz."

„Das sagst du mir immer, wenn ich in Todesgefahr bin."

Die Soldaten ließen die Gewehre sinken und sahen zu Leutnant Kaspereit hinüber. Der wiederum schaute Götzen an.

Doch ehe der Gouverneur etwas sagen konnte, schnaufte auch dessen Nichte quer über den Hof und stellte sich vor Franzi. „Willst du wirklich auf mich anlegen lassen, Onkel?"

„Komtesse!" Langenburg raufte sich die Haare. „Das ist doch quasi Unsinn!"

„Ich lasse meine Freundin nicht im Stich!", rief Julie zurück.

Da war auch Doktor Langenburg nicht mehr zu halten. Mit weit ausgreifenden Schritten eilte er zwischen den beiden Soldaten hindurch, die ihn festhalten wollten, und deckte Julie mit seinem Körper. „Und ich lasse *dich* nicht im Stich."

Und dann hob Franzi die Bratsche ans Kinn.

Kapitel 83

Im Osten bildete sich bereits ein heller Streifen und die Sterne verblassten immer mehr, als Franzi in die Gesichter der Soldaten des Erschießungskommandos schaute. Auf ihnen zeigten sich Ratlosigkeit und Staunen. Einer wischte sich sogar die Augen.

Leutnant Kaspereit stand daneben – und fuhr sich ebenfalls mit der Faust über die Augen. Auch die beiden Askaris, die Moritz zur Mauer geführt hatten, verharrten reglos und betrachteten das Schauspiel.

Graf Götzen stand mit verkniffenem Gesicht da. Zorn funkelte aus seinen Augen. Mit den Schüssen des Erschießungskommandos hatte er diese aus seiner Sicht leidige Geschichte beenden wollen, doch mit dem, was geschehen war, hatte er wohl nicht gerechnet.

Franzi fuhr mit dem Bogen über die Saiten. Die ersten sonoren Töne lösten sich aus der Viola, schwebten über den Hof. Nun hatte sie endlich Gelegenheit, etwas für Moritz zu spielen.

Sein Kinn lag immer noch auf ihrem Kopf, sie spürte in ihrem Rücken, wie sich sein Brustkorb bei jedem Atemzug hob und senkte. Und da fiel ihr ein Lied von Franz Schubert ein: *Dein ist mein Herz und soll es ewig, ewig bleiben.*

Der Bogen fuhr über die Saiten. Zunächst klangen die Töne kratzig, rostig, als habe das Instrument verlernt, wohlklingende Töne von sich zu geben. Doch die Erinnerung schien zurückzukehren. Weich, schmeichelnd erklang die Schubert-Melodie. Franzi legte ihr ganzes Herz in dieses einfache Lied, auch wenn die Schmerzen durch ihren Arm schossen.

Währenddessen ging über Daressalam die Sonne auf. Die ersten Strahlen erreichten die Sanitätsbaracke, an deren Fenstern immer mehr verschlafene Gesichter auftauchten, und kleideten das graue Gemäuer in ein weiches, blassrotes Gewand. Selbst die harten Züge des Gouverneurs wirkten im Licht der Morgensonne plötzlich weich – oder hatte sich sein Gesichtsausdruck wirklich verändert?

Wie ein Traumwandler kam er auf sie vier, die da an der Todeswand standen, zu. Franzi fürchtete schon, er würde erneut wütend bellen, dass sie aufhören solle zu spielen, und Kaspereit befehlen, sie alle bis auf Schenck in die Zellen zu sperren.

Doch Götzen sagte nichts. Er stand nur da und sah sie an. Nein, nicht sie. Die Viola.

Noch einmal schmeichelte sie ihm die letzte Phrase ins Ohr: *Dein ist mein Herz und soll es ewig, ewig bleiben.* Dann setzte sie den Bogen ab. Das Lied war zu Ende.

Auf ihrem Kopf fühlte sie etwas Feuchtes. Weinte Moritz? Auch sie selbst musste blinzeln.

Götzen räusperte sich. Kam jetzt der Befehl, die Exekution durchzuführen? „Dieser Ton ... Dieser Klang ... Diese Bratsche ..." Seine Stimme hatte alle Schärfe verloren. „Wie kommen Sie zu diesem Instrument?"

„Julie hat mir diese Viola gegeben."

„Ich gab sie ihr", ergänzte ihre Freundin, „weil Franzi zehnmal besser spielt als ich."

Götzens Mundwinkel zuckten wie von einem Grinsen. „Das habe ich gerade erneut bemerkt." Er streckte die Hand aus. „Bitte geben Sie mir die Bratsche."

Was hatte er vor? Doch Franzi wagte nicht, sich zu widersetzen. Sie reichte ihm das Instrument.

Er betrachtete die Viola von allen Seiten. Dann entfernte er mit einigen Handgriffen den Kinnhalter. „Sie ist es."

Franzi und Julie sahen sich an, und ihre Freundin zuckte mit der Schulter. „Was meinst du, Onkel?"

Götzen wandte sich an Kaspereit. „Leutnant, lassen Sie das Erschießungskommando wegtreten. Die übrigen Askaris auch. Ich brauche sie jetzt nicht mehr. Und Sie selbst auch nicht."

Kaspereit starrte ihn mit großen Augen an, gab dann aber rasch in gedämpftem Ton die Befehle, nahm Moritz die Handschellen ab und marschierte mit den Soldaten davon.

Franzi entspannte sich ein wenig und lehnte den Kopf an Moritz' Schulter.

Auch Julie schmiegte sich an Doktor Langenburg und sah dabei ihren Onkel an. „Was ist mit der Bratsche, Onkel?"

Er strich mit dem Zeigefinger über das schimmernde Holz. „Diese Bratsche – ausgerechnet heute, an deinem Geburtstag – in dieser Situation ..." Seine Stimme brach.

Keiner von ihnen wagte ein Wort zu sagen. Götzen schien weit weg zu sein. Nicht mehr in Daressalam. Und nicht mehr in der Gegenwart.

* * *

Julie atmete tief durch.

Außerhalb der Kasernenmauern erwachte das Leben in Daressalam. Eseltreiber brüllten ihre bockigen Tiere an, Menschen riefen durcheinander, Karren ratterten vorüber. Vögel zwitscherten und sangen, ganz anders als im Schlosspark von Scharfeneck. Melodischer. Lauter. Exotischer.

Ihr Onkel hüstelte, dann sah er sie an. „Hast du dich nie gefragt, was es mit dieser Bratsche auf sich hat? Warum ich sie dir erst zu Beginn deiner Pensionatszeit schenkte und dir sagte, du sollest sie auf Scharfeneck nicht sehen lassen?"

„Selbstverständlich habe ich mich das gefragt." Sie deutete auf die Bratsche, auf die Stelle, wo der Kinnhalter sitzen sollte. „Wir haben auch die Buchstaben und Zahlen dort entdeckt. Kannst du mir erklären, was sie bedeuten?"

Er fuhr sich mit der Hand über die Stirn. „Ja, ich kann es dir erklären. Und ich fürchte, es ist an der Zeit, dass ich es dir erklären muss." Er hustete. „Ich nehme an, dass du den Namen deiner Mutter nie erfahren hast?"

Sollte sie nun endlich etwas über ihre Mutter, die sie nie gekannt hatte, erfahren? Aber was hatte das mit der Bratsche zu tun? Und damit, dass Leutnant von Schenck hingerichtet werden sollte? Oder aber nun vielleicht doch nicht mehr?

Julie platzte beinahe vor Spannung. „Du hast mir ihren Namen ja nie verraten wollen. Und Großmutter gegenüber durfte ich erst recht nicht davon anfangen. MKvB – ist sie das?"

Ihr Onkel nickte. „Das ist sie. – Aber lass mich von vorn beginnen. Es muss im Herbst 1887 gewesen sein. Mein Bruder Carl Friedrich und ich, beide junge Leutnants, waren zu einem gemeinsamen Manöver mit den österreichischen Streitkräften drüben in Böhmen. Dabei lernten wir sie kennen: Marianka Katharina von Barány."

Das war sie dann wohl. Allein der sonderbare Name ließ Julie schon die Schwierigkeiten erahnen, die ihre Eltern gehabt haben mussten.

„Das halbe Offizierskorps war in sie verliebt. Aber jedem war natürlich klar, dass die hübsche Böhmin nur ein Manöververgnügen sein konnte. Schließlich hatte sie Zigeunerblut in ihren Adern und war demzufolge noch nicht einmal für einen bürgerlichen Offizier standesgemäß."

„Immer das Gleiche", warf Julie atemlos ein. „Nicht standesgemäß. Wer hat sich diese unsinnigen Regeln überhaupt ausgedacht?"

Sie warf einen Blick zu Franzi hinüber, die die Augen verdrehte. *Regeln über Regeln*, formte ihre Freundin mit den Lippen. Das schien nicht nur eine Christenkrankheit zu sein.

„Carl Friedrich und ich haben uns auch gefragt, welche Berechtigung diese Regeln haben. Aber das war unsere letzte Gemeinsamkeit." Ihr Onkel seufzte tief auf. „Man merkte ihr das wilde Zigeunerblut an. Besonders wenn sie auf ihrer Bratsche spielte. Dann blitzten ihre schwarzen Augen, ihre Wangen röteten sich, das schwarze Haar flog."

„Sie muss Julie sehr ähnlich gewesen sein", warf Franzi ein.

„Du bist ihr Ebenbild, Julie. Nur die Leidenschaft für das Bratschenspiel fehlt dir. – Carl Friedrich und ich, wir waren beide so unsterblich in Marianka Katharina verliebt, dass wir unabhängig voneinander beschlossen, alle gesellschaftlichen Regeln zu brechen und die schöne Böhmin zu heiraten. Doch keiner wusste dies vom anderen, jeder glaubte, der andere werde niemals Ernst machen. Als ich ungefähr einen Monat nach dem Manöver nach Böhmen reiste und um ihre Hand anhielt, war sie bereits seit drei Tagen heimlich mit meinem Bruder verlobt. Und das, obwohl sie mir durchaus Hoffnung gemacht hatte."

Bitterkeit war in der Stimme ihres Onkels zu hören – offenbar hatte er es immer noch nicht verwunden, dass sein Bruder ihm zuvorgekommen war.

„Als Carl Friedrich und Marianka Katharina mit ihrer Verlobung an die Öffentlichkeit gingen, war die Empörung in den adeligen Kreisen groß. Unsere Eltern liefen Sturm dagegen, doch die beiden waren dermaßen glücklich, dass sie das in Kauf nahmen. Um den ständigen Angriffen unserer Familie und Verwandten zu entgehen, beschlossen sie, nach Deutsch-Ostafrika auszuwandern. Sie heirateten heimlich, Carl Friedrich ließ sich in die Schutztruppe versetzen, alles war zur Abreise bereit. Doch dann stellte sich heraus, dass Marianka Katharina ein Kind erwartete."

„Das war wohl ich?", keuchte Julie.

„Ja, das warst du." Ihr Onkel räusperte sich. „Sie wollten, dass du noch in Deutschland geboren würdest. Die Zeit muss furchtbar für sie gewesen sein. Unsere Eltern und die ganze Familie versuchten mit allen Mitteln, sie auseinanderzubringen. Sie streuten Gerüchte, beschworen meinen Bruder, versprachen ihm alles nur Erdenkliche, wenn er von der Zigeunerin lassen würde – alles umsonst. Die beiden hielten zusammen. Und ich stand daneben wie ein Bettelknabe. Mich hatte sie verschmäht."

Julie sah zu Theodor Langenburg auf. Er nahm ihre Hand.

„Dann brach in Deutsch-Ostafrika der Araberaufstand aus", fuhr ihr Onkel mit belegter Stimme fort. „Carl Friedrich wurde sofort hierher beordert. Er brachte seine schwangere Frau zu ihrer Familie nach Böhmen, schiffte sich ein und kam nach Daressalam."

Julies Augen hingen wieder an den Lippen ihres Onkels. „Und er fiel?"

„Wenn es nur das gewesen wäre." Ihr Onkel deckte die Hand über die Augen, als wollte er die Erinnerungen zudecken. „Kaum waren Carl Friedrich und Marianka Katharina voneinander getrennt, schien die passende Gelegenheit für unsere Eltern gekommen zu sein. Unser Vater ließ seine Verbindungen spielen – kurz darauf war im Reichskolonialblatt zu lesen, dass Leutnant Graf Carl Friedrich von Götzen im Araberaufstand den Heldentod gestorben sei."

„Und das hat meine Großmutter zugelassen? Dann verstehe ich, warum ich nie mit ihr warm geworden bin." Julies Stimme erstarb.

Langenburg fuhr ihr mit der Hand immer wieder über den Rücken.

„Nicht nur deine Großmutter." Ihr Onkel sprach immer leiser. „Ich auch."

„Du?" Julie fielen beinahe die Augen aus den Höhlen.

„Schhhh." Doktor Langenburg drückte ihre Hand.

Sie schüttelte den Kopf. War die Liebe ihres Onkels die ganze Zeit nichts anderes als das schlechte Gewissen gewesen?

„Ich erfuhr von dem angeblichen Tod meines Bruders aus eben

jenem Reichskolonialblatt. Als ich meine Eltern darauf ansprach, gestanden sie mir, dass der Eintrag in der Verlustliste nur fingiert war, und sie nötigten mich zu schweigen. Und ich schwieg, obwohl ich trotz meiner Verbitterung ein schlechtes Gewissen hatte." Ihr Onkel schniefte und atmete tief durch. „Am 19. Oktober 1888 erhielt meine Schwägerin Marianka Katharina die Nachricht vom Tod ihres Ehemannes. Sie erlitt eine Frühgeburt, am 20. Oktober wurdest du geboren, Julie. Und drei Tage später war sie tot."

23. Oktober 1888, das Datum, das in die Bratsche geritzt war.

„Carl Friedrich fiel einige Tage später tatsächlich im Kampf gegen die Araber, ohne je von deiner Geburt erfahren zu haben. Sein Grab ist noch heute hier in Daressalam."

„Das Grab meines Vaters ist hier?", keuchte Julie. „Und du hast es mir nie gezeigt? Ich muss es unbedingt sehen!"

„Du sollst es sehen." Ihr Onkel strich mit den Fingerspitzen über die Bratsche. „Zusammen mit diesem Instrument, der Bratsche deiner Mutter, wurdest du nach Schloss Scharfeneck gebracht. Meine Eltern konnten deinen Anblick kaum ertragen, vor allem, weil du das Ebenbild dieser missliebigen Zigeunerin warst. – Versuche deiner Großmutter zu verzeihen, dass sie dir keine Liebe entgegenbrachte. Sie war und ist so in ihrem Standesdenken verhaftet, dass sie dich einfach nicht lieben konnte."

„Aber du hast mich geliebt, Onkel. Es waren für mich die schönsten Tage, wenn du nach Scharfeneck kamst."

„Du warst deiner verstorbenen Mutter so ähnlich. Und ich hatte sie geliebt – ich konnte nicht anders, als dich zu lieben." Götzen trat zu ihr und sah ihr in die Augen. „Ich rettete die Bratsche vor der Wut meiner Eltern, die dieses Zigeunerinstrument am liebsten zerstört hätten."

„Und diese Zeichen? Hast du sie hineingeritzt?"

„Nein, das war deine Mutter. Als sie merkte, dass sie sterben würde, ritzte sie ihre Initialen und das Datum in die Bratsche. Als Vermächtnis für dich." Ihr Onkel streckte ihr die Hand entgegen. „Ich habe es mitverschuldet, dass deine Mutter gestorben ist. Jedenfalls hätte ich es verhindern können. Ich habe versucht, es an dir wiedergutzumachen, aber die Mutter konnte ich dir niemals ersetzen. Zumal ich oft auf Reisen war. Bitte, Julie – vergib mir!"

Julie konnte sich denken, was diese Worte ihren stolzen und so hart wirkenden Onkel, den unumschränkten Herrscher von Deutsch-Ostafrika, kosteten. Aber würde sie es fertigbringen, ihm zu verzeihen? In ihr kämpften die Liebe zu ihrem Onkel und die Enttäuschung über sein Verhalten um die Oberhand.

Langenburg beugte sich zu ihr hinunter. „Du solltest ihm vergeben."

Doch Julie zog ihre Hand aus der von Doktor Langenburg, legte sie hinter den Rücken und sah ihren Onkel herausfordernd an. „Unter einer Bedingung."

Er ließ die Hand sinken. „Welche?"

Sie konnte ein Grinsen nicht unterdrücken. „Leutnant von Schenck muss freigelassen werden. Natürlich gemeinsam mit meiner Freundin Franzi."

Ihr Onkel räusperte sich. „Wenn das so einfach wäre. Der Leutnant ist rechtskräftig verurteilt, und ich habe nicht das Recht, ihn zu begnadigen."

Julie starrte ihn an, dann sah sie zu Franzi hinüber. Ihre Freundin schloss die Augen und ließ den Kopf hängen.

War denn alles umsonst gewesen?

Kapitel 84

Schenck hatte das Gefühl, als würde ihm der Boden unter den Füßen weggezogen. Hatte es nicht gerade noch so ausgesehen, als sei Götzen unter dem Eindruck der Erinnerung an seinen damaligen Fehler endlich bereit, Franzi freizugeben und den Erschießungsbefehl für ihn aufzuheben? Und nun berief er sich immer noch darauf, kein Begnadigungsrecht zu haben?

Franzi begann zu schwanken und er hielt sie an den Schultern fest. Dann sah er den Gouverneur an. „Exzellenz, Sie wollen wirklich ...?"

„Was ich will, ist nicht die Frage. Wenn ich Sie wirklich freigäbe – wie sollte ich das rechtfertigen? Laut Gerichtsbeschluss ist das Urteil heute zu vollstrecken. Ich *darf* Sie nicht gehen lassen!"

Da richtete Franzi sich so hoch wie möglich auf. „Und damit tun Sie das Gleiche, was Sie schon einmal getan haben."

Götzen zog die Augenbrauen hoch. „Wie bitte?"

„Schon einmal wurde Ihretwegen ein Paar auseinandergerissen. Julies Eltern. Und schon einmal starb Ihretwegen ein Mensch. Julies Mutter. Jedenfalls haben Sie nichts unternommen, um es zu verhindern, wiewohl Sie es gekonnt hätten. Gerade haben Sie Julie dafür um Verzeihung gebeten – und nun wollen Sie das Gleiche erneut tun?"

„Aber verstehen Sie doch!" Götzen hustete. „Ich *kann* es diesmal nicht verhindern!"

„Aber Exzellenz", wandte Doktor Langenburg ein, „es muss Ihnen als Gouverneur und Gerichtsherr doch quasi möglich sein, eine unberechtigte Exekution zu verhindern!"

Götzen hob die Schultern und ließ sie wieder fallen. „Das Urteil des Kriegsgerichts ist auch für mich als Gerichtsherr bindend. Die Herren Kriegsgerichtsräte erwarten das Protokoll über die Vollstreckung des Urteils – erhalten sie es nicht, gibt es eine Untersuchung und ich bin die längste Zeit Gouverneur von Deutsch-Ostafrika gewesen. Verstehen Sie das doch!"

Schenck verstand sehr wohl. Graf Götzen wollte sein Gesicht

wahren. Aber es musste doch eine Möglichkeit geben, die Hinrichtung zu verhindern, ohne dass Götzen darunter zu leiden hatte!

„Dann lassen Sie uns einfach gehen" – Franzi schlang ihre Finger ineinander – „und schreiben Sie ein Protokoll darüber, wie ich den Herrn Leutnant aus seiner Zelle befreit habe. Ich kann es Ihnen bis ins kleinste Detail erzählen."

Ein fast mitleidiges Lächeln huschte über Götzens Gesicht. „Sie stellen sich das so einfach vor. Dann wird der Fluchtfall eingehendst untersucht, Leutnant Kaspereit und die anwesenden Soldaten werden befragt – und die Wahrheit kommt ans Licht. Wir sind zwar in Afrika, Komtesse, aber das hier ist deutsches Schutzgebiet. Hier herrscht preußische Ordnung."

„Wenn es hier so nach preußischer Ordnung geht, Exzellenz" – Schenck fasste sich an den Kopf, aber es war kein Schutztruppenhut da, den er gerade rücken konnte –, „wie ist es dann möglich, dass dem Kriegsgericht Richter angehörten, die nichts anderes wollten, als meinen Tod? Weil sie andernfalls selbst wegen Meuterei vor ein Kriegsgericht gekommen wären?"

„Das sind doch wilde Spekulationen!", grunzte Götzen.

„Lassen Sie es mich anders ausdrücken", erwiderte Schenck. „Hauptmann Schwarzkopf und Leutnant Hinterstoißer waren voreingenommen. Nennen Sie es meinetwegen befangen, wenn Ihnen der Ausdruck besser gefällt."

„Wurden Sie denn nicht vom Kriegsgericht gefragt, ob der Verdacht der Befangenheit gegen einen oder mehrere der Richter besteht?"

„Nein, nichts dergleichen."

Götzen legte den Zeigefinger an die Nase. „Schenck, ich gratuliere Ihnen. Sie haben sich soeben den Kopf gerettet – zumindest für heute. Gemäß Paragraf 295 Militärstrafgerichtsordnung hätte man Sie darauf aufmerksam machen müssen, dass Sie gegen Ihre Richter einen Antrag wegen Befangenheit stellen können."

Schenck atmete auf. „Dann können Sie mich also wegen eines Verfahrensfehlers freilassen?"

„Ich sagte, Sie haben sich *für heute* den Kopf gerettet. Das Verfahren muss selbstverständlich neu aufgerollt werden. Mit anderen Richtern. Wie die entscheiden werden ..." Götzen zuckte mit den Schultern.

Nein. Nicht noch einmal die ganze Prozedur. Und dann vielleicht noch mit demselben Ausgang. „Exzellenz, ich nehme an, dass ich nur als Soldat der Kriegsgerichtsbarkeit unterliege?"

„Selbstverständlich."

„Dann bitte ich hiermit um meinen Abschied aus der kaiserlichen Schutztruppe."

„Schenck! Ist das Ihr Ernst?"

Franzi klammerte sich an ihn. „Und dein Beruf?"

„Bedenken Sie" – Götzen hüstelte –, „Sie verlieren Ihren Sold, Ihre Pensionsansprüche ..."

„Besser, als das Leben zu verlieren."

„Wenn ich einen entsprechenden Bericht über die Ereignisse verfasse", fuhr Götzen fort, „und das Kriegsgericht nach gebotener Unvoreingenommenheit besetze, können Sie vermutlich mit einem Freispruch rechnen."

Schenck schüttelte den Kopf. „Nein, Exzellenz, ich danke Ihnen für Ihr Bemühen. Aber ich möchte mich lieber einem zivilen Gericht anvertrauen, das nicht mit Laien, sondern mit Berufsrichtern besetzt ist. Und außerdem haben mich die Erlebnisse im Aufstandsgebiet gelehrt, dass der Soldatenberuf ohnehin nicht das Richtige für mich ist."

Götzen sah ihn durchdringend an, dann straffte er sich. „Also gut, schreiben Sie Ihr Abschiedsgesuch, ich werde es bewilligen. Für die zivile Gerichtsbarkeit werde ich dann einen Bericht verfassen, der geeignet sein dürfte, einen Freispruch zu bewirken. Und da ich keine Fluchtgefahr sehe, kann ich Sie hiermit entlassen." Er wandte sich seiner Nichte zu und streckte ihr erneut die Hand entgegen. „Nun, Julie, reichst du mir jetzt die Hand zur Versöhnung?"

Sie schlug ein – dann fiel sie ihrem Onkel in die Arme.

„Aber was soll dann aus dir werden?" Franzi sah Schenck an. „Wie soll es mit deinem Leben weitergehen?"

Wenn er das wüsste. „Dafür muss mein Gott sorgen."

* * *

Dafür muss mein Gott sorgen – diesen Satz hätte sie eigentlich erwarten können. „Bist du sicher, dass er das tun wird?"

„Franzi." In seiner Stimme schwang Trauer mit. „Kannst du daran noch zweifeln? Sieh, was Er bereits für mich getan hat! Ich bin frei! Obwohl ich schon gefesselt an der Wand gestanden und in die Mündungen der Gewehre geschaut habe!"

„Das schon – aber warum musste es erst soweit kommen? Ich begreife einfach nicht, warum Gott das Schlimme, das uns betroffen hat, nicht einfach verhindert hat. Wenn er dich doch liebt?"

„Ich glaube, weil wir etwas lernen mussten." Auf seinem Gesicht zeigte sich wieder das warme Lächeln. „Wir mussten zuerst über die Grenzen unserer Möglichkeiten hinausgeführt werden, um die Allmacht Seiner Güte zu erleben."

„Du meinst, Gott wollte uns beweisen, dass er uns auch aus ausweglosen Situationen befreien kann?"

„Vielleicht auch das. Und dass wir es selbst mit unserer eigenen Kraft und unseren Fähigkeiten nicht schaffen. Du kennst doch die Geschichte von den Jüngern auf dem See, als Jesus auf dem Wasser gehend zu ihnen kam?"

„Selbstverständlich." Ihre Großmama hatte sie ihr oft genug erzählt.

„Er kam auf dem Wasser zu ihnen, um ihnen zu helfen. Aber solange die Jünger noch selbst gegen Wind und Wellen kämpften, wollte Er an ihnen vorübergehen. Doch dann sahen sie Ihn und meinten, es sei ein Gespenst. Stelle dir das nur vor: Nicht nur Nacht und Sturm und Wellen – auch noch ein Gespenst auf dem See! Da erschraken sie und schrien vor Furcht; nun waren sie mit ihrer eigenen Kraft zu Ende. Erst dann sprach Er zu ihnen: *Seid guten Mutes, ich bin es; fürchtet euch nicht!*, und danach stillte Er auch endlich den Sturm." Er atmete tief durch. „Damit zeigte Er nicht nur Seine Macht, sondern noch viel mehr Seine Güte. Er verschlimmerte ihre Lage nur zu dem Zweck, dass sie ihren Blick voll und ganz auf Ihn richteten."

Franzi sah die Wand hinter Moritz an. Eines der Einschusslöcher grinste sie geradezu bösartig an. Wenn es nach Götzens Plan gegangen wäre, gäbe es jetzt ein paar neue Löcher in dieser Wand. Und es konnte sich wirklich niemand damit brüsten, Moritz vor diesem Schicksal bewahrt zu haben. Zwar war es ihr Bratschenspiel gewesen, das den Gouverneur überwunden hatte, aber das hatte sie nur aus einer Eingebung heraus getan, ohne zu ahnen, geschweige denn zu wissen, welche Wirkung das haben würde. – Gott hatte wirklich so lange gezögert, bis sie mit ihrer Kraft ganz am Ende war. Und dann hatte er seine Macht und Güte gezeigt.

Moritz nahm ihre beiden Hände und sah ihr tief in die Augen. „Franzi, merkst du denn nicht, dass es die Güte Gottes ist, die dich zur Umkehr bringen möchte? Deine Großmutter hat mir damals in Wölfelsgrund etwas über dich gesagt: *Härte weckt nur ihren Widerstand.* Und ich habe mich immer wieder gefragt, warum Gott dich so hart anfasst, obwohl Er doch auch weiß, wie du geschaffen bist – besser noch als deine Großmutter. Aber erstrahlt Seine Güte und Liebe nicht viel heller, nachdem Er uns klargemacht hat, wohin unser eigener Weg geführt hätte?"

Franzi senkte den Kopf. Sie spürte die Wahrheit dieser Worte. Und sie musste sich endlich eingestehen, dass hinter allem, was sie und ihre Freunde erlebt hatten, ein Plan gestanden hatte. Ein guter Plan. Den sie durch ihren Eigenwillen immer wieder hatte durchkreuzen wollen und dadurch die Lage nur noch verschlimmert hatte. Es war wirklich an der Zeit, dass sie sich diesem Gott anvertraute.

„Ich muss einen Augenblick allein sein."

Ohne auf den Schmerz in ihrem Fuß zu achten, lief sie zum Eingang des Lazarettgebäudes und stürmte durch den großen Krankensaal, wo sich die Verwundeten immer noch am Fenster drängten und vergeblich auf das Schauspiel der Hinrichtung warteten. Sie huschte in den Raum, der ihr im Lazarett zugeteilt worden war, und fiel dort auf die Knie.

„Gott, hier bin ich. Ja, ich bin es wirklich. Eigentlich viel zu spät. Ich bin viel zu lange vor Dir davongelaufen und habe uns alle dadurch in Schwierigkeiten gebracht. Es war mein Eigenwille." Sie schluckte. „Das war Sünde. Es tut mir leid. Bitte vergib mir all das Böse, das ich getan habe. Dein Sohn ist ja dafür gestorben."

Kapitel 85

1. November 1905.

Der Indische Ozean war glatt wie ein Spiegel, als die *Bürgermeister* an der Ostküste Afrikas entlang nach Norden dampfte. Franzi lehnte an der Reling und atmete die salzige Seeluft tief ein. Der Fahrtwind zauste ihre Locken und ließ die Hitze Afrikas erträglich werden.

Sie schaute zur Küste hinüber. Dort lag er im glänzenden Sonnenschein, der Kontinent ihrer Träume. Dort hatte sie so viel Gutes tun wollen. Und was war geschehen? Sie hatte die Menschen, die sie liebte, nur in Schwierigkeiten gebracht. Wahrscheinlich wäre alles ganz anders verlaufen, wenn sie schon früher zu Gott umgekehrt wäre. Hätte Er sie dann vielleicht unter Seinem Segen in die Ferne gehen lassen?

Ob sie später noch einmal hierher zurückkehren durfte? Bestimmt nicht. Nachdem sie so viel verpfuscht hatte, würde Gott sie sicher nicht mehr gebrauchen wollen, schon gar nicht weit weg von zu Hause und für schwierige und wichtige Aufgaben.

Wie würde es überhaupt weitergehen? Was würde Moritz tun wollen, nachdem er seinen Abschied aus der Schutztruppe genommen hatte? Wahrscheinlich würde er in den preußischen Beamtenapparat eintreten und sie würde dann eine spießige Beamtengattin.

Franzi musste bei dem Gedanken schmunzeln. Genau das, was sie nie gewollt hatte. Aber wenn das der Weg war, den Moritz gehen würde, würde sie ihn mitgehen.

Da legte sich plötzlich ein Arm um ihren Nacken. Sie sah von der Küste weg – und geradewegs in Moritz' leuchtend blaue Augen.

„Sehnsucht, kleine Gräfin?"

„Nach der Heimat?" Franzi legte den Kopf schief. „Nein. Vor allem, wenn ich daran denke, was ich meinem Vater alles zu beichten habe ..." Sie hatte nicht nach Hause depeschiert, dass sie kommen würde. Der Gedanke, ihrem Vater in einer nur wenige Worte langen Nachricht mitzuteilen, dass seine aufständische Tochter nach Hause zurückkehrte, behagte ihr nicht.

Moritz strich ihr eine Locke hinters Ohr. „Ich bin überzeugt, dass dein Vater dir keine Vorwürfe machen wird. Und deine Großmutter ist ja auch noch da."

Ihre Großmama. Wenn die erfuhr, dass ihre Enkelin den Weg zu Gott gefunden hatte, würde ihre Freude keine Grenzen kennen.

„Aber das meinte ich gar nicht." Moritz deutete mit dem Kopf hinüber zum Ufer. „Ich frage mich, ob du schon wieder Sehnsucht nach Afrika hast."

Sie folgte seinem Blick. „Die Palmen, die Mangroven, die Affen, die sich am Strand tummeln, die blumigen Düfte, das Tirilieren der Vögel – wäre es schlimm, wenn ich schon wieder Sehnsucht hätte?"

„Doktor Langenburg hat mir von seinen Plänen erzählt." Er sagte es beinahe beiläufig, aber sein Gesicht zeigte ein nur mühsam unterdrücktes Grinsen.

„Die Missionsstation am Tanganjikasee?" Sie spürte, wie ihr Herz höher schlug, und sah zum Bug hinüber, wo der Arzt mit Julie zusammenstand.

„In Kigoma, genau. Er hat diesen Traum nicht aufgegeben. Er will mit Julie dorthin zurückkehren, sobald sie sich ganz erholt hat."

Franzi lehnte sich an ihn. „Weißt du, dass du es warst, der auch Julie zu Gott geführt hat? Deine Worte, die du an der Exekutionsmauer zu mir gesprochen hast, haben auch ihr Herz erreicht."

„Es war Gottes Güte, die euch beide zu Ihm gezogen hat." Er legte den Zeigefinger unter ihr Kinn, sodass sie ihn ansehen musste. „Ich habe mit Doktor Langenburg gesprochen. Er könnte eine Krankenschwester gut gebrauchen. Und er wäre sogar bereit, sie selbst auszubilden."

„Aber Julie kann doch kein Blut sehen!" Sie grinste ihn spitzbübisch an.

„Julie soll die Frau des Missionsarztes werden. Er überlegt aber, ob du nicht Krankenschwester in seiner Missionsstation werden möchtest."

„Ich ..." Franzi spürte eine unbändige Freude in sich aufsteigen. Also doch keine spießige Beamtengattin. Sie durfte etwas aus ihrem Leben machen! Und zwar genau das, was sie immer gewollt hatte: den Menschen in Afrika helfen. Aber allein dorthin? Ohne Moritz?

„Allerdings stellt der Doktor eine Bedingung an seine Krankenschwester." Er lächelte sie an. „Sie sollte verheiratet sein."

Langenburg hatte schon damals auf der *Prinzregent* gesagt, dass er es unschicklich fände, mit einer unverheirateten Frau so eng zusammenzuarbeiten. Sie zog die Augenbrauen in die Höhe und sah Moritz an. Was hatte er vor?

Er sah sich um und sie folgte seinem Blick. Die anderen Passagiere, die sich an Deck aufhielten, beachteten sie nicht, und Langenburg und Julie waren viel zu sehr mit sich selbst beschäftigt, als dass sie sie beobachtet hätten.

Plötzlich ließ Moritz sich vor ihr auf das Knie hinab. „Ich glaube, dass Gott mich mit Langenburg zusammen dort gebrauchen möchte. Ihn für den Körper der Menschen, und mich für ihre Seelen. Franzi, möchtest du mich heiraten? Und dann mit mir nach Deutsch-Ostafrika zurückkehren?"

Tränen schossen ihr in die Augen. „Moritz, du – ich ..." Sie schluckte an dem Kloß in ihrem Hals. „Ich habe dir so viel Unglück gebracht. Beinahe wärst du meinetwegen sogar erschossen worden – und das nicht nur einmal. Das alles tut mir so leid." Sie schluckte erneut.

„Franzi, das liegt hinter uns. Gräme dich nicht mehr über das, was gewesen ist. Vor dir liegt ein neues Leben an der Hand deines Heilands. Und durch dieses Leben möchte ich gerne mit dir gemeinsam gehen. Weil ich dich liebe, meine kleine Rebellin."

„Das habe ich nicht verdient", stammelte sie. Ihr Leben mit dem Mann zu verbringen, den sie liebte, und dann auch noch in Afrika, am wunderschönen Tanganjikasee, als Krankenschwester – das war mehr, als sie fassen konnte.

Er stupste sie an. „Wir haben nichts verdient. Es ist immer alles Gottes Güte – schon vergessen?"

Die Güte Gottes, die sie, die Rebellin, die gegen Gott den Aufstand geprobt hatte, nie losgelassen hatte.

„Franzi?" Er sah zu ihr auf. „Ich stehe nicht eher auf, bis ich eine Antwort habe, wenn mir das Knie auch noch so wehtut."

Unwillkürlich legte sich ein Lächeln auf ihr Gesicht. Sie warf einen Blick zu Julie hinüber – dort kniete Langenburg gerade ebenso vor ihrer Freundin wie Moritz vor ihr.

„Ja." Sie grinste. „Unter einer Bedingung."

Er grinste zurück. „Dass die zwei dort vorn am Bug auch ein Paar werden?"

Durchschaut. In diesem Augenblick stand Langenburg auf und schloss Julie in die Arme.

Da ließ Franzi sich in Moritz' ausgebreitete Arme fallen.

Kapitel 86

Die Bäume beugten sich tief unter der Last des Schnees, der im Licht der fahlen Wintersonne wie Abermillionen Sterne glitzerte. Drei Tage vor Weihnachten fuhren Franzi und Moritz in einem Mietschlitten durch Wölfelsgrund und weiter in das Winterwunder des Hochwaldes hinauf.

Das fröhliche Bimmeln der Glöckchen passte so gar nicht zu Franzis Stimmung. Sie mummelte sich enger in ihren Pelz und kuschelte sich an ihren Verlobten.

Moritz nahm ihre Hand. „Angst?"

Noch vor ein paar Wochen hätte sie geantwortet: *Ich habe vor gar nichts Angst. Ich meistere mein Leben schon.* Doch die Zeit der patzigen Antworten war vorbei. „Ja."

„Ich denke, dein Vater ist nicht so hart, wie du glaubst."

„Ich habe mehr Angst vor mir selbst. Wenn mein Vater zu viel Demütigung von mir erwartet, könnte es sein, dass mein Stolz rebelliert. Und ich möchte nicht gleich beim ersten Wiedersehen erneut mit ihm zusammenrasseln."

Er gab ihr einen Kuss auf die Wange. „Kleine Rebellin."

Aus seiner Stimme klang seine Liebe zu ihr, und sie drückte seine Hand.

Plötzlich fing er an zu beten. Er sagte Gott ganz einfach ihre Angst und bat darum, dass ihr Vater ihr keine Vorwürfe machen möge.

Als Moritz das Gebet beendet hatte, sah Franzi aus dem Seitenfenster. Sie waren bereits am Abzweig zur Altenburg. Doch was stand denn da für eine einsame Gestalt unter dem windschiefen Wegweiser? Sie wischte mit dem Ärmel über die beschlagene Scheibe – dann setzte ihr Herz beinahe aus.

„Anhalten!", rief sie dem Kutscher zu.

Mit einem langgezogenen „Brrrr" brachte er die Pferde zum Stehen.

Moritz sah sie an. „Franzi?"

„Mein Vater." Sie legte die Hand auf den Griff des Wagenschlags, doch ihre Finger zitterten so sehr, dass sie ihn nicht öffnen konnte.

Da kam ihr Vater schon heran und öffnete den Schlag. Er starrte sie nur an, seine dunklen Augen blickten ernst, aber von dem Zorn, der so oft darin gelodert hatte, war nichts zu sehen. „Franzi!"

„Vater!" Ihre Stimme klang erstickt.

„236 Tage."

„Wie bitte?"

Er deutete auf eine Holztafel, die unter dem Wegweiser zur Altenburg angebracht war. In die Tafel war ein Strich neben dem anderen eingeritzt. „Seit zwei Monaten bin ich jeden Tag hierhergekommen und habe auf dich gewartet. Du warst 236 Tage lang fort."

Tränen schossen Franzi in die Augen und kullerten ihre Wangen hinunter. „Vater ... Papa ..."

Er breitete die Arme aus. „Es ist das erste Mal seit deiner Kindheit, dass du mich *Papa* nennst ..." Seine Stimme klang nach Tränen.

„Und du hast mich *Franzi* genannt." Sie sprang aus dem Wagen, der Schnee knirschte unter ihren Schuhen. „Papa, ich ... Es tut mir leid. Ich habe gegen dich und gegen Gott rebelliert. Du ..."

Franzi senkte den Blick. Jetzt kam das Schwerste. Das Allerschwerste. Das, was sie nie hatte aussprechen wollen. *Gott, hilf mir!*

Sie sah ihrem Vater in die Augen. „Bitte verzeih mir. Du hattest recht."

Schimmerten Tränen in seinen Augen? Jedenfalls blinzelte er. „Nein, Franzi, ich hatte nicht recht. Jedenfalls in vielen Dingen nicht. Ich musste lernen, dass es meine Härte und Gesetzlichkeit waren, die dich in den Aufstand getrieben haben. Das ..." Jetzt senkte er den Blick.

Franzi konnte sich denken, wie schwer es ihm fiel, ihr, seiner ungeratenen Tochter, einen Fehler einzugestehen.

Er sah ihr wieder in die Augen. „Das war falsch. Die Art, wie ich dich behandelt habe. Und die vielen Regeln, die ich aufgestellt habe, waren auch falsch. Bitte, Franzi, vergib mir."

Tränen kullerten über ihre Wangen, sie ließ ihnen freien Lauf. „Es waren sicher nicht alle Regeln falsch", würgte sie hervor.

„Nein, vielleicht nicht. Aber weil ich dich mit meinen Regeln und der Art, wie ich ihre Befolgung eingefordert habe, provoziert habe, hast du letztlich alles über Bord geworfen – das Falsche samt dem Richtigen."

Sie nickte. Wahrscheinlich war es genauso gewesen. Sie hatte das Kind mit dem Bade ausgeschüttet.

„Es tut mir leid, Franzi." Er breitete die Arme aus. „Ich bitte dich – vergib mir."

Aufschluchzend warf sie sich in seine Arme. „Papa, bitte vergib du mir." Obwohl ihr die Tränen wie Bäche über die Wangen strömten, fühlte sie sich so glücklich wie lange nicht.

* * *

Eine Stunde später saß Franzi bei ihrer Großmutter in der Wohnstube vor dem Kamin. Als hätte ihre Großmutter geahnt, dass sie heute kommen würde, gab es frischen Apfelstreuselkuchen, noch ofenwarm. Und dazu ihren herrlich starken Kaffee.

Während Moritz mit ihrem Vater ins Forstschloss hinüberging, um offiziell um ihre Hand anzuhalten, hockte Franzi sich vor den Kamin, und ihre Großmutter nahm in dem Schaukelstuhl daneben Platz. Und dann berichtete sie ihr von ihren Abenteuern. Von Hamburg an, wo sie die *Präsident* mit der *Prinzregent* verwechselt hatten, über Daressalam, Ifakara bis hin nach Mahenge und dann wieder zurück nach Daressalam.

Ihre Großmutter hörte einfach nur zu, unterbrach die Erzählung nur hin und wieder durch einen Ausruf des Schreckens – und am Ende der Freude.

Als Franzi von ihrer Bekehrung berichtete, nahm ihre Großmutter sie in den Arm. „Ich war mir sicher, dass Gott dich nicht ins Verderben laufen lassen würde."

„Warum warst du dir dessen so sicher?"

„Ich habe für dich gebetet. Jeden Tag. 236 Tage lang."

„So wie Vater zuletzt jeden Tag zum Abzweig an der Altenburg gegangen ist?"

Ihre Großmutter nickte. „Jeden Tag hat er eine weitere Kerbe in die Tafel geschnitten und Ausschau nach dir gehalten." Sie stand auf und reichte ihr einen Teller mit dem herrlich duftenden Apfelkuchen „Komm, Kind, du musst noch ein Stück essen."

Franzi nahm gerade die erste Gabel, als die Tür aufging. Ihr Vater trat ein, mit ihm ein glückstrahlender Moritz von Schenck.

„Mutter" – ihr Vater verbeugte sich vor ihr –, „darf ich dir hiermit meinen Schwiegersohn vorstellen? Leider will er unsere Tochter sofort wieder nach Afrika entführen, damit sie dort als Krankenschwester in einer Missionsstation arbeitet."

„Nicht sofort", sagte Moritz. „Erst nachdem wir in Wölfelsgrund geheiratet haben."

Ihre Großmutter nahm Franzi erneut in den Arm. „Ich würde am liebsten mit dir gehen."

In dem Augenblick wusste Franzi, dass ihre Großmutter und auch ihr Vater ihr wirklich alles restlos vergeben hatten.

Kapitel 87

Es war wieder Ostern. Das warme Wetter ließ die Hochzeitsallee auf dem Osterfelder Kopf im Frühlingsschmuck erstrahlen. Die Kirschbäume leuchteten in reinem Weiß, die Apfelbäume brachten mit ihren leicht rosigen Blüten etwas Farbe dazwischen.

Am Beginn der Allee standen Franziska und Moritz von Schenck Hand in Hand vor einem winzigen Apfelbaum. Davor war die Tafel *Moritz von Schenck und Franziska Elisabeth von Wedell, 12. April 1906* angebracht.

Seit gestern waren sie ein Ehepaar. Franzi konnte es immer noch nicht glauben, dass sie den Offizier, der ihr vor einem Jahr genau an dieser Stelle mit seinem Glauben so auf die Nerven gegangen war, wirklich geheiratet hatte.

„Von dieser Tafel habe ich geträumt, seit ich die Hochzeitsallee zum ersten Mal gesehen habe", sagte er. „Nur habe ich es damals für einen unerfüllbaren Wunschtraum gehalten."

Sie lehnte sich an ihn. „Wer hätte auch gedacht, dass der fromme Leutnant die Rebellin zähmen würde?"

„Das war nicht der manchmal zu fromme Leutnant, das war die Güte unseres Gottes."

Sie sah ihn an. „Der *zu* fromme Leutnant? Dieses Wort aus deinem Mund?"

Er lächelte. „Es ist ja nicht so, als hätte nur die Rebellin etwas lernen müssen." Er zog seine Taschenbibel aus der Brusttasche. „Ein Vers aus dem Prediger, den ich nie verstanden habe, ist mir durch die Erlebnisse des vergangenen Jahres klar geworden."

Sie sah zu, wie er in der zerlesenen Bibel blätterte, bis er die Stelle gefunden hatte.

„Sei nicht allzu gerecht und erzeige dich nicht übermäßig weise: Warum willst du dich zugrunde richten? Sei nicht allzu gottlos und sei nicht töricht: Warum willst du sterben, ehe deine Zeit da ist? Es ist gut, dass du an diesem festhältst und auch von jenem deine Hand nicht abziehst; denn der Gottesfürchtige entgeht dem allen."

„*Sei nicht allzu gerecht?*" Sie beugte sich über seine Bibel. „Das steht wirklich da?"

„Ja. Erstaunlich, nicht wahr?" Er deutete mit dem Finger auf die Stelle. „Ich glaube, Gott will uns dadurch vor Extremen warnen. Dass wir nicht gottlos und töricht sein sollen, liegt wohl auf der Hand."

„Das ist der Teil, der mich betrifft." Sie sah durch die schneeweißen Blüten zum azurblauen Himmel hinauf. „Ich war gottlos und töricht, als ich vor Gott davongelaufen bin. Gottlos und töricht wie der Kapitän, der seinen Kurs nicht ändern wollte, obwohl er wusste, dass er auf eine Klippe zusteuerte."

„Und das andere betrifft mich. Mit übertriebener Gerechtigkeit schaden wir uns selbst und anderen. Wir stellen dann Regeln auf und kämpfen darum, aus eigener Kraft, aus unserer eigenen Gerechtigkeit heraus Gott zu gefallen – und richten uns und andere damit doch nur zugrunde."

Sie konnte sich noch gut daran erinnern, wie sie sein ständiges Gerede über Gerechtigkeit geärgert hatte.

„Weißt du, wer mir diesen Vers erklärt hat?", fragte er.

Schulterzuckend sah sie ihn an.

„Dein Vater. Er hat im Gottesdienst eine Predigt darüber gehört und sofort begriffen, dass diese Stelle für ihn bestimmt war – doch es war schon zu spät, du warst längst fort."

„Da hat Gott also schon alles für meine Rückkehr vorbereitet, während ich noch im Aufstand gegen Ihn war?" Ein Schauer lief ihr den Rücken hinunter. Wie weise dieser Gott war! Und wie gütig.

„Ich glaube, dass Er auch schon alles für unsere Arbeit in Kigoma vorbereitet hat."

Sie lächelte. „Es tut so gut, diesem Gott zu vertrauen. Er macht alles gut – wenn wir Ihn nur lassen."

„Und so hat Er auch dafür gesorgt, dass nicht nur bei dir, sondern auch im Schutzgebiet der Aufstand zu Ende ist, wenn wir zurückkehren. Denn obwohl die Maji-Maji-Krieger immer noch einen Guerillakrieg führen, hat die Schutztruppe die Lage wieder im Griff."

„Aber um welchen Preis." Sie seufzte. „Götzens Taktik der verbrannten Erde kostet Hunderttausende Eingeborene das Leben. Statt Zivilisation bringen wir Kolonialmächte den Tod."

„Deshalb wollen wir ja dagegen wirken. Auch wenn wir nur vier Personen sind – wir wollen den Menschen dort das Leben bringen. Das ewige Leben."

„Doch wir müssen auch Graf Götzen dankbar sein. Nur wegen seiner günstigen Stellungnahme wurdest du so schnell freigesprochen."

Er legte den Zeigefinger unter ihr Kinn und sah ihr tief in die Augen. „Fällt es dir nicht schwer, deine Heimat schon wieder zu verlassen?"

Lächelnd legte sie die Hand an seine Wange. „Ich verlasse meine Heimat nie mehr. Denn sie ist nun dort, wo du bist."

Seine Antwort war ein endloser Kuss.

„Komm." Er steckte die Bibel weg, nahm ihren Arm und führte sie die duftende Hochzeitsallee entlang, die vom Summen der Bienen und Brummen der Hummeln erfüllt war.

Schon morgen würden sie Wölfelsgrund und das Forstschloss verlassen, um dann im Zug nach Hamburg mit Theodor und Julie Langenburg zusammenzutreffen. „Ich bin gespannt, ob wir dieses Mal das richtige Schiff nach Daressalam finden."

„Ihr wart auf dem richtigen Schiff", antwortete er. „Auf der *Präsident* hättet ihr Doktor Langenburg nie kennengelernt."

Er hatte recht. Auch das hatte Gott perfekt geplant. Genau wie Er bereits einen Plan für ihr weiteres Leben fertig hatte.

In einem Kirschbaum schmetterte eine Amsel ihr Lied, leise raunte und rauschte der Hochwald dazu. Bald würde sie wieder unter Palmen leben, das Kreischen der Affen und Heulen der Hyänen um sich herum. Aber alle zwei Jahre zu Ostern, das hatten sie sich vorgenommen, würden sie nach Wölfelsgrund kommen, heim in Deutschlands Blütenlenz, um sich hier an Gottes ewige Güte zu erinnern.

Herr! An die Himmel reicht deine Güte, bis zu den Wolken deine Treue. – Psalm 36 Vers 6

Nachwort

Da sind Sie dem Aufstand also glücklich entkommen und wieder in Deutschland gelandet. Und ich sehe schon die Frage in Ihren Augen: Was davon hat der Autor sich ausgedacht und was ist historisch korrekt? Die Frage ist berechtigt, denn dieses Buch ist in der Tat eine Mixtur aus vielfältigen geschichtlichen Fakten und einer beträchtlichen Menge Fantasie.

Nehmen Sie doch bitte noch einige Augenblicke in einem der Liegestühle auf dem Promenadendeck unseres Reichspostdampfers Platz, damit ich Ihnen etwas über Erfindung und Wahrheit erzählen kann.

Erfreulicherweise hat Graf Gustav Adolf von Götzen ein Buch über den Maji-Maji-Aufstand hinterlassen: *Deutsch-Ostafrika im Aufstand 1905/06*, erschienen in Berlin im Jahr 1909. Dieses Buch hat mir viele wertvolle Informationen geliefert, nicht nur über den Aufstand, sondern auch über die Gegebenheiten im Schutzgebiet. An manchen Stellen war ich allerdings gezwungen, die geschichtlichen Fakten an den Fluss der Handlung anzupassen.

Die meisten Eckdaten sind jedoch historisch korrekt: der Araberaufstand 1888 – 1890 und das Schicksal von Emil von Zelewski im Jahr 1891, die Hinrichtung von Kinjikitile Ngwale, der Ausbruch des Maji-Maji-Aufstands, der Zug zur Rettung der Hopfer-Farm mit dem Gefecht bei Mingumbi, die Eroberung von Liwale, die Zerstörung von Ifakara samt Fähre, die Schlacht bei Mahenge. Dabei sind auch etliche Namen historisch, zum Beispiel der junge Askari Hamsi (der wirklich in der Schlacht um Mahenge fiel), Hauptmann von Hassel, Unteroffizier Friebe, Hauptmann Nigmann, Feldwebel Faupel – und natürlich Graf Gustav Adolf von Götzen.

Bei der Gestalt des Gouverneurs gibt es wieder etliche historisch korrekte Details, zugegebenermaßen habe ich aber auch einiges erfunden. Seine Einstellung gegenüber den Negern[25] – wie er die Schwarzen in seinem Buch durchgängig nennt, wenn er nicht

---

[25] *Neger* war damals die gängige Bezeichnung für die Eingeborenen in Afrika und noch nicht einmal unbedingt abwertend gemeint. Trotzdem habe ich den Ausdruck weitgehend durch *Schwarzer* ersetzt und nur bei solchen Figuren, die eine negative Einstellung den Eingeborenen gegenüber haben, genutzt.

abwertendere Ausdrücke gebraucht – dürfte weitgehend stimmig sein. Sein Umgang mit Moritz von Schenck hat allerdings keinerlei realen Hintergrund – schließlich entspringt der gerechtigkeitsliebende Leutnant selbst auch meiner Fantasie, ebenso wie Graf Götzens Nichte Julie, sein Bruder Carl Friedrich und dessen böhmische Frau. Graf Götzens weiterer Hintergrund ist jedoch wieder wahr: die Geburt auf Schloss Scharfeneck, seine Ehe mit der verwitweten Amerikanerin May Stanlay Lay, geborene Loney, seine Forschungsreisen durch Afrika und sein Aufenthalt als Militärattaché in Washington. Wegen seiner angegriffenen Gesundheit gab Graf Götzen im April 1906 den Posten als Gouverneur von Deutsch-Ostafrika auf und kehrte nach Deutschland zurück. Er starb 1910 im Alter von 44 Jahren.

Graf Gustav Adolf von Götzen (Bildquelle: Wikipedia)

Der Maji-Maji-Aufstand kostete je nach Schätzung 75 000 bis 300 000 Eingeborene das Leben. Dabei wurde ihnen nicht nur der Glaube an die Wunderwirkung der Maji-Maji-Medizin zum Verhängnis, sondern auch das Vorgehen der deutschen Schutztruppe, dem Guerillakrieg mit der Taktik der verbrannten Erde zu begegnen. Als im Jahr 1908 die letzten Anführer der Aufständischen hingerichtet wurden, lagen ganze Gebiete des Schutzgebietes brach, etwa ein Drittel der Bevölkerung wurde durch Hunger weggerafft. Auf deutscher Seite starben 15 weiße Soldaten, 73 Askaris und 316 Angehörige der Hilfstruppen.

Ein weiteres historisches Detail ist Robert Koch, der in Amani im Norden von Deutsch-Ostafrika forschte und das Schutzgebiet wegen des Aufstands im Jahr 1905 verließ.

Ebenso sind die Namen der Reichspostdampfer im Rund-um-Afrika-Dienst historisch überliefert, und ich habe auch versucht, mich an die Fahrpläne zu halten. Allerdings musste ich manchmal um ein paar Tage „schummeln".

Auch die Namen der Regimenter und ihre Garnisonen sind korrekt. Und Oberst Benno von Grumbkow (1854-1914) übernahm tatsächlich im April 1905 das Grenadier-Regiment *König Friedrich III.*

Die Abenteuer von Franziska von Wedell und Moritz von Schenck sind natürlich frei erfunden. Und Ihnen ist sicherlich aufgefallen, dass ich Franzis *Aufstand* überwiegend aus der Sicht der *aufmüpfigen Jugend* geschildert habe. Selbstverständlich gibt es auch die Sichtweise der Eltern, die höchstwahrscheinlich anders aussieht. Aber die habe ich bewusst kurz gehalten, nicht zuletzt, weil ich dazu kaum etwas sagen kann. Es war Gottes Plan, meiner Frau und mir keine Kinder zu schenken. Dadurch haben wir in vielen Dingen mehr die Kinder- als die Elternsicht. Und wenn durch dieses Buch bei Eltern und Älteren das Verständnis für die Fragen und Probleme der Jugend gefördert wird, ist ein wichtiges Ziel erreicht. Das ist mein Gebet.

Im Anschluss an das Nachwort finden Sie auch die versprochene Übersetzung der Suaheli-Wörter. Übrigens ist die Sprache Suaheli neben dem Bau der Eisenbahnlinien eine der wenigen positiven Auswirkungen der deutschen Kolonialherrschaft: Die Deutschen setzten diese Sprache, die anfangs nur an der Küste gesprochen wurde, konsequent als Amtssprache für den Kontakt mit den Einheimischen ein, die sonst eine Vielzahl lokaler Sprachen nutzten. Damit schufen die Kolonialherren eine einheitliche Sprache, die sich in weiten Teilen Ostafrikas durchgesetzt hat.

Sind alle Ihre Fragen beantwortet? Dann dürfen Sie jetzt den Dampfer verlassen. Doch wenn Sie noch mehr wissen möchten, können Sie sich gerne an mich wenden. Meine Kontaktdaten finden Sie auf meiner Internetseite: www.michael-meinert.eu

Auf Wiederlesen – bis zum nächsten Mal in Schlesien!

Reichspostdampfer
Präsident
(Bildquelle: Wikipedia)

Übersetzung der Suaheli-Wörter

asante sana	vielen Dank
daktari	Doktor
haraka	schnell
jicho	Auge
kamsa	Alarm
kubeba	tragen
kufa	tot
mamba	Krokodil
msaada	Hilfe
ndiyo	Ja
nisaidie	hilf mir
njoo	komm mit
sijui	ich weiß nicht
tayari	fertig
twende pamoja	lass uns gemeinsam gehen

Auch die Namen der Eingeborenen haben oft eine Bedeutung. Vielfach werden die Kinder nach dem Wochentag benannt, an dem sie geboren wurden.

Alhamisi	Donnerstag
Bahati	Glück
Hamsi	historisch, Bedeutung unbekannt
Jumanne	Dienstag
Jumatatu	Montag
Kinjikitile Ngwale	historisch, Bedeutung unbekannt

Michael Meinert
Gescheiterte Flucht
Hochwald-Saga I
ISBN 978-3-942258-05-0: Paperback, 420 Seiten
ISBN 978-3-942258-55-5: eBook, ePub-Format

Schlesien, um 1850. Oberförster Albert Grüning lebt zurückgezogen hoch oben im Wald. Erfolgreich verjagt er mit seiner ungehobelten Art jeden, der in seine Einsamkeit vorzudringen wagt. Doch als zunächst ein Wilddieb und wenig später die junge Rahel von Bredow in seinem Forst auftauchen, ist es um seine Ruhe geschehen. Seine Vorgesetzten setzen ihn wegen des Wilddiebs unter Druck. Gleichzeitig muss er sich eingestehen, dass die gottesfürchtige Rahel für ihn mehr als nur eine Sommerfrischlerin ist. Und dann erscheint auch noch ein Feind aus seiner verdrängten Vergangenheit im Forsthaus. Ist seine Flucht vor Gott und der Vergangenheit gescheitert? Aber so schnell gibt Grüning nicht auf ...

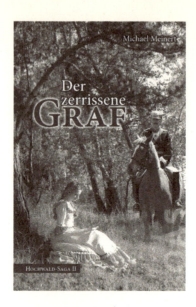

Michael Meinert
Der zerissene Graf
Hochwald-Saga II
ISBN 978-3-942258-06-7: Paperback, 593 Seiten
ISBN 978-3-942258-56-2: eBook, ePub-Format

Breslau, 1866. Der in der besseren Gesellschaft beliebte und lebensfrohe Leutnant Graf von Schleinitz wird einmal ein großes Vermögen erben. Wegen der Knauserigkeit seines Erbonkels kann er seinen Lebensstil dennoch nur durch Schulden finanzieren. Um seine Verbindlichkeiten loszuwerden, lässt er sich auf eine Wette ein. Er soll der von allen Offizieren umworbenen Tochter seines Generals einen Strauß Rosen aus dem feindlichen Böhmen bringen. Unterwegs trifft er im schlesischen Hochwald auf ein bezauberndes Mädchen: Lisa Grüning, die Tochter des Oberförsters von Wölfelsgrund. Und plötzlich befindet sich Schleinitz zwischen zwei völlig verschiedenen Welten. Auf der einen Seite städtisches Amüsement, unheilvolle Intrigen und die verführerische Tochter des Generals – auf der anderen Seite die Ruhe des Waldes, schlichter Glaube und die gottesfürchtige Tochter des Oberförsters. Er ist hin- und hergerissen, dabei erfordern die Dienstpflichten bei der lebensgefährlichen Jagd auf Spione seine ganze Aufmerksamkeit ...